Odete Miranda de Oliveira
Saulo Antônio Costa de Oliveira

Além dos Bambus

PandorgA

Direção Editorial
Silvia Vasconcelos
Produção Editorial
Equipe Editoral Pandorga
Preparação
Fernanda Satie
Revisão
Jéssica Gasparini Martins
Diagramação
Vanúcia Santos
Capa
Marco Mancen

Texto de acordo com as normas do Novo Acordo Ortográfico da Língua Portuguesa (Decreto Legislativo nº 54, de 1995)

DADOS INTERNACIONAIS DE CATALOGAÇÃO NA PUBLICAÇÃO (CIP)
BIBLIOTECÁRIA RESPONSÁVEL: ALINE GRAZIELE BENITEZ CRB-1/3129

O48a Oliveira, Odete Miranda de
Além dos bambus / Odete Miranda de Oliveira, Saulo Antônio Costa de Oliveira. – 1.ed. – São Paulo: Pandorga, 2018.
448 p.; 16 x 23 cm.

ISBN: 978-85-8442-305-7

1. Literatura brasileira. 2. Romance. I. Oliveira, Saulo Antônio Costa de. II. Título.

CDD- 869.93

Índices para catálogo sistemático:
1. Literatura brasileira: romance

2018
IMPRESSO NO BRASIL
PRINTED IN BRAZIL
DIREITOS CEDIDOS PARA ESTA EDIÇÃO À
EDITORA PANDORGA
RODOVIA RAPOSO TAVARES, KM 22
GRANJA VIANA – COTIA – SP
Tel. (11) 4612-6404
www.editorapandorga.com.br

Além dos bambus,
Havia gente,
Havia alma,
Havia coração.

Além dos bambus,
Havia alegria,
Havia felicidade,
Havia emoção.

Além dos bambus,
Havia amor... Muito amor...

Prólogo

Um homem buscava incansavelmente o SUCESSO.
Tinha seus objetivos e carregava consigo um velho conhecido:
VENCER NA VIDA.
Muniu-se de patuás, crente que a má sorte não o alcançaria.
Desde jovem, abarrotou os compartimentos do seu ser com sonhos
e promessas, ornados com perfil de FELICIDADE.

Embrenhou-se na selva de peito aberto, com a palavra OTIMISMO
tatuada na testa.
Analisou meticulosamente cada detalhe das trilhas a percorrer
para que não faltassem os sabores da riqueza e do poder.
Extirpou trechos perigosos de sua peregrinação, com receio de
ser atingido pelas costas, sem ter como se desviar.
Tomou distância da lama para que os respingos não lhe
manchassem a imagem.
Fugiu das pedras para que não danificassem os sapatos,
retardando a caminhada.
Esquivou-se dos espinhos para que não ferissem o corpo.
Permaneceu em alerta para evitar que sofresse ataque
de algum animal selvagem.
Certificou-se de que todas as providências tivessem sido tomadas
para não frustrar suas metas.

Enfim, moldou-se em um belo e valioso cristal.

Mas, infelizmente, ele não fez o principal: não solidificou a mente, privando-a de indispensáveis aprendizados que o sustentariam em momentos de turbulência.

Não incluiu na bagagem um ingrediente muito importante: o INESPERADO, que nos atinge feito bala perdida, sem que saibamos a origem nem o motivo, causando estragos irreparáveis em fortalezas antes intransponíveis. Esqueceu-se de que, por mais cuidados que tenhamos, ele surge do nada, sem explicação. As dificuldades despontam à nossa frente e devemos estar espiritualmente preparados para enfrentá-las.

E ele não estava.

Distraidamente, deixou a janela da alma aberta, e o vendaval do destino empurrou o cristal para o chão, quebrando-o em vários pedaços.

Como ele desconhecia o INESPERADO, não soube juntar os cacos.

A inauguração

Entardecia. O sol, declinando harmoniosamente no firmamento, marcava sua trajetória em uma indefinida mistura de laranja com púrpura, exibindo um majestoso cenário digno de passar pelo crivo apurado dos deuses.

A centenária Mansão, restaurada e adaptada para um novo momento, evidenciava outro presente. O grande salão de festas, acostumado a recepcionar ilustres personagens, ainda permanecia imponente, porém sem a ambição de badalar a aristocracia local tão afeita a pomposos eventos. A suntuosa decoração foi substituída por painéis relacionados com música, dança, pintura e teatro. Um lugar onde as artes receberiam o merecido destaque.

Geórgia, no esplendor dos vinte e três anos, trajava um vestido justo que modelava uma silhueta bem desenhada. Insistentemente, afastava dos olhos negros uma irrequieta mecha que *teimava* em se rebelar. Os cabelos compridos e escuros, em contraste com o branco imaculado da roupa, realçavam um rosto pálido, feito gueixa pintada na porcelana, em cima de tamancos laqueados. Com um leve sorriso emoldurado por um batom vermelho, orientava duas recepcionistas que respondiam a educados comentários elogiosos. Os convidados, encantados com o ritual da cerimônia, eram conduzidos aos seus assentos, antecipadamente reservados. Garçons, impecavelmente vestidos, serviam deliciosos espumantes acompanhados por canapés.

Quando todos estavam acomodados, o apresentador pediu silêncio à plateia. Um senhor, com ralos fios de cabelos brancos, apoiado em uma clássica bengala e envergando um terno bem talhado, surgiu na porta principal. Ostentava uma postura firme e altiva, não condizente com as nove décadas de uma existência conturbada. Embora as rugas não fossem proporcionais à idade, elas evidenciavam uma vida subjugada ao sofrimento. A saudade de entes tão queridos, perdidos na longa jornada terrestre, indicava que as feridas da alma jamais seriam cicatrizadas.

Ao adentrar o salão, conduzido por uma das filhas, Júlia – Julinha –, retribuiu a homenagem com um simples gesto de mão. A vistosa senhora de traços exóticos, sem demonstrar os cinquenta e nove anos, movia-se com desenvoltura dentro de uma confortável bata colorida, ajustada perfeitamente à calça larga de cor neutra. A passos firmes e cadenciados, o harmonioso e elegante par caminhou até o tablado montado em frente aos convidados. Sentaram-se a uma mesinha antiga, decorada tão somente com um maço de marcela galega seca, preso com um laço de corda trançada.

Toninho, o filho caçula, trajando de um terno preto risca de giz, lembrava o homenageado aos trinta e oito anos. Dirigiu-se à tribuna, acompanhado pela irmã Inês, uma mulher loira de sorriso cativante, vestida com elegância. De posse do microfone, deu início à programação. Virou-se, fitou os familiares e, calado, permitiu que a visão percorresse cada um daqueles semblantes, tão significativos, enquanto fragmentos de segundos se perdiam no tempo. Então, em um giro rápido, colocou-se novamente diante dos presentes. Emocionado, apresentou cada membro da família, sob intermináveis aplausos, cujos sons ecoavam pelo ar. Quando os ânimos se acalmaram, ele se dirigiu ao público:

– Tudo o que vocês estão presenciando aqui – apontando para as paredes – foi idealizado por uma garota notável com mente voltada para o amor.

Os olhares distribuíram-se pelo recinto, maravilhados, com ares de aprovação.

– Um sonho que, com o passar dos meses, foi crescendo até se transformar neste ambiente aconchegante, apropriado para cativar o interesse de meninos e meninas. Não será apenas mais um centro cultural, mas um local destinado ao aprimoramento de seres que outrora viviam abandonados em fundo de fazendas, manicômios, conventos, porões, sótãos e alcovas. Aqui vidas se reconstituirão. Perspectivas de futuro renascerão. Enfim, um recanto encantador, com a finalidade de complementar a formação de crianças especiais.

Momentaneamente, o apresentador obrigava-se a efetuar pequenas interrupções para tomar um gole d'água e disfarçar a emoção que embargava a voz.

– Com prazer, comunico que meu pai, Antônio Castro – referindo-se ao senhor que acabara de entrar – assinou, em cartório nesta manhã, escritura pública transferindo este imóvel à Fundação que leva o nome da minha querida irmã, Belinha: "Fundação Isabel Castro". A transferência não inclui somente este salão, mas toda a propriedade e suas benfeitorias, conhecidas como "Mansão dos Castro".

O locutor fez um abreviado intervalo, criando expectativa, para, em seguida, apontar o dedo à direita e anunciar:

– Convido a comandar este evento a mentora intelectual desse ambicioso projeto, bisneta do senhor Antônio, minha sobrinha: Geórgia.

Sob a claridade intensa dos holofotes da imprensa, um belo colar de estrelas cintilantes e sóis vermelhos destacou-se sob um rosto radiante e um sorriso sedutor. Antônio e Júlia, ao pousarem o olhar sobre o charmoso adorno, conectaram suas mentes e um único pensamento fluiu, levando-os a saudosas e remotas recordações. Não era apenas uma joia, mas uma poderosa lembrança que os remetia a um passado triste e glorioso, camuflado embaixo de cada conta.

Com o microfone nas mãos, ela inclinou levemente a cabeça, tentando buscar forças para enfrentar tão seleto público. Respirou fundo. Em um ínfimo lapso de tempo, os mais de sessenta anos de uma história de amor, ódio e superação de uma família tradicional, convicta de que o mundo girava sob os padrões de sua ótica, percorreram a memória adrenalizada da jovem anfitriã.

Lentamente, o silêncio se rompeu como um pedaço de corda deixada ao relento, esfiapando-se até se separar para sempre. Da coragem, emergiu uma garota confiante, dirigindo-se à plateia com uma voz serena, porém segura:

– Em primeiro lugar quero agradecer, em nome da família Castro, a presença de todos neste momento tão importante...

A jornalista

•• JUNHO DE DOIS MIL E QUATRO ••

Um insistente toque de buzina chamou a atenção do porteiro, que se adiantou para abrir o portão, ao mesmo tempo em que ajeitava o colarinho da camisa cinza. Cercados por muros altos e protetores, dois sobrados abrigavam os Castro desde que deixaram a Mansão que leva o nome da família. A construção mais antiga, com acabamento em madeira de cedro, combinando com janelas e portas de ferro, recebeu uma pintura rosa-choque. A segunda, mais moderna, de paredes retas, totalmente brancas, foi decorada com lindas floreiras. Um jardim bem cuidado escondia uma bela piscina, apropriada para as altas temperaturas do clima carioca.

Pelo tamanho do alarido, Alfredo já imaginou quem poderia ser. Através das grades do portão, viu, dentro do veículo, uma jovem irrequieta, dona de um sorriso contagiante, presa ao som de uma música que explodia nas alturas.

– E aí, Alfredão! Hoje vai ter samba na gafieira?

Ele escancarou a boca exprimindo faceirice e, para se exibir, demonstrou alguns passinhos de um sambista profissional.

– Está vendo, menina? – e, apontando para o chão, acrescentou: – Já estou com coceira nos pés.

– Quem poderá resistir a esse charme de passista – gracejou Geórgia, engatando a primeira marcha do seu Gol preto. Ao passar pela guarita, deixou para trás um sujeito bonachão, cuja paixão era desfilar na avenida pela Portela, sua escola favorita.

Geórgia desceu do carro, avançou pela trilha de lajotas cor de terra e entrou pelos fundos.

– Hum! – rezingou, enquanto espichava o pescoço para aspirar o aroma delicioso que vinha do fogão. – Que delícia!

Estava pronta para saciar a gula, quando foi interceptada por Ramona que, com os braços abertos feito espantalho em plantação de girassóis, bloqueou a passagem da intrusa. Com cara zangada, advertiu:

– Não, não, não... A senhorita não vai abrir esse forno e abatumar o meu bolo.

Sem esperar tamanha reação, Geórgia teve um leve sobressalto. Resignada, ergueu os braços:

– Está bem! Está bem! – e, sob protesto, escutou os resmungos da cozinheira.

– Ufa! – bufou Ramona, que substituiu Custódia quando ela se aposentou. – Que mania tem essa menina de comer bolo quente!

Geórgia, ainda sem jeito, perguntou pela madrinha. Estava curiosa, querendo saber o que Inês tinha de tão importante para falar com ela. Ao se encontrarem, subiram até o quarto e se acomodaram em duas confortáveis poltronas.

– Tenho um presente para você – disse Inês. Geórgia tomou a sacola em suas mãos e leu o rótulo: “Casa das Cuecas”.

– O que é isso? – questionou com estranheza.

Inês esticou o pescoço em sentido ao letreiro e, rindo, comentou:

– Não ligue para embalagem. O conteúdo nada tem a ver com o que está escrito. Na correria, foi o que encontrei – explicou, com um ar misterioso, para então sugerir:

– Que tal, explorar o que tem aí? Sei que você está atrás disso – ela desafiava a sobrinha, enquanto brincava com um botão que havia se despregado da saia.

A expressão de Geórgia irrigou-se em uma felicidade incontrolada. Com cuidado, retirou uma caixa de papelão de dentro da sacola, como se estivesse manuseando uma relíquia. Pegou uma almofada que estava sobre a cama e jogou-a no chão, onde se sentou. Os dedos acariciavam levemente a inscrição que estava postada na tampa e a voz divagava livremente.

– As cartas... as cartas da bisavó Ingrid.

Ela ficou tão envolvida que não percebeu a tia-avó e madrinha retirar-se. As mãos tremiam e o coração batia forte. Lá estavam vários maços de envelopes lacrados.

– Nossa! Nunca ninguém violou os sentimentos dela... Será que tenho esse direito? – recolocou a tampa no lugar e saiu correndo à procura da mãe. Ao encontrá-la, foi questionada por Júlia:

– O que está te afligindo, filha? – Geórgia apertou os lábios antes de externar sua preocupação.

– Estou de posse das cartas da bisa Ingrid – anunciou ela, indecisa, afagando os próprios cabelos.

– Mãe! Estou com medo de profanar segredos até então nunca desvendados.

Júlia se calou por vagarosos segundos e, quando voltou a se expressar, convenceu a filha com bons argumentos. Afirmou que conhecia muito bem a personalidade de Ingrid e tinha certeza de que ela jamais teria algo sujo ou indecoroso a esconder. Geórgia achegou-se e abraçou-a demoradamente, agradecendo aliviada.

– Obrigada pelo apoio!

– Mas, se ainda está temerosa, faça o seguinte: fale com o biso. Ele é a pessoa certa para orientar sobre o que você deve ou não fazer – arrematou Júlia.

A jovem subiu as escadas para alcançar o piso superior, mais precisamente a sala de leitura, onde o bisavô, carinhosamente chamado por ela de bisonho, costuma ficar. Aproximou-se devagar e o surpreendeu com braços esticados, simulando um grande abraço.

– Olá, meu bisonho!

Ele sempre correspondeu ao seu carinho com emoção. Ela era a alegria de sua velhice desde o dia em que chegou aquela casa, com quase dois anos de idade.

– Hoje, você não me escapa! – intimando-o com um sorriso divertido nos lábios. – Vai revelar a história da minha família. Quero que me conte tudo sobre a bisa Ingrid.

Antônio tentou despistar:

– Querida, deixa isso pra lá... Não vale a pena remexer o passado. É complicado. Há momentos inesquecíveis. Mas há recordações muito tristes também – parou por uns instantes, engoliu um pigarro e observou a bisneta que o alentava a continuar tão extensa caminhada. Queria ler, nas entrelinhas daquele olhar, o que se passava naquela brilhante cabecinha.

Então, vendo a indecisão na fisionomia do bisavô, ela partiu para chantagem emocional. Aconchegou-se e, com a mão sobre seu ombro, sussurrou no ouvido:

– Bisonhoooo! Você me prometeu... Daqui vai sair o trabalho que apresentarei no final ao meu curso de jornalismo. Juro que será aos poucos...

Sentindo-se impotente para contestar tão carinhoso pedido, ele balançou a cabeça.

– Você não desiste jamais! – reconheceu resignado, cruzando os braços.

Ramona apareceu à porta com uma bandeja contendo chá de maçã, biscoitinhos amanteigados e tiras de casquinhas de laranja, preparadas na calda de açúcar. Pôs os quitutes em cima da antiga mesa redonda, lembrança do pai de Antônio, seu Ari. Os dois agradeceram, enquanto a cozinheira deixava a sala, saindo disfarçadamente.

Ela sabia que eles gostavam de estar a sós.

Geórgia falou sobre o pacote que a madrinha lhe entregara. Bisonho, pego de surpresa, enrugou a testa, sem ocultar seu desassossego. Sempre admirou a astúcia da bisneta, como também seu estilo perfeccionista que não admitia pecar por omissão.

Após breve pausa, aflita, Geórgia perguntou ao bisavô:

– Bisonho, posso mexer nas cartas da bisa Ingrid? – um pequeno silêncio perdurou entre eles. Refeito do susto, ele confirmou:

– Claro. Pode e deve. Conheço bem você. Sei que não vai ficar realizada se fizer um trabalho incompleto – suspirou, coçou o queixo e completou:

– Ninguém tem o poder de passar uma borracha no passado. Feliz de quem tem a oportunidade de rever tudo o que fez na vida e, a partir daí, tomar novos rumos, aceitar os erros e entender que eles não devem ser repetidos.

Sob o olhar inquietante de Antônio, Geórgia quis ligar o gravador, mas o entrevistado sentiu o desconforto imposto pelo aparelhinho, quando tentou uma saída honrosa no intuito de escapar de tão penosa missão:

– Querida! – interrompeu ele, com a finalidade de se justificar. – Antes de despir minha alma para você, quero mencionar que não fui uma pessoa fácil. Demorei demais para compreender os conflitos da bisavó Ingrid. E, quanto à avó Lurdes, também não entendi o seu jeito de ser.

Mas Geórgia não deu trégua. Com o semblante sério, revidou:

– Pretendo saber toda a verdade sem maquiagem. É a nossa história – alegou de modo enigmático. E, como se quisesse convencer a ela própria, continuou:

– Nenhuma biografia é perfeita, bisonho! Por isso elas nos cativam tanto. São repletas de desafios, frustrações e superações, acrescidas de temperos doces e amargos, necessários para formar uma massa consistente, pronta para remodelar, lentamente e sem prazo, o contorno de uma escultura secular, representada por nosso caráter.

Permaneceram quietos até ela mesma concluir:

– Se fosse tudo maravilhoso, certamente não estaríamos aqui...

Então, indefeso, ele implorou:

– Chega! – e, espalmando as mãos para o alto, bradou:

– Eu me rendo!

Após saborearem as delícias postas à mesa, a jovem, de maneira responsável, apertou o botão do gravador, discretamente, procurando não amedrontar o entrevistado.

Por um instante, calado pela argumentação, ele aceitou a entrada de pensamentos questionadores, levando-o a imaginar de onde aquela menina tirava ideias não condizentes com a sua idade. Um quase imperceptível tremor surgiu em seus lábios:

– Tudo isso me traz recordações.

Antônio começou a relatar os fatos, um a um, pausadamente. Contou que jamais conhecera alguém tão linda como Ingrid. Detalhou o primeiro encontro e terminou declarando:

– Foi amor à primeira vista. Não tenho como negar...

– Uau! – exclamou Geórgia. E, colocando um tom brincalhão nas palavras, talvez para disfarçar a emoção, finalizou a entrevista dizendo:

– Que façanha, bisonho... Mas, também... além de bonito – uma paradinha enquanto o imitava fazendo caretas –, sedutor, olhos negros penetrantes, porte atlético, economista e ainda carregando uma mala cheia de dinheiro... Biso!!! Eu também me apaixonaria por você...

A gargalhada foi inevitável, suficiente para apagar qualquer resquício de nostalgia.

No dia seguinte, Geórgia iniciava a tarefa. De camiseta de algodão – com estampa do "Snoopy" escrevendo, em uma máquina antiga, a frase "*I love you*" –, ela sentou-se à frente do computador, disposta a retratar uma história de amor...

O encontro

Quando uma Força Maior deseja juntar duas sementes, não há vendaval que as separe.

De um cenário mágico, em pleno sul da América do Sul, as primeiras linhas de um prefácio começavam a ser rabiscadas, registrando emoções de duas almas.

Ingrid passeava na casa dos avós, em Porto Alegre. Uma tia, casada com um uruguaio, que também estava hospedada por lá, convidou-a a visitar a Exposição de Esteio. O desfile de animais era o ponto alto do rodeio, atraindo fazendeiros que percorriam grandes distâncias para fazer negócios. E, como a maioria dos visitantes, Ingrid chegou cedo, sem desconfiar de que, naquele dia especial, iniciaria-se um novo trecho de sua vida.

O sol aquecia o início de primavera de 1936. Reinava majestoso sem que nenhuma nuvem ofuscasse seu brilho, enquanto o vento brincava com as flores de uma soberana paineira. Debaixo de uma pródiga sombra, Ingrid conversava animadamente com duas primas. A moça irradiava fascínio por onde passava. Um penteado, com pontas enroladas para cima, era adornado por uma faixa do mesmo tecido da saia floral, combinada com a blusa clara que lhe marcava os seios. Um par de sapatos caramelo, estilo "boneca", acompanhava a pequena bolsa de igual cor. No pescoço, um discreto fio de pérolas dava o toque final.

Uma quantidade expressiva de barraquinhas improvisadas posicionava-se aqui, acolá. Umas ofereciam o artesanato regional e outras, uma variedade de pratos típicos, expelindo aromas deliciosos, embora no ar dominasse o odor típico de rodeios: terra molhada, perfume amadeirado dos pinheiros e esterco de animais.

De onde elas estavam, podiam acompanhar de perto o agitado clima de uma exposição rural. Era um vaivém de pessoas.

Jovens com rostos bronzeados desfilavam com roupas típicas, montados em magníficos exemplares de cavalos de raça. Alguns, ao se postarem defronte às donzelas, cumprimentavam-nas tirando o chapéu de abas largas e, com gestos amáveis, suplicavam por um sorriso.

Homens trajando calças frouxas, abotoadas no tornozelo e regionalmente conhecidas por bombachas, dividiam-se em pequenos grupos, jogando conversa fora ao sabor do mate amargo.

Damas, em elegantes trajes de montaria, circulavam sorridentes entre o povaréu. Ávidas pela admiração alheia, olhavam discretamente para os lados, a fim de conferir se estavam sendo notadas.

O movimento da rapaziada em frente à frondosa árvore era constante. A beleza inconfundível da blumenauense provocava a audácia de gauchinhos pilchados a caráter. Eles arriscavam uma aproximação, exibiam-se em cima de seus ginetes, lançavam piadinhas, assobiavam, faziam caretas, tudo para confiscar o olhar da sedutora jovem.

Ela, habituada com galanteios, não se encabulava. Sempre soube administrar com maestria o assédio masculino, que era frequente. Na cidade natal, recebia propostas de namoro com assiduidade. Nos bailes, os pretendentes disputavam a vez para dançar com ela. Os vizinhos já se acostumaram a ouvir serenata de algum apaixonado, tentando conquistar a encantadora moça. Aquela formosura alemã costumeiramente arrebatava o embevecimento dos que a cercavam, principalmente do sexo oposto. A constância do ato passou a ser normal. Atendia a todos com fineza, distribuindo sorrisos e agradecimentos a inúmeros elogios que lhe eram dedicados.

Filha da primavera, Ingrid exalava o perfume das flores. Ao desfilar pelas ruas calmas do bairro, caminhava com elegância e desenvoltura, sintonizada em um fascinante requebro de quadris. O cabelo da cor de trigo se distribuía, harmoniosamente, em cachos sobre os ombros, reordenando-se a cada gracioso balançar de cabeça. O rosto perfeito destacava os olhos de um azul intenso, comuns na sua terra.

Rodeada de amigos, atravessou a idade das ilusões com alegria, imaginando como a vida é bela, sem conhecer a dor de alguma desilusão. Como qualquer adolescente da época, teceu sonhos que se solidificavam ao som de baladas românticas. Viveu um período onde um beijo roubado atingia elevadas proporções, capaz de destroçar corações desavisados.

Da mãe herdou lindos e harmoniosos traços, encanto e simpatia.

Foi Rainha Estudantil, Miss Brotinho e cotada a Miss da cidade. Ninguém duvidava que a atraente alemãzinha alcançaria o topo dos famosos concursos de beleza, tão divulgados naqueles tempos.

Seu temperamento compassivo dava vazão a uma inesgotável fonte de sensibilidade que invadia as teclas do piano, extraindo sons dignos de cativar exigentes maestros. Do balé, levou, para a vida, a graciosidade de delicados movimentos.

Mas aquele dia estava predestinado a ser diferente. Inesperadamente, alguém com magnetismo de um poderoso ímã atraiu sua atenção. Fingiu que nada de anormal acontecia, mas uma força misteriosa a conduzia para um par de olhos negros que a fitavam com insistência.

Perdeu o chão. O coração descompassou. Tomada de surpresa, não entendia como uma pessoa, tão afeita a enfrentar qualquer tipo de cerco sentimental, de repente, sentia-se encurralada, sem saída.

Não sabia como nem de onde ele surgiu, mas o susto foi maior ainda quando aquele moço se colocou diante de si. Numa ação de autodefesa, pensou em fugir, mas as pernas não obedeceram à instrução de comando expedida pelo cérebro. O fictício sensor de alarme, instalado na alma, disparou, acusando sinal de perigo. Incapaz de recuar, o rubor subiu às faces e um tremor percorreu a espinha. Inerte, como se tivesse sido atingida por um raio fulminante, ouviu:

– Olá! Meu nome é Antônio – o rapaz, ao cumprimentá-la, ostentava um sorriso confiante e dominador.

Intermináveis segundos passaram-se sem que ela esboçasse qualquer reação. E, como um robô, automaticamente ofereceu a delicada mão, respondendo com timidez:

– Ingrid. Muito prazer.

Inicialmente, foi acometida pela raiva. Raiva contra ela mesma. Julgava-se leviana por deixar a flecha do cupido alvejá-la passivamente. E por um cara arrogante. Ninguém o apresentou. Simplesmente, pousou à sua frente, cravou aqueles olhos pretos nos azuis dela e não despregou mais, monopolizando-a. Se, em matéria de galanteios, era uma garota experiente, mostrou-se principiante ao ser abatida com tanta facilidade.

Foi atração à primeira vista. A ira, que a levava a fugir daquela armadilha, não abafou o amor ardente que, como labaredas incandescentes, incendiaram-na de paixão.

Ela que, até então, jamais pensou em entregar a chave do seu coração a alguém, perdeu a capacidade de raciocinar e os mais íntimos desejos brotaram dentro de si. Algo explicável somente em corações apaixonados. A partir desse dia, não se separaram mais. Envolveram-se em um turbilhão de sentimentos e, em pouco tempo, casaram-se.

O pai de Ingrid

Antenor, homem de postura decidida, alto, moreno, olhos entre azul e cinza, cabelo levemente ondulado, muito culto, mantinha as raízes fincadas no solo firme de Porto Alegre. Deixar para trás aquele envolvimento apaixonante de tradições gaúchas – caracterizadas por um vasto ritual: chimarrão, bombachas, cavalos, prendas e bailes, onde também não poderia faltar gaita e violão – foi como ter seu cordão umbilical cortado pela segunda vez.

Chegou a Blumenau, uma mimosa cidade à beira do rio Itajaí-Açu, disposto a iniciar a vida profissional. Ao descer de um velho ônibus após uma longa e cansativa viagem, atolou os sapatos em um lamaçal que se espalhava em torno da rodoviária.

A época era ruim. As recentes enchentes haviam detonado a região. Tempo chuvoso, ruas barrentas, falta de luz e água expunham um cenário de atraso e decadência, jamais indicado para um jovem médico abrir seu consultório, muito menos para alguém que desejava construir um futuro.

Mas para seu espanto, em poucos dias, a chuva foi embora e o sol voltou. As pessoas passaram a se dedicar ao trabalho de limpeza das casas e das lojas, deixando tudo impecável como se nada tivesse acontecido. Essa capacidade de vencer obstáculos atingiu Antenor em cheio e o deixou envergonhado por seus pensamentos pobres e mesquinhos, formados pela má impressão que teve por ocasião da chegada.

Realmente, estava enganado. Era um amor de lugar, nascido com a imigração alemã que vinha à procura de um recomeço. Os imigrantes traziam na bagagem uma diferenciada cultura que iria se agregar a tantas outras acolhidas pela generosa Nação Brasileira. Entre os costumes, não foram deixados para trás a paixão pelas flores e o gosto pela cerveja.

Pequenos jardins bem cuidados, espalhados por todos os cantos, davam seguimento à velha tradição de seus antepassados.

Conta uma antiga lenda:

"Em um inverno rigoroso, lá na Alemanha, dois anjos travessos saltitavam de uma nuvem a outra, em busca do melhor posicionamento para expressar a criatividade. Porém, o vento brincalhão soprou com força, carregando suas paletas. Esparramou tintas sobre as montanhas e tingiu o branco da neve com vibrantes tons coloridos. Quando os moradores acordaram com os primeiros raios de sol batendo em suas janelas, renderam-se diante da deslumbrante paisagem que enfeitava o vilarejo e, a partir daí, tornaram-se eternos amantes da natureza. Acharam o mundo mais lindo. Acreditaram que estavam sendo compensados pelo rigor do clima. Encantados com o maravilhoso visual, batizaram aquela estação do ano de 'Primavera'".

Da terra natal, os alemães trouxeram o estilo "Enxaimel" para suas edificações. Uma técnica de construção cuja característica mais visível é a estrutura executada com peças de madeiras encaixadas entre si e de acentuada inclinação, tendo os espaços livres preenchidos por pedras ou tijolos artesanais, reportando-nos ao Continente Europeu. Os telhados com saliente declividade justificam-se na Europa devido ao peso da neve acumulada sobre as casas. Portanto, um modelo sem sentido no calor do Alto Vale do Itajaí. Mas a tradição falou mais alto.

E as surpresas não acabaram por aí. Como um alvo exposto, Antenor tornou-se vulnerável ao assédio feminino, não dispondo de folga em sua agenda para aceitar tantos convites, destinados aos mais variados tipos de evento. Entretanto, logo conheceu Olga, uma mulher distinta, olhar altivo, de origem alemã, porém nascida no Brasil. Ao se apaixonar, frustrou as esperanças de belas moças casamenteiras.

No dia a dia de casado, foi se ambientando com os costumes alemães, principalmente a cerveja, contudo sem deixar de lado o chimarrão, hábito ao qual Olga nunca aderiu. Ela achava aquele ritual por demais estranho.

Dois filhos completaram aquela união, Ingrid e Leo. Lamentavelmente, perderam o rapaz, ainda precoce, em um acidente de carro.

Na sociedade, onde apareciam com assiduidade, eram distinguidos como um casal elegante que se amava muito.

A família Castro

O patrimônio dos Castro chegou até Antônio, por parte de pai, de acordo com a seguinte cadeia hereditária: o bisavô – conhecido por Português –, o vô Joaquim e o pai Ari. Por parte de mãe, herdou valiosos bens, compostos de terras urbanas, salas comerciais e hotéis.

Dentre tantas propriedades, podemos destacar a Mansão dos Castro, no morro Santa Tereza, no Rio de Janeiro, e o Haras do Quincas, nome dado em homenagem ao avô Joaquim.

O bisavô, o Português, era jovem quando deixou Portugal, levando consigo a esposa, grávida de dois meses, e três filhos: Manuel de seis anos, Pedro de quatro e a pequena Maria de dois.

A família vinha em busca de independência financeira. Em Lisboa, o pai era empregado de um empório, com carga horária superior a doze horas por dia, em troca de salário miserável, insuficiente para pôr comida na mesa. Era um homem esperto com visão além de seus compatriotas. Há muito tempo ouvia falar do Brasil: um país com tanta terra que mais parecia um continente. E, o mais importante, um lugar onde aceitavam imigrantes para trabalho. Seu faro para negócio, impregnado de astúcia, indicava o Novo Mundo como uma oportunidade de vencer na vida. Na sua adorada pátria, não havia mais espaço para alguém progredir.

Na única vez que pediu um aumento de salário, recebeu um "não", deixando-o aborrecido. De regresso ao lar, o país inexplorado veio-lhe à lembrança e se pôs a sonhar: ter seu próprio armazém e casa, como forma de garantir a segurança e o bem-estar dos familiares. Com o "não" do patrão explodindo na cabeça, tomou a decisão de partir.

Pegou dinheiro emprestado de um tio rico, juntou a mulher e os filhos e zarpou para o desconhecido, apostando todas as fichas em um só número, com plena certeza de que a sorte o acompanharia.

Na travessia do Atlântico, sofreu na pele a primeira derrota. Perdeu para a morte. Maria, sua adorável princesa, contraiu uma bactéria intestinal que a levou a óbito, cobrindo-o de amargura.

Na proa do navio, foram colocadas algumas cadeiras para uma cerimônia simples. O sol vestido de vermelho escarlate já entrava em declínio rumo ao horizonte, deixando, para trás, nesgas mescladas de azul-marinho com púrpura para formar uma esplendorosa aquarela em despedida à querida Maria.

A mãe segurava a filha no colo, enquanto o capelão encomendava a alma. Findado o ritual, o casal recebeu autorização para o sepultamento no mar. O Português se encheu de coragem, aproximou-se e pediu que a esposa lhe entregasse a menina, mas ela não o atendeu. Apavorada, agarrava-se à pequena com todas as forças, não desejando jamais soltá-la. As pessoas ao redor já demonstravam sinais de inquietação, quando o padre, presenciando o impasse, chegou até a pobre mulher e lhe dirigiu algumas palavras de conforto. Ela, impassível, o ouviu e, após fitar demoradamente o rosto angelical da criança, depositou-lhe um beijo na face e consentiu que ele a tomasse de si. Sentada, permaneceu inerte com as mãos apoiadas sobre as pernas e a visão perdida no infinito. Sentia-se como se alguém tivesse arrancado um órgão vital do próprio corpo. O reverendo já estava próximo da borda, quando o pai se acordou do marasmo em que se encontrava, juntou energias e bradou:

– Espere! Espere, por favor! – os olhares fixos no capelão se voltaram para ele. Caminhou emocionado em direção ao sacerdote, estendeu os braços e sussurrou:

– Preciso fazer isso por mais doloroso que seja. Sou o chefe da família na alegria e na tristeza.

Ponderou a possibilidade de dizer algumas palavras, mas se calou. Engoliu o pranto, respirou fundo e, com compaixão, lançou a sua amada princesa ao mar, no exato momento em que o astro maior morria atrás do oceano sob o manto escuro do crepúsculo. Quando o frágil corpinho se chocou com as águas, produzindo suave barulho, um urro dilacerou o ar, eclodindo nos tímpanos dos presentes: um grito de mãe! Somente quem é pode entender. Consternados com a dor de uma alma materna, todos, em uníssono, fizeram uma prece.

Por dias seguidos, os passageiros ainda ouviram aquele grito avassalador percorrer os corredores do navio, o que fez da embarcação uma casa mal-assombrada.

Alguns jamais esqueceram...

A partir desse dia trágico, Amélia, esposa do Português, que já vinha sofrendo por causa dos enjoos próprios da gravidez e da maresia, adoeceu. Ao chegar ao Porto de Santos, em São Paulo, a família obrigou-se a permanecer ali, por mais de uma semana, até ela se recuperar.

E aí, o Português questionou-se:

– Meu Deus, será que fiz a escolha certa?

Mas a vida não faz parada e eles precisavam seguir. Juntaram seus pertences e, com o pouco de forças que lhes restou, viajaram ao destino programado: Rio de Janeiro.

O Português concentrou-se no trabalho e deixou o passado para trás. Optou por um local afastado do centro, onde o aluguel era mais barato e lá montou o primeiro estabelecimento comercial com o que sobrou: um modesto armazém de secos e molhados.

Joaquim, o rebento que viajou no útero da mãe, nasceu saudável e robusto. Ao completar cinco anos, o pai já desfrutava de um apreciável patrimônio, contando com comércios espalhado em outros bairros.

Com dez anos de Brasil, o Português agregou mais uma atividade entre tantas que já desenvolvia: começou a emprestar dinheiro com juros. Daí em diante, sua fortuna deu um grande salto.

Ele era severo com os devedores e não perdoava ninguém. Recebia em pagamento: terras, gado, colheitas ou qualquer outro bem. Com facilidade, transformava produto em dinheiro. Um sujeito de pulso firme, habituado a ter o controle dos negócios em suas mãos.

Com o enriquecimento rápido formado em apenas duas décadas, passou a ter dificuldade em administrar um razoável império econômico, visto o elevado grau de diversificação que suas empresas atingiram. E isso não era bom. Tomou, então, uma decisão: dividiu o patrimônio entre os três filhos ainda jovens, ficando exclusivamente com a agiotagem. Essa tarefa ele não delegava a ninguém. Não tinha confiança em terceiros.

No momento da partilha, Joaquim preferiu as terras e os demais herdeiros, os armazéns.

Joaquim, o mais inteligente dos três irmãos, herdou o tino comercial do velho Português. Quando começou a trabalhar por conta própria, ganhou asas e voou alto. Consagrou-se como respeitável produtor, especializado em gado leiteiro e de corte. Sempre entendeu que a riqueza de um homem se mede pelo valor de suas propriedades. Como, naquela época, o preço do imóvel ainda era barato, ele aplicava toda a sobra de dinheiro em novas aquisições. Assim, transformou-se em um dos maiores proprietários, rural e urbano, do estado. Suas terras expandiam-se a perder de vista, incluindo algumas praias próximas à região urbana.

Os negócios evoluíam bem e, em um curto prazo, com a ajuda de considerável número de empregados, ele abastecia a cidade do Rio de Janeiro com seus produtos, especialmente carne e leite.

Dentre as atividades desenvolvidas, uma se tornou sua paixão. Era um sonho acalentado desde a adolescência: criação de cavalos, um mercado de excelente rentabilidade. Daí nasceu o Haras, uma extensa propriedade com cinco entradas, sendo duas delas pela praia, então, deserta.

O Haras notabilizou-se além das fronteiras, passando a ser um renomado fornecedor de animais, com destaque no Brasil e em outros países da América do Sul. No intuito de melhorar a genética do plantel, Joaquim viajava constantemente para a Argentina e o Uruguai, em busca de reprodutores premiados.

Apesar de facilmente alcançar as metas projetadas, inclusive sendo apontado como um cidadão de sucesso, emocionalmente, Joaquim não se sentia realizado. A solidão obrigava-o a viver isolado, sem ter com quem dividir o próprio êxito. Então, constatou que seria importante constituir uma família. Conheceu uma moça de origem austríaca em uma festa de igreja, e, em pouco tempo, casou-se.

A Austríaca, como ele a chamava, amava a natureza. Transformou o Haras em um local aprazível, reflorestando e ajardinando espaços antes abandonados. Atendendo ao desejo da esposa, ele construiu um suntuoso casarão, onde famosos azulejos portugueses espalhavam-se pelas paredes, não faltando o galo no telhado nem a fonte de pedra que levava a canção do rio para dentro de casa.

Ao redor do casarão, semeou mudas de rosas de diferentes cores, para que eles pudessem sentir o perfume das pétalas durante o dia. Na varanda principal, um arco formado pelas plantas "dama da noite" perfumava as madrugadas de verão. Não longe dali, um açude, com várias espécies de peixes, deliciava os amantes da pesca. Através de uma artesanal ponte de madeira, era possível chegar ao centro da lagoa, onde uma cabana de palha fora erguida. A Austríaca sugeriu ao marido que substituísse as velhas cercas de arame por pedra, para que as trepadeiras "bougainville" se deitassem sobre o dorso das taipas. O colorido das flores atraía colibris e borboletas e as árvores frutíferas alimentavam centenas de multicoloridos pássaros.

A Austríaca e Joaquim costumavam cavalgar por horas a fio. Apreciavam o silêncio e deliciavam-se com a paz que ele emanava. Nem o barulho das patas dos cavalos pisoteando a areia quente importunava-os. Às vezes, acordavam desse envolvente transe pelo vento forte açoitando-lhes as faces. Só então percebiam que a noite se anunciava.

O primeiro filho estava a caminho e a Austríaca pensou que já era o momento de construir um lugar para oração. Considerou que seria imprescindível pedir aos céus proteção à família e Santa Rita de Cássia foi incumbida de cuidar deles. A primogênita inaugurou a capela e a batizaram com o nome da Santa. A seguir, a prole foi aumentando, obedecendo aproximadamente um intervalo de dois anos entre um herdeiro e outro: Joaquim Júnior (Quinzinho), Osvaldo e Ari.

Ao atingirem a idade escolar, Joaquim mandou somente os filhos homens estudar. Fez questão de privar Ritinha da escola, já que, segundo seu entendimento e costume daquela época, a função da mulher era unicamente executar os afazeres domésticos. A Austríaca pouco pôde auxiliá-la na alfabetização, posto que, além de falar mal a Língua Portuguesa, só sabia assinar o nome.

Ritinha recém tinha deixado a adolescência, quando se apaixonou por um jovem da redondeza, casando-se a contragosto do pai, que não simpatizava com o rapaz.

Ainda inconformado com o casamento da filha, o destino aplicou mais uma rasteira em Joaquim. Um grupo de missionários, que estava recrutando jovens para o serviço religioso, passou por lá e, para seu desgosto, Quinzinho e Osvaldo, com dezesseis e quatorze anos, entraram para a Igreja. O pai ficou indignado com os padres, pois achava que eles "fizeram a cabeça" dos meninos. No entanto, após muita briga, acabou cedendo, uma vez que, na quebra de braço, a Austríaca postou-se do lado dos filhos.

Temendo que o caçula Ari seguisse o mesmo caminho dos irmãos, colocou-o em um internato particular na cidade ao completar doze anos, a fim de que lá continuasse os estudos sem qualquer influência externa.

No inverno seguinte, o velho Português faleceu e, pouco tempo depois, a mulher Amélia. Concluída a partilha, Pedro e Manuel venderam tudo o que possuíam e foram embora para Portugal.

O casamento de Ritinha ia de mal a pior. O marido, quando bebia, batia nela sem motivo. Grávida do primogênito, levou uma surra tão violenta que perdeu o bebê, o que a impossibilitou de gerar novas vidas. Meses mais tarde, ela recebeu a notícia de que o esposo foi encontrado morto, abandonado em uma valeta. Disseram as más línguas que ali tinha o dedinho de Joaquim, no entanto as suspeitas recaíram em assaltantes que rondavam as redondezas, devido à falta de provas.

Com tanta desgraça, desiludida, Ritinha esmoreceu-se. Desgostou-se da própria existência e não se interessou mais por homem. Vivia triste pelos cantos, maldizendo a má sorte. A mãe se compadecia da filha e tentava reanimá-la, mas sem sucesso. Depressiva, Ritinha adoeceu e, sem ânimo para lutar pela vida, veio a falecer. A mãe teve sua estrutura emocional abalada, mas, com perseverança, venceu o desânimo e se reergueu.

Três anos mais tarde, uma carta comunicava que os filhos padres contraíram malária e morreram em uma aldeia indígena no Amazonas. Aí, Austríaca não resistiu. Tal qual a filha, entrou em depressão. Desencantou-se pela natureza, pelo Haras, por tudo que a rodeava. Um golpe sobre o outro machucou-a demais. Depois de alguns meses, Joaquim encontrou-a morta na cama. Jamais lhe explicaram do que a mulher morreu. Ele cumpriu um mês de luto, sem sair de casa e sem cortar o cabelo e a barba, mas concluiu que, se não reagisse, iria fazer companhia à esposa e aos filhos. Focou no trabalho e seguiu em frente. Nunca mais se casou. Ficou sozinho no Haras. Viveu seus últimos dias, isolado, como um ermitão.

Ari sentiu a perda da mãe, porém buscou consolo com a namorada.

Conheceu Alice, uma atraente jovem de cabelos e olhos castanhos, em um baile de carnaval e se apaixonou. Namoraram algum tempo e se casaram após ela se formar no curso de normalista. Ari preenchia os quesitos necessários para que um pai cedesse a mão de sua filha. Rico, interessante, com postura de fidalgo, encarnava o sonho de qualquer moça casamenteira. Todavia, Alice também estava à altura do rapaz. Bem-nascida, herdeira de um invejável patrimônio, dominava o idioma francês e tocava piano com desenvoltura. Afinal, a vida sorriu para ela em todos os sentidos.

Os dois formavam um harmonioso casal, feitos um para o outro. Alice aceitava com tranquilidade as normas impostas pela sociedade da época e os moldes em que fora educada coadunavam-se com a formação de Ari. Portanto, naturalmente, ela fez uma continuação da vida de solteira para a de casada. Como boa filha que sempre foi, pois ela jamais causou algum dissabor, tornou-se também boa esposa. Na verdade, houve apenas uma transferência de comando do pai para o marido. Se antes obedecia ao pai, agora obedecia ao esposo, sem qualquer contestação.

E, assim, era feliz...

Após o casamento, foram residir no Haras, porém mantinham casa na cidade.

Ao completar um ano de núpcias, ufanaram-se pelo anúncio da chegada do primeiro herdeiro, Antônio. Infelizmente, o avô Joaquim faleceu antes de conhecer o neto. Por demais apegado ao pai, Ari abateu-se, de forma semelhante quando a mãe o deixou. Acabrunhado, atolou-se na tristeza. A recuperação só foi possível com a ajuda de Alice. Naquele momento, ela mostrou que era uma mulher de fibra, grande companheira.

Ari não herdou o tino comercial de seus antecedentes. Sabia disso e, por esse motivo, procurava não correr riscos. Caracterizava-se como um sujeito conservador, pois a sua principal preocupação estava centrada em manter o que recebeu e aguardar a valorização do seu patrimônio. Com segurança, afirmava: “No que anda certo, não se mexe”. Não abdicava do tradicional, uma vez que a mudança o desestabilizava.

De personalidade marcante, pautava-se pela cartilha do homem dominador. Gostava de ter o controle de tudo e de todos nas mãos. Dificilmente, alguém conseguia persuadi-lo, já que ninguém tinha acesso aos seus conceitos.

Seguia a cultura da época à risca. Queria que os herdeiros fossem homens, pois as mulheres, por serem consideradas como sexo frágil, não contribuíam para o enriquecimento familiar. Elas só serviam para cuidar da casa e parirem. Um ser de pouca utilidade. Ele era descendente de homens fortes e batalhadores que enriqueceram com garra e coragem. Sempre se referia, com exagerado orgulho, ao avô português e ao pai Joaquim como exemplo do que é ser produtivo e vencedor.

A chegada do segundo filho trouxe-lhe aborrecimento. Não era filho, era filha. Porém, na semana seguinte, suspirou aliviado quando recebeu a notícia que a criança não sobreviveu. Notou traços estranhos na menina. Além de ser mulher, a recém-nascida não parecia normal. Diante da circunstância, não lamentou a perda.

Não tolerava fraqueza em hipótese alguma. Os derrotados eram alvo constante de suas críticas. Se um indivíduo, por qualquer razão, se tornasse inútil para a sociedade, ele questionava Deus sobre a razão de mantê-lo vivo.

Dona Alice nem tentou mudá-lo, pois também vinha de uma ascendência adepta aos mesmos princípios. Aceitava esse modelo como certo, já que não conhecia outro. Comportava-se igual à mãe, concordando com o marido em seu modo de pensar e agir.

Com o passar dos anos, o crescimento da cidade proporcionou excelente valorização do patrimônio de Ari, incluindo-o no rol dos cidadãos mais ricos do Rio de Janeiro.

O nascimento de Antônio, além de alentar o casal, contribuiu para arrancar Ari da inércia emocional provocada pela morte do pai. Não apenas por ser o primogênito, mas principalmente pelo sexo: masculino.

O filho único dos Castro teve uma criação dentro dos padrões que um herdeiro de uma família rica tem: atenciosas babás e boa educação.

No entanto, entre a infância e a juventude, deparou-se com alguns incidentes que deixaram marcas indeléveis em sua memória, inesquecíveis pelo resto de seus dias.

No início do segundo semestre escolar, defrontou-se com o primeiro episódio. Ele e mais dois coleguinhas brincavam de "pega-pega" no pátio do colégio. Guto, um guri gordinho, era o "bicho" e estava prestes a alcançá-lo. Naquele instante, Antônio percebeu que odores repugnantes e nauseantes disseminavam no ar – uma mistura de perfume de rosas com cebolas fritas. Apesar das náuseas, continuava correndo na mesma passada do amiguinho que despendia um esforço descomunal, pois podia escutar a respiração ofegante e descompassada do seu perseguidor próximo à nuca. Subitamente, mãos apoiaram-se sobre seus ombros e ele sentiu Guto desabar sobre si. Como não teve forças para aguentar o peso do colega, também foi ao chão, batendo com o nariz no piso.

As pessoas, assustadas, imóveis e caladas, viram dois corpos desfalecidos no chão. O vozerio dos alunos, presente na hora do recreio, foi substituído por um silêncio inquietante, onde se poderia ouvir o zumbido de uma mosca. Somente a natureza falava.

Antônio, semiacordado, se arrefecia com o vento que abrandava o calor da face, aquecida pelo exercício e pelo sol do meio da tarde. Por entre as pernas dos que o cercavam, viu pardais banharem-se em uma poça d'água, formada por um pequeno vazamento de uma torneira danificada, alheios à gravidade do momento. Satisfeitos com o mergulho, sacudiam as asas, majestosos, como se fossem reis.

Ali, permaneceu deitado, zonzo, com dificuldade para respirar. Os colegas, assustados, correram para chamar as professoras.

Confuso, com o nariz sangrando, os olhos iam de ponta a ponta sem nenhum comando, até pousarem em Guto, estendido quase ao seu lado, sendo atendido por algumas pessoas. Tentou se levantar, porém foi impedido por alguém que o carregou para dentro de um carro. Deixou a escola e, no caminho, soube que iria para o hospital. Não imaginava que nunca mais veria o coleguinha que fora vítima de um problema cardíaco e não resistiu.

Aos treze anos, episódio semelhante repetiu-se.

Dessa vez, ele corria pelas praias desertas do Haras numa animada brincadeira com o cachorro. Jogava uma bolinha de borracha para o alto e Tenente, em disparada, trazia a bola presa na boca ao dono, abanando a cauda para demonstrar felicidade pela missão cumprida.

Era uma tarde quente e abafada. Rapidamente, o céu escureceu e o lampejo de raios e o estampido de trovões indicavam uma poderosa tempestade. Inexplicavelmente, a sensação daqueles nauseantes odores infiltrou-se pelas narinas e, exatamente como da vez anterior, sentiu-se mal e atontou. Caiu sobre a areia, indefeso, enquanto Tenente latia sem parar, irritado. Os pássaros passavam em bandos, grasnavam e voavam em busca de abrigo, embaixo de nuvens grossas que começavam a se diluir. Uma luz intensa cegou-o, seguida de um estrondo ensurdecedor.

Apagou.

Ao recobrar os sentidos, a visão vagou sobre duas obras de arte que enfeitavam a parede. A primeira, uma prancha de cedro ornamentada com brasões artisticamente entalhados; a outra, uma tela enorme, onde foram pintados dois cavalos que corriam sobre um gramado verde. Eram magníficos trabalhos e contemplá-los, dava-lhe prazer.

Com os pensamentos ainda desalinhados, tentava reconstituir os últimos acontecimentos. Cortinas de renda em tons de cinza-claro cobriam as janelas e decoravam o ambiente, displicentes ao barulho das chicotadas da chuva que espancavam as vidraças. Desfrutava do confortável aconchego do quarto, quando o silêncio foi abruptamente quebrado pela voz da mãe, agradecendo a Deus por ele estar bem, sem que entendesse o motivo de tanta preocupação.

Com fisionomia aflita e interrogativa, pedia explicações aos pais. Contaram-lhe então que quase foi atingido por um raio. Consultou a confusa memória que apenas registrava rápidos flashes de uma bolinha amarela no ar, alcançada pelo ágil Tenente. Ficou meditativo por alguns instantes procurando reordenar as ideias, enquanto remexia os cabelos, com o olhar perdido no nada. Lentamente, foi despertando para a realidade e, com medo e tristeza, temeu pelo amigo com o qual convivia desde a infância. Assim abatido, leu nas feições dos pais a verdade que não queria conhecer. O nó da garganta apertou e, gaguejando, perguntou se Tenente havia sido alvejado pelo raio. A mãe aproximou-se com um olhar amoroso, sentou-se à beira da cama, tomou suas mãos entre as delas e o convidou sutilmente a abrir as comportas da dor, dando vazão às lágrimas represadas.

Era apenas uma perda, mas uma significativa perda em idade tão tenra.

Antônio ingressou jovem na faculdade. Os pais nunca interferiram em suas escolhas. Como tinha adoração pelos negócios que Ari atendia, preferiu o curso de Economia, julgando ser o mais apropriado para, no futuro, conduzir as atividades comerciais da família.

No início do segundo ano letivo, outro incidente trouxe lembranças do passado, marcando-o novamente. Participava de uma festa de estudantes que comemoravam a entrada na universidade. A folia era animada por bebidas, música e fogos de artifício. Perto de uma árvore, saboreando uma cerveja sob o clarão da lua cheia, ele observava um calouro do curso de medicina manuseando um foguete. O gargalhar da juventude ali presente que até então o empolgava, passou a produzir um mal-estar. Aquele cheiro que ele já conhecia e o nauseava vinha acrescido do fragrante perfume das mulheres que enfeitavam a noite. O desconforto fez com que ele abandonasse o copo sobre a mesa, sem tirar os olhos do rapaz. Remexeu-se impacientemente na cadeira, levou a mão ao bolso, puxou um lenço para secar o suor repentino que escorria em abundância pelo rosto. Em seguida, cobriu o nariz para não aspirar aquele odor desagradável.

As peças de um antigo quebra-cabeça tomavam lugar em sua mente, encaixando-se com perfeição. Um mistério até agora ignorado desvendou-se, deixando-o perplexo. Coçou o queixo, enquanto perguntava por que demorou tanto para entender. Não sabia onde ou como, mas previu que alguma desgraça rondava o ambiente.

Ensaiou um grito no intuito de alertar o calouro, porém o som das palavras foi abafado pelo estampido do foguete que estourou nas mãos do moço, amputando parte de seus dedos.

Tarde demais...

O caos espalhou-se pelo local. Antônio contemplava o tumulto, apavorado, como mero espectador que assistia a um filme de suspense, em tempo real, mas com final previsível. Transtornado, não reparou que o corre-corre cedia espaço a uma quietude assustadora, indicando o fim da festa. Sem acreditar, deixou o cenário, atormentado pela descoberta. Saiu dali, recriminando-se:

– Fui muito lerdo. Eu tinha que me antecipar... Eu tinha que avisar... Meu Deus, eu sabia. Eu reconheci os sinais, podia tentar impedir o acidente e, outra vez, cheguei tarde.

Após caminhar exaustivamente por ruas que não pertenciam ao seu trajeto, rumou para casa, exausto e arrasado. Relatou os acontecimentos aos pais e concluiu, desconsolado, que, se fosse mais ágil, teria evitado o desastre. Seu Ari e dona Alice procuraram discordar dos argumentos do filho, convencendo-o de que a sequência de fatos não ia além de mera coincidência. Esgotado com o que testemunhou, aceitou facilmente a versão deles. Precisava esquecer... Infelizmente, aconteceu, não foi sua culpa. Nada mais havia a fazer.

Todavia, por seguidos meses, ainda acordava à noite sob intenso suor e, com o coração descompassado, ouvia o estrondo da explosão. Vagarosamente, as imagens foram esmaecendo para se tornarem uma tênue lembrança em sua memória.

Dona Alice, embora fosse uma esposa concordada e obediente, não perdia a oportunidade de cutucar o marido, para que ele concedesse mais autonomia ao filho nos trabalhos que já tocavam juntos. Ari compartilhava do mesmo objetivo e ia mais longe desejando que Antônio, no futuro, o substituísse. No entanto, extremamente conservador e ciente de que qualquer inovação lhe causava temor, relutava em transferir o comando dos negócios para o herdeiro que, nas conversas, antecipava ideias modernas e arrojadas.

Depois de formado, Antônio, com insistência, convenceu o pai de que loteasse uma área de terras localizada em uma região com promissor desenvolvimento. O loteamento além de ter sido um sucesso, foi também o alvará para que ele assumisse o controle de outras atividades.

Ao perceber que Antônio portava habilidades de um exímio negociador, Ari, que não era afeito a transações comerciais que conduzia na cidade, transferiu ao filho a administração dos bens que constituíam o império dos Castro e ficou com o Haras que era seu chão.

Nova vida

Ingrid chegou ao Rio de Janeiro sem conhecer ninguém.

Introduzida no meio social, adaptou-se facilmente. Sua beleza marcante, passaporte para ingressar em qualquer sociedade, atraía olhares de cobiça dos homens e de inveja das mulheres. Acostumada aos bailes da sua pequena Blumenau e aos festejos regionais de Santa Catarina, encantou-se com o brilho e a grandiosidade das festas promovidas pela elite carioca. Participava de tudo, não perdia nada. Dava um incrível cansaço no marido envaidecido que a ostentava como uma pedra preciosa, garimpada lá pelas bandas do Sul. Ele se orgulhava em exibir a encantadora esposa, como também sentia prazer em satisfazer os mais malucos desejos da bem-amada. Em resumo, ela passou a ser mais mimada do que era na casa dos pais.

Embalada em um ritmo frenético, Ingrid transformou-se em uma pessoa exigente, focada em roupas caríssimas, salão de beleza, joias e vida social intensa. Não fumava quando solteira, porém, como fumar era charmoso no glamoroso habitat a que agora pertencia, adquiriu o vício rapidamente. Seria impossível reconhecer nela a moça simples que deixou o interior. Assumiu o papel da mulher sofisticada, com a exclusiva pretensão de brilhar. Imediatamente, o casal, considerado o par ideal para ser estampado nas capas de revistas, tornou-se o sonho dos colunistas sociais.

Após se mudar para a Mansão que receberam de presente dos pais de Antônio, Ingrid iniciou uma radical reforma do imóvel, dando um toque pessoal em cada peça. Pintou paredes com cores de sua preferência, importou lustres maravilhosos, mandou confeccionar móveis personalizados, sem se esquecer dos arranjos de flores que se espalhavam por todos os cantos. Enfim, a Mansão ficou com mais cara de Ingrid do que dos Castro.

Seu quarto ganhou requintes especiais. Extremamente agradável, era mais espaçoso do que a maioria das casas de seus empregados. A decoração refinada combinava com a luxuosa mobília. Três roupeiros estavam sempre atopetados de todo modelo de vestimentas, confeccionadas pelos melhores modistas, aliás, várias delas encomendadas no exterior. Aos pés da cama, uma arca centenária – relíquia de família, – guardava finas echarpes, algumas de origem indiana, usadas eventualmente.

Sobre o tablado da penteadeira, dispersava-se uma coleção de perfumes franceses, alguns acondicionados em ricos vidros importados do oriente, dividindo a área com escovas e pentes de cabos de marfim, além de uma requintada caixa de prata, destinada a guardar riquíssimas joias. O espelho veneziano ufanava-se de, em não raros momentos, estampar a imagem de uma formosa dama, sentada em uma confortável poltrona estofada de veludo italiano, esmerando-se em escovar cabelos bem tratados sob o controle de penetrantes olhos azuis.

Próximo à sacada, duas cadeiras "Luís XV" posicionavam-se junto a uma mesa redonda onde descansava uma bandeja dourada para aparar um bule de porcelana chinesa.

Em cima dos criados-mudos, dois abajures clássicos auxiliavam na iluminação. No lado oposto à cama, um quadro de Di Cavalcante, substituído no futuro por um aparelho de televisão e, na outra parede, um relógio redondo, estilo vintage, responsável pela produção de um suave tique-taque.

Mas o seu maior desafio foi a recuperação do jardim. Um pátio feio, abandonado, com plantas e flores subjugadas ao desleixo, transformou-se em um ponto de referência de uma das propriedades mais admiradas da cidade. Em cada detalhe, ela deixou nítida a sua marca, definida pelo bom gosto e visível em todos os espaços. Os amigos, que frequentavam sua casa, batizaram o local de "Caminho das Fadas", tal era o encanto.

Uma piscina de dimensões olímpicas e mais moderna, construída em formato oval, substituiu a antiga. As bordas foram decoradas com aplicações de "cabeça de leão" que jorravam água pela boca, ininterruptamente. Ao lado, estendia-se um deque feito de ipê vermelho, onde mesas redondas, protegidas por sombrinhas de sol, convidavam os familiares e visitantes para um descontraído bate-papo. Mais à frente, cadeiras de descanso sugeriam um perfeito bronzeado. Para uma descomprometida caminhada, bastava percorrer as trilhas de lajotas contornadas por jardineiras, com destaque especial para “espada de São Jorge”, uma planta com a missão exclusiva de defender as pessoas de mau olhado. O gramado, bem aparado, simulava um verde e extenso tapete, distribuído pelo imenso terreno.

Embaixo de um cambará, ergueu-se um salão de festa, estilo “Country”, decorado com móveis rústicos, para receber convidados em ocasiões informais. Somente aí Antônio pôs seu dedinho. Buscou inspiração nos filmes de “Far West” americano, retratando um daqueles bares em que mocinho e bandido normalmente se encontravam para acertar suas diferenças. O assoalho de pranchas largas com aparência de gastas seguia em direção a uma plataforma que dava início ao bar. Um balcão sóbrio de tábuas grossas e algumas banquetas tipo “pub” serviam os frequentadores em momentos de entretenimento. Atrás, um enorme armário com prateleiras acomodava uma variedade de bebidas, incluindo marcas famosas de uísques. Duas caricaturas de Antônio, pintadas sobre tela e acrescidas dos dizeres “Procurado pela Justiça”, estavam penduradas entre as janelas, com a finalidade de sugerir descontração.

Um encantador bangalô mais aos fundos, com portas de treliça branca, abrigava um orquidário, usado por Antônio para cultivar uma coleção de orquídeas raras, sua paixão.

Pedras ornamentais, escolhidas com esmero, formavam passarelas para ligar um ponto a outro, arrematado por canteiros de flores. As trepadeiras “jade”, exuberantes com cachos em tons diferentes de verde, e os “sapatinhos de judia”, mimosos tamanquinhos de coloração amarela e marrom, debruçavam-se sobre duas pérgolas, sombreando bancos de ferro forjado, onde os admiradores da natureza apreciavam a paisagem.

Os muros que circundavam a Mansão eram intransponíveis pela demasia de sua altura e cobertos por heras que, preguiçosamente, esparramavam-se sobre as laterais até alcançar o chão. Algumas árvores de grande porte como: jasmim manga, quaresmeira e ipê, foram plantadas na divisa, com propósito de manter inatingível a intimidade dos moradores. Ingrid conservou as palmeiras já existentes na época em que os sogros ali residiram, por serem gigantescas e majestosas. No lado posterior direito, árvores frutíferas alimentavam os pássaros, visitantes em potencial do pomar.

Os temperos não foram esquecidos e ganharam espaço nobre próximo à cozinha. Quando garoava, o perfume do manjericão recolhia-se para dentro de casa, temperando o ambiente.

Prevendo a chegada de filhos, não foi esquecido um parquinho com alguns brinquedos e uma casinha de boneca tamanho família. Também não ficou fora do projeto, a construção de um canil cercado por ripas brancas, com todo o aparato necessário para dar uma vida confortável aos cães de Antônio.

Nos fundos da propriedade, um denso bambuzal escondia um pequeno pedaço do imóvel. Ali, havia um portão que dava para a rua detrás do terreno, por onde diariamente entravam e saíam os empregados. Lá também estava camuflada uma modesta casa de madeira, conhecida na Mansão como a "Casa dos Fundos", residência dos caseiros. Assim, a plantação de bambus permitia maior privacidade aos Castro.

Concluída a reforma, o casal passou a ser anfitrião de inúmeros e comentados eventos sociais, realizados no salão principal. Ao som de orquestras caras e afinadas, os amigos eram premiados com noitadas inesquecíveis, algumas com indefinidos motivos de comemoração. E, sem dúvida, Ingrid, a rainha da festa, levava ciúme e inveja às convidadas que não se cansavam de badalá-la.

Filhos, conflitos e perdas

Dois anos de uma união maravilhosa foram interrompidos com o nascimento a primeira filha, Lurdes. O bebê não estava nos planos do casal, mas chegou. Ingrid ainda desejava curtir mais a noite carioca. A interrupção do convívio social a aborreceu. Foi obrigada a cancelar vários convites e suspender viagens internacionais. Reduziu os encontros com as amigas depois que perdeu suas famosas e invejáveis medidas: noventa de busto, sessenta de cintura e noventa de quadril. No entanto, como sabia que não podia ficar sem ter um filho, mesmo porque um herdeiro era o sonho do marido e dos sogros, imaginou que, se o tivesse de uma vez, estaria disponível para voltar a figurar na seleta sociedade local.

Após cumprir o compromisso de gerar um descendente para os Castro, decidiu que não queria engravidar novamente, sob a justificativa de que não tinha vocação para ser mãe, apesar de contar com uma equipe de empregadas para servi-la. Ela considerava as tarefas que envolviam a criação de uma prole como uma gaiola que a impedia de ser livre para voar de festa em festa, brilhando como uma estrela. Suas noites pertenciam ao prazer e uma criança tornava-se um incômodo no agitado mundo em que vivia. A vida e a beleza tinham prazo de validade e Ingrid não pretendia desperdiçá-las com uma enorme família.

Aí, surgiu a primeira discórdia. Antônio pensava completamente diferente. A experiência como filho único foi decepcionante. Ele se lembrava de uma infância solitária sem ter um irmão para conversar, sair e brincar. Idealizara um projeto familiar com uma casa cheia de pimpolhos, principalmente do sexo masculino. Embora fosse mais moderno, carregava consigo o mesmo pensamento do pai: elas são belas, mas foram talhadas para a maternidade. E, como um sujeito excessivamente cabeçudo, mantinha-se irredutível em seu ponto de vista.

Na Mansão dos Castro, o duelo entre marido e mulher estava apenas começando.

Por fim, a vontade de Antônio prevaleceu. Um pouco antes de Lurdes completar dois anos, nasceu Inês, cara da mamãe, esbanjando saúde. A nova herdeira apresentou-se ao mundo em uma época conturbada por causa da explosão da Segunda Guerra Mundial, justamente na semana em que o exército alemão invadiu a Polônia. Ingrid viu a data como fato positivo, pois não era do seu interesse que as colunas sociais estampassem o nascimento de mais uma filha. Preferia ver sua foto na imprensa como uma sedutora socialite e jamais como mãe. Como os jornais e revistas estavam ocupados com notícias dos campos de batalha, acontecimentos sociais passaram a ser relegados a um plano secundário. Antônio, entretanto, não escondeu o aborrecimento ao saber que mais uma mulher fazia parte de seu clã.

Ingrid tentava por todos os meios convencer o esposo a ficar somente com as duas meninas e, para isso, usava até a guerra como argumento. Alegava que não era prudente criar uma família numerosa num período em que um conflito mundial dominava o planeta, com consequências ainda não previsíveis para o Brasil. Porém não havia argumentação que fizesse Antônio mudar de ideia. E, no auge de um acalorado bate-boca, ele se expressou de forma taxativa:

– Não vou desistir enquanto você não me der um macho – e, assim, encerrou o assunto, além de transferir para ela toda a responsabilidade pelo sexo dos filhos.

Chateada, Ingrid foi se queixar à sogra, solicitando que a apoiasse. Mas se deu mal. Dona Alice diplomaticamente procurou convencê-la de mais uma tentativa. Enfim, acabou dando razão ao seu menino.

A vida seguia renovando-se constantemente e o casal Castro persistia estacionado na rua da teimosia, sem conseguir pegar a carona da sensatez. Divergentes na maneira de pensar, as disputas tornavam-se acirradas, envolvendo não adultos, mas duas crianças mimadas. O final de cada discussão terminava em xingamentos e gritos de ambas as partes. Ela o acusava de egoísta e ele insinuava que a culpa era dela, inclusive, adjetivando-a pejorativamente de “falhada”.

Até então, Ingrid já havia sofrido dois abortos espontâneos, fatos que engrossavam a cadeia de motivos destinados a provar que não deveria enfrentar uma nova gravidez. Porém, Antônio permanecia inflexível e insistente. Não abria mão do filho macho. Um descendente do sexo masculino provaria que ele era um homem de alta virilidade.

O conflito levava-os ao estresse, induzindo-os a trilharem caminhos perigosos. A desarmonia substituiu o caloroso relacionamento tão intensamente vivido após as núpcias. Para relaxar, ela abusava do cigarro e da bebida e Antônio, aos poucos, foi participando de festas com amigos, ditas como reunião de negócios. Das festas, surgiram oportunidades para transformar divertidas noites em encontros amorosos, inicialmente casuais, originando as primeiras traições.

O clima ficava mais ameno quando eles recebiam a visita dos pais de Ingrid. Antônio fazia gosto da companhia dos sogros, principalmente de Antenor, um sujeito culto e de boa conversa. Um bom companheiro.

Antenor também se relacionava bem com o consogro Ari. Os dois construíram sólida amizade e, com frequência, cavalgavam juntos no Haras. O gaúcho ensinou Ari a preparar o churrasco na brasa que passou a ser tradição na fazenda.

Em uma dessas visitas, Ingrid comentou com a mãe sobre as preocupações que a afligiam, em relação à vereda sinuosa pela qual seu matrimônio descambava. Reclamou com veemência do marido. Informou à dona Olga a respeito de algumas fofocas que circulavam entre as amigas, delatando Antônio em casos extramatrimoniais. Temia que ele tivesse alguma amante, suspeita fundamentada no horário tardio em que voltava para casa e na ausência da procura por ela. A mãe, experiente e sábia, aconselhou a filha a reconquistar o esposo.

– Mas como mamãe? – perguntou, empolgada.

Olga esboçou um meio sorriso e, encarando-a, explicou:

– Com esses olhos azuis divinos que Deus lhe deu. Com o seu jeitinho irresistível de conseguir tudo o que deseja. Não será difícil, não. E, em tom de advertência, completou:

– Valorize-se, querida! Muitos homens gostariam de estar no lugar do seu marido e ele sabe disso.

Elas tomavam um refresco de limão gelado com torta de nozes, sentadas em uma mesa no jardim sob o sol brando das cinco da tarde, embaixo de um ipê em flor. Um vento leve brincava despreocupado com as folhas que desciam bailando pelo espaço, desencadeando uma chuva de pétalas amarelas que, ao cair ao redor delas, formavam um majestoso tapete colorido.

Ingrid, ao ouvir as palavras da mãe, suspendeu o garfo no ar com uma meia porção de bolo espetado, pensativa. Concluiu o movimento, concordando que a mãe estava com a razão. Lembrou-se do jeito malicioso que os homens, até mesmo amigos seus, observavam-na quando um acentuado "tomara que caia" expunha o ombro e um pedaço dos seios desnudados; daqueles olhares penetrantes, cravados como flechas, em cima de quadris presos em um vestido extremamente justo; do sucesso que causava ao cruzar a porta do salão principal do Copacabana Palace de braços dados com o marido, ofuscando inclusive a beleza de celebridades de Hollywood, frequentadoras do lugar.

– Hum... – deduziu. – Por que não? Por que não? – interrogou-se, já acreditando na causa. Dona Olga a observava calada e, como adivinhasse o que passava pela cabeça da filha, fez um sinal com a mão, confirmando a decisão.

Ingrid conseguiu elevar a autoestima que estava em baixa. Após confabular com a mãe, muniu-se de sedução para recuperar o casamento. Foi com tudo e trouxe o peixe de volta à rede. Parou de bater de frente. Trocou a afronta pelo charme. Cada vez que ele retornava ao tema motivador de tanta discórdia – o herdeiro macho –, ela, sem dizer "sim" nem "não", habilmente, desviava a conversa.

E, assim, passou a levar a vida. A harmonia, perdida nos desentendimentos, regressava eufórica ao lar. Sintonizados na mesma energia, o amor cansado de ser posto de lado entrou pisando firme, trazendo na bagagem lembranças inspiradoras de um passado nem tão distante. Tocada diretamente nas profundezas da alma, Ingrid cantarolava pelos cantos e espalhava alegria por onde andava. Enfim, novamente, feliz...

Nuvens escuras cobriam o céu do meio da tarde, indicando uma forte trovoada provocada pelo escaldante calor. Como carro-chefe, o vento antecipou-se com a missão de chacoalhar árvores, derrubar galhos e carregar entulhos que atrapalhavam sua passagem. Em seguida, caiu a chuva que bateu com força no telhado e infiltrou água pelas janelas das casas.

No quarto, sentada sobre a colcha bordada com motivos florais pelas mãos prendadas de bordadeiras da Ilha da Madeira, Ingrid descansava, recostada em algumas almofadas com tons alternados de mostarda e verde-musgo. Os pensamentos fluíam mansamente, acompanhados de um olhar radiante que combinava com a boa fase no amor. Um breve sorriso, ainda que tímido, surgiu nos lábios, ao lembrar que devia essa felicidade à mãe. Uma mulher esperta que lhe fornecera a solução genial para um problema complicado.

Porém o destino aplicar-lhe-ia uma rasteira. Nas tempestades seguintes no casamento, não teria mais o ombro da mãe-companheira para choramingar.

Um telegrama inesperado encarregou-se de trazer a trágica informação do falecimento de Olga. A nefasta mensagem, feita de caracteres frios e cruéis, invadiu a Mansão e, como um petardo destruidor de felicidade, atingiu severamente Ingrid. Infarto fulminante sem nenhuma chance de sobrevivência. Incrível! Mas era verdade. O tempo evadiu-se precipitadamente, numa rapidez inacreditável.

A morte levou a mãe, a amiga e a confidente em um piscar de olhos, cavando um rombo em seu coração. Por alguns dias, o silêncio a calou e as horas passaram a ser destinadas a relembrar os momentos em que viveram juntas.

Em um daqueles minutos de interiorização, Ingrid deixou a cama, seu refúgio predileto desde o dia em que recebeu a desastrada notícia, e se dirigiu ao armário de onde tirou um estojo encapado com um tecido xadrez já desbotado. Parou indecisa se explorava o que havia ali dentro ou não. De repente, impelida pela nostalgia da ocasião, caminhou até a mesa e colocou a caixa com cuidado na parte superior do móvel. Arrastou uma cadeira, sentou-se confortavelmente, enquanto os dedos tamborilavam nos encostos de braço, talvez tentando buscar coragem para rasgar a tênue cortina do passado. Depois de alguns segundos de indefinição, respirou fundo, abriu a tampa e deparou-se com registros de uma infância feliz.

Com medo do que iria ver, tomou a primeira lembrança em suas mãos trêmulas. Imediatamente o quarto foi invadido pelo riso contagiante dos colegas que fizeram pose para aquela fotografia.

"Ah! Que saudade!", pensou em voz alta.

– Por que ficou para trás dias tão alegres e festivos em que a vida era apenas diversão.

Riu do jeito zangado da mãe, quando ela chegava inesperadamente em casa, cercada de amigos. Ao ouvir uma tagarelice descontrolada vinda lá do portão, Olga já se agitava e, quase aos gritos, rezingava com carregado sotaque alemão:

– *Non, non... (não, não)* – e balançando a cabeça para ambos os lados reclamava:

– *Estou despreparada. Não tenho nenhum bolinho fresco, Ingrid!* – a bronca evidenciava seu descontentamento.

– *Por que não avisou?* – e já ia tirando o avental da cintura para ir à Confeitaria das Irmãs Klock comprar alguns quitutes para as visitas.

"Essa era Olga", concluiu.

Prosseguiu vagarosamente vasculhando relíquias, quando a atenção foi atraída para um retrato seis por nove, com bordas totalmente amareladas pelo tempo. Ela, com sete anos, participava de uma tradicional festa alemã, vestindo uma roupa típica: um vestido vermelho, rodado, com flores de feltro aplicadas. Exibia longos cabelos loiros penteados em duas tranças caídas sobre os ombros. Era certamente a mais linda de todas as garotas que lá se encontravam. O velho retrato em preto e branco seria impecável se não fosse a sua cara emburrada, estampada na fotografia.

Com uma risadinha matreira, lembrou-se do motivo de tanta brabeza. Brincavam de cabo de guerra. Ela e mais duas amiguinhas contra três garotos do outro lado da corda. A batalha estava equilibrada, já que elas eram mais altas do que eles, quando Olga se aproximou, chamando-a pelo nome. A insignificante distração derrubou-as no gramado, ao som das gargalhadas impiedosas dos rapazes, deixando-a furiosa.

– Nossa! Isso já faz muito tempo – exclamou Ingrid.

Remexeu-se na cadeira para acomodar melhor as pernas e seguiu na investigação do passado. Dentro de um envelope maior, outros menores relembraram-na de uma esquisitice: escrever cartas para o Anjo.

Não se recordava por que começou, mas, cada vez que se sentia acuada ao enfrentar algum problema, recolhia-se em um canto e escancarava a alma ao seu confidente. Não era o anjo da guarda. Era tão somente um anjo... O seu Anjo.

Para ele, contava os sofrimentos, as dúvidas e as angústias que a maltratavam. Pedia conselhos, implorava que lhe apontasse uma direção. Traçava estratégias. Depois de ler e reler o que tinha escrito, dobrava as folhas com cuidado e as colocava em um envelope que ficava depositado naquela caixa. Tinha certeza de que ele leria a mensagem. Não se tratava apenas de uma mania de menina. Comportou-se assim também na adolescência e ainda recorria a esse expediente para se fortalecer espiritualmente. As cartas ao seu protetor passaram a ser uma muleta mental que a impedia de ir ao chão nos momentos de fraqueza.

Um sentimento de amargura abordou-a ao tocar na foto do irmão falecido.

– Oh! Querido! Por que o destino lhe negou o direito de explorar a vida por inteiro, de sentir na pele suas emoções, vibrar intensamente no amor, fazer escolhas, construir uma família e espalhar sementes. Seriam tantos e tantos aprendizados que iriam enriquecer sua alma. E, agora, mamãe também se foi.

Em meio a uma crise de choro, deduziu que não era conveniente acordar o que ficara para trás, pois acabou trazendo para o presente uma tristeza adormecida. Juntou as fotos e guardou-as dentro do estojo, recolocando-o no lugar de onde não deveria ter saído.

A partir da morte da mãe, os dias retornaram a ser sombrios e a melancolia fez-se parceira de Ingrid. O que aliviava o seu sofrimento eram as visitas frequentes do pai, que padecia com a solidão. Antônio sensibilizou-se pelo desgosto de Ingrid, pois conhecia o apego dela pela mãe e, lá do seu jeito, a consolava. Julgava que, em breve, a mulher voltaria a ser a criatura doce e afetuosa que ele tanto amava.

Ela amargou o luto por longos meses, mas, aos poucos, recuperou-se e a vidinha conflituosa de outrora se instalou novamente. Eles não sabiam lidar com o imprevisível. Desconheciam a receita correta do "bom viver". Ao se arriscarem por conta própria, erravam no tempero, sendo necessário o uso de muitas artimanhas para evitar uma convivência insuportável.

Aos poucos, Antônio retomou ao enfadonho e angustiante assunto: o filho homem. Como ela não conseguia mais driblá-lo, utilizava a tática ensinada por dona Olga: ao entrar no período fértil, inventava uma dor de cabeça ou um mal-estar qualquer para fugir do sexo, deixando-o desapontado; ao notar que estava livre do perigo, ardilosamente, enchia-o de afagos e ele acabava aceitando a esposa carinhosa.

Certa noite depois do grande Baile de Carnaval do Copa, regado com excesso de champanhe, ela se esqueceu de suas engenhosas tramas e, semelhante aos primeiros dias de núpcias, deleitou-se nos braços do esposo. Embevecida em altas doses de amor e álcool, abandonou a matemática das contas menstruais e, sem se aperceber, o óbvio aconteceu.

A decepção chegou rápida e a ausência da menstruação levou-a ao desespero. A suspeita da gravidez confirmou-se e ela se odiou.

– Outra vez, não – reclamava. – Como usarei o vestido que comprei em Nova Iorque? Quando voltar a servir estará fora de moda. Como pude me descuidar dessa maneira?

Ela havia assistido ao filme "Janela Indiscreta", protagonizado por Grace Kelly, ícone *fashion* daquela década. As roupas que a famosa atriz vestia obrigatoriamente eram copiadas pelas fãs. Lógico que Ingrid encantou-se com o modelo e encomendou uma réplica a uma renomada modista nova-iorquina que, com perfeição, confeccionou um exemplar exclusivamente para um importante evento no mês seguinte. Um "tomara que caia" bicolor, de "Chiffon" branco, com cintura marcada e saia ampla com detalhes de flores. Com desânimo, viu que a peça perdera sua utilidade.

Como não assimilou o infortúnio, fez do mau humor um companheiro inseparável, voltando a ser uma pessoa de complicado convívio. Até o marido lhe causava náuseas. Ele, sentindo a rejeição, retornou à vida de orgia. O bordel da Francesa era uma excelente opção.

O local, camuflado como pensionato para moças, ocupava dois andares de um edifício antigo, porém em ótimo ponto. Jamais alguém suspeitaria que, atrás daquelas paredes com manchas de mofo, escondia-se um recanto sofisticadíssimo, frequentado somente por homens com muito dinheiro. A proprietária, uma francesa com quarenta anos, aparentando trinta, costumava receber seus hóspedes com rebuscado glamour. Desfilava com passinhos miúdos e falava baixinho com um sotaque encantador, ostentando entre os dedos uma piteira de ouro, presente de um admirador. Dentre todos os lugares de diversão masculina, esse era o que mais agradava a Antônio pelo som baixo da música, pela beleza das jovens, pela ausência de risos exagerados, em resumo, sem a vulgaridade comum nesse meio.

Ingrid ficou sabendo onde Antônio andava resolvendo seu problema de carência afetiva. E, agora, a mãe não estava ali para apoiá-la. Isolada, perdeu um pouco do contato com as amigas. Elas apenas a procuravam para lhe encher a cabeça com fofocas sobre as aventuras românticas do marido. Sem ter com quem desabafar suas mágoas, esporadicamente, tomava a cozinheira, Custódia, como nova confidente.

Os meses avançaram e o ano de mil novecentos e quarenta e cinco trouxe mais um habitante para Mansão dos Castro. Semanas antes do parto, Antônio se aquietou. Tornou-se mais caseiro e não se atrasava após sair do trabalho. Afinal, o clima era de expectativa: podia vir o tão sonhado homenzinho. No entanto, outra vez se sentiu decepcionado, traído pela Lei Divina. Júlia nasceu forte, linda e saudável.

A mãe teve vontade de sumir, pois, sem dúvida, seria novamente acusada pelo insucesso. Pior ainda, lhe seria cobrada mais uma tentativa. Imaginava o inferno pelo qual iria passar. Conhecia o temperamento do esposo. Ele jamais cederia. Então, jurou que ela também não daria trégua.

Logo que deixaram a maternidade, a filha foi entregue à babá que assumiu o posto de mãe.

Norma, uma paraibana que na plena infância, partiu do sertão com a família e alguns parentes, chegou ao Rio de Janeiro, desnutrida e com reduzidas chances de sobrevivência. Contrariando a lógica, venceu a batalha contra a morte e cresceu com saúde. Seus pais, depois de atravessar um período de fome em busca de emprego, conseguiram trabalho com conhecidos da avó Alice. Na idade de quinze anos, ela veio para Mansão a fim de assumir a função de babá. Ao contrário de Custódia, era uma jovem desconfiada e de pouca conversa. Com um olhar de falcão, controlava o ambiente sem se descuidar da presa.

Após transferir as obrigações de mãe à Norma, Ingrid refugiou-se em seus aposentos. Evitava sair, pois temia expor uma barriguinha pronunciada e ser vítima de comentários maldosos. Antônio incentivou-a a retomar a vida social, porém, ao tocar no assunto, era rebatido com sarcasmo e com frases negativas:

– Com que ânimo? Estou parecendo uma mulher desleixada. Nada cai bem em mim.

Certa vez, ele sugeriu:

– Amor, convide suas amigas mais chegadas para uma reunião.

– Não! Sinto-me feia – ela rechaçou.

– O que é isso, querida! Todos sabem que você deu à luz recentemente.

– Não pretendo ver ninguém. Aqui em casa só entra a massagista e, quanto ao casamento do filho dos Mendes, pode desistir. Nós não vamos!

Deu-lhe as costas, caminhou rumo à cozinha, culpando-o por querer expô-la ao ridículo.

Ingrid notou que, com o decorrer dos meses, as visitas do pai se tornaram escassas, até que um dia ele telefonou para informar que havia se casado. A notificação do matrimônio produziu o impacto de uma bomba, causando enorme rombo nos esfacelados sentimentos da filha. Jamais imaginou que seu super-homem se comportaria tão mesquinhamente, visto o recente falecimento da mãe. Refeita da surpresa, com voz embargada, ela quis saber por que ele agira assim, sem contar nada. Ele se mantinha calado, quiçá esperando juntar forças para se justificar. Aí, ela se adiantou e o surpreendeu com uma pergunta certeira:

– Quem é ela? Alguém que conheço?

– Sim, a Marisa... – falou timidamente.

– O quê? Sua secretária, papai? – berrou Ingrid em total desespero. – Mas, pai, ela estudou comigo no ginasial!

No lado de lá, a mudez instalou-se na linha telefônica. A ausência de resposta provocava mais irritação na filha que continuava aos gritos:

– Qual a idade dela, seu Antenor? Diga, vamos!

Ele já no auge do limite, querendo terminar logo com aquele calvário, confirmou:

– Eu sei que é a mesma idade sua, querida.

Uma onda de calor envolveu o corpo de Ingrid, provocando-lhe uma desconfortável tontura. Jogou-se em uma cadeira, com receio de cair. As mãos apertavam fortemente o aparelho e as palavras saltavam da boca, de forma exasperada, demonstrando toda a sua indignação.

– O quê? É brincadeira, paizinho. Isso não é real. Me recuso a acreditar – ele apenas se limitava a não responder.

– Desde a época do colégio, nunca fui com a cara dessa impostora e agora o senhor quer que receba ela como madrasta. Não vou aceitar essa mulherzinha como minha mãe. Nunca, nunca, nunca.

Antenor sentiu o "nunca" se multiplicar por um milhão de vezes. Depois que o eco sucedeu o choro escandaloso da filha, procurou explicar:

– Meu bem, eu estava muito só e ... – foi interrompido.

– O senhor não se enxerga! Não vê que ela só quer o seu dinheiro.

– Não é verdade...

– Não admito uma vergonha dessa! Ou ela ou a nossa família. A escolha é sua – desligou o telefone, cortando qualquer possibilidade de réplica, isolando o contato com o pai. Após esse dia, Antenor repetidamente tentou falar com ela, porém sempre ficou sem retorno. Ela instruiu as empregadas a não atender as ligações.

Com o tempo, ele se cansou de correr atrás e Ingrid aceitou sua ausência. Ela cortou todos os laços afetivos que os uniam, e um belo relacionamento, daqueles feitos para durar por toda a eternidade, espatifou-se como um lindo cristal jogado ao chão. Ela se considerava apunhalada pelas costas e não o perdoava. Estava sendo substituída por uma madrasta que usurpou o lugar da mãe, desbancando-a da posição "queridinha do papai". O rompimento significou uma bordoada emocional com consequências trágicas, que se acumulou aos efeitos de uma desastrada vida conjugal. Ela, a princesinha, acabou destituída do trono, sem aviso prévio. Jamais sonharia que alguém pudesse lhe roubar o espaço que ocupava no coração do seu herói. E tudo aconteceu em questão de minutos, em um simples telefonema.

Antônio entendia a revolta de Ingrid, como também entendia que o sogro tinha o direito de ser feliz, mesmo reconhecendo a falta de habilidade dele em conduzir um processo tão delicado. Já Antenor pensou que a filha fosse uma pessoa suficientemente madura, capaz de compreender seus motivos. Desejava alguém que lhe fizesse companhia, mas não esperava que a atitude tomada provocasse efeito tão devastador.

Antônio percebeu que a mulher não conseguiu assimilar o golpe e, portanto, carecia de carinho. Penalizou-se com a dor da esposa e repensou algumas de suas condutas. Modificou a rotina, ficando mais em casa. Lentamente a tensão se enfraqueceu, alterada por um convívio leve e prazeroso. Sem o aconchego da mãe e de mal com o pai, ela se obrigou a aceitar a mão estendida do marido. Viu-se protegida e voltou a ser carinhosa. Viajaram para a Europa onde Antônio a acompanhou a teatros, restaurantes e desfiles de modas de renomados costureiros. Seguido de rigoroso regime, readquiriu as medidas de outrora, em um corpo esculturalmente moldado aos padrões da elegância. De humor renovado, passou a fazer aquilo que sabia e que sempre gostou: comprar. E só comprava o que havia de bom e melhor.

Mais uma gravidez

O casal regressou ao Brasil com relacionamento revigorado e convívio harmonioso, até Ingrid receber do médico a indigesta notícia que por outras vezes odiara: estava grávida, novamente.

Empalideceu. Esbravejou contra Deus, culpou a má sorte, chorou exaustivamente. Recriminou-se com veemência:

– Não acredito. Alguma coisa está errada. Vinha me cuidando. Sou regulada. Não... Não... Não.

Por dias, enclausurou-se, curtindo a própria desgraça. O marido percebeu a mudança repentina de humor, mas ela não se encorajou a lhe contar. Então, pedir socorro a quem? Lembrou-se da mãe. Como ela fazia falta. Agora, tinha Custódia. Chegou até a confidenciar à empregada. Mas evidentemente que ela jamais substituiria a experiente dona Olga, pois era somente uma doméstica que servia exclusivamente para assuntos mais leves e nunca passaria de um estepe mental.

De repente, teve uma ideia. Isso mesmo. O Anjo. Escreveria para ele e, em breve, saberia o que fazer. Verdade que há muito tempo não lhe enviava uma carta. Mas, com certeza ele estava lá. Ele sempre foi parceiro nessas horas e não seria nesse instante que a deixaria na mão. Provavelmente, apontar-lhe-ia um caminho.

E, assim, fez. Sentou-se em frente à escrivaninha, puxou uma folha de papel e queixou-se desoladamente:

"Querido Anjo:

A aurora já se erguia quando despertei. As lágrimas que derramei foram incapazes de encontrar uma saída para toda essa desordem emocional que me aniquila. Forcei o cérebro e ele voltou a trabalhar, concluindo que não poderia levar essa gravidez adiante.

Eu ainda não contei a ninguém, apenas à Custódia. Ela descobriu uma mulher que prepara uma garrafada de ervas para abortar. Tomei. Perdoe-me. Sei que não agi corretamente. Fui contra meus princípios. Mas você sabe que eu não posso suportar tudo isso de novo.

Infelizmente, após muita espera, notei que a bebida não produziu efeito. O bebê teima em continuar dentro de mim. Tenho que decidir com urgência. Preciso de alguém para me ajudar. Mas quem? ... Enxergo meu quarto tingido de cinza, enquanto raios de sol batem na vidraça da janela, querendo alegrar minha alma.

Temo que a agonia me traia, despertando desconfiança entre os de casa. Busco por um ombro amigo para compartilhar tão grave segredo. No entanto, como em um jogo de baralho, vou descartando os nomes na lixeira, sem achar nenhum coringa em condições de reverter o resultado ou alguém capaz de ouvir meu lamento.

Ontem, olhei-me no espelho e não gostei do que vi: meus cabelos estão completamente desalinhados de tanto levar as mãos à cabeça. O esforço despendido para controlar as emoções foi tão intenso que resultou em violenta enxaqueca e minhas têmporas começaram a latejar. Levantei-me da cadeira, abri a gaveta do criado-mudo e escolhi um potente analgésico, numa tentativa de terminar logo com o incômodo. Enchi um copo até a metade para tomar o remédio e voltei a me sentar junto à mesa redonda. Minhas mãos brincavam com a toalha por não ter com o que se ocupar e meus olhos pousaram sobre uma revista. Distraída, peguei uma caneta e fui rabiscando as páginas com os pensamentos perdidos, divagando pelo infinito. Quando a mente retomou o foco, com espanto, reparei que havia acrescentado bigodes em todas as figuras femininas. Então, gargalhei gostosamente, extravasando tensões reprimidas.

Será que estou enlouquecendo, meu querido Anjo? Minhas atitudes não parecem de uma pessoa normal: choro e rio ao mesmo tempo.

Após essa reduzida trégua, as causas do meu martírio retornaram à memória como uma avalanche, levando-me a pensar em abortar. A alternativa foi rejeitada imediatamente. Seria arriscado demais. Se Antônio descobrisse, aí sim, nosso casamento acabaria. Mas, mesmo correndo riscos, não descarto a ideia. Posso fingir. Fazer com que todos creiam que foi mais um aborto espontâneo.

À medida que a vida segue, a angústia aumenta. Em breve, meu ventre fatalmente me denunciará. Não restará outra opção senão dar a notícia. Ponderei em aguardar um milagre, mas você sabe que milagres não acontecem ao acaso. Estou no meu limite. A aflição me deprime. É necessário pôr um fim nesse inferno. Tenho que contar a Antônio de uma vez e me livrar desse peso, apesar de estar sem coragem.

Se eu não fizer nenhuma besteira, contarei.

Me ajude, me guie, me dê forças… me mande um sinal.

Beijos, meu querido.

Ingrid."

O tempo andava velozmente, sem que Ingrid encontrasse uma saída no labirinto em que se enfiara. Os minutos corriam como se fossem horas, as horas como se fossem dias e os dias como se fossem meses. A ansiedade em retirar as braçadeiras que lhe mantinham atreladas na guarda daquele sigilo a pressionava.

O seu cotidiano que já não era maravilhoso, tornou-se um mar de lamúria. Passou a odiar o mundo e aqueles que a rodeavam. Os gritos das crianças a irritavam e as dúvidas das empregadas, pedindo orientação sobre tarefas, a incomodava. Queria apenas se isolar.

Numa tarde em que desejava ficar só, foi informada por Norma que o seu Ari e dona Alice vieram visitá-los. O momento não deixava de ser o mais inapropriado possível. Se não estava disposta a receber visitas de amigas, então, muito menos dos sogros. Ademais, não era segredo para ninguém que o relacionamento entre ela e a sogra nunca foi lastreado pela simpatia.

– Chegamos! – exultou Alice toda feita de sorrisos, encaminhando-se à nora para abraçá-la.

– Como está, minha querida?

– Ótima! – dissimulou Ingrid. Ao ver a amabilidade da sogra revestida de pura falsidade, pensou: "Só faltava essa jararaca para me espezinhar".

– Ai que calor! – desabafou Alice, abanando-se com o leque que sempre carregava consigo. Olhou para os lados, como se buscasse alguém.

– Que sede! Vou pegar um refresco – e lá se foi, com a saia justa colada ao corpo por causa do suor. Ari, depois de pôr o chapéu na chapeleira, cumprimentou a nora com um enérgico aperto de mão, perguntando por Antônio.

– Ainda não veio – informou Ingrid.

– Ah! – resmungou ele, levando a mão à testa. – Estou cansado. Nossa camionete sacolejou muito. A última chuva da semana passada abriu grandes crateras. Esse nosso prefeito não tem cuidado bem da nossa cidade. Em campanha, prometeu pavimentar as estradas dos distritos, principalmente essa que vai até o Haras, mas parece que não saiu do papel – e, fazendo cara de quem não acreditava em mais nada, acrescentou:

– Ele se defende dizendo que essas obras são por conta do Estado.

O sogro só queria jogar conversa fora. Falava para as paredes. Ingrid, à sua frente, apenas escutava, mas não assimilava o que estava sendo dito. Estava distante dali, com a cabeça a ponto de explodir, não conseguindo se afastar das preocupações. Por sorte, dona Alice retornou da cozinha acompanhada de Custódia, trazendo suco e bolinhos quentes.

– Hum! – degustou Ari, estalando a boca.

– Que delícia! – elogiou, com o olhar dirigido à empregada. – Você continua sendo uma excelente cozinheira, cara Custódia – ela fez um gentil movimento com os lábios para agradecer:

– Obrigada! – retirou-se radiante, balançando as pontas do vestido, contente de ver seu trabalho ser reconhecido.

As meninas, ao ouvirem vozes, aproximaram-se para conferir se havia presentes. Ari, para a decepção delas, afirmou que não, prometendo para próxima oportunidade. Ingrid, discretamente deixou a sala e se refugiou na varanda de seu quarto, saindo de lá somente quando Antônio chegou para jantar.

O assunto, entre pai e filho, transcorreu sobre cavalos. As crianças, entediadas com a conversa, brincavam de fazer caretas. Irritado, Antônio ordenou à Regina que as levasse para dormir. Ingrid permanecia em silêncio, como figurante que não aguentava mais representar o mesmo papel. Logo que a ceia se findou, pediu licença para se recolher, sob a alegação de uma insuportável dor de cabeça.

Dona Alice torceu o nariz e devolveu-lhe o pensamento: "Cobra. Não serve nem para fazer companhia".

Antônio entendeu que a mãe não gostou da atitude da esposa e, para amenizar o clima constrangedor que os envolveu, convidou-os para um café no escritório.

Ingrid recolheu-se com o coração acelerado e dores musculares devido à forte tensão. O corpo exigia descanso, entretanto a ansiedade não consentia. Buscou, em seus soníferos, a solução que sempre estava ao seu alcance. Amanhã seria outro dia.

Ingrid continuava enrolada em fios de um novelo que parecia não ter fim. Pretendia contar ao marido sobre a gravidez pela manhã, porém o efeito da medicação prolongou o sono. Quando acordou, ele já havia saído.

Soube por Custódia que os sogros, na noite anterior, prenderam Antônio por mais uma hora. Tão logo os pais se despediram, ele subiu ao quarto com duas taças e uma garrafa de vinho nas mãos, retornando desapontado.

"Ah! .... Ah! .... Ah! .... Encontrou-me dormindo. Com certeza, ao ver o vidro de remédios sobre o criado-mudo, sentiu-se como uma criança que teve o seu pirulito roubado", pensou Ingrid, satisfeita por ter frustrado o esposo.

Consciente de que perdeu a ocasião, saiu da cama sem pressa. Remexeu o interior dos armários à procura de uma roupa que a deixasse deslumbrante. O vestido branco, com detalhes em renda, seria uma boa escolha. Amarou os cabelos com um lenço azul-turquesa e realçou a aparência com uma suave maquiagem.

– Perfeito – avaliou.

Assim que ele chegou para o almoço, ela o convidou para irem ao jardim.

– O que você tem para me dizer que não pode ser dito aqui dentro? – inquiriu Antônio.

– Segredo – despistou Ingrid com meiguice. – É particular e aqui tem muita gente – ele fez uma cara curiosa, estendeu o braço sinalizando no sentido da porta e a seguiu. No caminho, ainda comentou:

– Como você está linda, querida!

Pararam diante de um canteiro de flores, banhado pela luz solar. Ela apanhou uma margarida e lhe mostrou.

– Não é bonita?! Parece estar sorrindo para o sol – interessado em saber o motivo de tanta cerimônia, ele insistiu, desconfiado:

– Meu bem, certamente não foi para apreciar a beleza dessa flor que me trouxe até aqui.

– Oh! É verdade – concordou Ingrid. E, sem preâmbulos, isenta de qualquer emoção, deixou a frase flutuar no ar:

– Estou grávida!

Antônio, incrédulo, colocou um falso riso de euforia na face que rapidamente desapareceu. Com um olhar indagador, implorou por uma confirmação:

– Sério?

Com dificuldade, ela se esforçava para apresentar um rosto feliz, mesmo que por dentro estivesse destroçada.

– Já fiz o exame. Cláudio me comunicou que deu positivo.

Após passar o impacto inicial, a mente engenhosa de Antônio o alertou: vai ser homem. Talvez fosse a última oportunidade para que um herdeiro macho continuasse a geração dos Castro. A notícia até que era interessante e ele a recebeu como um terno de alfaiataria, com todos os ajustes feitos. Seria seu primeiro filho. Filho, não filha. Pela quarta vez seguida não poderia vir mulher. O raio não cairia quatro vezes no mesmo lugar. Impossível. Lembrou-se de toda a cadeia hereditária da família: o velho Português, o vô Joaquim, o pai Ari, ele e agora... o Toninho. A faceirice invadiu-lhe a alma. Não sabia se ria ou chorava. Tomou Ingrid nos braços – uma mulher maravilhosa que lhe premiou com mais uma chance, a chance de ter um herdeiro do sexo masculino – e saiu com ela rodopiando pelo jardim. Quando parou, largou-a no chão com cuidado. Pegou-a pela mão e levou-a para dentro, deixando para trás um beija-flor estático no ar que, sem nada entender, passou a ser uma testemunha calada de um momento memorável.

– Vamos, Ingrid! – cobrou Antônio. – Estou ansioso para contar para meus pais.

Assustada com tão inesperada reação, ela o acompanhou sem esconder a admiração. Com o telefone na mão, gesticulando empolgado, ele compartilhou a novidade com seu Ari e dona Alice.

A sogra mandou beijos para a nova mamãe e o sogro, após muitas felicitações, concluiu:

– É isso aí, meu rapaz. Com certeza, agora o sexo muda. Vou ter um homenzinho para andar a cavalo comigo, lá no Haras.

– Claro que vai, pai – comentou Antônio, espumando de felicidade.

Repôs o aparelho no gancho, enlaçou a esposa pela cintura e conduziu-a até a mesa. As filhas encontravam-se sentadas, aguardando o serviço de almoço. Então, com orgulho, ele anunciou a chegada de mais um Castro, sob os aplausos das meninas.

O sonho do filho homem entusiasmou Antônio, retornando a ser o marido amoroso do início do casamento. Convidou Ingrid para passear e proporcionou-lhe uma tarde de rainha. De braços dados, desfilaram diante de lojas que expunham vitrines luxuosas, pisando em folhas secas de outono caídas sobre a calçada. Encheu-a de mimos e os agrados de algumas horas inolvidáveis culminaram com um presente majestoso, lindo, divino: um rico colar de diamantes e rubis que ela adorou. Com delicadeza, colocou a joia em volta do pescoço da esposa, em frente ao espelho. O contentamento dele a contagiava, pois nada a fazia mais feliz do que receber um regalo daquele porte. Mas era evidente que nem tudo podia ser perfeito. Antônio conseguiu quebrar o encanto ao olhar para a vendedora e se exibir:

– Essa maravilha é por conta do Júnior que está a caminho.

Ao ouvir a declaração, Ingrid sentiu o colar aprisioná-la como uma corrente de aço. Enquanto Antônio exultava de alegria, ela, angustiada, virou-se para acender um cigarro e pensou consigo mesma:

– Meu Deus! Chega! O velho filme continua em cartaz e estou cansada de ver.

Em poucas semanas a magia sumiu. Ingrid não suportou mais a pressão pelo filho homem. Não diferente das outras vezes, tornou a se perder na rua da amargura. Voltou também a blasfemar contra os céus, respingando sua ira naqueles que a cercavam. Só ela sabia como odiava aquelas gestações. A saudade dos encontros sociais e a deformação do corpo só aumentavam a raiva. Entretanto, nos instantes de raciocínio lúcido, concluía que não adiantava dar murros a esmo. Era um caminho irreversível. O mau humor, seu fiel companheiro nos momentos de angústia, abriu brechas para Antônio novamente buscar fora do casamento o que não recebia em casa. Ela tinha plena consciência disso, porém lhe faltavam forças para voltar a aplicar os ensinamentos de dona Olga.

A fim de respirar ar puro para amenizar as náuseas, ela desceu ao jardim com Julinha e sua inseparável carteira de cigarros. A filha, vestida com um shortinho marrom e uma blusa amarela que realçava o cabelo farto e escuro, preso em forma de rabo de cavalo, cantava e pisava em cima de ladrilhos com desenhos intercalados que compunham um artístico painel na calçada.

Ingrid, magoada pelas traições do marido, circulava de um lado a outro, atormentada pelos próprios pensamentos, quando um barulho vindo do vitral da capela, assustou-a.

Mãe e filha entreolharam-se, perguntando-se pela causa do estrondo. Caminharam até lá e encontraram um sabiá caído no chão entre as folhas úmidas.

– Nossa! – exclamou Ingrid. Enquanto examinava o pássaro desacordado, Julinha aproximou-se com carinha de medo:

– Será que morreu, mamãe?

Ela se livrou do cigarro, apagando-o sobre as pedrinhas do passeio, juntou avezinha do chão e passou a analisá-la sob o temor da filha. No vidro transparente da capela, enxergou as marcas provocadas pela colisão. Baixou a cabeça e, após um exame mais detalhado, concluiu:

– Parece que está se recuperando. Deve ter atontado com a batida, mas já está se movendo e logo voará – em poucos minutos, o passarinho bateu asas e alçou o céu.

Ingrid se comoveu com a determinação da pequena ave que tombou e voou para o futuro, sem olhar para trás. A má fase a impedia de observar fatos tão nobres assim. O tempo era tomado por reclamações provindas de tarefas diárias, da ausência do esposo e da falta do glamour social. Notou que estava perdendo momentos importantes como seguir o desabrochar de uma flor, ver um pássaro diferente daqueles que por lá viviam ou acompanhar uma simples fruta nascer no pé.

Nesse ambiente propício para recordar, lembranças de dias inesquecíveis começaram a saltitar em seu cérebro.

– Ah! – suspirou. – Quantas festas maravilhosas foram oferecidas bem ali no salão da Mansão aos nossos amigos.

E a memória percorria trechos de um passado, recente e feliz. Ainda podia ouvir a música da orquestra, o vaivém dos garçons, o estampido da rolha do champanhe e as gargalhadas das damas e dos cavalheiros. Tudo deixado para trás.

Vasculhou pelos cantos da mente em busca de motivos que os levaram, ela e o marido, a mudar de comportamento. Por que aquela vida de princesa acabou? Um amontoado de causas se comprimia no rol das culpas. Era a prole fugindo do controle; as gestações que teimavam em deformar o corpo; a teimosia que desestruturava o relacionamento do casal; a perda de ânimo.

Ela também assumia o "*mea culpa*". Aborrecida, se recriminava. Se Antônio sugerisse que poderiam sair, o convite esbarrava em seu veto. Repetia a mesma resposta com cara enfadonha, apontando para o quadril:

– Não, querido! Não estou bem. Preciso voltar à minha antiga forma. Não serei alvo de olhares maldosos, vindos de pessoas invejosas.

E, as recordações obstinavam-se a indicar o desvio de rota sem que ela tivesse condições de interferir. Inadvertidamente, deparou-se com um banco rústico, entalhado em um tronco de árvore. Sentados ali, Antônio declarou seu amor por ela, inúmeras vezes. Envoltos em um clima romântico e acompanhados do frescor da noite, o "Eu te amo" nascia espontâneo, regado ao sabor de algumas taças de um delicioso "Cabernet Sauvignon".

– Ah! ... – suspirou de novo.

Relembrou dias não tão longínquos, quando o marido, cheio de carinho, chamava-a para ver uma orquídea com flor. Até esse hobby ele abandonou. Já há algum tempo, não cuidava mais das suas plantas, delegando, ao jardineiro, a tarefa que tanto lhe dava prazer.

Distraída, Ingrid afastou do rosto uma mecha de cabelo, enquanto apertava as pálpebras para evitar a claridade. Após dar alguns passos sem direção, questionou-se:

– Onde foi parar a cumplicidade que os fazia pensar que os dois eram um? Em que parte da caminhada esse elo se partiu, permitindo que o relacionamento se desgastasse em um trajeto tão reduzido?

À medida que as lembranças se exalavam pelo ar, Ingrid apurou, com um amargo na boca, que os belos momentos ficaram para trás. Uma lágrima rolou pela face, sem pressa, dando-lhe certeza de que ela também contribuiu para a cruel derrocada sentimental.

A atenção retornou ao sabiá e ela constatou que um acidente de percurso não o privou da liberdade porque ele tinha um objetivo: voar, voar e voar. O céu era um eterno convite, onde desvendaria campos, montanhas, florestas, em voos solitários ou em bando. Imponentes árvores servir-lhe-iam de refúgio para se abrigar das tempestades ou apenas se contentava em dividir espaço com roupas gastas, estendidas em um varal de um quintal qualquer, somente para curtir o sol. Ele vivia o presente. O passado já se fora e o futuro ainda era uma lenda. Não se incomodava com a beleza da plumagem dos outros pássaros ou se eles tinham cantos mais afinados do que o seu. Era feliz daquele jeito. Do seu jeito.

Então, novos questionamentos a assaltaram.

"E quanto a mim? Onde está a minha motivação? Por que a felicidade se evaporou?"... Sentia-se como um vestido fora de uso, extraviado no fundo de um armário. Franziu a testa com expressão de dúvida:

– Será que terei coragem de me reerguer? Será que me reabilitarei? Será que voltarei a ser gente?

Ignorou o relógio e ali permaneceu com o semblante carregado, tentando entender a engrenagem de peças soltas e perdidas que sua vida se tornou.

Uma leve batida de palminhas devolveu-a ao mundo real.

Ah! Esqueceu-se da filha. Julinha estava ali e exigia sua atenção.

Isabel

A derrota na Copa do Mundo de futebol, em 1950, gerou uma ressaca esportiva que levaria alguns anos para ser curada. O Brasil construiu o Maracanã, um imponente estádio, o maior do mundo, e a nossa seleção vinha de uma campanha memorável, incontestavelmente, a favorita para levantar a taça. Mas, para decepção de toda a Nação Brasileira, o Uruguai estragou a festa. Aos trinta e quatro minutos do segundo tempo, o uruguaio Ghiggia entrou pela direita e bateu uma bola sem chance para o goleiro Barbosa que carregaria para sempre o estigma de deixar escapar o primeiro título de campeão mundial.

Antônio e Ari foram assistir à final e juntos com mais de cento e cinquenta mil torcedores choraram a perda de uma conquista tida como certa. A filha Lurdes pediu para ir com eles, mas Antônio a fez desistir. Explicou que futebol não era esporte para mulheres e que, no fragor das provocações, a empolgação incendiava o ânimo da torcida que fazia uso um palavrório de vergonhosa obscenidade. Lembrou-lhe ainda de que não era recomendado para uma moça de classe alta ouvir xingamentos em público, tão comuns na esfera futebolística. Uma vez que Lurdes não entendia nada do assunto, aceitou a sugestão, passivamente.

Pai e filho não eram fanáticos, mas acompanhavam o noticiário esportivo e, às vezes, assistiam a alguma partida, sobretudo quando o querido tricolor disputava uma final de campeonato. Antônio herdou a paixão pelo Fluminense do pai. E, como a maioria dos torcedores pertencia à elite carioca, eles não poderiam ficar fora da torcida pó de arroz – apelido que os adeptos do clube recebiam e gostavam. Antes de cada jogo, uma nuvem de pó branco polvilhava a galera, dando um charme especial ao espetáculo.

Na volta do estádio, desolados, com as bandeirinhas enroladas embaixo do braço, Antônio opinou:

– Não estou acreditando. Estávamos bem, pensei que daríamos uma goleada. O time jogava certinho, vinha vencendo todas. Creio que tão cedo não teremos uma outra chance de ganharmos o título.

– Mas a vida é assim – completou o previdente Ari. – Você nunca pode contar com a vitória por antecipação. Quando as coisas parecem fáceis demais, é aí que tudo se complica. Mas o Brasil está apreendendo e adquirindo tradição. Acho que um dia nós seremos campeão mundial.

A derrota, mesmo sendo página virada, mexeu com brio dos brasileiros. Já se passaram quase dois anos e muitos compatriotas procuravam explicações para o desastre daquela fatídica tarde. Então, o ano de 1952 deveria ser destinado à recuperação do orgulho nacional.

A família Castro seguia seu destino, presa em dogmas obsoletos, na expectativa da chegada do primeiro herdeiro. Herdeiro, não mais uma herdeira.

Ao se aproximar do término da gestação, a disposição de Ingrid melhorou. Com dificuldade, tentava aceitar o advento de um novo filho como fato consumado. Afinal, tinha que continuar vivendo. A visão do pássaro que bateu contra a janela, cambaleou e, em poucos minutos, alçou os céus retornando à vida mexeu com seu ânimo.

Confortavelmente sentada à frente da penteadeira, vestindo uma camisola de seda com detalhes de renda, ela escovava os cabelos. O espelho reproduzia um penteado ondulado à “Doris Day”, artista de renomado sucesso do cinema americano.

Aos trinta e seis anos, ainda exibia uma beleza de arrebatar corações.

Antes de largar a escova, uma última olhada confirmou sua aprovação. Uma careta de contentamento validava o resultado. Foi para cama e recostou-se sobre dois travesseiros para dar sequência à leitura de um romance que a empolgava.

As meninas visitavam os avós no Haras e o marido jogava pôquer com a turma do carteado, como fazia uma vez por semana. As empregadas também não se encontravam, pois foram a uma festa de casamento na zona norte e lá passariam a noite, voltando apenas no dia seguinte.

Ingrid, apesar de estar sozinha, sentia-se tranquila, com seus oito meses de gestação.

Seguia devorando o livro, interessada na trama que prendia sua atenção. Depois de ler uma exagerada quantidade de páginas, fez uma pausa e olhou para o pulso. O relógio marcava quase meia-noite. Já era tarde, estava cansada e precisava repousar.

Na casa dos amigos, a estrela não brilhava a favor de Antônio, que demonstrava insatisfação, expondo uma carranca de dar medo. Não admitia perder, visto que no dicionário dos Castro não existia a palavra "derrota". Seus antepassados sempre foram vencedores. Ouviu essas histórias desde que nascera.

Ingrid sentiu uma pontada no abdômen, deixando-a apreensiva e confusa. Preocupada, perdeu o sono. As dores intensificaram-se e a demora do esposo levou-a à irritação. No momento, só podia contar com os caseiros.

– Ah! Por que eu fui liberá-las, justo hoje? – queixou-se. Fez várias ligações para o local do jogo, mas ninguém atendeu. Além do telefone estar localizado na sala ao lado, o som era abafado pelas conversas.

A circunstância exigia uma atitude. Aproximou-se da janela que dava para a piscina, abriu uma das folhas com ideia de chamar dona Maria, mas desistiu. Não seria ouvida em tamanha distância.

Francisco e Maria eram descendentes de famílias pertencentes ao contingente de pessoas que trabalharam e residiram no Haras, nos tempos de Joaquim. Lá cresceram e, como tantos outros, lá se casaram. O casal aceitou trabalhar com Ari e Alice na cidade, ainda na infância de Antônio. Mais tarde, ao passar a Mansão para o filho, Ari também transferiu os empregados, inclusive os caseiros.

Somente uma flor floresceu naquele jardim: a filha Matilde. Ainda não tinha deixado a adolescência, quando se casou com um peão recém-chegado ao Haras. Meses depois, ele pediu as contas, mudando-se para São Paulo, onde tinha parentes e oportunidade de emprego mais atraente.

Maria já contava com cinquenta e cinco anos e a idade agregou-lhe alguns quilos a mais, embora os cabelos apresentassem raros fios brancos. Pessoa de pouca conversa, limitava-se a responder só o que lhe era perguntado; ao contrário, o marido, Chico, como era conhecido, gostava de uma boa prosa, mantendo-se bonachão aos sessenta anos. O tempo apenas presenteou-lhe com uma pronunciada barriga e uma acentuada calvície.

Antônio colocou a mão no estômago e resmungou:

– Não estou bem. Estou enjoado! Não sei o que comi que me fez mal.

Os companheiros inclinaram as cabeças em sinal de concordância. Era visível que algum desconforto o importunava. Sentia aqueles odores repulsivos que o nauseavam em situação de perigo. Procurou se convencer de que tudo não passava de coincidência. Nada de ruim estaria por acontecer. Mas mesmo assim, lembrou-se de Guto, o amiguinho de escola que faleceu; da morte de tenente, o cachorro de estimação; do colega de faculdade que se acidentou com um foguete nas mãos.

Irado, olhou para o Garcia que fumava um charuto e reclamou:

– Esse cheiro forte está me atontando – o amigo não gostou da advertência, mas como era um indivíduo educado, atendeu ao pedido do parceiro. Após apagar o charuto, afirmou:

– Agora podemos continuar?

Quieto e sisudo, Antônio não se pronunciou. Simplesmente se levantou, desceu as escadarias e foi embora. O inexplicável abandono da mesa de jogo deixou todos confusos. Um deles até comentou:

– O que deu no homem. Será que endoidou?

Antônio ligou o carro e partiu em alta velocidade. Transpirava exageradamente e o mal-estar aumentava. Devia voltar urgentemente. Não sabia o que era, mas pressentia algo errado. O primeiro semáforo estava fechado, forçando-o a uma parada. Praguejou alguma blasfêmia acompanhada de um gesto feio, feito com a mão.

Na Mansão, Ingrid não suportava mais as dores. Como única opção, saiu de casa e foi à procura de socorro. Em um caminhar acelerado, atravessou toda a extensão do jardim, passou pelo bambuzal e, quando chegou à Casa dos Fundos, não encontrou forças para bater à porta. Desesperada, sentou-se na escada de madeira com a cabeça apoiada sobre o braço no degrau acima, e, entre soluços, chamou pelos caseiros com o temor de não ser ouvida. Era tarde e eles, costumeiramente, dormiam cedo.

Ela estava tomada pelo pavor. Pela experiência de outros partos, sabia que a hora é a hora. O bebê já se encontrava em posição para nascer e não tinha por que esperar. De repente, escutou ruídos de passos se aproximando, vindo lá de dentro. Alguém girou o trinco e vagarosamente a porta se abriu. Pela fresta, a caseira espiou para ver quem era. Quando se deparou com Ingrid naquele estado, ergueu os braços e, apavorada, clamou:

– Meu Deus, patroa!

Francisco veio logo a seguir, ainda abotoando a camisa. Calado, carregou Ingrid até o sofá velho e surrado que um dia fizera parte da rica mobília de Ari e Alice e, agora, descartado, servia um ambiente mais condizente com atual condição de móvel velho: a Casa dos Fundos. Jamais se poderia imaginar que o envelhecido ator, maltratado e desbotado, fora de cena, ressurgisse após longos anos para atuar como protagonista de um seriado que estava apenas começando.

Maria, ciente de que devia agir, em poucas palavras, ordenou ao esposo que trouxesse lençóis e toalhas limpas, com urgência.

Na corrida contra o tempo, a sinaleira acendeu o sinal verde e Antônio pisou fundo no acelerador. Por azar, um ciclista se atravessou em seu caminho. Freou rápido, porém, com o barulho da buzina, o rapaz apavorou-se e caiu, obrigando-o a parar para prestar socorro. Uma rápida olhada foi suficiente para averiguar que somente um tombo e um guidão torcido foram a consequência do desastre. Ele abriu a carteira e entregou algumas notas para o conserto da bicicleta.

Na humilde casa, o bebê nasceu desprovido de cuidados médicos, mas com vida, enquanto Antônio, sufocado no apertado espaço do automóvel, tentava vencer o trânsito. Aqueles odores teimavam em lhe perseguir, as náuseas provocavam-lhe ânsias e a transpiração empapava a roupa. Outro sinal vermelho e mais um palavrão. Os pneus cantaram com a arrancada violenta e ele, finalmente, chegou.

Saiu do carro, abriu o vasto portão e conduziu o veículo para dentro da garagem. Entrou ofegante na Mansão, vasculhou todos os quartos e não encontrou Ingrid. Aquele cheiro repugnante que representava presságio de desgraça continuava a liberar pensamentos de mau agouro.

– Não, não – gritou exaltado, chutando a perna de uma mesa à sua frente. Retornou à suíte em busca de algum bilhete, quando notou a cortina balançar. Intrigado, aproximou-se da janela aberta e avistou luzes acesas por entre os bambus na Casa dos Fundos. Desceu as escadas de dois em dois degraus e, a longas passadas, cruzou a distância que separava as duas moradas, sem dar atenção ao latido feliz do cão, que ao ser ignorado, baixou as orelhas e, tristonho, voltou à casinha.

Ao passar pelo bambuzal, ouviu um resmungo parecido com choro de neném, fazendo o coração disparar. Seus instintos apontavam para o que ele se recusava a acreditar. O cérebro dizia que devia ir adiante, porém as pernas não obedeciam a nenhum comando. O suor escorria pelo rosto, apesar da noite oferecer uma brisa suave e refrescante. Tomou coragem e pegou o trinco.

A porta estava emperrada.

Os minutos, que antes o atropelavam, perderam a pressa. Temia com o que poderia ver lá dentro. Mas, também, não podia ficar ali parado. Bateu forte com a mão espalmada na madeira e chamou pelo caseiro.

– Chico!

O empregado atendeu de pronto, assustando-se com a fisionomia do patrão. No entanto, em uma casa de poucos cômodos, não foi difícil achar a esposa, deitada em cima de um sofá velho como uma indigente qualquer.

O desespero e a percepção distorcida de padrões e valores não permitiam enxergar o que o momento mostrava de mais sublime: um recém-nascido, cercado por um ambiente humilde, em um berço improvisado que não era de ouro. Diante de tão rude e nobre cena, o pai não aproveitou a oportunidade para derrubar tolos e ultrapassados conceitos e liberar os olhos do coração para que apreciasse cada detalhe de um episódio ímpar: o esplendor de uma vida, recebendo outra vida.

Se tomássemos emprestada a caneta do poeta, a ponteira dourada registraria no livro da alma, com letras rebuscadas, um doce poema de amor:

"Após procurar pela amada em todos os cantos do palácio, o cavalheiro a encontra em uma modesta moradia, decorada por móveis envelhecidos com o tempo, mas conservando a soberania de rei.

Pisou suavemente sobre o assoalho de tábuas gastas, cravejados por marcas de cupim, para se aninhar junto à bem-amada. No entanto, a visão foi fatalmente confiscada por um cenário desguarnecido de luxo, com parcos recursos, porém sem perder a beleza que a ocasião proporcionava.

Sob a luz fraca de uma lamparina, em um sofá coberto por uma manta colorida, uma linda mulher aconchegava um anjo ao seu lado, enrolado em um pano desprovido de grife.

O semblante da mãe, com jeito de mar depois da tempestade, alinhava-se ao da criança em descanso tranquilo, após tão conturbada chegada.

Com medo de quebrar o encanto, ele permaneceu em pé admirando-as, querendo reter a grandiosidade do espetáculo na memória.

A franja deitada sobre a testa da mãe era um convite para que a mão explorasse cada centímetro daquele rosto pálido, mas agora sereno.

Então, dirigiu-se à tenra flor que recém desabrochara, sem impedir que emoção se apossasse do espírito.

Curvou-se em um movimento reverenciado e preciso, estreitou o pequeno ser em seus braços e o embalou com suavidade, enquanto admirava sua madona, com amor."

Lamentavelmente, quem entrou ali não foi o poeta. Foi um sujeito desnorteado, de fisionomia transtornada, com cabelo desalinhado, camisa amassada e fora das calças. Um indivíduo com um comportamento animal, desgastado pelos fatos, incapaz de distinguir entre o divino e o material. Enfim, alguém que perdeu temporariamente a capacidade de raciocinar.

Dona Maria, consciente do estado do patrão, correu até a cozinha e trouxe um copo com água que ele devorou vorazmente. Isso o ajudou, pois, como se acordasse de um pesadelo, retornou à vida real e tomou a primeira iniciativa: telefonar para o doutor Cláudio. Eficiente, o médico chegou logo, trazendo consigo uma enfermeira e todo o aparato necessário para uma emergência daquele porte.

Antônio somente conseguiu relaxar quando os últimos procedimentos foram concluídos, inclusive o transporte da mãe e da criança para a Mansão. Mais calmo, demonstrando uma sensação de bem-estar pelas previsíveis desgraças, que lhe povoaram a mente, não terem se concretizadas, convidou Cláudio para ir ao escritório. Uma caixa de charutos cubanos pacientemente os aguardava. Como o doutor apenas sorriu um tanto sem graça, ele, em tom brincalhão, revigorou o convite apimentado com pitadas de orgulho:

– Vamos, cara! Estou louco para comemorar a chegada do meu homenzinho!

Ingrid sentiu um calorão invadir o corpo, destemperando-lhe as emoções. Mais uma vez, a cobrança de um filho homem lhe era imputada. A irritação e a mágoa tornaram-se visíveis, agravadas pelos recentes acontecimentos. Não era justo ter que dar explicações diante de tudo que passou. Engoliu a raiva e, de forma severa, interrompeu o marido:

– É uma linda garotinha, querido!

De imediato, Antônio não assimilou ou fingiu que não ouviu. Mas, no instante que a realidade começou a entrar naquela cabeça dura, um rubor excessivo espalhou-se pelas faces como se fosse atingido por um fogaréu. Iniciou uma caminhada de um lado a outro, gesticulando e falando sozinho.

– Não! Não! Não há lógica! Depois de três meninas sempre vem um guri. Por que será que isso só acontece na minha família? Está parecendo praga! – e foi citando o nome dos casais, conhecidos seus, que obtiveram sucesso no quarto filho. Encarou o médico como uma tábua de salvação, na esperança de que era vítima de uma brincadeira de mau gosto.

– Diga-me que não é verdade, que eu não entendi direito, doutor!

A ausência de resposta reforçou o que ele não queria aceitar. Tal qual um adolescente rebelde, retirou-se, batendo porta e deixando a esposa aos prantos. Cláudio tentou alcançá-lo, mas foi inútil. Só escutou o ranger dos pneus, sem ter como conversar com ele.

Final de tarde, temperatura amena e as pequenas retornavam da fazenda com os avós, quando foram surpreendidas por uma nova moradora na casa. Ingrid já transformada em saco de pancadaria, receberia mais uma cacetada: a visita dos sogros. Seu Ari e dona Alice invadiram o quarto, à procura do garoto. A mãe, com os sentimentos em frangalhos e a dignidade pisoteada ante olhares inquisidores, revoltava-se ao lhe cobrarem o que não podia dar. Já não bastava o desprezo de Antônio, agora teria que aturar o de seus pais. Com a paciência esgotada e sem disposição para ouvir insinuações provocativas, a nora cravou uma flecha na soberba dos velhos que levaria anos para ser retirada.

– É mais uma menina! – alfinetou em tom de maldade e cinismo.

O silêncio e a expressão de decepção no olhar dos avós deixaram o ambiente tenso. Cumprimentaram-na com visível frustração. Só faltaram apontar-lhe o dedo e aplicar-lhe o veredicto de "culpada". Cientes de que não foram bem recebidos e desapontados pelo sonho não ter se concretizado, os avós, com um frio até-logo, despediram-se. Na verdade, ficaram mais preocupados com o desaparecimento do filho do que com a saúde da nora.

Durante o período de convalescença, o doutor sempre achava um tempinho para ver Ingrid. Além de amigos, julgava-se responsável pela saúde dos Castro. Já nos partos anteriores, ele tinha alertado o casal de que o ideal seria buscar também o acompanhamento de um pediatra, especialidade que já contava com alguns clínicos na cidade. Mas Antônio não aceitava. Só confiava no Cláudio. Ele, tradicionalmente, fora incumbido do atendimento da mãe e da criança, então não havia por que mudar.

Nas visitas que se seguiram, o médico nunca cruzou com Antônio, entretanto ficou sabendo por Custódia que o patrão não aparecia desde o nascimento da menina. Provavelmente, se escondera em um hotelzinho do qual já era cliente, onde, em não raras vezes, levou alguma namorada para suprir sua carência afetiva ou em qualquer canto no fundo do Haras.

O doutor, após um exame detalhado, notou que nem tudo estava certo. Constatou traços anormais na recém-nascida se comparada com outros bebês. Ainda de pé, nervoso, ele franziu a testa com ares de inquietação. Observou os olhos puxados, a cabeça ligeiramente achatada e os dedos dos pés afastados. Prendeu o queixo com a mão direita e, meditativo, concluiu que não havia mais dúvidas. Era o que achava.

Fez um breve movimento para expressar apreensão, deduzindo que deveria encontrar a ocasião adequada para dar a indesejável notícia aos pais. Daria tempo ao tempo. Adiaria a conversa para o momento em que o companheiro estivesse se recuperado do primeiro baque. Avaliou:

– Um golpe de cada vez.

Os dias seguintes foram amargos para Ingrid. Como já havia feito na última gestação, entregou a filha aos cuidados das empregadas e se enclausurou em seu quarto, acorrentada no próprio desespero. Desorientada e largada no abandono, sem ter a quem recorrer, escreveu ao Anjo:

"Querido Anjo,

Foi a noite mais terrível da minha vida. Não sei onde você estava. Acho que se esqueceu de mim. Tudo aconteceu tão de repente, tão imprevisível.

O prenúncio de tempestade invadiu-me.

O céu trajado de negro seguia sua fiel trajetória em busca do amanhecer, enquanto eu permanecia mergulhada nas trevas, sem reconhecer a luz ao meu lado.

A amargura me possuiu, me descontrolou. Deitei a pequena sobre o meu regaço e ofereci-lhe o peito sem a menor emoção. Meus pensamentos, fora de comando, saltitavam em rumo indefinido, como pardais algazarrentos em época de reprodução.

Um resmungo atraiu minha atenção para o seio que transbordava o excesso de leite. Sequei-o rapidamente e então me concentrei em alimentar minha filha que tinha dificuldade em sugar. Intrigada, imaginei que talvez fosse devido à prematuridade. Sem conseguir saciá-la, entreguei-a à Maria que estava ali para me auxiliar.

Acendi um cigarro dentro do quarto desrespeitando o bebê. Entre uma tragada e outra, analisei as atitudes recentes de Antônio. Em meio a tantos descasos, o de me abandonar nessa hora foi o mais doído. A sensação de desamparo me fragiliza.

Nas minhas reflexões, concluí que ele deixou de ser aquele homem que me presenteou com um 'Dia de Rainha'. Há muito, se distanciou daquele amante apaixonado que sentia prazer em ficar comigo como no início do nosso relacionamento.

Motivos não faltaram. Os altos e baixos do nosso cotidiano oscilaram de acordo com a flutuação dos problemas que não soubemos enfrentar.

Por um instante, interrompi as divagações para buscar um

cinzeiro. Sem encontrá-lo, depositei as cinzas na xícara onde tomei chá.

Por vezes, achei que Antônio voltaria para mim, mas bastava qualquer vacilo de ambas as partes para que cada um procurasse refúgio no velho mundinho particular.

Entremeadas aos suspiros, as recordações afloravam à mente, levando-me ao tempo em que o tinha sob controle.

Tão gentil!... Tão amoroso!...

Apreciava me ver bem vestida. Orgulhava-se quando alguém fazia alusão à minha beleza. Gostava de dar palpites na escolha das roupas e joias que eu usava. Ao finalizar a toalete, sempre interferia dando um toque final. Ajeitava a franja do meu cabelo para o lado, a fim de que a mecha não escondesse meus olhos azuis.

Ao remexer nesse passado, um leve tremor desliza pelo meu corpo. É o meu EU tentando extravasar uma dor intensa e incontrolável...

Sinto saudades desses carinhosos gestos que não acontecem mais...

No aniversário de cinco anos de casada, soube de encontros dele fora do casamento. Minha melhor amiga descobriu e veio logo me contar. A terra desapareceu sob os meus pés. Balancei emocionalmente. Impetuosamente, resolvi que iria acabar com tudo, mas eu não estava mais só, havia as meninas.

Apaziguei o espírito e decidi esperar.

Então, alternei a estratégia, produzi-me com esmero e fiz vários corações masculinos palpitar, além de causar inveja a outras mulheres. Aquela noite, ele se portou como antigamente e acreditei que ainda poderia ter esperança.

As lembranças foram entrecortadas com o choramingo do bebê trazido pela empregada e o retorno à dura realidade mostrava-me o caminho a seguir.

Pela manhã trocamos o peito pela mamadeira. Com certa dificuldade, ela conseguiu mamar. Dei-me por satisfeita. O acontecimento antecipou minha intenção de desmamá-la.

Não queria deformar os seios...

Nós não havíamos escolhido nome para sexo feminino, crentes de que, desta vez, seria homem e levaria o nome do pai.

Ao perceber o desinteresse de todos, decidi batizá-la de Isabel. Por quê? Não sei? Foi o que me ocorreu naquele instante.

Beijos, meu querido.

Ingrid."

Na semana seguinte, Antônio voltou e refugiou-se em seu escritório. Não pretendia ver a esposa, pois, afinal, não havia clima para diálogo. Também não se preocupou com a filha. Apenas pensava em se isolar, na esperança de que o tempo o auxiliasse a assimilar a pancada sofrida.

Diante da negligência dos pais, Custódia comunicou à Ingrid que, por iniciativa própria, convidou o padre Odilon, conhecido da família, a vir à Mansão para fazer o batizado da recém-nascida. Ingrid, destruída por dentro e por fora, nem respondeu, simplesmente mexeu os ombros em sinal de acordo.

Conforme combinado, às quatro da tarde, o sacerdote apareceu. Chico o conduziu até a cozinha por uma porta lateral, para que Custódia o atendesse. Ele estranhou não ter sido recebido pelos donos da casa como era de costume, porém a cozinheira se adiantou e o colocou a par dos fatos. Então, indignado, disse que queria falar pessoalmente com os patrões. Ingrid não quis vê-lo. Alegou que não se sentia bem, tomara remédio para dormir e ainda estava sonolenta. Antônio também não desejava conversar com ninguém, mas sabia que o vigário não arredaria pé dali sem uma explicação, portanto, era melhor despachá-lo de uma vez.

Ao adentrar o escritório, o pároco sequer ganhou um aperto de mão de Antônio. Quando perguntado sobre o porquê de tamanho desânimo, o recém-papai ateve-se a reclamar do destino, exteriorizando sua raiva através de uma extensa ladainha de lamentações:

– Por que Deus está fazendo isso comigo, padre? Sou uma boa pessoa, ajudo o próximo, contribuo com a paróquia. Que mal eu fiz? Que culpa tenho? O que eu devo pagar? – esbravejava por meio de lamuriosas queixas, ao mesmo tempo que desferia um violento murro na mesa.

Padre Odilon, experiente e acostumado a lidar com situações complicadas, esperou Antônio destilar o veneno que trazia dentro de si e despejar para fora todo o ódio contra o Criador. Então, com calma, explicou que nós não temos capacidade para entendermos os desígnios divinos e que

Deus escreve certo em linhas tortas. Mas, em vez de acalmar seu interlocutor, mais o irritava. Então, vendo que suas palavras não produziam resultados, mudou de tática. Pediu a Antônio um pouco de paciência e disse-lhe que iria contar uma história, lida, mas não lembrava quando, e que caberia perfeitamente para aquela situação.

Tranquilamente, iniciou a descrição do que lera:

"Um homem buscava incansavelmente o SUCESSO.
Tinha seus objetivos e carregava consigo um velho conhecido: VENCER NA VIDA.
Muniu-se de patuás, crente que a má sorte não o alcançaria.
Desde jovem, abarrotou os compartimentos do seu ser com sonhos e promessas, ornados com perfil de FELICIDADE.

Embrenhou-se na selva de peito aberto, com a palavra: OTIMISMO, tatuada na testa. Analisou meticulosamente cada detalhe das trilhas a percorrer para que não faltassem os sabores da riqueza e do poder. Extirpou trechos perigosos de sua peregrinação, com receio de ser atingido pelas costas, sem ter como se desviar. Tomou distância da lama para que os respingos não lhe manchassem a imagem. Fugiu das pedras para que não danificassem os sapatos, retardando a caminhada. Esquivou-se dos espinhos para que não ferissem o corpo. Permaneceu em alerta para evitar que sofresse ataque de algum animal selvagem. Certificou-se de que todas as providências tivessem sido tomadas para não frustrar suas metas.

Enfim, moldou-se em um belo e valioso cristal.

Mas, infelizmente, ele não fez o principal: não solidificou a mente, privando-a de indispensáveis aprendizados que o sustentariam em momentos de turbulência.

Não incluiu na bagagem um ingrediente muito importante: o INESPERADO, que nos atinge feito bala perdida, sem que saibamos a origem nem o motivo, causando estragos irreparáveis em fortalezas até então intransponíveis. Esqueceu-se de que, por mais cuidados que tenhamos, ele surge do nada, sem ex-

plicação. As dificuldades despontam à nossa frente e devemos estar espiritualmente preparados para enfrentá-las.

E, ele não estava.

Distraidamente, deixou a janela da alma aberta, e o vendaval do destino empurrou o cristal para o chão, quebrando-o em vários pedaços.

Como ele desconhecia o INESPERADO, não soube juntar os cacos."

Quando terminou, o padre notou que Antônio ouvia, mas não prestava atenção. Percebeu que falava para as paredes. Conhecia a personalidade do amigo. Um sujeito de temperamento forte, daqueles que não desiste do que quer e sempre teve o quis. Filho de pais protetores que seguiam à sua frente, abrindo-lhe picadas nas matas densas do amanhã para protegê-lo das agruras do porvir. Agraciado com fortuna e posição social, sem jamais ter trabalhado para isso, a vida sorriu-lhe em todos os sentidos. Casou-se com uma mulher lindíssima. Aceitou, com relutância, o nascimento de três filhas, mas contava que, desta vez, a família seria brindada com um menino. Seria sim, não era esperança, era certeza, pois sempre, de um jeito ou de outro, conseguia o que queria.

Padre Odilon concluiu que o momento não era adequado para mais conversa. Não iria com belas palavras remover uma montanha de pedras. Se deu por vencido, levantou-se, virou as costas e foi embora, enquanto Antônio continuava afundado em seu próprio desatino. Custódia esperava-o do lado de fora e levou-o até a cozinha, onde encontrou dona Maria com a pequena no colo, acompanhada do marido. Ao ver a criança a sós com a criadagem, o reverendo perguntou aos caseiros qual o nome da menina e se eles aceitavam ser padrinhos. Os dois concordaram com gesto afirmativo. Sem qualquer cerimônia e pompa, ele pegou uma canequinha, encheu com a água que estava em um balde em cima da pia e, derramando o líquido sobre a cabeça da recém-nascida, limitou-se a dizer:

– Isabel, eu te batizo, em nome do Pai, do Filho e do ...

A visita do Doutor Cláudio

Ingrid, acomodada em uma poltrona, distraía-se folheando uma revista, enquanto Antônio lia um jornal. Ambos, mais calmos, mas sem muito diálogo entre eles, torciam para que a vida voltasse à normalidade. A campainha tocou e Norma anunciou a chegada do doutor Cláudio. Feitos os devidos cumprimentos, todos se acomodaram nos sofás da sala. O casal fixou os olhos no visitante, querendo entender o motivo do seu aparecimento inesperado, uma vez que ele já havia suspendido as visitas de atendimento à Ingrid.

O médico mostrava-se nervoso e hesitante. Procurava puxar conversa, porém parecia que não sabia por onde começar. Levantou-se, coçou a barba, caminhou para cá, para lá, gerando expectativas. Ameaçou se sentar, mas mudou de ideia e, de pé, postou-se diante dos dois. Sem achar o jeito de dizer o que pretendia, foi direto ao assunto:

– Isabel apresenta uma doença que até pouco tempo era conhecida como "Mongolismo" e... – Antônio o interrompeu com um movimento de mão. Um calorão queimou-lhe as faces e as pernas tremeram. Então, aos berros, bradou:

– O quê? Repita o nome dessa doença, pois não estou acreditando no que ouvi – com paciência e compreensão, o doutor respondeu:

– Você ouviu muito bem, amigo. Sei que é uma notícia que nenhum pai deseja receber, mas infelizmente temos que encarrar a realidade. Sua filha vai precisar de cuidados especiais.

O silêncio alojou-se no ambiente.

Ingrid congelou, ficou imóvel como uma estátua. Ausentou-se mentalmente, como se estivesse a quilômetros dali. Ela se encontrava em convalescença, recuperando-se de um parto complicado, sem condições emocionais para levar mais um golpe. Portanto, não falou nada, isolou-se, ignorou a informação.

O Antônio adulto, após alguns segundos de incredulidade, cedeu lugar ao garoto mimado, acostumado a ter todos os desejos satisfeitos. Encolheu a razão, liberando espaço para a raiva crescer. Ergueu-se, ziguezagueou, foi até a janela, deu um murro na vidraça, estilhaçando o vidro, e voltou a se sentar, totalmente desorientado. Pálido e ofegante, sentiu as veias do pescoço se expandir e o coração se acelerar, correndo o risco de sofrer um acidente vascular cerebral ou um enfarto. Doutor Cláudio assustou-se e o atendeu. Abriu a pasta, pegou um aparelho e mediu a pressão. Tirou de um vidrinho um comprimido e pediu que Antônio tomasse.

Ingrid, que ainda permanecia com o rosto petrificado, acordou-se. Temeu pelo marido. Ela jamais havia presenciado um descontrole tão violento. Apesar dos rompantes típicos de personalidade, ele era, sem sombra de dúvida, a base da estrutura familiar. Observou que o pilar da família desmoronava, expondo uma fragilidade até então desconhecida.

Com o efeito do remédio, a respiração se estabilizou, mas a expressão de espanto não sumiu do semblante do pai desnorteado. Era indignação demais. Um "eu" preocupado com o outro "eu". Abalado, abandonou a poltrona, cambaleou pelo recinto, gesticulando e queixando-se com os cabelos em desordem. Sobrou para os presentes a missão de escutar um patético discurso, permeado de frases vergonhosas, egoístas e de mau gosto. Para encerrar a tosca apresentação de um orador medíocre, concluiu:

– Como vou contar aos nossos amigos que aqui em casa nasceu uma criança com uma doença assim? Nós vivemos em uma sociedade. Temos um nome a zelar. Como vamos carregar essa vergonha pelo resto de nossas vidas. Para quem esperava um filho macho e sadio, receber uma filha com defeito é um terrível castigo. Alguém me rogou praga. Só pode ser.

Por meio de lamentos intermináveis, enumerou vários problemas a enfrentar e evidenciou que a recém-nascida era a responsável por tamanha desgraça.

Doutor Cláudio, homem alto, com excesso de peso, pele acentuadamente clara, nariz aquilino, bigode e barba bem aparados, experiente, dono de um olhar tranquilo, daqueles que inspira confiança à primeira vista, esperou com paciência Antônio desabafar. Além de médico dos Castro, desfrutava da amizade da família. Sem querer, estava no epicentro de um furacão gerado por ele. Tentava em vão acalmar adolescentes, vestidos de adultos. Deixou a "bomba" flutuar no ar e, com palavras afáveis, procurou amenizar as consequências. Antes de partir, tirou mais dois comprimidos de um frasco, pedindo ao casal que cada um tomasse o seu e fossem para cama, pois ficariam com sono.

Ao ir embora da Mansão, o doutor que já tinha visto de tudo, permanecia estarrecido com o que assistira e ouvira. No caminho de volta, percebeu que o espectro da rejeição que se instalou na alma dos pais iria acompanhá-los indefinidamente.

O remédio fez efeito. Os dois dormiram além da conta. Antônio, despertado de um pesadelo, fugiu para o escritório. Não tomou café, porquanto intencionava se esconder de todos, inclusive de si. Temia encontrar a esposa, mas sabia que o assunto era inevitável.

Ingrid acordou mais tarde. Bebericou uma xícara de chá, comeu uns biscoitos e foi para o jardim. Porém, nada a distraía. As flores perderam a beleza, o canto dos pássaros a irritava, a luminosidade do sol ofuscava-lhe as vistas. Até o beija-flor que batia asas parado no ar à sua frente, querendo cortejá-la, pareceu-lhe ridículo. Irrequieta e vacilante, andava por entre os canteiros de flores sem rumo definido. Instintivamente, pegou a trilha da casa, entrou caminhando decidida, abriu a porta do escritório e posicionou-se diante de Antônio que, pasmado, ouviu:

– O que vamos fazer?

Ele se manteve por um tempo emudecido e quando voltou a se manifestar despejou para fora, sem nenhum pudor, a mais infame ideia que um ser humano poderia engendrar:

– Não sei. Só sei que não quero essa menina doente aqui dentro – disse impaciente. E, olhando para Ingrid, sentenciou:

– Ela irá para a fazenda para ser criada lá. Alguma empregada do pai poderá ocupar-se com ela. Quando estiver maiorzinha, colocaremos num convento de freiras ou num manicômio para tratamento. Aqui em casa, eu não quero, entendeu bem Ingrid? – E, histericamente, repetiu:

– Não quero! Entendeu?!

A passadas rápidas e pesadas, saiu batendo a porta. As rudes palavras ecoaram no ar, explodindo nos tímpanos da esposa. Na pressa, esbarrou nas filhas visivelmente assustadas. Elas escutaram parte da conversa e, com certeza, sobrou para Ingrid, em total esgotamento emocional, explicar o que estava acontecendo.

Lurdes aderiu à repulsa pela irmãzinha indefesa, plantando uma semente de ódio no coração que iria alimentá-la por toda vida. Inês e Julinha não tinham idade suficiente para assimilar a gravidade da situação. No entanto, a marca deste dia ficaria registrada em suas mentes como um alerta contra Isabel.

Antônio entrou no automóvel e partiu sob sol lânguido que perdia a intensidade do seu brilho, cedendo espaços a pontinhos luminosos que surgiam aqui e ali para iluminar a cidade. As mãos ao volante não acatavam nenhum comando do cérebro. O carro parecia estar sendo guiado por um piloto automático, programado para aquela rota. O destino final era a residência dos pais, local onde o guri mimado encontraria guarida.

O velho Ari, ao ouvir o barulho da brusca freada, dirigiu-se à garagem. Examinou Antônio dos pés à cabeça e espantou-se ao ver a calça e a camisa amarrotadas, cabelos desalinhados, dando-lhe a convicção de que o motivo de tanto transtorno devia ser maior do que o sexo da criança. Debaixo de uma fisionomia preocupada, acompanhou o filho até a biblioteca, calado e pronto para receber más notícias. Antônio, não contendo mais a angústia que carregava dentro de si, atirou-se aos prantos sobre a cadeira em frente à mesa do pai.

Dona Alice, intrigada com a demora do marido, deixou a cozinha, onde auxiliava a cozinheira com uma nova receita de bolo. Ao passar pelo corredor, escutou um soluço vindo de uma das portas. Aproximou-se e abriu-a devagar. Ao defrontar-se com o estado deplorável do seu garoto, tapou a boca com a mão, talvez com receio de falar alguma palavra não conveniente para o momento.

Antônio tornou-se repetitivo ao pronunciar idêntico discurso que fizera ao doutor Cláudio. A par do diagnóstico, Ari seguiu a linha de conduta do filho, repudiando a neta. Alterou a voz e urrava com punhos cerrados como se fosse socar alguém:

– Nunca, nunca em nossa família ocorreu um fato assim – esqueceu-se ou simplesmente soterrou as suspeitas sobre o caso de sua filha, falecida ainda bebê.

– Isso é uma maldição! – vociferou.

E, por ironia do destino, a maldição atingia justamente ele, um sujeito que tinha horror a pessoas improdutivas. Colericamente, no mesmo tom, gritava:

– Por que está nos mandando essa menina que não vai servir para nada, Senhor? Por quê? ...

Dona Alice tentou, em vão, acalmá-lo, porém sabia que seria impossível. Conhecia-o bem. Um assunto de tal envergadura deveria ser digerido lentamente e ela teria que o ouvir por longo tempo.

Antônio recolheu-se na casa dos pais. Não queria ver ninguém, muito menos a mulher. Ingrid, afogada no próprio desespero, necessitava desabafar com alguém. O problema era complicado demais para ser tratado com Custódia. Pensou em escrever uma carta para o Anjo, mas desistiu. Estava de mal com Ele. Seu Protetor nada fizera para ampará-la. Deixou-a tão abandonada quanto o marido. Então, recordou-se da mãe. Era para ela que escrevia quando o casamento entrava em turbulência. E no ombro materno, sentia-se segura e protegida. Instantaneamente, puxou um pedaço de papel e escreveu o que o coração despejava para fora. Certamente, dona Olga, lá do outro lado, iria ler.

"Querida Mamãe.

O doutor Cláudio nos visitou. Sem nenhuma intenção, trouxe-nos uma triste e indesejável revelação. Meu último nenê, Isabel, não é normal. 'Um presente de grego'.

Ao tomar conhecimento da saúde dela, Antônio me desamparou, largando-me sozinha à mercê dos meus fantasmas.

Você lembra quando a avó Nara, mãe do papai, contava casos de crianças nascidas com os olhos puxados? E que elas eram abandonadas pelos pais a fim de que outras pessoas as criassem? Aquelas conversas causavam-me medo. Sozinha em meu quarto, agradecia a Deus por não ter nascido assim.

Então, apavorada, fiz a pergunta ao doutor da qual não gostaria de saber a resposta.

– O que fazer com um bebê com uma doença dessa?

A expressão dura do médico confirmou o diagnóstico e fez com que me sentisse mal.

Ele desconhecia o egoísmo que se escondia dentro de mim.

– Será que vamos ter que dar a menina? – sondei. O tom repreensível que ele usou ao pronunciar o 'não' atingiu as profundezas da minha alma. Consciente de que estava sendo rude, tentou amenizar:

– Não, não, – respondeu. – Não é mais como antigamente. Hoje, nessa circunstância, a criança é criada pela própria família.

Eu balançava a cabeça sem esperanças. Baixei o olhar para que ele não notasse a minha vergonha e, quase em um sussurro, admiti:

– Não vou conseguir.

Cláudio cercou-me de frente, tomou minhas mãos entre as suas e me confortou:

– Tenho certeza de que você alcançará tudo o que desejar, basta querer.

Depois da força que procurou me injetar, ele me sugeriu que eu levasse Isabel para uma avaliação com um médico recém-chegado à cidade. Estudou nos Estados Unidos, Pediatria e Neurologia, e trazia consigo novidades nessa área.

Isso me acalmou. Afinal, uma luz no fim do túnel.

– Oh, mãezinha! Que falta você me faz! Estou aqui sozinha chorando, desesperada, sem ninguém para me acudir. Antônio, que podia dar uma mão, me deixou desamparada. Foi se lamuriar lá com os pais. Nem com o papai posso contar, ele também me abandonou. Colocou uma impostora no lugar que lhe pertencia. Como eu preciso dos seus sábios conselhos. Com a sua partida tão cedo, um grande vazio se apossou de mim. Você, além de mãe, era amiga, confidente e parceira. Nós tínhamos um relacionamento raríssimo para a nossa época, onde as famílias, conservadoras, nos excluíam por sermos mulheres. Os segredos eram guardados a sete chaves e só o sexo masculino tinha acesso. Ainda ouço papai dizendo:

– Olga, Olga! Vai estragar essa guria!

Mas você não se importava, continuava a me mimar do jeito que eu gostava. No fundo, ele admirava a parceria que existia entre nós, sempre com nossos segredinhos pelos cantos da casa.

Quando me mudei para o Rio de Janeiro, suas constantes visitas fortificavam à amizade que nos unia. Nas minhas primeiras dificuldades enfrentadas no casamento, contei com seu apoio.

Como a saudade dessas recordações magoa meu coração, mãe!

Oh, dona Olga! Com você seria mais fácil suportar essa avalanche de danos irreparáveis que está passando pela minha vida, empurrada por uma frágil criança.

Enquanto escrevo, os olhos caem sobre a imagem de Nossa Senhora de Lourdes. Coloquei-a ao lado da cabeceira da cama. Ela é divina. Foi presente seu, lembra? Também me tornei devota dela. Ao escolher o nome da primeira filha, homenageei a Santa. Apenas aportuguesei, de Lourdes para Lurdes, pois assim ela é conhecida aqui no Brasil. Eu e Antônio estamos planejando uma visita àquele famoso Santuário, na próxima viagem à França. Quero, junto com tantos fiéis, render homenagem à minha Padroeira.

Mãe, diga para mim qual o defeito que eu tenho. Por que não veio um gurizinho sadio para unificar a nossa família? Sabe o que mais me machuca? É a ira do meu marido e dos meus sogros. Eles me culpam. Eu é que sou 'falhada'. Não suporto vê-los despejar sobre mim as frustrações que surgiram por não lhes ter dado o filho homem e sim uma menina doente. Posso prenunciar as palavras severas do Ari, com o nariz empinado, cobrando-me o que não pude dar.

Todos ignoraram minha dor e decepção. Adoraria tê-los presenteado com o garoto tão sonhado, mas não depende de mim. Deus testemunhou como foi difícil levar essa gravidez até o final.

Ui! Estou sentindo aquele arrepio delicioso!

Nos momentos que essa sensação me invade, pressinto que você está aqui, mãezinha, e uma voz oculta me diz:

– Olga sempre estará ao seu lado!

Era tudo que precisava ouvir. Sua presença me tonifica, dando-me alento para encarar novos desafios.

Um beijo, mãe!

Interceda à Nossa Senhora de Lourdes por mim."

Antônio retornou somente depois de duas semanas. Esquivava-se pelos cantos com receio de esbarrar na esposa. Tecer algum comentário sobre a doença da filha, jamais.

Ingrid, após ter escrito à mãe pelas linhas do além, sentiu-se mais confortável, apesar de presenciar o casamento desabar outra vez. Acostumou-se com as ausências do marido e tinha dúvidas se ainda o amava. Estavam, por demais, distantes entre si. Cada um recolhia-se em seus pensamentos, não tendo certeza se, por ora, um queria fazer parte do outro. A conversa acabou e o respeito também. Os frios e escassos diálogos relacionavam-se a assuntos formais, mas sem tocar no tema "Isabel". No entanto, em um dos raros momentos em que Ingrid passou por Antônio, foi inevitável falar sobre a menina:

– Amanhã está marcada a consulta com o pediatra. Estou ansiosa e com muito medo.

Entretanto, ele não se dignou em responder. Virou as costas e saiu.

O dia da visita ao pediatra empurrou Ingrid para fora de casa, contra sua vontade. Uma brisa suave entrava pela janela, enquanto ela decidia que roupa vestir. Um arrepio serpenteou seu corpo ao tentar imaginar que tipo de resposta acharia lá. Acalmou a mente, concluindo que primeiro deveria aguardar o parecer do especialista e que não valeria a pena estressar-se por antecipação.

Ao cumprimentar o doutor Josué, encontrou um jovem médico, descendente de judeus, estatura mediana, aparência franzina, cujos olhos penetrantes davam a impressão de que iriam invadir a alma da gente. Seria bonito se não fosse o nariz demasiadamente alongado para o tamanho do rosto. Após se formar na Universidade de São Paulo, deslocou-se aos Estados Unidos em busca de aperfeiçoamento. Casou-se com uma médica americana e, após concluída a especialização, juntos, voltaram ao Brasil, estabelecendo-se na cidade do Rio de Janeiro.

Ingrid chegou até ele esperançosa, porém, uma minuciosa avaliação comprovou a doença. Exames foram solicitados para checar a saúde do bebê e, de posse do resultado, ela retornou. Josué, sem rodeios, além de confirmar o que Ingrid não queria acreditar, informou ter constatado uma pequena lesão no coração. A deficiência cardíaca, além de ser motivo de preocupação, merecia constante observação. Ao ouvir o diagnóstico, dito em forma de sentença, ela foi acometida por um mal-estar. As pernas amoleceram e as paredes do consultório começaram a girar. Quando se acordou, estava deitada em uma maca, olhando para o doutor, sem entender nada.

– Sua pressão caiu rapidamente – disse ele. E, com um risinho simpático, completou:

– Mas já está sob controle.

– Meu Deus, como vou cuidar de alguém assim? – indagou ela ao recuperar a consciência. Ele, com uma calma de irritar qualquer ser vivo, foi conciso em sua explicação:

– Do jeito que você cuidou das outras três. Portadores dessa síndrome deverão receber tratamento idêntico dado às crianças da mesma idade. Ela não vai lhe dar maiores problemas. A maioria apresenta comportamento calmo e amoroso.

– É difícil? – interrompeu Ingrid, com as mãos geladas e banhadas de suor.

– É – assegurou ele, com um ligeiro balanço de cabeça, enfatizando a resposta. E complementou:

– Não poderá cursar a escola por falta de professores especializados nessa área que ainda é pouco conhecida e estudada. O principal agravante é o preconceito das pessoas que, desconhecendo a doença, as veem com discriminação, achando que são doentes mentais.

A informação afundou-a na poltrona. Era o que ela temia. Mas juntou forças e prosseguiu:

– E essa lesão no coração? Há necessidade de cirurgia?

– Não necessariamente. Porém o acompanhamento deverá ser permanente. Exames periódicos nos dirão se o problema avançou ou se mantém estacionado. Somente com um atendimento personalizado conseguiremos verificar a progressão do caso.

– E quanto à alimentação? – com paciência, o médico respondeu:

– Igual à que você ofereceu as suas filhas quando estavam nessa idade. Mais adiante ela poderá encontrar dificuldades com a fala, necessitando ser estimulada. O desenvolvimento mental, comparado às demais crianças da mesma faixa etária, ficará aquém do normal. Claro que isso varia de uma situação para outra –eE, procurando reconfortá-la, concluiu:

– Nós dois, juntos, vamos acompanhar, passo a passo, a evolução da pequena Isabel.

Ingrid deixou o consultório seguida da babá. Atônita, ficou sem rumo, pois os recentes incidentes a conduziam a um caminho novo, tortuoso e terrível, tal qual um pesadelo em que não se consegue acordar. Tentou se comunicar com Antônio para receber apoio, mas não o achou ou, provavelmente, ele não quis atendê-la. Sentiu as barreiras do seu limite desintegrar-se. Estava cansada de tudo: de pensar, de reclamar, de chorar, de esbravejar. Só desejava desaparecer para esquecer aquela tragédia por algumas horas, talvez dias. Ao chegar em casa, entregou a menina à Regina e se amparou no remédio para dormir, a fim de se tranquilizar. Sabia que não cruzaria com o marido, pois, certamente, ele usaria um dos quartos de hóspedes, seu atual dormitório.

No dia seguinte, após o almoço, ela chamou Antônio para uma conversa. Caminharam até o escritório, calados como dois estranhos. Apontou com a mão, convidando-o a se sentar. Sem eufemismos, repassou o teor da consulta que tivera com o doutor Josué. Explanou meticulosamente os cuidados especiais que deveriam ter com a filha. Depois de ouvi-la, ele se levantou e circulou a esmo por alguns instantes. Quando parou, apoiou as mãos no espaldar da poltrona e virou-se para o lado da esposa. Os segundos inquietantes que ocupavam o ambiente foram bruscamente quebrados com o som da voz áspera de um sujeito irritado.

– Não vejo razão para falarmos sobre isso – afirmou com ares de revolta. E, no ímpeto de arrancar a trágica página da própria vida, confirmou a decisão de mandar a filha para o Haras. Afastou as mãos do escoro e retirou-se.

Ingrid permaneceu ali paralisada por um longo tempo, indecisa. Ao descruzar as pernas, a ponta do dedo enroscou na roupa, trazendo com ela um fiapo de tecido. Uma das unhas lascou. Assim, descobriu um motivo para se desgrudar do assento.

– Preciso dar um jeito nisso – concluiu.

Subiu ao quarto, apanhou uma lixa na gaveta e seguiu até a varanda. Acomodou-se em uma cadeira de ferro de frente para o jardim. O sol mostrava-se nas alturas, tendo, como pano de fundo, um intenso azul, coberto por volumosas nuvens brancas de formatos interessantes: uma cabeça de cachorro, um urso gigante, um dragão cuspindo fogo, uma borboleta de asas abertas. Por fim, a última se parecia com um trevo de quatro folhas, sarcasticamente, um símbolo de boa sorte. Envolveu-se naquela brincadeira, no objetivo de encontrar algo que elevasse o seu estado de espírito, mas sem sucesso. Não estava receptiva para ler nas entrelinhas, tampouco para tirar mensagem das nuvens. Sua mente destorcida pendia somente para a escuridão.

Prosseguia aparando a unha quando um pardalzinho com uma minhoca presa no bico pousou em cima da mureta de proteção da janela. Atenta, acompanhou a trajetória da ave que sumiu na copa de uma árvore. Observando o vaivém do pássaro, notou que as ausências eram rápidas, induzindo-a a concluir que se tornava perigoso deixar o ninho a mercê de predadores. Era o instinto da fêmea enfrentando animais maiores do que ela para defender a cria. Esse insignificante e grandioso ato, tão comum na natureza, a fez pensar. Ao sair dali, desceu as escadas e deparou-se com a pequena sendo alimentada por Regina. Envergonhou-se por não estar oferecendo o peito à criança.

Mas o dilema de Ingrid alcançava proporções colossais. Além de Antônio, ela própria também era uma adversária de si mesma. Um conflito interior emergia dentro do seu íntimo, dividindo-a em duas.

A Ingrid-mãe com sentimentos de amor pela filha, aquela com instinto maternal que cobrava de si uma tomada de atitude, a que afrontaria o marido, não permitindo que ninguém tirasse Isabel de casa.

A outra Ingrid, a socialite, a das noites de festas que sonhava em voltar à vida social, convidar companheiras para o chá das cinco, enfim, tornar a viver. A sofisticada dama que carregaria a vergonha de ter que contar às amigas que gerou um ser deficiente. A que via sua liberdade amarrada a uma criança que demandava cuidados especiais. A que se sentia atrelada a um incômodo, a uma intrusa.

Essa luta interna de dois personagens gigantescos a massacrava, a aniquilava.

Então, surgiu uma ideia. Uma brilhante ideia. Que tal juntar as duas "Ingrid" em uma só? Claro, conciliar a mãe com a socialite. Sim... Sim... Mas como? O cérebro se agigantou e as meninas dos olhos percorreram todos os cantos do globo ocular para juntos acharem uma solução. Que tal se alguém ou um casal pudesse criar a filha perto dela com a discrição que a situação exigia?

Seria um sonho, uma excelente saída. Ao mesmo tempo que apaziguaria sua consciência materna, libertá-la-ia para o retorno ao tão ansiado convívio social. De súbito, a imagem dos caseiros, que eram pessoas de extrema confiança, veio-lhe à mente. Sabia que poderia contar com eles.

Eram discretos e moravam na Casa dos Fundos. Sim!... A Casa dos Fundos. "Por que não pensei nisso antes?" Um lugar ideal para criar Isabel. Além de ficar junto à Mansão, ficava escondido atrás do bambuzal. Ao armar o esquema, deixou escapar um sorriso de satisfação, como se tivesse encontrado a resposta para um problema insolúvel. A espessa cerca de bambus, que separava as duas casas, evitaria olhares indiscretos.

Dialogou novamente com Antônio expondo o que havia pensado, mas ele, de imediato, recusou. Temia que a vizinhança viesse a saber que eles eram pais de uma menina com deficiência.

Enquanto ele expressava sua discordância, Ingrid arregimentava forças para desafiá-lo. Lembrou-se de Olga e do quanto ela sofreu com a morte do irmão. E Olga seria incapaz de abandonar um filho. Lembrou-se também da mãe-passarinho que, com determinação, protegia o ninho contra os predadores. Então, motivada por um cutucão espiritual da mãe e incorporada do espírito da ave que defendia os filhotes, enfrentou a arrogância do marido, superando-se em coragem. Usou, como argumento, a conversa que teve com o doutor Josué: os constantes cuidados médicos que deveriam ser dispensados à filha. No Haras, estaria longe de qualquer assistência de emergência. Com garra e firmeza, ela refutou todas as alegações por ele apresentadas. Depois de uma acalorada discussão, ele cedeu, mas deixou claro que jamais queria ver a criança lá pela Mansão. E, aos gritos, rematou:

– Na Mansão, nem pensar.

Ela foi em frente. Procedeu algumas alterações nos horários da criadagem e contratou um novo empregado para cuidar do jardim, liberando os caseiros para atendimento exclusivo à recém-nascida. À babá Regina, foram atribuídos outros afazeres.

Francisco e Maria encarregaram-se da mudança da pequena Isabel para a Casa dos Fundos. Uma mudança completa: enxoval, banheirinha, remédios, enfim, todo o aparelhamento necessário para que nada dependesse da Mansão.

As duas casas passaram a ser independentes. Cada uma seguia sua própria rotina, sendo que os habitantes de uma não interferiam nem interagiam com os da outra. Lurdes, Inês e Júlia não viam a irmãzinha, pois as empregadas receberam ordens expressas para que as filhas não cruzassem a linha dos bambus. Na Mansão não se falava da Casa dos Fundos e, assim, aos poucos, todos esqueceram que havia vida atrás do bambuzal.

Isabel crescia, sentindo o carinho que emanava dos braços da dona Maria. Uma dessas abnegadas mulheres que Deus coloca no seio das famílias, repleta de sentimento maternal. Seu Chico também adorava a garotinha. Tinha prazer em pegá-la no colo, embalá-la e criá-la como se fosse sua.

Nos dias de visita ao médico, Ingrid mandava pegar a menina e a conduzia até o consultório. Na volta, sem qualquer emoção e como se estivesse cumprindo alguma obrigação, devolvia a pequena à babá, não se lembrando da filha por bom tempo, pois só tornaria a vê-la no dia da próxima consulta. Ao se despedir, fazia umas gracinhas e, às pressas, se retirava. No entanto, após alguns meses, a tarefa tornou-se enfadonha. Sob o pretexto de inadiáveis compromissos, delegou função à Regina que, junto com Dona Maria, se incumbia de levar Isabel ao pediatra.

Concluída a etapa de esconder Isabel atrás do bambuzal, Ingrid reiniciou suas atividades sociais e, na última quinta-feira do mês, voltou a convidar as amigas para o tradicional chá das cinco, acompanhado das mais recentes fofocas. Quando elas manifestavam o desejo em conhecer o bebê, desculpas, como "está gripada" ou "foi passear na vovó", eram usadas sem nenhum escrúpulo. No entanto, sua conduta fora totalmente diferente ao mostrar o cachorrinho de raça recém-comprado, que apresentava com orgulho, chamando-o de "meu filhinho".

Uma vez que a criança jamais podia ultrapassar a cerca de bambus que delimitava o lote onde os caseiros moravam, ela brincava e apanhava sol no limitado pátio atrás da Casa dos Fundos no início da manhã. Os pais também optaram por excluir a participação dela nas atividades familiares, evitando comentários maldosos por parte de conhecidos e vizinhos.

Por ocasião de seu primeiro aninho nada foi feito. Ao serem questionados pelos amigos mais chegados, os pais alegavam que ela tinha saúde extremamente frágil, que estava doente ou em recuperação.

E, assim, todos foram ignorando Isabel, deixando-a encostada na Casa dos Fundos, como um objeto refugado, da mesma forma que fizeram com o sofá velho sobre o qual ela nasceu.

O casamento

Nada melhor para erguer o astral de Ingrid do que eventos sociais. Organizava uma festa como ninguém. Tal qual um maestro de posse da batuta regendo uma grande orquestra, ela ensaiava, marcava o ritmo, determinava o tempo, dava vida à interpretação e orientava. E, no final, virava-se para o público e recebia os aplausos. Uma atividade que desenvolvia com competência, sensibilidade, maestria e estilo.

Pelo menos aparentemente, a rotina dos Castro voltou à normalidade. O casal retornou ao convívio social e as revistas destacavam-no como um par elegantíssimo. Lurdes, a mais velha das herdeiras, estava para se casar com Laerte, um jovem oficial da Marinha, pertencente à tradicional e rica família do ramo de joias, com várias joalherias espalhadas pelo Rio de Janeiro e São Paulo.

Uma demorada discussão precedeu a escolha da igreja. Antônio pensou inicialmente em pedir ao padre Odilon para que realizasse o casamento, mas a hipótese foi imediatamente descartada. Desde o último encontro, quando o amigo tentou confortá-lo ao saber do seu desgosto pelo nascimento da filha e não filho, Antônio deixou de ir à missa, recusava-se ajudar a paróquia e não conversava mais com o pároco. Além disso, era uma capela demasiadamente simplória para uma cerimônia tão pomposa.

Ingrid sugeriu o Mosteiro de São Bento. Ela e o marido assistiram algumas vezes ao culto dominical, acompanhado pelo solene canto gregoriano dos monges beneditinos. Era um lugar fascinante, com interior requintado, expondo valiosos painéis, pintados entre 1663 e 1700. As grades de jacarandá foram feitas por Frei Domingos da Conceição. Uma verdadeira obra de arte, capaz de encher os olhos de qualquer um. Um ambiente cheio de memórias para ser recordado, afinal, não deixava de ser um marco do barroco brasileiro. Entretanto, concluíram que o espaço disponível não era suficiente para abrigar tantos convidados.

Então a preferência recaiu na igreja de Nossa Senhora do Monte do Carmo, no centro da cidade, por ser famosa desde a época da realeza, visto que o santuário ostentava o título de Capela Real. Ali, Dom João VI foi sagrado rei de Portugal, em 1816, após a morte de Dona Maria I e o príncipe Dom Pedro, futuro imperador do Brasil, recebeu como esposa Dona Leopoldina da Áustria, em 1817. Apesar de o local ser de uma beleza extraordinária e perfeito pela história que trazia, uma roupagem especial para o evento seria aplicada.

Lurdes pretendia deslumbrar com um espetáculo inusitado. Diversos projetos foram apresentados sem que nenhum levasse sua aprovação, até que um baiano a impressionou com uma proposta ousada e carregada de criatividade. Ele já havia viajado à Índia, ao Tibete e à Grécia para conhecer culturas diferentes, especificamente para estudar os rituais nativos. Era adepto a qualquer doutrina que elevasse a alma, como o uso de cristais, incensos e outras simbologias.

A decoração tinha início logo após a porta principal, onde dois pedestais em estilo grego sustentavam pratos de terracota com areia que servia de colchão a graciosas conchas dos mares da Indonésia. Vinte pequenas colunas artificiais colocadas aos pares na passarela central, sem nada em cima, despertavam a imaginação das pessoas, acostumadas a ver aqueles patamares cobertos de flores. Em vez do tradicional tapete vermelho, pétalas perfumadas, extraídas de ânforas de latão, esparramavam-se pelo chão, assemelhando-se a uma esplendorosa ponte formada pela natureza.

O dia amanheceu nublado, mas com promessa de não chover. Ingrid conferia detalhe por detalhe para que tudo saísse impecável. Na parte da tarde, houve uma agitadíssima movimentação de manicures, cabeleireiros, maquiadores e emissários entregando presentes.

O relógio da torre marcava oito horas da noite, quando o cerimonial iniciou.

Um jovem trajado de arauto despontou no alto do púlpito, arrancando um som agudo e estridente de uma trombeta, cujo eco se evadiu pelas portas do santuário. Convidava as damas para participarem do ritual. Vestidas com roupas esvoaçantes, na cor palha e no estilo grego, elas entraram de duas em duas, trazendo nas mãos legados que seriam oferecidos ao casal, cada um com seu próprio significado. E, assim, candelabros dourados, com velas acesas, simbolizavam a Paixão; minúsculas bandejas espelhadas, com cristais azuis, inspiravam a Harmonia; uma esfera, do tamanho de uma bolinha de tênis, talhada em quartzo rosa, representava o Amor Fraterno; a chama verde, que saía de dentro de uma lanterna marroquina, iluminava a Saúde; a cesta de vime, recheada de uvas, figos e romãs, remetia à Prosperidade; lírios brancos, fincados em caixas feitas de bambus, sugeriam Paz; o símbolo Yin e Yang sinalizava o caminho para o Equilíbrio; o jarro de cor roxa, contendo água, indicava Transmutação; e, por último, o vasinho feito de barro, com violetas africanas plantadas, reportava à Fertilidade.

Após as lembranças serem depositadas sobre as colunas, as moças deixaram a nave, conhecida como corredor principal, saindo pelas laterais.

O público, arrebatado pelo deslumbramento, não movia um músculo da face.

Era um exagero de fantasia para uma celebração que apenas queria unir dois jovens pelo resto de suas vidas. Mas era o jeito, a cara e o tipo de Lurdes. Ambicionava estar adiante do seu tempo e provocar impacto. Esse culto à espiritualidade ainda não estava tão difundido, mas ela se informou e implantou com coragem e ousadia. Na verdade, ninguém, inclusive Lurdes, compreendeu o real sentido de cada objeto. O que era para ser visto pela alma e não por olhos habituados a enxergar somente o brilho exterior, tornou-se um esnobe desfile alegórico, relegando a relevância da mensagem a um plano inferior. Os pais estranharam e também não conseguiram interpretar a acepção daquela simbologia, mas, cansados de tantas exigências, concordaram.

E o show continuava.

Ingrid, mais bela do que a noiva, em um lindíssimo vestido marrom dourado que lhe realçava o corpo escultural, alcançado através de um sofrido regime, surgiu no início do corredor com o braço entrelaçado ao do consogro. Caminharam juntos até o altar e lá tomaram posição.

As pessoas permaneciam com a atenção presa na porta, onde apontou um homem trajando uma túnica, tocando saxofone. Anunciava a entrada do noivo, motivo para enorme burburinho.

Laerte apareceu elegante na farda de gala, acompanhado da mãe, em um vestido verde-claro, com decote suficiente para exibir um exuberante colar de esmeraldas.

Alguns minutos seguiram em total suspense, enquanto os presentes procuravam adivinhar qual seria a próxima atração. A cerimônia não parecia ser um casamento, mas um espetáculo.

Finalmente, o som da marcha nupcial.

De braços dados com o pai, Lurdes caminhou, sem pressa, cercada por olhares deslumbrados. O vestido branco, de um tecido consistente, com aplicação de infinitos cristais minúsculos que reluziam ao balançar, foi confeccionado por um famoso costureiro parisiense, badaladíssimo nas revistas internacionais de moda. O restante do enxoval também foi criteriosamente escolhido nas lojas francesas, em mais de uma viagem com destino àquele país. No lugar do véu, uma capa em tom borbulhante de champanhe. O cabelo curto era ornamentado com uma tiara de diamantes, desenhada exclusivamente para ela em uma das joalherias do sogro. Seguia altiva e majestosa, com um meio sorriso nos lábios, demonstrando que não era uma noiva qualquer, mas uma princesa, igual às das histórias de contos de fadas.

Isso a deixava em êxtase. Ela e a mãe.

A cerimônia prosseguiu com seu ritual e a hora do "sim" chegou. Uma cantora, com voz de soprano, cantou "Ave Maria", causando intensa emoção. As irmãs, Inês e Julinha, entraram lado a lado, vestidas iguais às damas, carregando as alianças sobre almofadinhas de veludo vermelho com sedosas franjas douradas.

Todos os passos da programação foram seguidos sob a batuta da regente Ingrid e, terminada a sessão de fotos, a celebração encaminhava-se para o final. O som do piano propagou-se pelo espaço através de uma música arrebatadora e impactante, com a finalidade de anunciar a entrada de dez pares de oficiais da marinha, colegas de Laerte, magníficos em seus trajes de gala, posicionando-se, frente a frente, para dar passagem aos noivos.

Mais uma vez, o arauto cumpriu sua missão e os recém-casados deixaram a igreja, sob as espadas cruzadas, ovacionados pelo distinto público. O olhar de Antônio achou o de Ingrid, satisfeito com a competência da esposa na condução de uma solenidade de tamanha magnitude.

Contam as más línguas que, quando ficou sozinho, o padre ergueu as mãos para o alto em agradecimento a Deus pelo término do show, indignado com os Castro que transformaram o seu santuário em um palco de teatro.

A poucos metros da porta principal, o motorista da família, dentro de um alinhadíssimo smoking preto, aguardava os noivos em um portentoso

Ford conversível, estilo "rabo de peixe", que os levaria ao Copacabana Palace, onde os convidados seriam recepcionados.

O hotel era ícone da cidade, famoso no mundo inteiro. As suítes ricamente decoradas serviam de aposentos a mais variada gama de gente ilustre: reis, príncipes, chefes de estado e artistas. O casal Castro conhecia bem as instalações, pois até 1946, período em que o jogo era permitido no Brasil, Antônio e Ingrid frequentaram o luxuoso cassino, acompanhados de turistas do país e do exterior e amigos pertencentes à elite da sociedade carioca. Após essa data, continuaram visitando o local, porém para participar de eventos como suntuosas festas de casamento ou aniversário, ou para assistir a grandiosas apresentações de célebres artistas nacionais e internacionais.

A boda realizou-se no salão central com arranjos primorosamente elaborados que se debruçavam sobre paredes cobertas com mármore de Carrara, debaixo da iluminação de gigantescos lustres de cristais da Boêmia.

Na antessala, Lurdes e Laerte, ladeados pelos pais, receberam os cumprimentos dos presentes, ainda maravilhados com o espetáculo que assistiram na cerimônia religiosa.

Quando todos estavam devidamente acomodados, a banda, que até então tocava uma música suave, orquestrou a "Aquarela do Brasil" com a entrada triunfal dos noivos.

O banquete, entregue a um conceituado "chef" francês, afamado no país, oferecia sofisticadíssimos pratos, alguns desconhecidos dos tradicionais restaurantes da cidade.

Terminado o jantar, os recém-casados passaram de mesa em mesa cumprimentando os amigos, para então se retirarem. O dia foi exaustivo e, nas próximas horas, embarcariam em lua de mel, com destino ao Principado de Mônaco.

Todavia, a festa adentrou a noite e terminou ao amanhecer. Muitos convidados, ainda embevecidos pelo champanhe da madrugada, desceram as escadarias do hotel e, descalços, foram banhar os pés nas águas da praia de Copacabana, que recebia os primeiros raios de sol.

No dia seguinte, na parte da tarde, o casal Castro acordou-se aparentemente aliviado. Missão cumprida e cumprida com brilhantismo.

O sonho de ver a filha casada com alguém tão nobre quanto eles tornara-se realidade.

Antes de tomar café, Ingrid desceu para buscar os jornais, pois tinha sede de notícias. Segurando os noticiários em suas mãos, subiu as escadas apressada e ofegante. Com o coração descompassado, dominada pela ansiedade, foi direto às páginas destinadas às colunas sociais, descartando pelo chão as folhas que não lhe interessavam. Os olhos flamejavam de satisfação e o sorriso não conseguia fugir dos lábios. Queria gritar, dançar, mas se limitou a dar alguns passinhos. O que encontrou estava além do que esperava.

– Escute isso, Antônio – continuava ela, numa leitura entusiasmada. E, em tom de brincadeira, lia os anúncios como se recitasse uma poesia.

Os jornais destacaram a grandiosidade da cerimônia e concluíram que Ingrid e Antônio Castro brindaram a sociedade carioca com uma festa “re-quin-ta-dís-si-ma”, inovando na decoração e na arte do bem servir. Uns mais detalhistas relacionavam uma extensa lista de ilustres convidados que dignificaram o evento com suas presenças.

Depois do Concurso “Miss Brasil 1955” – dois meses antes, onde a famosa baiana Marta Rocha entregou a coroa, no Hotel Quitandinha em Petrópolis, à sua sucessora Emília Correa, do Ceará –, o casamento de Lurdes foi o maior sucesso nas publicações sociais, classificado como o “Casamento do Ano”.

– Ah querido! – comentou Ingrid. – Nós acertamos em cheio. Valeu todo o esforço. Estou ansiosa para ver o que dizem os jornais de amanhã.

E, erguendo levemente a cabeça de forma desafiadora, exultou:

– Será que aguentarei esperar?

Os dias seguintes foram destinados unicamente às badalações. O telefone tocou ininterruptamente. Eram as amigas querendo parabenizar os pais, passar adiante recentes fofocas, saber quem confeccionou o vestido, perguntar sobre a decoração, etc.

A saída dos caseiros

*Um mesclado de cinza com azul forte foi ocupando espaço entre as nu-*vens, enquanto o sol se despedia no horizonte. Ingrid estava sentada no jardim e seus olhos já se esforçavam para enxergar a trama da toalha de linho que bordava para o enxoval de Inês.

"Cansei. Vou parar", Pensou.

Guardou os apetrechos na bolsa de trabalhos manuais e, no caminho, encontrou Norma, que a procurava.

– Quer falar comigo?

– Dona Lurdes está no telefone e diz que é urgente – Ingrid deixou a sacola sob os cuidados da empregada e saiu para atender a filha.

– O que foi?

– Estou grávida, mãe.

O anúncio apanhou-a de surpresa. Lurdes não havia comentado que pretendia encomendar neném.

– Que maravilha! – conseguiu dizer despretensiosamente.

– Estou aqui acariciando meu ventre onde está guardado um troféu muito valioso. Tenho certeza de que é um menino. Papai ficará felicíssimo. Até que enfim vai chegar o primeiro homem da família. E é o primeiro neto de ambos os lados – exibiu-se, sem perceber que espezinhava os sentimentos da mãe que carregava consigo a pecha de "mulher falhada".

Conversaram mais algum tempo e, quando se despediram, Ingrid preocupou-se com o ego inflado de Lurdes. Ela estava vivendo seus dias de glória, porém, no caso de insucesso, a desilusão a maltrataria. A mãe sabia como esse tipo de fracasso era doloroso entre os Castro. No entanto, alegrou-se, pois era uma boa notícia. Desde o casamento da filha, nada de especial acontecera por aquelas redondezas.

Ingrid se envolveu com os preparativos para a vinda do neto primogênito. Toda a tarde, ela e Lurdes achavam um motivo para sair, com o objetivo de perambular por lojas à procura de mais algum artigo que pudesse ser incluído no enxoval. A confiança que seria premiada com um garoto era tanta que Lurdes não admitia comprar qualquer produto que não se destinasse ao sexo masculino. Ingrid assistia tudo com apreensão. Em várias oportunidades, tentou prevenir sobre um possível revés, aconselhando-a a incluir algumas peças de cor neutra, mas a sugestão era imediatamente rechaçada pela futura mamãe que só aceitava o azul. Contaminada pela convicção de Lurdes, convenceu-se também de que o novo herdeiro dos Castro seria neto e não neta. Ademais, passou a ver a situação sob outra ótica: a chegada de um guri provavelmente desviaria os olhares incriminadores que lhe atingiam, lançados pelo marido e pelo sogro quando o assunto vinha à tona. "Isso mesmo", concluiu. Talvez eles a absolveriam do crime de não ter gerado um filho homem.

E, no dia do nascimento, a dúvida, que sempre atemorizou as mulheres da família, alastrou-se pelo ambiente:

– Menino ou menina?

As feições carregadas do doutor Cláudio, ao surgir na porta da sala de espera da maternidade, indicavam que mais uma decepção acabava de rolar.

Os céus também conspiraram contra Lurdes.

– Coitadinha! – penalizou-se Ingrid. Ela sabia o quanto doía não ter tido o primogênito homem. A reprovação era visível nos semblantes de insatisfação de todos, inclusive do marido Laerte.

Atrás dos bambus, a vida seguia rotineira. Belinha, como os caseiros passaram a chamar Isabel, tornou-se o centro de suas atenções. Cumpriam, com perfeição e responsabilidade, o exclusivo compromisso que tinham: cuidar da criança.

Uma vistosa paisagem de neve estampada na folhinha, única decoração na modesta sala da Casa dos Fundos, prendeu o interesse de Maria. Ela se aproximou tentando imaginar a intensidade do frio daquele lugar, pois conhecia somente o calor. Enquanto viajava mentalmente por terras tão distantes, observou que Chico se esquecera de arrancar a página do mês anterior. Ao notar o descuido do esposo, ela mesma se encarregou de atualizar o calendário. Só aí, percebeu o significado daquela data.

– Meu Deus! – exclamou para atrair a atenção de Francisco. Ele veio rápido e assustado.

– O que foi, velha?

– Veja! – aclamou em voz alta, apontando para a gravura. – Hoje é aniversário de Isabel. Ela está fazendo cinco anos.

– Parece que chegou aqui ontem! – lembrou ele, pensando no dia em que levou a pequena para morar com eles.

– É, Chico! Como são as pessoas. A menina é uma princesa e está confinada neste casebre. Nesse tempo, só saiu para ir ao médico. Não entendo essa gente rica. Eles têm umas manias tão esquisitas. Custódia me disse que, lá na Mansão, os patrões vão fazer uma grande festa de aniversário do primeiro ano da neta. É festa para muitos convidados.

– Maria! – gritou Chico com as mãos à cabeça. – O arroz está queimando – ela correu para o fogão, encerrando ali uma conversa que não lhes dizia respeito.

No entanto, para tirar o sossego do casal Castro, um fato novo provocaria uma reviravolta capaz de quebrar a rotina: a saída dos caseiros.

A filha Matilde apresentou uma doença grave e ficou sem condições de criar três guris, incluindo o caçula com apenas um aninho.

Ela vinha uma vez por ano ao Rio para visitar os pais, acompanhada das crianças. Antônio fazia questão de pagar as despesas da viagem, pois assim evitaria o afastamento dos caseiros.

Ao tomarem conhecimento da doença, Maria e Chico não tiveram dúvida em deixar os patrões, visto que a saúde da filha estava em primeiro lugar. Ainda cogitaram em levar Isabel, mas como a tênue saúde da menina dependia de constantes visitas ao médico, a ideia inviabilizou-se.

A notícia explodiu nos ouvidos de Ingrid. Perdeu o chão, deixou-a desnorteada, despertando aflições adormecidas. Tudo até então fora prático e conveniente. Após se recuperar do impacto, aguardou ansiosamente o marido chegar e, depois do jantar, convidou-o para um café no escritório. Após Custódia servi-los, trancou a porta, enquanto Antônio se acomodava no sofá. Em pé, apoiada com as mãos no encosto da cadeira, ela expôs o assunto rapidamente. Fez uma encolhida pausa, esperando que ele se pronunciasse e, em seguida, deu dois passos e se sentou ao seu lado.

– O que vamos fazer? – interrogou aflita. – Justo agora que estamos embarcando para a Europa.

Antônio, contrariando o costume de perder facilmente o controle da razão, descansou com calma a xícara sobre o pires e só aí opinou:

– Peça mais tempo.

– Já tentei – respondeu Ingrid visivelmente aborrecida, batendo com o salto do sapato no chão. – Estamos encurralados no prazo de duas semanas e somente isso. Eles já estão preparando a mudança.

Antônio outra vez trouxe o despudorado desejo de levar a filha para o Haras, porém a mulher o encarou com um olhar severo, inibindo qualquer argumentação nesse sentido.

– Sem a menor chance. O pediatra não irá até o Haras se for preciso. Estou cansada de dizer isso a você – afirmou com segurança.

Um silêncio preencheu a sala, enquanto ambos procuravam por alternativas. Antônio sempre despistava quando a conversa girava sobre “Isabel” – para ele, sinônimo de aborrecimento. Desde que ela nasceu não tornou a vê-la e agora ela se apresentava novamente diante dele em forma de problema, forçando-o a um desfecho imediato. E a questão era:

– Quem iria atender àquela menina?

Ingrid expressou sua opinião ao expor o perfil desejado para a futura babá: teria que ser uma pessoa ou um casal, disposto a cuidar de uma criança com necessidades especiais, onde a discrição seria o ponto fundamental. Antônio aceitou os argumentos e a autorizou a contratar alguém para substituir os caseiros.

A partir daí iniciaram-se os contatos, contudo, as pretendentes ao serem informadas acerca do trabalho, acabavam desistindo por medo do desconhecido. Ingrid já estava desanimada, quando surgiu uma mulher de vinte sete anos – tornara-se viúva recentemente e sem filhos – à procura de emprego.

Então, agendou a entrevista.

Geórgia, a bisbilhoteira

Geórgia estava exausta. Foram três semanas de intensa atividade. Sabia que ainda havia infindáveis histórias para serem relatadas. Necessitava de alguns dias para descansar e dar atenção ao namorado que reclamava da sua ausência. Desligou o computador, foi até à janela e viu Inês sentada no banco do jardim. Saiu correndo para fora, chegou por trás e deu um susto nela. Em poucos minutos, conversavam sobre o seu trabalho.

– Madrinha! – interrompeu Geórgia, balançando a cabeça para ambos os lados. – Não consigo me imaginar em uma época como aquela. Seria o mesmo que tentar colocar uma caixa maior dentro de uma menor. Impossível! Olha só minha tataravó Alice. Era um fantoche nas mãos do marido. Não tinha boca para nada, só para dizer "Sim, senhor". E, veja o absurdo do biso, exigindo um filho homem de Ingrid.

Inês se calou por segundos e quando voltou a falar, expressou-se com segurança:

– Geórgia, você deve se transpor ao período em que os fatos aconteceram. Eram tempos distantes do nosso. A comunicação era limitada. As informações passavam de pai para filho, preservando arraigados conceitos familiares, hoje ultrapassados. A forma de ver, de ser, de pensar e de se comportar era transferida aos descendentes por várias gerações. Vinha junto com a herança da família. Dependendo do perfil do indivíduo, uns aceitavam passivamente, outros se rebelavam. Nem todo mundo, por razões diversas, tem forças para remar contra correntezas sem se afogar. Alguns, ao beber os primeiros goles d'água, repensam seus sonhos. Então, preferem redirecionar o foco, seguindo o próprio caminho moderadamente, evitando atropelos. Muitos, com objetivos não bem traçados, debatem-se angustiados, tentando manter o fluxo e, no limite da exaustão, vão sumindo em praias menores formadas pelo rio da vida. Na verdade, devemos compreender a época em que cada um viveu, sem exigir que sejam enquadrados nos parâmetros atuais.

– Oh, madrinha! Como falou bonito, hein! Mas você tem razão. Temos que ver o contexto do momento e a formação individual da pessoa. Sinceramente, eu não enfoquei por esse ângulo – ponderou Geórgia.

As duas eram amigas inseparáveis. Geórgia considerava a madrinha uma confidente especial e, entre elas, não havia segredos.

Certo dia, a afilhada deixou a faculdade com seus pensamentos focados nos Castro. A chuva havia parado e o sol se intrometia no meio das nuvens. Retirou o celular da bolsa e os dedos entraram em ação. De imediato, recebeu a resposta:

– Olá, minha jornalista preferida!

– O que está fazendo? – sondou Geórgia.

– Revendo alguns artigos da APAE – respondeu Inês de ótimo humor.

– Que tal irmos a uma sorveteria? – sugeriu Geórgia.

– Pode ser às cinco?

– Passo aí para te pegar.

Pontualmente, encontraram-se na hora combinada. Acomodadas, cada uma com uma taça de sorvete, a futura escritora retornou com seus questionamentos:

– Pois é. E a Belinha? Pouco me contaram sobre ela.

– É minha irmã mais nova – explicou Inês. – Ela nasceu com Síndrome de Down. Viveu parte da sua infância separada de nós, na Casa dos Fundos, onde moravam os caseiros.

– Meu Deus, que absurdo! Como tiveram coragem de fazer isso com a pobre menina?

– Olha, querida, não faça pré-julgamento sem saber o que se passou. Eu também acho um absurdo. Mas infelizmente aconteceu. Por enquanto, não tire conclusões precipitadas. Elas são perigosas. Volto a te alertar, é muito fácil julgarmos desconhecendo o período em que os fatos ocorreram. Tenha paciência que lhe conto tudo. É conversa comprida – completou Inês. Porém, Geórgia insistiu.

– E qual a causa da Síndrome de Down?

– É um acidente genético que acontece na concepção. Um erro na divisão dos cromossomos. As mães com mais idade têm maior chance de gerar uma criança com essa doença. Tal é que Belinha foi a última filha da bisa Ingrid. Pesquise na internet que você vai encontrar textos bem elucidativos a respeito do assunto.

– Então, não é hereditário?

– Pelo que sei, não. Pode acontecer mais de um caso numa família ou numa longa ascendência, mas entende-se como coincidência.

– E a filha da minha tataravó Alice com o seu Ari? Ela também era portadora?

– Não. Ela apresentou outro problema. Como faleceu com poucos dias de vida, nada foi comprovado. E devemos considerar que a medicina daquela época não estava tão avançada quanto a de hoje, portanto as suspeitas ficaram apenas no campo da suposição.

Inês gastou alguns minutos explicando acerca do comportamento das crianças e as consequências da doença. Ao saírem, andaram pela rua estreita a caminho do estacionamento e Geórgia cobrou da madrinha:

– Haverá novos encontros como esse, não é?

– Com prazer! Adoro a sua companhia! – Inês agradeceu, sorrindo e beijando-lhe as faces.

A manhã seguia seu trajeto, o café mostrava-se apetitoso e Geórgia ainda não havia descido.

Vítor Hugo tomou somente alguns goles, descansou os talheres sobre o prato e, com preocupação, comentou:

– Por que será que essa menina até agora não acordou? – em trinta segundos, ele já subia as escadas, deixando Antônio e Júlia com um sorriso divertido nos lábios.

– Ele mima demais a minha garota – disse Julinha com um olhar de satisfação. – lembra, papai, quando ela chegou até nós, com dois anos, baixo peso e a pele coberta de alergias?

– Hum! – resmungou Antônio. – E como me lembro.

– Foi chocante! – exclamou Julinha, abrindo um pãozinho francês ao meio.

– É verdade – confirmou Antônio, ao mesmo tempo que estendia a xícara à Ramona para que lhe servisse mais café. Esperou a copeira se retirar para prosseguir:

– Em que bela moça se transformou.

Interromperam a conversa, quando escutaram gritos. Era Geórgia descendo as escadas com farta distribuição de beijos pelo caminho:

– Oi... Oi, pessoal! Desculpe meu atraso. Estava cansadíssima. Aquele congresso em São Paulo me judiou. Dormi demais – aproximou-se da mãe para abraçá-la, cochichando em seu ouvido:

– Estou feliz. Depois te conto.

Geórgia correu até a janela para apreciar o intenso azul do céu ensolarado. A criançada já brincava na piscina, de onde eclodia um berreiro alegre e estrondoso. Na grama verde, bem aparada, um sabiá desfilava todo pomposo, sincronizando pequenos e graciosos solavancos de suas longas pernas com o movimento de cabeça, em um elegante gingado de passarela. Domingo perfeito.

Antônio mais prestava atenção do que falava. Sabia que a bisneta o arrodeava à espera de uma brecha para começar um novo interrogatório. Uma gargalhada, seguida de outras, trouxe-o a lembranças que vinham carregadas de remorso: ele e Ingrid podiam ser classificados perfeitamente como pais ausentes. Isso o entristecia. Eram pensamentos incriminadores, capazes de estragar um dia tão lindo quanto aquele.

Geórgia, com a percepção ligada, dirigiu-se ao bisavô e atacou:

– Bisonho! – disse ela. – Me fale sobre suas premonições. As histórias do amiguinho Guto, do seu cachorro Tenente, do acidente com o calouro. Por que elas o apavoravam tanto? – Julinha, sem perder ocasião, intrometeu-se na conversa:

– Pai! Essa parte eu também gostaria de ouvir.

– Então fique aqui conosco – concordou ele.

Antônio contou que sempre fora refém desses pressentimentos. Até hoje, cada vez que eles lhe vêm à mente, assusta-se, temendo por alguma desgraça agourada.

– Mas, Biso – sugeriu Geórgia –, antes de irmos adiante me esclareça umas dúvidas. E o casamento da vó Lurdes. O que foi aquilo?

Ele se remexeu na cadeira e riu:

– Não posso negar: enlouquecemos os colunistas sociais do Rio. Uma alucinação. Um excesso de luxo. Notícia para inúmeras páginas de jornais. Lurdes queria. Ingrid queria. Eu queria. Era assim que agíamos, era assim que pensávamos.

Geórgia, procurando saber mais, interpelou:

– Deve ter sido maior do que o seu com a bisa?

– Evidentemente. Quando me casei com Ingrid, meu sogro era um bem-sucedido médico de Blumenau. A cidade, então, contava com menos de cem mil habitantes. Ele fez uma bela festa com a estrutura que a cidade oferecia. Agora, o de Lurdes foi muito depois e no Rio de Janeiro. Logicamente que a estrutura era outra.

– E as finanças da família? Vocês não se quebraram com todo esse exagero?

– Claro que não. Nunca tivemos problemas financeiros. Inclusive o evento ocorreu numa época em que mais dinheiro ganhamos. Período em que loteamos centenas de imóveis, muitos deles de frente para o mar. Querida, talvez não saiba, mas várias praias famosas do Rio, um dia, fizeram parte de nossas propriedades, adquiridas lá no tempo do vô Joaquim.

– Se fosse hoje, você faria tudo de novo?

Antônio pôs a mão no queixo e respondeu após alguns segundos de reflexão:

– Não. Nunca. Em todos esses anos vividos, aprendi que não é o tamanho, nem a pomposidade da festa que faz um casamento feliz. Tome por exemplo o casamento de Lurdes. Um desastre.

E a bisbilhoteira não parava:

– Vendo o seu jeito tão pacato, tão caseiro, não entendo como você e a bisa gostavam tanto do convívio social.

– Nem sei. Não posso culpar Ingrid. Ela gostava? Com certeza, gostava. Mas eu também. Eu sempre fui apaixonado por ela, principalmente pela sua beleza. Adorava desfilar com ela pelos salões de clubes sofisticadíssimos. Cada elogio que ela recebia parecia que era destinado a mim. A sociedade, minha querida – dizia, olhando nos olhos de Geórgia – é falsa. Ela ilude. Você faz amigos por interesse e pensa que está diante de uma leal amizade. Você passa a ser abastecido por falsidades. Elogia, esperando ser elogiado. Sorri para se fazer de simpático. Presenteia para ser presenteado ou para que alguém fique lhe devendo um favor. E esse favor pode ser cobrado a qualquer momento. Essa era nossa vida. Nesse meio, vivemos e nos perdemos – e, com tristeza, completou:

– Não faço ideia onde erramos, mas acho que fui o verdadeiro culpado, maltratando-a com a obstinação pelo filho homem. Eu a crucifiquei por uma culpa imaginária.

E terminou suas ponderações em tom de amargura, lamentando-se:

– Não sei... Não sei... Só sei que o amor descarrilou no tempo e saiu dos trilhos.

Tornaram-se meditativos por alguns minutos. Geórgia além de ter esquecido o gravador, notou que o bisavô estava sensivelmente abalado para seguir com aquele assunto. Aproximou-se, deu-lhe um beijo na testa e o aconselhou:

– Biso, está na hora da sua caminhada. Outro dia continuamos – ele se levantou e, apoiado na inseparável bengala, lentamente se dirigiu ao jardim.

Mãe, pai e filha o acompanharam com olhares tenros, cada um curtindo as próprias reflexões. Finalmente, Geórgia quebrou o silêncio para abordar Júlia:

– Mãe, às vezes, me dá vontade de abandonar tudo. Iniciar um trabalho diferente e não perturbar mais o biso. Penso que revirar o seu passado é doído demais para ele. Creio que não vale a pena.

Júlia enfezou a cara e, inconformada, contestou com veemência:

– Jamais... Jamais... Ao contrário. Você não imagina o bem que está lhe proporcionando. Ele é inteligente. Sabe que não foi um pai perfeito. Foi um marido exigente e cobrador. Valorizou o fútil e se esqueceu dos reais valores da vida. E o que você se propôs a fazer é para ele um ato de contrição. Está lhe dando a oportunidade de reconhecer seus erros e pedir perdão àqueles que por ele foram prejudicados. E só pode ser você. Você é nossa jornalista, nossa escritora. Tem tino investigativo. Se você não fizer, ninguém vai fazer e ele morrerá com sentimento de culpa – antes de terminar sua súplica contundente, as duas já estavam entrelaçadas em um carinhoso abraço. E, com voz manhosa, Júlia implorou:

– Querida, não tire essa oportunidade dele.

Geórgia não respondeu. Jogou a cabeça sobre os ombros da mãe e, emocionada, permitiu que o choro rolasse baixinho e solto. Um choro de amor e gratidão aos pais adotivos. Conhecia sua posição, sabia que Bárbara era sua mãe biológica e que Júlia passou de tia-avó à mãe. Embora não se constrangesse com isso, carregava consigo o fantasma da rejeição. Julinha e Vitinho nunca lhe esconderam a verdade e, além de tudo, incentivaram-na a amar Bárbara, mesmo sem existir qualquer convivência entre elas.

E ali, abraçada à Júlia, ela se sentia confortável e segura. Queria que aquele abraço se perpetuasse. Virgem Maria! Como amava aquela mãe e aquele pai. Sempre agradecia a Deus por ter-lhe dado essa família. E, basicamente nessas horas de incertezas e apreensões, o apoio deles, levando-a a ter mais motivos para amar aqueles que a amavam tanto, fazia a diferença. Estendeu a mão e chamou Vitinho. Os três permaneceram, por longos minutos, abraçados.

Os últimos acontecimentos serviram como uma dose extra de adrenalina para Geórgia. No entanto, aguardou até que o biso se recuperasse das recentes emoções. Nesse ínterim, aproveitou para resolver diversas pendengas. Foram duas semanas difíceis de se conciliar com o sono. Apesar de não estar escrevendo e interrogando alguém, os fatos investigados agitavam-na. Influenciava-se pelo que via e ouvia. A despeito dos conselhos da madrinha, tinha dificuldade de entender certas situações e absorver conceitos ultrapassados. Era uma mulher moderna, adepta de ideias atualizadas. Jamais tolerava atitude machista com intuito de massacrar qualquer ser do sexo feminino. Talvez, por isso, não conseguia prosseguir com nenhum relacionamento. Bastava uma palavra mal colocada e o namoro ia para o espaço, feito balão de gás. No momento, encontrava-se só, embora fosse constantemente assediada. No percurso, havia o Bruno, quase namorado, colega da Academia de Musculação, que incansavelmente a convidava para sair. Ora ficava, ora pedia um tempo.

Por instantes permaneceu sentada com as mãos apoiadas no teclado, indecisa. Liberar o pensamento para que corresse livre, sem aprisioná-lo, provocava uma sensação prazerosa. Algumas vezes, quis se levantar, mas a preguiça a impedia. De repente, franziu o cenho e apertou os lábios, como se tivesse tomado uma decisão. Então, saltou da cadeira, pegou o telefone e confirmou com Bruno que iria. Devolveu o envelope de número dois, cor cinza, que estava em suas mãos, já aberto, para a misteriosa caixa. Olhou com desdém para o computador e concordou que havia mais vida lá fora para viver. Arrumou-se com esmero, escolhendo um "pretinho básico" acima dos joelhos. Iriam conhecer uma recém-inaugurada boate em Copacabana.

A manhã de sábado, embalada pelas emoções das pessoas que planejaram aproveitá-lo, trouxe sol e calor em sua bagagem. Um dia especialmente talhado para relaxar.

Passava das onze horas quando Geórgia desceu, encontrando todos em volta da piscina. Assim que Júlia a viu, levantou-se da cadeira onde estava lendo um livro espiritualista e saiu ao seu encontro. Após beijá-la nas faces, inquiriu-a indiscretamente com um sorriso malicioso:

– Como foi sua noite? – ao ver Geórgia cabisbaixa, ela já sabia a resposta. A expressão, antes esperançosa, transformou-se num vinco entranhado que se interpôs entre as sobrancelhas, turvando-lhe o olhar.

– Quer falar a respeito? – indagou Julinha colocando o braço por cima dos ombros de Geórgia, conduzindo-a no sentido do pomar. Lá chegando, sentaram-se lado a lado em um banco debaixo de um pé de castanheira.

Júlia acariciou de leve o queixo de Geórgia, enquanto lágrimas quentes amornavam-lhe as mãos. Ela conhecia, com minúcias, a angústia da sua garota. Aquele futuro namoro exigia um desfecho. Entretanto, a aparência ousada de uma moça moderna escondia uma menina medrosa, envolta em uma imensidão de assombrações. E, como sempre, Geórgia abriu o coração para mãe-confidente:

– Mãe! Bruno é um cara encantador, o problema é que ele quer compromisso e eu não estou preparada. Tenho protelado o que posso.

– Mas você fala tão bem dele – tentou amenizar Julinha.

– Nós duas sabemos o que me apavora, mãe... – disse quase aos gritos e em tom de desespero.

– Isso desaparecerá, querida. A última vez que conversei com o seu terapeuta, apesar do sigilo profissional, ele me deu a entender que estava satisfeito. Você acha que me enganei na interpretação?

– Não, mãe. Estamos razoavelmente adiantados nessa caminhada. É que eu não esperava essa atitude do Bruno. Ele me surpreendeu e até me assustou – uma paradinha para enxugar o rosto com as pontas dos dedos e continuou:

– Calma, mãe! Foi só uma pequena ré. Não vou desistir de domar minhas feras. Quero-as livres, mas domesticadas.

– Menina corajosa! – exclamou Julinha, erguendo a mão espalmada para tocar na de Geórgia. – Não podemos construir um zoológico de animais selvagens dentro de nós. Nosso corpo, em especial a mente, não comporta tanto peso. É impossível carregar um fardo superior às nossas forças. Precisamos faxinar esses porões malcheirosos. Veja o caso de Ingrid. As portas de sua casa mental, sempre abertas, indicavam caminho desimpedido para quem quisesse entrar. E entrava o que não devia.

Limpe essa carinha, retoque a maquiagem e vá lá encontrar o teu Bruno. Ele é um bom rapaz. Merece uma garota alegre e de bem com a vida.

Geórgia ao sair deixou Júlia sozinha, absorta, remoendo a própria frustração. Ainda não conseguira afastar da sua menina o trauma pelo abandono. Ela temia que, depois de casada, o marido também a abandonasse como fez a mãe biológica. Às vezes, pensava que o envolvimento dela com as tramas familiares a aprisionasse em seu castelo. Em várias oportunidades, expôs suas dúvidas ao terapeuta e recebeu uma opinião contrária. Segundo ele, ela estará pronta para enfrentar seus dragões quando perder o medo de encarar seus temores.

Júlia, ao voltar ao grupo, riu de Ramona ao vê-la narrar, num empolgado "ti-ti-ti", o último capítulo da novela.

Antônio lançou os olhos por cima dos óculos de leitura ao ver Ramona entrando com a tradicional bandeja nas mãos.

– Já está na hora do meu chá?

Ela alongou os lábios, mostrando um tímido sorriso. Com uma ginga de cabeça, confidenciou baixinho, como se fosse contar um segredo:

– A menina está subindo. Parece que vai haver historinhas – e, às pressas, abandonou a sala.

Já se passaram duas semanas sem que ele respondesse algum inquérito da bisneta. Ela estava envolvida com as provas da faculdade. Cursava Jornalismo e almejava ser escritora. Desde pequena bisbilhotava a vida das pessoas que trabalhavam em sua casa, querendo saber detalhes de seus cotidianos, tais como: passado, o que faz, amores e pretensões sobre o futuro. Julinha e Vitinho achavam graça cada vez que a viam com algum objeto na mão que se assemelhasse a um microfone, tentando entrevistar alguém. Normalmente, eles eram os entrevistados. Ninguém duvidava de que era uma excelente ouvinte, capaz de desinibir aqueles que se dispusessem a detalhar momentos lindos ou tristes de suas biografias sem o menor pudor. Ela se engajava no enredo, sentindo todas as emoções, como se dele fizesse parte. Era comum vê-la secar lágrimas que não conseguia evitar.

Antônio, ao ouvir um espalhafatoso estardalhaço vindo em sua direção, já deduziu quem seria. Tranquilamente usou o marcador de página e descansou o livro no tampo mesa com cara de curioso.

– Olá, bisonho! – encenou Geórgia, em estilo de atriz, escorada no batente da porta. E, sem lhe dar chance de se manifestar, a danada já acariciava seus parcos fios de cabelos brancos.

– Vem cá, meu fofo! Não desaponte sua neta-bisneta – ele se divertia quando ela partia para esse tipo de brincadeira. Ele era, ao mesmo tempo, avô e bisavô de Geórgia. Avô adotivo por ela ter sido adotada por Júlia e bisavô por ser filha biológica de Bárbara que era filha de Lurdes. No entanto, acostumou-se a chamá-lo carinhosamente de biso.

– Antes vamos saborear este chá, querida – convidou Antônio, apontando para a bandeja.

– Como recusar convite tão carinhoso? – gracejou Geórgia. Mas ela, afoita, não esperou o término da primeira xícara e já iniciou a entrevista:

– Hoje, que estamos com o dia livre, poderia me contar a história da tia Raquel – ele a olhou com um olhar travesso e completou:

– A “Feiticeira de Olhos Verdes”? ... – Geórgia, animada, confirmou:

– Bem essa... Tcham-tcham-tcham!

Raquel

Ela era parte de uma família de três filhos.

Seu pai, Laurindo Santos, um homem rude e de poucas palavras, vinha de uma cultura onde surras e grosserias eram sinônimos de boa educação. Raquel não tinha lembrança de ter visto um sorriso naquele rosto hostil. A estatura avantajada e robusta, coberta de pele marcada por espinhas adquiridas na adolescência, transformavam-no em uma figura assustadora.

Contrastando com a cara sisuda do pai, Salete, sua mãe, parecia ter nascido na nobreza. Distinta e educada, exibia um perfil de princesa. A pele clara, cabelos vermelhos e marcantes olhos verdes faziam dela uma linda mulher. Seus vestidos de chita não conseguiam abafar um corpo esbelto e perfeito, mesmo depois da gravidez. E não eram apenas seus modos delicados que atraíam a atenção, mas a bondade e doçura, expressadas no jeito de falar e de se comportar. Os conhecidos não compreendiam como uma moça tão fina aceitou esposar um sujeito tão bronco. Eles literalmente não combinavam em nada. Os dois formavam um conjunto de opostos.

Salete era a mais nova e única mulher entre quatro filhos. Ao nascer, sua mãe apresentou complicações no parto, indo a óbito. Ao completar dois anos, seu pai tornou a se casar com uma jovem viúva que trouxe consigo uma menina da mesma idade de Salete, porém sem nenhum atrativo físico. A madrasta, com inveja da beleza da enteada, foi desenvolvendo por ela um ódio mortal, seguido de maus tratos. Os irmãos, presenciando as malvadezas cometidas contra a irmã, queixaram-se ao pai que buscou satisfação com a esposa. Ela, esperta demais, negou as acusações. Sabendo ser vigiada, procurou outros meios para envenenar a cabeça do esposo.

Certo dia, comentou:

– Você e sua falecida são de pele morena e cabelos escuros. A quem puxou Salete, tão diferente de vocês? Existe alguém na sua família com essa cor de cabelo?

– Não – retrucou ele secamente.

Entretanto, as insinuações maldosas se alojaram na mente do pai de Salete, minando alicerces bem construídos. Lembrou-se de um antigo vizinho, muito simpático e atrevido, de apelido "Foguinho" – devido ao cabelo vermelho –, que temporariamente participou da comunidade, indo embora da cidade ao encontrar um trabalho melhor. A madrasta, observando o marido apreensivo e mal-humorado, perguntou-lhe a causa. Ele, ao colocá-la a par de suas desconfianças, ouviu mais uma ladainha de indiretas maliciosas contra a falecida, desencadeando dentro dele um repulsivo sentimento de rejeição. Ao olhar para filha, agora com seis anos, enxergava os traços do "Foguinho". A esposa aproveitou-se das suspeitas e, habilmente, sugeriu que a pequena fosse para um convento, sob a alegação de que ela tinha vocação para ser freira. O pai aceitou a sugestão, sem relutância. Com sutileza, convenceram a menina de que a vida religiosa era o melhor para ela, inclusive porque receberia uma educação de alto nível.

Ao tomarem conhecimento de que Salete, então adolescente, não quis mais seguir a carreira religiosa, indignaram-se. Nem sequer observaram que trazia consigo uma bagagem cultural, elevada para seu tempo. Tanto o pai como a madrasta acolheram-na grosseiramente, obrigando-a a se casar com o primeiro pretendente que apareceu. De início, ela esboçou uma reação de recusa ao noivo. Não intencionava juntar-se a alguém tão cedo e tampouco a um cara desconhecido. Mas eles deixaram explícito que o casamento era a única alternativa que ela teria para garantir o futuro. Não pretendiam mais mantê-la e ela não tinha condição de sobreviver sozinha, pois as opções de trabalho para o sexo feminino naquela época eram escassas. Assim, Salete obrigou-se a aceitar a mão estendida do noivo. O rapaz, com muito mais idade do que ela, desempenhava a profissão de carpinteiro. Depois de casados, eles se mudaram para a região de Bangu, bairro da cidade do Rio de Janeiro, onde havia emprego em uma empresa de construção de casas, com a finalidade de acomodar os operários da fábrica do mesmo nome.

E foi nessa mistura de temperamentos que nasceu Raquel, criada com todas as dificuldades a que se submetia uma família de poucos recursos.

Adorava seus irmãos, Laurindo Filho e Betão, mais velhos do que ela. Eles, com dez e onze anos, frequentavam o colégio na esquina do outro lado da rua. Raquel insistentemente questionava à mãe se sua vez de ir para escola estaria próxima e Salete apenas enrolava:

– Ainda não está na hora – escondia dela que seu pai jamais a mandaria estudar, alegando que mulher só precisava saber cuidar da casa e costurar.

– Vai demorar muito, mamãe? – interrogava Raquel, deixando Salete em apuros. Para fugir das perguntas, ela despistava:

– Quando você fizer sete anos, vamos conversar sobre isso.

– Mamãe, eu tenho cinco – e mostrava sua mão espalmada para que Salete contasse os dedinhos. – Falta quanto? Se eu não entrar na escola, eu não posso ser professora – e a mãe, interessada em desvendar os sonhos da sua pequena, bisbilhotava:

– Mas você quer ser professora?

– Claro, né, mãe.

Salete se aborrecia ao ver os anseios da sua caçula tornarem-se inacessíveis. Além disso, a sua formação religiosa não era compatível com as mentiras que dizia. Lamentavelmente, não encontrava uma saída. Em várias oportunidades, ralhou com Raquel por sua insistência e, com habilidade, procurava encerrar o assunto:

– Quando estiver na hora, eu te aviso. Agora vá brincar com a sua boneca que eu estou cheia de serviço – a garotinha saía esperançosa, enquanto a mãe ficava pensativa pelo teor das indagações. Salete, incomodada, falava com "seus botões":

– Isso não vai dar certo!

Assim que Raquel atingiu a idade escolar, toda faceira, cobrou a promessa da mãe. Ela, por sua vez, repassou o pedido a Laurindo, mas ele não cedeu.

– Mulher não precisa ir para a escola – sentenciou friamente, não abrindo espaço para contra-argumentação.

A decisão do pai foi transmitida à Raquel, sem que ela entendesse a razão. Não compreendia por que os irmãos e outras amiguinhas da vizinhança podiam estudar e ela não. A tristeza se instalou dentro de si, consumindo suas forças, devagarzinho. Perdeu o apetite, a vontade de brincar, além de permanecer a maior parte do dia deitada na cama. A mãe, preocupada, conversou com o marido. Ele, julgando que tudo não passava de manha provocada por excesso de mimo, surrou a menina de cinta, deixando-a toda marcada. Salete tentou impedir, porém foi ameaçada de apanhar também. A partir daí, Raquel adoeceu. Nunca tinha levado uma surra tão violenta. Aos poucos, foi definhando e o brilho dos olhos foi substituído um olhar vago, sem direção. Salete pressentiu que, se a filha não saísse da depressão, perdê-la-ia.

Na sequência de alguns dias, quando Laurindo voltava do trabalho para almoçar, ela o esperava na porta de casa. Para persuadi-lo a mudar de ideia, ajoelhou-se aos seus pés e, de mãos juntas, implorou aos soluços que reconsiderasse sua decisão, mas ele se manteve irredutível e a resposta veio através de um "não", seco e grosseiro. Almoçou apressado e saiu sem se despedir, como de costume.

Ela, ao apoiar a mão no encosto da cadeira, viu que o marido esquecera o chapéu e o sol queimava com rigor. Correu para fora e chamou-o. Ao alcançá-lo, já na rua, entregou-lhe o chapéu e suplicou novamente, mas Laurindo nem sequer se dignou a responder. Desapontada, ficou contemplando-o até ele dobrar a esquina. Num caminhar vagaroso e desanimador, aproximou-se do portão de madeira, puxou-o e travou-o com a argola de arame. Foi até a cozinha e colocou um pouco de arroz, feijão e um pedaço de bife em uma tigela, na esperança de que a menina se alimentasse. Seguiu até o quarto, sentou-se à beira da cama e, em vão, procurou convencê-la a comer. Olhou desolada para a comida, que costumava ser o prato preferido da sua pequena.

– Isso não está certo! – dizia cada vez mais indignada. – Uma mãe que ama seus filhos deve lutar por eles – cerrou os punhos e o ódio percorreu o seu corpo. "Esse martírio tem que ter fim", pensou. Tornava-se imprescindível a tomada de uma atitude, enquanto era tempo. Impregnada de revolta, decidiu que aguardaria o esposo retornar do trabalho e o enfrentaria.

Aquela tarde de final de verão estava interminável e a ansiedade apertava-lhe o pescoço, asfixiando-a. Bebeu vários copos d'água na tentativa de se acalmar, mas o coração continuava acelerado. Precisava se ocupar. Andou até o fogão e iniciou o jantar, uma sopa de legumes.

Os guris iam à aula pela manhã e, à tarde, aprendiam a profissão de sapateiro com um compadre, voltando para casa antes do pai. Naquele dia, quando eles regressaram do serviço, ela os mandou para dentro, ordenou que fizessem os deveres escolares e que de lá saíssem somente quando autorizados. Eles estranharam as ordens da mãe, mas obedeceram. Perto da hora do marido chegar, ela se dirigiu ao quarto do casal, subiu em uma banqueta e pegou uma arma que ele mantinha em cima do guarda-roupa. Lentamente, embora com determinação, carregou-a com balas guardadas em uma gaveta do criado-mudo. A passos firmes, caminhou até o jardim e esperou Laurindo, com o revólver escondido atrás das costas. Ele, não diferente das outras vezes, não se atrasou. Cruzou o portão e, quando estava se preparando para trancá-lo, ela o surpreendeu de arma em punho.

– O que é isso mulher? Ficou louca? O que você faz com isso na mão? Pode se machucar.

Com a voz trêmula e o rosto pálido, ela avisou:

– Se você não deixar Raquel estudar, terá que criar as crianças, sozinho. Eu não estarei aqui para assistir, quieta e de mãos atadas, à morte da nossa filha.

E, debaixo de uma expressão facial transfigurada, desafiou:

– Escolha agora! Ou Raquel vai para escola ou pode começar a procurar outra esposa!

Com um gesto afoito, ela levantou a arma e apontou-a para própria cabeça. A surpresa não permitiu que ele esboçasse a menor possibilidade de ação. Queria gritar para que ela não cometesse uma besteira, mas não daria tempo. Conhecia-a bem e tinha certeza de que não estava blefando. Iria cumprir a ameaça.

Os rapazes se encontravam no interior da casa e, ao escutarem a mãe discutir com o pai, acercaram-se da janela para averiguar o motivo da briga. O mais velho, ao enxergá-la com o revólver apontado para a cabeça, assustou-se:

– Não, mãe! Não!

O grito a distraiu. Ao girar para ver quem a chamou, Laurindo avançou sobre ela e, em fração de segundos, desarmou-a com facilidade. Deixou-a caída no chão, colocou a arma na cintura e, calado, subiu os três degraus que dava acesso à porta, indo diretamente ao quarto de Raquel.

– Levanta da cama! – disse com o vozeirão rouco que usava para pronunciar as raras palavras que dizia.

– Amanhã, a mãe vai fazer a tua matrícula.

Salete, tendo sua intenção frustrada, saiu atrás de Laurindo, com medo de represálias. Ao ouvir sua última frase, lançou-lhe um olhar profundo, em um misto de raiva e gratidão. Ele, sem se manifestar, retirou-se transtornado, chocado com a atitude da esposa. Nunca duvidou do temperamento dela, mas também não imaginava que chegasse a esse extremo.

Depois que ele se afastou, Salete correu para abraçar Raquel. Ela estava demasiadamente fraca, mas, no seguir de algumas semanas, um tímido lampejar de olhos surgiu por trás de uma aparência abatida. A partir daí, a menina passou a corresponder ao carinho da mãe e, com uma boa alimentação, entrou numa consistente recuperação. O ingresso na escola transformou Raquel, tornando-a alegre e feliz.

Marido e mulher jamais tocaram no assunto e conduziram suas vidas como se nada tivesse acontecido.

Raquel, após concluir o Curso Primário, obrigou-se a abandonar os estudos. Salete começou a apresentar problemas de saúde. Cansava-se facilmente, tinha falta de ar e dificuldade em se movimentar. Em decorrência da debilitada saúde da mãe, Raquel, aos doze anos, assumiu as tarefas domésticas e, nas horas vagas, aprendia o ofício de costureira com uma vizinha. Ela não desistiu do sonho de ser professora, somente o adiou. No momento oportuno, retornaria aos livros.

Da franzina Raquel, brotou uma bela moça, cópia perfeita da mãe, se não fosse por sua pele levemente morena, diferente de Salete que era clara. Seu rosto bem desenhado contrastava com os olhos verdes e rasgados, emoldurados por cabelos longos e avermelhados. Por sua boca, estreita e carnuda, merecia o apelido recebido na escola: “beiçuda”. Ela odiava o apelido e, muitas vezes, voltava chorando para casa. Sua mãe, consciente da beleza da sua princesa, consolava-a dizendo que quando crescesse as amigas morreriam de inveja daquela boca.

Aos dezessete anos, conheceu um rapaz por quem se apaixonou.

Maurício trabalhava no armazém de secos e molhados do pai, situado em um velho barracão de madeira. Aos vinte e dois anos, montado em uma vespa amarela, divertia-se ao transformar um domingo calmo em barulhento. Vestido com jaqueta de couro surrado, calça justa e óculos de sol, desfilava pelas ruas empoeiradas da vizinhança, de olho nas garotas.

Um moço bonito.

As mocinhas namoradeiras faziam fila para andar na garupa da sua moto. Mas, pela redondeza, havia uma, Raquel, a mais formosa de todas, que nunca se impressionou com sua exibição. Como sempre fora um galante conquistador, não engolia o desinteresse da ruiva por ele. Então, ela se tornou o principal alvo de uma desafiadora conquista.

Na calada da noite, postou-se em frente à janela da casa da moça, cantando algumas canções em uma serenata organizada em conjunto com alguns amigos. Não obteve êxito. Ela nem sequer acendeu a luz do quarto em sinal de agradecimento, como eles ainda ouviram uma tremenda destratada do seu Laurindo, chamando-os de vagabundos e desocupados.

Ciente de que Raquel não se impressionava com o ronco do seu cavalo de aço, concluiu que era necessário ser mais ardiloso para seduzi-la. Mudou de tática. Enviou-lhe uma caixa de bombons acompanhada de uma rosa vermelha, convidando-a para tomar um sorvete no domingo. Ela se encantou com o gesto e, após consultar o pai, aceitou o convite. A resposta deixou Maurício mais convencido do que já era e, esboçando a costumeira risadinha de malandro, dizia para si: “Esta está no papo”, um jargão pejorativo usado por ele ao se referir às suas conquistas.

Esperto, notou que a ruiva não se emocionava com seus arroubos de paquerador. Abandonou o modo machista e deselegante com que costuma tratar as outras namoradas e cercou-a de carinho, procurando atingir o ponto fraco da jovem que preferia o romantismo movido ao suave cortejo do bem-amado. A astuciosa estratégia alcançou o objetivo e o namoro virou casamento.

O casal foi morar perto da casa dos pais de Maurício e a mulher de Betão assumiu as tarefas de Raquel, junto à mãe.

Para dizer “sim” ao noivo, Raquel impôs a condição de voltar a estudar. Depois de casados, ele tentou cancelar o acordo, alegando que o tempo deveria ser gasto no cuidado dos filhos, assim que chegassem. Firme e decidida, ela não recuou, afirmando que, quando eles viessem, suspenderia os estudos temporariamente.

Matriculou-se na primeira série ginasial e, como não conseguia engravidar, não houve necessidade de interromper as aulas. Maurício queria filhos, cobrando-lhe constantemente o nascimento do herdeiro. Inicialmente, apenas insinuava que a culpa era dela, mas, aos poucos, ele pôs o sentimentalismo de lado e, grosseiramente, passou a chamá-la de “seca”. As menções insultuosas provocavam profunda mágoa nos sentimentos da esposa. De tanto ser ultrajada pelas acusações do marido, Raquel já acreditava que era estéril. Pensou em ir ao médico, mas, como não havia dinheiro para consulta, desistiu. Sem escolha, tomava alguns chás caseiros receitados por comadres, porém com resultado ineficaz.

Novo ano letivo, lá estava ela na terceira série, sendo a única adulta da classe, embora isso não a incomodasse, apesar dos falatórios a respeito.

Nas aulas de música, seus olhos eram atraídos pelas mãos da professora que deslizava longos dedos sobre o teclado do piano como se fossem um só. Essa cumplicidade entre alma e instrumento afastava Raquel da razão, liberando o espírito para flutuar junto com a melodia no ar. Não querendo afugentar o encanto, a pianista juntava-se aos devaneios da aluna, dando vazão a uma paixão incontida que habitava em seu coração. Mulher de alta sensibilidade, ela percebeu o fascínio de Raquel pela música, visível no arrebatamento e no talento para lidar com as notas musicais. Enternecida, ofereceu-se para ensiná-la, porém a amiga explicou-lhe que não tinha como pagá-la. A professora insistiu e se dispôs a não cobrar pelo serviço. Ao receber tão generosa oferta, Raquel animou-se em compartilhar a novidade ao marido, contudo, ele revidou com desdém e palavras rudes:

– Ah! Era só o que faltava! Pare de inventar bobagem e cuide melhor da casa. Isso é para ricos e não para você – cortando ali mesmo o encontro dela com a música.

Os meses foram caminhando para fechar o ciclo do ano e Raquel terminava o Curso Ginasial. Sonhava em ser normalista, mas Maurício podou seu sonho:

– Agora você vai dar uma parada! Chega de ficar zanzando aí pela rua.

Cansada de tanta discussão e insinuações picantes, ela parou de estudar. Na verdade, não desistiria da sua meta, somente daria uma trégua e esperaria por uma oportunidade. Sua coragem não lhe permitia abandonar a luta, com apenas uma derrota. A partir de então, dividia o tempo entre as tarefas domésticas e o aperfeiçoamento em corte e costura. Seu único lazer era a leitura, hábito que adquiriu na escola. Os livros, ela conseguia emprestados da simplória biblioteca do colégio.

No período em que Raquel se dedicou aos estudos, Maurício, distante do romantismo que a encantou, voltou a exercer sua habilidade de conquistador, mostrando que perdera definitivamente a fascinação pela esposa. No fim do expediente, não retornava ao lar sem antes visitar alguns botecos, para tomar "umas e outras" com a turma.

Fofocas vieram até ela, contando que ele levava garotas na garupa da vespa. Zangada, exigiu que vendesse a moto e, de forma exasperada, ele revidou:

– Não! Você não vai mandar em mim – e, dando-lhe as costas, saiu porta afora aos resmungos, reaparecendo somente tarde da noite.

Na sua inocência, Raquel carregou para o altar a ideia de que o amor fosse uma troca de sentimentos, onde os dois compartilhariam da mesma afeição. Pensamentos tão evoluídos não condiziam com a época, mas ela sonhava adiante. Presenciou a vida sem afeto de sua mãe, submissa a um homem bruto e de breves palavras. Nunca a levou a alguma festa, a um passeio ou qualquer outro tipo de diversão. As horas livres eram destinadas a ouvir jogos de futebol e notícias no rádio. Jamais expressou algum ato de carinho com a família. E ela não queria nada igual para si.

Raquel foi acumulando decepções sobre decepções no percurso matrimonial. Sofria calada por não ter alguém com quem repartir suas desilusões. As raras amigas que tinha viviam situação semelhante e, conformadas, seguiam a tradição: "Marido manda, mulher obedece".

A atual realidade invadiu-a inoportunamente, trazendo com ela um temor, até então desconhecido. Lentamente, via suas últimas ilusões sobre o amor se fenecer. As fantasias esvaeciam-se, cedendo lugar ao desgosto e à servidão. Necessitava de um ombro amigo para se consolar, porém sua mãe continuava doente e não deveria ser incomodada. Refletiu sobre o rumo que o futuro lhe apresentava e concluiu que a caminhada era só dela.

E agora...? Ela estava ali, em idêntica condição.

A vida sexual do casal era um desastre. Ela não sentia prazer no sexo ou no que entendia por sexo. Quando o esposo cobrava seus direitos, tornava-se passiva, até ele se saciar. Satisfeito, virava-se para o lado e rapidamente dormia, sem se preocupar com a insatisfação da esposa. Era uma prerrogativa dele, queria ser servido e ponto final. De acordo com o entendimento da sociedade, somente prostitutas podiam discutir um tema tido como vergonhoso e constrangedor. Mulher direita não pensava e sequer comentava a respeito. Além do mais, não havia clima para uma conversa tão íntima.

No decorrer do tempo, novos comentários sobre o envolvimento amoroso do marido com antigas namoradas detonaram de vez a já fragilizada estrutura emocional de Raquel. Perguntou a si mesma se valeria a pena partir para questionamentos, entretanto, com calma, deduziu que só aumentaria o desgaste.

Estava cansada de brigas. Não mais se permitiria chorar em nome do amor, pois compreendia que amar é um ato de felicidade, não de amargura. Tentava ocupar a cabeça, dedicando-se às tarefas domésticas, à costura e à leitura. Compensava sua carência afetiva ouvindo novelas românticas transmitidas pela rádio. Mentalmente, invadia a história e, imaginando ser a mocinha, comprazia-se com o final feliz.

Aos vinte e quatro anos perdeu a mãe, levando-a à desolação. O destino roubava-lhe não apenas uma fiel companheira, mas alguém que fora um modelo de retidão. Apesar da melancolia, guardaria para sempre na lembrança, como um honrado presente, a bravura de uma pessoa que lutou destemidamente enfrentando o pai para que ela pudesse estudar. Devia isso a dona Salete. Sem dúvida, uma mulher de fibra! Só tomou conhecimento do fato por Betão, aos quinze anos.

No sepultamento, posicionou-se junto ao túmulo com uma flor na mão, abatida, com o peito espremendo o coração. Seu pai e seus irmãos acomodaram-se do outro lado, à sua frente.

O dia estava nublado e uma garoa fina salpicava a única coroa que enfeitava o caixão. Quatro homens manuseavam cordas grossas com destreza, sob os olhares de semblantes desolados.

O impacto da urna, ao se chocar com o piso de um buraco escuro, última morada de Salete, resgatou a atenção de Raquel. Então, para surpresa de todos, em tom desafiador, apesar da voz embargada pela emoção, ela silenciou os poucos parentes e amigos que compareceram, com declarações verdadeiras:

– Para a mulher mais valente e mais sensível que eu conheci em toda a minha vida – com a mão levantada, mostrava a rosa que trouxera consigo. – Descanse em paz, mãe querida! Sua filha jamais esquecerá o que você fez.

Aguardou alguns segundos, querendo reter o momento na memória, sacudiu os cabelos e, comovida, beijou a flor, lançando-a nas profundezas da cova. Limpou as lágrimas com as costas da mão e se retirou apressada, deixando para trás o som da terra que caía sobre o caixão.

Os dias corriam, os meses avançavam e a vida seguia deserta e sem perspectiva de melhora. A solidão alojou-se em Raquel. O marido quase não aparecia em casa, o pai também faleceu e seus irmãos mudaram-se para Brasília. A recém-fundada capital surgia esplendorosa no Planalto Central e oferecia trabalho com salário compensador a quem se dispusesse a iniciar um caminho alternativo.

Aos vinte e sete anos, mais uma terrível desgraça atingiu Raquel. Maurício estava com uma mulher casada, quando o marido o surpreendeu. Levou um tiro de arma de fogo, deixando-a viúva. As amarras que a prendiam a ele se soltaram, restando apenas piedade por ter saído tão jovem dessa encarnação.

Embora de forma decepcionante, estava livre.

Em algumas semanas, o estoque de alimentos acabou e ela necessitava providenciar o próprio sustento. Já não contava com ninguém para ajudá-la nas despesas da casa e os sogros não lhe ofereceram auxílio. Outro casamento não se encaixava nos planos. Jamais permitiria que um novo dono profanasse seu corpo. Se alguém cruzasse o seu destino, teria que ser do seu jeito e no seu acanhado romantismo, caso contrário, preferia seguir o próprio rumo sem companhia. Costurar para fora apresentou-se como alternativa, pois se tratava de uma atividade que desenvolvia com perfeição.

Entretanto, a vida, em renovação constante, colocou-a diante a um desafio que a levaria a trilhar caminhos imagináveis. E o incentivo partiu de uma pessoa extremamente querida.

Batidas fortes obrigaram Raquel largar a costura para atender à porta. Um largo sorriso enfeitou o rosto ao se deparar com a estimada professora de piano. Dado um sincero abraço, o convite para um café foi logo aceito. Entre um gole e outro, a senhora retirou da bolsa um recorte de jornal e entregou-o a ela.

– Aqui tem uma ótima oferta de emprego e, quando eu li, pensei em você – comentou a amiga.

Raquel terminou de mastigar um biscoitinho, limpou a boca delicadamente com o guardanapo e tomou a folha em suas mãos. Os olhos corriam sobre o anúncio e a fisionomia denunciava sinal de interesse. O trabalho em oferta destinava-se a cuidar de uma criança de cinco anos na zona sul, região distante da sua. A professora observava a aluna de soslaio, enquanto passava manteiga no pão de milho recém-saído do forno. Após a leitura do anúncio, Raquel apertava os dedos suavemente, consentindo que a imaginação percorresse distâncias enormes, por enquanto inatingíveis. Jamais deixara o local onde morava. Tudo que conhecia sobre a magia daquela cidade fora ouvindo rádio e lendo revistas. A imprensa sempre destacou com orgulho as belezas e os eventos grandiosos que projetavam Rio de Janeiro no cenário internacional. Afinal, ela era uma carioca que nunca saíra do bairro Bangu.

– Isso seria bom! – analisou.

Os únicos parentes naquele lugar eram os sogros e eles lhe deram as costas. Imputaram-lhe a culpa pelo falecimento do filho, afirmando que ela não cuidara adequadamente do marido.

Com expressão tímida, porém desafiadora, entreabriu seus lábios para sussurrar:

– Por que não?

Tinha sede de mudança. Não se ajustava mais a um ambiente que cheirava sangue. Era morte demais: da mãe, do pai, do esposo. O desejo de ir embora, de preferência para bem longe, onde ninguém a conhecesse, e esquecer todas as suas experiências negativas esboçavam-se diante de si em linhas harmoniosas. Certamente, haveria outros trajetos a percorrer, uma vez que nada mais a prendia ali.

Depois do delicioso café com mistura, as duas amigas saíram tagarelando sobre a promissora fronteira que surgia, enquanto se dirigiam ao serviço de telefonia do bairro. Confiante, Raquel agendou a entrevista para o dia seguinte.

No primeiro clarão da manhã, Raquel acordou, temerosa de perder a hora. Tomou banho, vestiu a roupa de domingo e saiu em busca de um futuro melhor. Chegou ao ponto de ônibus e apanhou a condução que a levaria ao cenário onde daria início a mais um capítulo de uma vida repleta de vazio. Acomodou-se em um assento junto à janela para apreciar o visual. Distraída, examinou as unhas pintadas com esmalte rosa-claro, uma a uma, e se deu por satisfeita. Queria se apresentar bem.

Alguém se sentou ao seu lado sem lhe chamar a atenção. Numa ligeira verificação, constatou que o veículo já havia excedido a capacidade, com muitas pessoas viajando em pé. O percurso era longo e a palpitação que a acompanhava desde que embarcou só aumentava. Indagou as horas a um senhor que se segurava na barra de apoio no corredor e concluiu que estava adiantada. Isso a acalmou.

Buscou, nas paisagens que ficaram para trás, um passatempo. Pela primeira vez, via maravilhas da cidade que até então desconhecia. Sentia-se como uma turista, excursionando pelo exterior em um "city tour". Exibiu uma cara de admiração ao ver pela vidraça um Cristo gigante em cima de uma montanha querendo abraçar o Rio de Janeiro. Identificou os Arcos da Lapa tão nostálgicos e românticos. Encantou-se com ruelas, casarões, palácios e mansões. Os barzinhos reabriam as portas, provavelmente depois de uma noite agitada de total boemia.

Não passou despercebido, entre tantos morros e picos, um em especial. Parecia um dedo apontando para o céu com um bondinho levando passageiros às nuvens. Devia ser o Pão de Açúcar. Tudo igualzinho como vira nas revistas.

Uma freada brusca fez com que ela se agarrasse no encosto do banco da frente. Levantou-se, abriu passagem pelo corredor e alcançou o cobrador. Ele informou, sem tirar os olhos das fichas que manuseava, que sua saída seria a próxima. Respirou aliviada, procurando um lugar junto à porta. Um empurra-empurra e, ao se dar conta, estava na calçada. Em um movimento natural, ajeitou os cabelos com uma das mãos. Com algumas informações dos transeuntes, chegou à estação do bonde. Uma experiência incomum. Nunca tinha andado naquele tipo de transporte. Seria uma viagem tranquila se não fosse o susto que levou, quando, na parte mais acentuada da ladeira, o vagão empinou, dando a sensação de que jogaria todos para fora. Outra parada e desembarcou.

Uma senhora com boa vontade mostrou-lhe o caminho. Seguiu o fluxo até que a rua desembocou em uma praça bem arborizada, onde mães e babás se ocupavam com crianças. O riso descontraído dos pequenos trouxe a lembrança de que jamais seria mãe. Afugentou a mágoa e, a largas passadas, foi adiante.

Ao desconfiar que se aproximava do destino, parou, puxou da bolsa uma papeleta com a anotação do endereço e conferiu. Ao erguer a cabeça, deparou-se defronte a um banco de cimento, onde um senhor idoso, que não deveria mais estar trabalhando, descansava sob a sombra de um magnífico flamboyant em plena floração, segurando um suporte comprido carregado com varinhas de algodão-doce. Encantou-se com a figura do velhinho. Os vestígios do tempo desenhado pelos anos não ofuscavam a serenidade daquela fisionomia, escondida embaixo de um chapéu "Panamá" amarelado pelo uso, parceiro de uma calça surrada e uma camisa de colarinho puído. O sapato preto, de estilo nobre e, com certeza, recebido de presente de uma alma caridosa, não mais desfilava em lugares elegantes. Hoje já descartado, contentava-se em cobrir os pés calejados de um homem cansado. Ela, com sensibilidade poética aflorada, ponderou: "Se eu fosse uma artista, não deixaria escapar de minhas telas uma cena tão encantadora como essa". Um quadro simples do cotidiano, com direito a figurar em paredes de galerias famosas.

Raquel gastou prazerosos segundos de contemplação. Temendo prejudicar o repouso do velho guerreiro, adiava o diálogo. Inesperadamente, o senhor pôs um fim àquele silêncio, dirigindo-lhe a palavra:

– A moça não quer levar um para seu filho? Escolha a cor – ela novamente se perturbou ao ouvir a expressão "seu filho". Pensou em explicar que não podia ser mãe, mas achou conveniente não comentar. Apenas, acabrunhada, pediu:

– Rosa, por favor.

Ela aproveitou a conversa e perguntou onde ficava o local que procurava. Com um movimento de mão, ele apontou para a Mansão dos Castro.

– Nossa! – exclamou Raquel espantada, em frente a um enorme portão de ferro. – Isso aqui não se parece em nada com uma casa. É um palácio!

No entanto, uma voz interior a avisava que, ao apertar aquela campainha, sua vida passaria por profunda transformação. Então, o medo do desconhecido atemorizou-a, trazendo-lhe insegurança e inibindo qualquer iniciativa. As pernas estavam tão moles quanto o algodão-doce que já começava a derreter.

A nova babá

O tempo, implacável na sua precisão, já deixara para trás vinte minutos, sem que Raquel esboçasse qualquer reação. O algodão-doce, afetado pelo calor, perdeu a forma.

Um cidadão, possivelmente vizinho, vendo uma moça tão formosa, parada defronte ao enorme portão, imaginou que ela estivesse perdida e prontificou-se a ajudá-la. Foi o empurrão de que Raquel precisava. Encabulada, perguntou de novo se ali era a casa do senhor Antônio Castro. Finalmente, tocou a campainha.

O porteiro indicou a porta principal para onde ela devia se dirigir. Norma recebeu-a e convidou-a a entrar. Ao verificar o desconforto de Raquel, segurando aquela massa mole e pegajosa, sugeriu com delicadeza, apontando para suas mãos:

– Gostaria de se livrar disso?

– Por favor! – anuiu Raquel, aliviada. Norma conduziu-a ao lavabo, onde o indesejável fardo foi descartado.

Ao ser avisada que a candidata estava à sua espera, Ingrid consultou um minúsculo mostrador de horas, inserido em um bracelete cravejado de diamantes, estranhando o horário adiantado em que ela chegou. Comprimiu os dedos, indecisa se atendia ou não, pois preferia que o marido estivesse presente. No entanto, receosa por deixar escapar alguém que pudesse equacionar seu problema, achou melhor se apressar. Em poucos segundos, entrevistadora e entrevistada encontravam-se frente a frente.

À primeira vista, Ingrid não gostou do que viu: uma linda mulher.

Uma pontinha de ciúme surgiu no inconsciente, cobrando o cancelamento da entrevista, pois jamais aceitou que outra beleza ofuscasse a sua. Mas mudou de ideia. Talvez motivada pela premência do tempo na escolha de uma substituta para os caseiros, optou por seguir adiante.

Ingrid expôs os pormenores do trabalho, sem ocultar nada. Em contrapartida, vasculhou a antecedência da aspirante ao cargo, curiosa por saber sobre a formação e os motivos que a induziam a assumir tão árdua tarefa. Raquel apenas alegou que estava disposta a mudar de vida, uma vez que não se encorajou a detalhar as reais razões que a conduziam até ali. Na verdade, sentia-se constrangida em desvendar seu passado a uma pessoa estranha. No entanto, duas respostas foram decisivas para Ingrid se interessar pela contratação: a primeira, o fato da pretendente não desejar mais se casar e a segunda, não ter filhos.

Não queria enfrentar o mesmo transtorno que teve com os caseiros.

Ingrid, percebendo o olhar desconfiado da moça, deduziu que seria outra a desistir. A esperança inicial cedeu lugar à decepção, quando, surpreendentemente, a pretensa babá afirmou, com segurança, que aceitaria o emprego. Poderia começar na próxima semana, mas havia uma condição: exigia que os novos patrões lhe franqueassem o acesso à biblioteca. Raquel explicou sobre sua paixão pela leitura, sem especificar o tipo de literatura de sua predileção. Entretanto, mostrou certa flexibilidade ao dizer que concordaria em receber revistas e jornais velhos, já lidos.

O pedido deixou Ingrid em uma sinuca. Antônio sempre foi bem claro: os moradores da Casa dos Fundos e os da Mansão jamais poderiam se cruzar. Então, ela parou insegura, suspendeu as palavras, refletiu por um instante... E agora, como sair dessa? Anteviu que o marido abortaria a solução de um complexo problema que estava sob sua responsabilidade. Após balançar a cabeça, querendo achar uma saída, pediu licença, dizendo que logo voltaria.

Apreensiva, pegou o telefone e ligou para o esposo.

Raquel distraía-se no exame detalhado da luxuosa sala, quando Ingrid retornou ainda tensa com a decisão de Antônio. Ele não quis nem saber o que seria emprestado, o que não aceitava era a presença de alguém da Casa dos Fundos na Mansão. Para contornar o impasse, ele sugeriu:

– Ela solicita o livro que quiser ao jardineiro e ele pede à Norma.

Ingrid ficou mais tranquila, mas temia ofender a moça e perder a única pretendente que disse sim ao emprego. Então, espertamente, mudou a conversa:

– Falei com meu marido a respeito da sua exigência. Ele mandou dizer que concorda. Mas você deve fazer o seu pedido ao jardineiro, pois não queremos que Isabel fique sozinha na sua ausência – Raquel, com um meigo sorriso, assentiu:

– Tudo bem, minha senhora, prefiro mesmo ficar com a menina. Desde que eu receba meu material de leitura, está ótimo. Quando posso começar? Na segunda da semana que vem?

– Certo – confirmou Ingrid. – O casal que está cuidando de Isabel está esperando por uma nova babá para ir embora.

As duas se dirigiram ao hall e despediram-se com um curto até-logo. Ao fechar a porta, Ingrid ergueu as mãos para cima, olhou para o teto e desabafou:

– Meu Deus, até que enfim...

Raquel desejava ardentemente cerrar as comportas de um doloroso passado. Almejava esquecer os maus momentos e iniciar outra vida. Não importava a forma, desde que ela própria escolhesse as tintas para recriar uma nova mulher. Mas, para isso, deveria se livrar dos resquícios que cheiravam a mofo, onde alguém, sem talento, alterou traços delicados de um coração cheio de sonhos, com pincéis carregados de tons sombrios.

Decidida, vendeu os móveis para uma conhecida e devolveu as chaves da casa ao proprietário, o sogro. Entregou também a moto e objetos pessoais do marido. Deu um breve adeus e, sem intenção de revê-los, cortou definitivamente todos os laços que os uniam.

Com disposição, crente que conquistaria a amizade da criança facilmente, Raquel foi introduzida por Norma na acanhada habitação nos fundos da Mansão onde os caseiros a aguardavam. Ao atravessar a porta trazendo uma mala velha de couro surrado – que um dia transportara com orgulho o vestido de noiva de sua mãe e a esperança de uma vida melhor –, Raquel tropeçou em um balde ali esquecido, virando-o no assoalho. O barulho atraiu o casal que apareceu para ver quem chegava. Envergonhada, tentou se explicar. Norma interrompeu as explicações e apresentou dona Maria, já vestida para viagem.

– Que bom vê-la aqui, moça! – regozijou-se a mulher, aliviada. – Estamos atrasados – e, enquanto o marido carregava a bagagem deles até o portão, Raquel, atordoada, recebia dela prementes instruções, acompanhadas pelo semblante assustado da menina diante de uma estranha.

Depois de um tempo insuficiente para que todas as recomendações fossem feitas, a porta da rua se abriu e trouxe Francisco de volta, pronto para partir. As malas já estavam no carro de praça que os conduziria à rodoviária.

– Vamos! – determinou com voz embargada.

A caseira mostrava-se nervosa e com temor de se despedir da pequena que correu para se esconder, sem disfarçar o pânico. A pobrezinha, apavorada, nada entendia, mas pressentia que algo ruim estava por acontecer. Dona Maria queria prolongar sua presença, mas Francisco cobrava a hora da partida. Então, ela caminhou até ao quarto, tomou Isabel no colo e estreitou-a nos braços em um interminável abraço. Era o último que daria naquele inocente anjo. Ao ouvir um choramingo perguntando quando a dinda voltaria, ela não respondeu, mas também não pôde impedir que lágrimas lhe banhassem as faces. Soltou a menina no chão, procurando se livrar das mãozinhas que teimavam em segurar a ponta da sua blusa e, com rápidas passadas, atingiu a porta, sem olhar para trás, levando consigo o único afeto que Isabel possuía.

Raquel ao pousar os olhos naquela criaturinha, apaixonou-se. Comovida, desconhecia de onde vinha tão intensa emoção. O coração perdeu o compasso, deixando-a com falta de ar. Uma sensação de vida passada perambulou por sua imaginação, deduzindo que sempre amou Isabel como filha.

Os minutos haviam dado meia-volta, quando a recém-babá arriscou uma aproximação, mas a garotinha, assustada, permanecia reclusa na própria desventura. Frustrada em seu objetivo, Raquel sentou-se em uma cadeira na sala, concluindo que necessitava esperar para que Isabel assimilasse a perda. Aguardaria mais um pouco. Por fim, incitada pela curiosidade, deslocou-se até o quarto para ver o que ela estava fazendo.

– Nossa Senhora! – exclamou Raquel, tapando a boca com as extremidades dos dedos, compadecida da tristeza da menina.

Deitada no chão, na posição fetal, com as mãos enlaçando os joelhos, Isabel ignorava o raio de sol que atravessara a vidraça para lhe acariciar o rosto. Imóvel, deixou os ponteiros do relógio andar. Algumas bonecas velhas de vestidos rasgados, espalhadas pelo assoalho, pareciam solidárias com sua dor. O vazio, produzido por mais um abandono, evidenciava-se no silêncio que se alastrava pelo ambiente.

Raquel foi tomada por uma raiva impetuosa e sinistra. Surgiu na memória o feito de Salete enfrentando o ranzinza e intransigente Laurindo, quando ele a proibiu de estudar. Essa pobre criança fazia parte de uma família com pais, irmãs e avós, porém era o mesmo que não os tivesse, uma vez que todos negavam a sua existência.

Era órfã de pais vivos.

Quieta e contemplativa, limitou-se a assistir à derrocada de um coraçãozinho esfacelado. Não soube quanto tempo ficou refém daquela cena, mas a mudança do raio de sol indicava que a hora avançara. Cogitou se aproximar para consolá-la, dizer que estava lá para amá-la, entretanto um receio oculto a impedia, mantendo-a distante. Talvez fosse a falta de coragem para invadir a privacidade da pequena que preferia estar só.

Por mais que desejasse tomar uma atitude, a indiferença da menina a repelia. Mordeu a cutícula de uma unha até machucar o dedo, enquanto engendrava alternativas. Conquistar Isabel tornava-se um desafio, uma questão de honra.

– Mas como? – indagava-se. Ela desconhecia qualquer técnica que ensinasse a curar feridas provocadas pelo abandono e rejeição.

– Aonde pedir ajuda? Onde?

O cérebro trabalhava confuso, quando uma janela se abriu, mostrando-lhe apenas duas letras entalhadas na mente: FÉ.

Perplexa, Raquel falava sozinha:

– Como não pensei nisso antes...

Lembrou-se de que, no pouco que trouxera, havia uma estatueta de Nossa Senhora Aparecida, da qual era devota, tal como sua mãe. Deixou o quarto em busca da mala, esquecida ao lado da porta. Com rapidez puxou os fechos de segurança, lanhados de ferrugem, encontrando a estátua enrolada em roupas. A visão transitou pelo encolhido espaço à procura de um lugar que servisse de altar.

– Perfeita! – exclamou Raquel, aproximando-se de uma mesinha, onde, com cuidado, pôs a imagem. Ajoelhou-se, juntou as mãos, pendeu levemente a cabeça para a direita e, olhando intensamente para a Virgem, começou a rezar uma oração improvisada, cheia de pureza, vinda das profundezas de seu íntimo:

– Ó, minha querida Santinha, tendes misericórdia dessa pequenina, que acabou de perder aqueles a quem tinha por seus pais. Abre as comportas de sua alma, lacradas com o medo da solidão, para que eu possa entrar. Eu nunca pude ser mãe, mas a Senhora, Mãe das mães, ensina-me a ganhar a confiança desse anjinho solitário, que tombou por terra, sem ter quem lhe estenda a mão. Mãe! Eu sei que não tenho experiência nesse assunto, mas disponho de muito carinho para dar. Derruba as barreiras erguidas neste dia cruel e coloca-me num cantinho desse coraçãozinho destruído. Que o meu pedido chegue até o alto, onde é a sua morada, e seja despachado com amor de mãe... Amém!

Ao terminar a humilde oração, Raquel parou para meditar, percebendo que a tranquilidade invadia seu mundo interior. Ondas de calor percorreram-lhe a espinha, e a sensação de bem-estar acalmou o espírito. Com certeza, não estava mais sozinha. Uma companheira, uma lutadora de peso, alguém portadora de poderes sobrenaturais, também passou a fazer parte da missão.

Ainda continuava envolvida em um emaranhado de emoções, quando um puxão na saia lhe chamou atenção. Girou o corpo e se deparou com a pequena. Ansiou pegá-la no colo, afagar seus cabelos dourados e falar sobre contos de fadas, porém se conteve. Precisava cativá-la, mas sem forçar sua vontade. Não podia deixar a ansiedade atropelar o árduo trabalho que, de maneira embrionária, apresentou o primeiro fruto.

“Prudência... Prudência...”, ponderou. “Um passo de cada vez.”

Com naturalidade, Raquel passou a retirar os demais pertences da mala, espalhando pela casa um pouco de si. Ao notar que a menina a observava, procurou arrancar-lhe alguma palavra:

– Eu sou Raquel, sua nova amiga e vou morar com você. E você, querida, como se chama?

Nenhuma manifestação. A pergunta simplesmente foi ignorada.

Ela não se intimidou. Em um jeito animado, fazendo mímicas, tentou uma brincadeira, onde corria e pulava em volta de Isabel, parando e apontando o dedo para a pequena.

– Você é a Luíza?

Nada.

– É a Marina?

Nada.

– É a Gracinha?

Nada.

– É a Coelhinha?

Nada.

– É a Gatinha?

Então, um tímido sorriso floresceu naquele rostinho.

Mais um passo estava dado.

Uma expressiva vitória.

Sempre conversando, conversando e, cada vez com mais conversa, começou a espalhar as bugigangas que trouxera na mala. O primeiro objeto que pegou foi um pequeno quadro em ponto cruz, bordado por ela na escola.

– Esse quadrinho tem dois irmãozinhos – afirmou.

– Me ajuda a achar onde eles estão? – como resposta, uma carinha de olhinhos curiosos, mostrou interesse. Raquel voltou a remexer no conteúdo da bagagem e de lá retirou os outros dois que faltavam.

– Encontrei, encontrei – gritava e dançava com eles suspensos no ar, fazendo cara de boba, enquanto a menina expunha sua timidez tapando a boca com a mãozinha. Sem se pronunciar, Isabel acompanhava as maluquices da babá. Embora acanhada, a insignificante vitória encheu Raquel de felicidade.

E, assim, brincando, seguia com a sua tarefa. Tirou também alguns livros. Poucos. Um de geografia, prêmio da escola pela boa classificação. Um romancezinho que já havia lido dezenas de vezes, além de várias revistas velhas. Mas o de sua preferência, ela colocou separado em uma prateleira: um exemplar da Sagrada Escritura, com ilustrações. Presente da madrinha por ocasião da primeira comunhão.

Isabel via com curiosidade e desconfiança a reorganização da casa. A troca da toalha de mesa por uma enfeitada, feita pelas mãos da mãe de Raquel. A colcha de retalhos, relíquia de família, foi para cima do sofá. O vaso de porcelana barata, lembrança de casamento que ganhou do irmão, decorou um aparador de madeira, em parceria com o inseparável rádio, narrador de novelas sensacionais. Na sala, um pano de parede passou a exibir um bordado com os seguintes dizeres:

"Neste lar, tem muito amor. "

Assim, com alegria e diversão, pouco a pouco, a Casa dos Fundos ficou com outra cara.

No final da tarde, uma batida à porta atraiu a atenção das duas. Era um rapaz entregando a máquina de costura.

– Querida! Vem me ajudar com essa caixa. Ela está pesada – chamou a pequena sem expectativa de obter retorno. Admiravelmente, ouviu pela primeira vez uma vozinha, macia e carinhosa, se manifestar:

– Belinha ajuda!

Raquel fez uma paradinha, como se quisesse memorizar aquele timbre de voz. Faceira pelo progresso feito, comemorou:

– Então... o nome da princesa é Belinha. Que bonito...

E, devagar, os mistérios da garotinha solitária iam sendo desvendados.

Apesar de todo o empenho, as primeiras semanas foram difíceis para Raquel atender à pequena, que, insistentemente, perguntava pela volta da dinda.

Nas noites que se seguiram, Isabel dormiu mal. Debatia-se na cama e, por vezes, acordava, chorando. Na terceira madrugada após o abandono dos padrinhos, foi acometida por uma febre intensa. Pela manhã, Raquel pediu ao jardineiro que avisasse os patrões sobre a doença da menina. No lugar da resposta, o motorista da família se apresentou, informando que as levariam ao médico.

No consultório, Raquel identificou-se como a nova babá e contou sobre a não prevista saída dos caseiros. Depois de examinar e prescrever os medicamentos adequados, doutor Josué chamou a secretária para entreter a pequena na sala de espera. A sós, ele a pôs a par da saúde de Isabel, desde seu nascimento até agora. Surpreso com o interesse dela, emprestou-lhe o exemplar de um livro lançado nos Estados Unidos e, recentemente traduzido para o português, contendo informações sobre o assunto.

Ao se despedir, a esperança era visível no olhar de Raquel, enquanto ele esboçava apenas um ligeiro sorriso enigmático.

Os meses se passavam e Raquel, com paciência, procurava angariar a confiança de Belinha. Era um vaivém de resultados positivos e negativos. Havia períodos em que ela se animava com os avanços alcançados, mas havia também as recaídas, especialmente nos momentos em que a menina se lembrava dos padrinhos, desaparecidos de sua vida sem explicação.

No convívio diário, Raquel comparava Belinha a crianças da mesma idade e concluía que, para os seus cinco anos, não falava com perfeição, não pronunciava os erres, denotava desenvolvimento mental desnivelado e tinha dificuldades em manter a língua dentro da boca.

Mas ela não se amedrontou com essa realidade, pois cuidar de Isabel passou a ser prioridade, inclusive deixando de lado a vontade de continuar os estudos. Depositava muita fé na "Cidinha", modo carinhoso que usava para se referir à Santa Protetora.

Leu e releu o livro emprestado pelo doutor Josué sem entendê-lo por completo, porém o pouco que entendeu ajudou-a muito. Após minuciosa análise, chegou à conclusão de que não dispunha das condições necessárias para o trabalho que pretendia desenvolver.

Então, com base no que aprendeu, elaborou um plano de ação. Tomou coragem e, enquanto a menina dormia, foi até a Mansão conversar com Ingrid. Colocou-a a par de suas pretensões, entregando-lhe uma lista, onde incluía, além de lápis, borracha, cadernos e livros, uma vitrola com alguns discos de músicas infantis e marchinhas de carnaval.

Na oportunidade, conheceu as filhas de Ingrid, que a olharam com indiferença, parecendo uma estranha. A patroa nem se dignou a apresentá-las.

De posse do material, Raquel deu início ao seu projeto. Com o uso do lápis de cor, estimulava a criatividade de Isabel e, através de desenhos e recortes de revistas, incitava o aperfeiçoamento da coordenação motora. Organizou um cronograma para que as atividades obtivessem melhor rendimento. Na parte da manhã, Belinha brincava e tomava sol no reduzido espaço entre a casa e a cerca de bambus; à tarde, elas se dedicavam a trabalhos manuais, sem jamais faltar música.

O tempo avançava rápido e Raquel não o desperdiçava. Em cada consulta com doutor Josué, buscava o máximo de informações possíveis, a fim de se conduzir corretamente na missão a que se propôs. Ensinava com dedicação, estimulando a memória e a fala, corrigindo as palavras pronunciadas erroneamente, sempre com carinho e diversão. Isabel apreciava a atenção recebida e, sem perceber, permitiu que suas defesas caíssem, aceitando o amor maternal de Raquel.

Com constância, as duas ouviam os latidos do cachorro, Trovão, e quando o ladrar do animal atravessava o bambuzal, a garotinha manifestava o desejo de vê-lo, dizendo:

– Belinha *qué vê* au-au!

As súplicas de Isabel deixavam Raquel indignada e em uma posição constrangedora. Estava ciente das ordens que os patrões lhe impuseram: "a menina jamais poderia ultrapassar o bambuzal", mas não admitia a exclusão imposta à pequena. Afinal, por dentro dela, também corria sangue dos Castro.

Certo dia, após tantos pedidos para brincar com Trovão, a babá se irritou. Abriu a porta e se dirigiu à cerca no meio dos bambus. Pelo portão, examinou todo aquele enorme terreno, onde os familiares desfrutavam momentos maravilhosos, quase sempre rodeados por vários amigos. Uma dúvida a atormentava:

– Por que à Belinha era negado esse direito?

Sem definição para tão irracional questionamento, decidiu dar mais uma chegada à Mansão. Resoluta e com voz decisiva, intimou Ingrid a liberar o jardim para elas. A patroa, tomada de surpresa, retesou-se e não conseguiu disfarçar uma cara de indignação. Ora, era excesso de petulância para alguém que não passava de uma simples empregadinha. Nunca uma serviçal se atreveu a intimá-la.

Ingrid, embaraçada, notou a determinação da babá que mostrava não estar ali para brincadeiras e concluiu que: ou demitia aquela mulherzinha sumariamente como faria em circunstância semelhante com qualquer outra empregada ou engoliria, em seco, a atitude insolente da moça, fazendo-se de desentendida. No entanto, pensar em procurar uma substituta para um trabalho tão específico já a enchia de pavor. Prudentemente, optou pela cautela e, com relutância, cedeu. Mas, para impedir que sua altivez fosse arranhada, estabeleceu normas: estaria proibido o uso da piscina e somente seria permitido cruzar o portão quando não houvesse visita, a fim de evitar que a filha aparecesse diante de convidados. Portanto, ficariam limitadas à área entre o canil e a cerca de bambus.

Não era bem o que a babá pretendia, mas acabou aceitando, pois sabia que todos os pedidos que se relacionassem à Isabel passavam por um processo lento de decisão. Afinal, tudo o que até agora tinha conseguido fora conquistado em reduzidas e graduadas escalas.

Ingrid preferiu esconder do marido a regalia concedida, já que, assim, livrar-se-ia de maiores confusões.

Ao voltar para a Casa dos Fundos, Raquel foi surpreendida pelo motorista, Pedrão, que a abordou acintosamente, chamando-a de "gostosona". Ruborizada e furiosa com a ousadia, quis xingá-lo, porém se conteve. Era uma pessoa educada e não tolerava escândalos. Entretanto, por julgar oportuno, encarou-o com firmeza e o ameaçou:

– Se me dirigir a palavra outra vez, irei diretamente ao patrão, conto sobre sua grosseria e você vai perder o emprego. É mais fácil ele encontrar um motorista do que uma babá – ele gaguejou e, consciente da situação, eximiu-se:

– Desculpe-me! É só brincadeira.

A partir desse dia, nunca mais se aborreceu com o rapaz.

A imensidão do novo espaço ampliou o mundo de Isabel. Em pouco tempo, ela corria eufórica pelo gramado, explorando cada cantinho de um horizonte maior, enquanto Raquel se distraía em um banco embaixo de uma castanheira, bordando telas em ponto cruz.

Em uma dessas incursões pelo jardim, a menina viu um beija-flor sugando o néctar dos camarões amarelos. Calada, admirava o brilho da plumagem de tão delicada ave. Imaginando-a em suas mãos, quebrou o silêncio e, correu entusiasmada, tentando alcançá-la. Porém, com facilidade, o colibri voou para pousar em um minúsculo galho de um ipê sem flor. Frustrada, ela fez beicinhos e, reclamando do "bicho bobo", foi se queixar à babá.

Raquel também amava a natureza. Destinava especial predileção pelas borboletas. As duas costumavam visitar as lantanas coloridas, reduto preferido das borboletinhas, para vê-las de perto. Eram várias: amarelas, azuis, pretas... das mais variadas cores.

Mas nada acontece por acaso. Todo esse encanto, capaz de inspirar pessoas sensíveis, resultava do empenho de um guardião que se dedicava incansavelmente para que o jardim se transformasse em um local fascinante e inspirador.

Simpatia era atributo desse homem baixo e magro, de quarenta e poucos anos, com aparência de mais de sessenta, devido às rugas precoces causadas pelo excesso de sol. As mãos, calejadas e fortes, combinavam com sua personalidade.

Ao ver as moradoras da Casa dos Fundos, estampava um largo e frouxo sorriso nas faces, reunindo-se com elas para um dedinho de prosa. Como bom contador de causo, relembrava as façanhas de sua juventude, vividas na pequena vila de pescadores, bem distante da capital de Pernambuco, onde nasceu e se criou. Rapidamente, uma amizade brotou entre eles. Belinha, ao avistá-lo com a cesta de palha cheia de frutas da época, corria ao seu encontro.

– O que Zeca *touxe pá* Belinha? – e, de mãos dadas com Raquel, elas seguiam em direção ao banco, próximo à capela, onde havia uma frondosa sombra para saborear as delícias que ele colheu. Ele estava sempre disponível para fazer qualquer reparo doméstico e enchia-se de felicidade quando Belinha pedia para consertar algum brinquedo.

Em um desses momentos prazerosos que se juntaram para papear, ele se queixou da saudade do mar. Raquel estranhou:

– Mas aqui tem bastante mar, Zeca! Por que não escolhe uma dessas lindas praias e se atira n'água, como fazia quando era moço?

– Oh! Não – retrucou impressionado com Belinha que devorava uma jabuticaba atrás da outra. – É diferente. Aqui não tenho amigos como eu tinha na minha terra – fechou a mão com o punho cerrado e, balançando-a no ar, completou: – Quero dizer verdadeiros, daqueles que se conhece desde pequeno.

Raquel se calou, procurando compreender o significado daquela afirmação. Permaneceu em silêncio, até que ele a surpreendeu com uma pergunta, difícil de responder.

– E você, não aprecia o mar?

– Demais – ele estendeu as mãos para frente, sem desgrudar os olhos dela, como se dissesse "O que a impede?".

Ela preferiu não dar explicações. Não convinha contar que, ao ser aceita como babá, recebeu uma imposição por parte dos Castro: estava proibida de sair com a menina para fora dos portões, a fim de evitar prováveis comentários da vizinhança. Omitiu o fato, mas sentiu um ímpeto de raiva ao pensar no esforço que fazia para cumprir tão odiosa ordem. Contudo, o bom senso a alertava que era somente a babá e nada mais. Como Zeca aguardava por uma resposta, sutilmente, desconversou:

– Qualquer dia desses... – e, assim, pôs fim a um diálogo que tomara um rumo perigoso. Porém, antes de voltar, lembrou-se de agradecer ao jardineiro:

– Zeca, obrigada pelos livros e revistas que você me trouxe – ele, imediatamente, interpelou-a admirado:

– A dona consegue ler tudo aquilo? Quando?

– Claro que leio. Leio, na hora em que Belinha faz suas tarefinhas. A leitura é a janela da alma, Zeca. Através dela a gente imagina, sonha, viaja... vai bem longe. Corre o mundo. Experimente que você vai gostar.

Ele ainda ouvia a batida do portão, quando resmungou:

– Como que vou ler se mal consigo escrever meu nome. Ler é para quem teve escola.

A jabuticabeira encerrou a produção, enquanto a figueira se mostrava majestosa, enfeitada com graúdos figos roxos, parecendo uma árvore de Natal, "*in natura*".

Na família Castro, a vida seguia sua rotina tranquilamente.

Norma, ajudada pelo jardineiro, levou à Casa dos Fundos os mantimentos da semana, uma sacola com livros solicitados e vestimentas usadas que deixaram de servir para as outras filhas. As sobras sempre eram repassadas à Isabel, como de costume. Raquel examinava o que havia chegado, quando encontrou uma roupa de praia, que se ajustaria perfeitamente à Belinha. Recordando-se da conversa com Zeca, consentiu que os pensamentos saltassem além dos muros que cercavam a Mansão, onde imaginou as duas brincando na areia de um vasto mar azul. Um fugaz sorriso nasceu nos lábios, confirmando seu desejo. Esse prazer ela não iria permitir que fosse tirado de sua princesa. Com o traje de banho nas mãos, manteve-se meditativa, arquitetando a proeza. Foi até o quarto, remexeu no guarda-roupa e de lá tirou um maiô, que usara uma única vez, quando entrou no mar acompanhada do marido, ainda recém-casada. Na sexta-feira, assim que Ingrid saísse para o compromisso com as amigas, iriam passear na famosa praia de Copacabana.

Não dissimulou aquela risadinha de quem iria aprontar.

Na hora certa, saíram escondidas pelo portão dos fundos, onde tomaram um ônibus sob os olhares maledicentes de pessoas bisbilhoteiras. Belinha observava tudo e a todos admirava. Não desgrudava a mão da mão de Raquel. Aquele amontoado de gente a amedrontava. Um universo deslumbrante descortinava-se diante de si, pois o que conhecia resumia-se ao trajeto de casa ao consultório do médico e de carro.

Unidos em um caloroso abraço, o azul do céu e do mar separavam-se apenas por uma tênue sombra no horizonte, sugerindo ao homem que a melhor caminhada, rumo a qualquer direção, não deve ser só. O mar e o céu, componentes da natureza, eram amigos e bons companheiros.

Ao pisar na areia, descalça, Belinha experimentou um piso fofo, quente e macio e, ali, distraiu-se por alguns minutos, contemplando os grãos escapar pelos vãos dos dedos do pé. Reclusa a uma habitação de poucos cômodos, mesmo vivendo em uma metrópole, espantou-se com tamanho do mar, deixando-a frenética. Virou-se para Raquel e a surpreendeu com um pedido engraçado:

– Quequel! Você *compa* essa piscina *gandi pá* Belinha?

O sol em seu esplendor de início de tarde sugeria um mergulho, embora soprasse uma aragem suave vinda do Atlântico, produzindo um prazer agradável ao tocar no corpo dos banhistas. Aproximaram-se da água e entraram com cuidado, assustadas frente àquela imensidão. Quando as ondas vinham contra elas, pulavam, mas sempre de mãos dadas. O som das gargalhadas de Belinha se espalhava pelo ar, contagiando pessoas próximas que também soltaram o riso.

Uma lágrima de felicidade misturou-se aos respingos, enquanto Raquel tentava registrar, em sua memória, o deslumbramento da menina no primeiro contato com o mar. Tudo era inédito e desafiador: a sensação causada pela água salgada na pele, o barulho das ondas, os gritos de alegria de Belinha no ar.

O cheiro de milho cozido aromatizou as redondezas e trouxe consigo um convite irrecusável. Depois de devoradas duas espigas, estava na hora de voltar. Vestiram-se às pressas e regressaram ignorando a indiscrição de intrusos. Tão disfarçadas como saíram, entraram em casa de mansinho, sem chamar a atenção.

E, assim, Belinha, aos seis anos de idade, conheceu o mar, escondida dos pais, em uma cidade de fascinantes praias.

Raquel, inicialmente, ficou receosa por descumprir ordens dos patrões. Seu consciente acusador lembrava-lhe de que só podia deixar a Casa dos Fundos para ir ao médico. Mas ela não se continha. Aos poucos, a desobediência tornou-se constante. Como duas clandestinas, saíam camufladas pelo portão de trás, em passeios por pracinhas, parques e praias. Quando contaram à Ingrid sobre as escapadas, ela mandou um recado à babá, através de Norma: estava proibida de sair sem autorização. A resposta voltou “curta e grossa”: se não pudesse sair, deixaria o emprego. Ante a dificuldade de conseguir alguém para um trabalho tão peculiar, a patroa calou-se, fez-se de desentendida e, novamente, ocultou do marido o fato. Mas, assim mesmo, temia que os vizinhos soubessem que a criança fazia parte da família.

A descoberta de Luís

O tempo correu e o ano virou. O dia a dia da Mansão seguia paralelo à da Casa dos Fundos, lá atrás dos bambus, sem que uma interferisse na outra. Raquel dedicava-se com paixão ao atendimento à Isabel. Entrou na vida dos Castro como perfeito resultado para uma equação de difícil solução. Deu-lhes liberdade, tirando de suas costas um terrível incômodo – maneira como classificavam a responsabilidade de criar a filha –, agora transferido à babá. As preocupações reduziram-se a questões simples, ligadas ao glamoroso mundo em que viviam. Assim, diante de um cenário mais apropriado, puderam retomar os afazeres do cotidiano, curtir encontros com amigos, viajar para o exterior, enquanto Raquel pacientemente se esforçava para fazer a menina feliz.

No entender do casal Castro, eles eram, no momento, responsáveis pela criação de duas filhas, uma vez que Lurdes, a mais velha, estava casada e Belinha, a mais nova, não existia ou, se existia, fora esquecida no depósito de inutilidades lá nos fundos da Mansão.

Inês, a segunda filha na linha de sucessão, era lindíssima. Tal qual Ingrid herdou a beleza de sua mãe Olga, ela herdou a de Ingrid, apenas com algumas diferenças. Exibia um corpo bem feito, embora não fosse tão alta quanto Lurdes. Pernas roliças, mãos e pés delicados, cabelos loiros com cachos nas pontas e um tom de voz que soava como uma melodia formavam um conjunto que fazia dela uma moça sedutora. Os olhos azuis da cor do mar em dia ensolarado pareciam estar sempre sorrindo. Era tudo o que Lurdes cobiçava e invejava...

Dominava o piano com facilidade, igual à avó Alice. Amava os animais e a natureza. Prezava vestir-se elegantemente, mas sem obsessão pela moda, pois nunca fora mordida pelo bichinho da vaidade. Diferente da irmã mais velha que, com a língua afiada, procurava atingir quem a desafiasse, ela era incapaz de magoar alguém ou fazer algum comentário maldoso. Admirava os pais e os avós paternos e não se incomodava de não ser a preferida. Tinha amor para dar e se contentava com o que recebia. No colégio, não se qualificava entre as primeiras da turma como Lurdes, porém, sem dificuldade, conseguia boas notas. Cercava-se de poucas amizades, talvez por ser muito seletiva. Parceira do pai e do avô nas cavalgadas pelas praias que circundavam o lado leste do Haras.

Júlia, a terceira herdeira, era um encanto de menina, mesmo sendo tímida e insegura. Qualquer ação que mexesse com seus sentimentos a levava às lágrimas. Não causava aborrecimentos a ninguém apesar da solidão em que vivia, decorrente do esquecimento dos familiares, envolvidos com os próprios compromissos. Amiga íntima da Beatriz, a Bia, com quem dividia a carteira na sala de aula. Entre elas não havia segredos, visto que nutriam uma confiança recíproca. Tomou a mãe de Bia como confidente e apreciava ouvir seus conselhos, pois a mulher caracterizava-se pela habilidade em compreender problemas de pré-adolescentes. As dúvidas e perguntas jamais permaneciam sem resposta, ao contrário de Ingrid, que usava sempre o habitual e repetitivo chavão:

– Isso não é para a sua idade! – e ponto final.

Foi da mãe da colega que recebeu toda a orientação ao menstruar pela primeira vez. Ingrid só ficou sabendo três meses depois, por uma das empregadas.

Inês e Julinha se ocupavam, além da escola, com aulas de piano, balé e etiqueta. Preparavam-se para se tornarem refinadas damas da sociedade e com previsibilidade de se casarem com pretendentes de fidalguia equivalente aos Castro.

Em um final de semana como outro qualquer, quando Antônio e Ingrid estavam fora, Inês tomava sol na piscina com o namorado Luís. Um jovem de boa aparência, moreno, alto e de olhos castanhos, firmes e inspiradores de confiança. O pai, um senhor de fina educação, tratava os filhos com respeito e igualdade, concedendo plena liberdade para cada um agir livremente, mas com responsabilidade. Nesse clima, Luís moldou o seu caráter. Ao se tornar adulto, adotou para si os dignos princípios herdados.

Não dava importância às pompas sociais, embora pertencesse a uma família bem aquinhoada. Adorava a namorada, mas não se entrosava com os futuros sogros. Entediava-se facilmente com reuniões mesquinhas, comuns naquele meio, onde o principal alvo era ostentar riqueza e poder ou denegrir a imagem de pessoas ausentes. Para ele, a vida social consistia em um ambiente fútil, alimentada por falsas aparências. Detestava a conversa, inútil e sem sentido, do valor de um varão como descendente.

Ele logo intuiu o quanto as mulheres eram injustiçadas entre os Castro. Em alguns encontros familiares, percebeu as alfinetadas que elas recebiam pelo fato de serem do sexo feminino. Esforçava-se para não deixar transparecer sua desaprovação. Não aceitava esse tipo de submissão, cercada por brincadeiras de mau gosto. No seu ponto de vista, a tirania pertencia ao passado e de lá não deveria sair.

Enfim, um homem moderno, com ideias modernas.

No trabalho, seguiu a profissão do pai: engenheiro civil por vocação. Ainda na infância gostava de admirar os prédios altos, tentando entender como eles não caíam. Não se convencia com simplórias explicações. Depois de formado, foi trabalhar na construtora da família, empresa bem-conceituada, responsável pela construção de monumentais edifícios da cidade, e que se destacava junto às demais pela eficiência. A seriedade com que conduziam os negócios merecia destaque. Eram honrados e, como cidadãos corretos, não admitiam nenhuma espécie de trapaça, o que justificava o bom conceito que desfrutavam.

Em resumo, um rapaz de sorte por fazer parte daquela família.

Ele conheceu Inês em uma festa de sábado à noite. Aguardou, resignadamente, para dançar com ela. A beleza da moça tornava-a disputadíssima em uma pista de dança. Ao chegar sua vez, o cupido entrou em ação, presenteando-os com a música "Only You" (Somente Você – The Platters) e se apaixonaram.

Dali em diante, passaram a namorar nos finais de semana. Um namoro tranquilo, predestinado a casamento, harmonioso como um compassado andar de uma carruagem.

Mas um dia, a roda da carruagem se partiu e atingiu Inês em cheio.

A vida é assim mesmo. Às vezes, posiciona-se desafiadora perante às pessoas em forma de um tabuleiro de xadrez. Quando a partida trava, ficamos encurralados, sem opções. Daí, não raro sentirmos uma porta se abrir, como se a Mão Divina interferisse, criando novas oportunidades. Inadvertidamente, surgem caminhos inesperados, até então, invisíveis. Peões desconhecidos se postam frente a frente, recorrendo a atalhos ignorados para um entendimento, antes da evasão dos envolvidos que tentam desesperadamente driblar o confronto.

A última movimentação dos Castro no xadrez da vida jazia congelada por longo tempo, quando a filha Inês, repentinamente, viu-se em uma situação crucial e inusitada, levando-a a pensar em fugir do jogo. Queria saltar fora do tabuleiro, por não saber qual a peça certa a movimentar, consciente de que um único erro a deixaria em xeque-mate.

Afinal, o que aconteceu?

Era domingo. O ambiente estava calmo e prazeroso, nenhuma nuvem escondia o sol e uma brisa vinda lá do mar amenizava o calor. Um dia ideal para cultivar a preguiça. Luís e a namorada trocavam confidências em suaves cochichos, entremeados por sorrisos apaixonados. O clima de romance foi interrompido por um quase imperceptível ruído, não distante, que atraiu a atenção do rapaz. Virou-se e observou que uma bola caiu perto dos bambus. Levantou-se da espreguiçadeira e foi apanhar o brinquedo. Com postura de investigador, espiou para lá, para cá, querendo descobrir de onde o objeto havia partido. O terreno da Mansão era enorme e apenas ele e Inês se refestelavam à beira da piscina. Ainda permanecia parado, com cara de curioso, quando escutou uma vozinha macia chamar:

– Psiu... Psiu.

Ele procurou pelo “psiu”. Então, por entre as frestas da cerca, viu uma bela carinha, adornada por dois olhinhos azuis e emoldurada por cacheados cabelos loiros, trançados. Um shortinho branco e uma blusa com gola de marinheiro completavam o vestuário daquela encantadora boneca. Surpreso, ele a fitava, maravilhado com sua descoberta. Sorridente e animado, iniciou um diálogo.

– Olá, gracinha! Como é teu nome?

– Belinha! – respondeu ela timidamente com as mãozinhas entrelaçadas.

– Isso aqui é teu?

– É de Belinha.

Ele foi até o portão, sem deixar de notar a semelhança da pequena com Inês.

– Querida! Vem ver quem encontrei – gritou para a namorada.

Inês ergueu-se preguiçosamente da cadeira e caminhou até ele. Ao se deparar com a irmãzinha junto à cerca, atrás dos bambus, parou bruscamente.

Estarreceu. Espantou-se. Atordoou-se. O rosto empalideceu como cera. Entrou em pane. Milhares de questionamentos confusos povoaram-lhe a mente em breves segundos.

O que se escondia atrás do bambuzal exibia-se ao vivo e a cores. O que não era para ser exposto estava à mostra. Lembranças despencaram da memória, como uma caixa que cai de cima do armário, espalhando todo conteúdo pelo chão. Ela sempre estivera presa às severas ordens dos pais: o que acontece e existe na Casa dos Fundos é segredo. É vergonha. Jamais deve ser mexido. Jamais deve ser visto.

O embaraço abriu espaço para incertezas perturbadoras. O que o namorado iria pensar do passado feio dos Castro? E os futuros sogros, como reagiriam? O que diriam? Um mar de tranquilidade se dissipou, alternando-se com a previsão de um tufão no horizonte. O segredo guardado no baú lacrado da família se expunha. Luís apenas violou o lacre, pondo em risco a felicidade da amada. Nesse amontoado de dúvidas e medos, a meiga namorada descontrolou-se e descarregou a raiva sobre a "idiota" da babá como se fosse a principal responsável pela guarda da chave da arca. Ela era a culpada, pois não deveria ter deixado Isabel solta por ali. Ela sabia que, quando houvesse visita, ninguém lá da Casa dos Fundos poderia ficar próximo ao jardim. Então, em total desequilíbrio, gritou:

– Raquel, onde está você, sua irresponsável?

Luís, perplexo, não compreendia o motivo de tanta grosseria. Mais ainda partindo de uma pessoa doce e inofensiva. Intrigado, ele procurava imaginar quem seria aquela adorável garotinha que transformou seu amor em cacos, tal qual uma jarra de vidro atirada no chão.

– Quem é essa menina, Inês? – indagou em voz alta, mas só obteve silêncio.

Isabel amedrontou-se com os gritos. A boca começou a tremer, provocando revolta em Luís. De cara feia, advertiu Inês com rispidez:

– Ela está assustada! Veja o estado dela! – diante da ausência de resposta, voltou a questionar, enquanto segurava o queixo da namorada com as mãos, impedindo-a de desviar o olhar.

– Vamos! Quem é ela, Inês?

Sem conseguir conter as lágrimas, ela se livrou dele e correu para casa, deixando-o alheio a qualquer explicação. Raquel, que a tudo presenciou, com suavidade esclareceu:

– Esta é Isabel, irmãzinha de Inês.

Ele balançou a cabeça, tentando decifrar por inteiro aquela confusão. Gesticulou como se nada entendesse e comentou:

– Eu não tinha conhecimento dessa criança. Achava que elas eram somente três.

Raquel reparando na hesitação do rapaz e não querendo se intrometer em um assunto que não era da sua conta, sutilmente mudou o rumo da conversa e arrematou com uma pergunta:

– Ela não é um encanto?

Ele, ainda atrapalhado, confirmou:

– É sim. Uma linda princesa – em agradecimento, a pequena presenteou-lhe com um espontâneo sorriso e um meigo tchau, feito com os dedinhos esticados da palma da mão. Preocupado, virou-se para Raquel e despediu-se:

– Vou ver Inês.

E saiu correndo.

Luís chegou até a cozinha e foi informado pela cozinheira que Inês havia subido ao quarto. Ele pediu à Custódia que o acompanhasse, pois não era conveniente ficar a sós com a namorada em seus aposentos.

Lá dentro, ele a encontrou estendida na cama, dominada pelo desespero e com lágrimas escorrendo quentes e abundantes por cima das faces. Ao vê-la naquela situação, aconchegou-se, puxou-a para si e a amparou num afetuoso abraço.

Com rosto escondido em seu peito e com frases entrecortadas pela rouquidão, ela soluçava:

– Que vergonha! Meu Deus, que vergonha! Eu não queria que você a visse. Ela é doente, é portadora de Síndrome de Down, aquela doença chamada de “Mongolismo”.

Delicadamente, ele a afastou de si, interrompendo-a:

– Não é assim, querida. É um absurdo o que você está falando. Ela é só uma criança diferente das outras e eu tive muito prazer em conhecê-la.

– Mas meus pais dizem que ela é retardada.

– Não é o que parece – afirmou secamente.

Percebendo a aflição em que ela se encontrava, ele aliviou a pressão, mas continuou com o interrogatório:

– Por que ela não mora com vocês, aqui?

Inês pretendia desenrolar aquela trapalhada, entretanto o nervosismo e o vexame bloquearam-lhe a voz, levando-o a repetir a pergunta. Ela, como um animal acuado, desvencilhou-se dele e iniciou uma caminhada de um canto a outro. Buscava palavras para explicar o que não sabia direito. O assunto "Isabel" sempre fora reservado aos pais. As indagações sobre a menina recebiam justificativas curtas e evasivas. A conversa era para adulto, não havia qualquer possibilidade de diálogo ou elucidações.

A presença dele exigia um esclarecimento e ela, cabisbaixa, sussurrou:

– Não sei – a indignação provocou acelerada pulsação das veias do pescoço do moço.

– O quê? "Não sei" não é resposta. Você e suas irmãs nunca se interessaram em visitá-la? Nem por curiosidade?

Ele estava chocado e ela, apavorada. Luiz apresentava uma versão divergente para o caso "Isabel". Pela primeira vez, ela viu alguém demonstrar repulsa aos Castro pelo abandono da filha e a repulsa vinha justamente de quem ela amava. Nunca parou para pensar qual seria a reação do namorado ao saber da existência da irmã.

– Meu Deus, quanta ignorância! – ele gesticulava, enquanto exprimia sua revolta. – Não acredito que coisas desse tipo ainda acontecem. Ela e a babá vivem ali sozinhas, como prisioneiras? – questionou.

Encurralada, Inês desqualificou a gravidade dos fatos:

– Elas saem de carro para ir ao médico. Meus pais não gostam que circulem pelas ruas para evitar falatórios.

O comentário só aumentou a ira de Luís. Posicionou-se diante da namorada e a ameaçou com o dedo apontado para seu nariz:

– Vou avisar uma coisa para que depois você não fique chateada comigo. Cada vez que eu vier aqui, atravessarei o bambuzal para visitar minha amiguinha. Com você ou sem você. Estamos entendidos, Inês?

Ela apenas acenou positivamente.

– Agora, se me der licença, vou dar uma volta para respirar um ar puro e...

Ela não o deixou terminar. Seu estado emocional explodiu, espalhando labaredas por toda a superfície da alma. Exacerbada, partiu para o contra-ataque, exteriorizando o receio de perdê-lo:

– Está vendo, Luís?! Então, o pai e a mãe não estão errados em agir assim. Olhe só o teu jeito. Imagine quando a sociedade, da qual fazemos parte, souber disso. Tenho certeza de que seremos repudiados pelos nossos amigos. Eles vão ficar contra nós.

Não era Inês que falava. Eram os pais. As palavras ditas impensadamente acabavam sendo reproduções das palavras de Ingrid e Antônio. Essa linha de raciocínio tinha sido implantada na cabeça das filhas. Foram doutrinadas desse modo e não sabiam pensar diferente. Na Mansão, os mais velhos não discutiam sobre um assunto tão complicado. Verdade que elas nunca se importaram com a Casa dos Fundos. E, de repente, alguém pôs o dedo na ferida e apontou para a insensatez praticada pelos Castro. Luís mostrava uma faceta oculta e nobre de Belinha, até então desconhecida. Desenterrar o que sempre foi repassado como vergonha da família, aliado ao temor de perder o seu amor, abalou as estruturas emocionais de Inês.

Ele nem se prestou em responder. Desceu rapidamente as escadas e foi embora, deixando-a a conversar com as paredes. O som de passos sumindo pelos degraus abaixo indicava que seria o fim. Fim do namoro, fim do namorado que adorava. Deixou o corpo escorregar até o chão, consciente de que o peão chamado Belinha pousou de asa-delta em cima do tabuleiro, causando estragos irreparáveis.

Custódia, que escutara a discussão pela porta entreaberta, se compadeceu. Afinal, mesmo sendo cozinheira, se considerava uma segunda mãe. Trabalhava para os Castro desde que Inês nasceu e presenciou todo o seu crescimento. Com carinho, ajudou-a a se levantar, colocou-a na cama e permaneceu ao seu lado, esperando que se acalmasse.

Naquele final de dia, Inês não apareceu para jantar. A mãe, preocupada, subiu ao quarto para averiguar o que estava havendo, acompanhada de seu cachorrinho poodle, de nome Pingo. Inês, ao vê-la, veio de encontro e se atirou em seus braços, forçando-a largar o cão. Entre soluços, narrou o episódio da calamitosa tarde. À medida que ouvia a filha discorrer sobre os lastimáveis acontecimentos, Ingrid empalidecia e a fisionomia expressava uma aparência de espanto e apreensão. Mordeu o lábio inferior – hábito adquirido na infância –, indicando nervosismo. Com voz agressiva, exclamou:

– Meu Deus! Não pode ser! Que descuido de Raquel. Numa hora totalmente inapropriada. Vou cobrar dela com rigor! – resmungava brava, batendo a mão direita com o punho fechado na mão esquerda. Após alguns segundos, mudou a estratégia e completou:

– Ah! Ah! Ah! Ela me paga. Mandarei o pai passar essa história a limpo. Amanhã falo com ele. Vou deixar ele jantar em paz. Vou dizer que você não vai descer porque está com dor de cabeça e preferiu dormir.

Despediu-se jogando um beijo e, em seguida, apanhou Pingo do chão para voltar à ceia, simulando calma, como se nada tivesse ocorrido.

Ingrid sugeriu um "Porto" e Antônio concordou com um amistoso sinal de aprovação. Ela se aproximou do bar e escolheu duas taças "sherry" para servir a bebida, entregando uma a ele com um sorriso convidativo. Ele lhe devolveu o sorriso e ergueu o cálice para um brinde, num olhar mais prolongado. Sedutor, como aqueles de antigamente.

Antônio degustava o vinho acariciando o pelo felpudo do cachorro. O clima entre o casal estava tão prazeroso que Ingrid decidiu adiar o assunto da babá. Poderia estragar a noite e ela tinha planos para aproveitá-la.

Na manhã seguinte, ela acordou bem-humorada, com o maravilhoso canto do sabiá na soleira da janela, anunciando primavera. Espreguiçou-se manhosa, esticando os braços de uma ponta a outra, em cima de lençóis de puro linho egípcio. Virou-se e viu que Antônio ainda dormia. Observou-o por um tempo e concluiu que não interessava aborrecê-lo, pois o quarto ainda permanecia impregnado da magia da madrugada. Contaria sobre o constrangimento pelo qual a filha passou mais adiante, talvez depois do almoço. No entanto, a conversa desagradável só ocorreu no dia seguinte. A notícia atingiu Antônio como um tsunami, deixando-o tão enfurecido que até ela se assustou.

Com excessiva raiva, ele gritava:

– Eu vou esganar essa babá de merda – Ingrid, arrependida e julgando-se imprudente, apavorou-se. Procurou amenizar o fato, porém ele não lhe dava atenção. Ofereceu-se para ir junto falar com Raquel, mas recebeu um "não", dito com tanta potência que a fez temer pela moça.

"Ai, ai, ai, Ingrid!", censurava-se. "Deveria ter resolvido isso sozinha, do seu jeito. Não tinha que encher os ouvidos de Antônio. Vai acontecer tudo de novo, você ficará sem alguém para cuidar de Isabel."

E estava com razão, não foi uma boa ideia.

Visitas inesperadas

Com as têmporas explodindo e a boca espumando de ódio, Antônio atravessou o trecho que separava as duas residências mais veloz do que um raio. Nem sequer ouviu o latido de bom-dia do Trovão, como também não conseguia conter a vontade de pular no pescoço da babá para estrangulá-la. No entanto, no momento em que pisou no degrau da escada, um som eletrizante, vindo de dentro da casa, chocou-se contra sua ira, freando momentaneamente seus impulsos. Girou o trinco e a porta se entreabriu. O ranger das dobradiças foram abafados pelo ruído da música. Pela fresta, deparou-se com uma visão que o imobilizou: uma mulher belíssima – que via pela primeira vez – e uma garotinha – que só vira nos primeiros dias do nascimento – dançando descalças, felizes ao ritmo de uma marchinha de carnaval, alheias ao mundo. A menininha procurava imitar os mesmos passos leves e graciosos da professora de dança.

Um anjo e uma feiticeira...

Ele não fazia ideia de como era a babá, pois nunca a tinha visto. Se dependesse da própria imaginação, ela seria uma velha gorda, desguedelhada, nariguda, muito feia e mal-encarada... Um horror de mulher, uma bruxa. Além do mais, devia ser chata e encrenqueira. Aquela que o irritava e que ousava desobedecê-lo. Jamais desejou conhecê-la. Para quê? Tudo que vinha da Casa dos Fundos era confusão e Ingrid sempre se encarregou de livrá-lo desses aborrecimentos.

A visão exposta em frações de segundos mostrou o suficiente para provocar um estranho impacto. Diferente da velha horrível e maquiavélica, viu uma moça formosa, de porte altivo e traços delicados. O balançar dos cabelos, o olhar esverdeado, o sorriso encantador e o requebrar das cadeiras – em um embalo ora rápido, ora lento – expunham elegância e descontração.

Com os pés pregados no chão, incapaz de esboçar alguma reação, o homem, que se preparou para uma batalha, caiu por terra e, sem disparar ou levar um único tiro, foi abatido por uma deusa que só tinha como arma a sedução.

A dança prosseguia alheia à presença do visitante. Entretanto, ao girar e avistar o inusitado personagem, a moça correu em direção à vitrola para desligá-la. Ajeitou a saia com um toque naturalmente meigo e encaminhou-se à porta para atendê-lo. Com uma expressão de surpresa estampada no rosto, ela tentava desvendar qual seria a causa da visita, pois o patrão nunca se importou com elas.

Aproximou-se e, com voz suave e baixa, indagou:

– O senhor é o seu Antônio, não é? – ele não pretendia responder, apenas queria dizer umas boas verdades, concebidas entre o caminho da Mansão até a Casa dos Fundos, mas a língua travou, as mandíbulas enrijeceram-se e os olhos perplexaram-se. E ele, um sujeito resoluto e cheio de ação, estaqueou-se defronte à sua interlocutora e tão somente conseguiu inclinar a cabeça num sinal positivo. Mas ela, com desenvoltura e meiguice, continuou:

– Desculpe. Não o vi chegar – improvisou um gesto com a mão, convidando-o a entrar.

Ele subitamente trocou a ira pela curiosidade e a curiosidade pela vergonha. Desajeitado, avançou uma pequena distância, mas se manteve de pé. Belinha, que havia subido no sofá, observava-o intrigada. Ela nunca viu aquele homem, ou melhor, o pai... de perto. De longe, até já o tinha visto. Frequentemente, ao brincar com Trovão, ele sentia que alguém o espionava.

Antônio jamais imaginaria que, em diversas ocasiões, a garotinha desejou correr até a piscina para participar da brincadeira dos residentes e convidados da Mansão, mas a babá a impedia. Outras vezes, queria saber quem era aquele "titio" que brincava com o "au-au", mas apenas recebia explicações imprecisas. E sempre que o caso se repetia, Belinha retornava com suas indagações. Raquel ficava em uma posição embaraçosa, pois, tal como a mãe, detestava mentiras.

Um silêncio constrangedor expandiu-se pela sala. Raquel, para quebrar o impasse, pressionou com delicadeza o braço da menina, falando carinhosamente:

– Querida, cumprimente o senhor Antônio – empurrando-a com sutileza para o lado do visitante. Incentivada, a pequena pulou no chão e escancarou um cativante sorriso. Com alguns passos bem curtinhos, alcançou-o e esticou o pescoço para vê-lo melhor. A altivez da babá forçava-o a tomar uma atitude. Então, sem alternativa, o pai se inclinou e encarou, pela primeira vez, o rostinho da filha rejeitada por tantos anos.

Ele ficou sem jeito, sem rumo... perdeu o prumo. Se por um instante a terra se abrisse em um enorme buraco, ele teria se atirado de corpo e alma. Achava-se um tolo. Preparou uma armadilha onde ele mesmo caiu. Preso na arapuca que armou, tentava inutilmente escapar de lá. Não entendia como consentiu que a fúria e o ódio se rendessem à timidez. O principal objetivo – esganar a babá – deixou de ter sentido, evaporou-se na própria vergonha.

Raquel, embora estivesse apreciando o embaraço do chefe, pediu à Isabel que buscasse seus desenhos, permitindo que o patrão recobrasse o fôlego. Belinha ausentou-se toda estabanada, tempo suficiente para Raquel averiguar o motivo da visita. Em um tom levemente irônico, mas com educação e respeito, ela o abordou:

– O que o traz aqui na vizinhança, seu Antônio?

Como jamais acontecera em sua vida, Antônio sentiu-se na obrigação de dar satisfação de seus atos a alguém – e justamente a uma subordinada. Não sabia o que dizer. Minutos atrás o único propósito era despejar todo o rancor do qual estava possuído sobre ela e lhe mostrar qual era o seu lugar. Porém, no desenrolar dos fatos, a situação escapou do controle, tornando-se complicado iniciar um diálogo. Posicionada à sua frente, controlando-o, ela exigia uma resposta que não vinha. O momento era de desconforto e ele não encontrava meios para reagir, mas o socorro chegou com o retorno de Belinha.

Respirou fundo... Disporia de alguns segundos extras.

Raquel chamou-o para sentar no sofá a fim de ver os trabalhos da pequena e ele obedeceu. As folhas lhe eram entregues, entretanto, ele as via sem prestar atenção. A filha pousou o olhar nele, no aguardo de um elogio. Raquel, que havia puxado uma cadeira para se achegar mais, também o fitava, à espera de uma aprovação. Como Antônio estava dominado pela mudez, ela deu um empurrãozinho ao comentar:

– Ela tem inspiração e criatividade no que faz. Basta observar com cuidado para perceber detalhes marcantes, captados por uma alma muito sensível neste pequeno espaço em que vivemos.

Antônio engoliu em seco a discreta repreensão recebida e não pôde deixar de admirar a classe da moça ao lhe aplicar uma disfarçada e clássica reprimenda. Ainda desconsertado, apenas pronunciou duas palavras, pensando como sairia daquela armadilha:

– São lindos.

Então, viu, no relógio de pulso, uma ferramenta de fuga.

– Esqueci-me de um compromisso. Tenho que ir – já estava próximo da saída quando Belinha o alcançou e o puxou pela calça, forçando-o a uma parada:

– Titio já vai? – perguntou apoiando-se nas pontas dos pés para apreciá-lo mais de perto. Ele tentava ignorá-la, mas novamente os insistentes olhos verdes da babá, expressando uma ordem, obrigaram-no a se curvar, para receber o primeiro beijo da filha rejeitada.

Então, os lábios tênues da pequena tocaram no rosto tenso do pai.

Aquele beijo queimou a face. Doeu. Sensação semelhante à dor que o animal sentia no Haras ao ser marcado com ferro em brasa.

Antônio saiu tão apressado como se um fantasma o perseguisse. Abriu o portão e atravessou o bambuzal, levando consigo uma fisionomia que misturava fúria e perplexidade. Entrou pela porta da frente, pegou a pasta e o chapéu, passou como um foguete pela sala de refeições onde o café da manhã o esperava e partiu em jejum.

No trabalho, um funcionário se aproximou com vários papéis para ele assinar, colocando-os em cima da escrivaninha. Visualizou os documentos sem a mínima vontade de lê-los. Tomou a caneta e a deslizou sobre as folhas, automaticamente. Às vezes, interrompia as tarefas batendo com o punho fechado na mesa, culpando-se e denominando-se de ingênuo por cair na própria cilada. Um sujeito experiente, fazendo papel de amador. Um autêntico bobalhão. O episódio na Casa dos Fundos revirou-lhe a cabeça. Jamais deveria ter cruzado a cerca de bambus. Ele mesmo estabeleceu essa regra para todos os membros da família. A regra devia se aplicar a ele também. Como não cumpriu? O beijo da filha provocou um sentimento tão profundo que não tinha como descrevê-lo: raiva, remorso ou carinho. Só sabia que ainda queimava.

Antes do horário de almoço, ligou para casa para avisar que só voltaria à noite, indo almoçar em um pequeno restaurante na esquina do escritório. À tarde, isolou-se em seu gabinete, fumando um cigarro atrás do outro, acompanhado por cafezinhos, o que resultou em uma terrível enxaqueca. Sempre que exagerava no vício, isso se repetia. Mentalmente, voltou a xingar a babá, chamando-a de Feiticeira de Olhos Verdes. Levantou-se da cadeira à procura de algo que atenuasse a dor. De imediato, ingeriu dois comprimidos de uma só vez na tentativa de se livrar logo do incômodo.

O som gritante do telefone ecoou. Irritado com o barulho, atendeu de mau humor. Era Ingrid querendo notícias a respeito da conversa com a babá. Odiando rever o assunto, usou a mentira como pretexto, convencendo-a de que fora até lá e encontrou Raquel ocupada com a criança.

Precisava ocultar sua covardia.

– Não seria bom discutir na presença da menina, porque ela pode se assustar – avaliou. Ingrid, aliviada, concordou:

– Você terá outras oportunidades para pôr as coisas nos eixos.

Ele largou o aparelho, envergonhado do acovardamento e de ter faltado com a verdade, permanecendo com os dedos tamborilando sobre a mesa. Não conseguia se concentrar no serviço. Continuava chateado. Angustiava-se por não ter alguém para dividir os momentos cruéis vividos na manhã desse maldito dia.

Mas quem?

Não poderia comentar com ninguém porque certamente seria motivo de chacota. Com Ingrid, nem pensar. Remexeu-se na cadeira, demonstrando impaciência. Aquele lugar estava um sufoco. Despediu-se dos funcionários e foi direto ao bordel.

O calor de uma mulher ardente apagaria esse mau dia.

Todavia, o planejado não atingiu as expectativas. Apesar de se fartar nos braços de uma amante, quem voltava para casa era um sujeito de semblante carregado e repleto de rabugice. A maldita Feiticeira de Olhos Verdes não lhe saía do pensamento. O beijo da pequena Isabel ainda ardia no rosto. Ele não sabia perder e elas inocentemente o derrotaram.

O sol cintilava fortemente no alto quando Inês deixou a escola acompanhada de Julinha e do motorista. As colegas notaram que ela parecia desligada durante as aulas, porém nada disseram, mesmo ao ser repreendida pela professora por estar distraída.

Ao entrarem na garagem da Mansão, Inês se apressou em desembarcar do veículo e correu aceleradamente em direção ao telefone. Não localizou o namorado e a informação recebida era de que ele estava trabalhando em uma obra e só retornaria ao final da tarde. Devolveu o aparelho ao gancho, visivelmente chateada.

– Que azar! – mencionou aborrecida e já com a dúvida, se verdadeiramente ele não estava ou se estava e não quis atendê-la.

– Preciso desabafar com alguém! – concluiu.

Lembrou-se de uma amiga do colégio que era sua confidente. Uma ligação e um encontro marcado, distante algumas quadras dali, seria a saída para jogar para fora a angústia que aprisionava dentro de si. Além do mais, esperava por alguém que lhe desse um conselho, enfim, indicasse um caminho. Ordenou o motorista Betão que a levasse ao local combinado.

Cristina, uma moreninha baixinha e de olhos azuis, portava um senso crítico elevadíssimo. Não metia o nariz onde não era chamada, mas se fosse consultada não temia em expor sua opinião.

Cumprimentaram-se com beijinhos e pediram sorvetes. Depois de elogiar o vestido verde-limão da colega, Inês explicou por que a procurou. Quando contou sobre o desentendimento com o namorado, Cristina a ouviu atentamente, mas entendeu, a princípio, que se tratava de um fato normal entre duas pessoas que tentam estabelecer uma relação afetiva. Entretanto, ao saber que a causa da discórdia provinha da existência de uma irmã desconhecida, ficou chocada. A revelação criou um imenso espaço de curiosidade. Uma saraivada de perguntas foi disparada contra Inês:

– Não acredito, querida.

– Você está de brincadeira.

– Me conta como ela é.

– Como que nunca fiquei sabendo, se conheço você há anos.

E por aí foi. Se Inês achava que encontraria um ombro para se consolar, enganou-se. O anseio em bisbilhotar a família Castro não deu lugar a nenhum conforto sentimental. Um inquérito devastador foi aberto com tanta intensidade, levando-a à indignação. Já não bastava Luís que queria arrancar dela respostas sobre uma questão censurada, agora mais Cristina.

– Isso é demais! – exclamou Inês, vermelha de raiva, interrompendo o questionário. – Preciso de uma amiga e não de uma inquisidora – levantou-se da mesa, enfurecida, virou as costas e saiu. Cristina pensou em chamá-la, mas Inês evaporou-se no meio da multidão, deixando-a sem graça, com duas taças de sorvete.

Frustrada na tentativa de obter apoio, Inês decidiu pedir explicação à Raquel, a causadora de todo aquele aborrecimento. Tomou a decisão de descobrir o que realmente se escondia embaixo do tapete, ou melhor, atrás do bambuzal, na Casa dos Fundos. Não sabia se estava zangada ou curiosa. Mas havia necessidade de passar tudo a limpo. Desejava conhecer a irmã, uma criança "inexistente" com quem fora proibida de conviver e que, de súbito, acompanhada de uma misteriosa babá, estava dinamitando seu relacionamento com Luís.

Inconsequentemente, iniciou a subida de volta para casa, a pé. Não esperou por Betão que ficou de apanhá-la mais tarde. Ansiava estar com a babá, assim que possível, para resolver esse mal-entendido de uma vez. Andava rapidamente, quando enroscou o salto do sapato em uma pedra solta no calçamento, quebrando-o.

– Ai, que ódio! – vociferou brava.

Enraivecida, arrancou-os e jogou-os em uma lixeira ao lado. Prosseguiu a caminhada, para o espanto das pessoas que estranhavam ver uma bela jovem, bem vestida, locomovendo-se desvairada e descalça. A irritação era tamanha que nem notou as bolhas nos pés, formadas em contato com a calçada quente. Cruzou o portão da Mansão falando sozinha e sem cumprimentar o porteiro. Só tinha uma intenção: enfrentar Raquel, cara a cara, para lançar sobre ela a culpa da briga com o namorado.

A porta da Casa dos Fundos estava aberta em sinal de boas-vindas. Todavia, ao se aproximar, Inês sentiu-se desarmada. E, tal qual seu pai, foi surpreendida por duas criaturas emanando paz e amor. Raquel sentada no sofá e a pequena à sua frente, declamando um versinho infantil, vagarosamente:

Batatinha quando nasce
Espaama pelo chão
Belinha quando *dome*
Põe a mão no *coação*

Raquel, consciente das dificuldades da menina em pronunciar palavras com erres, mantinha-se atenta, socorrendo-a em circunstâncias críticas e ajudando-a a chegar ao final de cada verso.

Após concluir a declamação, Belinha, com elegância de uma profissional, abriu os braços em toda sua extensão e curvou levemente a cabeça, despertando em Raquel os mais belos sentimentos. Ovacionada por uma plateia de um só espectador, ela desceu do palco para abraçar a babá.

Escondida próxima à porta, feito ladrão, Inês assistiu ao esforço da irmã em recitar apenas quatro frases, tão fácil, porém para ela um incitante desafio.

A simplicidade do ato derrubou Inês de um frágil pedestal, arremessando-a de encontro a um mundo escondido em uma modesta e aconchegante casinha de madeira que ela nunca frequentou. Uma tumultuada confusão de emoções se estabeleceu dentro de si, em proporção acima da capacidade de processá-la. No seu íntimo, a luta de duas "Inês" tomou uma grandeza descomunal. Repudiou a Inês até então desconhecida, egoísta e preconceituosa. Aquela que só estava pensando em si e no namorado. Diferente da verdadeira que todos conheciam: uma moça amável e incapaz de ofender qualquer pessoa. Em nenhum momento se imaginou ali, desobedecendo às ordens dos pais, exclusivamente para conferir o que se passava entre as paredes da Casa dos Fundos. E acabou desvendando uma realidade camuflada, soterrada pela mesquinhez da família, totalmente divergente do que concebia e que se coadunava com a versão apresentada por Luís. Diante de tão fria autoanálise, não se perdoou:

– Meu Deus! O que estou fazendo aqui? Estou querendo tirar satisfações de alguém que cuida, educa e atende a minha irmã – ponderou, enquanto respirava ofegante.

Ao se reavaliar, o rostinho de uma garotinha abandonada surgia em velozes flashes, suave e desprovido de maldade, levando-a a se recriminar. Impulsos de revolta infestavam a sua mente:

– Eu deveria estar ali, aliás, todos lá de casa deveriam estar ensinando-a a declamar esses simples versinhos. Por que nós não estamos aplaudindo, em vez cobrar e censurar?

Em uma alternância de posição, onde trocou o papel de vítima pelo de vilã, Inês não aceitava mais as argumentações que lhe foram impostas como justificativas à rejeição aplicada à Isabel. Luís, livre de tabus, conseguiu ver em Belinha o que os Castro jamais viram: doçura e encanto. Uma pureza de água cristalina. E, ele se encheu de amor pela pequena. Ainda confusa sem ser vista, Inês revia seus frágeis conceitos.

A primeira a notar sua presença foi Belinha. Apavorou-se com a aparência de Inês – descalça, cabelos desalinhados, olhos esbugalhados e semblante em pânico. Assustada com a estranha, a menina começou a chorar, escondendo-se atrás do vestido de Raquel. A babá, hesitante, tentou adivinhar o motivo que levara a filha do patrão a aparecer por ali, pois, afinal, a semana mostrava-se atípica, com visitas de figuras de prestígio e não anunciadas. Inês surpresa com aquele ambiente de tranquilidade e segurança, envergonhou-se e desabou a soluçar. Preocupada,

Raquel se aproximou, mas preferiu se manter calada. No entanto, com espontaneidade, acolheu-a carinhosamente para que ela pudesse dar vazão a um transbordante rio de lágrimas. Pacientemente, aguardou o pranto cessar para descobrir o que corria por detrás de tanta aflição. Desoladamente, Inês repetia sem parar:

– Eu sou muito má... Muito má... Muito má...

Foi lá exigir explicações como se ali estivessem as culpadas por seu desastre emocional e seu coração, até então tomado pela cólera, desmoronou ao presenciar tão belo e inusitado espetáculo. Uma garotinha, na ternura de um querubim, esforçando-se para recitar uma poesia, de pé em cima de uma cadeira – simulando um palco para tão grandiosa apresentação – e em uma rústica sala – simulando um renomado teatro para recepcionar tão encantadora artista. A inocência e a delicadeza através de gestos atrapalhados, o esforço para lembrar cada verso e a persistência em jamais desistir explodiram contra a barreira mental que os pais lhe impuseram em relação aos habitantes da Casa dos Fundos.

Belinha ao ver Raquel abraçar Inês, acalmou-se. Deixou uma lagrimazinha pendurada na bochecha, enquanto as contemplava, quietinha e curiosa. O que Inês não recebeu da amiga Cristina, Raquel lhe proporcionou: conforto. Não cobrou, não recriminou, não agrediu, apenas a enlaçou em seus braços. Um abraço quente, caloroso, daqueles de que se necessita quando somos afetados pelo desespero. Um abraço que nunca ganhou da mãe. Aos poucos, a serenidade a dominou. Sentiu-se como fizesse parte desse cenário. Sutilmente o amor foi superando a raiva, deitando sua fúria por terra, sem que ela se apercebesse. Os tolos conceitos de verdade evaporaram-se pelo bico da chaleira chamada razão. De repente, tudo parecia tão claro, num amadurecimento a galope, forçado pelas circunstâncias.

Belinha sem demora perdeu o medo. Chegou mais perto e já puxou conversa, mas ainda impressionada com o desconsolo de Inês.

– Você tem dodói?

– Um grande dodói, aqui – Inês, constrangida, apontou para o coração.

– Tem que *i* no médico. Belinha *sempe* vai.

– Se você me der um beijo bem aqui, o dodói irá embora – sugeriu Inês, oferecendo a face. A menina se atirou sobre ela e beijou-a com um carinho capaz de curar todas as feridas de uma alma machucada.

Com a voz entrecortada, Inês continuou o diálogo.

– Você me perdoa, Belinha? – ela respondeu com outra indagação.

– A moça *qué sê* amiga de Belinha?

– Vou adorar – disse Inês, enquanto limpava os olhos com as costas da mão.

– Belinha tem um *usso* bem *gandi* – vangloriou-se Isabel, erguendo a mãozinha para mostrar o tamanho do urso.

Inês buscou na memória se algum dia viu a mãe comprar uma lembrança para a irmãzinha. Com certeza, não. Quando seus quartos estavam atopetados de brinquedos, Ingrid fazia uma faxina, enviando o excesso para a Casa dos Fundos. Reconheceu, em cima do sofá, sua antiga boneca vestida de cigana.

Inês persistiu divagando. A mãe tinha inúmeros afilhados e, por costume, presenteava-os com frequência. Ficava orgulhosa de ser apontada como a madrinha mais generosa dentre todas as comadres. E, para a filha rejeitada, apenas sobravam os brinquedos abandonados por ela e por Julinha.

Belinha a fez recuar de suas reflexões, ao perguntar se ela gostaria de conhecer seu amigo Dudu. Inês assentiu, enquanto a via desaparecer através da porta para depois regressar com um urso velho, aleijado, remendado e sem uma orelha. Ele pertencera a Inês. Costumava dormir agarrado nele, aos dois anos de idade. Mais uma vez, o remorso culpou-a pelo completo abandono. Esticou o braço para pegar o bicho de pano oferecido pela irmã.

– Hum! Ele está dodói. Tem que ir para o hospital. Precisa de outra orelha.

– *Vamo compá* uma *oeia* nova? Inês *compa*?

Ela confirmou. E, assim, prosseguiram num papo animado, comandada pela menina, sem notarem que a noite avançara. Inês olhou de soslaio para o relógio e observou que perdera a hora.

– Meu Deus! Minha mãe deve estar preocupada comigo!

Levantou-se com cuidado, mas não conseguiu se firmar no chão. Ergueu um pé e não gostou do que enxergou. Raquel surpreendeu-se com as enormes bolhas formadas pelo calor das calçadas, imaginando como chegou a esse ponto. Mas não era o momento para inquiri-la, pois Inês necessitava de atendimento urgente.

– Inês! – disse Raquel. – Enquanto você esteve sentada não sentiu dor, mas agora os pés não vão suportar o seu peso. Precisa ser carregada. Aguarde aqui. Vou atrás do motorista para que ele nos ajude.

Não andou grande distância, pois, ao passar pela cerca-viva, avistou-o brincando com o cachorro. Chamou-o e pediu que a auxiliasse. Ele a acompanhou, impregnado de pensamentos maliciosos:

– O que será que a "gostosona" quer comigo?

Ao ver Inês, estranhou. Ele já estava nesse emprego há quatro anos e jamais viu as filhas do patrão por ali. Além do mais, a patroa, aflita, há pouco procurava por ela. Levou a mão ao queixo querendo entender, quando Raquel o convocou para carregar Inês até a Mansão.

Caminhando de uma ponta a outra da sala, Ingrid não ocultava sua apreensão. Já havia telefonado para Cristina e ficou encucada quando ela lhe contou que Inês saiu furiosa, sem se despedir, abandonando-a com duas taças de sorvete sobre a mesa. Ligou para Luís e ele não sabia de nada, deixando-o também apreensivo do lado de lá da linha.

– Ah! Essa guria... – rezingou. – O que deve estar aprontando? Terá que me dar muitas explicações.

Já estava com o discurso pronto, quando Betão surgiu com ela nos braços. Ingrid assustou-se, porém se limitou a demonstrar assombro, enquanto o motorista acomodava Inês em um sofá. Após dispensá-lo, iniciou um vasto interrogatório com uma sucessão de perguntas realizadas simultaneamente, o que impedia a filha de responder.

– Nossa! O que aconteceu? Cadê os seus sapatos? – perguntou olhando em direção ao chão.

– E esse vermelhão aí? Onde arrumou isso?

De cara zangada, mandou que ela levantasse os pés, como se estivesse ditando ordens a uma garotinha de cinco anos. Inês suspendeu um de cada vez para o horror da mãe.

– Jesus! Estão cobertos por bolhas! – exclamou, levando uma das mãos à boca.

Antônio ouviu parte da conversa e correu até elas. Ingrid apontou para os machucados, mandando que Inês mostrasse de novo.

– Que horrível! – comentou Antônio estampando uma ruga de preocupação na testa. – Como você se machucou desta maneira, Inês? – e tocou no rosto dela com carinho, aguardando que contasse.

Menos mal, pensou Inês aliviada. Para isso ela tinha resposta. Relatou que o salto do sapato quebrara, não lhe deixando escolha, senão voltar descalça.

– Mas por que não pediu para alguém nos avisar? – indagou Ingrid, desconfiada.

– Mãe, eu não sei. Isso não me passou pela cabeça – defendeu-se Inês.

– O que houve entre você e Cristina? – Ingrid estava pronta para se aprofundar nas interpelações, quando Antônio a interrompeu. Achava que devia chamar o médico. Cuidar dos ferimentos da filha era mais importante do que fazer interrogatório. Ela concordou. Entrou em contato com o doutor Cláudio, que, em tempo recorde, apresentou-se. Ele, com o jeitão simpático de sempre, aproximou-se de Inês e perguntou:

– O que foi que a minha loirinha aprontou desta vez, hein? – e se abaixou para ver de perto o tamanho do estrago. – Hum! – resmungou, em sinal de reprovação. – Nossa, que feio! Precisamos fazer curativos e estabelecer alguns cuidados – sobrepôs cautelosamente o calcanhar dela no chão e partiu para as prescrições:

– Ela não deve apoiar os pés até que cicatrize. Para caminhar, só com muletas. Se aparecer febre, me avisem – e, girando ao redor de si, em busca da maleta, completou:

– Vou prescrever uma receita.

– Que complicação – arrematou Ingrid. – Ela poderá ir ao colégio?

– Bem! Caso melhore, sim. Mas desde que vá de carro – recomendou o doutor, enquanto se ocupava em escrever.

Terminada a consulta, Cláudio aceitou um cafezinho com biscoitos, bateu um papo descontraído com o amigo Antônio e, alguns minutos após o último gole, despediu-se.

O telefone tocou. Era Luís querendo saber de Inês. Antônio tomou a filha nos braços e a colocou em uma cadeira junto ao aparelho. Depois do "alô", o namorado cobrou:

– Querida, onde você esteve até agora? Fiquei preocupado e já estava me preparando para ir aí. Não fui porque seu Antônio ligou dando notícias.

Ela confirmou tudo, mas omitiu o motivo que levara a se machucar. Seria impossível fornecer maiores detalhes com os pais por ali. Apenas mencionou que pretendia vê-lo e com novidades a contar. Ao terminar a ligação, Ingrid se interessou pelas tais novidades. Inês mostrou certo desapontamento com a bisbilhotice da mãe, enquanto bolava uma explicação que não a denunciasse. No entanto, Antônio a salvou de qualquer constrangimento quando, com cara de desaprovação, sinalizou que a esposa cessasse o interrogatório. Inês aproveitou a "deixa" e pediu para que o pai a carregasse até o quarto. Já acomodada na cama, revia mentalmente os acontecimentos daquela tarde.

– Hum!...

Estava ansiosa. Não via a hora de ver Luís e detalhar o que se passou lá atrás do bambuzal.

Inês sentia-se feliz e confusa. Um canal cheio de dúvidas e reflexões abriu-se em busca de respostas, remexendo com suas emoções. A vida tornara-se um redemoinho. Tinha a sensação de que se encontrava dentro de um copo de liquidificador em alta rotação. A imagem das habitantes da Casa dos Fundos percorria cada canto do seu cérebro. Um rol de questionamentos a perseguia, empurrando-a para o campo da fantasia. Imaginou Belinha com um, dois, três anos de idade, de mãos dadas com ela e Julinha, correndo pelos jardins da Mansão; as festinhas de aniversário anunciadas nas badaladas colunas sociais com toda a família cantando o "Parabéns a você"; o quarto de Isabel com decoração rosa "pink", ladeado por prateleiras apinhadas de brinquedos; a irmãzinha sentada no colo do pai, divertindo-se com Pingo. Por fim, o inconsciente mostrava-lhe a mãe ensinando a filha a declamar versinhos, corrigindo os erros, elogiando, aplaudindo e incentivando, assim como Raquel fazia.

Balançou a cabeça, não acreditando na própria incredulidade. Culpava-se por ter sido desleixada e indiferente ao aquiescer que uma vida paralela sobrevivesse ao lado da sua, tão próxima e, ao mesmo tempo, tão distante... ali nos fundos da Mansão. Uma vida repleta de abandono, de rejeição... e de sonhos frustrados. Horrorizava-se em saber que lá estava um ser humano como outro qualquer se não fosse pelas limitações que o destino lhe impôs. Um ser com afeição, esperança, carência afetiva, aspirações e que oferece, em retribuição, alegria contagiante e amor sem limites. Pensou: "Meu Deus! Em que areias movediças finquei meus alicerces para supor que nunca enfrentaria tão estúpida realidade".

Depois de assistir o barquinho da ilusão afundar na banheira da razão, concluiu que deveria ter mais atenção sobre falsas versões que lhe eram repassadas. Exigiria a verdade, não permitindo que ideias diferentes lhe fossem impostas. Era a Inês adulta suplantando a Inês criança.

A visão de conceitos alternativos, aumentava a ansiedade e retardava a chegada do sono. Um filme baseado nos episódios recém-vividos rodou a noite inteira, entre o sonho e o mundo real. Nos raros instantes em que conseguiu dormir, dormiu mal. Entretanto, os pesadelos angustiantes não a inibiram de extravasar euforia quando a mãe bateu à porta pela manhã, acompanhada de Custódia, que trazia o desjejum. Enxergava o novo dia com outra perspectiva.

No horário de almoço, Antônio trouxe um par de muletas.

– Ah! Minhas novas amiguinhas – proclamou Inês.

Ingrid gastou alguns segundos para entender quem eram as amiguinhas.

– São minhas pernas auxiliares, mãe – esclareceu Inês, enquanto tentava equilibrar-se. – Hum! Não será difícil. Elas me darão liberdade para andar sem precisar ser carregada.

Ingrid a observava, intrigada com a alteração repentina de humor da filha, crendo que o bichinho da alegria a teria infectado. Comentou com Antônio acerca das possíveis causas que levaram Inês a evidenciar tanta felicidade, sentimento não adequado para quem acabou de ter um sério e inexplicável desentendimento com o namorado. Quis questionar, mas o marido a interrompeu, alegando que mais adiante, de um jeito ou de outro, eles saberiam. Não queria pressão sobre Inês naquele momento.

A tarde transcorria enfezada, pronta para um possível encontro com a chuva, mostrando um tempo de cara feia. Ao estampido do primeiro trovão, Ingrid ausentou-se para determinar às empregadas que fechassem as janelas. Inês aproveitou a ausência da mãe e chamou Custódia, solicitando que levasse informações suas à Raquel, porém exigiu segredo.

À noite, Luís chegou ávido por novidades, mas, com os pais na sala, não havia como Inês compartilhar as últimas notícias. Apenas cochichou ao ouvido dele, anunciando que teria boas e novas para lhe contar, o que o deixou mais ansioso ainda.

Os dois, impacientes, aguardavam para que a sós pudessem trocar confidências, quando uma brecha se abriu. Antônio pediu licença e se retirou em direção ao escritório para ler jornal e tomar um drinque. Alguns minutos a seguir, o ruído estridente do telefone forçou Ingrid a se deslocar até o aparelho. Era uma amiga. Assim, os namorados poderiam conversar e Inês não pretendia perder a oportunidade. Foi detalhando os fatos em sequência, ao som das gargalhadas da mãe que, sem dúvida, escutava as mais atualizadas fofocas. Incrédulo, ele olhava para Inês, imaginando que do nada surgira um milagre.

Recentemente, ele saiu de lá, revoltado, pensando seriamente em romper o namoro, sem desconsiderar o quanto a amava. Abominava a conduta dos Castro e temia que Inês seguisse o mesmo caminho, o que tornava incompatível qualquer relacionamento com aquela família.

E, agora, essa mudança radical, a transformação do ódio em amor.

Entendeu rapidamente todo o conflito que Inês viveu. Com certeza, ela jamais compartilharia com tal comportamento, como também se evidenciava que as filhas foram manipuladas pelos pais. Elas só ouviram meias verdades e ainda não tinham o amadurecimento necessário para terem suas próprias opiniões a respeito daquilo que lhes era passado. Compreendeu que a atitude da querida namorada representava um grito de independência a padrões obsoletos e tão repudiados por ele. Finalmente, sua Inês libertou-se dos grilhões familiares. Confirmou ser a garota amável, carinhosa, sem preconceitos e incapaz de machucar alguém. Desejou abraçá-la e beijá-la com amor, muito amor. Mas não havia como se manifestar, pois a presença da futura sogra o inibia.

Mesmo assim, ainda cantou baixinho um trecho da música deles, a do primeiro encontro:

Only You! .... Somente você!
Can make all this seen right world
Pode fazer este mundo parecer certo.
Only you! .... Somente você!
Can make the darkness bright...
Pode fazer a escuridão brilhar.
Only you! ...

Ao ouvir a canção, o semblante de Inês se iluminou e um calafrio percorreu a espinha, confirmando que os sentimentos deles estavam intactos. Ela segurou a sua mão com delicadeza e lhe lançou um olhar apaixonado. Aos sussurros, estabeleceram planos de convivência com as moradoras da Casa dos Fundos. Quando Ingrid deu tchau à amiga, trocaram de assunto.

O pigarro da quase sogra, acompanhado de um prolongado bocejo, era um convite de boa-noite. Entendendo o recado, Luís levantou-se, beijou Inês na face e despediu-se. Mais uma vez sentiu vontade de apertá-la nos braços, porém Ingrid estava ali, vigilante.

O dia amanheceu sereno, com poças de água e muitas folhas espalhadas pelo chão, resultado da chuva do dia anterior.

Ingrid, ainda deitada, acordou o marido para lembrá-lo da conversa que deveria ter com a babá. Sugeriu que faltasse ao trabalho pela manhã, pois era necessário resolver essa pendenga. Antônio mostrou o dedo em sinal de positivo e se virou para o lado à procura do sono, que não queria lhe fazer companhia.

Ora, como iria ficar frente a frente com a Feiticeira de Olhos Verdes? Evidentemente, faria papel de bobo, outra vez. Precisava achar uma desculpa para acalmar a mulher, algo que desviasse a atenção daquele foco.

– Quem sabe uma viagem – imaginou.

Animado com a ideia, saltou da cama e foi direto para o chuveiro. Um bom banho o ajudaria a relaxar e armar alguma estratégia. Após desfrutar de uma ducha refrescante caindo sobre o corpo, deixou o banheiro e se arrumou sem causar ruído para não despertar Ingrid, que voltou a cochilar. Nas pontas dos pés, já alcançava a porta rumo à liberdade, quando escutou ela dizer:

– Não se esqueça da babá.

– Merda! – resmungou baixinho. – Que azar!

Ela não entendeu e retrucou:

– O que foi?

– Nada. Volte a dormir! – e se retirou com pressa para evitar mais perguntas.

Ainda no corredor, espantou-se com o acesso de tosse de Ingrid, daqueles que ela vinha tendo ultimamente. Pretendia retornar para ver se ela estava bem, mas descartou a hipótese. Provavelmente mais indagações sobre babá seriam feitas. Optou por discutir sobre a saúde dela na hora do almoço, ou melhor, ele mesmo ligaria para o Cláudio para agendar uma consulta.

Passou pela sala de refeições, afobado e, sem deixar de roubar um biscoito da travessa, avisou a empregada que não tomaria café, pois já ia para o trabalho. Dentro do carro, pediu ao motorista que aguardasse um momento. Abriu o vidro e chamou por Norma, que se posicionava quase fora do seu campo visual. Ela se aproximou do veículo para ouvir as ordens do patrão.

– Diga à patroa que não almoçarei em casa.

Assim, trataria do indesejável tema mais adiante. No caminho, parou em um bar para o desjejum. De gole em gole, arquitetava uma solução para um conflito tão complicado. Já admitia desistir do confronto, restando somente convencer Ingrid.

– Sim, sim. É o que eu vou fazer – pensava alto, atraindo alguns olhares em sua direção.

Concluiu que tornar a enfrentar Raquel, despreparado, não era uma boa artimanha. Talvez a saída seria esquecer o que aconteceu. E Ingrid? Como convencê-la a abandonar toda essa confusão? Fácil. A Feiticeira poderia se ofender e largar o emprego. Ele sabia que a mulher se arrepiava inteira, só de tocar no assunto.

– Eureca! Na mosca! – exclamou. Deu três batidinhas com os nós dos dedos na mesa, voltando a atrair a atenção das pessoas.

– É isso mesmo – abordaria a questão por esse ângulo, realçando que não convinha correr o risco de ficar sem babá.

Ao sair do bar, rumou ao escritório, aliviado, como se um peso fosse tirado das costas.

Raquel iniciava o almoço e a visita do patrão não saía da lembrança, aguçando a curiosidade. O que Inês queria lá era compreensível. Mas o seu Antônio?...

Afinal, nenhuma lógica se encaixava naquele quebra-cabeça.

– Por que será que ele veio até aqui? – interrogava-se. Nas rápidas instruções recebidas dos caseiros, foi informada de que os problemas deveriam sempre ser tratados com a patroa, uma vez que o chefe, depois do nascimento de Belinha, nunca mais pôs os pés na Casa dos Fundos.

"Por que agora? Após tantos anos? Certamente, haveria um motivo urgente. Então por que desistiu de falar?", as dúvidas multiplicavam-se e fervilhavam em seu cérebro. Pendurou o pano de prato no prego, ainda meditativa.

– Pare de pensar bobagem, Raquel! – recriminou-se, encolhendo os ombros. Deixou os questionamentos pendentes e retornou aos afazeres. Se fosse importante, Seu Antônio voltaria ou mandaria dona Ingrid. Mas não havia como negar que foram muitas surpresas, apresentando uma semana recheada de imprevistos e no mesmo palco: a salinha da Casa dos Fundos.

Belinha, ao ver Raquel fazer biscoitos, cortando a massa com forminhas em desenho de bichinhos, abriu um largo sorriso e quis ajudá-la. Raquel assentiu, dizendo que deveria lavar as mãos na torneira da pia antes de iniciar o serviço. Em seguida, providenciou uma lata de estocar alimentos e a colocou em cima da cadeira para elevar o assento, permitindo que a pequena alcançasse a mesa.

O trabalho era alegre e divertido. Belinha pediu o molde de um cordeirinho e Raquel entregou a peça junto com porções de massa esticada. Ela foi recortando devagar, concentrada. Subitamente parou e surpreendeu a babá com um papo esquisito.

– Quequel, você também tem uma amiga fadinha? – julgando se tratar de uma fantasia, ela aceitou a brincadeira e confirmou:

– Tenho, sim. Ela se chama Raio de Sol. E a sua?

– *Estelinha* (Estrelinha).

– Onde você a conheceu? – perguntou, enquanto se levantava para pôr mais lenha no fogão para aquecer o forno.

– No meu *quato* – disse Belinha.

Raquel ergueu levemente a cabeça e pôs o dedo indicador em cima dos lábios, duvidando.

– Como ela entrou? Não passou ninguém por aqui, senão eu teria visto?

– Pela janela – esclareceu Isabel, distraída em manusear a forminha.

– Hum!... – resmungou Raquel, fazendo uma parada para apanhar mais massa. Com o rolo de macarrão em punho, brincou:

– Que safadinha essa tal de Estrelinha! Será que ela não sabe que portas foram feitas para dar passagem às pessoas e janelas para moças namorarem.

Belinha achou o comentário tão engraçado que gargalhou até cair lágrimas. Ao se acalmar, continuou à conversa:

– O vestido da *Estelinha* é rosa. E o da tua também?

– Não, não! – negou Raquel, gesticulando com as mãos sujas de farinha de trigo. Esperou um pouquinho e, brincalhona, afirmou:

– É branco, igualzinho o de noiva.

– Que lindinho... – suspirou Isabel.

– A minha fadinha tem duas asas, que nem a *boboleta* – explicou Belinha.

– Ah! Que pena! – disse Raquel com cara triste. – A minha não tem asas, mas tem um véu que encosta no chão. A sua falou alguma coisa?

Como a menina estava demorando em se manifestar, ela se adiantou e provocou:

– Aposto um pirulito que ela disse que Belinha é uma gracinha e vai proteger você todos os dias – a garotinha arregalou os olhos e começou a cantarolar:

– Quequel também viu minha fadinha... Também viu... Também viu...

Raquel abraçou-a com carinho, pondo um fim à brincadeira.

– Agora, mocinha, vamos assar esses biscoitos.

Novas fugas

Quando o acaso reuniu Belinha e Luís, ninguém imaginaria que nas mãos de uma doce menina encontrava-se a chave mestra, capaz de abrir comportas represadas por longos anos. E a represa não suportava mais a força das águas. O casal Castro, com seu pavor ao diferente, seria fatalmente arrastado pela devastadora correnteza, sem ter onde se agarrar.

Mais um fim de semana e Ingrid enchia-se de planos. Ela estava animada com o aniversário de uma socialite e, para isso, encomendara um vestido deslumbrante. A aniversariante era famosa por se trajar com elegância e ela não queria ficar para trás. A festa, em uma ilha particular, duraria dois dias e os convidados seriam transportados até o local por um barco de propriedade dos anfitriões. Focada no evento, ela se esqueceu da babá. Nas poucas vezes que tocou no assunto, foi convencida por Antônio que seria temeroso afrontar Raquel e perder seus serviços. Enfim, considerou o problema como capítulo encerrado e se deu por satisfeita.

Julinha foi para o haras com Bia, enquanto Inês preferiu permanecer na Mansão em companhia das empregadas.

No sábado à tarde, Luís apareceu e, junto com a namorada, deslocou-se até a Casa dos Fundos para levarem um bebê de borracha e uma caixa de bombons à nova amiguinha. Quando os viu, Belinha correu para abraçá-los. Ao receber os presentes, ficou tão agitada que não conseguia falar direito, sendo necessário que Raquel a acalmasse.

Passado o efeito da empolgação, Inês se dirigiu à Belinha e, batendo palmas, formulou o convite:

– Ande logo! Vá colocar um maiô para irmos à piscina.

A pequena largou a boneca e voltou a se agitar.

– Quequel! Quequel! Me ajuda!

– Calma, amor! Eu preciso saber como Inês está.

– Meus pés estão curados – afirmou. – Afinal, já se foram duas semanas.

– Que ótimo! – exultou Raquel, tomando a direção do quarto para vestir a menina.

– Raquel! – chamou Inês. Quando ela surgiu na porta, convidou-a:

– Não quer ir à piscina conosco?

Raquel recusou com educação, prometendo para uma próxima vez. Sabia das proibições dos patrões e não estava a fim de arrumar confusão.

– Está bem! Mas se prepare que amanhã vamos a um passeio. Sairemos cedo rumo à Ilha de Paquetá.

– Você conhece esse lugar? – perguntou Luís à Raquel. Ela se calou não querendo acreditar no que ouvia. Recuperou-se da surpresa e confidenciou:

– Esse sempre foi um sonho meu, mas achava que nunca iria realizá-lo e agora ele cai de paraquedas aqui no meu quintal. Isso é o máximo! – exclamou, rindo da comparação que fez. Em seguida, olhou para Inês, preocupada:

– E seus pais? Estão de acordo?

– Eles saíram – informou Inês. – Foram passar o fim de semana fora e só voltam domingo à noite. Mas eu vou avisando: eles terão que aceitar a minha irmãzinha, por bem ou por mal. Já basta o tempo em que ela esteve isolada.

Belinha deixou o quarto e Inês tornou a abraçá-la com emoção.

– Ninguém mais vai afastar você de mim! Eu prometo – disse emocionada e em voz baixa. Luís ouviu a conversa, calado e admirado com a transformação. Quando Belinha estava pronta, Raquel fez algumas recomendações.

– Estarei aqui, se precisarem, é só me chamar.

Raquel ficou na porta olhando eles atravessarem o portão no meio do bambuzal. Embora não deixasse de ser uma fantasia, jurou para si:

– Um dia, minha princesa terá a família inteira.

Belinha, ao entrar no terreno da Mansão, correu até o canil. Queria brincar com o "au-au". Inês a seguiu, temerosa e atenta à reação do animal, pois ela desconhecia a amizade que havia entre eles. No entanto, a menina interagiu com o cão como se fossem velhos amigos. Ele sabia que ela era a vizinha da Casa dos Fundos, visto que frequentemente se encontravam e se divertiam, quando Raquel a levava para saborear as frutas da época, apanhadas por Zeca. Trovão, ao ser solto, farejou-a com carinho, ganhou um afago na cabeça, seguido de um abraço de Belinha.

– Parece que se criaram juntos – comentou Luís.

– Vem *Tovão*. Vem *bincá* com Belinha – ela dialogava e ele respondia abanando o rabo. Bastava um vacilo por parte deles que ela o beijava no focinho.

Custódia, inquieta, descia e subia as escadas com a bandeja na mão, servindo guloseimas, petiscos e sucos para todos. Ela via tudo aquilo com apreensão. Sentia cheiro de encrenca no ar. Estava ciente de que a atitude de Inês não receberia a aprovação do seu Antônio e da dona Ingrid. Queria bem as filhas deles. Não concordava com o tratamento dispensado à Belinha, porém não interferia. Sempre mereceu a confiança dos patrões e, por vezes, até confidente da patroa era. Mas conhecia perfeitamente a sua função: uma mera empregada.

Porém nada iria estragar um encontro tão familiar e perfeito. Luís, sentado na ponta de uma espreguiçadeira, puxou o violão e dedilhou algumas canções. Um sábado feito especialmente para relaxar, tocar melodias de sua preferência, tomar sol à beira da piscina e Belinha divertir-se com Trovão.

Os pais, distantes, jamais imaginavam a audácia de Inês. Na verdade, ela pretendia recuperar os anos em que não conviveu com a irmã. E se eles soubessem o que ela estava aprontando? Mas ela não se importava. Ao contrário, mostrava-se disposta a qualquer enfrentamento. Como eles se achavam tão entretidos com os amigos, não sobrava tempo para se lembrarem das filhas nem do que elas poderiam estar fazendo.

A ilha recebeu um aglomerado de gente fina. Um ambiente sofisticado, cercado por conversas sobre assuntos fúteis, risos artificiais e elogios falsos. A glorificação do luxo, exteriorizado nas vestimentas e joias, ostentava a valorização do ego, onde cada um esforçava-se em brilhar mais do que o outro. As mulheres competiam entre si, exibindo decotes acentuados em roupas que delineavam o corpo sob o cobiçado olhar masculino. A bebida abundante facilitava o descontrole dos convidados que facilmente se embriagavam e, inconvenientes, improvisavam brincadeiras de mau gosto, acrescidas de piadas picantes. Em meio a gargalhadas, falava-se simultaneamente, sem chegar a nenhum consenso.

Aquele era o local onde o casal Castro se enquadrava com perfeição.

Domingo cedo, céu azul e brisa amena. Uma empolgante aventura se iniciava para os habitantes da Casa dos Fundos. Raquel e Isabel, acompanhados de Inês e Luís, cruzaram os portões da Mansão, animados e munidos de todo o material de que iriam precisar para passar o dia na Ilha de Paquetá.

Belinha, sentada no banco de trás do carro ao lado de Raquel, cantava alguns versinhos, enquanto Luís fazia a segunda voz. Ao entrarem na barca, ela se assustou e estendeu os bracinhos para que ele a pegasse no colo. Mas o medo logo passou e não demorou para ela se julgar a dona da embarcação, correndo com alegria por entre os assentos. E, dessa forma, aproveitaram cada minuto da excursão, esbanjando felicidade. Só retornaram quando a última balsa deixou o cais e, por pouco, não se encontraram com os pais de Inês.

Ao chegar em casa, Raquel deu um banho rápido em Belinha e a pôs para dormir. A pequena estava exausta. Na volta, ela já vinha cochilando. Foi muita atividade de uma só vez.

Deitada, Raquel revivia os últimos acontecimentos.

– Que dia maravilhoso! – lembrou. Devido à excitação, não conseguia achar o sono que era substituído pelas recentes recordações.

Havia lido um romance, cuja história transcorrera em Paquetá, onde palavras de amor eram trocadas durante passeios de carruagem.

No romantismo que a envolvia, em várias vezes, imaginou-se naquele lugar. De súbito, como num conto de fadas, as imagens ganharam vida e ela estreava o seu primeiro papel de princesa em um palco de verdade.

E tudo era igual ao que lera.

As ruas, ainda de saibro, conservavam o aspecto do século XIX, tal qual as construções antigas.

Admirou cada detalhe daquele paraíso, como se, em tempos idos, estivera ali e ali vivera uma grande paixão.

Sentiu a fragrância de romance no ar, a brisa sob as árvores frondosas e o cheiro da terra. Emocionou-se ao ver os vasos Marajoaras, decorando as muretas de um antigo hotel. Um aperto atingiu o coração, como se o passado retornasse ao presente, trazendo uma agradável sensação de "déjà vu". Então, permitiu que poucas lágrimas umedecesse o rosto, em um misto de alegria e saudosismo. Os acompanhantes perceberam que ela estava tomada pela emoção, mas ela prontamente garantiu que era um sentimento passageiro. Com voz embargada e olhar de agradecimento, comentou:

– Eu nunca fiz um passeio assim.

Na volta de charrete, julgava-se uma dama cortejada pelo seu elegante cavalheiro.

Inês contou que D. João VI veraneava naquele lugar e que gostava de participar da Festa de São Roque. Essa parte da conversa, Raquel não prestou atenção, pois estava ocupada em trocar beijos com seu amor imaginário.

– Que lindo! – Suspirou Raquel. – Um dia como esse, não deveria ter fim...

Consultou o despertador e se assustou com o adiantado da hora. Cobriu-se com um lençol e apagou a luz, deixando belos sonhos arquivado na gaveta da memória.

Naquela mesma semana, Inês e Raquel encontraram-se e, felizes, falaram sobre a divertida excursão.

Inês incluiu uma visita às vizinhas da Casa dos Fundos na sua rotina diária. Saía discretamente da Mansão e, junto com Raquel, auxiliava a pequena nos trabalhos manuais. Não passou despercebido o carinho que Raquel despendia à Belinha. Os ensinamentos eram repassados com paciência e afeição.

Nessas ocasiões, lembrava-se da mãe, com tristeza e pena. Sempre impaciente, sem tempo, desperdiçando momentos valiosos da infância das filhas.

Em uma dessas tardes, Inês convidou as moradoras da Casa dos Fundos para comprar material escolar. Na papelaria, avistaram Júlia com Bia.

– Nossa, que surpresa! – exclamou Inês.

Julinha, ao ver a irmã com a babá e Belinha, inibiu-se. Ficou perdida, totalmente desconcertada. Tentou esboçar um comentário, entretanto desistiu. Virou as costas e foi embora sem dar tchau à amiga. Raquel, ao notar que a situação se tornou embaraçosa, pegou Belinha pelo braço e, educadamente, disse que iria olhar a vitrine ao lado. Bia perguntou à Inês que bicho mordeu Julinha e, com curiosidade e espanto, queria saber quem era a garotinha que a acompanhava. Sem se perturbar, Inês explicou que era a irmã mais nova delas. Bia, inicialmente, pensou que se tratava de uma brincadeira. Então, sem jeito e sem nada compreender, interpelou-a com estranheza:

– Mas vocês não são três? E por que ela é assim?

– Somos quatro. E como você viu, ela é apenas diferente das outras crianças.

Bia procurou assimilar a explicação e, intrigada, despediu-se, combinando que depois falaria com Julinha.

Inês juntou-se à Raquel, que aguardava fora da loja e, sem se reportarem ao assunto, voltaram para casa, preferindo discutir o episódio em uma ocasião mais apropriada.

Ao chegar, Inês correu direto ao quarto de Júlia. A cada degrau que subia, imaginava como poderia ajudá-la. Girou a maçaneta da porta e entrou preparada para o pior. Encontrou Júlia encolhida na cama, igual uma coelhinha assustada. A expressão de dor estava estampada em sua feição e, chocada, agarrava-se a um urso de pelúcia, encarregado de substituir o carinho da mãe.

Inês compreendia o tamanho da confusão que se estabeleceu na cabeça de Julinha e tinha noção da angústia que a afligia. Ela também percorreu a mesma trilha. Conhecia a trajetória de um caminho que era perturbador. Então, aproximou-se devagar, sentou-se ao lado da irmã, não disse nada, apenas a abraçou, deixando o pranto fluir, tal como Raquel fizera com ela. Quando os soluços se abrandaram, Inês pediu que a escutasse. Enquanto retirava os grampos que prendiam os cabelos, contou o drama que viveu.

– Ju, sei o que você está sentindo. Eu também passei por isso. Me escondi em busca de refúgio. Minha vontade era de gritar e de brigar com todos que me cercavam. Primeiro, fiquei com vergonha por Luís ter visto Belinha. Achei que devia odiar ela e Raquel. O egoísmo que tomava conta de mim só mostrava o que satisfazia o meu ego.

Aproveitou um breve intervalo para secar algumas lágrimas do rosto de Julinha com a ponta do lençol e, então, prosseguiu:

– Vamos fazer uma análise. Que pecado Belinha cometeu para receber tão severa punição? – e, observando a indecisão da irmã, esperou por uma resposta.

– Não sei – respondeu Julinha, encabulada, projetando o olhar para o assoalho. – O pai e a mãe sempre disseram que não era para nós conversarmos com ela.

– Bobagem – exclamou Inês com firmeza. – Ela não oferece risco a ninguém, ao contrário, é meiga e só tem amor para dar. O fato de ser diferente não quer dizer absolutamente nada. Ela gosta das mesmas coisas que qualquer criança gosta, apenas apresenta dificuldades para falar e exercer certas tarefas. Deseja o nosso afeto, o nosso carinho... somente isso.

Um momento de silêncio...

– Está vendo isso aqui? – continuou Inês apontando para o interior do quarto. – É lindo que nem o meu. Belinha deveria ter um igual a este, nesta casa, que é a casa dela também. Veja os móveis... e essa decoração. Tudo foi planejado com capricho e dedicação. Só para nós e por que não para ela? Não esqueça que eu ou você poderíamos nascer com a doença dela e, ao invés de morarmos aqui, estaríamos morando lá atrás dos bambus.

Julinha, abismada, iniciou uma inspeção ao seu redor como se fosse sua primeira vez que visse aquele lugar.

As paredes eram revestidas de papel especial, comprado nos Estados Unidos. O fundo em tons de pastel estava coberto por delicadas florezinhas coloridas. Vários nichos serviam de suporte para uma vasta coleção de bonecas, algumas trazidas pelos pais em viagens que fizeram ao exterior. A mobília, em laca rosa com filetes verde-musgo, revelava o esmero com que o ambiente foi ornamentado. A cômoda era enfeitada por várias caixinhas de música, sua paixão.

Inês aguardou pacientemente Júlia conferir cada detalhe daquele cômodo, sem passar despercebida a cara de surpresa que ela fazia, como se nunca estivera ali. Em seguida, ajeitou-se na cama, descruzou as pernas e só então explicou como encheu os pés de bolhas.

– Sabe por que me machuquei naquele dia? Eu só contei ao Luís e agora vou contar a você para que não fique se culpando – espalmou as mãos sobre o peito, buscou forças e, constrangida, desabafou:

– Foi puro ódio! Estávamos na piscina, eu e Luís, quando Belinha surgiu do nada, correndo atrás de uma bola. Aí, ele começou a fazer perguntas. Como eu não tinha respostas, saí feito louca, que nem você, apavorada com o que ele iria pensar sobre o "problema" da família. Afinal, sempre presenciamos conversas em que Belinha era motivo de desonra e, ao pedirmos explicações, diziam que não era assunto para nossa idade. E ponto final. Tudo o que vivenciamos até hoje em relação à nossa irmã, está registrado em nossa memória como algo ruim e indigno, que nunca deveria ser mostrado. Na hora em que nós duas, acompanhadas de estranhos, deparamo-nos diante de Belinha, rotulada sob o estigma da vergonha, um alerta de perigo soou dentro de nós, exigindo uma ação imediata. Assustadas, fugimos com medo. Eu também quis fugir. Saí correndo e voltei para casa sem sapatos, com os pés feridos.

Júlia aproveitou a pausa feita por Inês para refletir. Os olhos arregalados e vermelhos por causa do choro ultrapassaram as vidraças da janela e perderam-se no horizonte. O fato de Inês, mais velha, ter enfrentado os mesmos conflitos, significava um alívio na pressão que vinha sofrendo. De qualquer forma, ainda se sentia insegura, não acreditando que na família existia uma irmãzinha com a qual jamais conviveu. Mas por que eles a proibiam de vê-la? Ela não era portadora de doença contagiosa. E será que Inês estava com razão? Qual dos caminhos a seguir: abandonar Isabel de acordo com as ordens estabelecidas ou recebê-la verdadeiramente como irmã conforme propunha Inês? Mas sempre confiou nos pais, então como desobedecê-los? A encruzilhada exposta à sua frente suplantava a maturidade que a adolescência oferecia. Acordou-se das próprias reflexões quando Inês voltou a se manifestar:

– Agora você conhece a história inteira. Tome um banho para relaxar. Eu vou descer para que mamãe não desconfie de nada. Se quiser falar, estarei por aqui.

Apanhou os grampos e se encaminhou para a saída. Precisava deixar Julinha só. Foi emoção demais para uma jovem cabecinha. Um reboliço mental. Um grave dilema nascido da divergência entre o que os pais diziam e o que inesperadamente lhe era apresentado. Necessitava de um tempo para processar todas essas informações.

Mas Júlia aceitou o conselho. Nos minutos em que se refrescava na água, tentava se lembrar do rostinho de Belinha, porém não conseguia.

– Então por que temer? – questionava-se.

Saiu do box enrolada em uma toalha felpuda e, enquanto enxugava-se, sentiu um forte desejo de conversar com a mãe. Porém, em poucos segundos, descartou a ideia. Ingrid não era a confidente ideal para momentos difíceis. Não tinha paciência para ouvir nada que não fosse do seu interesse, quanto mais um tema proibido.

Já estava secando o cabelo, quando alguém bateu na porta. Assustou-se achando que fosse a mãe.

– Ju, você está aí? – perguntou uma das empregadas.

– Sim – disse aliviada.

– A Bia está ao telefone querendo falar com você. O que digo?

– Diga que logo eu ligo para ela – após ter respondido, desorientada, entrou em pânico. Encostou-se na parede e, pensando alto, externava suas incertezas:

– E agora o que farei? E se ela ligar novamente querendo saber de Belinha?

Vestiu-se com rapidez e foi à procura de Inês. Encontrou-a na cozinha, comendo uma fatia de bolo.

– O que foi, Ju? – Júlia pediu um pouco de paciência, pois ainda não havia assimilado todo aquele tumulto mental a que fora exposta. Contou sobre o telefonema de Bia e, angustiada, aguardou por uma sugestão. Inês terminou de engolir um gole de café, devolveu a xícara ao pires e só então a aconselhou:

– Se ela perguntar, diga a verdade, sem explicações.

– E qual é a verdade? – indagou Julinha, balançando a cabeça, confusa, sem acreditar que existisse alguma.

– Que ela é sua irmã e pronto – orientou Inês, servindo-se de outra fatia.

Júlia travou uma batalha dentro de si por alguns segundos. Então, tomou a direção do telefone e, em dúvida se essa seria a melhor opção, fez a ligação. Bia atendeu.

– Você está bem?

– Sim – afirmou Julinha, com um fio de voz.

– É sobre o nosso trabalho de dupla. Já acabei a minha parte. Você quer que eu faça a sua?

– Obrigada! Não será necessário. Eu já havia me adiantado e só falta a conclusão que vou fazer ainda hoje.

– Certo! Vejo você amanhã – falou Bia. – Tchau!

– Tchau! – despediu-se com mais tranquilidade.

A semana andou em alta velocidade sem que Julinha precisasse dar qualquer esclarecimento à Bia. Com certeza, a colega conversou com a mãe e foi orientada a não tocar no assunto. Inês, por sua vez, agiu com extrema habilidade, não forçando nenhum encontro da irmã com Belinha, pois achava que a iniciativa deveria partir de Júlia.

Todavia a espera não se prolongou. O destino havia programado que as duas caminhariam juntas. Inês estava no jardim divertindo-se com a pequena, numa tarde em que Ingrid saíra às compras. Ao ouvir gritos e risadas do lado de fora, curiosa, Júlia apareceu na janela, quando se surpreendeu com um singelo e espontâneo convite:

– Menina! Vem *bincá* com o *Tovão* – ela se encantou com o irresistível pedido. Desceu, correu por cima do gramado e, desapercebidamente, envolveu-se na brincadeira.

O que o abandono levou anos para separar, o amor precisou de alguns minutos para juntar. A partir de então, Inês e Júlia passaram a conviver prazerosamente com os vizinhos da Casa dos Fundos, claro que escondidas dos pais.

Era a vida improvisando moderados, mas importantes ajustes.

A abóboda celeste mostrava-se em suaves tons de azul sobre o perfumado jardim da Mansão. Um vento brando oriundo do Atlântico tocava o rosto de Ingrid, espantando para longe a fumaça do cigarro. Absorta em seu prazer, a visão flutuava livremente, sem controle. De repente, viu algo que jamais imaginaria ver: Júlia vindo da Casa dos Fundos. Imediatamente, um sobressalto pôs os sentidos em prontidão, levando-a a abordar a filha:

– Posso saber o que você estava fazendo do lado de lá dos bambus? – cobrou, apontando o dedo para a cerca. Com medo, Julinha começou a tremer e, com uma desculpa qualquer entalada na garganta, permaneceu calada.

– Estou aguardando uma resposta, mocinha – reiterou a mãe, impaciente, enquanto balançava uma das mãos, em tom de ameaça.

Em pânico, Júlia lembrou-se das palavras de Inês: dizer sempre a verdade. Tomou fôlego e, com coragem, confirmou:

– Fui ver Belinha – a afirmação, feita com uma segurança que nem ela conhecia, irritou Ingrid:

– Quem autorizou essas visitas? – acuada, Júlia revidou com agressividade:

– E quando se precisa de autorização para visitar uma irmã?

A bofetada foi inevitável. Julinha, incrédula, assustou-se, pois nunca vira a mãe bater em alguém. Em seguida, cobriu o rosto com a mão e partiu em disparada sem olhar para trás.

Ingrid não podia acreditar no que via. Era só o que faltava, a filha de amizade com as vizinhas lá detrás dos bambus. Sabia que daquelas bandas só vinham encrencas, mas achou que as suas meninas estariam blindadas a esse tipo de confusão. Acendeu outro cigarro e, nervosa, passou a perambular por entre os canteiros. Um acesso de tosse a fez cambalear, obrigando-a procurar um banco para descansar, sob a presença de Norma, que temia ser destratada. Enquanto a empregada buscava um meio de ajudá-la, ela afastou-se, subiu as escadas esbarrando em Custódia, que, ingênua, perguntou-lhe se Julinha estava bem. Ingrid não esperou a mulher acabar de falar, cortou o assunto e a mandou cuidar de suas panelas. A coitada ficou vermelha de vergonha e, sem entender o motivo de tanta grosseria, sumiu cabisbaixa pelo caminho que dava à cozinha. Afinal, ela só queria avisar que Júlia saíra para a rua aos prantos. Norma, por sua vez, encolheu-se em um canto, com receio de que algum resquício de bronca respingasse nela.

Ingrid perdeu o foco. Sentou-se no sofá, ligou a televisão, mas não conseguiu se distrair. Com irritação, desligou o aparelho. Levantou-se de súbito, pegou a bolsa que havia deixado sobre a mesinha e, apressada, quase tropeçou na empregada que seguia limpando os vidros.

– Vou às compras – avisou, disfarçando a ansiedade através de um sorriso dissimulado.

E lá se foi, com disposição suficiente para trazer o Rio de Janeiro dentro de sacolas. Quando retornou à tardinha, mostrava-se de bom humor, anunciando que iria se preparar para a reunião na casa dos Fonseca.

A sós, Norma comentou com Custódia:

– O tal "banho de loja", como dizem os ricos, deve ter feito bem à "barriguinha-verde" – riram da situação e do apelido que haviam dado à patroa.

Pontualmente, às vinte horas, surgiu uma renovada Ingrid, elegante, em traje vistoso, saindo de braços dados com o patrão.

Inês participava com a futura sogra de um bingo em prol das vítimas de deslizamentos de terra, fenômeno que comoveu o povo fluminense. Ao regressar, encontrou Custódia e Norma antecipando o trabalho do dia seguinte, na cozinha.

– Onde estão todos? – perguntou.

– Esqueceu, garota, que sua mãe saiu. Hoje ela tem compromisso – lembrou Custódia, com uma pitada de agressividade.

– Hum! ... – resmungou Inês que estranhou o tom da resposta, suspeitando que algo se camuflava naquela frase. Deu meia-volta e olhou-a de frente para inquiri-la:

– Quer me dizer alguma coisa? O que você está me escondendo?

A mulher, que não era de fazer cerimônia, contou sobre o bate-boca entre mãe e filha no jardim. Uma Custódia desfeita em lágrimas iniciou um emocionante relato, deixando Inês alarmada. Sem esperar a cozinheira terminar de contar a história, correu desenfreadamente, subiu as escadas de dois em dois degraus, e invadiu o quarto. Achou o local vazio, para, só então, ouvir Custódia gritar lá debaixo que Júlia havia saído.

Inês estava assustada. Estava em casa apenas com as empregadas e não sabia o paradeiro da irmã. Quis ligar para Antônio, mas não tinha o número do telefone dos Fonseca. Após o cuco da sala cantar pela segunda vez, a campainha tocou. Era Julinha chegando, acompanhada da Bia e dos pais dela. Aos soluços, avançou e abraçou Inês que a pegou pela mão e conduziu-a até o quarto. Sentadas, lado a lado, na beira da cama, as duas permaneceram entrelaçadas por um bom tempo.

Inês voltou a falar convicta e Julinha a escutava com atenção. Vivia um momento doloroso, conflitante, onde uma agressão impensada de quem ela amava balançou seu porto seguro, ameaçando seu barco que acreditava navegar em águas serenas. Como queria que a mãe estivesse ali lhe confortando, em vez de ter sido agredida por ela. As palavras de Inês jogadas no ar, pausadamente, eram absorvidas por Júlia e a tornava mais calma.

– Sinto pelo que aconteceu e não desculpo a mãe por isso. A realidade é que ela e papai tomaram atitudes erradas no passado e agora não sabem como corrigir. Ao se sentirem cobrados, entram em pânico por não terem respostas convincentes para o ato tão vil que vêm praticando. Daí o uso da violência para se defender. E como nós duas devemos nos comportar nesse confronto? – interrogou Inês. – Agindo com paciência e persistência, por mais que sejamos incompreendidas. Isso os levará a repensar o velho assunto, do qual eles têm pavor. O fato é que não podemos desistir de Belinha. E, também, não podemos contar com Lurdes. Ela pensa e age como eles.

– Ju, você quer continuar a nossa luta em prol da nossa irmãzinha? – consultou Inês, segurando o queixo de Julinha com a mão, enquanto a encarava com firmeza. A insegurança expressada na fisionomia da irmã fez com que ela aliviasse a pressão:

– Está bem! Não precisa responder imediatamente. Analise e depois decida. Você é muito jovem para confrontar adultos. Vá dormir e amanhã siga tranquilamente a sua rotina. Se mamãe se desculpar, simplesmente aceite, sem nenhum comentário.

Aquela conversa reconfortou e melhorou o ânimo de Júlia.

A vida queria voltar à normalidade na Mansão dos Castro, pelo menos na aparência. No dia seguinte, Ingrid se encontrou com Julinha no almoço e agiu como se ignorasse o ocorrido. Emudecida, Júlia somente retrucava se alguém lhe dirigisse a palavra. Estranhando os modos dela, o pai perguntou se havia algum problema. Ela esclareceu que o aborrecimento era motivado pela dificuldade que estava tendo com uma pesquisa escolar. A mãe ignorou a explicação e seguiu conversando com o marido, sob os olhares das filhas. Subitamente, Inês balançou a cabeça em sinal de reprovação. Antônio, cismado com o gesto, indagou para saber o que estava havendo. Ela se assustou por não esperar a desconfiança dele, porém, em tempo, controlou-se e disse que não era nada, ocultando o verdadeiro motivo da desaprovação: "Como mamãe pode ser tão dissimulada?", concluiu Inês.

O enfrentamento das filhas

A noite despediu-se de seu turno, deixando para trás uma chuva fina e fria.

Belinha acordou com febre e tosse rouca, motivo de preocupação. Era cedo para importunar os pais, no entanto alguma providência devia ser tomada. Em rápidas passadas, Raquel atingiu a porta da Mansão à procura de Ingrid. Norma a atendeu. Ela perguntou pela patroa, porém foi informada que ainda dormia, mas o patrão já havia se levantado

– Me leve até ele – pediu Raquel.

Antônio lia o jornal, sentado no sofá da sala. Ao lado, o cachorrinho de Ingrid lhe fazia companhia. Ao ouvir passos, moveu-se para ver quem era. Ao se deparar com a babá à sua frente, os músculos da face se retesaram em sinal de alerta. "Perigo", pensou.

Não refeito da surpresa e sem dar bom-dia, questionou-a com uma das sobrancelhas arqueada:

– O que houve para vir aqui a essa hora?

Raquel estava a ponto de responder, quando desceu levemente o olhar e notou Pingo deitado sobre o tapete persa, quase aos pés de Antônio. Por um segundo, imaginou a menina junto ao pai, brincando, além de desfrutar do conforto daquele palácio.

– Dona Raquel, o que a senhora deseja?

O tom mais enfático usado por ele trouxe-a ao mundo real. Então, um par de olhos verdes faiscou sobre Antônio:

– Isabel está com febre! – anunciou secamente. – Preciso usar o telefone para falar com o médico.

Isento de qualquer emoção, ele apontou para o aparelho, porém, embora disfarçadamente, não deixou de reparar o movimento suave do caminhar da moça, dentro de uma saia justa, realçada por sensuais quadris. Em pouco tempo, ela conversou com o pediatra e, de cabeça baixa, saiu indignada, carregando consigo palavras que expressavam sua raiva:

– Coração de Pedra.

Intrigado, ele não conseguiu reter a frase que lhe escapou da boca:

– O que aconteceu para a Feiticeira de Olhos Verdes ficar tão zangada?

Ao retornar com Belinha para solicitar os serviços do motorista, Raquel soube que ele havia saído para levar seu Antônio ao trabalho. Revoltada com o desinteresse do patrão, ela se dirigiu ao portão principal em busca de uma condução, desobedecendo à ordem que lhe fora imposta: só poderia sair pelos fundos da Mansão.

Doutor Josué estava de plantão na ala infantil do hospital e, tão logo examinou Belinha, suspeitou de broncopneumonia, encaminhando-a ao setor de raio-x. Confirmado o diagnóstico, optou pelo internamento, o que provocou aflição em Raquel. Ao perceber o nervosismo da moça, o médico garantiu que se tratava de uma medida preventiva, deixando-a assim mais tranquila.

No registro de entrada, o funcionário exigiu documentos da paciente, juntamente com a autorização dos pais, já que eles não estavam presentes. Sem saber o que fazer, Raquel pediu ajuda ao pediatra que se responsabilizou por Isabel.

Acomodadas, Raquel avisou na enfermaria que iria à farmácia comprar artigos de higiene, alegando que não estava preparada para dormir no hospital. Saiu inquieta e, no retorno, passou pela portaria a fim de solicitar aos atendentes que ligassem à família, comunicando sobre a internação. Quando voltou, Raquel reparou que Belinha já se encontrava sob medicação. Ao ver o seu jeito tenso, a enfermeira contou, com demasiada encenação, que a menina foi valente e não teve medo da agulha, arrancando um sorriso nos lábios contraídos da babá. Mais calma, aproximou-se do leito e, falando com suavidade, afastou uma mecha loira dos olhos da sua pequena.

– Ah, minha amada! Se soubesse que ia tomar injeção não teria deixado você sozinha.

No hospital, a tarde caminhava lenta e sem nenhuma pressa, compadecida com sofredores confinados em seus leitos, resistentes à dor e à apreensão que pairavam no ar. Fechados em cômodos lúgubres, familiares aflitos buscavam, no atendimento de profissionais e na espiritualidade, a crença na cura de seus entes queridos. A porta antiga de madeira grossa, que já havia recebido várias demãos de tinta, não conseguia esconder as marcas do tempo. No alto, entalhado em relevo sobre a tábua escura, um número qualquer indicava apenas mais um quarto, depositário do sofrimento de tantos pacientes que ali se hospedaram no decorrer de anos.

No meio da madrugada, Belinha despertou agitada, choramingando. Raquel, que cochilava no sofá, recostada em um travesseiro, levantou-se de sobressalto. Acercou-se e, ao apalpar a testa da criança, constatou que a febre reaparecera. Com a mão trêmula, tocou a sineta para chamar a enfermeira que logo chegou, trazendo consigo a esperança ao ministrar uma nova dose de antitérmico. Depois, partiu sorridente, enquanto Raquel arrastava uma cadeira para perto de Belinha.

Diante da teimosia da febre, a babá encontrou nas histórias de conto de fadas uma maneira de distrair a menina até que foi vencida pelo cansaço. Dormiu sentada, com a cabeça reclinada na cama de Belinha que, ainda acordada, prosseguiu com a brincadeira. Lembrou-se da sua amiga Fadinha Estrelinha e, com ela, começou a conversar:

– Belinha *qué vê* a Fadinha *Estelinha*!

– Belinha *qué vê* a *Fadinha Estelinha*!

– *Qué vê* a Fadinha *Estelinha*!

– *Qué vê* a Fadinha *Estelinha*!

Tal como no mundo da fantasia, o ambiente, cercado por cavalos alados e gnomos, inundou-se de luz. Do alto, desceu uma elegante e misteriosa mulher, trajando uma roupa leve, confeccionada com micropartículas de nuvens, prestes a se desintegrar ao menor toque. Com os pés sem tocar no solo, achegou-se e sobrepôs o dedo indicador nos lábios para pedir silêncio. Belinha correspondeu ao recado, porém, baixinho, falou cheia de dengo:

– Ah! Veio me *vê*. *Tô* doentinha. Olha o meu *bacinho*, tá dodói.

– Hum! – resmungou a fada. – Deixe-me ver – disse com dó.

– Vai *passá*? – perguntou Belinha.

– Claro que sim, meu amor.

A seguir, a fada estendeu os braços e juntou as mãos em forma de concha pousando-as acima da cabeça da menina. Concentrada como um maestro de posse de uma batuta, orquestrando a Sinfonia Número Cinco de Beethoven, lançou poderosos fluídos sobre a pequena. Entre notas suaves e eletrizantes, um clarão partiu de seus dedos, envolvendo a protegida em um raio de luz. Expirados alguns segundos, seus olhos abriram-se em total êxtase, despedindo-se da amiguinha com um beijo soprado de longe.

Sem demora, as pálpebras pesaram e Belinha adormeceu feliz.

Raquel despertou bruscamente e quase caiu da cadeira, no instante em que alguém entrou no quarto.

– Desculpe se eu assustei – falou uma senhora de meia idade, impecável em seu uniforme.

– Não, não – respondeu Raquel se recompondo ao notar a troca de plantonista.

– Que beleza! A febre dessa mocinha foi embora – Raquel remeteu a visão para o alto e agradeceu:

– Obrigada, minha Cidinha (Nossa Senhora Aparecida)!

A enfermeira retirou-se e, ao atingir a porta, virou-se para sugerir que Raquel usasse a outra cama para descansar. Aliviada da tensão, aceitou o conselho e, depois de se acomodar adequadamente, engatou novamente no sono, só acordando com a chegada do médico.

– Bom dia! – saudou o doutor, risonho. Fez uma paradinha para demonstrar um momento de indecisão e corrigiu:

– Ou seria boa tarde, afinal, é meio-dia – com simpatia, Raquel comentou:

– Vamos escolher o bom-dia, já que ele termina somente à meia-noite – doutor Josué concordou com um aceno e, de pronto, passou a examinar Belinha. Decorridos alguns minutos que se demoraram a passar, dirigiu-se à Raquel com expressão de surpresa:

– Estou pasmo com a melhora dessa garotinha, parece que nem esteve doente. Nunca vi uma recuperação tão rápida. Ontem, quando soube que a febre ainda não havia cedido, fiquei preocupado.

Pensativo, com uma das mãos segurando o queixo, acrescentou:

– Não sei o que dizer. É uma dessas coisas que simplesmente acontecem e a medicina não explica. Vou dar alta assim que ela tomar essa medicação. Hoje mesmo vocês podem ir – e, abrindo a pasta, lançou mão do receituário, onde prescreveu novo tratamento. Ao sair, instruiu:

– Uso para cinco dias. Avise-me imediatamente se houver alteração – deu um até-logo e completou:

– Ligue para minha secretária para agendar o retorno – e ausentou-se.

No final tarde, a menina e a babá voltaram para casa, entrando pelo portão dos fundos.

Se a doença de Belinha não foi suficiente para inquietar o casal Castro, um fato imprevisto conduziria Antônio ao desespero.

Passava do meio-dia, quando alguém bateu à porta. O motorista desejava falar com o patrão.

– Está almoçando e você sabe que ele não gosta de ser incomodado nesta hora – retorquiu Norma de cara feia.

– Vá lá e diga que é urgente – insistiu Pedrão.

Antônio já havia iniciado a refeição no instante em que recebeu o recado. Levantou-se contrariado e resmungando:

– O que será que esse homem quer para me tirar da mesa?

– Patrão! – disse Pedrão. – Desculpe incomodar – mas foi interrompido por Antônio:

– Vá direto ao assunto porque pretendo voltar a almoçar.

– Estava fumando um cigarrinho perto do canil e estranhei o jeito do Trovão, deitado num canto, parecendo cansado. Chamei por ele várias vezes e ele não se mexeu. Acho que não está legal. Seria melhor o senhor ir lá.

Antônio, sem esperar o rapaz terminar a frase, desceu as escadas, apressado e com o semblante carregado. Após rápida verificação, avaliou que o cão não estava bem e respirava com dificuldades. Consciente da gravidade, pegou-o nos braços, levou-o até o carro e ordenou ao motorista que dirigisse com rapidez em busca de socorro. Para seu desalento, chegaram à clínica veterinária com Trovão sem vida. O diagnóstico apontou parada cardíaca. Provavelmente, um exame mais apurado confirmaria a causa da morte. Antônio recusou a sugestão e decidiu enterrar o animal no jardim da Mansão.

A família continuou com a refeição e, entre uma garfada e outra, discutia o que poderia ter ocorrido com Trovão. Ingrid e Julinha, tão logo a conversa se encerrou, recolheram-se aos seus aposentos, enquanto Inês escapuliu para ver a irmãzinha. As visitas agora se tornaram rotineiras.

Ao se aproximar da Casa dos Fundos, observou que a porta estava trancada. Intrigou-se, pois as amigas raramente saíam.

– O que aconteceu? – pensou, aflita.

Retornou cismada com a ausência delas. Sentou-se ao lado da janela do quarto, mas não conseguia se concentrar na leitura do livro. Procurava decifrar o porquê do desaparecimento das vizinhas, quando uma réstia de sol bateu no trinco, ofuscando-lhe a visão. Virou o rosto para desviar a vista do reflexo e viu Antônio de ombros caídos, sem camisa, ajudando o jardineiro a cavar um buraco junto de um roseiral. Com uma miscelânea de pensamentos empoando a cabeça, tentava compreender a cena. Estranhou que o cachorro estivesse deitado no chão e enrolado em um tecido. Então, colou a testa na vidraça para ver com nitidez.

– Meu Deus! – exclamou, apreensiva. Não sabia se o que mais a assustava era a morte do cão ou a cara transtornada do pai. Um sujeito arrasado, despedindo-se do seu parceiro de caminhada.

Nunca o vira assim. Abalada, correu para assistir de perto ao enterro do Trovão.

Ela também gostava do cão e lamentava a perda. Alguns animais têm vida curta e quem os adota deve se preparar para uma possível separação, deduziu. Com o serviço pronto, Zeca deitou Trovão em sua nova morada, agasalhando-o com a camisa de seda do dono. A pá já estava cheia de terra, quando Inês, num gesto de solidariedade, solicitou um momento. Avançou até uma roseira sob o olhar inexpressivo dos que a cercavam, colheu todos os botões floridos e cobriu Trovão com uma colcha branca de pétalas perfumadas. Antes que Zeca concluísse a tarefa, Antônio deixou o local em péssimo estado, acompanhado por Inês, alheio ao som das pazadas, soterrando um querido camarada. Comovida com o desconsolo do pai, Inês sentiu vontade de abraçá-lo, dizer o quanto estava consternada, porém ele não abria espaço em seu coração ferido.

Norma comunicou o falecimento do companheiro do patrão à Ingrid. Impressionada, ela o aguardou na porta.

– E aí, Antônio? – lamuriou, compadecida.

– Uma tragédia!

– Uma tragédia! – repetiu, como se o mundo estivesse desabando. – O meu Trovão morreu! Perdi meu amigo. Parece que parte de mim foi com ele.

Julinha se juntou à mãe, ansiosa por notícias, enquanto Antônio se dirigia ao telefone. Ouviram, inquietos, ele relatar o fato com consternação. Em pouco tempo, seu Ari e dona Alice apareceram para lhe dar apoio.

Vendo a situação deplorável do filho, sentado em uma cadeira, a vó pediu à Inês que fosse buscar um copo com água adoçada para ele tomar.

Ao chegar à cozinha, Inês encontrou Custódia e aproveitou a oportunidade para perguntar sobre as moradoras da Casa dos Fundos.

– Você viu Raquel? Fui até lá e estava tudo fechado.

– Não! – respondeu a empregada, enquanto incluía uma colherinha de mel na poção caseira. – Mas Norma me disse que ela esteve aqui ontem bem cedo. Queria telefonar para o médico, porque Isabel estava com febre e tosse. Todos ainda dormiam, menos o patrão, que conversou com ela.

– E aí? – indagou Inês, angustiada, temendo não poder escutar a história por completo.

– Uns dez minutos depois ela retornou com a menina, procurando pelo Pedrão, mas ele já tinha saído com seu pai. Acho que ela não gostou muito. As duas saíram de mãos dadas pelo portão da frente.

– Para aí! Então papai sabia que Belinha estava com febre? Doente? E nem se preocupou com a saúde dela? – interpelou sem acreditar no que a cozinheira lhe contava.

Custódia intuiu que falou demais. Como não intencionava se comprometer, baixou a cabeça e evitou olhar para a moça. Inês notou o receio que ela expressava, por isso a pressionou:

– Diga tudo. Não me esconda nada – diante da ameaça e também com raiva da atitude do patrão, ela relatou em detalhes todos os acontecimentos do dia anterior:

– Pelo que Norma me contou, sabia sim. Ele estava perto do telefone. Ouviu toda a conversa.

– Meu Deus! E papai nem se importou. Será que aconteceu algo grave? Por que será que Raquel não deu notícias?

– Talvez ela não pôde se comunicar. Tinha que cuidar de Isabel – ponderou Custódia.

– Estranho que o doutor Josué não tenha avisado. Será que esqueceu? – argumentou Inês.

– Ontem, ligaram duas vezes de um hospital. Foi Regina quem atendeu. Perguntaram por sua mãe ou seu pai, mas, como eles não estavam, ficaram de telefonar mais tarde.

– Por que ela não falou para a mãe? – questionou Inês sentindo um nó enroscado na garganta.

– Elas não se cruzaram – explicou a mulher, enrolando o avental com as mãos, nervosa por receber tantas indagações e por discutir um assunto que não lhe cabia. – Os patrões voltaram só depois que ela foi embora. Ela entrou de folga. E é folga de dois dias.

– E você não disse nada? – quase gritou Inês.

Acuada, ela remexeu o corpo e, com a voz levemente alterada, defendeu-se:

– Porque o meu lugar é na cozinha, com as panelas. Sua mãe sempre deixou isso bem claro. Eu não devo me meter nessas coisas. A menina se lembra do dia em que eu falei para ela que Julinha saiu porta afora chorando?

Percebendo que foi longe demais, Inês desculpou-se:

– Tem razão. Dona Ingrid não é fácil.

Dominada pela indignação, Inês, de copo na mão, adentrou a sala onde a família estava reunida. Disposta a esclarecer toda aquela confusão, partiu para o enfrentamento.

– Pai, Raquel não está em casa, e desde… – não terminou a frase, porque ele a interrompeu com uma resposta grosseira:

– E daí! O que eu tenho a ver com isso? – Inês fez de conta que não ouviu o tom ríspido, afinal ele se encontrava aborrecido por uma triste perda. Mas também não se deu por vencida.

– Ela não esteve aqui ontem pela manhã para ligar para o pediatra? Belinha apresentava febre. É isso mesmo, pai?

– Belinha?… Quem é essa Belinha?

Inês viu o deboche infiltrado nas palavras de Antônio. Sem paciência, devolveu a zombaria, atraindo a curiosidade dos familiares que procuravam entender toda a história.

– É o apelido de Isabel, sua filha.

Ele não gostou da ironia usada por ela e respondeu chateado, pronto para encerrar o assunto:

– Ora! Para que tanta pergunta? Essa criança sempre tem alguma coisa.

Inês contra-atacou quase aos berros:

– Que eu saiba o senhor contribuiu para que ela chegasse até esse mundo.

Aí, Ingrid entrou na discussão e, com força, pegou o braço de Inês para lhe chamar atenção:

– Isso é maneira de falar com seu pai? Perdeu o respeito? Não enxerga o estado em que ele se encontra por causa do Trovão?

Os avós valeram-se da situação para colocarem mais lenha na fogueira, atiçando os ânimos que poderiam explodir a qualquer momento. O copo d'água, a essa altura do confronto, já estava pela metade na mão trêmula de Inês. Porém ela não se amedrontou. Vermelha de raiva, voltou a disparar contra o pai:

– E desde quando um cachorro é mais importante do que um ser humano? E ainda mais se o ser humano em questão é sua filha? Hein?

Antônio acuou-se por se sentir incapaz de rebater afirmações tão legítimas. Envergonhava-se também por permitir o atrevimento de Inês diante dos avós, aparentando fraqueza e falta de autoridade. Sem palavras para contestá-la, partiu para cima dela e, emocionalmente descontrolado, desferiu-lhe dois tapas no rosto. Ela se desequilibrou com o impacto da segunda palmada e, para evitar a queda, apoiou-se no encosto de uma poltrona. O copo saltou da mão, espatifando-se no chão. Dona Alice, apesar de não concordar com a atitude da neta, não aprovou o feito do filho. Como não carregava consigo a simpatia pela nora, virou-se para Ingrid e, incriminando-a, acusou:

– A culpa é toda sua que não soube educar essa menina.

Inês, magoada, com lábios balbuciantes e face avermelhada pela agressão, reequilibrou-se e, entre lágrimas, provocou:

– Venha, seu covarde! Bate! Bate! Eu mereço apanhar por nunca ter defendido a minha irmãzinha. Pais desnaturados.

E, de frente para eles, gritou com voz rouca, entrecortada pelo choro:

– Isso aqui dói – apontava o rosto, – mas, certamente, a dor no coração de Belinha é bem maior por ter sido rejeitada por vocês. E querem mesmo que eu diga a verdade? – seguia falando, enquanto socava uma mão na palma da outra: – Ela nem sabe o que é pai e mãe, porque jamais teve – de postura soberba e com o dedo em riste, continuou: – Entendo seu sofrimento pela morte do Trovão, mas nada justifica abandonar a filha doente que está internada. Não se dignou a praticar um ato de cortesia, oferecendo-se para levá-las até o hospital. Elas tiveram que procurar transporte público. E quando o senhor retornou do trabalho, acompanhou mamãe à festa de aniversário da dona Henriqueta, como se estivesse tudo normal.

Revoltada e demonstrando amargura, admitiu:

– Se morrer, melhor! – e, rindo e chorando ao mesmo tempo, arrematou: – Quem liga para a "rejeitada"...

Em seguida, voltou-se para a mãe, que assistia calada torcendo para que a encenação terminasse de uma vez, e, com ar zombeteiro, incluiu-a no rol dos culpados: – E você, "grande" Ingrid! Seu cachorrinho não dá um espirro sem que a senhora corra para o veterinário. Ah!... Coitadinho do bichinho! – zoou ao imitar os trejeitos da mãe.

O avô, que até então se mantinha quieto, perdeu o controle e se meteu na briga. Fulminou a neta com um olhar raivoso, e, com a mão ameaçadora erguida, sentenciou:

– Se você não calar essa boca desavergonhada, sou eu quem vou esquentar suas bochechas.

Já partia para cima de Inês, quando alguém que não fazia parte da cena entrou de improviso, inflamando ainda mais a ópera familiar, com sério risco de transformar a peça em tragédia. Era Julinha que, como uma estátua, observava a troca de acusações no patamar superior da escada, muda pelo medo. Porém as palavras duras, pronunciadas por Inês, tomaram espaço em sua mente, encorajando-a. Não poderia ficar de fora, assistindo a uma luta desigual de uma jovem indefesa contra gigantes. Encheu-se de coragem e, à medida que descia, gritava alto até parar diante dos agressores:

– Ninguém vai encostar um dedo na minha irmã! Se quiserem bater nela, batam em mim também – e espichou o pescoço, expondo o rosto.

Os atores que presenciavam, estupefatos e pasmados, o atrevimento da intrusa, silenciaram-se. Júlia aproveitou-se da própria ousadia e puxou Inês pelo braço, arrastando-a para cima. Assim, evitou que fosse espancada pelo pai e pelo avô.

Aí, foi o caos...

Cada personagem queria definir as causas que estavam motivando a desestruturação da família. Os patriarcas responsáveis pelo clã dos Castro precisavam retomar a autoridade e trazer o respeito de volta. Era inacreditável que, a essa altura de suas vidas, deveriam se defrontar com tantas verdades, e verdades irrefutáveis, ditas por uma abelhuda e abusada, que deveria se manter como uma filha comportada em seu canto. Ela não podia ter interferido em assuntos que eram da alçada dos pais. Princípios hierárquicos sempre foram os esteios da estrutura daquela descendência. Os chefes jamais imaginariam que um dia alguém se atreveria a quebrá-los com tamanha bravura.

Um diálogo tenso e hostil se estabeleceu. Antônio ameaçava trancar Inês em um colégio interno; o avô sugeria que um casamento seria a solução; Ingrid condenava a intromissão dos sogros; a sogra julgava Ingrid como uma mãe ausente. Por fim, com cara de penalizado, Ari disparou contra o filho na pretensão de atingir a nora:

– Também você não teve sorte. Foi arranjar uma mulher que só pariu "rabo de saia". Macho que é bom, ela não lhe deu! – em tom autoritário, ordenou: – Vamos, Alice! Não temos mais nada o que fazer aqui. Já vi e ouvi o bastante – e se dirigiu à porta, seguido da esposa, sem se despedir.

Com a saída dos avós, Antônio se trancou no escritório, enquanto Ingrid caminhava da sala para a cozinha e da cozinha para sala, fumando um cigarro atrás do outro, à procura de um culpado pelo incidente. Pensava em Inês. Estava com pena dela, mas furiosa pela sua petulância. Quem era ela para dar de dedo em seus pais? O sogro, que sempre se metia onde não era chamado, desta vez acertou: casar Inês seria uma ótima opção. Morando fora da Mansão, ela teria dificuldade em acompanhar o que acontecia além dos bambus.

– É isso mesmo! Discutirei com Antônio essa possibilidade – expressou-se com firmeza.

O telefone tocou. Um sorriso tímido surgiu no rosto de Ingrid. Até que enfim conseguiria espairecer. Era Lurdes convidando-a para assistir à estreia do show de Maysa no Canecão. Uma recém-inaugurada casa de espetáculos, especializada em shows de renomados artistas nacionais e internacionais e comentadíssima nas rodas sociais, que ela ainda não teve a oportunidade de visitar. Nas vezes em que sugeriu o passeio a Antônio, ele não achou tempo nem disposição para levá-la. Ficava sem jeito quando as amigas lhe perguntavam sobre o local e ela era obrigada a confessar que não conhecia. E Maysa? Uma cantora de voz romântica e aveludada, lançando um disco com músicas inéditas de Tom Jobim e Marcos Valle. Uma apresentação imperdível. Em um passo de dança, rodou em cima do salto, felicíssima. Era tudo o que carecia naquele instante. Além de espantar os maus momentos recém-vividos, exerceria sua especialidade: varrer problemas para baixo do tapete.

Nessa noite, os Castro dispensaram o jantar. Antônio continuou fechado no escritório e as filhas não quiseram descer.

Ingrid escolheu um vestido elegante para sair. Lurdes e Laerte vieram buscá-la, terminando a noitada em um sofisticadíssimo restaurante francês.

Trancada em seus aposentos Inês chorava e Julinha a consolava.

Algumas ligações foram feitas para a residência de Luís, sem encontrá-lo.

As duas escutaram batidas à porta e se entreolharam, preocupadas. Era Custódia trazendo informações fresquinhas. Raquel estava de volta e a menina passava bem.

– Graças a Deus! – exclamou Inês. – Enfim, algo bom.

As irmãs sorriram. Era a primeira vez que ficavam juntas por tantas horas. Inês sempre tratou Julinha como uma criança, não se dando conta do quanto ela havia crescido. Ao ouvir dela um ditado que a mãe de Bia costumava mencionar, Inês teve certeza do seu amadurecimento:

"A dor fortalece os músculos da alma."

Esses dizeres produziram profundo efeito nas emoções de Inês, fazendo com que ela refletisse e parasse de chorar.

Na janela, a lua cheia se mostrava no seu esplendor, emoldurada por uma vasta claridade, iluminando a cidade. No quarto, o clima de cumplicidade seguia, despertando nelas o desejo de passar a noite juntas. Custódia improvisou um colchão para acomodar Julinha.

Inês, com as imagens do conflito saltitando na memória, não pegava no sono. Foram acusações violentas, ditas por ela. Todavia, a tal frase de Julinha não saía da cabeça. Quanta sabedoria em poucas palavras. Iria adotar essa citação como seu lema. Transformar-se-ia em rocha, se necessário fosse, para proteger sua irmãzinha e não seriam dois tabefes na cara que a derrubariam.

"Isso mesmo", pensou. Estava decidida. A guerra apenas começava. Jamais esmoreceria. Sentia a musculatura da alma se fortalecer. E ela, mais do que nunca, precisava ser forte.

Brigou um tempão com o travesseiro e adormeceu.

O corpo de Inês doía ao despertar pela manhã. Exercitou alguns movimentos, esticou pernas e braços, porém sem resultados.

– Caramba! – exclamou. – Parece que passei a noite enfrentando dragões.

Virou-se para o relógio e viu que os ponteiros marcavam o início de um novo amanhecer.

– Ainda é cedo – ponderou.

Ao ver que Julinha dormia feito um anjo, sorriu com ternura.

– Menos mal.

Distraidamente, foi até a janela e abriu uma fresta na cortina. O sol, erguendo-se caprichosamente no horizonte, arregalou os olhos por um instante para dar bom-dia ao pássaro de aço que, garboso, alçava voo de um aeroporto rumo a um destino qualquer desse planeta azul. Mesmo hipnotizada por tamanha beleza, não pôde evitar que as lembranças da véspera se intrometessem em seus pensamentos. Nada melhor do que aquele silêncio matinal, acompanhado por um magnífico visual, para realinhar as ideias. As recentes recordações provocaram o nascimento de uma lágrima que desceu pelo rosto até atingir o lábio, salgando-lhe a boca, enquanto uma dúvida se formava no seu consciente:

– Por que tanta arrogância partindo de seres tão pequenos?

Com a imagem do gigante crescendo à sua frente, vestiu-se e foi para o colégio, com olheiras e abatida, porém segura do que fez.

Quando lhe perguntaram "se tudo estava bem", respondeu, apontando para os olhos, que a culpa era da insônia. O aproveitamento escolar foi baixo, notado por alguns professores. Uma de suas amigas tentou arrancar-lhe alguma informação, mas acabou desistindo, deixando-a em paz.

Uma Inês ansiosa entrou correndo pela sala da Mansão. As aulas terminaram mais cedo e ela veio de carona com o pai de uma colega. Jogou a pasta em cima de um sofá e, caminhando a passadas largas, dirigiu-se apressada à Casa dos Fundos para conferir se tudo realmente estava bem. Ao bater o portão, foi recebida por uma Raquel sorridente que, de imediato, relatou sobre a internação. Ao ouvir a voz de Inês, Belinha pulou em sua direção e a abraçou.

– Como está o meu tesouro. Já está curada da tosse?

– *Estelinha apaeceu* e tosse foi *emboa*.

– E o que ela fez para mandar a tosse embora?

Para explicar, Belinha moveu as mãozinhas no ar, em forma de reduzidos círculos, imitando a fadinha, enquanto Inês admirava a criatividade da pequena em tão singela representação.

– Que lindo! – aventou Inês, arremedando a menina. – Será que a sua amiguinha vem até aqui, para me curar também?

– Quando ela *voltá*, Belinha pede *pá* ela.

A maneira encantadora de Isabel expressar seus sentimentos, levou Inês, emocionalmente em frangalhos, a cair no choro. Incomodada, Raquel tentava descobrir o que acontecera, todavia, soluços continuados não davam espaço a qualquer tipo de questionamento.

Belinha, que não estava entendendo nada, olhava assustada, mordendo a manga da blusa. Quando finalmente o pranto cessou e restou apenas um dengoso choramingo, Inês conseguiu retomar a conversa. Achegou-se à irmãzinha e exprimiu-se com carinho:

– Temi tanto por sua saúde e a falta de notícias me deixou apavorada. Fiquei quase louca.

– Desculpe, Inês. Não esperava que Belinha ficasse internada. Fui pega de surpresa – explanou Raquel. – Pedi ao hospital que comunicasse à sua mãe. Eles não ligaram?

– Sim, queriam falar com meus pais, mas como eles não se encontravam, deram recado à Regina. Infelizmente, ela entrou de folga e se esqueceu de nos avisar. Mas isso não isenta papai de culpa, pois ele sabia de tudo e não se interessou.

Depois de escutar as explicações, Raquel percebeu que, por detrás daquela choradeira, escondia-se uma grave crise emocional.

– Tem certeza de que não tem mais nada para me dizer?

Os lábios de Inês começaram a tremer, levando Raquel a se arrepender da pressão. Aproximou-se e, ao tocar suavemente no ombro dela, justificou-se:

– Perdoe-me, querida. Vamos deixar isso para outra vez.

Inês se refez e, decidida, disse que teria que ser agora. Raquel procurou afastar Belinha dali ao sugerir um desenho para a amiga. Ela abriu o sorriso e saiu para o quarto, facilitando o diálogo entre as duas.

Ao se inteirar da reação de Inês contra o descaso dos pais em relação à doença da irmã, Raquel se comoveu.

– Você é uma jovem corajosa e especial, fico feliz em ter você em nossas vidas. Só conheci uma pessoa com a sua coragem: minha mãe. Qualquer dia, quando estiver com tempo, contarei a história dela, enfrentando meu pai para que eu pudesse ir à escola. Uma grande mulher.

O assunto foi interrompido com o retorno da pequena. Ela trazia um desenho, onde mostrava uma menininha de trança com um lenço na mão, querendo enxugar as lágrimas no rosto da garota maior.

As duas se entreolharam espantadas com a astúcia de Isabel em captar o clima. Inês consultou o relógio e se despediu. Ao atravessar o pátio, notou uma única flor na roseira perto da cova do Trovão. Aproximou-se, pensativa:

– Achei que tinha colhido todas, como será que me esqueci desse botão?

Movimentou a cabeça graciosamente e concluiu que deixara uma para trás.

Já havia se acomodado em seu quarto, quando Julinha chegou vestida com o uniforme do colégio, saia com pregas azul-marinho, camisa branca de mangas curtas, acompanhada de sapatos pretos e meias três-quartos. Após beijar Inês, perguntou:

– Como foi na escola?

– Melhor do que esperava – falou satisfeita, ajeitando os cadernos na escrivaninha.

– Vim chamá-la para almoçar! – Inês franziu a testa.

– Acho que não. Apenas diga que mais tarde faço um lanche.

Julinha gesticulou como quem iria falar, porém desistiu. Virou-se, pegou a escada, foi até a mesa e se sentou. Como não se manifestou, Ingrid comentou impaciente:

– Que demora de Inês! – Júlia escorou o garfo na borda do prato, passou de leve o guardanapo de linho na boca, para então avisar:

– Ela não vai descer.

Ingrid não gostou da resposta, uma vez que não conseguiu ocultar a cara de desaprovação. Antônio, que não queria ver a filha, foi taxativo:

– Deixe! Quando estiver com fome, ela sabe onde encontrar comida – e esticou o braço para alcançar a travessa de salada.

Conselho de amigo

O mal-estar perdurou por vários dias. Cada membro da família evitava se encontrar com os demais. Quando alguém tinha que cruzar com alguém, sem que pudesse cortar caminho ou tomar algum atalho, fazia de cabeça baixa, ignorando a presença do outro morador, como se fosse o único residente daquela casa. As inevitáveis conversas eram feitas de frases curtas, perguntas secas e respostas em monossílabos.

Infelizmente, mais um elo do círculo familiar se rompeu.

A noite estava escura e com pouca visibilidade. Antônio procurava uma vaga para estacionar, de preferência, a mais próxima possível do bar "Terno e Gravata", um ambiente frequentado por maioria masculina. Ele se encontraria com executivos de um banco estatal para tratar de negócios. Um antigo prédio, localizado no centro da cidade e de propriedade dos Castro, seria demolido para construção de um edifício com estrutura de trinta andares. Dois blocos de cimento, vidro e aço comporiam talvez a edificação mais moderna e arrojada do Rio de Janeiro, com objetivo de abrigar as novas instalações da sede do Banco. O empreendimento a ser financiado pela Instituição, quitar-se-ia em parcelas amortizáveis pelo próprio aluguel. Findo o prazo de financiamento, o prédio pertenceria ao grupo Castro, isento de gravames. Uma bela transação comercial, entre tantas encaminhadas pelo hábil e competente Antônio. Quando viu as luzes de um carro sinalizando para sair, exclamou:

– Oba! Que sorte.

Aproximou-se e finalmente estacionou.

Ao ultrapassar a porta, foi recebido pelo gerente, que apanhou o chapéu de feltro escuro e pendurou-o na chapeleira que pertencera a um conde italiano. Após rápida olhada, constatou que chegara adiantado. Solicitou uma mesa para quatro pessoas e se acomodou.

Com um copo de uísque na mão e tempo disponível, os olhos corriam de um lado a outro, apreciando o local. As cadeiras escuras de assento de couro, a eficiência dos garçons, a decoração das paredes com brasões do século dezoito e dezenove, o grande relógio que parecia ter sido roubado da estação de trem de Amsterdam e o majestoso lustre de cristal, certamente contrabandeado da região da Boêmia, eram particularidades que tornavam aquele lugar tão aprazível. Estava por demais absorto naquele cenário que não percebeu a aproximação do doutor Cláudio, assustando-o com um tapinha no ombro.

– O que o companheiro faz aqui sozinho? – perguntou.

– Negócios – respondeu Antônio, convidando-o a sentar.

– Ah! – murmurou Cláudio, enquanto acomodava-se, colocando a taça de vinho tinto sobre a mesa. Com intuito de puxar conversa, completou:

– Bom esse "Bordeaux", hein?! Para mim, ninguém se iguala aos franceses – Antônio apenas concordou. Vendo o ar desolado e a fisionomia abatida do amigo, Cláudio formulou uma pergunta pessoal.

– E como vão as coisas? Tudo bem?

Com uma risadinha sem graça, Antônio lamentou-se:

– Exausto de tanto arrastar um caminhão de pedras que ajudei a encher por muito tempo.

Cláudio, de testa enrugada, gesticulou, incentivando-o a continuar. Antônio inibiu-se inicialmente, mas, por fim, encorajou-se e decidiu desabafar. Confidenciou o desagradável conflito que teve com a filha, em detalhes, sob o olhar expressivo do seu interlocutor. Encerrada a narrativa, calaram-se. Os segundos adiantavam-se, enquanto, pensativos, cada um olhava a própria bebida. Um se distraía observando os nuances do vinho; o outro balançava o copo, ouvindo o som das batidas dos cubos de gelo nas paredes de vidro do recipiente. Após mergulharem por instantes em suas reflexões, Cláudio ergueu a cabeça e reiniciou o diálogo. Então, teceu, com habilidade, apreensivos questionamentos em entoação repreensiva:

– Antônio, até quando você vai levar adiante essa situação? A farsa está se tornando insustentável. Até agora a menina era pequena, ficava no berço e quase ninguém sabia de sua existência. Mas ela está crescendo e muita gente está se envolvendo com ela, gostando dela e apreciando a sua companhia. Você não tem o direito de mantê-la prisioneira em casa.

Antes de terminar suas ponderações, foi interrompido por Antônio, tentando se defender com uma frase infeliz:

– Não é para tanto. Por favor, não exagere!

– É sim – endureceu Cláudio, em tom firme e de voz grossa. – Hoje, é Inês e Julinha. Amanhã, serão os vizinhos e, mais tarde, todos os seus amigos. Daqui um tempo, vocês serão taxados de monstros. E, pelo amor de Deus, bater numa garota delicada como Inês é pura covardia.

E, com cara de revoltado, vociferou:

– É porque estamos aqui no Brasil. Se morássemos num país desenvolvido, onde as leis são severas, eu poderia te denunciar na justiça. Talvez não fizesse isso pela nossa amizade.

Antônio levantou uma sobrancelha acima da outra, enquanto se encolhia assustado no fundo da cadeira. Sabia que o parceiro estava com razão e o estreito relacionamento de longos anos permitia que ele falasse tantas verdades e de forma tão incisiva. Não conseguia absorver o impacto das pesadas palavras que o envergonhavam. Cláudio, percebendo que pegou pesado demais, procurou amenizar:

– Desculpe-me se fui rude. Falei como amigo. Mas é o que penso. Tire um tempo e reveja suas atitudes – tomou o último gole do vinho e despediu-se com um aperto de mão, dizendo ter compromisso, sem, no entanto, deixar de alertar:

– E posso afirmar com toda a segurança: o dia em que você conhecer a pequena Isabel, você vai se surpreender, hein?!

Quando Antônio saiu detrás de sua vergonha, Cláudio já havia sumido.

Os convidados que aguardava chegaram. A conversa girou sobre pormenores da negociação com mais de duas horas de duração, não dando espaço para que Antônio digerisse as sinceras advertências proferidas pelo velho companheiro. Depois de concluídos os acertos finais, ficou combinado que os advogados de ambas as partes reunir-se-iam para elaborar contratos e planejar a condução dos trâmites burocráticos. Antes de saírem, os entusiasmados banqueiros e o apático Antônio levantaram copos com meia porção de uísque e gelo para o alto, seguidos de fortes abraços para brindar o novo e destacado empreendimento. Uma transação espetacular que, em outro momento, levaria Antônio a exultar de alegria, degustar o sucesso e correr para contar ao pai Ari sobre mais um negócio magnífico realizado pelo filho-prodígio.

Mas ele não estava propenso a comemorações. Saiu dali tão abatido como chegou. Ou mais. Agora ainda lhe pesavam sobre os ombros as acusações ditas por Cláudio. Sentia um gosto amargo na boca, produzido por verdades que doíam.

Ao chegar de madrugada, foi direto ao quarto de hóspedes para não acordar Ingrid. Necessitava estar só.

Abriu o armário procurando por um pijama. Ali, Norma sempre guardava roupas e produtos de higiene, caso necessitasse. Estendeu-se na cama, mas não conseguiu dormir. A insônia não vinha da excitação provocada pela estupenda operação comercial realizada, mas era produzida por imagens de Inês defendendo Isabel, com unhas e dentes feito uma leoa. A raiva aflorava, quando se lembrava da audácia dela, jogando na cara do casal palavras francas que se recusava a ouvir. E agora não era apenas Inês. Julinha também estava do lado dela. Se Ingrid trocasse de posição, ele acabaria sozinho. Não poderia contar com Lurdes – embora ela odiasse a menina – porque já não morava mais ali. Evidentemente que ficaria isolado. Seria facilmente derrotado. E ele nunca soube nem admitia perder.

Lembranças daquela tarde infeliz passavam em sequência sem que pudesse impedir, bloqueando a porta do sono. Uma leve dor de cabeça insinuava-se, obrigando-o a se sentar na cama, com as mãos prendendo as têmporas. Passaram-se alguns minutos até concluir que, para descansar, precisava remover os problemas para baixo do travesseiro, tomando os soníferos de Ingrid. Calçou os chinelos e foi atrás da solução.

Mesmo com sedativo, dormiu mal, atormentado por mil vozes, acusando-o. Acordou agitado com as mãos no rosto e, aos gritos, pedia para tirar a luz que o estava cegando. Pouco a pouco, notou que amanhecera e o que lhe trouxera terror, não passava de um raio de sol invadindo a janela, através da fresta da cortina.

– Meu Deus! – exclamou. – Parecia tão real.

Geórgia, teimosa

A *noite já aparecia no horizonte, seguida do calor intenso que marcou o* dia. Geórgia e Júlia voltavam para casa.

– Mãe! Me conta uma coisa – Júlia, distraída, surpreendeu-se. Segurou o volante com firmeza e olhou para Geórgia de soslaio, preocupada com o que diria. Afinal, estava certa de que que seria submetida a mais um interminável questionário.

– Você foi bem recebida quando nasceu? Foi esperada ou foi falha de planejamento? – Júlia exibiu um sorriso enigmático e, na primeira sinaleira fechada, respondeu em toada de brincadeira:

– Ah, é! Agora sou o resultado de uma falha? – Geórgia enrubesceu, encabulada com a indagação. Então, Júlia remendou:

– Estou brincando, querida! Eu posso não ter sido planejada, porém... – fez uma breve pausa – fui agregada, para não dizer imposta. Mesmo assim Ingrid me deu o seu melhor, no ponto de vista dela.

– Mãe, às vezes eu fico pensando que a senhora também deve ter ficado chateada quando descobriu que seu nascimento foi uma decepção para o biso e a bisa. Eles queriam tanto um menino e apareceu você.

Júlia, uma pessoa madura, bem centrada, com a vida resolvida, há muito tempo tinha superado esse tipo de questionamento. Entendia a posição dos pais e não carregava nenhuma mágoa em relação a eles. Mas era um assunto que não interessava discutir. Talvez não se sentisse confortável quando a conversa caía nesse tema. Então, refletiu por alguns segundos, soltou a mão direita da direção e acariciou de leve o rosto da filha.

– Acho que estraguei uma grande festa. Mas o que posso fazer. Nada dependia de mim.

– O que mais você sabe a respeito. Conte-me o que você lembra – pediu Geórgia. Júlia balançou a cabeça negativamente para contestar:

– Olha! Não sei. Na verdade, nunca corri atrás disso – e, rindo, completou:

– Querida, não tenho a veia investigativa que você tem. Talvez você encontre as informações lá na caixa, nas cartas da bisa Ingrid.

Geórgia apenas escutou. Júlia estacionou o carro na garagem, enquanto a filha lhe jogava um beijinho e subia para o quarto, deixando para trás uma mãe pensativa:

– Essa aí não desiste nunca...

Em frente ao computador, Geórgia examinava o colorido dos envelopes, tentando adivinhar qual deles revelaria o que havia acontecido no período entre os nascimentos das filhas de Ingrid.

O número quatro era a sequência e de cor diferente: preto. Tentou estabelecer uma lógica entre os números e as cores, mas não chegou à conclusão alguma. Pensou, então, em abrir aquele que estava em suas mãos, mas abortou a ideia.

No dia seguinte, Geórgia voltou a encontrar Bruno na academia. Ao contrário do que esperava, ele se aproximou carinhoso convidando-a para saírem. Envergonhada de seu comportamento no último encontro, ela assentiu. Na noite combinada, baixou suas defesas e se divertiram.

Na volta, apesar de tarde, a mãe a aguardava, bebericando chá de camomila, sentada à mesa redonda que outrora servira Ingrid em seu quarto.

– Mãe! Ainda acordada? – Júlia apontou para a poltrona e convidou-a a se sentar. Enquanto Geórgia se ajeitava na cadeira, ela servia a bebida em uma fina xícara de porcelana, decorada com chinesinhas brincando debaixo de uma cerejeira em flor.

– Aqui está! – falou Júlia, colocando o aparelho de chá próximo à Geórgia, que observava atentamente a delicada combinação dos motivos que decoravam a peça. Ergueu a chávena com cuidado, sorveu o líquido em reduzidos goles, para então devolvê-la ao pires.

– É tão frágil que receio trincá-la.

– Para beber chá em tão linda louça, deve-se obedecer a um ritual – explicou Júlia.

– Ahn! Quem sempre gostou de ritual era a bisa Ingrid e não você – comentou Geórgia, achando engraçado, pois não imaginava que um ato tão simples exigisse algum cerimonial. Encarou a mãe como uma estranha e, usando um tom que expressava um leve interesse, indagou:

– Qual é o cerimonial desta noite?

– Apenas o essencial – admitiu Júlia, com a voz suave e baixa, não querendo perturbar o silêncio que as envolvia. – Podemos escolher simplesmente bebericar demorados goles; observar a cor; a formação do vapor, com suas formas fantasmagóricas, jamais repetidas; ou, tão somente, conceder uma pausa para que as nossas mentes repousem por um momento.

Cinco minutos cravados passaram-se no espaço físico, no entanto, no tempo da alma, foi impossível cronometrar por ser infinito.

Geórgia viajou mentalmente à beira de um lago. Encantou-se com o vaivém de peixes coloridos, movendo suas caudas incansavelmente em um ritmo frenético sobre águas cristalinas, banhadas pelo sol. Ao olhar aqueles peixinhos tão tranquilos, em paz e seguros de si, ela voltava a se inquirir por que não era assim. Talvez a aparência despachada de moça moderna fosse apenas a muralha para encobrir alguém que estivesse presa nos próprios grilhões.

Júlia, por sua vez, transportou-se até a Mansão onde nasceu e se viu andando com a mãe pelo jardim, em plena infância, entretida unicamente com afazeres infantis. Diferentemente da filha, já tinha domado suas feras. Não questionava mais a falta dos pais nas noites de festas e eram muitas. Lembrou que dormia abraçada à babá, sonhando em dormir abraçada com a mamãe. Mas isso pertencia ao passado. Se ela superou seus traumas, a sua menina também superaria. Na fase atual, emocionalmente equilibrada, usufruindo da experiência proporcionada pelos anos e conhecedora da história dos seus ancestrais, entendia facilmente as angústias de Ingrid. Agora compreendia por que quando caminhavam juntas, calada, aprofundada no teor de seus pensamentos, a mãe mordia os lábios. Atualmente, fazia a leitura correta de quem foi Ingrid, por que se comportou do jeito que se comportou e do sofrimento por que passou. Não julgava mais, não acusava, não recriminava. Apenas a amava por ter sido sua mãe. Enfim, o amadurecimento levou-a a refazer o trajeto do ontem com a visão do hoje.

Noite estrelada, acompanhada do frescor do anoitecer. No sobrado ao lado, visitas se esmeravam em apresentar de uma comida típica. Os cozinheiros eram os sogros do tio Toninho que chegaram do Sul, mais precisamente da Serra Catarinense, e preparavam a famosa "Paçoca de Pinhão". Tiveram trabalho para trazer algumas pinhas no avião, porém o sucesso da iguaria foi compensador. Geórgia admirou-se ao conhecer uma pinha e saber que era fruto de um pinheiro. Viu fotos de araucárias naturais, vivendo harmoniosamente sob clima gelado da região serrana de Santa Catarina. Os visitantes contaram que o Estado, apesar de ter uma extensão territorial reduzida, apresentava topologia e temperatura variada. Ela sabia que a terra da bisavó Ingrid, Blumenau, era excessivamente quente. Então, como explicar que a região dos Campos de Lages podia fazer tanto frio? Investigadora por instinto, concluiu: "Nesse Brasil, tem de tudo."

Depois de saborear o delicioso prato, Geórgia se aproximou sutilmente de Antônio, conseguindo dele a promessa de um encontro na noite seguinte.

Na data e hora marcada, lá estava, pronta para ouvir um novo capítulo de histórias. Já acomodados, Antônio batia os nós dos dedos no tampo da mesa, com ares de quem deseja se munir de coragem para trazer, ao presente, um período tão difícil de sua vida.

– Está pronto, bisonho? – perguntou Geórgia.

Buscando forças, ele respirou fundo para, em seguida, levantar o dedo polegar para cima em sinal afirmativo.

Ele falou e falou muito. Só parou quando percebeu que os olhos estavam úmidos. Mais emoção. Ela o abraçou amorosamente para, então, sugerir:

– Quer deixar para outra vez, querido? – ele se recompôs disfarçadamente, ajeitou-se na cadeira e esclareceu:

– Não! Isso já foi superado. Faz parte de um tempo onde a ignorância e o preconceito predominavam em nossa família – e, embaraçado, desculpou-se:

– Não ligue para meus dengos. Você sabe: todo velho é chorão.

No final da narrativa, os dois permaneceram por alguns segundos meditativos. Ele, abatido e triste por ter mostrado mais uma faceta egoísta de sua personalidade; ela, confusa por constranger o bisavô.

Geórgia chegou ao quarto acompanhada de uma insegurança total. Constantemente, questionava-se, pondo em dúvida a conveniência de seus atos. Entrou no banheiro, tomou uma ducha e, enrolada em um roupão felpudo, sentou-se em frente ao computador com os braços entrelaçados, pensativa. As palavras do seu terapeuta foram se avolumando na cabeça, até preenchê-la por completo. Sentiu as maçãs do rosto se soltando e, quando as mãos alcançaram o teclado, gritou:

– É isso aí! É melhor pôr para fora o que está nos incomodando.

O carro de Luís

Como todo homem que troca de carro, Luís irradiava felicidade. Consciente que surpreenderia a namorada, adentrou a Mansão dos Castro buzinando pela estradinha de lajotas, contornada por “escova-de-garrafa-anã” com seus galhos carregados de flores de um encarnado impactante. Uma espécie de árvore que Ingrid adorava.

Inês sacudia os cabelos molhados na varanda do quarto, quando ouviu barulho de carro aproximando-se. Feliz, desceu as escadas de dois em dois degraus, parando ofegante junto à porta do veículo. Luís, faceiro, beijou-a e perguntou com o dedo apontado:

– O que achou do “Rabo Quente”, querida? – falou sem desprender a visão do Renault 4CV que tinha esse apelido. Um brinquedinho especial, há muito tempo sonhado por ele.

Inês caminhou ao redor do automóvel, supervisionada pelo olhar do namorado, apreciando o vermelho intenso que dava um toque jovial ao veículo.

– É lindo! – Exclamou encantada após minucioso exame. Ele friccionou as palmas das mãos, uma na outra, contente com a aprovação da sua bem-amada.

– Que tal um passeio? – sugeriu animado.

– Seria ótimo – ela respondeu e completou:

– Podemos convidar Raquel e Belinha? – ele meneou a cabeça em sinal de concordância:

– Por que não? – como agradecimento recebeu um sorriso e um beijo.

– Volto já – ela correu em largas passadas para o lado da Casa dos Fundos.

Não demorou muito para retornar, entusiasmada, acompanhada da irmãzinha e da amiga. Belinha, ao avistar Luís, atirou-se nos braços dele, mas, ao ver a direção do carro, quis descer. Batendo com as mãozinhas na porta, pedia para entrar. Aí, com paciência, ele a colocou à frente do volante, deixando-a brincar de motorista. Ela foi obrigada a parar, quando decidiram partir.

– Vamos! – disse ele, convidando-a a passar para o assento traseiro, onde Raquel estava sentada. Ele ligou o motor, porém a namorada fez mais um pedido.

– Só um minutinho! Vou buscar a máquina fotográfica.

– Convide a Ju para ir conosco – ele lembrou.

Inês voltou tão rápido como partiu, trazendo Julinha consigo. Ao ver Luís e Belinha entretidos numa gostosa brincadeira, achou bacana o carinho que ele dispensava à pequena,

– Para aonde vamos? – indagou Inês, ajeitando os cabelos, ainda úmidos. Com ar de mistério, ele gastou alguns segundos contemplando o dia ensolarado para então criar um clima de suspense:

– Surpresa!

Realmente ele as surpreendeu. Escolheu o Morro da Urca. Raquel, ao saber do destino, ficou maravilhada. Um local que tanto queria ver, mas sempre julgou estar fora de seu alcance. Afinal, morava no Rio de Janeiro, mas, ao vivo, pouco conhecia daquela cidade.

O bondinho deslizou suavemente pelos cabos de aço em busca do ponto mais alto do Pão de Açúcar, com uma parada no Morro da Urca. Cercadas por belezas naturais, as duas montanhas, com mais de quinhentos milhões de anos de existência, exibem o Rio de Janeiro em 360 graus como uma maquete exposta aos pés dos turistas.

A subida foi emocionante. O leve balançar do bondinho fez com que um friozinho na barriga inquietasse seus ocupantes. Belinha queria saber quem prendeu aquele "onibusinho" no cabo de aço. Luís a pegou no colo para que pudesse alcançar a altura da janela. Em poucos minutos, lá estavam todos seduzidos pela natureza. No alto do morro, Raquel se deliciava com um panorama encantador visto sob um ângulo desconhecido.

Na saída, Luís entregou à Inês um bilhetinho dobrado. Sem entender do que se tratava, ela ouviu, em entonação suave e amorosa, uma recomendação:

– Querida, você está linda. Hoje, você me inspirou – e, apontando para o papel, continuou:

– Leia em casa, quando estiver sozinha.

Ela sorriu e mandou um beijo transportado nas pontas dos dedos. Conhecia as virtudes do namorado. Não só cantava bem, como gostava de escrever alguns poemas.

A descida da montanha foi divertida, com Belinha cantarolando pedaços da música "O cravo brigou com a rosa".

– Chegamos! – gritou Belinha. Julinha mostrou-se interessada em saber qual seria a próxima atividade.

– Sinto cheiro de "Pastelzinho de Belém" – sugeriu Luís, com as palmas da mão sobre o peito, tamborilando com os dedos, enquanto remexia os olhos de uma maneira engraçada, provocando risos. Inês deu-lhe um carinhoso puxãozinho de orelha e resmungou:

– Movimente essa lata velha, querido, pois já estou com água na boca.

Atravessaram o bairro de Botafogo, da Glória, a praia do Flamengo e percorreram ruas e ruelas até chegarem à rua Gonçalves Dias para se deliciarem com o café colonial da famosa "Confeitaria Colombo", com seus espaçosos salões, estilo "Art Nouveau", fundada no ano de mil oitocentos e noventa e quatro. Um local famosíssimo por ter sido ponto de encontro de artistas, políticos e intelectuais, como Olavo Bilac, Rui Barbosa, Villa Lobos, Chiquinha Gonzaga e outros.

Croissant e doces portugueses, acompanhados por um perfumado chá de frutas silvestres, supriram a fome provocada por uma tarde deliciosa. Raquel, impressionada com o teto de vitrais, olhava insistentemente para cima.

– Vai torcer o pescoço – brincou Luís. Ela sorveu um gole da bebida, para só então confessar:

– Isso é a coisa mais linda que já vi – calando Luís que nunca dera importância àqueles detalhes: amplos salões espelhados, móveis incrivelmente sedutores, lustres magníficos.

Enquanto Raquel se ocupava em limpar o vestido azul-marinho de Belinha coberto por açúcar confeiteiro, Inês também conferiu a decoração, com olhos de primeira vez. Calada e surpresa, entendeu a emoção da amiga. Era realmente um ambiente lindíssimo. Infelizmente, alguém tinha que ser o "desmancha prazer". Ouviram de um casal idoso, sentado em uma mesa próxima, um triste comentário:

– Aquelas não são as filhas dos Castro? Quem será aquela menina esquisita que está com elas?

Júlia e Inês balançaram as cabeças em um ato de repúdio. Porém entreolharam-se como se dissessem: "Deixa para lá". Não queriam desfazer o clima em que estavam envolvidas. Um momento para recordação.

A volta para casa foi animadíssima e, entre gritos e vozes desafinadas, cada um cantava a canção de sua preferência. Sobrava alegria. Luís estacionou no mesmo lugar.

O casal Castro encontrava-se no jardim e, ao ver o veículo contornando os canteiros, caminhou no sentido do estacionamento a fim de conhecer a nova paixão do genro. Ao observarem Raquel e a menina desembarcando, espantaram-se. O olhar, antes de curiosidade, foi prontamente substituído pelo de desaprovação. Belinha aproximou-se de Antônio e, debaixo de um singelo sorriso, mostrou a lata de balas que Luís comprara. Ela se posicionou tão rápido na frente dele que não deu tempo para ele recuar. Ingrid, surpresa, também não teve condições de esboçar uma reação. A audácia das filhas deixou a visão do belo automóvel em segundo plano. Luís, consciente do constrangimento que se espalhou entre eles, adiantou-se e puxou conversa.

– Fizemos um ótimo passeio e Belinha adorou andar de bondinho. Foi uma tarde interessante e de carro novo – falou enquanto apontava para o veículo.

Um véu de silêncio cobriu a todos, forçando-os a uma pausa. A situação tornou-se embaraçosa. Era visível a perturbação causada pela presença da caçula. Diante do namorado, de Raquel e de Isabel, os pais ficaram inibidos em chamar a atenção das filhas. Raquel se beneficiou do impasse e, com discrição, despediu-se. Tomou Belinha pela mão e foi embora para Casa dos Fundos, sem dar oportunidade para ouvir qualquer tipo de insinuação.

– E aí, seu Antônio! Gostou? – perguntou Luís, tentando restabelecer o diálogo.

– Claro! – respondeu o sogro sem nenhum entusiasmo.

Antônio e a mulher examinaram o automóvel rapidamente, fizeram um elogio despretensioso e entraram em casa, deixando os namorados sozinhos.

Luís olhou para Inês com meiguice e, disposto a dissipar sua cara de desapontamento, sugeriu:

– Vamos dar tempo ao tempo, querida!

Naquela noite, Inês se recolheu mais cedo. A lembrança dos olhares de reprovação dos pais, recriminando-as pela amizade com as vizinhas de trás dos bambus, a aborrecia. Chateada, ela somente queria descansar. Antes de deitar, abriu a bolsa e pegou o bilhete que Luís lhe entregara no alto do morro do Pão de Açúcar. Sentou-se à beira da cama e, à medida que lia as palavras quase indecifráveis, escritas em um guardanapo amarrotado, a emoção ganhava espaço e invadia a alma.

Enfim, enterneceu-se com a bela declaração de amor:

"Do alto da montanha,
uma deusa que confundia sua graça com a natureza,
permitia que a brisa brincasse
com suas madeixas loiras e cacheadas,
enquanto admirava céu e mar
fundirem-se em um só ponto do horizonte.

A Maldade, cega diante de tanta beleza,
rendeu-se ao Bem e,
por alguns segundos, ofereceu-lhe uma trégua.

Em um gesto encantador,
indiferente ao Bem e ao Mal,
a minha diva olhou por sobre o oceano
a fim de contemplar os contornos do infinito.

O vento agitado teimou em balançar seu vestido verde rodado,
o corpo tornou-se leve como uma borboleta,
e, como tal, sentiu necessidade de voar.

Levitou.

Deixou a imaginação ir de encontro ao Divino...

Movida pelo encanto,
fechou os olhos em prece,
escancarou as janelas do coração

e, aguardou, sem pressa,
que ele fosse preenchido pelo amor.

Então, os compartimentos da alma,
supridos por energias sutis,
liberaram felicidade.
Uma sensação de paz indescritível...

No momento em que flutuava,
o tempo perdera sua própria definição,
e ninguém mais afirmaria,
se o ontem era o hoje ou se o hoje seria o amanhã.

Mas, com certeza, o agora... é aqui.

Da mesma forma,
sinto que nos integramos em um só ser.
Não sei se sou você ou se você é eu.
Apenas sei que quero estar com você para sempre.

À minha Musa, com amor."

Ela dobrou, com todo o cuidado, o pequeno guardanapo amarrotado, guardando-o em uma caixinha de segredos no fundo da gaveta do criado-mudo. Espatifou-se na cama e, logo, dormiu com um sorriso de felicidade fugindo pelo canto da boca.

Natal de Belinha

Novembro foi arrancado do calendário para que dezembro entrasse festivo no aguardo do Papai Noel.

Um mês diferente dos demais. As pessoas reviram as gavetas em busca da máscara da fraternidade, esquecida por onze meses em algum armário num depósito de bugigangas qualquer. Retiram o pó, esticam os lábios para demonstrar alegria e, jubilosamente, colocam-na sobre o rosto, dispostas a distribuir felicidade. Quando o ano der seu último suspiro, a máscara voltará para a gaveta e morrerá soterrada entre os escombros natalinos, ressuscitando somente no Natal seguinte.

Sem dúvida, em dezembro, transcorrem os dias mais alegres e prazerosos do ano para os moradores do planeta Terra que se intitulam cristãos. Eles renovam as casas, trocam a cor das paredes, carregam na iluminação, aparam a grama dos jardins, limpam quintais, despacham entulhos. Compram lembranças e se preocupam em agradar a todos em sua volta. Multidões lotam as ruas para ver o brilho do Natal. Com corações propensos à caridade, visitam asilos e orfanatos, doam roupas, alimentos e presentes para os menos favorecidos. Cada um descobre o seu amigo secreto, não tão secreto assim. O comércio ultrapassa a estimativa de faturamento e os comerciantes sorriem felizes. Ficamos mais criativos, sensíveis e amorosos. Inventamos e reinventamos. Tornamo-nos arrependidos e, por conseguinte, fazemos nesse mês o que deixamos de fazer nos demais. O egoísmo é posto de lado e Cristo, ao olhar pela janela do céu, acredita que é possível o ser humano mudar. Talvez um breve sorriso brote em seus lábios e, então, Ele possa afirmar:

– Meu sacrifício valeu a pena...

O mês mágico também contagiou os habitantes da Casa dos Fundos. No início da semana, Luís trouxe um pinheiro, plantado em uma lata, que comprara de um caminhoneiro vindo do Sul. Já estava no jardim e não pôde evitar o encontro com a futura sogra que passava instruções ao jardineiro. Logo que ela o viu com a árvore, aproximou-se sorrindo.

– Luís, nós já temos uma – vendo a confusão dela, ele pensou: "Poxa! Que azar! E agora, o que vou dizer?"

Zeca, um sujeito sem estudo, mas inteligente, percebendo a dificuldade de Luís em se explicar, entrou na conversa e, com habilidade, procurou livrá-lo do impasse:

– É para a Casa dos Fundos, doutor?

– Sim – respondeu Luís, aliviado.

– Deixa que eu levo até lá – pegou a lata e saiu rumo ao bambuzal, sob a expressão pasma da patroa. Luís se aproveitou do embaraço de Ingrid e despediu-se antes que ela tivesse tempo de articular mais alguma observação. Ela não gostou da intromissão, porém optou por se calar. Não era bom mexer no vespeiro, no momento em que as vespas estavam tão atiçadas.

Com a chegada do pinheiro, faltavam os enfeites. Seriam comprados no dia seguinte. Então, Inês e Júlia saíram com Raquel e Belinha. Desfilaram pelas calçadas apinhadas de gente, onde a felicidade vinha impressa em cada semblante. Belinha vestia uma saia rodada cor-de-rosa, cheia de detalhes em roxo que combinava com a sandália da mesma cor. Na mão, uma graciosa bolsa de crochê, feita com restos de linhas coloridas, guardava algum dinheiro que Luís lhe dera para comprar seus doces preferidos. O constante giro de cabeça para todos os lados balançava os cachos dourados, sob uma ininterrupta troca de expressão, ora para exprimir curiosidade, ora para mostrar deslumbramento ou medo. Isso era natural, pois jamais estivera em um lugar tão tumultuado, com tantas pessoas.

De repente, alguém gritou bem alto:

– Olha lá o Papai Noel!

E quase foram atropelados por um corre-corre de crianças. Raquel segurou forte a mão de Belinha, enquanto Júlia e Inês caminhavam um pouco mais adiante, tentando abrir passagem. A massa infantil, acompanhada pelos pais, corria em direção a uma movimentada praça. A música contagiante do "Jingle Bells" envolvia a multidão no sentimento natalino.

– Ufa! Chegamos – exclamou Inês. Aproximou-se de um banco de concreto e colocou Belinha de pé em cima dele.

De onde estavam, enxergaram quem fora o motivo de tanta correria. Dentro de um trenó gigante, puxado por três pares de renas artificiais, repleto de pacotes enfeitados, um velhinho de imensa barba branca, com sua roupa tradicional, distribuía sorrisos e abanava em todas as direções. As mãos, cobertas por luvas brancas, seguravam um enorme saco de pano vermelho. Fascinada, Belinha não conseguia afastar a visão daquela figura imponente que se movia aparentando fragilidade e doçura. Subitamente, a criatura mágica afundou os dedos em uma sacola. Silêncio... Em um movimento ágil, lançou bolinhas coloridas para o céu, que, ao se chocarem no solo, produziam o som da alegria e do compartilhar. Sincronizadamente, a multidão se abaixava, à procura de guloseimas perdidas no chão, sob estridentes gritinhos histéricos de pura euforia. Cada vez que o brilho surgia no ar, a cena se repetia.

Júlia voltou ofegante com as mãos cheias de balas, embaladas em papéis metálicos que reluziam aos raios do sol. É claro que levou inúmeras pisadas na mão.

– Peguei para você, querida – falou.

Enquanto aguardava Belinha se manifestar, Júlia observava aquele rostinho feito de meiguice: um olhar terno e, ao mesmo tempo, excitadíssimo, surpreso e gentil. Alguém que pensava que tudo lhe pertencia, mas sem direito a nada.

Belinha não desgrudava os olhos do Papai Noel e, como se tivesse acordado de um sonho, sobressaltada, ouviu Júlia gritar:

– Belinhaaaa! Abra a bolsinha – ela levantou a aba da bolsa e a irmã despejou dentro um punhado de balas.

Depois disso, deixaram a praça e voltaram a caminhar pelas ruas, onde as vitrines exibiam farta quantidade de brinquedos que seduziam o mundo infantil. Alguns presentes foram comprados com o salário de Raquel e com as mesadas de Inês e Júlia.

O regresso para casa foi agradável, apesar das roupas empapadas de suor. Exaustas, porém felizes, não permitiram que nada atrapalhasse o passeio, nem mesmo alguns olhares preconceituosos que recebiam pelo caminho.

Na tarde seguinte, iniciaram a tarefa. A lata, em que a árvore fora plantada, foi camuflada com papel crepom verde, imitando grama. Na maior diversão, escolhiam os enfeites e os penduravam nos galhos, sem conseguir evitar que Belinha quebrasse algumas bolas. Na porta de entrada, uma guirlanda feita de flores secas e, embaixo da árvore, um presépio mimoso davam boas-vindas às visitas. Não havia o luxo da Mansão, mas, com certeza, sobravam amor e paixão.

E, assim, a Casa dos Fundos ficou linda, impregnada do espírito natalino.

Quando Inês se viu a sós com Raquel, aproveitou a chance e convidou a amiga para participar do Natal na Mansão, junto com Belinha. A princípio a babá foi contra. Sabia da posição dos patrões quanto a elas e não estava a fim de arrumar complicações. Mas Inês a convenceu. Alegou que era missão delas fazerem com que os pais aceitassem a filha como membro da família e, para tanto, encontravam-se diante de uma oportunidade única. Raquel refletiu por alguns instantes e, mesmo temerosa, concordou.

O dia foi maravilhoso. A temperatura tornou-se amena, resultado de uma brisa suave procedente do mar, fruto da trovoada que caíra no início da noite. Riram, brincaram, comeram bolo. Suco para a pequena e, para os adultos, champanhe importado, evidentemente surrupiado pelas filhas da adega particular de Antônio.

Natal sempre foi a festa preferida de Ingrid, herança do seu lado alemão. A mãe Olga costumava enfeitar do portão ao menor cômodo, ornamentando inclusive vários utensílios como tapetes e louças. Ingrid copiou esse costume. Nas viagens, as malas voltavam abarrotadas de novidades, reforçando o estoque natalino. Ela se orgulhava da transformação por que passava sua casa nesses dias tão festivos, pois a Mansão tornava-se ponto de destaque na decoração da cidade, normalmente fotografada e publicada em revistas especializadas, tal como seu jardim.

O trabalho era gigantesco e os empregados deslocavam-se atarefadamente, substituindo os arranjos do dia a dia pelos da época. Uma grande árvore natural já havia chegado do Haras, assim como acontecia todos os anos. Era um mês em que Ingrid não tinha folga. A requintada ceia vinha cercada de um luxo exuberante que levava semanas de preparação e exigia o acompanhamento da dona da casa em cada detalhe. A relação dos convidados, a distribuição e a confirmação de presença eram temas complicados e a prendiam ao telefone por considerável parte do dia. E, nesse ano, haveria um diferencial: os pais de Luís participariam pela primeira vez do encontro natalino dos Castro.

Custódia lavava um bule com desenho de Noel, pintado com pó de ouro, quando Ingrid entrou na cozinha e pousou o olhar sobre aquela relíquia. A memória passeou pelo passado, tentando lembrar onde e quando adquiriu tão primorosa peça.

– Que belo jogo de café! – exclamou a doméstica.

Ingrid, ainda pensativa, estalou os dedos três vezes, antes de dizer:

– Comprei na Alemanha. Como pude esquecer.

– Cruz-credo, patroa! – espantou-se a cozinheira. – Como conseguiu entrar na terra dos comunistas?

– Eu comprei no lado livre – disse Ingrid ao se retirar, deixando a mulher sem entender nada.

Os encontros familiares geralmente são feitos de alegria e felicidade, mas também não é raro virem envoltos em conflitos domésticos. O convívio com os mais próximos surge, muitas vezes, revestido de um conjunto de conveniências pessoais, propenso a cultivar sementes de futuras intrigas. Comparações, inveja, arrogância, petulância e exibicionismo estão embutidos nos sorrisos, nos abraços e nas felicitações. Sem dúvida, nessas horas, a engenharia familiar para ajustar todos os interesses adequadamente requer extrema maestria. E a família Castro não fugia à regra. Ingrid era encarregada de organizar os eventos sociais e harmonizar esse emaranhado de pretensões. Antônio apenas opinava em casos de maior relevância.

E as encrencas começaram cedo. Pela manhã, Inês procurou a mãe para comunicar o comparecimento de Belinha e Raquel na ceia. Ao receber a informação, Ingrid fez de conta que não ouviu. Alheia ao que a filha dizia, seguia falando sobre os afazeres que desenvolvia, intercalando a conversa com mordidas no lábio inferior. Irritada, Inês alterou o tom de voz. Diante de tanta insistência, dona Ingrid, que jamais teve habilidade para lidar com situações em que se sentia acuada, encarou-a de cara feia e soltou o verbo:

– Você deseja prejudicar o nosso Natal? Pretende nos envergonhar perante a família do seu namorado? Quer ficar para "titia"? Não vejo por que convidar a babá e a menina. Elas não vão fazer a festa delas lá na Casa dos Fundos? No início da semana, eu vi Luís entregando uma árvore lá.

Cortando o discurso, Inês informou que os pais de Luís já sabiam da existência de Isabel. A notícia explodiu nos ouvidos de Ingrid como uma bomba. Não escondeu o susto e, quase perdendo o controle, revidou com novos ataques.

– Mesmo assim, eu não aceito. Você não pensou nos sogros de Lurdes? O que eles irão dizer?

– Não, mãe – respondeu Inês calmamente. – A prioridade é ver a minha irmã feliz. O Natal deveria ser dedicado a ela. Ela é da família, é criança, acredita em Papai Noel. Por que essa noite não é igual aos natais quando éramos pequenas, inclusive com a presença do Papai Noel?

Ingrid largou o bloquinho de notas, onde conferia as tarefas ainda não realizadas, sobre a pia, admirada que Inês tivesse ido tão longe com aquela brincadeira de agradar às vizinhas. No entanto, enquanto bolava uma forma de encerrar tão desagradável assunto, recebeu o tiro de misericórdia, embalado por uma certeira ameaça:

– E vou avisando, mãe, se a senhora e o papai não concordarem, eu, Luís e Julinha cearemos na Casa dos Fundos. Comemoraremos lá. Decida logo, para que possamos iniciar os preparativos. Ah! E os pais de Luís deverão nos acompanhar – virou as costas, deixando a mãe furiosa, sem saber qual providência tomar.

Desorientada, Ingrid foi atrás do marido para juntos encontrarem uma solução. Localizou-o no escritório, em um prazeroso momento de descanso, fumando charuto e lendo jornal. Assim que ele pôs os olhos nela, sentiu o cheiro de aborrecimento flutuando no ar. Conhecia muito bem aquela expressão de irritação.

– Antônio! Temos problema – ele fez uma carranca e a fenda no meio da testa acentuou-se.

– É Inês, como sempre – anunciou Ingrid. Ele se levantou, aborrecido por antever más notícias.

– O que foi agora, mulher? – ela expôs a proposta da filha, o que provocou nele o afloramento dos mais selvagens instintos. Soltou o charuto no cinzeiro com tanta revolta que chamuscou os dedos.

– Estou cansado dessas provocações e não vou ceder. Onde ela está? Vocês vão ver quem manda nesta casa – Ingrid, consciente do perigo, correu até a porta, bloqueou a passagem e implorou por calma.

– Ingrid, saia da frente! – ordenava ele.

– Homem, raciocine comigo. Não faça besteira – gritava ela. – Inês me contou que os pais de Luís já sabem da existência de Isabel e, se não concordarmos com a imposição, como vamos explicar a ausência deles? Disseram que, se não autorizarmos, festejarão o Natal na Casa dos Fundos. Como vamos dizer aos convidados que Isabel está proibida de pôr os pés na casa dos próprios pais? Que vive presa lá nos fundos? Como vamos falar para eles que, aqui no terreno da Mansão, estamos comemorando duas festas de Natal? Vai ser pior. Estamos sem saída. O prejuízo seria maior do que aceitá-las para o jantar. Temos que engolir essa e depois fazer o que seu Ari aconselhou: "Você precisa casar logo Inês para que ela tenha quem mande nela." Além do mais, o namorado é um excelente partido.

Antônio, sem alternativa, procurou reorganizar suas ideias, enquanto Ingrid recuperava o fôlego. Após ínfima fração de tempo, onde segundos pareciam horas, ele absorveu a raiva gerada pela insolência da filha e concluiu que não havia outra opção, senão concordar.

– Ah! Mais uma coisa – continuou Ingrid, com intenção de expor tudo de uma vez. – Vou ter que colocar a babá à mesa para que ela cuide de Isabel. Não tenho condições de atender uma menina daquele jeito – aí ele balançou a cabeça de novo em sinal de reprovação. Chateado, gesticulou exacerbado, como quem diz: "Estou encurralado... Em um beco sem saída". Saiu para a rua, sob a alegação de que precisava caminhar e respirar um ar fresco.

Ingrid, ainda tensa, embora mais aliviada, foi até a cozinha comunicar Inês sobre a compulsória concordância do pai.

– Inês!

Sem saber qual seria a decisão, a filha voltou-se segurando uma jarra de água na mão, enquanto com a outra empurrava a porta da geladeira. Depois de tê-la largado sobre a mesa, buscou, no olhar da mãe, a tão esperada resposta.

– Está autorizada. Mas não quero nenhum constrangimento por parte delas – ao tomar conhecimento da permissão, Inês, feliz, saltou no pescoço da mãe e abraçou-a com carinho.

– Obrigada por este presente.

Júlia, que acabara de chegar, ao ouvir a conversa, aproximou-se e completou:

– O meu também!

Desajeitada, Ingrid recebeu os abraços das filhas em um misto de alegria e desconfiança, encerrando ali um longo período de falta de afetividade entre elas. As duas correram em direção à Casa dos Fundos, aos pulos de contentamento, deixando a mãe confusa e temerosa, afinal, tratava-se de uma decisão arriscada. Mesmo com toda a sua habilidade de anfitriã, não estava preparada para conduzir uma festa com a participação de Isabel, desconhecida da maioria dos convidados.

O agito dos empregados continuava intenso, mas o andamento dos trabalhos não marchava em sintonia com o tempo. Ingrid por enquanto não definira se comunicava seu Ari e dona Alice sobre a presença de Belinha na festa. Uma dúvida atroz. Se avisasse antecipadamente, corria o risco de não comparecerem. Ao contrário, a omissão geraria uma desagradável surpresa, acompanhada de constrangimento diante de todas as visitas. Tal indefinição aumentava ainda mais a zanga de Antônio. E ele jamais passou um Natal sem os pais. Ingrid pensava, calculava, projetava situações, montava cenários, mas não encontrava uma solução. Por fim, o esperado dia surgiu e ela apenas tinha chegado a uma conclusão:

– Seja o que Deus quiser. Vamos ver no que vai dar isso.

Nervosa, andava de um lado para outro supervisionando as atividades, quando Norma a interrompeu.

– Ligaram do salão de beleza.

– Nossa! Esqueci completamente – levou involuntariamente as mãos aos cabelos e chamou o motorista.

A noite apagou o dia, trazendo consigo uma iluminação artificial, composta por incontáveis lâmpadas coloridas, quando Ingrid voltou toda produzida. Se demorasse mais um pouco, as visitas estariam lá esperando por ela.

Seu Ari e a esposa foram os primeiros a aparecer. Como de costume, trouxeram uma demasiada quantidade de pacotes, colocados embaixo da árvore ornamentada com inúmeros penduricalhos. Em seguida, chegaram Lurdes, a pequena Bárbara com a babá e Laerte com familiares, carregados de muitos embrulhos. Finalmente, a família de Luís: Osvaldo, a mulher Nora e os filhos João Pedro, de dezenove anos e a caçula Sílvia, de quinze. A mais velha, Paula, de vinte seis, já estava casada e não compareceu. Foi para a casa dos sogros.

Os garçons circulavam com bandejas de aperitivos e salgadinhos entre os convidados que se espalhavam em pequenos grupos, encantados com o requinte da decoração.

De súbito, a conversa cessou. Todos os olhares e pensamentos fluíram unidos para a porta principal. Novos personagens no ambiente dos Castro, desconhecidos, estranhos no ninho, não anunciados, ingressavam no recinto, gerando expectativa e assombro. Uma entrada em um triunfal estilo, tal qual princesas adentrando o salão do palácio.

A primeira a mexer com a curiosidade dos presentes era uma menininha alegre e faceira, com os olhinhos arregalados, não querendo dar tempo para ver tanta gente, tanta iluminação... enfim, um espetáculo que jamais vira. Instintivamente, parou em frente àquele povo bisbilhoteiro, girou a cabeça para ambos os lados e, balançando os cabelos cacheados em sintonia com a saia rodada, a tudo assistia com um sorriso de felicidade. De mão dada com ela, uma elegante dama que, apesar de se vestir com simplicidade, não escondia o rosto perfeito. A boca carnuda pintada de vermelho combinava com o "tomara que caia" longo e cinturado, que destacava formas harmoniosas de um corpo bem esculturado... A sedução em pessoa, a Feiticeira de Olhos Verdes.

As duas vinham seguidas de Inês e Júlia.

Ninguém pôde avaliar se o impacto de suas presenças era motivado pela beleza da babá ou pelos traços diferentes de Belinha.

Para evitar qualquer decepção, Isabel já tinha sido advertida que o Papai Noel não viria. Ele já havia passado por lá, deixou os presentes embaixo da árvore e foi fazer outras entregas em casas vizinhas.

Luís levantou-se e caminhou ao encontro delas. Depois de cumprimentá-las, ergueu Belinha no colo e, diante de uma plateia que mesclava estranheza com encantamento, anunciou:

– Essa é Belinha, a princesinha da noite – a garotinha premiou a todos com um olhar risonho e cativante.

Os pais de Luís foram os primeiros a se aproximarem, cobrindo-a de elogios. Inês e Júlia seguiam dando boa-noite aos visitantes.

Ari fechou a cara. Enrugou a testa, não entendendo como o filho permitiu um abuso desse tipo. Antônio devia estar perdendo o controle da família. Ele e a mulher assistiam à cena, incrédulos. Na verdade, não conheciam a neta, pois a viram somente por ocasião do nascimento. Ficaram com os olhos presos na menina. Dona Alice, atingida por um pingo de remorso, até que se comoveu ao ver aquele pequeno anjo tão feliz, percorrendo o salão com tamanha alegria. Mas, quando viu o jeito enfezado do marido que não movia nenhum músculo das faces, procurou acompanhá-lo na rude postura, repelindo um nobre sentimento que teimava em se instalar no seu coração.

Lurdes chegou até Inês para abraçá-la. Sem perder a viagem, aproveitou para destilar o próprio veneno. Junto com o falso beijo, cochichou rispidamente no ouvido da irmã:

– O que você pensa que está fazendo, garota? Quer pôr em risco nosso Natal e o nosso prestígio? Você sabe que a única princesa da noite é minha filha Bárbara.

Inês sentiu um calorão cobrir o rosto, porém respirou fundo e, serenamente, retribuiu a ofensa com um gesto de amabilidade. Não iria consentir que alguém a colocasse para baixo, justamente naquele momento que conseguira uma expressiva vitória: apresentar Belinha à sociedade como filha da família Castro.

Os sogros de Lurdes se surpreenderam com o que estavam vendo, uma vez que não tinham conhecimento da existência da menina, contudo, educadamente, abstiveram-se de comentar. Já os anfitriões mantiveram-se neutros e agiam como se nada de anormal estivesse acontecendo.

O primo de Laerte cutucou Inês no braço e perguntou quem era a desconhecida beldade ruiva. Ela se surpreendeu com atrevimento e, confusa, virou-se para onde ele apontava, sem conseguir evitar o espanto. Imóvel ao lado de uma coluna, enxergou Raquel, perdida e desconfortável, crivada por numerosos olhares que a fulminavam, incluindo alguns maliciosos.

Inês, então, notou que inadvertidamente esquecera-se da companheira. Pediu licença às irmãs de Laerte e dirigiu-se até Raquel. Ao tocar em sua mão, percebeu que estava gelada. No intuito de lhe dar apoio, confidenciou-lhe que não a abandonaria e lembrou que, pela causa "Belinha", valeria a pena o sacrifício. Em retribuição, recebeu um sorriso tímido de agradecimento e passou a apresentar Raquel como uma amiga que atendia a irmãzinha. Com exceção dos avós, Ari e Alice, de Lurdes e do marido, todos acolheram-na com simpatia.

Ao ser apresentada ao primo de Laerte, Inês observou o interesse dele por Raquel, deixando-a incomodada. Depois disso, ela a acomodou perto dos familiares de Luís e logo Belinha juntou-se a eles.

Lurdes invejava a beleza de Inês. Detestava sair com ela, porque ficava em segundo plano quando os olhares masculinos eram dirigidos a elas. E, assim como a mãe, sempre adorou aparecer como o destaque de qualquer evento. Agora a indignação voltou-se à empregadinha que, portando uma formosura exótica, chamava uma exagerada atenção, inclusive do marido Laerte e do primo.

Antônio, como anfitrião, supervisionava tudo. Mesmo concordando que Ingrid conduzisse as atividades, ele era o principal espectador. Conferia, pormenorizadamente, cada lance. Evidentemente que a graça e o encanto da feiticeira não ficaram desapercebidos. Odiava aquela mulher, mesmo sem a conhecer direito, pois, no seu entender, era a maior responsável pelas encrencas que vinham lá de trás dos bambus. Ela que andou enchendo a cabeça das meninas, convencendo-as de que deveriam se dedicar mais à Isabel. Com os olhos grudados na babá, um imperceptível sussurro fugiu por entre os lábios:

– Quem tiver acesso aquele coração, morrerá com o veneno que ele destilará...

Próximo da meia-noite, a troca de lembranças foi iniciada. Inês viu Ingrid se aproximando do lugar onde estavam os pacotes e se antecipou, antes que todos percebessem que a mãe deixara a caçula fora da lista.

Antônio apertou os dentes, girou o corpo nervosamente, temendo alguma confusão entre mãe e filha na presença de amigos. Mas seu temor logo se dissipou. Inês agiu com rapidez e imediatamente assumiu o controle da festa. Levantou uma enorme caixa com o presente que ela comprara para Isabel e, imitando um apresentador de programas de auditório, gritava para a plateia:

– Para quem será... Para quem será esta linda "Amoreca"?

Graciosamente, ela fazia com que os olhos percorressem todo o recinto até parar na irmãzinha que permanecia extasiada.

– Senhoras e senhores! Muita atenção, por favor. Essa boneca do tamanho dessa garotinha aqui – falava com o dedo apontado para Isabel –, vai..., vai... para Belinha! Uma salva de palmas, por favor, porque ela merece – e, após a entrega, foi premiada com um beijo e um abraço bem apertado.

– É *gandi*! Igual Belinha... – respondeu a pequena. Ao tentar carregá-la, deixou-a cair repetidamente, levando aqueles que estavam a sua volta acharem graça. Ela queria andar pelo salão com o novo brinquedo, sendo necessária a intervenção de Raquel para que não caísse e se machucasse.

Antônio, ao vê-la tropeçando naquela boneca gigante, achou divertido e gargalhou com gosto. Sem notar, libertou-se das amarras que o aprisionavam em uma montanha de restrições contra a filha. Pôs para fora a emoção, estupidamente encarcerada por anos. Por instantes, sentiu-se livre. Desatentamente, possibilitou que um alegre e descontraído comentário fosse ouvido ao seu redor:

– Que loucura! A boneca é maior que ela.

De Júlia, a pequena ganhou um urso e, de Luís, um triciclo amarelo. Ela recebeu também presentes dos sogros de Inês, o que causou constrangimento aos demais convidados, por nada terem a dar à menina.

Inês e Júlia não se esqueceram de Raquel e a presentearam com uma charmosa echarpe, acompanhada de uma bolsa com um estojo de maquiagem. Ela deu uma gravata para Luís e uma caixa de bombom para cada uma delas. Achava que os amigos mereciam mais, mas seu salário não permitia qualquer tipo de extravagância.

Luís fechou um bracelete de ouro no braço da namorada e ela colocou uma corrente em torno do pescoço dele, enquanto ele balbuciava em seu ouvido:

– Você está divina, "baby"!

Ingrid não aprovou a iniciativa de Inês. Ela não admitia que o comando da festa escapasse de suas mãos. Além do mais, estava sendo pressionada por Lurdes, que exigia uma dedicação especial à sua filha.

Assim, tão logo Inês terminou sua apresentação, Ingrid reassumiu a função. No entanto, decepcionou-se ao chamar a netinha Bárbara, pois ela já cochilava no colo da babá. Frustrada, Lurdes caminhou de cara feia até a mãe para reclamar da demora.

– Não é possível que ela já dormiu. Eu tenho tantos presentes para ela – justificou Ingrid visivelmente aborrecida. Aí, Lurdes se aproveitou e, num cochicho arrogante, sapecou-lhe uma caprichada advertência:

– Por que deram espaço para a criadagem? – Ingrid engoliu em seco aquelas palavras ferinas, armou um improvisado sorriso e convidou os participantes para a troca de lembranças. Depois disso, a festa seguiu tranquilamente com inúmeros gritinhos de felicidade, abraços, risos e gargalhadas.

Logo após a ceia, Raquel agradeceu pelo convite e avisou às amigas que iria embora. Não se sentia confortável em um ambiente tão hostil e, como um alvo indiscreto, tinha a sensação de que a puseram em exposição numa vitrine de loja. Sob o pretexto do adiantado da hora e do cansaço de Belinha, esgueirou-se ansiosa para escapar de olhares mal-intencionados. Levou a menina consigo e a pôs para dormir abraçada à boneca.

Em virtude da excitação provocada por tão requintada celebração, Raquel perdeu o sono. Para desfrutar do frescor que a noite oferecia, ela saiu de casa, atravessou a cerca junto ao bambuzal e iniciou uma lenta caminhada pelo jardim.

A pedido da esposa, Antônio desceu as escadas que davam acesso à piscina para chegar à adega do Bar Country, onde havia algumas garrafas de vinho de uma safra especial. Qual não foi sua surpresa quando se deparou, a poucos metros dali, com uma visão incrível. Lá estava a Feiticeira de Olhos Verdes, desfilando entre cravos e petúnias, com passos miúdos de quem não tem a menor pressa.

A suave brisa carregou até ele o perfume da planta "Dama da Noite", misturado ao da feiticeira. A ponta da saia desalinhada pela aragem maliciosa que se encantara com a formosura da moça, obrigava-a a se manter atenta para que o levantar do vestido não mostrasse um par de pernas esculturalmente torneadas. Alheia ao que se passava em torno de si, a estonteante ruiva jogou a cabeça para trás a fim de permitir que os rebeldes fios de cabelo retornassem ao seu lugar. Esse gesto a deixava mais atraente.

A claridade da lua cheia atingia por completo uma beleza rústica, transformando-a numa musa dourada. O silêncio da noite, apenas quebrado pelo som da música vindo da Mansão, produzia um sereno bem-estar. Era o clima, a iluminação, o aroma, algo indefinível. Por reduzidos minutos, Antônio permaneceu ali estático, petrificado, curtindo aquele instante, preso naquela visão, absorto naquele momento mágico. Queria sair dali, fugir daquela magia, mas, por uma razão desconhecida, preferiu saborear a imagem da feiticeira, em um perfumado jardim sob o luar de Natal.

Sempre foi mulherengo. Teve seus casos extraconjugais em períodos de crises no casamento, mas jamais se envolveu com alguma empregada. Tinha essa norma como princípio. Fazia parte da sua autoridade. Portanto, envergonhava-se de estar ali, embevecido pelo encanto de alguém que tantos problemas lhe trazia.

E, nesse devaneio, ele se perdeu no labirinto da imaginação, só voltando ao controle das emoções com a chegada de Ingrid, procurando-o. Assustado, refez-se rapidamente e, tal como um moleque apanhado em flagrante, atrapalhou-se, esquecendo-se do motivo que o levara até a adega. Ingrid, vendo-o de mãos vazias, quis saber onde estava o vinho. Ele improvisou uma desculpa e, como justificativa, alegou não ter encontrado o desejado. Ela gesticulou para simbolizar que não tinha importância.

– Vamos servir aqueles que já havíamos escolhidos, querido – ele prontamente concordou.

Por bom tempo, a figura da feiticeira não lhe saiu da memória, deixando-o amolado. Mostrou certa irritação ao ser perguntado pelo primo do Laerte, interessado em dados pessoais, além de chamá-la de "gostosona" e outros adjetivos mais picantes.

A madrugada invadia a noite, quando os últimos convidados partiram arrebatados pelo brilhantismo da festa. Ingrid olhou para o marido suspirando aliviada, livre do sufoco a que foi submetida e, com sensação de missão cumprida, comentou:

– Belo Natal, hein! Você acha que os pais de Laerte vão falar sobre Isabel?

Ele sacudiu os ombros como se dissesse:

– Sei lá...

Deixou escapar um bocejo e a convidou para dormir.

A daminha indesejada

O ciclo da vida seguia suas etapas, trazendo consigo o mês de março, aniversário de Belinha. Raquel sabia que a menina não tinha conhecimento desse tipo de comemoração e queria fazê-la conhecer esse hábito tão comum entre as pessoas. Comentou com Inês sobre o desejo de oferecer uma festinha – a primeira que a pequena receberia. Seria somente para eles, já que ela não tinha amigos da sua idade. Inês gostou da ideia e achou que seria uma ótima oportunidade para aproximar a mãe da filha. Como Ingrid adorava organizar qualquer tipo de encontro, seria ótimo se ela se encarregasse da tarefa. Era especialidade dela. Fazia isso como ninguém.

Assim que ouviu a proposta, Ingrid descartou a ideia, alegando comprometimento com outras obrigações e falta de tempo, mas, para não passar por uma mãe desinteressada, prometeu comprar algumas lembranças. Inês não se deu por vencida e procurou o pai. Ela nem terminou a explanação e ele já cortou a conversa, secamente, afirmando que isso era problema para Ingrid solucionar. Como Pilatos, lavou as mãos e livrou-se de dizer mais um "não". Aborrecida, Inês contou ao namorado sobre o desinteresse dos pais. Eles não promoveriam e, tampouco, compareceriam. Diante do descaso, Luís apresentou uma sugestão:

– Que tal levarmos Belinha ao circo? Penso que ela aproveitaria mais do que se fizermos uma festa da qual nem os pais participariam.

Inês e Raquel acharam a ideia genial.

No final da tarde do dia anterior ao aniversário, Ingrid fez uma rápida visita à Casa dos Fundos para cumprir a promessa. Eram vários pacotes, cada um representando um membro da família. Foi a primeira vez que ela deu presentes novos a Isabel, quando o normal era desentulhar brinquedos velhos, abandonados por Inês e Júlia. A pequena se agitou.

Não sabia qual abria primeiro, deixando alguns pela metade, enquanto iniciava a abertura de outro. Depois que todos estavam fora das caixas, espalhados pelo chão, olhou diretamente nos olhos da mãe e dirigiu-lhe uma pergunta certeira e sincera:

– A moça *qué sê* amiga de Belinha?

Raquel ficou com vontade de rir da ironia da frase, embutida em um inocente pedido, mas se conteve. No entanto, dona Ingrid sentiu a alfinetada. Tomada de surpresa e cobrada pela presença insistente da criança que aguardava por uma resposta, levou certo tempo para confirmar.

– Sim, eu gostaria – disse com voz titubeante, sem alternativa e emoção.

Um sorriso, então, enfeitou aquele rostinho que se virou para Raquel em clima de comemoração:

– Belinha tem *outa* amiga, Quequel.

Raquel, maneirosamente, tentou livrar a patroa daquele embaraço:

– Essa menininha adora fazer amigos. Venha sempre. Será uma grande alegria para nós.

– E o moço, onde tá? – perguntou Belinha.

Não entendendo de quem se tratava, Ingrid revidou:

– Que moço?

Raquel esclareceu que ela se referia a seu Antônio que, meses atrás, fez uma visita a elas. Aí, a patroa ficou mais confusa ainda. Ora, como que Antônio iria fazer uma visita à Casa dos Fundos? Estaria Raquel mentindo? Claro que não, pois a pergunta partiu da menina. Então, seria daquela vez que ele saiu de casa com intuito de esganar a babá intrometida? Mas como a bronca virou uma visita? Não encontrando explicações plausíveis, desconsiderou as dúvidas, preferindo deixá-las flutuando no seu imaginário. Um assunto que não deveria ser mexido. Um passado soterrado e a ninguém interessava revolvê-lo.

Alguns segundos se foram, enquanto Ingrid realinhava seus pensamentos. E a pequena continuava à sua frente, no aguardo de um retorno. O cerco fechava-se sobre si e ela detestava ficar encurralada, em posição de desvantagem. Tal qual o marido, buscou no relógio uma saída e usou a velha desculpa do compromisso, para acabar com a abelhudice da filha. Já estava a caminho da porta quando Belinha a alcançou, abraçou suas pernas, levando-a novamente ao constrangimento. Por sorte, foi salva pela providencial intervenção de Raquel, que a puxou, advertindo-a:

– Agora deixa a amiguinha ir embora. Ela tem compromisso.

Inês encontrou a mãe subindo as escadas e achou-a esquisita. Avançava os degraus olhando para o chão, com pressa, como se fugisse de um fantasma. Não imaginava que, há poucos segundos, algumas inocentes perguntas e um abraço mexeram com a sensibilidade de Ingrid. Ela se sentiu presa, como se alguém a enlaçasse com dois frágeis bracinhos, mas, ao mesmo tempo, fortes como correntes inquebráveis. Porém bastou um telefonema da amiga Nina, contando fofocas empolgantes, para que se libertasse e arrancasse do coração uma delicada sementinha de amor que embirrava em querer brotar em um terreno tão infértil.

Júlia não quis perder o passeio, engajou-se com a turma e foi junto. Embarcaram no carro de Luís com destino às lojas. Queriam deixar que a pequena escolhesse seus presentes. As compras consumiram a manhã inteira. Belinha reclamou de fome e buscaram um lugar para comer. Pediram comida italiana e torta de sorvete de chocolate para a sobremesa. Inês trouxe uma velinha que foi colocada em cima do bolo. Outras pessoas, que almoçavam no local, aderiram à comemoração e cantaram juntos "Parabéns a Você".

A hora do circo aproximava-se, puxando-os para lá.

Na entrada, foram recebidos por dois palhaços. Belinha avançou para abraçá-los, mas eles, com calças enormes, tipo balões inflados, tomavam todo o espaço. Habituados com gente miúda, eles solucionaram o impasse abaixando-se para beijá-la na face.

Na arena, Belinha era surpreendida constantemente por situações jamais vivenciadas: o barulho dos palhaços com suas roupas coloridas; o elefante que levantava as patas dianteiras e as apoiava sobre um minúsculo banco; os trapezistas que arriscavam a vida em verdadeiros saltos mortais; os cachorros que atravessavam aros em chamas, saindo ilesos; a mulher gorila que fazia a plateia tremer; o vaivém dos guris que vendiam guloseimas; e mais uma imensidão de maluquices somente vistas à frente de um picadeiro. Um lugar para uma criança extravasar felicidade ao sabor de gargalhadas, pipoca e maçã do amor. Tudo registrado através da máquina fotográfica de Inês.

E, como todos os espectadores, regressaram para casa de passo leve e solto, pois esqueceram, debaixo da grande lona, as tensões da semana.

Agosto de mil novecentos e cinquenta e oito entrou sob um teimoso friozinho, não condizente com o clima carioca.

A conversa do povo nas ruas ainda girava sobre a "Taça Jules Rimet" nas mãos de Bellini, conquistada pela Seleção Brasileira de futebol. Ademais, era o mês de aniversário de namoro de Inês e eles queriam aproveitar a data para oficializar o noivado.

Os familiares e amigos reuniram-se no Salão Country, escolha da noiva que pretendia uma recepção informal. Ingrid, elegante dentro de uma saia de linho, cor de beterraba, combinada com blusa de seda floral, bebericava uma taça de vinho branco em companhia de Lurdes, sentada em uma das oito mesas redondas para dez lugares.

– Que demora de Inês – comentou Ingrid impacientemente. – Ela está atrasada.

– Não está mais – falou Lurdes com os olhos fixos na porta de entrada.

Ingrid largou a taça em cima da mesinha com intenção de ir ao encontro da filha, quando Lurdes cochichou em seu ouvido:

– Você sabia disso, mãe? – referia-se à presença de Raquel e Belinha, acomodadas mais no canto do salão. Elas se sentaram com Júlia, a amiga Bia e as irmãs de Laerte. Em rápida olhada, Ingrid observou como as duas estavam bonitas e bem vestidas, não obstante tenha visto naqueles trajes sobras de roupas que ela mesma enviara para a Casa dos Fundos. Raquel estava com um vestido salmão, decote quadrado, preso por alças largas, e os cabelos soltos cobrindo os ombros; Belinha usava uma saia rodada verde-água, barrada com um estreito e delicado bordado inglês, blusinha branca de tecido fino e sapatilha e meias também brancas. Dois laços da cor da saia seguravam os cachos loiros. Diante da insistência de Lurdes, que esperava por uma explicação, com tranquilidade, Ingrid negou:

– Não! Eu não sabia.

– Mãe! Você precisa ficar atenta! – advertiu Lurdes.

Ciente de que ela iria persistir na mesma conversa durante toda noite e, querendo encerrar o inconveniente assunto por ali, Ingrid respondeu à chamada de atenção em tom firme:

– O noivado é de Inês e foi ela que convidou. Eu não posso me intrometer em tudo – Lurdes franziu a testa em desaprovação e se calou.

O casal foi recebido com uma salva de palmas. Em seguida, foram de mesa em mesa, dando boas-vindas aos convidados.

Após o jantar, o noivo fez o pedido formal ao pai da noiva e colocou a aliança no dedo de Inês, acompanhada de um solitário de diamante, sob os aplausos dos presentes que colidiam taças de champanhe, esbanjando alegria.

Um momento lindo entre dois jovens apaixonados...

Terminado o cerimonial, as pessoas voltaram a conversar animadamente. Alguns homens ocuparam as banquetas falando de política e negócios, enquanto as mulheres se juntaram em grupinhos para passar adiante as últimas fofocas. Antônio, sentado perto do bar com Laerte, discutia com o cunhado de Luís sobre investimentos. A conversa seguia animada até o instante em que o poodle de Ingrid invadiu o salão e procurou por Antônio, balançando a cauda em busca de carinho. Os que estavam à sua volta acharam graça e ele, prontamente, apanhou-o do chão e acomodou-o em seu colo.

Belinha, ao presenciar o episódio, empolgou-se. Correu ao encontro do cachorrinho, postando-se ao lado do pai. Pasmo com a inesperada aproximação, Antônio ficou sem saber como agir. Inicialmente, pensou em levar o cão para o pátio, pois assim se livraria da presença da menina por ali. No entanto, ela foi mais ágil, pulou na sua perna e passou a dividir o colo com Pingo. Como ela ficou mal acomodada, ele se viu forçado a segurar as suas costas com o braço para evitar uma provável queda.

O cenário tornou-se hilariante, claro que não para o constrangido pai. A partir daí, sem cerimônias, a pequena iniciou um interessante diálogo:

– Belinha gosta muito de *cachoinho* – afirmou, gesticulando com as mãos. E, erguendo levemente a cabeça, indagou:

– Como é o nome dele? – e apontava o dedo indicador para o cão. Todos se silenciaram, mas mantiveram atenção presa no pai, na filha e no cachorrinho. Sentindo-se ridículo, Antônio se engasgou e gastou alguns segundos para responder:

– É Pingo!

Ela achou o nome engraçado. Após uma tremenda risada e, enquanto coçava a cabecinha do cachorro, repetia bem alto:

– Pingo, Pingo, Pingo... – e, com cara séria, voltou a perguntar:

– Igual ao da chuva, moço? – o som das gargalhadas borbulhando no ar comprimiu a arrogância de Antônio. Sentiu seu orgulho pisoteado, semelhante ao solo árido do oeste americano após ser atingido por patas de cavalos quando o mocinho persegue o bandido.

Com exceção de Ingrid, dos pais de Antônio e de Lurdes, os convidados abandonaram o protocolo e, à medida que a cena se desenrolava, deixavam o riso correr solto. E o sufoco continuava. Inês movimentou-se no intuito de salvar o pai daquele embaraço, mas Luís puxou-a pelo braço e segredou no seu ouvido:

– Ele que se vire – ela sorriu e concordou.

Pai e filha tornaram-se o ponto central do espetáculo e os que os cercavam mostravam-se ansiosos para assistir ao próximo ato. Ingrid e os sogros torciam para que Antônio se desvencilhasse daquela cômica situação o mais rápido possível. No entanto, o que viam era um sujeito aprisionado em uma arapuca armada por uma inocente garotinha, diante de uma plateia de bisbilhoteiros. Ele tentava achar uma saída, mas cada vez se enrolava mais, transformando-se no pivô de uma comédia. O olhar ingênuo fixo no seu, acompanhado de um sorriso cativante, cortava qualquer hipótese de se livrar dela. O diálogo, transformado em monólogo, já que só ela falava, hipnotizara os espectadores que não desviavam a atenção dos atores.

Os homens, sentados em frente ao bar, já haviam girado as banquetas para melhor acompanhar o show, quando Raquel, que não fazia parte do elenco, entrou no centro do palco para convidar Belinha a descer. Sugeriu a Antônio que soltasse o cãozinho para que os dois fossem brincar. Desejando ardentemente que a cortina descesse e o ato se encerrasse, ele aceitou a sugestão e pôs o poodle no chão imediatamente. Belinha pulou do colo e saiu correndo atrás de Pingo.

Passada a fase de constrangimento, a comemoração adentrou a noite sem mais percalços, com o casamento marcado para o próximo mês de janeiro. Após o cumprimento de todas as formalidades, os noivos saíram para o jardim a fim de curtir momentos a sós, longe de olhares indiscretos.

Raquel se valeu da ausência deles e retirou-se com a pequena.

Terminado os festejos de noivado, Ingrid já engendrava preparativos de uma nova festa, ciente de que não podia se dar ao luxo de perder tempo. Imaginava reproduzir uma cerimônia padrão "Casamento de Lurdes" e, posteriormente, se deleitar com os comentários das colunas sociais estampadas nos jornais e revistas de maior circulação do país. A fim de tomar a iniciativa, Ingrid convidou Inês para juntas irem a Paris comprar o vestido, o que foi educadamente recusado. A filha aproveitou o ensejo para esclarecer que, diferente de Lurdes, não queria pompa, pois tanto ela como o noivo preferiam a simplicidade. O feitio da roupa em uma boa sala de costura do Rio de Janeiro estaria em perfeita consonância com o gosto do casal. Ingrid não conseguiu esconder a cara de desapontamento, porém optou em não contrariar, na pretensão de não destruir um novo período de paz que ora se iniciava.

Então, em uma tarde disponível, mãe e filha deixaram a Mansão numa tagarelice despretensiosa, como duas adolescentes. Graças a Deus, a harmonia voltou a reinar e, na base de gostosas gargalhadas, esqueceram-se dos recentes incidentes. Em rápidos minutos, chegaram a uma elegante loja, especializada em tecidos finos. A primeira compra que faziam juntas depois de tantos meses.

Por melhor que fosse a qualidade dos produtos ali vendidos, nada satisfazia Ingrid. Não havia um tecido sequer que viesse a substituir um vestido feito por algum famoso costureiro parisiense. Mas ela estava sendo diplomática: cederia na escolha do vestido, esperando que a filha lhe confiasse o comando da festa. Como Inês não abria a guarda, ela preferiu abordar a questão por outro ângulo:

– Quantas damas vamos escolher? – com naturalidade, Inês respondeu, enquanto examinava algumas rendas:

– Apenas uma.

Ingrid parou e a olhou espantada:

– Uma só é muito pouco, Inês. Minhas afilhadas estão aguardando convite – e foi citando nomes: – a neta do Brigadeiro Rui; a caçula dos Almeida; a... – não concluiu a relação, pois foi aparteada pela filha.

– Mãe! Eu já fiz a minha escolha. Optei por Belinha. Só ela. É uma escolha minha. É pessoal.

Branca como cera, Ingrid pediu licença à atendente, agarrou o braço de Inês e a carregou para fora. Em um canto próximo ao muro, onde não havia ninguém, ela encarou a filha e, vermelha de raiva, afirmou:

– Você só pode estar brincando? Não vai nos expor ao ridículo, não é? – a demora da resposta irritou Ingrid que partiu para a agressão.

– Olha aqui, mocinha! Eu cedi a todos os seus caprichos, mas era lá em casa. Agora, apresentar Isabel à nata da sociedade já é uma afronta.

Aquela menina não tem condição nem de participar da festa. Você não entende que o casamento terá a cobertura da imprensa. A cidade inteira vai ficar sabendo.

– Mãe! A senhora está me machucando.

Ingrid soltou o braço da filha e seguiu com seu discurso cada vez mais alto, atraindo olhares de alguns transeuntes que circulavam numa calçada ao lado. Ao perceber o vexame, baixou o volume, mas não aliviou:

– O que os nossos amigos vão achar? Seu pai irá à loucura!

Inês limpou uma lágrima com as costas da mão e, com voz embargada, colocou para fora a amargura que há muito vinha reprimindo:

– Eu já esperava isso de você e de papai também. Mas queria tentar amolecer seus corações de pedra, movidos pela hipocrisia das aparências, do social e de bobagens que não levam a lugar nenhum. Esse seu mundo, mãe, é vazio, desprovido de sentimento. O que faz vocês felizes é o prazer de contar vantagens; medir posses; conferir quem gasta mais.

Ingrid quis interromper, mas Inês não deu chance. Segura do que dizia, continuou sem se preocupar com a curiosidade daqueles que por elas passavam.

– E se você não sabe, dona Ingrid, Belinha é igual a qualquer criança da sua idade. Ela pensa, ela come, ela dorme, ela brinca. A única dificuldade está no aprendizado, mas aos poucos ela vai avançando, caminhando dentro do seu próprio ritmo. A sorte dela é ter Raquel, que é um anjo. Por amor, ela exerce o papel de mãe, amiga e professora. A senhora não sabe nada de Belinha. Por exemplo, você sabia que até poesia ela declama? Se tivesse nascido de alguém lá da sua turma, viveria paparicando ela e a família. Garanto que a trataria com mais respeito.

Inês fez uma parada momentânea, respirou fundo e retornou ao ataque, para o assombro de Ingrid que procurava assimilar aquele amontoado de besteira, conforme seu entendimento.

– Qual é o seu medo? Ser criticada por um bando de ignorantes, que bajulam pela frente e falam mal pelas costas?

Ingrid aproveitou a pergunta para suspender o rol de verdades que tanto a machucava. Sem deixar Inês prosseguir, gritou:

– Chega! Vamos para casa! Já ouvi demais. Quero ver o que seu pai vai dizer disso.

Chamou Pedrão, que as aguardava próximo do carro estacionado à beira da calçada. Partiram sem trocarem uma única palavra, bem longe da imagem de amigas sorridentes que, poucas horas antes, saíram da Mansão, tagarelando de mãos dadas.

Enquanto Ingrid buscava o telefone para preparar o marido sobre a desventura que atingiria à família, Inês, deitada na cama, chorava baixinho.

Ao ligar para Antônio, Ingrid pediu que ele voltasse urgentemente para casa, informando-o de sérios problemas a tratar. Enfurecido, ele repassou os compromissos imediatos aos funcionários e saiu mais cedo do serviço. Quando chegou, ela o aguardava na garagem. Ao vê-la, imaginou qual seria o tamanho da confusão. Com um olhar inquisidor, ele se postou diante da mulher:

– É Inês, de novo? – falou possuído de cólera, querendo decifrar todo o enigma de uma só vez, enquanto Ingrid não encontrava um jeito de começar. Impaciente, voltou a perguntar, em tom mais agressivo:

– Vamos! Diga logo!

– É. Ela mesma. Agora escolheu Isabel como a única dama.

– Não é possível… não pode ser possível. E a promessa que você fez aos nossos compadres que as filhas deles seriam daminhas. Aquela menina não tem condição de ir ao casamento, muito menos carregar as alianças. Acho que Inês pirou. Um absurdo! – rubro de raiva, desferiu um murro contra a porta do carro, amaçando a lataria e ferindo a mão, o que aumentou mais a sua ira. Sabedora de que o marido trocava facilmente os pés pelas mãos ao se descontrolar, Ingrid, com insistência, conduziu-o para dentro, sob protestos.

– Desta vez, ela não vai me dobrar – gritava ele. – Se persistir com essa teimosia não terá festa, nem enxoval… nada. Que se case como uma pobretona – já no escritório, virou-se para Ingrid e ordenou:

– Vá lá e dê o meu recado. Frise bem que a opção será só dela.

Ingrid subiu as escadas, caminhou até o quarto, certa de que quando a filha soubesse da decisão do pai, recuaria. Todavia, surpreendeu-se ao se deparar com uma Inês calma e com o rosto sereno, apesar dos olhos inchados pelo choro. Com cara séria, repassou o que ouviu de Antônio:

– Olha só! Falei com seu pai e aqui está o recado dele: ou você tem uma festa digna de uma princesa ou se case por sua conta. Isso se o noivo não cair fora. Tá bom? Nós não vamos participar dessa palhaçada – bateu a porta e saiu chicoteando o salto dos sapatos pelos degraus abaixo.

Sozinha, Inês sentiu seus alicerces ruírem, consciente de que os pais não recuariam. Como toda adolescente, fizera planos para festejar as bodas com uma linda cerimônia; convidar amigos; dividir um momento tão imaginado com aqueles que a cercavam; algo aconchegante; do jeitinho dela. Afinal, era o seu dia, por tanto tempo esperado... sonhado. Por um instante, quase foi levada pela tentação de ceder. Seria tão fácil. Sem problemas. Os pais realizariam tudo, assim como fizeram para Lurdes. O casamento dos sonhos, igual ao de contos de fadas. No entanto, a imagem do sorriso contagiante de Belinha se entrepunha entre ela e a submissão ao capricho dos pais, matando qualquer possibilidade de se casar sem a sua encantadora daminha de honra.

– Não renegaria a irmã outra vez – pensou. Sua consciência apontava que ela estava em dívida com Belinha, aliás, todos os moradores da Mansão estavam. Não a rejeitaria novamente. Conversaria com Luís para juntos encontrarem uma saída.

Ao saber da atitude dos futuros sogros, ele se irritou. Com as têmporas explodindo de indignação, pediu um tempo para que pudesse refletir melhor.

Ao chegar em casa, ele expôs os fatos a seus pais, que se permitiram não opinar. Com certeza, eles poderiam prontamente assumir todos os encargos, porém temiam passar por intrometidos e ofender os consogros. Tradicionalmente, os custos do casamento ficavam por conta da família da noiva. Com prudência, aconselharam o filho a aguardar o rumo dos acontecimentos.

– Quem sabe eles reconsideram sua decisão – disseram.

O teatro dos Castro seguia com suas portas fechadas porque os atores não estavam se entendendo e cada um permanecia congelado na própria birra. Ingrid aguardava a resposta da filha, que não chegava; os pais de Luís não desejavam interferir em assunto de família; Alice e Ari, ao invés de apaziguar os ânimos, seguiam espalhando desavença; Inês, sozinha, não tinha como incumbir-se dos gastos da cerimônia e, ao noivo, não seria de bom alvitre patrocinar as despesas. E assim o espetáculo continuava emperrado, motivado pela teimosia dos atores.

Na casa dos futuros sogros de Inês, tudo isso era visto com preocupação.

Sentados na varanda, a mãe de Luís conversava com os pais dela, enquanto tomavam café com pão de queijo.

– Como está a noiva de meu neto? – perguntou Orlando, passando geleia em um pãozinho.

– Tudo está na mesma – respondeu dona Nora. – Inês se recusa casar sem Belinha e o pai dela mantém sua posição.

– Hum! – resmungou o senhor limpando a boca com o guardanapo. – Eu gosto dessa moça – argumentou com voz firme. – Dá para ver que tem personalidade.

– No meu tempo, nós não podíamos opinar. Eram os pais que faziam as escolhas – comentou dona Neide, avó de Luís.

– Graças a Deus que hoje não é mais assim, mamãe! – afirmou Nora.

Inês se formou no final de novembro. Ela recebeu o diploma no salão nobre do colégio e somente os parentes do noivo compareceram. O abandono da família era esperado, pois a discórdia entre os Castro atingia o ápice.

Durante o baile de formatura, o casal decidiu que fariam o casamento de qualquer maneira, apenas transferindo-o para março, uma vez que a data anterior estava muito próxima. Como, nesse mês, Belinha faria aniversário, eles aproveitariam para comemorar também esse evento.

Inês escolheu uma aconchegante capela no bairro onde situava a residência dos avós de Luís para realização da cerimônia religiosa. Era uma igreja bonita, acolhedora, embora simples. Encaixava-se perfeitamente com seus propósitos. Optou por uma solenidade sem pompa, bem diferente do que Ingrid pretendia fazer, até porque, como o pai se negou a arcar com as despesas, a verba curta não permitia qualquer extravagância. Pensava em convidar somente os amigos mais íntimos e realizar uma pequena viagem.

A cidade escolhida foi Teresópolis. Um lugar que os dois conheciam e adoravam. Encravada na região serrana do Rio de Janeiro, o local mostrava-se aconchegante para receber os recém-casados. Um verdadeiro paraíso, cercado por belezas naturais, indicado para alpinismo e caminhadas ecológicas. Entre seus principais pontos turísticos, destacam-se o pico "Dedo de Deus", a 1.657 metros de altitude, a Pedra do Sino, com seus 2.263 metros, e o Parque Nacional da Serra dos Órgãos. No centro histórico, os turistas encantam-se com o Palácio Teresa Cristina, em seu estilo colonial. Um lugar charmoso para uma lua de mel. E era tudo o que eles precisavam. Combinaram que no dia seguinte informariam a decisão aos familiares.

A família de Luís, apesar de temerosa com o desenrolar dos fatos, respeitosamente acatou a deliberação dos noivos. Já na Mansão, a reação não foi a mesma. Quando Inês comunicou que o casamento sairia e como seria realizado, Ingrid teve um ataque de histeria e foi necessária a interferência de Antônio para acalmá-la. Com olhar irado, ela gritava descontroladamente:

– Sempre você, sua ingrata. Ainda vai nos matar. Mas antes terá o que merece. Nada de festa, nada de enxoval, nada de viagem.

Inês deu-lhe as costas, subiu as escadas, sem se preocupar com a troca mútua de acusações que passou a ser feita entre marido e mulher, à cata de um culpado.

Júlia, ao ouvir os gritos dos pais, saiu do quarto e encontrou Inês, que a deixou a par do motivo daquele berreiro lá embaixo. Compadecida pela desventura da irmã, abraçou-a e, com ternura e segurança, confirmou:

– Estou do seu lado e de Belinha. Ninguém me impedirá de ir ao seu casamento. Não se esqueça do nosso lema:

"A dor fortalece os músculos da alma".

Ao constatar que a filha não mudara de ideia, Ingrid deprimiu-se. Chorava pelos cantos e abusava do cigarro. Os sentimentos de Antônio também entraram em colapso. Nunca imaginou que um dia assistiria à derrocada da descendência dos Castro de que ele tanto se orgulhava. O brilhante comerciante, o homem que armava negócios mirabolantes, o hábil administrador, frustrava-se ao concluir que era um fracasso na condução da própria família. Porém, escondido atrás do orgulho, permanecia irredutível, não cedia, não negociava.

Alegrias e frustrações

Mais um Natal estava de volta. Um Natal insosso, descolorido, sem graça. A organizadora-chefe das grandes festas da família, mergulhada no seu próprio infortúnio, esqueceu-se da data. Os empregados, de prontidão, aguardavam as primeiras ordens.

A tarde continuava abafada com jeito de vendaval. Ingrid, sentada em frente ao piano, brincava com as teclas, sem inspiração. Ao perceber que alguém se aproximava, ela se ergueu vagarosamente, como se estivesse carregando um pesado fardo nos ombros. Era Lurdes com a filha. Ao ver a avó, a pequena Bárbara, de dois anos, correu em sua direção com os bracinhos erguidos. Enquanto elas trocavam carinhos, Lurdes anunciou:

– Estou grávida!

Ingrid animou-se. Substituiria a frustração do casamento de Inês pela euforia do advento de um novo neto. Aproveitou a novidade para empurrar a depressão para fora do peito e tentar voltar à vida. Ali mesmo, fizeram inúmeros planos e, quando Lurdes se retirou, Ingrid ligou para Antônio. Ao atender o telefone e ouvir a voz da mulher, surpreendeu-se por ela não ser o arauto de mais uma mensagem ruim.

– Até que enfim uma boa notícia. Finalmente, vou ter um neto – fez uma paradinha e completou embaixo de uma risadinha:

– Pode o homenzinho chegar desta vez.

Ingrid desligou o aparelho, mas sentiu uma pontinha de preocupação:

– Será que ele vai desenterrar o assunto de sempre? Esse morre de velho e não deixa de ser teimoso – pensou.

Ela estava feliz e nada, nem mesmo o comentário inoportuno do marido, iria atrapalhar a sua felicidade. Saiu cantarolando em busca dos empregados. Eles, aflitos, respiraram aliviados. Na verdade, bem que gostavam de decorar a Mansão. Afinal, a patroa decidiu enfeitar a casa.

No entanto, o trabalho, além de atrasado, seria menor. Esse ano, a comemoração aconteceria na residência de Lurdes e a gravidez, acrescida da esperança de um descendente do sexo masculino, tornava-se um bom motivo para festejar. O seu apartamento duplex recebeu roupagem nova nas cores vermelho, branco e verde, especialmente para o evento natalino.

Ingrid e Lurdes não se largavam, ocupadas com visitas a lojas e com a escolha da ceia. A primogênita dos Castro passou a ser a filha querida, aquela que não desapontava os pais.

Porém um insignificante incidente quase abalou o relacionamento entre as duas. Sobrou para Custódia que, com paciência, foi obrigada a ouvir o desabafo de Ingrid.

Escolhiam um relógio para Júlia em uma famosa relojoaria, quando Ingrid pediu à balconista para lhe mostrar outra joia que não estava prevista nas compras:

– Deixe-me ver aquele brinco de bolinha, ali – pediu Ingrid.

Enquanto elas aguardavam a atendente retirar a joia do mostruário, Lurdes argumentou:

– É bonito, mas é grande demais para Bárbara.

– Ah! Eu estava pensando em comprar para Isabel – explicou Ingrid já com o produto nas mãos, procurando corrigir o mal-entendido. Com cara de indignação, Lurdes interrogou:

– A senhora não está querendo levar aquela "coisinha" no meu Natal? – o tom de voz elevado fez com que alguns clientes erguessem a cabeça. Ingrid devolveu o brinco, prometendo pensar, indiferente ao sorriso frustrado da vendedora que o recolocava no lugar.

Já na calçada, caminharam um pequeno trecho, caladas. Ao notar que a mãe ficou chateada, Lurdes procurou recuperar o diálogo e trazer de volta a empolgação de Ingrid. Em frente a uma sapataria, apontou para um sapato:

– É do seu tipo, mãe – comentou certa de que atingiria o alvo. E atingiu. Ingrid, com entusiasmo, convidou a filha para entrar na loja.

E assim, por meio de um consumismo desenfreado, as duas ocupavam seus dias, esquecendo-se do resto da família.

Júlia tentava amenizar a tristeza de Inês, inventando programas onde saíam com Raquel e Belinha, normalmente à praia ou às compras.

Entre os familiares de Luís, o clima ainda era de ansiedade, porque o impasse não se dissolvia e eles se sentiam impotentes para opinar. Cientes de que Inês não iria se reunir na casa da irmã e sim na Casa dos Fundos, imediatamente as convidaram para passar o Natal com eles.

Uma garoa fina, com pretensão de incomodar, molhava a cidade à véspera do Natal, levantando comentários se o sol daria sua graça. Algumas horas depois do almoço, as nuvens escuras dissiparam-se, abrindo espaço para que o azul reinasse absoluto em dia tão importante.

À noite, o casal Castro estava pronto para sair. Impecável em seus trajes, os dois formavam um lindo par. Ela, dentro de um elegante vestido em seda lilás com decote acentuado, exibia o colar de diamantes, presente dele, quando engravidara de Isabel. Ele, envergando um terno de tecido leve na cor cinza, combinado com camisa marfim e arrematada com gravata italiana, igualmente cinza, procurava as filhas para acompanhá-los. Achou Júlia e perguntou por Inês. A garota timidamente informou-o que a irmã jantaria com os pais de Luís, juntamente com Raquel e Belinha. E, antes que ele se manifestasse, ela pediu:

– Posso ir com elas?

O "não" chegou na velocidade de um raio, trepidando tudo que encontrou pelo caminho. O tamanho do berro ecoou pelos corredores da Mansão, levando as pessoas a temer pela menina.

– Você vai conosco e trate de não seguir os passos de sua irmã, porque vai se dar muito mal também. E vou avisando, não quero mais falar sobre isso! – e, sob gestos ameaçadores, encerrou o papo.

Júlia encolheu-se, murchou. Pressionada pela ira do pai, esforçava-se para segurar as lágrimas. Pelo resto da noite, sem dizer uma palavra sequer, seguiu como simples acompanhante com cara de cachorro maltratado pelo dono.

Apesar da bela festa preparada por Lurdes, Ingrid estava aborrecida. Doeu a falta da presença de Inês, sofreu com o mau humor de Júlia e, por incrível que pareça, sentiu um pouco de remorso pela ausência de Belinha. Afinal, a pequena participou do último Natal e se comportou maravilhosamente bem. E, além de todos esses desgostos, as preocupações geradas por Inês que não saíam da cabeça. Era encrenca demais entupindo uma única mente.

Ingrid passou os dias seguintes curtindo sua amargura. O casamento da filha se aproximava e o casal ficou sem alternativa, encurralado nas próprias tramas. Em uma dessas chatas e intermináveis tardes, irrequieta, dirigiu-se à escrivaninha e decidiu conversar com seu amigo secreto. De posse de uma folha de papel, rabiscou linhas e mais linhas de desabafo. Reclamou, choramingou, pediu apoio.

"Meu Querido!

Será que preciso rever meus conceitos?

Analisando o Natal na casa de Lurdes, vi que alguma coisa parecia estar fora do eixo.

A recepção estava perfeita e minha Lurdes, linda, em um vestido de seda palha com o comprimento abaixo dos joelhos, finalizado com joias em ouro amarelo. Enquanto flutuava com elegância em cima de um salto altíssimo sobre tapetes persas, distribuía sorrisos.

Os homens fumavam, bebiam e discutiam negócios, como qualquer reunião banal. A conversa entre as mulheres girava em torno de fofocas sobre outras mulheres ou frivolidades do momento. Era uma festa como tantas das quais estávamos acostumados a participar, mas parece que não tinha jeito de Natal. Enfim, não me animei.

Julinha, entediada e tristonha, isolou-se na sala de televisão e adormeceu no sofá, amarrotando a saia rodada xadrez com laranja que comprei especialmente para aquela ocasião. Sua falta foi apenas notada na hora da troca de presentes. Alguém perguntou sobre o casamento de Inês e dei uma resposta evasiva. As amigas, com a certeza de que algo não ia bem, elegantemente, trocaram de assunto, porém morrendo de vontade de saber a causa.

Em contrapartida, Custódia me contou o que ouvira de Inês sobre o encontro na casa de Luís. Um caloroso ambiente. Os anfitriões não estavam preocupados com formalidades e sim com o bem-estar dos convidados, fazendo com que todos se sentissem à vontade. Até achei bacana, mas será que não fica sem graça, uma festa simples assim?

Ela contou também que os avós de Luís, Orlando e Neide, com sua natural simpatia, dedicaram parte do tempo em divertir Belinha. Contrataram até um Papai Noel. Uma autêntica comemoração natalina. Isso me deixou chateada. Sim! Fiquei chateada porque eles, que são estranhos, divertiram Isabel. Mas a verdade é que eles não precisam conviver o dia a dia com ela. Aí, é fácil. Não necessitam apresentá-la como sua filha.

Sabe que já cheguei a pensar em aceitar Isabel com todas as suas limitações? Mas é quase impossível. Além do meu medo, pois não imagino como reagiria diante do que outras pessoas pudessem achar ou até falar, ainda tem Antônio. Provavelmente, teria que me separar dele e me afastar dos sogros. Óbvio que ficaria com Inês e Julinha, já que elas estão do lado de Isabel, mas, em compensação, Lurdes se voltaria contra mim. Meu Deus, eu dividiria a família inteira. Jamais desejo isso.

Querido, quanta complicação! Você não concorda? Aonde vamos parar?

Ah! Esse casamento de Inês está acabando com minha vida e com a dela também. De Antônio. De Julinha. Não sei quem é mais teimoso: Antônio, eu ou Inês. Você acha justo eu não poder ir ao casamento da minha própria filha? Que absurdo!

Na verdade, fico com dois corações. Às vezes, desejo recuar e ajudá-la. Afinal, o casamento é dela. Por que não pode ser do jeito que ela quer? Porém, o meu egoísmo não deixa essa ideia progredir. Vejo diante de mim, ostentado em letras gigantes, a palavra 'Humilhação'. Por ora, eu não posso afirmar qual alternativa seria pior: expor Isabel à sociedade ou ter que dar inúmeras explicações do porquê da ausência dela na cerimônia.

Em raros momentos, permito que os sentimentos escapem do controle, liberando-os para flutuar; e, numa miragem, enxergo Inês ricamente vestida, deslizando sobre o tapete vermelho rumo ao altar, como eu e Antônio sonhamos.

Ao retornar do devaneio em que meu cérebro se meteu, afirmo para mim mesma:

– Apenas pensamentos.... Apenas imaginação.... Isso foi longe demais...

Não sei o que acontece comigo. Parece que tudo está virado de cabeça para baixo.

Observação: Esqueci-me de contar que as palavras usadas por Lurdes, lá na joalheria, causaram-me mal-estar. Eu não deveria ter permitido que ela me intimidasse quando olhei o brinco para Isabel. Ainda sinto vontade de voltar lá e comprar. O que você me diz? Me dê uma pista.

Um beijo, meu querido."

Mais aliviada, foi para a cama e adormeceu.

Antônio degustava um novo "Cabernet Sauvignon", sozinho, no escritório. Mais uma noite de insônia provocada pelos recentes e aborrecíveis acontecimentos que o levava a permanecer até um pedaço da madrugada acordado. No intuito de passar o tempo, aproveitou para fazer uma limpeza nas gavetas. Foi separando documentos velhos, vencidos e sem utilidade, jogando-os na lixeira. No meio de toda aquela papelada, descobriu um envelope que nada tinha a ver com os papéis ali arquivados. Abriu-o e encontrou um cartão de Inês dirigido a ele, onde ela desenhou uma menina de mãos dadas com o pai, dentro de um coração, com os seguintes dizeres:

" Papai, você mora no meu coração."

Uma simples mensagem feita na escola para comemorar o Dia dos Pais. Nem sabia por que deixou aquela antiga recordação por ali, como também não se lembrava quando a havia recebido. Talvez dez, doze ou quinze anos. Não importava. Uma frase tão comum, dita por qualquer filha a um pai. No entanto, a lembrança, aliada ao efeito do vinho, provocou uma dor seca no estômago, queimando como fogo. Curvou-se na esperança que os espasmos se reduzissem. Quando a sensação dolorosa aliviou, a imaginação o conduziu a um período feliz, não tão remoto. Fechou os olhos e consentiu que o pensamento divagasse:

"Entrou pela porta da casa e lá estava Inês, ainda com o uniforme escolar. Com as duas mãozinhas escondidas atrás das costas, segurava um envelopezinho destinado a surpreendê-lo.

– Vem cá, minha princesinha dourada! – Levantou-a em seus braços e beijou-a várias vezes.

– O que você tem aí escondido que papai não deve saber? – Ela apenas ria, encabulada.

– Por acaso é algum segredo? – Ela balançava a cabeça, querendo dizer que não.

– Ah! O que será, então? – Brincava ele.

Ingrid, acompanhada de Lurdes, se aproximou. Antônio piscou para mulher e, com cara de cumplicidade, perguntou à Inês:

– Será que a mamãe pode ajudar o papai descobrir?

Ela sinalizou afirmativamente, porém, antes que Ingrid arriscasse um palpite, Inês surpreendeu-os entregando o cartão a Antônio.

Ingrid comentou:

-Você está tão sério. Veja o que tem aí.

– É verdade! – Concordou, abrindo o envelope devagar e com emoção."

Em poucos instantes, a realidade retornou. O cartão de bordas amareladas pelas marcas do tempo empurrava-o direto à infância de Inês, mas os atuais aborrecimentos impediam de permanecer lá, em uma época da qual não queria mais sair. Aquela fusão de passado e presente resultou em uma carga tão pesada, tornando impossível segurar as lágrimas que rolaram feito águas revoltas em dias de tempestade.

Depois de se afogar no pranto, ergueu-se, consciente de que algo se perdera para sempre. Tomou mais uma taça de vinho e foi dormir. Infelizmente, as últimas atitudes, infestadas pela teimosia, impeliam-no para um caminho sem volta, triste e ruim.

O casamento de Inês

O mês de fevereiro entrou dançando ao som das marchinhas alegres de carnaval que se insinuavam pelas ruas da cidade, no rufar dos tambores, na fricção das cuícas e no passo cadenciado dos passistas. Era comum ouvir os empregados da Mansão cantarolar algumas delas durante a execução de suas tarefas.

Inês, ao romper com os pais, perdeu o acesso aos únicos recursos financeiros de que dispunha e, sem dinheiro, ficou impossibilitada de custear as despesas do casamento. Sozinha, a carga sobrepesou. Só podia contar com o noivo e a família dele que, apesar de não se opor em ajudá-la, continuava indecisa e agia com certa timidez. Temiam descontentar os Castro.

Ela simpatizava com ideias modernas em que a mulher corre em busca da independência financeira. Não aceitava a única opção que sua mãe e suas avós tiveram: serem apenas reconhecidas como a "Rainha do Lar". Não pretendia seguir a mesma trilha percorrida pelas "Amélias", aquelas que eram mulheres de verdade; as que lavavam, cozinhavam, serviam os maridos, pariam e criavam filhos; aquelas que, por pavor ao desconhecido, tinham receio de quebrar o jugo da submissão ao aposentar velhos paradigmas. Queria decidir sobre escolhas, optar por caminhos por ela definidos, descobrir aptidões ainda não conhecidas, sem, no entanto, abdicar do seu lado feminino.

Como o novo não a amedrontava, Inês foi à luta. Inscreveu-se em várias escolas para dar aulas, todavia até o momento não havia sido chamada. Sabia que a tarefa não era fácil. Com o auxílio do pai, atalhos simplificariam a complicada trama para conseguir um emprego. Bastava um telefonema dele a um diretor conhecido ou a um funcionário do alto escalão do governo estadual e alguma porta se abriria. Mas estava brigada com ele e insistia em provar que era capaz de vencer na vida com próprios méritos.

Assistindo de perto aos problemas de Inês, Luís ofereceu-lhe o vestido de noiva, o que foi polidamente recusado. Entretanto, a conversa chegou aos ouvidos de Raquel, que colocou seus préstimos à disposição. Explicou à amiga que aprendeu a costurar muito jovem, sem deixar de falar do curso que fez. Nunca trabalhou na requintada indústria da "alta costura", porém seus trabalhos sempre foram bem aceitos. Inês adorou a sugestão. Preferia usar uma roupa mais simples, do que se trajar sofisticadamente por conta de doações da família do noivo, quando a responsabilidade era do pai.

A Casa dos Fundos transformou-se em ateliê. Rendas, tecidos, linhas e uma enorme quantidade de acessórios se espalharam na espremida sala para a felicidade de Belinha. Ela teimava em participar. Pedia explicação de cada corte, cada botão, cada arranjo aplicado. Já se achava uma costureira. Raquel, com paciência, dava os devidos esclarecimentos. Inês, no final da tarde, juntava-se a elas para discutir detalhes, provar, fazer ajustes, tudo aos olhos atentos da menina. Os dias definhavam ao som da máquina de costura, das risadas de Belinha, do bate-papo legal, sem faltar o delicioso café, acompanhado de pastel de banana com goiabada.

Que delícia...

Mas Inês não estava totalmente sozinha.

Contrariando aos costumes da época, Orlando, avô de Luís, ofertou a festa como presente que, com relutância, ela foi obrigada a aceitar. Os convites foram impressos em uma gráfica que prestava serviços à empreiteira do futuro sogro. Claro que, por se tratar de clientes tradicionais, obtiveram um preço especial. Tão logo prontos, o casal saiu para distribuí-los.

Os pais de Antônio foram os primeiros a receber. Dona Alice atendeu à porta, surpresa, e, antes que dissesse alguma coisa, Inês e Luís colocaram o envelope em suas mãos, despedindo-se rapidamente. Ao ficar só, os olhos turvaram-se pelas lágrimas, pois jamais imaginaria o casamento da neta sem sua presença. Mas, infelizmente, não achava respostas para questões insolúveis: como ir? Como desobedecer ao esposo de quem sempre cumpriu ordens?

A entrega para Lurdes foi mais fácil. Inês a encontrou tomando chá com a mãe e aproveitou para fazer o convite às duas. Ela nem se dignou a olhar e já adiantou que não iria comparecer, porque o marido não queria desagradar o sogro. Inês, com educação, despediu-se e, apressadamente, subiu as escadas em direção ao quarto.

Ingrid, ao ver a filha distribuir convites tão simples, emudeceu. Sentiu remorso por não estar auxiliando Inês nos preparativos. Lurdes, por sua vez, ao perceber a mudança de humor expressa na fisionomia da mãe, notou que a visita perdeu o sentido: discutir modelos de quartinho de bebê. Desapontada, deu um breve tchau e foi embora.

Assim que Antônio apareceu, Ingrid entregou-lhe o envelope. Ciente do que continha ali, também não abriu. Apenas o jogou sobre o balcão da sala, sem deixar de exprimir sua irritação. Como não tinha mais paciência para aquele assunto, retirou-se, refugiando-se no escritório. A esposa, que pensava em trocar alguma ideia em relação a emaranhada confusão em que se meteram, permaneceu lá, sozinha, estaqueada, curtindo seu desgosto.

A partir desse momento, Ingrid teve a certeza de que o casamento da filha havia tomado um rumo sem volta. Esmagada em um vendaval de emoções, amparava-se no cigarro, parceiro das horas difíceis. Os acessos de tosses e a falta de ar igualmente lhe faziam companhia.

Antônio ainda esperava que Inês reconsiderasse sua atitude e aceitasse sua mão estendida, naturalmente, rendendo-se às suas condições. Entretanto, ao notar a determinação da filha, perdeu as esperanças e se frustrou. Triste e desolado, tornou-se motivo de comentários dos amigos mais chegados que estranhavam a ranzice do velho companheiro.

Inês acordou cansada e com a camisola empapada de suor. Levantou a cabeça e viu que o relógio de cabeceira anunciava um novo amanhecer. Era o dia em que se casaria com o príncipe dos seus sonhos.

Lá fora, a noite descia completamente esgotada de sua jornada. Um tênue clarão cresceu no fundo do céu, acelerou a marcha, sedento por um encontro. E a noite, uma amante apaixonada, atirou-se nos braços do dia, como se bailassem incansavelmente em passos eróticos, num tango argentino. Abraçados, produziram matizes mil, até que, extenuada, a dama de preto se extinguiu sob os pés de tão luminoso moço que invadiu o céu para iniciar sua caminhada.

Inês, magoada em seus sentimentos, não foi capaz de enxergar a magia dos enamorados. Voltou para junto do travesseiro, mas não conseguiu reencontrar o sono.

Levantou-se e tomou uma ducha quase fria. O andar, com os ombros levemente caídos, demonstrava fragilidade. Estava exausta. Não pelo excesso de tarefas, mas pelas emoções. Ainda enrolada em um roupão, conferiu a mala de viagem. Vestiu saia e blusa em tons claros e desceu.

Custódia a recebeu feliz, com uma mesa lindamente decorada para ocasião tão especial. Porém, com tristeza, observou que sua menina escolheu somente uma torrada. Apenas mordiscava, enquanto caminhava pelos cantos sem saber o que procurava. Não aparentava a felicidade natural de uma noiva em dia de núpcias, mas, ao contrário, estava dominada pelo nervosismo e preocupação. A cozinheira percebeu que a melancolia vinha do desamparo dos pais que deveriam estar ali para acalmá-la e apoiá-la em hora tão importante. Lamentavelmente, eles a abandonaram.

O patrão havia se refugiado no Haras e a patroa fora para São Paulo, com Lurdes e Laerte. Na intenção de ajudar Inês, Custódia sugeriu que ela fosse tomar o café da manhã com Raquel e Belinha na Casa dos Fundos. Ela gostou da ideia e o primeiro sorriso de uma data tão significativa, embora tímido, surgiu em seus lábios. Voltou ao quarto, reuniu alguns apetrechos em uma maleta de mão e, na saída, deu um abraço na coitada da cozinheira que, com esforço e sem jeito, tentava substituir a mãe. Bateu a porta da rua e, após se adiantar poucos metros, olhou para trás com amargura para, quem sabe... nunca mais pôr os pés naquela casa.

Na modesta residência lá atrás dos bambus, a movimentação era intensa. O maquiador e o cabeleireiro, profissionais não conhecidos da alta sociedade, entraram em atividade, deixando as mulheres lindíssimas.

Raquel surpreendeu com sua habilidade na costura. O resultado de um trabalho caprichoso nada ficou a dever aos melhores costureiros parisienses. O vestido, digno de um renomado modista, realçava a beleza de Inês. Um “tomara que caia” de tafetá, recoberto por uma renda que terminava na altura dos tornozelos, arrematada por um barrado com aplicações de graciosas pérolas. A grinalda, presa em um coque cheio de detalhes, prendia um véu que cobria parte dos ombros. E para finalizar, luvas delicadas davam um toque de princesa.

O buquê escolhido contrariou a moda da época. Não era de rosas. Um maço de mosquitinhos com alguns ramos verdes, presos por um laço de cetim branco, enfeitava a mão da noiva.

Entre várias anáguas de filó engomado, cobertas por tecido rosa esvoaçante, Belinha parecia um anjo travesso que acabara de perder as asas. Na cabeça, uma guirlanda colorida de flores do campo entremeava-se com os agitados cachos loiros. Luvas e sapatos brancos completavam o traje.

Com os cabelos soltos, enfeitados por uma fita, Julinha repetiu a mesma roupa recentemente usada no aniversário de Bia, já que não pôde pedir uma nova, uma vez que fora proibida de comparecer ao casamento.

Uma hora antes da cerimônia religiosa, Orlando e Neide buscaram Belinha, Raquel e Julinha. Em seguida, Osvaldo, futuro sogro, apanhou a noiva.

Para um coração romântico como o de Inês, a capela escolhida veio de encontro aos seus anseios. Acolhedora, mimosa, caiada de branco, lembrava o estilo espanhol. No jardim, alguns canteiros, davam boas-vindas aos fiéis. A porta de entrada, alta e grossa, isenta de qualquer detalhe, encaixava-se na singeleza do lugar. Nos bancos e nos demais móveis, a cor avermelhada do cedro destacava-se com o claro das paredes. A simplicidade da decoração expunha quadros de reduzidos tamanhos, em tons escuros, representando a Via Sacra. Em cima do sacrário, apenas o Mestre e, distante da impressão triste que o martírio de Jesus nos causava, a imagem mostrava um Cristo de rosto sereno, acompanhado de São Francisco, padroeiro das florestas e dos animais, com uma pombinha branca nas mãos. À frente, uma bancada, com finalidade de guardar objetos sagrados, tinha como companhia pequenos vasos de violetas naturais, espalhados aleatoriamente. Um banco exclusivo para cerimônias matrimoniais estava postado logo abaixo. No lado direito, Nossa Senhora, envolta em seu manto azul, emanava ternura através de um doce olhar; e, no esquerdo, São José, com um lírio nas mãos, bem-aventurado por ter carregado o filho de Deus em seus braços. Os confessionários alojados nas duas laterais, embaixo dos mezaninos, facilitavam o deslocamento dos fiéis que caminhavam sobre um piso de ladrilho comum, assentado com desenhos geométricos. No teto, esplendorosos lustres de madeira rústica iluminavam o recinto. Dois longos jarros decorados com samambaias crespas foram colocados no início do corredor. A passarela ganhou forração de folhas perfumadas que emanavam delicioso aroma.

Nada mais ornamentava a casa do Senhor, exceto Ele.

A inexistência de luxo da capela cativou o casal. Cuidaram para que a decoração não interferisse na harmonia do ambiente.

Elegante em um terno azul-marinho, camisa branca e gravata azul com listras escuras, Luís, ao lado da mãe, demonstrava ansiedade pela demora da amada.

A noiva chegou. O cochicho espalhou-se entre os presentes. Inês, inquieta, estava pronta para entrar. O futuro sogro ofereceu-se para conduzi-la, mas ela, com delicadeza, recusou a oferta. Com dissabor, explicou que aquele posto pertencia a seu pai e, na ausência dele, entraria sozinha.

O som impactante da marcha nupcial inundou a Igreja. Inês deu uma última olhada para trás na esperança de ver os pais. Infelizmente, não podia esperar mais, pois a música estava terminando. Ao iniciar o trajeto rumo ao altar, não conseguiu esconder o olhar de decepção.

– Eles não virão mesmo – pensou, com tristeza e desânimo. No entanto, a frase da mãe da Bia cresceu em sua mente:

"A dor fortalece os músculos da alma".

Seguiu pelo corredor principal num caminhar cadenciado, esforçando-se para controlar o pranto. O enorme sentimento de desamparo contagiou os convidados que procuravam disfarçar a emoção.

Luís não esperou que ela chegasse até o altar e, quebrando o protocolo, foi ao seu encontro. Sacou do bolso um lenço e secou as lágrimas que brotavam no rosto de Inês, quando queria secá-las com beijos. Buscou a mão dela, segurou-a com firmeza e, afetuosamente, sussurrou em seu ouvido:

– Vamos lá, "baby". Esse é o nosso momento.

O sacerdote fez o tradicional discurso, abordando a convivência entre casais. O ritual prosseguiu e chegou a hora das alianças. Belinha devia entrar.

Os primeiros acordes da "Ave Maria" já invadiam o espaço, enquanto a menina continuava parada, olhando para o alto, como se conversasse com alguma amiga. Preocupada com a demora, Raquel se aproximou e murmurou:

– Vamos entrar, querida! – ela girou a cabeça e explicou:

– Estou falando com a minha fadinha.

Após uma concentrada pausa, seus olhos se acenderam tal qual duas estrelas, acompanhados de um sorriso. Então ela iniciou a caminhada em direção ao altar, com passinhos miúdos e ritmados. As mãozinhas seguravam a alça da cestinha com as alianças, carregando-as com o mesmo cuidado de alguém encarregado de proteger um tesouro. A plateia, hipnotizada, ouvia o som da música dançando com o silêncio.

Acomodada em um banquinho destinado a ela, Belinha mantinha a visão perdida em um lustre, como se estivesse prestando atenção em alguma pessoa. De repente, mostrou-se visivelmente contrariada e, em um movimento de mão, expressando sinal de desaprovação, resmungou baixinho:

– Minha amiguinha foi *emboa* sem se *despedi*...

Depois de dito o "sim", o sacerdote autorizou o noivo a beijar a noiva. Luís, empolgado, não se conteve e, com um beijo longo e apaixonado, envolveu Inês em um prolongado abraço, sob o olhar severo do padre, que esperava apenas um beijo mais contido. Num pensamento sincronizado, eles concluíram que:

– Tudo valera a pena...

As surpresas não pararam por aí. Tão logo foram declarados marido e mulher, Luís puxou o violão que estava escondido atrás do púlpito e maravilhou Inês, cantando a música do primeiro encontro:

"Only You". Somente você!

Outra vez ela se emocionou e lutou com as lágrimas para que não encharcassem o belo rosto maquiado.

Terminada a canção, ele a beijou novamente.

As testemunhas assinaram o livro, confirmando a união do jovem casal. O fotógrafo contratado exigiu muitas poses para muitas fotos.

A saída foi triunfal, com uma Inês feliz e tranquila, diferente daquela moça que entrou com a feição extremamente tensa. Belinha, à frente dos dois, sentia-se tão importante quanto os noivos.

A família de Luís surpreendeu com uma recepção maravilhosa. Elaboraram um cardápio especial com frutos do mar. Após o jantar, antes de cortar o bolo, o avô de Luís pediu a atenção dos convidados. Dois garçons se aproximaram com uma mesinha, onde havia outro bolo, em forma de "Castelo de Princesa", com uma vela de aniversário em cima da chaminé.

– Uau! – exultou Luís. – Isso é bom demais...

Um gesto simples, mas de grande impacto emotivo. Tanto Raquel como os demais ficaram atentos à reação de Belinha.

Inês, sensibilizada, levantou um pouco a ponta do vestido, segurando-o com as duas mãos e correu até os mentores de tão singela homenagem. Depois de abraçá-los, saiu em busca da aniversariante, trazendo-a pela mão. Luís olhou para a pequena e disse:

– É seu aniversário! – e, apontando para o castelo, falou:

– É todo seu.

Ela, confusa, perguntou:

– Belinha vai *ganhá pesente*? – provocando risos dos que estavam ao seu redor.

– Claro que sim – respondeu Inês e, imediatamente, iniciou o "Parabéns a você".

– Oba! Oba! ... – gritou a menina.

Lá na capela, já com as luzes apagadas, uma figura solitária, que passou despercebida por todos, deixava seu refúgio. Como um fantasma, vó Alice escondeu-se nos fundos do mezanino. A vergonha e o remorso não permitiram que ela abandonasse o esconderijo e abraçasse a neta.

No Haras, pai e filho tomaram destinos distintos. Antônio pegou o cavalo e cavalgou pelas areias da praia exaustivamente, querendo fugir de si mesmo. Suas emoções entraram em colapso. Ao anoitecer, buscou a solidão de seu aposento e, acompanhado de uma garrafa de uísque, embebedou-se até adormecer.

O remorso também maltratou o vô Ari, porém como estava sempre com a mente alerta, tentava em vão defender-se do óbvio. Caminhou pelos campos sem rumo por horas a fio. Ao voltar para a casa, cansado, com enxaqueca e de péssimo humor, escolheu um quarto de hóspede para se isolar. Não queria cruzar com Alice.

Antes de viajar para São Paulo, Ingrid pediu à Norma que guardasse os jornais de domingo. Quando retornou ao Rio na segunda-feira, procedeu do mesmo jeito que fizera após o casamento de Lurdes. Ávida por notícias, foi direto às colunas sociais, porém, desta vez, sem entusiasmo e, sim, com preocupação. Não imaginava o que os noticiários poderiam ter publicado.

Foi folheando as páginas, tão séria que a ruga entre os olhos se acentuou. Depois de procurar minuciosamente, encontrou somente uma reduzida nota que dizia: "Filha dos Castro se casou em uma capela de bairro."

– Que ótimo! – exclamou alto e em seguida ligou para Lurdes a fim de comentar o que havia lido.

– Menos mal, mãe! – arrematou Lurdes, feliz. – Dessa, a família escapou bem! Agora é só ignorar os falatórios que, em breve, será um caso esquecido, como qualquer outro escândalo.

Ingrid, para evitar explicações, instruiu os empregados a dizer que ainda não voltara de viagem. Bisbilhotou com a cozinheira e descobriu que Júlia esteve no casamento, contrariando suas ordens. Assim que a encontrou, chamou-lhe atenção e aplicou-lhe um castigo sem cumprimentar ou sequer lhe dar um abraço: "Não pode sair de casa nem convidar nenhuma amiga, por uma semana! " Depois do castigo aplicado, uma pontinha de arrependimento questionou-a sobre a precipitação de sua atitude. Entretanto, a filha não se importou com a punição, pois a desobedeceria de qualquer maneira.

Antônio continuava na fazenda. Enviou um recado pelo capataz, avisando que ficaria por lá mais alguns dias, para alívio da esposa, que não estava com disposição de ouvir suas lamentações. Findado o prazo, ele reapareceu com uma carranca assustadora. Marido e mulher não tocavam no assunto e agiam como se nada tivesse acontecido, cada um driblando suas próprias assombrações. O vô Ari voltou para a casa da cidade, somente depois de um mês. Não se sentia à vontade com os últimos episódios, mas aproveitou o retiro para ver em que parte do percurso os erros foram cometidos.

Ao regressarem da lua de mel, Luís e Inês estrearam a nova moradia. A mãe de Luís ajudou na decoração, transformando o ambiente em um recanto aconchegante. Inês agradeceu a gentileza da sogra, mas não deixou de pensar:

– Como gostaria que aqui tivesse um pouco do bom gosto da mamãe...

Mas, tudo isso não passava de uma página virada. Então, afugentou o desânimo e prosseguiu com pensamentos mais animadores, pois, afinal, necessitava de coragem para enfrentar uma inexplorada etapa da vida que despontava à sua frente.

– Deixa para lá. Tão logo consiga me desocupar, vou visitar minhas amigas lá na Casa dos Fundos. Estou louca para ver a alegria de Raquel e Belinha quando eu entregar as lembrancinhas que trouxemos e contar sobre a viagem.

Uma intrusa na mansão

Na Casa dos Fundos a rotina seguia tranquila. Raquel, na função de mãe, era correspondida com amor e carinho. Contudo, como primeira responsável por Isabel, algumas preocupações afligiam-na. Uma delas dizia a respeito do crescimento físico da menina. Era lento e já se observava um aumento do peso, ainda que discreto. Cada vez que manifestava seus receios, o pediatra a acalmava, afirmando que o diagnóstico se encontrava dentro da normalidade para aquela situação.

– Ela não crescerá muito – informou o doutor, deixando explícito que não havia nada a fazer.

Outro motivo de inquietação, que também a incomodava, estava relacionado com a alfabetização. A pequena já atingira idade ideal para ser alfabetizada. Não podia mais se limitar às brincadeiras de aprender, inventadas pela babá. Belinha necessitava de uma escola ou de uma professora particular que, através de um cronograma, desenvolvesse um programa de aprendizagem. Como ninguém da família tomava iniciativa, Raquel decidiu tomar. Saiu à procura da patroa, cheia de argumentos. Encontrou Ingrid sentada em um banco do jardim, aproveitando o sol da manhã com Pingo. Ao ver a babá se aproximar, uma ruga, indicando apreensão, alertou-a para possíveis complicações.

– Precisamos conversar? – falou Raquel, cercando-a com os olhos, sem se intimidar. Em poucas palavras, expôs o assunto de forma lógica e clara. Com o semblante carregado, Ingrid retrucou, beirando a grosseria:

– Isso é loucura! Nenhuma escola a aceitaria como aluna – Raquel não se deu por vencida e contra-atacou:

– Podemos contratar uma professora particular.

Ingrid não respondeu de imediato. Enquanto analisava a proposta, atendeu ao pedido do cão que insistentemente lhe arranhava as pernas, acomodando-o sobre a saia amarela. Entretanto, Raquel permanecia ali, impaciente, apertando os dedos à espera da decisão.

– Vou pensar! – disse Ingrid, já sem paciência, alisando o pelo do animal, carinhosamente. Raquel não gostou do que ouviu, mas agradeceu cortesmente e se despediu. Certamente esperava por outra resposta, mas sabia que devia ir com calma. Enfim, tudo o que se relacionasse à Isabel era feito em câmera lenta.

Ingrid levou o caso a Antônio que, como sempre, só enxergou reparos. Ele deixou claro que tinha encrencas demais para se preocupar. Lógico que o compromisso "alfabetização de Isabel" não cabia em sua agenda. Segundo seu entendimento, tudo não passava de uma grande bobagem, perda de tempo e dinheiro, pois era evidente que a menina jamais aprenderia a ler e escrever. No entanto, sabendo que a Feiticeira de Olhos Verdes não desistiria facilmente e importuná-los-ia até conseguir o que queria, encarregou a mulher de cuidar do problema.

Então, diante da omissão do marido, Ingrid procurou resolver a questão ao seu modo. Lembrou-se de uma professora aposentada e a contratou, na esperança de que ela assumisse tão delicada tarefa. No dia estabelecido para iniciar as atividades, conduziu-a à Casa dos Fundos para apresentar Isabel. Ao verificar que se tratava de uma criança "especial", a senhora indignou-se.

– Não acredito que você pretendia me contratar para dar aulas a essa... – enrolou a língua e demorou alguns segundos para buscar a palavra que julgava adequada – ... retardada mental – e saiu porta afora, resmungando e pisando forte com seus sapatos de salto alto.

Pela primeira vez, dona Ingrid colocou-se em defesa da filha:

– Quem ela pensa que é para falar assim de Isabel?

Porém o ato de proteção durou somente o tempo de um disparo de flash. Rapidamente, o nobre sentimento cedeu lugar ao temor.

– Aposto que essa velha rabugenta vai espalhar pela vizinhança o que viu aqui – comentou nervosa e arrependida da atitude que tomou. Raquel, inconformada com o que ouvira, encarou-a e perguntou em tom quase agressivo:

– O que ela poderia ter visto aqui que a senhora se envergonharia?

Sem argumentos, Ingrid movimentou os ombros desdenhando e respondeu com certa rispidez:

– Ora, Raquel! Você sabe muito bem do que eu estou falando.

A babá quis retrucar, mas optou por se calar. Afinal, não valeria a pena iniciar uma discussão com alguém que pensava e agia dessa maneira.

Ingrid deixou a Casa dos Fundos sem se despedir, amedrontada com possíveis mexericos. A tarefa de explicar à criança toda aquela confusão coube à Raquel. Porém não necessitou de muita conversa, porque ela sozinha tirou sua conclusão:

– *Muleles* bobas, né Quequel! *Quelem* só *bigá*.

Raquel, após avaliar o comportamento grotesco da professora, o descaso da família e o receio infundado da patroa, encheu-se de revolta. Não entendia como ainda existiam pessoas que aceitavam conceitos tão mesquinhos. Franziu a testa e falou para si mesma:

– Se eles acham que vou desistir, estão enganados!

Apesar de não ter concluído os estudos, ela se considerava capaz de ensinar Isabel. Em um dos passeios que fez com a menina, visitou uma livraria onde comprou material apropriado para alfabetização. Daria os primeiros passos. Era um desafio, mas ela não tinha medo. Seu sonho sempre foi lecionar. Quem sabe não seria essa a oportunidade para começar?

Inês estava feliz porque foi chamada para dar aulas em uma escola de bairro. Pretendia cursar Pedagogia, mas, em consequência de tudo o que aconteceu, preferiu colocar o desejo como um projeto a ser concretizado. Precisava sair em busca da independência financeira. Não queria mais depender de ninguém. Os resquícios da omissão dos pais em ampará-la em um momento crucial deixou-a exposta a uma perversa submissão. As mágoas eram recentes e ainda a machucavam.

No final de semana, ela chegou à Casa dos Fundos para partilhar a conquista do primeiro emprego. Ao cruzar o portão da Mansão, esbarrou com a mãe no jardim. Educadamente, perguntou como ela estava e seguiu seu caminho, deixando-a sem graça. Atravessou a cerca verde e, aos gritos de felicidade, foi chamando pelas moradoras da casa. Ao ouvir o barulho da porta se abrindo, Belinha, que estava sentada, saltou da cadeira, pulou sobre a irmã e a enlaçou com os bracinhos em torno do pescoço. Inês provou uma sensação reconfortante. Era um abraço curtinho, mas, ao mesmo tempo, tão caloroso e sincero que a enchia de emoção.

Raquel também se levantou para cumprimentar a amiga. Ao ver todo aquele material escolar espalhado pela mesa, Inês indagou:

– Raquel, você está dando aula à Belinha?

– Sim. Pretendo alfabetizar essa garotinha – informou ela. E contou-lhe sobre as dificuldades enfrentadas, sem deixar de narrar o incidente que envolveu a professora.

– Como você viu – continuou Raquel –, é difícil achar uma pessoa qualificada, disposta a fazer isso e, até encontrar alguém, vou ensinando o que sei.

– Já encontrou! Está olhando para ela. Duas vezes por semana, virei aqui para ajudar. Nós vamos tocar essa tarefa, juntas.

Raquel ficou encantada com o desprendimento de Inês. Percebia que a cada dia a baixinha conquistava um espaço a mais no coração da irmã, descobrindo ali, de mansinho, um lugar para construir um aconchegante ninho.

A primavera invadiu a cidade com as cores do arco-íris. O jardim da Mansão assemelhava-se a uma grande paleta multicolorida, ideal para o vento brincar e espalhar o perfume das flores pelo ar.

Antônio e Ingrid agora estavam focados no filho de Lurdes. Esqueceram-se do resto da família. Júlia não escondia o desapontamento. Parecia que seu nome foi riscado do clã dos Castro e a certidão de nascimento rasgada. Adolescente e sem a maturidade necessária para não dar a devida importância ao fato, sofria com o isolamento.

Como Inês não morava mais com os pais, ficava por fora das confusões que se disseminavam pela Mansão. Nos dias em que dava aulas à Belinha, encontrava-se com Custódia e a doméstica deixava-a a par das novidades. Em uma das fofocas, soube que Ingrid provara um vestido, abandonado no guarda-roupa por denunciar alguns gramas além do normal, acumulados acima dos quadris, e, para surpresa dela, a roupa ajustou-se perfeitamente a um corpo bem mais magro. Depois de se olhar incansavelmente no espelho, desceu feliz pela escadaria que a conduziria à cozinha.

– Custódia! Custódia!

A mulher assustou-se com o berreiro. Apressadamente, largou os pratos, desligou a torneira da pia, secou as mãos em uma toalha, só então prestou atenção na patroa.

– Lembra-se daquele vestido que comprei em Paris e não conseguia mais usar? Agora está servindo. Não é maravilhoso?

Custódia analisou a roupa e, respeitosamente, falou:

– Nossa! Eu notei que a senhora havia emagrecido, mas não imaginei que fosse tanto – mas Ingrid não lhe deu ouvidos e, faceira, alisava as pregas da saia, satisfeita pela elegância que esnobava. Exuberante, desceu a escada que conduzia ao jardim, requebrando a cintura.

– Viva! Voltei as minhas medidas, noventa, sessenta e noventa... – exultava de alegria, sob o olhar perplexo da empregada que não fazia ideia do significado daquela numeração.

Norma, que vinha da padaria, cruzou com Ingrid na porta da garagem.

– Trazendo pão fresco? – brincou a patroa. E antes mesmo que a mulher respondesse, ela entrou no carro e partiu com o motorista. Ao chegar à cozinha, Norma colocou os pães na mesa e, com jeito divertido, bisbilhotou sobre o motivo da faceirice da "barriguinha-verde".

– É um vestido que ela gostava e não servia mais, mas agora voltou a servir – explicou Custódia.

– Hum! – resmungou a colega. – Tenho observado que ela tem comido muito pouco. Será que é para emagrecer?

Custódia movimentou os ombros para dizer "não sei" e prosseguiu com seu trabalho.

Quando Inês soube do nascimento de Angélica, filha de Lurdes, escolheu uma bonita manta rosa como presente e foi visitá-la. Levou também uma lembrancinha para Bárbara.

O advento de mais uma mulher na família nocauteou o ego de Lurdes pela segunda vez, pois sonhava com um garoto para exibi-lo como um troféu aos pais e avós. Teria poder de barganha para se manter em destaque entre os herdeiros dos Castro. Seria uma filha diferenciada, aquela que teve competência de gerar um filho homem. Mas o destino a puniu novamente.

Logo ao primeiro toque de campainha, Inês foi recebida pela mãe que praticamente se mudara para a casa de Lurdes. Após cumprimentos frios, caminhou até o berço. No momento em que pôs os olhos naquela bonequinha, encantou-se. Ainda emocionada, perguntou se podia segurá-la nos braços e Lurdes, com cara de ranço, confirmou sem entusiasmo.

À Inês, não passou despercebido o isolamento da pequena Bárbara. Tristinha, sentada em um canto da sala, tentava sacar a bailarina do pedestal da caixinha de música que ganhou da tia. Parecia um cãozinho abandonado que, às vezes, latia para chamar atenção do dono. Inês procurou interagir com ela, a fim de animar aquela carinha tão abatida.

– Você está feliz com a irmãzinha? É um bebê lindo – e, apertando de leve o queixinho dela, comentou:

– Igual a você – Bárbara ameaçou esboçar um tímido sorriso que nem sequer floresceu. Murchinha, voltou a se concentrar na destruição da bailarina.

O diálogo com a irmã e a mãe não prosperou. Lurdes demonstrava não estar satisfeita com a visita e Ingrid não se encorajou em puxar conversa. Inês, sem se sentir à vontade, fez mais alguns agradinhos em Bárbara e se despediu. O ambiente era hostil e as feridas do ressentimento estavam longe de cicatrizar.

Uma encomenda especial chegou ao endereço da Mansão: um filhote de Pastor Alemão, a mesma raça do Trovão. Pingo assim que o avistou, rosnou enfurecido, avisando que era o dono do território. Júlia e Antônio desceram para acomodar o novo companheiro dos Castro no canil.

– Já escolheu o nome, pai? – perguntou Júlia.

Ele prontamente respondeu:

– Ventania.

– Ventania? – questionou ela, com espanto. – Por que o senhor quer dar o mesmo nome do seu cavalo de infância? Credo, que mau gosto. Ele já morreu.

Após repensar, ele cobrou:

– Então dê uma sugestão, já que você não gostou do que eu escolhi.

Descansando as mãos na cintura e com o olhar perdido na copa de uma árvore, ela sugeriu:

– Que tal Bob?

Ele pensou um pouco e balançou a cabeça negativamente, em sinal de reprovação:

– Oh! Não. Isso não é nome de macho. Imagine algo forte, que imponha respeito – ainda pensativa, ela apontou o dedo direto para Antônio como se uma descoberta imbatível surgisse de repente:

– Talvez, Capitão. Assim ele pertencerá também ao exército, como o outro que se chamava Tenente.

Antônio sacudiu o tapete que pertencera ao Trovão para ajeitá-lo sobre o assoalho da casinha, coçou a orelha de leve e assentiu:

– Isso aí! Gostei! Ele vai ser batizado de Capitão.

Júlia já estava abrindo a boca para fazer mais um comentário, quando eles escutaram um "psiu" repetido várias vezes, vindo lá de trás dos bambus. Viraram-se para o lado e procuraram identificar quem era a pessoa responsável pelo "psiu". Ao ver Isabel, Antônio fez uma cara de aborrecimento. Ela brincava junto à cerca e, ao ouvir os latidos do filhote, jogou a boneca no chão, a fim de conhecer o mais recente vizinho da Casa dos Fundos. Ele quis chamar Raquel para que ela levasse a pequena dali, no entanto, ficou indeciso, talvez porque a presença da babá lhe causava temor ou porque Júlia estava ali ou pela chegada do cãozinho que era motivo de alegria. Então, a espontaneidade de Belinha antecipou-se a qualquer tomada de decisão.

– O moço *compô* um *Tovão* novo, um *cachoio* bebê?

A maneira engraçada de se expressar provocou nos dois um acesso de riso, deixando-a confusa. Júlia, vendo-a toda atrapalhada, explicou que o "cachoio" se chamava Capitão, mas ela, sem lhe dar ouvidos, estendeu as mãozinhas, com intenção de pegar o filhote. Antônio, não encontrando alternativa, consentiu, evidentemente que muito a contragosto.

– Pai, veja como ele ficou quieto no colo de Belinha – afirmou Júlia.

Antônio concordou, sem entusiasmo. Apesar de não demonstrar empolgação, comportou-se pacientemente, enquanto observava a menina tratar o animalzinho como um bebê. Claro que a permissão para ela brincar com o cão até na hora de alimentá-lo, não deixava de ser uma regalia enquadrada como exceção.

Júlia, por sua vez, torcia para que a distância entre pai e filha se reduzisse. Sempre que possível, tanto ela como Inês forçavam Antônio a enxergar, em Belinha, qualidades pelas quais ele nunca se interessou. Ao vê-la se divertindo com o cãozinho sob a aquiescência do pai, concluiu que o pequeno progresso não deixava de ser um grande avanço. Viu, naquele sujeito intransigente e arrogante, uma pontinha de tolerância, fazendo-a acreditar que talvez, no futuro, ele pudesse mudar.

De súbito, uma batida do portão chamou-lhes a atenção. Era Raquel que vinha a passos firmes, preocupada pela ausência da menina que saiu sem sua autorização. Ao vê-la, Antônio se retesou e não se encorajou em abrir a boca.

– Belinha! – ela falou autoritária. – Você tem que me avisar quando vier ao jardim – ignorando as palavras da babá, a pequena retrucou:

– É tão lindinho, Quequel! Parece o gatinho de pelúcia que o tio Luís me deu lá no *cico* – a singeleza daquelas palavras fizeram com que Raquel se comovesse e se esquecesse da reprimenda.

– Está bem – ponderou com mais calma. – Mas vamos para casa que o almoço está na mesa – pegou-a pela mão e levou-a consigo sob fortes protestos.

Antônio não deixou de notar a beleza da moça, como também o carinho e o cuidado que ela dedicava à sua filha. E, com a porta de seus pensamentos entreaberta, sem querer, proferiu uma maliciosa frase:

– Essa feiticeira fica tão linda zangada...

– Não entendi o que o senhor disse, pai? – interpelou Júlia.

Ele despistou. Percebeu que exagerou no tom de voz e, por meio de uma resposta evasiva, inibiu qualquer possibilidade de explicações.

Depois de alguns dias, em um final de tarde ensolarada, Antônio voltou ao canil para lidar com o cachorro. Pretendia adestrar o animal e era fundamental que determinados ensinamentos fossem passados na mais tenra idade. Estava concentrado na execução da tarefa, quando, de repente e, como da outra vez, ele escutou o "psiu" que vinha lá do lado dos bambus. Ao se virar, viu Belinha vindo, em passinhos miúdos, para se postar à sua frente, deixando-o pasmado.

Então, com simplicidade, ela o inquiriu:

– Posso *binca* um pouco com *Tovão*, moço?

Semelhante à primeira vez, pensou em dizer não. Mas a aparição inesperada e a forma singela de pedir pegaram no de surpresa. Confuso, acenou com a cabeça, num meio sinal de concordância, não tão afirmativo.

Ela se achegou com jeitinho amoroso e sorriso cativante, e se pôs a conversar com o seu novo amiguinho. Aparentavam ser companheiros de longa data. Após algumas perguntas cuja resposta era dada pela movimentação da cauda do animal, ela fez mais um pedido a Antônio:

– Eu posso *passeá* com *Tovão*, moço?

Novamente, ele pensou em recusar. Nem soube o porquê, mas acabou cedendo. Afinal, tal qual os demais, esse pedido também foi simples, ingênuo e direto. Soou no ouvido como uma carinhosa ordem. Por entre os canteiros do jardim, ele a viu sair cheia de graça, puxando o cão por uma fina corrente. Ela falava sem parar e o filhote, com a atenção ligada, parecia entender o que ouvia. A interação era recíproca e, percebia-se que, ali, nascia uma amizade daquelas feitas para durar eternamente.

Quieto, sisudo e contemplativo, Antônio não teve como interromper um inocente passeio. Nem cronometrou quanto tempo os observou. Por instantes, chegou a esquecer que ela era a causa de todo o aborrecimento que afligia sua vida. O cara ranzinza, transfigurado pelos anos, momentaneamente, cedeu lugar ao homem gentil que outrora fora. Entretanto, sentiu-se aliviado quando Raquel a chamou para jantar.

E, assim, os dias foram se sucedendo, as semanas se acotovelando, e o "psiu" lá de trás dos bambus tornou-se constante. Sempre que Antônio aparecia para treinar o filhote, Belinha o chamava do outro lado da cerca.

Em várias oportunidades, ele esteve a ponto dar um basta naquela brincadeira que, a seu ver, já havia passado dos limites. Ele ia lá para atender e adestrar o cão e não para brincar com a filha. Cuidar dela era tarefa da babá e não dele. Mas, cada vez que queria tomar uma atitude, algum fato novo surgia: ou ela vinha com uma pergunta engraçada e interessante ou a temida babá a chamava porque estava na hora de voltar para casa ou ele mesmo, sem saber o motivo, decidia dar mais um tempo.

Antônio desistiu de chamar o cachorro de "Capitão", já que a filha simplesmente rejeitou o nome e teimava em chamá-lo de "Tovão". Às vezes, o diminutivo "cachoinho" era empregado, mas esse apelido ficou inadequado, pois o filhote cresceu rapidamente e ela não pôde mais pegá-lo no colo.

Também se surpreendeu quando enxergou Trovão, obediente, trazer uma bolinha de borracha presa entre os dentes que ela havia jogado atrás de uma touceira. Nas aulas de adestramento, ele tinha feito diversas tentativas nesse sentido, mas sem sucesso. Não compreendeu como ela conseguiu ensinar com tanta facilidade.

Um dia, ele riu até encher os olhos de lágrimas. Belinha tentou subir no Trovão como se fosse um cavalinho. O cão não aceitou, deu um ligeiro pinote e a derrubou no chão, fazendo-a rolar pelo gramado.

Os meses fluíam mansamente e, depois de certo tempo, a presença de Belinha no jardim, divertindo-se com Trovão, virou rotina. Ela não precisava mais emitir um "psiu" para atravessar o bambuzal. Também, era notável a ansiedade do cão em encontrá-la. Quando Antônio o soltava da corrente, ele corria para o portão e ficava no aguardo da amiga para juntos fazerem uma grande bagunça.

Aquele abreviado e constante convívio levou Antônio a observar certas características na filha que até então nunca tivera oportunidade de notar. Evidentemente que havia diferenças se comparadas às outras crianças, mas eram superadas pela alegria contagiante, bondade e capacidade natural de se relacionar amigavelmente com as pessoas, até mesmo com um velho turrão como ele. Aos poucos, passou a olhar a pequena sem recriminação. A implicância com a presença dela se esvanecia brandamente. Sem se dar conta, deixou de tolerá-la para tê-la como uma companheirinha. Os três – pai, filha e Trovão – formavam um trio perfeito, envolvidos em uma prazerosa convivência: brincavam, corriam e se divertiam. Em não raras ocasiões, Antônio mostrava-se satisfeito ao vê-la por ali, entretendo-se com o seu amigo de caminhada. Casualmente, quando ela se atrasava, tanto ele como Trovão aborreciam-se com sua ausência.

Raquel, que sempre acompanhou tudo pelas vidraças da janela da Casa dos Fundos, ficava satisfeita e fazia vistas grossas às fugas da menina para se encontrar com o pai. Não escondia a alegria ao ver que Belinha, lentamente, derretia o Coração de Pedra.

"Um inexpressivo começo... uma sementinha antirrejeição que estava nascendo em uma terra árida", pensava.

Às vezes, Raquel ia buscar Belinha, fazendo com que Antônio se sentisse acuado. A figura dela o atemorizava. Ela impunha respeito, desestabilizava-o com facilidade e deixava-o sem chão. Ele se odiava por isso. Era o patrão, mas não conseguia impor sua autoridade como fazia com os demais empregados. Evitava mergulhar os olhos naqueles olhos verdes, pois nele se perdia... se sentia subjugado.

Certa manhã, Antônio estava lá fora para acompanhar o veterinário que veio atender o cachorro. Quando a consulta se encerrou e ele prendia o animal no canil, ouviu barulho de passos se aproximando. Levantou a cabeça e deu de frente com Raquel e Belinha. Tentou iniciar um diálogo, mas a língua travou. Então, a babá foi mais rápida, encarou-o com feição dominadora e prontamente o intimou:

– Seu Antônio! Já está na hora de consertar as balanças e a casinha de boneca para Belinha brincar – ele teve um sobressalto pelo inesperado atrevimento. Sentiu um vermelhão subir pelo pescoço e atingir a ponta da nuca. Quis chamá-la de intrometida, mas não se atreveu diante da postura soberba da moça. E, como um menino obediente, limitou-se a concordar em voz baixa:

– Vou providenciar – virou as costas e rumou para casa, evitando qualquer tipo de confronto. Pelo caminho, recriminava-se por ter recebido ordens de uma subalterna. Sua raiva era tanta que acabou esbarrando na empregada. Sobrou para a coitada juntar os cacos de vidro dos copos que caíram da bandeja.

– Diabos! É tudo culpa daquela feiticeira – gritou. Não disposto a conversar com ninguém, refugiou-se no escritório.

Passados alguns dias, um caminhão estacionou no jardim trazendo uma encomenda. Ao verificar do que se tratava, Ingrid ligou para o marido. Desejava saber como ele tomou tal decisão, sem o conhecimento dela. Ele despistou dizendo que mais tarde tratariam do assunto. Ela pretendia continuar com a investigação, porém ele já havia desligado o telefone, deixando-a zangada. Na verdade, ela estava por fora das brincadeiras entre pai, filha e Trovão que aconteciam lá atrás da Mansão, perto do canil. O presunçoso e inflexível Antônio nunca achou jeito de lhe contar. Ele ainda entendia a acanhada aproximação da filha como uma vergonha.

Ingrid dirigiu-se ao jardim para orientar onde o parquinho seria colocado. Ainda sem acreditar, queria compreender o motivo daquele exagero. "Para que tudo isso?", perguntava a si mesma. Uma gangorra, um escorregador e duas balanças.

Ao se retirarem, os instaladores avisaram que amanhã montariam a casinha que não coube no caminhão. Quando Norma contou que haveria mais entrega, a patroa abismou-se:

– O que será que deu nesse homem?

Na tarde em que os brinquedos foram montados, Belinha não se encontrava em casa. Naquela data, estava prevista a revisão médica. Ao retornar, naturalmente pelo portão dos fundos, ela correu ao jardim, mostrando-se surpresa com as novidades. Ao tentar subir as escadas do escorregador, ouviu gritos do jardineiro, alertando que nada deveria ser usado naquele dia. Ela deixou cair os bracinhos ao longo do corpo, contrariada com a proibição. Arrependido por ter falado de modo tão enérgico, ele se desculpou e, envergonhado, apontou para o cimento molhado que fixava os pés dos aparelhos. Com intenção de agradá-la, ele sugeriu que, com um pedacinho de madeira, Raquel poderia escrever o nome de Belinha na massa virgem e registrar a data da instalação do parquinho. A sugestão foi aceita e coube à babá explicar aos dois o que ela escreveu ali. Após um exame cuidadoso, ela não escondia sua satisfação com mais uma conquista.

Apesar da enorme cerca de bambus, Belinha entrava mansamente, mas a passos largos, na vida dos Castro.

Os dias desfilavam na passarela do verão, garbosos e exuberantes, esbanjando um clima agradável, sem que nenhuma tormenta ofuscasse sua beleza.

Na fazenda, vô Ari cavalgava na égua baia, costume de todas as tardes. Já havia se distanciado alguns quilômetros, quando o animal se assustou com uma cobra, empinando as patas dianteiras e lançando-o ao chão. Ele caiu em cima do braço e rolou por uma ribanceira até chocar-se contra uma aroeira. Foi um tombo violento, pois corriam em alta velocidade. Depois de excomungar todos os santos, tentou, infrutiferamente, arrastar-se pelo solo, levando-o a desconfiar que também quebrara a perna. Desesperou-se ao pensar que só iria ser procurado após do horário costumeiro de chegada. Deitado sobre o chão úmido, esperou o tempo passar, até desmaiar de dor.

Muitas horas se seguiram até o capataz, que trabalhava próximo à casa, estranhar que a égua voltara sozinha. Imediatamente montou em seu cavalo e saiu à procura do patrão, acompanhado de outro peão. Cavalgaram pela trilha preferida de Ari, mas demoraram a achá-lo, pois ele se encontrava fora da estrada, desfalecido e preso a uma árvore. Chamaram-lhe pelo nome e tentaram reanimá-lo com leves tapas no rosto. No momento em que Ari recobrou os sentidos, acomodaram-no no lombo do animal e o levaram até a sede da fazenda e, dali, até o hospital.

Antônio e Ingrid, tão logo foram avisados pela vó Alice, correram até lá e permaneceram no quarto esperando o término da cirurgia. Além de uma intervenção cirúrgica na perna e um tampão na cabeça para cobrir as escoriações, foi necessário imobilizar o braço e enfaixar o tórax por causa de duas costelas quebradas. Cheio de hematomas e curativos, o velho patriarca ficou com uma aparência horrível.

Ao acordar após anestesia, saiu da sala de recuperação e foi levado para o quarto, onde os familiares o aguardavam. Antônio, assustado, expressou sua preocupação:

– Que vacilo, hein, pai!

Ari abriu a boca para retrucar, mas foi impedido por dona Alice.

– Homem! Você não deve se agitar! – ralhou com ele, exigindo que se acalmasse.

No dia seguinte, ao tomar conhecimento do acidente, Inês abandonou as mágoas e deixou o amor falar mais alto. Sempre quis bem o avô e não era agora que iria abandoná-lo. Chegou rapidamente ao hospital, acercou-se do leito, olhou-o com carinho e depositou um beijo em sua face. Ari recebeu aquele afeto como uma bofetada que retumbou nos ouvidos como uma batida de tambor. Em seguida, Alice passou a detalhar o que acontecera.

Quando Ari, sob o efeito de sedativos, cochilou, o bate-papo entre as duas se transformou em confidências, semelhantes às que faziam com frequência no passado. A avó aproveitou a ocasião para se livrar do espinho da amargura que, cruelmente, a espinhava. Enternecida, pediu:

– Querida, posso lhe dar um abraço?

Inês, sem responder, lançou-se nos braços da avó, como se fosse o primeiro abraço que recebia dela. Entrelaçadas, sentiram que o amor rejeitava qualquer resquício de rancor. Após alguns segundos de silêncio, voltaram a conversar e, então, Inês ouviu confissões estarrecedoras que balançaram alicerces sentimentais já estremecidos. Somente aí, ficou sabendo que a avó assistira à cerimônia religiosa do seu casamento. Diante da revelação inesperada, incrédula, perguntou:

– A senhora estava lá, vovó?

– Estava, sim – emocionada, a vó narrou, em detalhes, o que viu, escondida no mezanino.

Dona Alice começou contando sobre a angústia que se apoderou dela nas semanas que antecederam o casamento. Ela não concordava com o castigo que impuseram à Inês e, há muito tempo, também vinha se interrogando a respeito da conduta dos pais na criação de Belinha. Aquela rejeição já havia ido longe demais.

No entanto, o paradigma da formação recebida desde a infância, acrescido do temperamento autoritário do marido a quem nunca ousou desobedecer, defrontava-se com os novos conceitos de comportamento que o mundo moderno lhe trazia. Ela era vítima do sistema vigente na época: um tradicional pacote de mitos, costumes e padrões de conduta, montado por várias gerações e repassado de pai para filho. Era o mundo que Alice conhecia, entendia e em que fora criada. Alguém tinha que quebrar as algemas daquela estrutura que a torturava. Aliás, torturava toda a família. Ninguém se sentia confortável com aquela situação. Todavia, o medo, a comodidade e a falta de coragem levaram-na à omissão. E ela, no seu conflito íntimo, se questionava: "Como uma mulher como eu, com personalidade adaptável às circunstâncias, irá mudar o curso das águas?"

No dia do casamento da neta, ela quase não conseguiu pegar no sono. Nos escassos instantes em que o cansaço de muitas noites mal dormidas a obrigava a fechar os olhos, os pesadelos tomavam o espaço reservado aos sonhos. Sonhou com Inês, frágil e meiga, correndo livre pelos campos e ela e o vô Ari – os dois de cara feia – querendo impedi-la. Em mais uma cena, viu Inês subindo ao altar, descalça, roupas esfarrapadas, suja e aos prantos. À sua espera, um moço sedutor, belo como príncipe encantado que, ao vê-la naqueles trajes, fugiu pela sacristia. Enxergou Belinha colhendo flores para levá-las aos avós. E os avós, de mau humor, jogavam o buquê, feito com tanto carinho, no chão, pisoteando-o com desdém, o que provocava choro da menina.

Após várias interrupções de sono, levantou-se. Estava suada e o corpo dolorido. Saiu para o jardim bem cedo e o dia ainda não se anunciava. Confusa, assustada consigo e com os próprios sentimentos, caminhou atordoada entre canteiros. Queria apagar aqueles pesadelos da memória. De repente, avistou a capelinha da família e para lá se dirigiu na pretensão de encontrar um pouco de paz.

Tinha urgência em falar com alguém e Ela estava sempre disponível. Somente Ela lhe afastaria suas assombrações. Assim que entrou no aconchegante santuário, ajoelhou-se aos pés da sua Santa Rita de Cássia.

Não rezou, apenas permaneceu calada. Milagrosamente, talvez por influência da Santa, as lembranças dos maus sonhos foram sendo substituídas por belas recordações. Um lindo slide mental começou a deslizar mansamente em sua memória. Impossível classificar qual das imagens era mais significativa, porque todas eram especiais. O último pensamento levou-a até Inês ainda menina, quando os pais a traziam para passar o dia com eles, ali mesmo no Haras.

Então, com a cabeça pendida levemente para o lado e com os olhos fixos na sua Protetora, questionou-se:

– O que você está fazendo, Alice? Veja só o que está acontecendo! E você não move um dedo em favor de suas netas! – parou por um momento, rezou um Pai Nosso com lentidão e voltou a se cobrar: – Que amor falso e egoísta é esse, Alice? Primeiro rejeita uma criança inocente, sangue do seu sangue e, depois, dá às costas a uma criatura doce e amável como Inês, que você enchia a boca para dizer o quanto a amava.

Calou-se, mais uma vez, a fim de dar tempo para assimilar as próprias palavras. Ainda sob o peso da responsabilidade, empenhava-se em buscar respostas para seus conflitos. Mudou de posição no banco e, alisando a prega da saia, decidiu conversar com a Santa. Não sabia quem falava por ela, mas as palavras saíam dentro de si impensadamente:

– Senhora! Eu estou aqui aos seus pés para lhe implorar auxílio. Tento segurar, com as minhas frágeis mãos, a avalanche de cobranças que está me soterrando vagarosamente nesses últimos meses. Não me reconheço mais. Permiti que meu coração congelasse e cobri meus olhos com a venda do orgulho. Inverti os valores dos verdadeiros princípios pelos falsos. Priorizei o fútil, para relegar escolhas essenciais a um plano secundário. Aceitei viver uma vida camuflada pelo preconceito e temperada, em excesso, com opiniões alheias. Oh! Minha Santa! Ajuda-me a reparar o mal que contribuí para provocar. Vou precisar do seu amparo para enfrentar a ira do meu esposo, a quem devo obediência. Casei-me jovem demais, passando das mãos do meu pai para as dele. Não aprendi a questionar e, sim, a acatar todas as decisões. Fui negligente, mas me conceda um voto de confiança, por favor. Prometo que lutarei com as poucas forças que tenho para defender os mais fracos.

Após o desabafo, acalmou-se, embora permanecesse chorando por alguns minutos. Gastou quase uma hora em contemplação à sua Padroeira. O sol esquentava os vitrais da capela e a serenidade já havia lhe apaziguado a alma, quando voltou à realidade.

Estava convicta de que iria ao casamento da neta e ninguém a impediria.

Retornou ao casarão e foi direto aos seus aposentos, só saindo de lá para o almoço. Ao se sentar à mesa, Ari a olhou e percebeu que ela havia chorado. Preocupado, perguntou:

– Alice, o que está havendo com você, mulher? Está doente?

Antônio também se surpreendeu, pois jamais a viu naquele estado. Com calma, ela explicou:

– Estou doente e preciso de tratamento, mas não creio que vocês poderão me auxiliar – a resposta deixou-os mais confusos.

– Mãe, o que você tem? – interrogou Antônio.

Ela, pela primeira vez, colocou a docilidade de lado. Afrontou-os com determinação e pôs, para fora, o desespero que a estrangulava, dificultando-lhe a respiração.

– Não existe remédio para o estrago que causei. Cometi erros cruéis. Ignorei minha neta caçula por ser portadora de uma doença da qual ela não tem culpa e, depois, fui omissa em concordar com o abandono de Inês no momento em que ela mais necessitava de nós.

Ari fechou a cara e Antônio arregalou os olhos. Eles não acreditavam no que estavam ouvindo. E, ela, com firmeza e disposição, continuou a afrontá-los destemidamente. Respirou forte e prosseguiu com seus argumentos:

– Mas hoje acordei para a realidade, arranquei o orgulho que habitava em mim e o larguei lá aos pés da Santa. E o mais importante é que tomei uma decisão: irei ao casamento da minha querida Inês, mesmo que vocês não estejam de acordo. Vou entrar sorrateiramente na igreja, escondida como um ladrão. Morreria de vergonha se me reconhecessem ou se me apontassem o dedo para me acusar do que eu merecia ser acusada. Alguém até poderia pensar: "O que será que aquela bruxa está fazendo aqui?" Ou imaginar que eu pretendesse praticar alguma maldade.

Os dois se entreolharam, atônitos, e concluíram juntos: "A velha endoidou".

Ari, tomado pela cólera, deu um soco na mesa, arremessando pratos e talheres para cima. Antônio assustou-se. Com um olhar fulminante, o patriarca dos Castro, ciente de que as rédeas estavam escapando de seu controle, virou-se para a mulher e a desafiou:

– Você não tem coragem de me desobedecer! Perdeu a noção das coisas depois de velha?

Ela não se intimidou com o descontrole dele. Levantou-se da cadeira e o atacou com agressivos questionamentos:

– Onde foi parar a sua adoração por Inês? O que foi feito da menininha com quem você gostava de cavalgar pelos campos aqui do Haras? – sem obter resposta, voltou-se para Antônio.

– E você? Cadê a sua bonequinha. Aquela que você costumava chamar de "amor da minha vida"? Foi para o espaço? Não tem mais importância?

O silêncio mórbido, que calou os dois, rompeu-se outra vez por ela.

– Não posso crer que tudo isso que foi tão belo tenha acabado covardemente numa quebra de braço. Vocês, poderosos, gigantes, não acham que é um absurdo desafiar a pobrezinha da Inês? Não ficam com vergonha? – e, encarando Ari com dureza, seguiu com seu desabafo:

– Querem saber onde esse sentimento se escondeu? Não irão descobrir tão fácil porque está embaixo do preconceito. Vocês só se preocupam com o que os outros pensam. Nós erramos demais. Criamos e alimentamos situações difíceis de serem curadas. Não entendo como não percebemos isso antes – e girando para o lado do marido, finalizou:

– É bem assim. Nós nos importamos com "todo mundo", enquanto desprezamos o nosso "pequeno mundo".

Ari não encontrava argumentos para rebater tão duras verdades. Desestabilizado e incrédulo, pôs-se de pé e retirou-se bufando. De carona, levou Antônio que também não sabia o que dizer. Ao ficar só, dona Alice chamou a cozinheira que se retirou com a confusão e pediu-lhe que servisse a comida. Almoçou tranquilamente e depois avisou o capataz que iria utilizar seus préstimos. Vestiu um "tailleur" escuro, embarcou na caminhonete – uma "rural willys" verde – e ordenou ao motorista com firmeza: " Siga para a igreja, por favor."

Quando o padre iniciou a solenidade, ela já estava lá, escondida no seu cantinho. Chorou baixinho ao ver Inês subir ao altar, sozinha, sem o pai. Apesar de dominada pela comoção, surpreendeu-se com o que viu. Jamais imaginou que a neta, abandonada por eles, tivesse a capacidade de organizar uma cerimônia tão linda, embora simples. Nunca iria esquecer o que presenciou. Compareceu a inúmeros casamentos requintados, mas nenhum se igualava ao de Inês, onde carinho e emoção vinham expressos nos cumprimentos leais e sinceros. Uma lembrança que merecia ser guardada para sempre no coração, como uma joia preciosa.

Quando todos haviam se retirado, ela deixou a igreja e voltou para casa da cidade. Dispensou o motorista para que ele retornasse ao Haras. Tinha urgência em estar só. Precisava de ar puro. Necessitava arejar os pensamentos. Queria degustar com morosidade os inesquecíveis momentos recém-vividos. Caminhou solitária pelas ruas, com a consciência em paz, certa da decisão tomada, desfrutando mentalmente da felicidade de ter assistido a um casamento que nunca poderia perder.

Ao terminar o relato, Inês, com os olhos umedecidos, abraçou-a ternamente:

– Obrigada, vovó. Eu te amo.

Inês despediu-se, prometendo voltar. Ao regressar no dia seguinte, trouxe consigo Belinha. Ao vê-las entrar, Ari empalideceu e a palpitação no peito se acelerou. Vó Alice notou sua reação e se antecipou aplicando-lhe um olhar de advertência. Belinha observou Inês beijar o vô amorosamente e não demorou muito para soltar a língua:

– Coitadinho! Tá dodói! – falava com carinha de anjo. Em seguida, subiu na escadinha que estava do lado da cama, aproximou o seu rosto ao rosto dele e, afundando seus olhos nos olhos dele, perguntou:

– Tá doendo bastante?

Vô Ari não sabia como agir em uma situação em que não estivesse no controle. Sem ter o que falar, perdeu a eloquência, emudeceu. Desarmado, não se reconhecia mais. A criança que ele taxara como uma fruta podre no balaio dos Castro estava à sua frente, aguardando uma resposta. Inês, ao perceber o seu embaraço, tentou socorrê-lo. Mostrou a manivela da cama à irmãzinha como um brinquedo. Após baixar e levantar o encosto do leito repetidamente, Inês convidou-a a voltar para casa. Ao final da visita, vó Alice surpreendeu a todos ao se acercar da pequena e lhe dar um abraço. Com a naturalidade típica de um ser inocente, Belinha retribuiu o afago com um grande sorriso e com a pergunta que sempre fazia ao conhecer alguém:

– Você *qué sê* amiga de Belinha? – a avó se emocionou e abraçou-a outra vez.

Depois que as visitas partiram, Alice se refugiou no banheiro. Diante de um diminuto espelho, extravasou suas emoções, liberando lágrimas, retidas em um longo passado, para que caíssem livremente.

Ao retornar ao quarto, o marido viu as marcas da dor nos olhos dela e ouviu o que não sabia se queria ouvir.

– Meu velho querido – disse ela com voz doce e com um carinho que já estava se perdendo no tempo. – Vamos rever nossas atitudes. As netas estão crescendo, se tornando adultas, formando suas famílias e vivendo numa era moderna, distante da nossa. Elas pensam e agem diferente de nós. Temos que aceitar isso. Não podemos morrer achando que somos os donos da verdade. A vida é delas, deixe-as viverem do jeito que achar melhor. Tenho pedido incessantemente à Santa Rita para que amoleça nossas cabeças duras. Vamos reconquistá-las e buscar o afeto delas que, aos poucos, está sumindo. Quero passar o resto dos meus dias de bem com elas, sem me importar com o que fazem e como agem. Se Deus nos perdoar, certamente nos dará saúde para que possamos recompensá-las pelos sofrimentos que causamos – ela fez uma abreviada pausa e com os dedos das mãos entrelaçados, continuou:

– Olhe para você! Deitado aí, todo quebrado. Poderia ter morrido sozinho lá no mato, mas Deus, na sua misericórdia, permitiu que fosse resgatado em tempo – deu mais uns passos e reposicionou-se para encará-lo.

– Por que será que Ele está lhe presenteando com outra chance? Você deve refletir a respeito disso!

Ari ajeitou-se para apoiar confortavelmente as costas no travesseiro. Não dizia nada, só ouvia. Já concordava com as palavras da mulher, mas a maldita arrogância impedia de aceitar verdades tão nítidas. Alice tornou a andar pelo quarto até se acomodar numa cadeira. Com a mão prendendo o queixo, aquietou-se. De repente, como se acordasse de um sono profundo, ergueu-se subitamente, arrastando a cadeira e quebrando o silêncio. Ari assustou-se e ao se virar, viu-a mais uma vez gesticulando diante de si.

– Por acaso notou Belinha olhando para você? Pense naquela carinha tão meiga e me diga: o que há de errado com ela? Que mal ela cometeu? Será que Deus não lhe jogou nessa cama, quase sem movimentos, para você ver que não é melhor do que ela? Será que Ele não a mandou para nós aprendermos o que sozinhos não somos capazes de apreender?

Ele, atônito, não se encorajou a contestá-la. Desconhecia a nova versão daquela mulher que até então nunca tivera boca para nada. Uma outra esposa que vem aniquilar sólidos argumentos, construídos em uma existência inteira e com uma eloquência que não lhe pertencia. Estava perturbado. Já não definia o que era certo ou errado. Por dentro, estava em frangalhos, mais quebrado do que por fora. O indestrutível orgulho foi nocauteado pelas palavras de Alice... pelo beijo de Inês... pelo carinho de Belinha.

O arrogante e preconceituoso velho Ari, aquele que se julgava um ser diferenciado e imbatível, aos poucos, caía do pedestal. Desamparado, remoía os próprios pensamentos. A vida estava aplicando-lhe uma lição. Não entendia como um simples tombo de um cavalo o prostrasse por terra, conduzindo-o a reflexões inusitadas. É verdade que, por detalhes, a morte não o levou. Estava ali, jogado em um leito de hospital, parcialmente paralisado, na dependência de outras pessoas. Todas as suas necessidades básicas, como alimentação e higiene pessoal, eram atendidas com auxílio de enfermeiras, gente as quais ele sempre se considerou superior. Os ultrapassados conceitos, que faziam dele um homem forte e destemido, perderam o valor, ficaram sem sentido. O remorso batia à sua porta, mas o caráter moldado na petulância não encontrava o caminho que o levasse a reconhecer os erros. A dor física mostrava a sua impotência e a espiritual remexia com seus sentimentos. Via-se como alguém que procura, inutilmente, segurar areia com as mãos, vendo os grãos escaparem pelos vãos dos dedos.

Os dias de hospital foram longos, doídos no corpo e na alma. Diariamente, Inês o visitava. Uma visita de duplo significado: enchia-se de felicidade em tê-la ao seu lado, mas o arrependimento o maltratava pela forma como a tratou. Certa vez, quase se descontrolou emocionalmente quando Inês, após beijá-lo, ficou conversando com Alice, enquanto acariciava sua cabeça com a mão. Aquela mão tão afetuosa, que brincava com alguns fios de cabelos brancos, era confortante, mas ao mesmo tempo um açoite. Ele, que deveria receber o eterno desprezo da neta, padecia inerte em uma cama, subjugado aos seus carinhos.

Vó Alice sempre perguntava por Belinha, pois já sentia saudades da pequena. Mas Inês explicou que, de acordo com doutor Josué, não era prudente presença de criança em hospital, apesar de ela querer ver o "moço dodói". Afinal, ali é lugar de doenças e ela se recuperava de uma infecção no ouvido.

Depois da alta, Ari foi para a casa da cidade, uma vez que ainda estava em tratamento.

Geórgia, a investigadora

Geórgia pegou o feriadão e viajou para Búzios, deixando Bruno quase louco. Na primeira ligação que ele fez, quem atendeu foi Júlia. Não sabia de nada. A única informação disponível era de que a filha estaria fora por uma semana com duas amigas e não levou o celular. O rapaz, desolado, permaneceria sete longos dias longe da bem-amada, procurando entender o que se passava naquela cabecinha encantadora e maluca.

Em Búzios, elas apreciaram cada pedacinho daquele lugar espetacular. Perambularam pela charmosa rua das Pedras, seduzidas por lindas paisagens naturais, ouvindo músicas de todos os estilos. Caminharam ao longo da Orla Bardot, onde pousaram para fotos junto da estátua da famosa atriz Brigitte Bardot.

De volta à vida, revigorada por uma multidão de ideias pipocando em sua cabeça, Geórgia precisou de tempo para colocar as pendências em ordem. Nesse ínterim, não pôde deixar de sair com Bruno, a fim de se divertir. No início, ele parecia bravo, porém fazer carinha de manhosa era especialidade dela. Em questão de minutos, ele já a havia perdoado.

Geórgia sabia que precisava voltar ao computador. Quando finalmente conseguiu espaço na agenda lotada, começou o assunto seguinte. Primeiro, leu e releu os relatos misteriosos contidos nos envelopes de Ingrid para, somente depois, convocar Antônio para mais uma sabatina. Tinha que achar o momento certo, que logo chegou.

Ela estava acomodada no sofá, com uma das pernas dobrada em cima da outra, sem gravador, mas anotando os principais trechos da conversa em um bloquinho de notas.

– Biso, aquele Natal em que mamãe e tia Inês levaram Raquel e Belinha não foi constrangedor para você e para a bisa Ingrid?

– Claro que sim. Tia Inês agiu com esperteza, informando em cima da hora que elas iriam. Ingrid e eu ficamos encurralados. Ou concordávamos ou teríamos uma comemoração paralela na Casa dos Fundos. Inês e sua mãe iriam para lá. A família de Luís também. E como explicar aos convidados da Mansão sobre a ausência deles e sobre a outra festa que aconteceria nos fundos da nossa casa.

– É verdade que os homens não tiravam os olhos de cima de Raquel?

– É verdade. Sem motivo, fiquei até com ciúmes. Eles nunca tinham visto ela por lá. E, você sabe, ela era vistosa, chamava atenção. Havia um primo do Laerte que me incomodou a noite toda com piadinhas idiotas. O próprio Laerte só faltou engolir Raquel com os olhos. Evidentemente que ela não se sentiu à vontade. Por isso foi embora mais cedo.

E o interrogatório continuava.

– E a dona Alice? Que corajosa, hein?! Enfrentou você e seu pai, Ari.

– Penso que foi uma atitude de desespero. Mas, assim mesmo, mostrou-se muito corajosa. Eu cheguei a temer por ela. Acho que o pai não lhe deu uma bofetada porque eu estava junto. Ele era um cara apegado demais à tradição, aos costumes e, quando se descontrolava, ficava um sujeito violento – e, dando uma risadinha disfarçada, comentou:

– Garanto que era mais cabeçudo do que eu.

Suspirou e completou com expressão de tristeza:

– Não gosto nem de me lembrar do casamento de Inês. Por teimosia, perdi a data mais importante da vida da minha filha. Depois, fiquei sabendo que foi uma festa maravilhosa.

Geórgia já engatilhava a próxima pergunta, quando um toque na porta suspendeu a reunião.

– Olá, família! – cumprimentou Júlia, com os braços abertos e um largo sorriso.

Antônio se ergueu da cadeira apoiando-se na bengala, feliz feito criança em dia de Natal.

– Minha menina! – exclamou emocionado, aproximando-se para abraçá-la.

– Só estou vendo uma menina aqui – respondeu Júlia, rindo e apontando para Geórgia. Depois de um abraço afetuosamente demorado, ele lhe sussurrou ao seu ouvido.

– Você será sempre a minha menina!

– Velho babão! – retrucou Julinha. – Não quero interromper as confissões de um bisavô para sua bisneta, mas informo que o delicioso peixe, à moda Ramona, será serviço em breve e Vitinho nos aguarda com um vinho italiano, segundo ele, ma-ra-vi-lho-sooooooo.

Antônio levantou as mãos com entusiasmo para confirmar:

– Não posso deixar meu genro degustar, sozinho, uma delícia dessas...

Mais tarde, já acomodado em seus aposentos, Antônio assistia distraído ao noticiário, com o pensamento preso no antigo pedaço da sua vida. Cada vez que revia o passado, levava um bom tempo para se readaptar ao presente. O remorso ia lhe remoendo as entranhas ante as lembranças de atitudes, hoje julgadas incorretas, vividas antigamente. Nessa noite, ele só conseguiu pegar no sono após tomar seus soníferos.

As atividades da faculdade permitiram que Geórgia voltasse a dar continuidade ao trabalho somente após concluir as provas bimestrais. Findo o bimestre, ela retornou com força total. Afinal, a biografia da família, que se propôs a escrever, precisava andar. Sentou-se na cadeira giratória cor-de-rosa e transcreveu todas as recordações amargas de Antônio. Voltou a ficar estarrecida quando leu no bloquinho de notas uma das declarações mais duras e sentidas do biso:

– Que insensatez abandonar Ingrid naquela hora... Ouvir o relato completo sobre a doença de Belinha, sem ao menos poder segurar minha mão... Saber que teria que lidar com o desconhecido, deve ter sido assustador.

Geórgia massageava os olhos fazendo movimentos circulares, sem parar de pensar nos últimos apontamentos. Não acreditava que uma criatura tão doce e meiga como o biso fosse capaz de cometer tamanha atrocidade.

E ela continuava seu raciocínio, procurando fechar o quebra-cabeça. Faltavam dados para concluir essa parte da história. Levantou-se, foi até em frente ao espelho e perguntou a ela mesma:

– Ingrid era uma pessoa sensível e costumava registrar, minuciosamente, como cada partícula de seu corpo reagia diante de situações sem solução. Então?... Então?... Então?

Voltou correndo ao computador, tamborilou os dedos sobre o mouse e decidiu pesquisar o que havia dentro da caixa misteriosa. Provavelmente, ali estaria grande parte das respostas que atenderia a seus questionamentos. Seguindo os envelopes pela sequência da numeração, a atenção ficou presa em um que se destacava dos demais. Era o de cor preta, mas endereçado à Olga.

– Engraçado, por que será que ela mudou o padrão? Ela nunca escreveu à mãe, sempre ao anjo.

Fez menção de abrir, mas desistiu. Estava cansada e de cabeça quente. Era melhor descansar e voltar ao enigma em outro dia, de cuca fresca.

Foi dormir tentando entender.

Um toquezinho chato de celular a acordou. Se não atendesse, despertaria do mesmo jeito, incitada pela curiosidade. Sonolenta, não identificou quem era pela música. Tateou com a mão por cima do criado-mudo, porém nada encontrou. Esticou o braço à procura da tomada de luz e pressionou o interruptor. Seus olhos reclamaram da claridade, obrigando-a a contrair as pálpebras. De posse do indesejável intruso, deslizou os dedos rapidamente pelo teclado, furiosa para saber quem tomara o lugar do despertador em uma manhã de sábado. Alguém desligou, mas deixou uma mensagem. Leu o nome na telinha e, contraindo as sobrancelhas, abriu o texto:

"Oi... O sol chegou para ficar. Ele está sussurrando nos meus ouvidos: praiaaaaaaaaa. Passo para te pegar às nove. Bjs. "

Irritada, resmungou.

– Quem você pensa que é seu Bruno Duarte para me acordar a essa hora de sábado – atirando o aparelho sobre a cama, puxou o lençol, mas não conseguiu voltar ao sono. Levantou-se, abriu a cortina cor de pêssego e espiou lá fora. Um sorriso brejeiro foi crescendo nos lábios, enquanto escancarava completamente a janela. Encheu os pulmões e gritou:

– Ele tem razão. O dia está divinoooooo!

Cheia de vida, entrou no chuveiro e, no horário marcado, estava lá embaixo, dentro de um despojado shortinho jeans, regata com estampa floral, rasteirinha e sacola de praia. Bruno conversava com Vitinho. Ao ouvir a voz da namorada, voltou-se devagarzinho. Ela não deixou de reparar o olhar malicioso, que, investigativamente, em poucos segundos, correu através de seu corpo, não deixando escapar nenhum detalhe. Após a não tão discreta admiração, aproximou-se, beijando-a de leve no rosto. Com cara de moleque, sondou:

– Zangada!

– Só um pouquinho! – respondeu com manha, enquanto se lembrava dos comentários de suas amigas: "Como é que você consegue dizer 'não' a um Apolo como esse?".

Então, disfarçando um riso miúdo e inexplicável, sentiu-se no direito de avaliar o homem que estava à sua frente: alto, porte atlético, olhos e cabelos cor de chocolate, lábios carnudos e sensuais; o rosto bronzeado pelo sol vinha coberto por uma barba não muito espessa, mas bem aparada, que lhe conferia um "quê" de dominador; o contraste da pele com a camiseta regata amarelo--queimada caía perfeitamente com a bermuda marrom e chinelos de dedo.

A chegada de Júlia interrompeu o prazeroso passeio em torno de tão máscula escultura.

– Esqueceu os óculos, querida.

Dando uma batidinha com a mão na testa, Geórgia virou-se, desaparecendo por trás da porta, sob o olhar dos pais. Vitinho, balançando a cabeça, sentenciou:

– Essa é a minha garota. Sempre deixando alguma coisa perdida por aí.

– Mulheres! – completou Bruno. – É por isso que somos amarrados nelas.

E todos riram!

Julinha, sentada no sofá da varanda do andar superior, lia uma revista de medicina. Ela procurava se manter atualizada. Levou a mão até o pescoço, coçando-o suavemente. Estava cansada. A noite avançava calada e indiferente ao humor do tempo. O estridente gorjeio de um pássaro, rumando para o abrigo, indicava que ele se desgarrara do bando. Ela dobrou o braço, olhou para o relógio e, com uma ruguinha de preocupação, viu que a hora se adiantou. Batucava de leve com os pés sobre o piso de lajotas, enquanto decidia o que fazer. Uma melodia invadiu o espaço, levando-a a buscar pelo celular de onde o som partia:

"*Olha que coisa mais linda*. Mais cheia de graça. É ela menina. Que vem e que passa. Num doce balanço. A caminho do mar."

Pela música, a chamada era da filha. Apertou a tecla verde e disse docemente:

– Oi, Amor!

Do outro lado da linha, Geórgia avisou:

– Vou me atrasar, mãe. A turma está toda reunida e quer esticar um pouco mais. Ligo quando sair daqui. Beijos.

– Beijos – despediu-se Julinha, pensativa. Ela gostava tanto dos versos poéticos de Vinícius de Moraes e Tom Jobim como da voz da filha.

E a poesia era tão linda quanto à filha...

De regresso, Geórgia encontrou a mãe assistindo televisão. Júlia percebeu a felicidade estampada no rosto da sua menina. Apontando o banheiro, Geórgia falou:

– Um banho rapidinho... e, então, conversaremos.

– Vou apanhar uma taça de vinho. Me acompanha? – propôs Júlia.

– Ótimo! – confirmou Geórgia sorridente, sumindo pela porta.

Após uma ducha revigorante, filha e mãe, sentadas em poltronas separadas por uma mesinha, trocaram confidências. Geórgia contou como passara a tarde, não escondendo os vários beijos que trocou com Bruno.

– Estão namorando? – interessou-se Julinha.

– Ficando! – respondeu Geórgia. – Não estou preparada para algo mais intenso.

Por meio de um sutil movimento no canto superior do lábio, Julinha denunciava preocupação. Ela gostaria de discutir sobre relacionamentos, entretanto nunca definia qual seria o momento perfeito: temia magoar sua menina. Idealizava uma imensidão de caminhos e atalhos, mas era a filha quem deveria descobrir. Nada melhor do que dar tempo ao tempo. Então, para mudar de assunto, perguntou:

– Está cansada, querida? Vai dormir?

– Não, mãe. Estou sem sono. Acho que vou tocar um pouco meu trabalho – e, sorrindo, brincou:

– Meu computador deve me estranhar. Faz semanas que ele não me vê.

Fez um aceno e retirou-se.

Ao ficar a sós em seu quarto, Geórgia quis iniciar a tarefa, mas o celular vibrou sobre a mesa. Era uma mensagem da tia Angélica. Leu e desligou o aparelho. Precisava se concentrar. Retornar às cartas. Havia um capítulo a concluir e o envelope número sete certamente a ajudaria.

No dia seguinte, Geórgia almoçou com Bruno, usufruindo prazerosamente de sua companhia e, às cinco da tarde, já estava em casa. Ela caminhava pelo espaço coletivo, entre os dois sobrados, quando notou o carro da mãe na garagem.

– Já voltou – pensou alto, enquanto subia as escadas direto à varanda da sala.

– Nossa! Chegou cedo.

Júlia abraçou-a carinhosamente e, em seguida, ajeitou alguns fios de cabelos que se soltaram do coque de Geórgia para então esclarecer:

– Um paciente desmarcou... e aqui estou – Geórgia puxou uma cadeira sentando-se perto da mãe. Mordiscava um biscoitinho, esperando Júlia encher uma xícara com chá.

– Tia Angélica está para vir – pegou o celular da bolsa e mostrou a mensagem da tia. Júlia colocou o bule em cima da toalha de linho e tomou o aparelho em suas mãos.

– Será que essa alegria significa novidades no amor? – questionou Julinha, ao notar que Geórgia contraía levemente a testa, depois de ter sorvido mais um gole.

– Esfriou? – comentou Geórgia apontando para a xícara. Julinha fez menção para deixar o lugar, porém Geórgia antecipou-se, foi até a escada e chamou Ramona. Enquanto as duas esperavam a cozinheira aquecer o chá, Geórgia espalmou as mãos para frente, respondendo à indagação que ficara pendente:

– Possivelmente – sorriu e prosseguiu com o interrogatório: – Mãe! O que aconteceu com a vovó Lurdes para que ela negligenciasse a família, envolvendo-se com bebidas e excesso de remédios?

Um ar sombrio manchou o rosto de Júlia. Ela receava questões que envolviam dor e sentimento. Afinal, Geórgia era neta de Lurdes, e Júlia achava que ela ainda não estava preparada para conhecer um passado triste e doído. Além do mais, como uma pessoa de bons princípios, sentia-se desconfortável ao falar sobre os defeitos da irmã.

Mas os olhos de Geórgia, fixos nos seus, aguardavam uma resposta, indicando que a menina investigadora não desistiria facilmente. Franziu a testa, decidindo o que fazer. Por fim, concluiu que um dia teria que abrir a caixa de segredos e esmiuçar a vida de cada membro da família. Não só era direito, como Geórgia devia saber toda a verdade, pois os fatos, independentemente do grau de grandeza ou tirania, fariam parte da biografia familiar que ela escrevia. Então que fosse agora, não havia por que dissimular.

– Está bem! Vamos começar pela personalidade dela.

A mãe iniciou a explicação contando que, quando se falava de Lurdes, a primogênita dos Castro, o sinônimo de charme associava-se à sua pessoa. Seu corpo perfeito e esguio vestia com elegância. Não era tão bela quanto Inês, mas chamava atenção pela altura. Os cabelos, sempre com o corte moderno, eram escuros e lisos, iguais aos de Antônio. Jamais se descuidava da alimentação, comendo pouquíssimo. Se notasse alguns gramas a mais, surtava, chegando ao cúmulo de passar fome. Trajava-se com vestimentas de última moda e adorava exclusividades. Proibia as costureiras famosas de reproduzir modelos escolhidos por ela para outras clientes. Nesse ponto, Geórgia a interrompeu.

– Como assim?

– Não era como é atualmente, onde se encontra tudo pronto nas vitrines das lojas. Hoje, basta você definir o que deseja, pois há ofertas para todos os gostos e bolsos – falou Julinha, cruzando as pernas para melhor se ajeitar na cadeira. Mais um gole e continuou:

– Naquela época, você desfrutava de exclusividade. Cada um comprava o tecido e a costureira confeccionava a sua roupa. Diferente das marcas internacionais de agora que desenham suas coleções, fazem a cabeça dos consumidores através da mídia e colocam os produtos fabricados em série à venda para milhares de compradores em ruas importantes de grandes cidades, onde o metro quadrado de área construída custa uma verdadeira fortuna.

– Hum! – resmungou Geórgia, querendo imaginar, como encaixar, na agitada agenda, espaço para escolha de tecidos, modelos e provas, pois, na atualidade, o tempo é cronometrado por segundos.

– Já na infância, Lurdes invejava Inês, que atraía para si todos os olhares, deixando-a incomodada. Ao se tornarem adultas, a inveja tornou-se uma obsessão – Julinha criou uma pausa, para encontrar palavras que melhor explicasse o interior de alguém que vivia camuflada em uma escuridão mental. Cruzou as mãos sobre o peito e continuou:

– Aparentava ser calma, mas isso era somente uma fachada para acobertar a alma grosseira e sem brilho. Nos momentos em que estava a ponto de explodir, a atriz que existia dentro dela entrava em cena, atuando serenamente como se nada de anormal estivesse acontecendo.

Julinha se serviu de mais uma xícara. Enquanto o líquido descia do bule, ergueu seu olhar em direção à Geórgia, que entendeu a pergunta e respondeu:

– Não. Ainda tenho. Talvez depois.

Geórgia aguardou a mãe saborear mais um gole, ávida por novas informações. Júlia se ajeitou novamente na cadeira e, como se acabasse de fazer uma descoberta, completou:

– Ela preferia atacar na surdina, como uma cobra que se esconde para dar o bote na hora certa. Cautelosa e observadora, aguardava a ocasião exata para levar alguma vantagem. Sempre ambicionou ocupar a posição número um e quem atravessasse seu caminho seria esmagado como uma barata. Ainda menina, costumava maltratar Inês de muitas maneiras. De todas as maldades, os beliscões eram suas armas preferidas. A choradeira da irmã era motivo para Lurdes rir e chamá-la de "bebê chorão". Inês reclamava para o papai ou para a mamãe, mas ela desmentia. Como a mãe nunca a pegava em flagrante, pensava ser exagero.

– E você, mãe, não sofria com as suas crueldades? – preocupou-se Geórgia indignada com o que estava ouvindo.

– Não! Havia uma diferença de idade considerável entre nós e eu não ofuscava a sua beleza – disse Júlia, rindo.

– Você desde pequena já observava tudo isso? – interrompeu Geórgia.

– Não. À medida que os fatos vinham à tona, as ocorrências da infância começaram a fazer sentido – explicou Julinha.

– E quanto à Alice e Ari, o que eles achavam dela? – quis saber Geórgia.

Júlia deixou escapar um grande sorriso.

– Ela os manipulava, assim como fazia com papai e mamãe. Bajulando-os, conseguia tudo o que queria, pois eles a consideravam modelo de perfeição e afetividade. Certa ocasião, viu uma suíte chiquérrima em uma revista de celebridades e cismou em trocar a sua que havia sido decorada recentemente. Papai não concordou com esse capricho, contudo, sutilmente ela envolveu Ari e Alice para realizar seu desejo

– Devia ser um quarto espetacular! – afirmou Geórgia, risonha e interessada.

– Digamos... diferente – ponderou Julinha, franzindo o nariz. – Ela tinha bom gosto. Era uma decoração futurista que fora projetada para uma atriz de Hollywood. As cantoneiras de aço contrastavam com a pintura das paredes em rosa "pink". Do teto claro com um espelho redondo no centro desciam fios de cristais que camuflavam a iluminação. Os móveis laqueados em branco combinavam com três pufes de couro, também em branco, espalhados aleatoriamente, ajudando a abrir a cor. Três quadros, trinta por trinta, um com o desenho de uma bolsa feminina, outro com um sapato de salto agulha e o terceiro com uma blusa sexy, davam um toque de sofisticação às paredes.

Uma expressão divertida surgiu nas feições de Julinha.

– Quando aparecia visitas, eu ficava atrás da porta do quarto, pronta para ouvir a conversa entre elas. Achava graça dos exagerados elogios que recebia.

– O que devia alimentar a sua vaidade – comentou Geórgia apimentando o bate-papo e fazendo-as rir.

– Devia sim... E como devia...

– Mãe! A decoração podia ser um luxo, porém o seu jeito de ver o mundo era um lixo – avaliou Geórgia, com visível tristeza.

– Os espíritas chamam isso de “livre arbítrio”, ou seja, escolhas – tentou amenizar Julinha, sempre ligada nas teorias espiritualistas.

– Mas dá para ver que ela se deu mal – observou Geórgia.

Júlia apertou de leve uma das mãos da filha, alertando-a:

– Às vezes, devemos deixar o passado quieto. Eu não me sinto bem, quando me lembro desse pedaço da nossa vida.

Geórgia cruzou as pernas lentamente, ajeitou a roupa, para depois afirmar:

– Não se pode tapar o sol com a peneira... Raquel usava essa frase com frequência.

Julinha se interiorizou por alguns segundos, segurou o queixo com uma das mãos e assim permaneceu até que foi despertada por um barulho de carro.

– Seu pai está chegando! – Geórgia levantou-se, beijou a mãe e correu para seu quarto com a finalidade de incluir a personagem Lurdes na biografia dos Castro.

Já instalada diante de seu computador, ainda permanecia chocada com as revelações sobre a personalidade da avó. No entanto, o pensamento continuava preso nas filhas de Lurdes, Bárbara – sua mãe biológica – e tia Angélica. Não conseguia entender os reais motivos que levaram uma a abandonar a família e a outra, a fugir para o exterior. A caixa da verdade estava ali, exibindo-se para ela, expondo envelopes que escondiam segredos. Afundou a mão e puxou um deles, trazendo entre seus dedos o de número oito.

– Iria fundo nessa história...

A doença de Ingrid

Nosso corpo é como uma sinfonia, onde sons de vários instrumentos, tocados simultaneamente, fluem em total harmonia. Quando algumas notas desafinadas machucam nossos ouvidos, é sinal de que o equilíbrio foi rompido, com ameaça ao bom desempenho da orquestra.

Era o caso de Ingrid. Ela não se preocupou em averiguar o que poderia desestabilizar o conjunto. Acreditou que o maestro isoladamente trataria de corrigir qualquer desvio.

Mergulhada em uma nuvem perfumada de vapor, ela cantarolava um "rock" de Elvis Presley em sua banheira revestida de mármore de Carrara, quando um acesso violento de tosse a assustou. Além da tosse, uma golfada de sangue esparramou-se pela espuma, manchando a água de vermelho. Entrou em pânico. Enrolou-se na toalha e correu até o telefone para pedir socorro ao médico. Porém não conseguiu, pois ele estava ocupado em um parto de emergência. A secretária, atenta à aflição da paciente, procurou acalmá-la, sem deixar de assegurar que tão logo surgisse uma oportunidade, ela daria o recado. Desesperada, ligou novamente, agora para o marido, deixando-o apreensivo.

Cláudio e Antônio chegaram ao mesmo tempo e quase se esbarraram na porta da garagem. Seguiram juntos e se depararam com uma Ingrid aos prantos, já vestida com um roupão. A choradeira se entremeava com gritos histéricos de "Eu vou morrer". Antônio se aproximou, sentou-se no sofá ao seu lado, colocou o braço sobre as costas dela numa atitude protetora, enquanto Cláudio se mantinha em pé, esperando resignadamente o choro cessar.

Julinha estava perto da escada e, ao escutar o vozeirão do doutor, escondeu-se para não ser vista, porque certamente seria mandada para o quarto. Espantou-se, pois, pelo desespero da mãe, deduziu que algo exageradamente complicado se instalava na Mansão dos Castro. Abafou um soluço e ficou espiando. Depois que a situação se abrandou, Cláudio puxou uma cadeira e se acomodou em frente à Ingrid.

– Vamos lá, minha cara! Conte-me tudo – posicionou-se para prestar atenção no que ela teria a lhe dizer para, então, passar às perguntas:

– Desde quando você está tendo essa tosse?

– Uns oito meses – informou Ingrid.

– E essa magreza? – antes que ela apresentasse alguma alegação, Antônio adiantou que era para perder peso e voltar a antiga forma.

– Nós conversamos algumas vezes sobre isso, mas ela estava tão feliz – admitiu com desânimo.

Cláudio a encarou com determinação e a advertiu:

– É muito importante que você responda com honestidade: está fazendo regime? – ela baixou os olhos, encabulada, e, em um sopro de voz, murmurou:

– Não.

– Mas por que você está se alimentando tão pouco? – interrogou Antônio, nervoso. Silêncio. Ela apenas permanecia com a cabeça baixa.

– Então, Ingrid? – esbravejou irritado. – Diga logo.

– Eu perdi o apetite e me senti bem por estar mais magra – sussurrou sem coragem de sustentar o olhar dos dois.

– Durante esse tempo, você esteve no meu consultório, por que nunca comentou sobre isso?

– Mas eu achei que era somente tosse de fumante – defendeu-se envergonhada.

– E a perda de peso? – insistiu o médico.

– Preferi não contar. Fiquei com medo que você me desse um remédio para abrir o apetite.

Doutor Cláudio ergueu-se da cadeira, afagou a barba com ares de preocupação e finalmente falou:

– Ingrid! Estou intrigado com uma coisa. Me explique como você fez para que eu não percebesse o quanto você havia emagrecido. A última vez em que lhe examinei, faz uns... quatro meses.

Nada de resposta.

Antônio, em tom severo, demonstrando ansiedade, elevou a voz e cobrou a resposta:

– Ingrid! Por favor. Não estamos de brincadeira.

– Quando estive em seu consultório, usei uma roupa larga. Não poderia imaginar que isso fosse uma doença.

O doutor se calou. Não tinha mais o que dizer. Assim como o leite que levanta a fervura, transborda a leiteira e se esparrama por cima do fogão, nada restava a fazer. O que estava feito, estava feito. Antônio pretendia prolongar o interrogatório, porém foi impedido por um gesto repreensor do médico que se sentou à mesa, remexeu a pasta e de lá retirou um bloco de papel.

– Vou prescrever alguns exames para que sejam realizados com urgência. E o cigarro terá que ser cortado imediatamente – ao ouvir o veredito, ela se enrijeceu e, encolhida no sofá, balbuciou:

– Eu não consigo! – Cláudio fulminou-a com um olhar intolerante para sentenciar:

– Consegue, sim! Afinal, você quer ou não, se curar? Se continuar fumando, a sua saúde só irá piorar.

Ingrid providenciou urgentemente todos os exames, sob a fiscalização do esposo. Assim que o resultado saiu, o casal foi ao consultório com o temor estampado no rosto de cada um. Sem rodeios, o doutor comunicou que havia uma mancha no pulmão esquerdo, omitindo a metástase.

– O que faremos, Cláudio? – indagou ela.

– Vamos tratar – respondeu secamente.

Antônio se preparou para mais uma pergunta, mas percebeu que o médico desejava encerrar a conversa. Parecia que ele deixou alguma revelação perdida nas entrelinhas. Já em casa, Ingrid que também não estava satisfeita com as explicações, questionou:

– Antônio, você notou que Cláudio foi bastante evasivo. Para mim, ele desconversou. Acho que está escondendo alguma coisa.

– Pode ser – disse, enquanto refletia. – Amanhã ligarei para ele me dar mais informações.

– Será que estou condenada? – argumentou ela, com o pavor explícito nos olhos. Ele a abraçou com carinho e a consolou:

– Não fale bobagem. Seja lá o que for, meu amor, vamos enfrentar juntos. Ficarei perto de você.

As palavras de conforto ecoaram no coração de Ingrid como um escudo protetor, acalmando-a. Ficou feliz por ele estar ali do seu lado, pois, apesar de tudo, ainda amava aquele homem.

Não houve necessidade de entrar em contato com o doutor, uma vez que ele mesmo se antecipou. A seu pedido, a secretária marcou um encontro sem a presença de Ingrid. No horário combinado, Antônio apareceu para ouvir o que já desconfiava. O quadro de saúde era crítico, e a doença encontrava-se em um estágio avançado, mas Cláudio, embora tenha sido franco em expor a gravidade dos fatos, fugiu de prazos e prognósticos.

Ao deixar o consultório, Antônio não teve coragem de voltar para casa. Entrou no carro, dirigiu sem rumo. Ao se dar conta, chegou em Copacabana. Já anoitecia e o local estava com pouco movimento. Estacionou e desceu do veículo, abandonando-o com os vidros abertos e chave na ignição. Não tinha destino. Andou até a ponta da praia, caminhando ao léu. Olhou para céu e viu um crepúsculo neutro: nem sombra, nem claridade... Era assim que se sentia: em uma estrada desconhecida, talvez no meio do mato, andando a esmo por uma trilha jamais percorrida... e sem bússola. Era um indivíduo derrotado, destruído, aniquilado, sem perspectiva e emocionalmente sem futuro.

Perfez considerável distância, em clima de meditação. Afundou os sapatos na areia, molhou a bainha da calça e, contemplando o chão, checava os próprios passos. Não havia nenhum precedente nos antecedentes da esposa que justificasse uma enfermidade dessas. Esgotado, apoiou-se em um coqueiro para um breve descanso, com infindáveis perguntas que lhe fervilhavam a mente e todas inexplicáveis.

– Por que, meu Deus? Por que justo na minha família? Ingrid é tão nova para me abandonar.

A areia embaixo dos pés parecia movediça, não lhe oferecendo suporte suficiente para arcar com tamanha carga. Levantou a cabeça e, ao apreciar o firmamento, enxergou cenas espedaçadas da vida, uma a uma, perdidas entre as estrelas: o dia em que conheceu Ingrid, o namoro, o noivado, o casamento, os primeiros anos de casado, o nascimento das filhas, as viagens, as festas. E a sua loira, linda, linda... divinamente linda. Um pouco mais distante, para a linha do horizonte, uma nuvem negra mostrava a cobrança do sexo dos filhos, envolta em uma moldura de remorso. Lembrou-se de quantas vezes machucou a esposa com a implicância do filho macho.

Porém tudo terminava com o "Por quê?"... "Por quê?"... "Por quê?"

Recordou-se também da parábola do padre Odilon. Ele se via no lugar daquele sujeito que buscava incansavelmente o sucesso. Carregava consigo o objetivo de vencer na vida. Estava munido de patuás, acreditando que, como um garoto mimado, coberto pela proteção dos pais, jamais seria atingido pelo IMPREVISÍVEL. E, tal qual no conto do padre, ele, da mesma forma, não estava preparado para o INESPERADO.

Mas os pensamentos sempre retrocediam a velhas indagações:

– Meu Deus, por que o INESPERADO me persegue?

O ponteiro do relógio já havia dado mais uma volta, quando, exausto, retornou ao carro, sem controlar a ansiedade.

Ao chegar em casa, surpreendeu-se com Inês, ao lado de Ingrid, consolando-a. Ela tão logo soube da doença da mãe, arremessou suas razões no lixo, esqueceu-se do abandono, quebrou o gelo e correu para confortá-la.

Aquela visão, mãe e filha novamente juntas e agora unidas pela dor, foi a gota d'água que fez transbordar um caldeirão de emoções. Por segundos, os dois se entreolharam, até que ele se aproximou de Inês e deu-lhe um afetuoso abraço, simbolizando um pedido de perdão. Quando ela o acolheu em seus braços, ele não segurou o pranto. O grande Antônio, o imbatível, o todo-poderoso, escondeu o rosto no ombro da filha e chorou desoladamente.

Era carga demais para um só dia...

O estado de saúde de Ingrid gerou uma preocupação permanente. Tanto ela como o marido se focaram na esperança de uma possível cura. O tratamento foi iniciado e conduzido por uma equipe de médicos especialistas, com medicamentos modernos buscados nos Estados Unidos. Era o que havia de melhor. No entanto, Antônio exigia que todos os procedimentos recebessem o acompanhamento do doutor Cláudio.

Apesar do diagnóstico não ter sido apresentado como uma sentença, Ingrid sentiu-se à beira do abismo. Deprimiu-se, desencantou-se do convívio social, refugiou-se no próprio quarto. Não atendia as amigas ao telefone, não recebia visitas, não queria ver ninguém. Naturalmente, as companheiras desinteressaram-se por ela, que deixou de ser uma boa parceira. O tipo de conversa usado nas badaladas reuniões não atraía mais sua atenção. A única distração era passar sossegadas horas no jardim, acompanhada de um familiar.

Fato semelhante ocorreu com Antônio. Ele até que procurou se divertir com amigos, porém, como peça danificada, não se encaixava mais na engrenagem. O aborrecimento e o pensamento distante não permitiam que interagisse com o grupo. Passados alguns meses, devido às faltas, outra pessoa ocupou o seu posto.

Na selva de pedra que o casal Castro ajudou a construir, cada elemento era passível de descarte. Para ser eliminado ou esquecido pelo caminho, bastava não seguir o ritmo do prazer e diversão, fatores tidos como prioritários. Se alguém despencasse do topo, perdendo posições, as portas fechavam-se e os convites também. E, assim, Antônio e Ingrid foram isolados, sentindo-se, pela primeira vez, rejeitados. Mas, mesmo sorvendo o gosto amargo da palavra "rejeição", não estavam preparados para associar o repúdio sofrido ao caso "Belinha". Eram maduros de idade, mas imaturos de espírito, portanto incapazes de formar uma comparação desse nível.

Em uma tarde em que Ingrid conversava com Antônio no jardim, Lurdes apareceu por lá, trazendo consigo as meninas e a babá. Ao tomar a pequena Angélica em seus braços, os olhos da avó brilharam, o que levou Lurdes a exibir um suave sorriso, não de alegria por ver a mãe feliz, mas por ter um trunfo em suas mãos: as filhas.

Bárbara sentou-se no colo do vô e ele começou a fazer coceguinhas, provocando risos e gritinhos. A vó socorreu-a, pedindo para que ele parasse.

– Está bem! – concordou.

Zeca varria as folhas das calçadas e Bárbara, ao vê-lo, pulou no chão para ajudá-lo. Ela adorava essa brincadeira e o jardineiro tinha uma vassourinha guardada para essas ocasiões.

Em questão de minutos, Belinha chegou ofegante. Aproximou-se de Antônio, pegou-o pela mão e o arrastou até as balanças. Raquel já não se preocupava com as constantes fugas da menina, pois sabia que os patrões não se incomodavam mais por ela atravessar o bambuzal.

– Vamos, vamos *vê Tovão*!

A chegada de Isabel e a intimidade com que ela tratou o pai deixaram Lurdes assombrada.

– O que deu nele, mãe? Veja o jeito dela?

– Não sei! – protestou Ingrid, cansada daquela conversa, enquanto brincava com Angélica. Lurdes não perdeu Antônio de vista. Viu-o, junto com Belinha, retirar o cão do canil. Estranhou as risadas dele, brincando com a filha. Quase caiu da cadeira quando os dois se dirigiram ao parquinho. Chegando lá, ele gritou para as netas:

– Venham!

– Aonde eles estão indo? – interrogou Lurdes, prestes a perder o controle.

– Com certeza ao parquinho.

– Mãe, vocês compraram um parquinho?

– Sim! Seu pai comprou brinquedos novos para Belinha.

– O quê? Agora é Belinha, mãe? – Ingrid, já sem paciência de ouvir tantos comentários maldosos, respondeu secamente:

– É como todos a chamam.

– Quer dizer que é assim – disse, estalando os dedos –, em um passe de mágica, a rejeitada passa a ser a dona do espaço.

O ódio corroía Lurdes por dentro sem que conseguisse disfarçar. A mãe, ao notar a crise de ciúmes, aconselhou-a:

– É melhor você ir se acostumando. As coisas estão mudando por aqui. E, por favor, eu peço que não toque nesse assunto. Ele me faz mal. Piora a minha saúde.

Completa de indignação, Lurdes mandou a babá pegar as crianças e se encaminhou à garagem. Ligou o motor do carro irritada e saiu em disparada, rangendo pneus.

– Esse descaso com Belinha foi longe demais – resmungou Ingrid, baixinho.

Antônio, alheio ao ódio de Lurdes, continuou a empurrar Belinha na balança, divertindo-se com as suas gargalhadas, sem notar que a filha fora embora mais braba que uma arara. Quando se lembrou das netas, segurou a cadeirinha para que Belinha descesse.

– Mais, mais – reclamava a pequena.

– Vamos buscar Bárbara para que ela brinque com você – Belinha balançou a cabeça concordando e seguiram até Ingrid. Como ela estava só, ele perguntou:

– Aonde elas foram?

Querendo poupar o marido de um novo aborrecimento, ela informou que Lurdes precisou ir.

– Mas ela acabou de chegar! – contestou ele, decepcionado.

Belinha percebeu que a “moça bonita”, e agora amiga, estava triste. Então, espontaneamente, convidou-a para irem juntas rezar para santinha. Ingrid a princípio ficou indecisa, mas Antônio a incentivou, por meio de um sinal afirmativo.

Ao adentrarem a capela, a pequena puxou a saia da mãe e apontou para Nossa Senhora:

– Pede *pá* Ela *deixá* moça feliz! Quequel *sempe* faz assim. Eu vou *pedi pá* fadinha *cuidá* de você também.

As palavras inocentes de Belinha soaram vigorosamente no coração da dona Ingrid e, pela primeira vez, ela se despiu de preconceitos e intolerância para abraçar a filha com amor.

– Você gosta deste lugar, Belinha? – ela confirmou e sorriu para a mãe.

Anoitecia quando Antônio levou Ingrid para dentro. Ela se sentou diante de uma escrivaninha e pediu para ficar só, alegando que leria um pouco. Depois que o marido se afastou, entrou em prantos. Era esperta o suficiente para saber que percorreria um caminho doloroso. Provavelmente, sem volta. Para se tranquilizar, usou o calmante que tomava ao se deparar com situações complicadas: carta ao Anjo. Apanhou uma folha de papel e começou a escrever para seu Protetor.

"Querido Anjo,

Estou doente.

A doença está me mostrando o mundo sobre outro enfoque. Aos poucos, vou descobrindo quem realmente me ama e distinguindo os verdadeiros dos falsos amigos. Fiquei sabendo de algumas fofocas espalhadas por nossos companheiros, envolvendo-nos. Ao contar a Antônio, ele não se surpreendeu e, com naturalidade, concluiu:

– Foi com esse tipo de gente que convivemos todos esses anos.

Não dá para acreditar. Você precisava ver a dissimulação do Ataíde ao me dispensar do pôquer. Eu não queria crer no que estava ouvindo. Porém, ao analisar a falsidade espelhada em cada rosto, deduzi que Antônio está com razão. Fizemos parte de um grupo sem lealdade, onde você é somente um peão e que a qualquer momento poderá ser abatido por outro participante do jogo.

Às vezes, paro para pensar e me pergunto:

– Estou sendo castigada por ter repudiado minha própria filha?

Hoje eu a acompanhei até a capela. Uma gracinha, queria me consolar. Fui, porque Belinha me convidou. Enquanto ela afagava meus cabelos, pedi perdão pelos meus pecados. Para ser sincera, não me recordo da última vez que estive lá. Esqueci-me de Deus, de rezar... do meu espírito. Agora também estou doente do corpo, mas confesso que há muito mais tempo estou doente da alma. Andei ocupada demais e perdi o contato com o Senhor. As tarefas mundanas sempre foram prioritárias.

Lembrei-me do entusiasmo ao sentir necessidade em ter um cantinho para oração, semelhante ao Haras, onde está a Capela de Santa Rita. Vasculhei minha memória, revendo os motivos que nos levaram a edificar tão singelo Santuário.

Eu e Antônio fomos à França para visitarmos o templo sagrado de Nossa Senhora de Lourdes. Ao se aproximar daquela imagem tão pura e inspiradora, um sentimento de fé brotou em mim. Fiquei impressionada com depoimentos de fiéis que alcançaram milagres e com outros que pagavam promessas, caminhando de joelhos até chegar aos pés da Santa.

Apesar de ser criada no catolicismo, a crença daquelas pessoas me causou admiração. Retornei ao Brasil com imenso desejo de construir um altar no jardim. Escolhemos o lugar e iniciamos a construção de uma aconchegante orada.

Ainda tocados com o que presenciamos, viajamos a Minas Gerais – estado com tradição em obras sacras –, em busca do nosso anseio. Inicialmente, pensamos em um nicho, algo bem simples. Todavia, depois de muita procura, achamos em uma fazenda, por indicação de alguém, a pedra perfeita: uma ametista. Uma raridade. Pertencia a um colecionador e não estava à venda. Após demorada negociação, Antônio efetivou a compra, mas por um valor acima do preço normal de mercado. E o proprietário só cedeu, quando soube que era destinada à Nossa Senhora. A pedra tinha uma tonalidade de violeta forte. Do centro partiam ponteiras de tons mais claros em direção às bordas, como raios de sol, diferentes apenas na coloração.

Dizem que essa gradação de cores, intensa e vibrante, é apta a limpar as impurezas da mente. Eu olhava maravilhada e arrisquei uma pergunta:

– Como será que a natureza conseguiu lapidar essa preciosidade? – o senhor que nos atendia deu-nos uma definição espirituosa e genial:

– Com certeza, madame, ela recebeu uma mãozinha do Arquiteto Maior – e rindo, apontou o dedo para o céu: – o Lapidador do Universo.

Estávamos satisfeitos por ter encontrado um objeto tão precioso e raro. Agradecemos ao dono por nos confiar um tesouro guardado consigo por tantos anos. Concluída essa parte, faltava descobrir um artista, com talento apurado, para esculpir a peça. Percorremos algumas horas por estradas empoeiradas até localizar um santeiro famoso, em condições de assumir uma incumbência tão nobre.

O estilo barroco foi o escolhido. Deslumbrados, também nos encantamos com os arcanjos: Miguel, Rafael e Gabriel, imaginando-os ao lado da janela de vitral colorido.

Estávamos a caminho do hotel, quando Antônio enxergou à beira da rodovia um São Jorge feito em cerejeira. Foi amor à primeira vista e ele não resistiu. Orgulhoso da descoberta, falou entusiasmado:

– Esse vai deixar de ser mineiro para ser carioca – o comentário engraçado levou-me ao riso.

No outro dia, continuamos a viagem, felizes por termos satisfeito nossa excentricidade. Combinamos que as compras estavam encerradas. Porém, bastou rodar mais alguns quilômetros para quebrarmos nossa jura. No contorno de uma curva que obrigava os motoristas a reduzirem a velocidade, um brilho intenso chamou-nos atenção. Antônio, impulsivamente, freou o carro e estacionou para ver um conjunto de obras que, à distância, atraía a curiosidade dos viajantes.

Entre múltiplas opções, uma mandala na cor branca nos cativou. Um trabalho maravilhoso. Entalhado em madeira, o Espírito Santo reinava absoluto em forma de pomba, deitado sobre raios dourados.

– Vamos levar – dissemos os dois juntos e caímos na risada, sem que o vendedor entendesse a causa para tanta graça.

Procurávamos adquirir uma quantidade absurda de pedras coloridas de vários tamanhos. Queríamos trazer uma de cada espécie, como se isso fosse possível. O Brasil possui uma imensa gama de pedras preciosas e semipreciosas e a maioria se encontra naquela região por onde passamos. Mas, mesmo assim, compramos ametista, cristal branco, citrino, jade, quartzo rosa e outras mais. Antônio não se esqueceu de exemplares raros de orquídeas que enfeitavam os acostamentos da estrada. Nossos gastos ultrapassaram o limite da exorbitância. Estouramos o orçamento e o espaço no carro. Quase toda a mercadoria foi despachada por transportadora.

– Que capelinha cara, hein! – gracejou Antônio, risonho.

Era hora de voltar.

Partimos de Minas Gerais faceiros como crianças que ganharam seus brinquedos favoritos. Tão logo regressamos, fomos dando destino ao que conseguimos trazer. Aguardamos dois meses para que o resto da encomenda chegasse.

A capela ficou divina. Um simpático santuário, digno da minha Padroeira.

Querido Anjo! Não sei por que estou lhe contando essa história se você sabe de tudo, presenciou tudo. Mas deixe-me falar, ou melhor, escrever. Desabafar faz com que me sinta bem. E você sempre foi um bom ouvinte, aliás, um bom leitor.

Pois é, meu amigo. E agora essa doença. Às vezes, fico sem esperança, com a sensação de que estou rolando precipício abaixo. Outras, penso que é apenas um trecho sinuoso pelo qual devo passar. Porém, tenho certeza de que essa maldita e penosa trilha mexeu com a minha fé que estava adormecida.

Perdoe-me. Mas estou envergonhada de só me lembrar de Nossa Senhora ao ficar doente. Podia ter sido diferente. Admito, com pesar, que abandonei minha crença, permitindo que as aparências corrompessem minha real identidade.

Agora não posso mais fumar. Se ainda é difícil, imagine as primeiras semanas. Elas foram terríveis para mim. Eram crises de ansiedade, tremores, sudorese e irritabilidade.

Certo dia, quando Antônio cruzava pela sala, encontrou-me andando de um lado para outro como um animal enjaulado.

– O que está acontecendo, querida? – chorando, respondi:

– Pelo amor de Deus, Antônio! Deixe-me fumar um só. Ele me olhou com doçura e foi falando com paciência:

– Ingrid! Você já resistiu até agora. Daqui para frente será cada vez mais fácil – e parou abruptamente, sem concluir a frase, impressionado, ao me ver devorar as unhas, até sangrar. Compadecido, dispensou seus argumentos, entrou no escritório e de lá trouxe somente um cigarro que, com sofreguidão, consumi em rápidas tragadas, como uma raposa devorando uma lebre. Sobrou apenas o toco e, por pouco, não queimei os dedos. Ah! Momentaneamente saciada e com as mãos ainda trêmulas, respirei fundo, aliviada, sob o olhar pasmado de Antônio que passou a ter dúvidas se eu iria conseguir.

Ele já havia tomado algumas providências para me ajudar a lidar com o vício. Só fumava fora de casa e orientou os empregados a procederem da mesma forma. Espalhou balas de hortelã em todos os ambientes, insistindo para que eu fizesse uso desse artifício.

Sei que sou dependente e a dependência me maltrata. A abstinência me judia mais do que a própria doença. Sinto-me como um soldado desarmado, numa luta sem ideal e inglória, com a derrota anunciada.

Embora surrupiasse uns dois cigarros por dia, eu não conseguia satisfazer meu cérebro que pedia mais, emitindo sinais de desconforto, aumentando minha ansiedade.

O médico foi consultado a respeito, mas não cedeu. Quando Antônio me repassou a decisão do doutor, entrei em pânico e, aos berros, gritei:

– Como vou salvar minha vida, se esse maldito vício me matará primeiro?

À força, aprendi a me controlar. Porém, acho que parar de fumar não será a solução. O câncer não quer recuar.

Desculpe-me se hoje me estendi demais. Mas eu precisava conversar com alguém e ninguém melhor do que você.

Despeço-me aqui sem saber como enfrentarei o amanhã!

Beijos, meu querido,

Ingrid."

A doença de Ingrid progrediu e fez com que ela atravessasse períodos de turbulência. Em questão de meses, foi submetida a transformações, comportamental e física.

No aspecto comportamental, a mudança caracterizou-se pela forma de pensar e de agir. Valores reais e verdadeiros, antes desprezados, passaram a ser considerados. O objetivo de se manter como uma refinada dama junto à sociedade foi substituído pelo de simplesmente viver. Cada dia era uma conquista, uma dádiva divina. Sem o rompante da socialite e com o orgulho e a arrogância aposentados, ressurgiu um ser humilde, paciente e compreensivo. O relacionamento com as demais pessoas, inclusive com os empregados, também mudou, agora tratava a todos com dignidade e respeito.

Em virtude do novo estilo de vida imposto pelo destino, os Castro foram excluídos do convívio social. Os companheiros fugiram e os colunistas esqueceram-se do casal. Mas nada disso era motivo de preocupação, pois o desgaste emocional produzido pela própria enfermidade não dava ânimo para participar de qualquer evento.

No aspecto físico, as marcas do sofrimento tornaram-se visíveis. Ela que sempre lutou por uma magreza charmosa, conseguiu uma magreza doentia, desfigurando-a, sem, no entanto, transformá-la em uma mulher feia. O nariz ficou mais pontudo, as bochechas afundaram, os olhos esconderam-se no fundo do contorno ocular. Mas o que nitidamente chamava a atenção era o desânimo impresso em um semblante marcado pela tristeza, visão desorientada e ausência do mundo real. Infelizmente, a depressão a fez perder o gosto por tudo aquilo que sempre apreciou. Abdicou da vaidade, abandonando seu amigo predileto: o espelho. Passou a detestá-lo. Não se arrumava mais, desprezou o uso de joias e se descuidou da higiene pessoal.

Diariamente, Raquel levava Belinha para visitá-la. Ingrid, inexplicavelmente, descobriu que ter a filha ao seu redor a tranquilizava, reconfortando-a nos momentos difíceis. Nas horas angustiantes, nada melhor do que a pequena para distraí-la.

Em uma dessas visitas, Raquel a encontrou, ainda de camisola, sem escovar os dentes e sem pentear os cabelos. A babá percebeu que o desleixo se apoderou da patroa. Ciente de que ela não estava bem, sutilmente a convenceu a tomar banho e vestir uma roupa elegante sob a alegação de que juntas saboreariam um delicioso chá de maçã.

– Se a senhora me permitir, claro? – perguntou com educação.

E, assim, ela se deixou conduzir como uma boa menina que obedece a mãe. Enquanto Ingrid estava no banho, Raquel buscava um vestido informal, porém alegre, embora tivesse dificuldade na escolha por causa do emagrecimento. Decidiu-se por uma saia, com estampa floral e, para acompanhar, uma blusa acinturada de seda cinza. Feito isso, desceu e foi até a cozinha.

Com o estímulo da babá, Ingrid sentiu até uma modesta empolgação. Ao sair do banheiro enrolada em uma enorme toalha felpuda, viu em cima da cama o traje escolhido e, após se enxugar, vestiu-se com prazer. Desejou enxergar-se no espelho, o que há algum tempo não fazia mais. Apertou o cinto para ajustá-lo à cintura e se deu por satisfeita. O resultado foi excelente.

Admirava-se novamente, crente de que estava sozinha, quando se assustou com uma vozinha oculta vinda do canto do quarto:

– Bonita... A moça tá muito bonita.

Esse elogio, dito de jeito tão singelo e vindo de alguém que a elogiava com tanta espontaneidade, levantou de vez a autoestima de Ingrid. Em meio a um riso sincero, perguntou onde estava Raquel?

– Lá embaixo! – respondeu Belinha.

Mãe e filha desceram as escadas juntas, de mãos dadas.

Ao entrarem na sala, maravilharam-se com uma mesa lindamente decorada com orquídeas brancas, levando a patroa à emoção. As três tagarelavam animadamente enquanto o chá era servido, quando Antônio e Julinha apareceram de surpresa. Queriam saber se havia lugar para mais dois.

Horas de descontração foram vividas ao comando da animadora Belinha. Irrequieta, divertia a todos com sua risada frouxa e espontânea. Antônio e Ingrid, encantados com ela, esmeraram-se em deixá-la à vontade. Nesse simples momento, isento de qualquer cerimônia, a menina rejeitada tomou, em definitivo, assento à mesa dos Castro.

... E no coração deles, também.

Antônio alterou a rotina, tornou-se mais caseiro, pois a necessidade assim exigia. Reduziu o horário de expediente, monitorando seus funcionários pelo telefone. Chegava ao escritório, dividia as tarefas e ausentava-se para se dedicar exclusivamente à esposa. Ela precisava de sua companhia e ele já tinha errado além da conta. Nada mais justo do que compensá-la pelos dias penosos que estava vivendo.

Nas tardes em que o clima permitia, os dois iam ao jardim para conversar e, ansiosos, aguardavam por Belinha. Não esperavam muito e ela vinha correndo como sempre fazia, exibindo seu sorriso costumeiro. Sem nenhum atropelo, ela trocou a posição de intrusa por presença desejável. Com o convívio diário, os pais passaram a observá-la com maior atenção. Características físicas que expunham certos pontos de fragilidade foram notadas: a baixa estatura para sua idade, atraso mental e dificuldade em falar. Mas peculiaridades positivas destacavam-se: alegria contagiante, nunca ficava brava, jamais perdia o bom humor, não cobrava nada e o amor sem limites que tinha para oferecer.

Em um desses encontros, Ingrid teve um acesso de tosse, daqueles de brotar lágrimas entre as pálpebras. Enquanto Antônio e Julinha se apavoraram, Belinha tentava acalmá-la:

– Não *choe*, moça bonita!

– Belinha vai *chamá* amiga fadinha – todos foram do susto às gargalhadas.

– Veja! – exclamou a garotinha, olhando para o céu. – A luz tá chegando... – e ela narrava, sorrindo.

– Ela tá aqui com sua *oupa* de *pincesa* .

– Ah! Ah! Ah! Ela piscou *pá* Belinha. Assim... – mostrava, apertando o olho esquerdo.

– E onde está a sua fadinha? – perguntou Julinha, investigando a criatividade da pequena.

– Ali! – apontava com o dedinho um pouco mais para cima de Ingrid. – Ela está fazendo assim... – e movia as mãozinhas no ar, formando círculos.

– Me conte tudo – continuou Julinha.

Gesticulando, ela explicou:

– Tá saindo luz dos dedos... *agoa* ela terminou...

Belinha se calou por um instante. A seguir, em ligeiros abanos, deu adeus à sua amiguinha.

– Foi *emboa*...

A encenação da menina gerou expectativa nos que a cercavam. Até Ingrid se mostrou mais disposta. A cor ressurgiu no rosto e ela manifestou vontade de comer. Antônio foi à cozinha pedir para a cozinheira preparar um lanche e, pelo caminho, imaginava o que ocasionou aquela mudança. A refeição fez bem à Ingrid e o riso, ora tão raro, voltou com as brincadeiras de Belinha, improvisadas e despojadas de qualquer formalidade.

Antônio, por sua vez, lutava bravamente para não ser arrastado pelo desânimo. Usava de inúmeras artimanhas para distrair ou animar a esposa. Enquanto todos se divertiam com Belinha, ele permanecia em um canto da mesa com a palma da mão escorando o queixo, quieto e contemplativo. Durante o tempo em que a observava, o pensamento divagou por belos momentos vividos em um passado não tão remoto. Com olhar de nostalgia, ponderou: "Nunca deixei de amar essa mulher..."

O ronco do motor, vindo da garagem, atraiu a atenção dos que estavam na sala. Inês desceu do carro com uma caixa nas mãos. Belinha saiu em sua direção e cochichou algum segredo em seu ouvido, o que lhe provocou uma gostosa risada. Depois de jogar beijinhos para o ar, serviu-se de um saboroso bolinho de fubá.

– Hum! Que delícia! – exclamou, observando o agradável envolvimento de "os de casa".

Quem destoava da harmonia familiar era Lurdes. Após o dia em que se revoltou ao ver Belinha brincando com o pai no jardim, as visitas à Mansão se tornaram escassas. Assim mesmo, quando aparecia, era para gerar conflitos. Não gostava do que via.

Em uma das vezes que esteve por lá, Antônio a flagrou enchendo a cabeça de Ingrid contra Belinha e a repreendeu severamente. A reprimenda prestou somente para aumentar a antipatia dela pela irmã.

Raquel e Belinha circulavam livremente pela Mansão, o que já não causava estranheza aos empregados. O convívio deles com as moradoras da Casa dos Fundos era cordial, e a pequena, sem muito esforço, conquistou a simpatia de todos.

Distante da agitação de outrora, Ingrid ficou mais reflexiva. Sem ter com quem desabafar, escrevia cartas ao Anjo. Queria que Ele acompanhasse, passo a passo, a dura caminhada.

E, como sempre, ao ser dominada pela aflição, ela abria a porta da alma e se consolava com Ele.

"Caro Amigo!

Creio que não há necessidade de contar, mas sinto que estou chegando ao fim do túnel. Todos tentam me confortar com palavras amenas e esperançosas. Mas você sabe que não sou boba. As horas avançam e acho que ainda não estou pronta.

Isolada, longe daquelas badalações sociais, tenho mais tempo para meditar. Então, constantemente, vejo-me fazendo um balanço da minha passagem por esse mundo. Envergonho-me de ter tão pouco a apresentar a Deus. Entristeço-me ao pensar que chegarei ao céu de mãos vazias. Não construí nada. Não deixarei um verdadeiro legado às filhas. Diante de tão cruel realidade, as portas do remorso se abrem e a amargura me incrimina. Reflito o quanto falhei com as minhas meninas.

Em um desses momentos de reflexão, levantei-me do sofá para que Antônio não me visse chorar. Disse que iria tomar uma ducha fria por causa do calor. Enquanto a água batia com força no meu corpo, a memória cobrava-me o preço salgado da conta. Agia como inimiga. Escancarava o extrato para que eu examinasse cada despesa, detalhando item por item, sem que eu encontrasse meios de pagar. E ali estavam as minhas frequentes ausências de casa; a minha impaciência de brincar com as filhas; não as acompanhar nas festinhas da escola nem sequer à praia. O amor que lhes neguei e a rejeição por Belinha. Amar? Claro que as amei, mas à distância, sem me envolver com elas. E as consequências estão aí. Cada gasto, devidamente comprovado, mostra o quanto fui ausente e egoísta. Deleguei meu posto de mãe às babás. A omissão impediu-me de atuar em capítulos importantes de uma novela que ficou no passado, sem nenhuma possibilidade de 'remake'.

Observo Antônio e percebo que também sofre. Não foi poupado da conta. Como eu, deve ter feito uma retrospectiva de sua vida. E, incontestavelmente, o resultado confirma que trocou uma linda família por pessoas que nunca valeram à pena. Tanto ele como eu, não temos dúvida de que percorremos a trilha errada.

Penso que devemos aceitar o castigo. Enfim, estamos colhendo o que plantamos.

Beijos, querido.

Ingrid."

Como Ingrid necessitava cada vez mais de cuidados, Antônio convidou Raquel a se mudar com Belinha para a Mansão, a fim de que elas fizessem companhia à esposa. A babá demonstrava facilidade em atender a patroa. Atualmente, ela providenciava o banho e a troca de roupa de Ingrid que fazia tudo de forma submissa, sem contestações.

Quando Lurdes soube da mudança das moradoras da Casa dos Fundos, enfureceu-se e foi pedir explicações ao pai. Ríspido e firme, ele sentenciou:

– Elas ficam! A menina é a alegria da sua mãe e Raquel está cuidando dela muito bem. Não toque mais nesse assunto – ela se calou, mas não aceitou as ponderações apresentadas. Caminhou raivosamente em direção à saída sob o olhar apreensivo de Antônio.

Ao ouvir a forte batida da porta, ele sentiu a repulsa de Lurdes por Raquel e Belinha. Perplexo, analisava o comportamento da filha. Não havia como culpá-la. Ele e a mulher foram os principais responsáveis por alimentar o ódio dentro daquele coração. Uma sensação estranha o apossou e, pasmo, descobriu que não a conhecia na íntegra. Não sabia até que ponto ela podia chegar. Criara um monstrinho e agora o monstro, adulto, fugiu de seu controle. Jamais conseguiria domesticá-lo.

A doença de Ingrid evoluía para um desfecho indesejável. Exigia sacrifício de cada um, machucava a todos, levando Antônio ao desespero. Evitava pensar como seria os dias restantes de sua existência sem ela. Por necessidade, obrigava-se a promover modificações para melhor se adaptar à presente situação.

Assim, a Mansão passou a abrigar também os pais de Antônio. Dona Alice queria estar por perto do filho e da nora, nesse período de provação a que foram submetidos. Sogra e nora, que nunca mostraram grande afinidade, agora se aceitavam. O sofrimento mostrou outra realidade e as ensinou a conviver em harmonia. Embora estivessem distantes de compartilhar uma sincera amizade, passaram a se respeitar.

Ari, semelhante aos demais, atravessava um período de mutação. Depois do acidente, suas atividades ficaram limitadas. Ia para o Haras na segunda-feira e voltava na quarta. Sempre levado por um motorista, pois não tinha mais condições de dirigir. Por ora, era comum vê-lo circulando pelo jardim, caminhando com dificuldade e apoiado na bengala, companheira desde o tombo na última cavalgada. Na atual agenda, sobrava algumas horas para a criançada. O tempo disponível permitiu que se especializasse em narrar causos infantis. À noite, antes da família se recolher, o velho tornava-se a atração dos pequenos.

Ingrid, praticamente reclusa em seus aposentos, entretinha-se com as travessuras de Belinha ou conversando com Raquel. A tão odiada babá transformou-se em amiga e confidente. Em um desses bate-papos, ela tomou a liberdade de perguntar à nova parceira sobre sua vida. Um pouco acanhada, Raquel adiantou que sua história não tinha muita graça. Alice, que se distraía bordando uma toalha para Inês, largou o bordado para interferir no assunto, incentivando-a contar.

Raquel, sem lamúria, descortinou a tenda do seu passado, expondo cada cômodo com dignidade. Falou até a exaustão, causando admiração nas ouvintes, tanto pelo conteúdo, como pela forma precisa e correta de se expressar. Apenas aí, entenderam que a cultura da babá era fruto da paixão dela pela leitura. Também, desconheciam suas habilidades musicais. Surpreenderam-se quando ela lhes contou que adorava as aulas de piano e por que elas se encerraram. Ao falar de música, os olhos brilharam, sem que o fato passasse despercebido. Impressionada e encantada com tudo o que ouvira, a patroa franqueou-lhe o uso do piano.

Ao terminar o relato, Ingrid estava emocionada com as desventuras enfrentadas por Raquel. O confronto de dois mundos tão díspares, um ultrassofisticado e outro hipermodesto, bagunçou a zona de conforto que a envolvia, sem que algumas considerações deixassem de ser levantadas. Ela que esbanjou felicidade em companhia de pessoas bem-sucedidas, desfilou por pomposas festas e desfrutou da abundância de bens materiais, jamais deu importância a contos de protagonistas anônimos. No entanto, nesta fase de reavaliações, deslumbrou-se com a biografia que acabara de conhecer. Cada detalhe, por mais insignificante que parecesse, provocava-lhe interesse. Pediu que repetisse trechos não adequadamente minudenciados. Ficou impressionada com a atitude da mãe de Raquel, ao afrontar o pai para que a filha fosse à escola. Lamentou profundamente a escolha infeliz do marido. Agora, havia ficado claro por que, na entrevista para admissão ao emprego, ela afirmou que não pretendia mais se casar. Penalizou-se quando ela revelou que todas as raízes familiares plantadas por ela desapareceram nesse mundo. Somente lhe restaram dois irmãos com os quais perdera o contato. Sem motivo, o destino puniu rigorosamente a pobre moça.

Ao ouvir outra vez partes do relato, lembranças agradáveis e inesquecíveis invadiram o cérebro de Ingrid. Saltou para a garupa de um cavalo branco e se agarrou às costas do pai. Ali, colada ao seu dorso, sentia-se protegida, enquanto cavalgavam pelos campos verdes do Uruguai nas constantes visitas que faziam ao tio-fazendeiro. Mentalmente, aconchegou-se mais para aspirar o cheiro da colônia amadeirada, impregnada no blusão de lã que ele gostava de usar.

Um suspiro profundo a trouxe de volta e a saudade se manifestou através de uma nostálgica frase:

– Foram sempre as minhas melhores férias...

Tempo feliz, perdido nos arquivos da memória.

Raquel e Alice arquearam as sobrancelhas, aguardando por algum comentário, porém Ingrid ainda estava presa às suas recordações.

Antenor fora um pai presente e amoroso em todos os aspectos e ela jamais teve uma única queixa dele. Mesmo assim, repudiou-o quando ele se casou pela segunda vez. Essa conclusão tardia manchou o rosto de Ingrid com uma névoa de tristeza e a fez provar o fel da ingratidão. Ao se comparar com a babá, não encontrava explicação para o porquê de as pessoas receberem destinos tão diferentes. Com pena, olhou para Raquel, afirmando:

– Você não merecia um pai como esse!

Então, Ingrid passou a contar sobre sua infância até o dia em que excluiu o pai de sua vida. Depois de expor mais uma faceta do seu egoísmo, recriminou-se.

– Eu fui uma má filha, não é Raquel?

– Claro que não – discordou a moça.

– Você apenas não soube administrar suas emoções. Sentiu-se preterida ao se defrontar com a idade da madrasta e ficou por demais chateada ao saber que ela era uma ex-colega de escola. Nessa situação, é normal que a insegurança tome a dianteira, afundando alicerces bem construídos. Você a imaginou num pedestal que sempre fora ocupado por você e sua mãe – após uma pausa, concluiu: – Talvez, se ela não fosse tão nova e se não a conhecesse, você a teria aceitado com facilidade.

Ingrid tentava compreender o real significado das palavras de Raquel, ao ser interrompida pelo barulho da porta. Belinha vinha correndo para mostrar um desenho: uma menina loira de mãos dadas com uma moça ruiva de olhos verdes e uma loira de olhos azuis.

As três examinaram a folha desenhada, mas não entenderam o conteúdo da mensagem. Abandonaram a melancolia e começaram a rir, chamando a atenção de Antônio que estava por perto. Ele se aproximou, admirado com a repentina alegria da esposa. Quando dona Alice lhe falou que acharam graça por causa do tamanho gigante da cabeça, ele também não se conteve e gargalhou até as lágrimas.

A garotinha, que nada entendia, fechou a cara e disse:

– Desenho de Belinha feio.

Novamente Antônio se comoveu e abraçou a filha, com carinho de pai. Para não a magoar, despistou. Convenceu-a de que o motivo do riso era devido ao esquecimento do cachorro. Ela, de imediato, arrancou o papel de suas mãos e saiu rapidamente, para só retornar após incluir Trovão.

– Agora, sim – responderam todos, quase juntos.

Oportunamente, a sós com Ari, Alice contou a história de Raquel. Ele ficou atento, ouvindo cada detalhe. Ao concluir, ela não acreditou nas palavras que ele pronunciara:

– "Moça de fibra".

Em outros tempos, mais jovem e sem ter visto a morte querer encurtar sua vida, jamais faria esse tipo de comentário sobre uma mulher. Seus elogios pertenciam aos homens que eram fortes e destemidos. Elas eram artigos de segunda categoria, produtos de consumo, feitas apenas para servi-los.

Acertos de contas

Ingrid deixou Antônio admirado ao manifestar a intenção de rever o pai e conhecer sua nova família. Ele, diferentemente da mulher, ficou satisfeito ao saber que Antenor reorganizou a vida depois que viuvou. Na verdade, o gaúcho, antes de sogro, sempre foi um grande amigo. Nunca questionou o segundo casamento dele. Pensava: "É viúvo. Então, tem o direito de escolher com quem quer viver e não com quem a filha deseja que ele viva." Mas não dividia sua opinião com a esposa para evitar conflitos.

Cinco horas da tarde de um sábado chuvoso. Com a temperatura baixa para o clima carioca, os residentes da Mansão estavam sentados à mesa, bebericando um perfumado chá de morango, acompanhado de torta de limão.

Um som estridente de campainha suspendeu a conversa de um delicioso encontro familiar. Norma se apressou em atender e, ao abrir a porta, não conseguiu esconder o espanto, exclamando:

– Oh! O senhor?

Como ela desconhecia o atual desejo de Ingrid, permaneceu paralisada diante dos recém-chegados, desorientada. Afinal, aquela visita fora proibida. Nem ligação telefônica era permitida. Intrigado com a demora de Norma, Antônio levantou-se e se dirigiu ao hall.

Uma expressão de felicidade marcou-lhe o semblante, quando gritou:

– Antenor! Quanto tempo, meu velho! – e já se adiantou para abraçá-lo. O sogro o acolheu com prazer. Ainda emocionado, segurou o braço da mulher e a apresentou como esposa. Antônio a cumprimentou, sorriu e, logo após, desviou o olhar para os rapazes que também vieram. Com simpatia, perguntou:

– São os filhos?

– Meus tesouros – respondeu com orgulho.

Ingrid, ao ouvir a voz do pai, remexeu-se na cadeira, sentindo um nó na garganta. Passados alguns segundos, lá estava ele à sua frente, depois de tantos anos. Não obstante os traços marcantes de uma existência mais alongada – cabelos brancos e uma barriga saliente –, era ele mesmo, com rosto sereno e cheio de saudade.

Olharam-se vagarosamente. A lentidão em se contemplar gerou expectativa nas pessoas que os rodeavam, em um misto de curiosidade e preocupação. Ninguém poderia imaginar a reação de cada um. Porém, como seres que se amaram por demais, despojaram-se de velhas recriminações e se uniram em um abraço prolongado, curando assim todas as feridas.

Depois disso, Antenor, ainda com os olhos úmidos, aproximou-se de Inês. Ao vê-la, lembrou-se da filha quando adolescente. Fitou-a longamente. Era como reviver um pedacinho gostoso do que ficou para trás. Com voz embargada, comentou que ela se parecia muito com Ingrid nessa idade.

– Querida! – disse ele. – Como me sinto bem em te ver.

Virou-se para o lado e deparou-se com uma garota de cabelos pretos. Julinha empolgou-se. Era a primeira vez que via aquele simpático homem, sem fazer a mínima ideia da sua aparência, pois ele fora esquecido e sua imagem banida do álbum de fotografia dos Castro.

– Eu sou a sua terceira neta, Júlia – exibiu-se faceira, balançando o vestido rodado. – A mamãe contou que o senhor me viu quando era recém-nascida. Claro que não me lembro. Mas posso garantir que fico encantada em conhecer meu outro avô – e se dirigiu ao seu Ari, falando com cara brincalhona: – É proibido ficar com ciúmes, vovô – a observação provocou algumas risadas, afinal, alguém tinha que descontrair o ambiente.

Antenor foi saudando a todos, quando reparou que uma garotinha puxava a ponta da sua camisa. Inclinou o pescoço e encontrou uma miniatura de Ingrid, querendo lhe entregar um desenho.

– E você pequena! Quem é?

– Esta é Isabel – explicou Inês –, mas, em casa, nós simplesmente a chamamos de Belinha.

Antenor percebeu que o clima se tornou um pouco tenso. Notou que algo não tão bem explicado estava infiltrado no meio dos Castro. Prudentemente, evitou perguntas e continuou com os cumprimentos.

Ingrid sentiu-se feliz e curiosa ao abraçar os dois meninos. Incrível, eram seus irmãos. Mentalmente, lamentou-se de não os ver crescer, por pura mesquinhez. Recordou-se de uma viagem que fez a Porto Alegre, lá na adolescência, quando a vó lhe mostrou uma foto do pai com dez anos de idade. A semelhança dele com os guris era impressionante.

Mas o ponto nevrálgico da visita era, incontestavelmente, o encontro da enteada com a madrasta. Um pouco mais atrás, encolhida, deslocada, sem jeito, estava Marisa. Antenor gentilmente puxou-a pelo braço e seguiu com as apresentações. Enquanto era saudada pelos que a cercavam, Ingrid revia a colega de aula dos tempos de ginásio. Não chegaram a ser inimigas, mas as duas nunca se afinaram. Faziam parte de turminhas diferentes, quase rivais. Uma, de classe social elevada, filha de um dos melhores médicos da cidade, com beleza acima do padrão, vestida com roupas e sapatos caros, sempre com dinheirinho na carteira para satisfação do dono da cantina; outra, de classe social inferior, filha de um dedicado carteiro, apenas uma moça bonita, vestida com roupas e sapatos comprados em liquidação, desconhecida do dono da cantina, pois sempre levava o lanche de casa. Após formadas, tomaram caminhos distintos. Na época, não era comum as mulheres ingressarem em cursos superiores. As detentoras desse privilégio, pertenciam à elite da sociedade que podia morar em um grande centro, já que não havia faculdade no interior. Ingrid encaixava-se no grupo das que tinham condições de prosseguir com seus estudos, no entanto preferiu o casamento, que era a opção escolhida pela a maioria das moças. Marisa não teve opção. Terminado o ginásio, obrigou-se a partir para o mercado de trabalho em busca de renda para ajudar no sustento da família. A situação se agravou quando o pai faleceu, deixando a viúva com ela e dois irmãos menores. Aí, o seu salário passou a ser o principal responsável pelas despesas da casa, uma vez que a pensão de carteiro era irrisória. Evidentemente que a posição social e a condição econômica de cada uma jamais contribuíram para que uma sincera amizade florescesse por ali. Quando Marisa foi trabalhar como secretária do doutor Antenor, Ingrid não se importou e até achou bacana o pai dar emprego a quem precisava.

E agora, inacreditavelmente, aquela fulana estava diante de si. A madrasta odiada por tantos anos, a impostora que usurpou o lugar de sua mãe. Quando elas se aproximaram, todos se calaram e o suspense se instalou entre eles. Antenor ficou sério e temeroso. Antônio suspendeu a respiração. Ingrid fixou os olhos nela, mas ela deixou o olhar cair no chão, envergonhada, como alguém que praticou algum ato indecoroso.

Então, Ingrid tomou a iniciativa. Encurtou a distância e, de braços abertos, recebeu-a nem tanto como mãe, mas como amiga. Marisa, que tentava esboçar um tímido aperto de mão, se surpreendeu. E, quando ouviu um sussurro em seu ouvido, dizendo: "Querida, prometa que você sempre vai cuidar bem do papai", não se conteve. Deixou as lágrimas escorrer entre os rostos colados. Livre de seus temores, sentiu uma onda de alívio trazer-lhe uma sensação de felicidade. O abraço que iniciou frouxo e acanhado, ganhou tamanha intensidade que espremeu a magreza de Ingrid, estralando os ossos. Com os corpos unidos, o peito da madrasta tremeu num forte soluço, para apenas balbuciar: "Juro que sim." Antenor juntou-se a elas e abraçou as duas de uma só vez.

Concluídas as apresentações, as visitas se acomodaram pela sala e algumas horas foram gastas para relembrar boas recordações, enquanto Julinha curtia, na vitrola da varanda, os últimos lançamentos musicais com seus meios-tios.

Ainda havia muito o que conversar, quando Antônio chamou Norma para preparar o quarto de hóspedes. Apesar do cansaço que demonstravam, o bate-papo se alongou até o derradeiro gole de café, para então se recolherem.

No dia seguinte bem cedo, Antenor foi até a cozinha e pediu uma chaleira de água quente para Custódia. Ali mesmo, ele preparou o chimarrão. Ingrid apareceu enrolada em um robe e o encontrou saboreando o mate da manhã. Ela procurava esconder seu visível emagrecimento. Não queria que ele se assustasse com seu estado físico.

– Bom dia, querida. Gosta de levantar cedo?

– Perdi o sono, pai. A vinda de vocês não apenas me deixou feliz, mas também emocionada.

A seguir, Ingrid convidou Antenor para irem ao jardim. Tinham inúmeras confidências para trocar. Em uma mesa de ferro forjado, embaixo de um ipê amarelo, ele pôs a chaleira ao lado da cuia de chimarrão que estava presa a um suporte em forma de tripé. Depois de acomodados, eles permaneceram por um longo tempo calados, distraídos com o canto de um bem-te-vi cortejando a fêmea. Após tomar umas duas cuiadas, ele reiniciou a conversa e, pausadamente, relatou, sem se constranger, como havia sido o seu envolvimento com a secretária e atual esposa, o nascimento dos filhos e o aproveitamento deles na escola. Enfim, era um acúmulo de assuntos represados. Ingrid, igualmente, narrou trechos de um passado recente, com ênfase às atribulações do casamento e à infância das meninas. Discorreu, encabulada, sobre a rejeição aplicada à caçula, observando, nas feições do pai, uma acentuada expressão de repreensão.

Mas não demorou muito, Antenor entrou no tema que Ingrid não se encorajava a falar: sua doença. Ele, desde o primeiro instante que a viu, observou como ela estava magra e de uma magreza não saudável.

– Como está sua saúde, querida? Você está doente? Me conte direitinho, quero saber tudo nos mínimos detalhes.

Ingrid ruborizou-se como se tivesse algum motivo para se envergonhar. Com melancolia, passou a descrever cada estágio da enfermidade. No início apenas queda de peso, depois acesso de tosse e, posteriormente, tosse com perda de sangue. À medida que relatava os estágios da moléstia, uma nuvem escura bloqueou a mente de Antenor. Largou a cuia no suporte em cima da mesa e se calou. Embora a doença da filha não fizesse parte de sua especialidade, anteviu que a sua princesa estava no corredor da morte.

Ingrid interrompeu o silêncio e perguntou com a voz manhosa que o pai adorava ouvir:

– Papai, vou morrer?

Antenor apertou os dentes, piscou várias vezes para que as lágrimas não escapassem por entre as pálpebras e, prendendo a mão dela com segurança, respondeu:

– Meu bem, um dia todos nós morreremos. Não quer dizer que você vai morrer agora. Se cuide. Siga as instruções do Cláudio com capricho.

Ambos se calaram novamente. Ele, sem coragem de expor a verdade, foi atacado por uma dor seca no estômago, culpando-o pela mentira. A privacidade deles rompeu-se quando Belinha apareceu para convidá-lo a conhecer o parquinho.

A partir daí, Antenor se abateu. O sorriso fugiu dos lábios, encolheu a prosa, o mate perdeu o gosto e, frequentemente, não prestava atenção no que ouvia. Tanto a esposa como Antônio ficaram preocupados. Uma visita, com finalidade de reaproximar entes queridos que jamais deveriam ter se afastados, e que vinha revestida de alegria, tornou-se triste e amarga. Ele, acostumado a ver a morte quase todos os dias, não aceitava a condenação de alguém que sempre amou. Ademais, como médico, não escondia o desapontamento por se sentir impotente diante de tão cruel infortúnio. Quem salvou tantas vidas nada podia fazer para salvar uma das vidas mais preciosas para ele.

A permanência deles durou menos de uma semana. Não havia como se prolongar, embora ainda tivessem muita conversa a compartilhar. Afinal, os meninos precisavam retornar às aulas.

A despedida foi difícil. Antenor, sensivelmente emocionado, abraçou e beijou a filha, sabendo que a beijava pela última vez.

Belinha estava perfeitamente adaptada na nova moradia. Ela se encarregava de bagunçar os vários cômodos da Mansão, até então bem arrumados. Os momentos, desalentadores e mórbidos, eram constantemente quebrados pelas peripécias ruidosas da menina.

Além de bisbilhoteira, era também muito curiosa. Perguntava a todos sobre tudo. Às vezes, as indagações se enveredavam por caminhos constrangedores que implicavam respostas tidas como complicadas.

Em uma noite, após o jantar, a família estava reunida nos aposentos de Ingrid, incluindo os pais de Antônio. Julinha se aproximou da mãe e, com uma rosa na mão, exclamou em tom de brincadeira, mas com reverência:

– Para a mãe mais amada do mundo!

Essa simples manifestação de amor levou Belinha a concluir que todas as pessoas possuem mãe e surpreendeu-os ao afirmar com convicção:

– Belinha também tem mãe!

A frase, tão natural, causou imenso alvoroço entre os presentes, obrigando-os a recorrer a uma explicação urgente para uma questão que estava jogada em um arquivo morto. Um silêncio perturbador baixou sobre olhares que se cruzavam, enquanto o tempo passava com velocidade da luz, contrastando com a morosidade da criança que brincava sossegadamente com Pingo, sentada aos pés da cama de Ingrid. A procura de uma resposta deixou uma mosca livre para riscar o ar com seu escandaloso e inconveniente "zum-zum-zum". Belinha, sem se importar com as tramas insolentes dos adultos, interrompeu o zumbido do mosquito ao dialogar com o cãozinho:

– *Qué* colinho da mãezinha? – ergueu Pingo do chão e, com ingenuidade, decifrou o que para ela nunca foi um enigma, enquanto esfregava o nariz no focinho do cachorrinho:

– Pinguinho! Belinha também tem uma mãezinha. Ela é Quequel.

Dito isso, colocou o poodle ao seu lado, pegou o material de desenho e seguiu criando personagens divertidos, alheia aos desacertos da família.

Entretanto, o episódio serviu para mostrar que os Castro estavam enrolados em fios de um novelo que precisava ser desfiado.

Ingrid, ao ouvir as declarações de Belinha, sentiu um aperto no coração. O nó na garganta demorou a desatar e uma lágrima rolou mansamente pela face, sumindo pela gola da camisola. Jamais imaginaria que, em algum instante de sua vida, choraria pela falta de reconhecimento da filha abandonada. Como queria que a sua caçula pulasse em seu pescoço, beijasse-a e a chamasse de "mamãe". Infelizmente, a lucidez informava que o prazo disponível era insuficiente para recuperar o irrecuperável. Os dias estavam contados, embora ela desconhecesse quantos ainda teria para gastar. Somente naquele instante entendeu a joia rara que perdera: o amor de Belinha. Diante de tamanho constrangimento, Raquel levantou-se da cadeira e sugeriu:

– Gente, que tal uma fatia de bolo de milho com uma xícara de chá? – e, assim, salvou-os de um momento delicadíssimo. O experiente Ari pensou consigo: "Tacada de mestre", aliviado pela conversa ter se encerrado por ali.

Raquel, que a princípio poderia ser vista como uma intrusa na Mansão, logo se adaptou com facilidade às novas funções. Tratava os criados com educação e era querida por eles. Como Ingrid permanecia a maior parte do dia enclausurada no quarto, ela, aos poucos, foi se incumbindo de outras tarefas que antes pertenciam à patroa.

Para Antônio, o auxílio de Raquel era de inestimável utilidade. Não podia mais contar com a esposa debilitada no comando da casa e dona Alice não tinha condições de assumir uma tarefa tão exaustiva em função da idade.

No convívio diário, ele passou a admirar a habilidade como ela conduzia os serviços, equacionando problemas e simplificando casos complicados, sempre com tranquilidade e sem alterar o tom de voz. As determinações vinham acompanhadas com gestos meigos e acrescidas de um comentário construtivo.

Certa tarde, o som do piano, dedilhado pelas mãos de Julinha, adentrava a alma de Raquel que absorvia a melodia, fascinada; fascínio este percebido por Antônio que se achegou discretamente.

– Gosta de música, Raquel? – ela moveu o pescoço com elegância, esparramando os cabelos ruivos pelas costas, sem deixar de demonstrar surpresa com a presença dele, para timidamente responder:

– Minha paixão.

– Você sabe tocar? – ele tornou a perguntar.

– Oh! Não! Família de pobre não possui piano, seu Antônio! – disse com naturalidade, levando-o a se sentir tolo. – Tive algumas aulas na escola com uma professora amiga. Apenas isso. – E completou:

– Dona Ingrid já me autorizou a usar esse aqui da Mansão. Espero que essa mocinha me ensine alguma coisa – falou rindo e apontando para Júlia.

Antônio encorajou-se em dar prosseguimento ao diálogo, embora trocasse de assunto.

– Se quiser trabalhar sempre conosco, será um prazer. Mas você não tem outros planos?

– Antes de eu vir para cá, tracei determinadas metas para mim e uma delas era ser professora – ele enrugou a testa não acreditando e interessou-se em desvendar objetivos que para ele não faziam sentido:

– Desistiu? – um pouco constrangida e, com um leve rubor no rosto, ela esclareceu:

– Eu me apeguei demais à sua filha, me apaixonei por ela e ela precisa de mim. Belinha foi capaz de mudar o meu destino. Talvez, quando ela estiver mais crescida, eu retome os estudos.

As explicações de Raquel ocuparam o recinto principal da casa mental de Antônio, sem data para sair. Eram questões difíceis de serem entendidas: como pode uma mulher bonita prescindir de seus sonhos para se dedicar a uma criança desconhecida que apresenta algumas dificuldades? Onde arranjava forças para um trabalho tão extenuante? Como conceber que, ao mesmo tempo que os pais rejeitam a filha, uma estranha a acolhe com amor? Afinal, ela abdicou do próprio futuro. Sua vida não lhe pertencia, seu coração tinha uma dona e essa dona era Isabel. Assim, da mesma forma que admirava o desapego da moça, envergonhava-se da rejeição que impôs à sua pequena.

Mas, para se contrapor às sisudas reflexões, uma risadinha marota escapou pelo canto da boca, levada por pensamentos intrusos que ousavam invadir sua cabeça. Todavia, com prudência, afugentou-os. Retornou ao tema central e concluiu: Belinha que era feliz em receber o carinho da Feiticeira de Olhos Verdes.

Inês surpreendeu-se ao saber que estava grávida. Ela e o marido não planejavam aumentar a família em tempos tão turbulentos. Mas as previsões falharam e o bebê estava a caminho. No entanto, decidiram não contar à Ingrid imediatamente, diante da debilidade de sua saúde. Preferiam aguardar a hora ideal, porém o segredo veio à tona quando a mãe, depois de olhar fixamente para o corpo da filha e tocá-la em seu ventre, descobriu.

– Olha, olha, olha! A minha loirinha vai ter nenê! – e antes que Inês reagisse, ela abriu os braços e a chamou para junto de si.

– Venha cá me dar um abraço, meu bem – e apertou-a longamente, como se fosse a primeira vez.

Algumas lágrimas saltaram dos seus olhos, enquanto Inês tentava segurar as suas. Com expressão zangada, ela contestou:

– Não, mãezinha! Não se emocione. Era por isso que estávamos demorando para te contar.

– De jeito nenhum, querida! Vocês estão enganados. Estou muito, mas muito contente! Não devem se preocupar comigo que já tive os meus e não soube dar o devido valor – Ingrid acariciou o rosto de Inês e afirmou:

– Você sempre se dedicará aos seus filhos. Pelo amor de Deus, não cometa os erros que cometi – e, fitando-a profundamente, confirmou:

– Tem todos os atributos necessários para ser uma excelente mãe. Eu é que não fui a mãe que vocês mereciam ter.

– Por favor! Não vamos retomar esse assunto de novo – disse Inês, pondo fim às lamentações de Ingrid.

A novidade transformou-se em notícia e chegou aos ouvidos de Lurdes. Tão logo a oportunidade surgiu, ela não deixou de dar as costumeiras alfinetadas.

– O que significa essa gravidez agora? Você não dizia que era para mais tarde? Que vacilo!

Inês apenas escutou, sem ânimo para rebater tamanha maldade. Achou melhor não se manifestar, pois qualquer início de discussão entre elas, seria prejudicial à saúde da mãe. Porém, Antônio, que havia chegado sem que elas notassem, encarou Lurdes com cara de poucos amigos e, enfezado, ordenou:

– Venha comigo que preciso falar com você! – ela, enfurecida, o seguiu. A sós, ele pegou firme:

– Onde está querendo chegar com essa conversa? – tomada de surpresa, ela retrucou sem perder a pose:

– Ora! Eu me preocupo com a mamãe. Ela iria ficar triste em não poder ver a criança crescer – Antônio, ao reparar a falsidade camuflada naquela declaração dita com tanta desfaçatez, contra-atacou:

– Mas você tem duas filhas e Ingrid talvez não possa ver elas crescerem, também... – ela tocou no cabelo para ajeitar franja e, em seguida, dissimulou:

– Tá bom. Vou me desculpar com Inês.

Ingrid, apesar da aproximação com Inês, ainda se sentia em dívida com ela. Necessitava puxar o tema "casamento" debaixo do tapete. Raquel, sabedora do desejo da patroa, atuou como mediadora. Quando a ocasião se apresentou, aconselhou Inês a ter paciência e acatar o pedido de perdão de Ingrid, independentemente dos protestos. Ela achava constrangedor revolver um passado que queria esquecer, uma vez que os resquícios de mágoas foram soterrados. No entanto, Raquel a alertou que a mãe desejava pôr o assunto em pratos limpos.

Final de tarde e o sol já se recolhia. As lâmpadas iluminavam o ambiente e as paredes do quarto se prepararam para ouvir, caladas, desabafos de corações atormentados por escolhas mal traçadas.

Recostada em macias almofadas, Ingrid anteviu o momento e permitiu que seu olhar se entrelaçasse ao de Inês.

– Minha querida! Perdoe a mim e a seu pai pela injustiça que cometemos com você? – Inês, emocionada e com os olhos brilhando, quis arrancar de vez a amargura que ainda perdurava no coração de Ingrid. Com determinação, procurou dar um basta naquele sentimento de culpa:

– Mãe! Não há nenhuma razão para buscarmos antigas mazelas. O que conta é daqui para frente. Para mim tudo zerou. Alegro-me ao ver a senhora resgatar a simplicidade daquela menina faceira, criada em bons princípios na bela cidade de Blumenau.

Inês fez uma pausa para se autoanalisar. No início, havia um amontoado de ressentimentos. Porém, aos poucos, bloqueou os pensamentos instigadores contra os pais, o que a tornou mais serena.

– Mãezinha, na vida temos vários caminhos a seguir com destinos diferentes. Vocês optaram por seus amigos e eu por Belinha. Como não houve consenso entre nós, o rompimento foi inevitável. Mas bastou o vovô cair do cavalo e quase morrer para eu compreender que o meu amor por vocês é maior do que uma mera festa de casamento. Felizmente, eu mudei, vocês mudaram, todos nós mudamos. Isso é o que importa. A senhora não imagina como estou me sentindo bem depois que arranquei de dentro de mim a mágoa que eu carregava. Estou mais livre, mais leve. Quero que vocês se sintam assim também.

As palavras de Inês atingiram Antônio como um soco no fígado, deixando-o perplexo. Quando conseguiu se recuperar, aproximou-se, envergonhado por ouvir duras verdades. Emocionalmente fragilizado, perguntou, com a voz entrecortada:

– Posso escolher você para amar eternamente, juntamente com a minha Belinha, que tanto repudiei?

– Oh! Pai! – exclamou Inês.

Envolto em arrependimento, Antônio a abraçou. Pôs o machismo de lado e, simplesmente, chorou. Chorou copiosamente, selando com lágrimas o novo compromisso.

Ingrid retornava da segunda internação, estava consciente da proximidade de sua partida, contudo questões pendentes a afligiam. Ainda havia um reparo importante a ser feito e o reparo intitulava-se Belinha. De uma coisa ela tinha certeza: a iniciativa deveria partir dela, de mãe para filha. Mas se preocupava da forma como fazê-lo, se a menina entenderia e como reagiria.

Entretanto a Providência Divina decidiu encerrar esse intricado capítulo no livro dos Castro, escrevendo um final feliz para uma história conturbada. Na verdade, Ingrid esqueceu-se de que Belinha, na sua singela inocência, era habilidosa em simplificar complicações.

Lá pelas dez horas da manhã, depois de uma noite em que Ingrid não dormira bem, ela pediu que Antônio abrisse a cortina transparente para contemplar um pouco da natureza que a vista do seu quarto oferecia. Ele posicionou uma cadeira próxima à sacada, sobrepôs uma almofada no encosto e, então, carregou-a em seus braços para acomodá-la de maneira que se encantasse com a algazarra dos passarinhos que por ali cruzavam.

– Querido! Veja que dia maravilhoso – com a janela inteira aberta, a aragem fria de inverno resfriou sua pele.

– Hum! – rosnou ele, enquanto esticava o pescoço para fora.

– Isso me faz lembrar o vento dos Pampas, soprando debaixo do sol, sob o céu azul – ele acariciou as costas de Ingrid e amorosamente confidenciou:

– Foi num sábado assim que eu te conheci e me apaixonei – ela estendeu a mão para lhe afagar o rosto com suavidade e pedir:

– Vamos descer. Parece que está tão gostoso lá no jardim.

– Custódia! – gritou Antônio. – Peça a todos para que se juntem a nós. Aguardaremos no lado da piscina. Providencie também alguns petiscos e bebidas.

Sem motivo, ele sentiu vontade de reunir a família em volta de Ingrid. Não pensava em despedida, nem em um último encontro. Apenas pretendia vê-los juntos. O momento era propício. Há muito tempo ele não via tanta tranquilidade naquele lar. Talvez a doença de Ingrid, visto como uma desgraça, tenha-os levado a se unirem em uma única voz de conforto à mãe. Pena que Lurdes não aderiu ao processo. Custódia movimentava-se para cumprir as ordens do patrão, quando ele a chamou de novo:

– Espere, Custódia. Deixe-me decidir sobre o vinho, porque hoje dona Ingrid vai tomar uma taça comigo.

– Mas eu não posso... – com um gesto de mão, ele não permitiu que ela concluísse a frase, alegando ser uma exceção para reviver agradáveis lembranças. Aos poucos, o pessoal foi se achegando, surpresos com a disposição de Antônio em reuni-los.

O vento já havia acalmado, tornando o clima ameno. Seu Ari abriu um Chardonnay de uma safra especial e distribuiu as taças.

Julinha e Inês queriam que Antônio apreciasse os diferentes pássaros que vinham lá de trás do pomar.

– Pai, olhe esse, de cor cinza, que espécie será?

– Pai, olhe...

Belinha, vendo as filhas chamá-lo insistentemente de pai, chegou até Antônio demonstrando curiosidade:

– Onde tá o pai de Belinha? É o moço? – enquanto ele se mostrava assombrado com a pergunta, Inês animadamente afirmou:

– Isso mesmo, querida. Ele é o pai de todas nós e, dirigindo-se à Ingrid, completou:

– E ela é nossa mãe.

Qual não foi a surpresa! Diante de expressões apreensivas, Belinha começou a bater palmas, dançar, pular de alegria e cantar:

– Belinha tem duas mães... Belinha tem duas mães... Belinha tem duas mães...

E assim, um assunto rançoso, velho e pesado, ficou leve e renovado, tal como a flor de lótus que nasce no lodo, purifica-se nas águas da lagoa, para finalmente desabrochar em pleno esplendor ao receber a luz do sol.

Para os Castro, as explicações tornaram-se desnecessárias, porque os inocentes não estavam em busca de culpados e os algozes conseguiram se perdoar. Não havia necessidade de novos ajustes. O amor recolocou a harmonia no seu merecido lugar. Depois desse dia, a serenidade ocupou o semblante de Ingrid. Não temia mais partir. Estava pronta para ir. Os devidos acertos de contas foram feitos.

Em uma tarde de garoa, um suave perfume de jasmim entrava pela janela entreaberta do quarto de Ingrid. Ela deu um suspiro mais prolongado e partiu elegante e charmosa, como uma atriz que se despede de seu papel. Deixou o palco em grande estilo e com a consciência em paz. Uma personagem inesquecível.

O pardal, que pousou na soleira da sacada, encontrava dificuldades para entender por que seres humanos se desesperam quando alguém parte. Instantes depois, bateu asas e alçou os céus, como se carregasse consigo a alma de Ingrid.

Enquanto todos se lamentavam, Belinha permanecia calma, com os olhos fixos no alto. Surpreendeu Raquel, quando puxou o vestido dela e cochichou em seu ouvido:

– Quequel... Quequel... A fadinha tá levando moça bonita.

Tempos de readaptação

Ingrid partiu dessa vida, deixando marcas difíceis de serem removidas. Impossível esquecê-la. Sua criatividade manifestava-se nos mais variados lugares: no jardim, na piscina, na decoração da casa e mesmo em detalhes irrelevantes que, incessantemente, teimavam em se mostrar.

Antônio não estava conseguindo lidar com a nova realidade. Apesar de não ter sido um marido exemplar, a esposa sempre foi sua paixão e uma peça fundamental da família.

Julinha, com certeza, foi a que mais se abateu. O período em que a mãe esteve doente não foi o suficiente para prepará-la para a dolorosa separação. Sucumbiu na tristeza, sendo necessário enorme esforço para tirá-la do vazio em que se enfiou.

Inês, embora sofresse com a perda, refugiou-se no amor do esposo, e a gravidez tomou sua atenção, afinal, tinha uma vida dentro de si.

Lurdes deu um show de interpretação. Quase enganou a todos com seus espetáculos de filha sofrida. Porém a farsa foi descoberta quando Belinha perguntou à Inês se a moça má estava com dodói no olho.

– Por que você está dizendo isso, Belinha? – quis saber Inês.

– *Poque* ela tava pingando *emédio pá choa.*

Inês estranhou o fato de sua irmã usar colírio às escondidas.

– Por que faria isso? – comentou com Luís e ele, que não demonstrava qualquer simpatia pela cunhada, opinou:

– Ora, querida. Para chorar bastante e impressionar seu pai, seu Ari e dona Alice.

– Mas com que finalidade?

– Ela é calculista e interesseira. Precisa agradar a quem tem o poder.

– Mas que poder? Nem haverá partilha de bens. Não temos nada. Tudo pertence ao vô Ari e à vó Alice. Os avós por parte de nossa mãe não tinham posses e o que ganhavam gastavam com suas próprias despesas.

– Não seja ingênua. Lurdes vai manipular para que eles excluam Belinha da herança que um dia virá do seu Ari e da dona Alice – Inês, com a voz trêmula, disse apreensiva:

– Mas nós não vamos deixar, não é?

– Claro que não, meu bem. Ficaremos atentos – tranquilizou-a, enquanto fazia um carinho no rosto dela.

– Será, amor? Concordo que ela é gananciosa, mas terá coragem para tanto?

– Aguarde e verá. Ela não dá ponto sem nó.

Inês tornou-se pensativa, pois imaginava como poderia controlar a astúcia da irmã.

– Olhe! Olhe para sua barriga – exclamou Luís, trocando de assunto. – Seja lá quem esteja aí dentro, deu um belo chute – e se abaixou rapidamente para beijar o ventre da esposa.

Como Luís deduzira, Ari ficou impressionado com o sofrimento de Lurdes. Ao falar com Alice, comentou sobre a dor pela qual a neta passava. Ela ouviu calada, eximindo-se de um parecer precipitado. Após ter cometido tantos enganos, fruto de conclusões impensadas, prometeu a si mesma que antes de qualquer apreciação, examinaria as circunstâncias envolvidas. Aprenderia a ler a verdade, reparando nos sinais do corpo: nos olhos, nos gestos, no pisar, nas mínimas modulações da voz, no silêncio. Depois de avaliar cada detalhe, aí sim, iria prestar atenção no que a boca diz, mas, mesmo assim, por mais que amasse a neta, não confiava nela. Seu sexto sentido não se enganava. Às vezes, queria agir, tomar uma atitude com intuito de bloquear possíveis ações maldosas que partisse de Lurdes, mas pouco estava em seu alcance.

Ari continuava olhando para Alice enquanto aguardava sua opinião. A fim de agradá-lo e dar a conversa por encerrada, ela simplesmente confirmou:

– É, coitada – e, habilmente, fez uma pergunta totalmente fora de contexto.

– Ari, sabe o que estive pensando?

– Então... – respondeu ele, como quem sugere: "Vá em frente!"

– Se Antônio concordar, nós não devíamos mais voltar para nossa casa. Estamos aqui desde a doença de Ingrid e ele ainda precisa de nós.

Tenho que ajudar a criar Julinha e Belinha. A Mansão é enorme, tem muitos cômodos e é um lugar onde sempre nos sentimos bem. Vamos deixar o Haras aos cuidados do capataz. Nós devemos ir lá a passeio, só para lazer. Estamos velhos e cansados de tanta agitação. O que você acha?

Dona Alice abordou uma questão que Ari já vinha cogitando. Ele estava exausto daquele corre-corre e a idade avançada cobrava-lhe uma aposentadoria. Sabia que não tinha mais condições físicas de comandar as pesadas tarefas da fazenda, exercidas por tantos anos, principalmente depois do acidente sofrido. Julgava-se merecedor de um repouso e, obviamente, desejava curtir os netos com quem até agora quase não conviveu. Ele analisou a proposta por alguns instantes e concluiu:

– Acho que você está com a razão. Me dá um tempo para eu me organizar e passar os serviços para o capataz. Quero mesmo um pouco de descanso. E também não vejo nenhum problema em ficarmos morando aqui. Fale com Antônio e se acerte com ele – propôs Ari.

E como o tema girava sobre readaptação, ele mostrou interesse nas modificações que se anunciavam:

– E Raquel aceitará morar definitivamente na Mansão?

– Por que não? Belinha não se desgruda dela e Antônio não permitirá que elas voltem à Casa dos Fundos. Fique sossegado que isso já é caso resolvido – arrematou a matrona, encerrando o diálogo.

Antônio ficou feliz com a decisão dos pais. Ainda abatido, necessitava dividir o fardo. Cedeu a suíte de casal a eles, pois, após o falecimento da esposa, não se sentia confortável em dormir naquele aposento. Adaptou um dos quartos de hóspedes para seu uso, enquanto que Raquel e Belinha ficaram com o de Inês.

Após trocar ideia com a mãe, ele promoveu Raquel a governanta. Na verdade, ela já vinha desenvolvendo essa função. Ele apenas oficializou. Ela assumiu o novo posto de bom grado e, embora tudo passasse pelas suas mãos, ela nunca deixava de consultar Alice antes de tomar qualquer decisão.

Eram mudanças afugentando a rotina dos Castro. A tradição foi quebrada e velhos costumes foram aposentados. A morte de Ingrid e a chegada dos moradores da Casa dos Fundos provocaram adaptações no cotidiano da Mansão.

Os feriados e os fins de semana eram terríveis para Antônio. Longe do trabalho, as horas tornavam-se infindáveis e as lembranças, cercadas por remorsos, povoavam-lhe a mente. Como gostaria que o mundo girasse do contrário para que os dias retornassem e pudesse fazer tudo diferente.

A ausência de Ingrid levou-o a reavaliar a vida. Justamente agora que estava livre, desinteressou-se de festejar com os amigos. Preferia o refúgio do aconchego do lar, normalmente fechado no escritório. Algo mudou dentro dele. Descobriu que desperdiçara demasiado tempo em busca de satisfações ilusórias; desdenhou os sentimentos da esposa, infernizando-a com a fixação por um filho varão; deixou-se enfeitiçar pelos aplausos de uma falsa plateia, pelo glamour dos bailes, pelos brindes regados ao melhor champanhe; enfim, por maravilhas que o dinheiro pode proporcionar. Entretanto, todo o encanto da tão badalada vida social perdeu o sentido após o último suspiro de Ingrid. Ela carregou consigo a magia da noite, o burburinho delicioso das festas, o "tim-tim" das taças e o riso sedutor das damas.

Em um desses feriados, ele estava em casa, tentando se distrair com um livro que não conseguia prender sua atenção. De súbito, escutou vozes que vinham do lado de fora. A porta se abriu e dona Alice perguntou:

– Podemos entrar? Temos aqui uma visita para você.

Antônio não chegou a responder, porque o espanto o emudeceu. Quem era? Nada mais e nada menos do que um velho amigo: padre Odilon. Quanto tempo que não se viam, não se falavam? Desde o batizado de Isabel, quando o sacerdote saiu revoltado da Mansão, jamais se cruzaram. O pároco até que, em seguida, tentou uma aproximação, mas Antônio estava de mal com Deus, com a Igreja, com o padre e com tudo o que se relacionasse à espiritualidade. Não queria conversa com ninguém do gênero. Afinal, os céus o sacanearam. Então, a raiva o levava a retribuir com o menosprezo a tudo o que era divino. Agora, passadas algumas semanas da morte de Ingrid, o reverendo estava ali, arredio, pois não sabia qual seria a reação de Antônio à sua presença.

Poucos dias antes de Ingrid falecer, Antônio, já adequado a um novo estilo de vida e mais conformado com as provações que o destino lhe impunha, pensou em convidá-lo para fazer uma visita à esposa enferma. Mas não teve coragem. Envergonhava-se de como o tratou no último encontro e também não tinha ideia de como Ingrid o receberia.

Mas o momento era outro e ele precisava de um ombro amigo. Como pessoas que, apesar das discordâncias em muitos pontos de vista, admiravam-se, postaram-se frente a frente, com respeito e dignidade. No entanto, o padre logo percebeu que Antônio não expressava a costumeira altivez de outrora, pois estava demasiadamente abalado. Diante das circunstâncias e sem querer tirar proveito da situação, o reverendo julgou que deveria tomar a iniciativa como bom guia espiritual que sempre foi. Calado, apenas abriu os braços e os estendeu ao companheiro deprimido, acolhendo-o como uma ovelha que estivera desgarrada do rebanho e necessitasse dos seus cuidados. Antônio não conseguiu conter a emoção e, no ombro do sacerdote, deixou as lágrimas fluírem, expondo completa fragilidade. Quando os soluços pararam de estremecer o peito, ele puxou o lenço, secou os olhos e assoou o nariz. O reverendo o conduziu até a cadeira giratória postada atrás da escrivaninha, tomando assento do outro lado da mesa.

Nenhum dos dois cronometrou os minutos que ficaram em silêncio. Quando Antônio pausou a respiração, olhou extremamente agradecido e balbuciou:

– Obrigado por ter vindo.

Padre Odilon assentiu com um gesto afirmativo e, após limpar a garganta num curto pigarro, falou com voz cadenciada.

– Antônio! Meu amigo, Antônio! Esse é o caminho que devemos percorrer. Todos nós enfrentamos dissabores, e dos mais variados tipos. Tenha paciência, não desanime. Em breve, você entenderá que tudo não passou de uma provação capaz de aprimorar seu progresso espiritual.

– Mas é difícil sem Ingrid. O senhor não imagina quanta falta ela me faz.

– Filho, escute uma coisa. A vida é cheia de perdas. Aqui, neste mundo, nós temos uma data para chegar e outra para sair. Cada um recebe uma missão, quando a missão termina, só nos cabe partir. Todos os que lhe rodeiam, um dia, o deixarão. E, se você ainda estiver vivo, sofrerá com cada perda. A morte, mesmo se afigurando como um ser abstrato, ela é real e nos causa pavor. A ausência de um ente querido nos traz dor e saudade. Nessas horas, levantamos inúmeras questões, nos recriminamos, encontramos falhas em nossas condutas e concluímos que também fomos culpados de alguma forma pelo que aconteceu. Tudo isso integra um pacote de sofrimento que chamamos de "luto". É penoso, dói, nos aniquila. Passa para alguns, mas para outros a ferida não cicatriza, restando a opção de conviver com a dor. Quanto mais vivermos, mais nos deparamos com casos assim. Mas é de suma importância que saibamos tirar lições dos reveses a que o destino nos submete. Devemos renunciar ao orgulho e ver quão insignificante somos; compreender que a nossa existência é uma frágil chama que pode se apagar com um mínimo sopro ou até com uma suave brisa.

– Mas padre, Ingrid era tão nova, amava a vida, por que se retirar tão cedo? Por que Deus não me levou ao invés dela?

– Provavelmente, porque você tem mais a aprender do que ela. Ou, então, a sua missão na Terra, por enquanto, não acabou. E existem muitos outros "ou" que podemos descobrir. Todas as suposições estão incluídas nos chamados "desígnios divinos" que o homem malogradamente tenta entender, pois, como um mistério, está acima da sua capacidade de compreensão.

– E o que eu posso fazer para suportar tudo isso?

– O que você pode fazer? Nada e tudo. Nada: deixe o tempo andar. O tempo é o melhor remédio para curar as feridas do coração. Tudo: não perca a fé. Essa virtude tem o poder de reconstruir e gerar expectativas promissoras. Na dor, queremos blasfemar contra o Senhor, indagamos a Deus por que Ele nos abandonou e o responsabilizamos por nosso sofrimento. Mas Ele continua lá para nos proteger. Se não nos agarrarmos Nele, não teremos disposição para superar os infortúnios que, permanentemente, testam a nossa fé. Sei que você se sente como se estivesse em um atoleiro e não tem forças para seguir adiante. Então, apegue-se à sua família e ao Pai Divino. Junto de quem você ama e com fé, você conseguirá sair do lamaçal. Acredite, Antônio, A VIDA É UM IMBRÓGLIO DE FLORES E ESPINHOS. Ela sempre lhe reserva grandes surpresas, boas e más. E você deve estar preparado para receber tanto uma como outra. Lembre-se daquela história que eu lhe contei a respeito do INESPERADO. Ele existe e é assim para você, é assim para todos nós.

Antônio, sentado com os cotovelos apoiados sobre a mesa e as mãos segurando a cabeça, absorvia lentamente as palavras do seu guia espiritual. E sentia que elas lhe faziam bem. Parecia que, aos poucos, o reverendo retirava o excesso de carga que teimava pressionar seus ombros.

O padre era o cara certo para estar ali naquele momento. Um sujeito sincero e confiável, embora rude, seco e distante de qualquer afabilidade. Carregava consigo ideias muito avançadas para a época e que, nem sempre, se coadunavam com a doutrina católica. Dizia as verdades, independentemente da concordância do seu interlocutor. Por isso, o relacionamento entre eles se enquadrava no perfil "amor e ódio". Apesar de divergirem na maneira de pensar, Antônio admirava a franqueza do companheiro e, num apreço mútuo, nunca um foi desleal com outro. Ao contrário dos falsos amigos com quem costumeiramente conviveu, que serviam apenas para "puxar o saco" e dar tapinhas nas costas, o pároco, se necessário, chegava e enfiava o dedo na ferida. Em vez de bajular, cobrava. Antônio irritava-se quando o sacerdote alertava que ele e Ingrid estavam desperdiçando um precioso tempo, envolvidos com um grupo de pessoas que só se preocupava com a imagem externa, abdicando de valores reais que deviam solidificar suas personalidades. Chateado, reclamava: "Por que esse padreco de merda não vai cuidar da sua paróquia e me deixa em paz?" No entanto, o vigário, alheio ao que os outros achavam ou deixavam de achar, batia de frente com a arrogância do parceiro. Daí o motivo das discórdias. Os dois, geniosos e de temperamentos inflexíveis, por vezes se hostilizavam e, então o padre era premiado com o ódio de Antônio que não admitia ser afrontado. Como duas cabeças-duras, feitas de teimosia, brigavam constantemente e, por um longo período, ficavam sem se conversar.

– Mas tudo o que está me dizendo, eu sei – completou Antônio. – Que a vida segue e que devo tocar o barco. É fácil falar, mas difícil é encarar a realidade.

– Também concordo. Mas é dessa forma que funciona. O luto não é apenas aparência, fachada ou simulação. É dor mesmo. Ele encrava em você e só com o tempo você consegue se desgarrar dele. E esse tempo é diferente para cada um, embora queiramos fixar uma data para ele nos abandonar. Era de se estranhar se não fosse assim. Entenda que você não é o único homem a perder alguém neste mundo. A todo instante um ser humano se defronta com uma perda. Pais perdem filhos, filhos perdem pais e esposas perdem maridos e vice-versa. Todos sofrem. E o remédio é o mesmo: tempo e fé.

Depois de ouvir as sábias palavras de consolo, Antônio mostrou-se mais calmo. Retornou a conversa e, acanhadamente, foi dissertando sobre o período em que ficou afastado da Igreja. Na verdade, encheu-se de coragem e se confessou. Contou como se comportou ao tomar conhecimento dos problemas de saúde da sua última filha, sem ocultar a rejeição que a impuseram, sob o olhar cético e insurgente do padre. Quando ele batizou Isabel, soube por Custódia que a revolta de Antônio era por causa de não ter vindo o tão esperado filho homem. Mas jamais imaginaria que tiveram a covardia de jogar a menina lá na Casa dos Fundos somente por ser portadora de uma doença da qual não tinha culpa. Ao ouvir o conteúdo dessa infame história, o padre Odilon quase se descontrolou. O rosto, bolachudo e arredondado, coberto de pele branca, ficou vermelho de raiva. Juntou todas as forças para conter seu sentimento de indignação e não brigar novamente com o amigo. Somente se controlou porque Antônio vinha de uma perda. Em outra situação, viraria as costas e iria embora. Mas mesmo assim, correndo o risco de afugentar o sacerdote, Antônio despejou tudo para fora. Não podia mais esconder a crueldade de seus atos, necessitava ser franco, faxinar a alma, não deixar nada escondido atrás da porta. Relatou, com detalhes, as brigas com Inês e Julinha, motivadas pela discordância delas em relação ao tratamento que Belinha recebia. Ao terminar, Antônio, debaixo de uma feição resignada, admitiu:

– Eu mereço esse castigo, não é, reverendo?

O padre, que nunca teve o dom da diplomacia, levantou-se e começou a caminhar de um lado para outro, meneando a cabeça como se quisesse ajeitar todas aquelas horríveis informações em sua cachola e, sem disfarçar a zanga, respondeu com voz seca e grossa.

– Primeiro, Antônio, isso não é castigo. Veja como um aprendizado doloroso ao qual você deve se submeter. Deus nos coloca diante de várias alternativas, ou, como queira, vários caminhos. A decisão é sua. Você escolhe por onde quer trilhar. Mas as escolhas, certas ou erradas, têm suas consequências. Então, é você que se castiga e, consequentemente, passa a ser o seu próprio algoz e não Deus. Até porque, se Ele o castigasse, a sua punição seria maior do que somente perder alguém da sua família. O que você fez a essa menina foi uma insana e insensata atrocidade.

Antônio sentiu a pancada. Talvez fosse preferível levar um coice de um cavalo no Haras a ouvir o que ouviu. Em outra circunstância, seguramente expulsaria o reverendo de lá e por um longo período ficariam sem se conversar. Sabia que o vigário não aliviava, mas, no fundo, também entendeu que ele merecia um bem aplicado sopapo espiritual. Foi duro de escutar, mas concluiu que só foi dita a verdade.

O silêncio voltou a se reestabelecer. Demorou um bom tempo para que a respiração arfante do padre se normalizasse, enquanto Antônio não tinha coragem de desviar os olhos do desbotado sapato Vulcabrás do sacerdote, tão gasto pelo uso que o dedão já ameaçava perfurá-lo. Ainda incrédulo, o reverendo arrematou:

– Antônio, para todo o pecado existe o arrependimento. Mas por tudo que é mais sagrado desse mundo, acerte essa sua vida, homem. Peça perdão a Deus, compense a sua família pelo mal que você já causou e o Senhor lhe perdoará. Se Ele perdoou Judas que o traiu e perdoou um ladrão na cruz, certamente perdoará você pelo crime que cometeu. Mas não é suficiente rezar e pedir perdão. Ele quer ação e boas ações. Vou lhe dizer uma coisa, amigo: para ir para o céu, não precisa rezar, basta não cometer pecado. Então, faça o bem e o Senhor lhe recompensará.

Sem temer o clima pesado que ainda perdurava, Antônio, contrito, jurou que, no que dependesse dele, tudo faria para dar o melhor de si para seu semelhante. Falou sobre o acidente que o pai sofreu e a mudança pela qual passou. O padre que também não se afinava com as ideias presunçosas do velho Ari, recebeu a notícia da redenção de mais uma ovelha, com satisfação. Antônio não deixou de contar que, felizmente, antes de morrer, Ingrid arrependeu-se, reconciliou-se com o pai, com Inês e aceitou Belinha como filha.

Na sequência, Antônio externou sua preocupação com Lurdes. Confidenciou que merecia a culpa, pois ele deu mau exemplo ao rejeitar Belinha.

– Você tem razão, Antônio. O exemplo é que fica. Mas espere um pouco, aja com paciência. Converse, oriente e dê bons conselhos. Vamos rezar para que ela retorne ao bom caminho.

A visita espichava-se por mais de uma hora, quando os assuntos tensos começaram a ser substituídos por outros, alegres e prazerosos. Antônio, mais à vontade, contou entusiasmado que era avô de duas encantadoras meninas, filhas de Lurdes, e de um garoto recém-nascido, filho de Inês. No desenvolver do bate-papo, perguntou sobre a paróquia. Então, ficou sabendo a respeito da reforma da igreja.

– O que está faltando é o conserto do telhado. É muito velho. Temos que fazer tudo novo – e, com descontração, padre Odilon gracejou:

– Tenho que dar um jeito naquilo, senão nossos fiéis vão ter que assistir à missa de guarda-chuva – mas a alegria do pároco se entremeou nas palavras de Antônio:

– Cuide do seu rebanho, padre, que já lhe dá bastante trabalho. Deixe o telhado por nossa conta. Segunda-feira, Inês entrará em contato com o senhor, pois nós não permitiremos que seus fiéis se molhem.

O diálogo agora seguia sereno, quando ouviram uma suave batida na porta. Custódia chegava com cafezinho, uma travessa com bolacha de araruta, ainda quentinha, e geleia caseira.

– Com licença, acho que os senhores já estão com fome – disse com educação.

Ao ver Belinha com a empregada, o reverendo brincou:

– Quem é essa menininha que está chegando?

Ela se envergonhou e se escondeu atrás de Custódia. Antônio então se levantou da cadeira, pegou a filha pela mão e a apresentou.

– Vem cá, querida. O pai vai te mostrar um grande amigo.

Como era de se esperar, o constrangimento da menina não durou muito. Logo destravou a língua e iniciou uma desinibida prosa com o padre que, apesar do jeito rude, demonstrava habilidade em papear com crianças. No intuito de agradar à pequena, ele puxou do bolso o breviário e, de dentro, retirou um santinho com a estampa do anjo da guarda. Explicou qual era a missão do anjo, mas não foi bem-sucedido, pois ela já conhecia a história.

– Já sei, é o anjinho. Quequel *eza* com Belinha o "Santo Anjo" antes de *domi*.

Mas ele, sem se dar por vencido, insistiu:

– Ele sempre vai cuidar de você – outra contestação:

– Mas fadinha também cuida de Belinha – aqui, um longo tempo foi gasto para explicar quem era a tal da fadinha.

Mas ele se surpreendeu, quando, de forma hilariante, ela se pôs à sua frente e, encarando-o, perguntou na maior sinceridade:

– Você é homem? – ele arregalou os olhos e, com expressão de perplexidade, respondeu:

– Claro que sou. Por quê?

– Então, *po que* usa vestido?

Antônio e o padre caíram em uma uníssima e interminável gargalhada. Encabulada, a menina saiu correndo.

A partir daí a conversa descambou para banalidades. O vigário, flamenguista roxo, não deixou de flautear o companheiro pelo fiasco do Fluminense no último Fla-Flu.

Ao se despedir, Antônio era outra pessoa. Sentia-se mais aliviado, como se uma lavagem cerebral tivesse tirado uma enxurrada de problemas de sua mente. Rindo e falando alto, acompanhou a visita até a porta. O pároco já estava se virando para ir embora, quando notou que alguém puxava a sua batina. Voltou-se e viu a baixinha com uma folha de papel na mão.

– Belinha, também tem *pesente po* amigo – e entregou ao padre o desenho de um homem, com vestido comprido, sem se esquecer do rosário pendurado na cintura.

O bebê de Inês escolheu uma noite de tempestade para abandonar o ventre materno. A corrida até a maternidade foi assustadora, devido aos fortes ventos que derrubavam árvores, obstruíam ruas importantes e impediam a passagem de carros.

Luís aguardava nervoso na sala de espera, ignorando a agressividade da chuva que batia com força nas vidraças da janela. Na parede, um quadro mostrava uma enfermeira simpática, gentilmente pedindo silêncio com o dedo indicador sob os lábios em forma de beicinho. Após alguns minutos, Cláudio apareceu com ares de missão cumprida, contabilizando mais um parto normal em sua vasta carreira.

A Mansão estava outra vez movimentada, com cheiro de rebento novo, sob o som estridente de um morador exigente e sem paciência.

Durante o período de recuperação, Inês ficou aos cuidados especiais da vó Alice. Lurdes, movida pela inveja, achou mais um motivo para apontar sua artilharia de implicações contra “os de casa”. Segundo ela, um absurdo a invasão de Inês em sua antiga residência.

Para Julinha, a convivência com o sobrinho aliviou o sofrimento pela falta da mãe, tornando-a mais confiante e incentivando-a a retomar suas atividades.

Belinha não se continha de felicidade. A família aumentou e, sem qualquer semelhança com a Casa dos Fundos onde vivia isolada com a babá, agora estava sempre rodeada de amigos. Inocente, isenta de maldade, ria, brincava e divertia-se com tudo e com todos. Como consequência, a saúde melhorou.

Nessa fase de readaptação, a pequena, inconscientemente, teve um papel fundamental para adequar Antônio à atual realidade sem Ingrid. Como um mestre em amenizar as agruras do destino, cativava o pai, mostrando-lhe diferentes virtudes, dia após dia. Ao aprender a usar o telefone, ligava para Antônio a qualquer hora, sempre com a mesma frase:

– Vai *demolá pá voltá pá* casa?

Meu Deus, como ele amava ouvir essa pergunta. Seus funcionários, quando o viam tamborilando os dedos sobre a mesa, já sabiam que ele estava aguardando a filha ligar para, em seguida, apanhar sua pasta e dizer:

– O escritório é de vocês, rapaziada! – e saía feliz, assobiando...

Assim, aos poucos, ele foi renovando a vida. Apenas lamentava o tempo perdido.

Uma nova encenação teatral no palco dos Castro estava sendo produzida e os personagens escolheram papéis mais condizentes com a atualidade: Antônio de superpai e Ari de herói. Somente Lurdes não se enquadrou nos atuais moldes.

Com a morte de Ingrid, ela imaginou o controle da família em suas mãos. Com a ausência da mãe e o abatimento do pai, não seria uma missão impossível. E os avós? Esses, com a idade avançada, não lhe imporiam qualquer resistência. Quase todos os dias, levava as filhas até a Mansão. Seu aparecimento, normalmente não anunciado, atrapalhava os ensaios, levando os intérpretes a errarem as falas.

Antônio encontrava-se em um terrível dilema. Gostava de Lurdes e não queria deixá-la fora da peça. Pretendia introduzi-la no elenco, provando que os atores eram iniciantes e mereciam uma oportunidade para que pudessem expressar seus talentos. Porém ela teimava em exercer o papel de bruxa malvada na vida real. Isso o apavorava.

Após desnudar a personalidade de Lurdes, Antônio se tornava irrequieto. Às vezes parava para pensar e deduzia que estava sendo exagerado. Reacomodava seu coração até ouvir novamente o som de alerta de sua alma, enviando mensagens de perigo.

Inês também desconfiava da irmã, não se sentia segura perto dela e não tinha coragem de deixar seu filho sozinho com ela.

Belinha a olhava com temor. Perto de Lurdes demonstrava medo, pouco falava e não dava as gargalhadas que a todos encantavam.

Alice, quanto mais reparava na neta, mais reforçava sua teoria: ela e o marido sempre foram emocionalmente ludibriados.

Raquel, com intuição apurada, sabia que, se houvesse uma chance, Lurdes não hesitaria em prejudicar Belinha.

Resumindo: nenhum morador da Mansão baixava a guarda na presença dela.

Ari entrou em casa, carregado de pacotes. Belinha, assim que o viu, correu ao seu encontro para guardar a bengala, voltando às pressas para ver o que ele trazia.

– Vô *Aí compô pesente*?

Ao inclinar a cabeça para dizer sim, foi recompensado com o sorriso mais cativante que ele conhecia. Abaixou-se para beijá-la e caminharam juntos até a sala onde depositaram os embrulhos. Dona Alice, tentando adivinhar, perguntou:

– O que será que tem aí?

– Vamos abrir? – convidou Ari.

Belinha estraçalhou os pacotes com disposição, encontrando uma caminha de boneca e vários livros de histórias infantis. Tomou um em suas mãozinhas, apreciando o colorido. Ari se aproximou e iniciou, cerimoniosamente, uma poética descrição:

– Temos aí contos de princesas, castelos, duendes, todos convidando Belinha para viajar pelo fantástico terreno da fantasia.

Um par de olhos brilhando provocou:

– Vamos *entá agoa* no castelo, vô *Aí*?

Com mímicas e gestos, Ari criava um cenário sedutor a fim de cativar sua interessada ouvinte. O velho turrão esqueceu-se da lógica e abandonou a personalidade de um sujeito que sempre julgou o que é certo ou errado, eximindo-se de ser o dono da verdade. Enfim, não aceitava mais o perfil de inflexível, durão... machão. E, em voz solene e poética, continuou com a recitação:

– Minha gente, no começo da noite, a magia viaja pelos cantinhos do planeta, até aqueles bem escondidos, à procura de quem quer ser feliz. Quando os encontra, pede ao amigo vento que toque uma melodia e, extraindo som do farfalhar das páginas, chama as crianças para compartilhar sonhos com pais, avós, padrinhos, madrinhas e tios. E todos recostam-se sobre macias almofadas e liberam a imaginação para devanear por distâncias inalcançáveis – ele, ao mesmo tempo que falava, gesticulava e representava.

Raquel, que havia chegado sem que eles percebessem, elogiou-o com delicadeza:

– Ah! Que maravilha! Não tinha conhecimento desse seu dom poético, seu Ari – sem jeito, ele se justificou:

– Realmente é para estranhar, vindo de uma pessoa tão rude quanto eu. Mas, a convivência com você Raquel, aflorou minha inspiração. Cansei de ser o cara ranzinza, que não admite outras opiniões, o verdadeiro sabe-tudo.

– Ari! – exclamou Alice aparecendo inesperadamente. – Estou pasma! Nunca imaginei que um dia presenciaria cena tão bela, partindo de você.

– Não é para tanto! – ele resmungou, desajeitado, com as faces vermelhas. Dona Alice fitou seu companheiro de longa data,z demoradamente. Quanta mudança se operava naquele coração implacável. Disfarçadamente, ocultou uma lágrima não condizente com a alegria da ocasião.

Depois do jantar, Ari e Belinha se instalaram confortavelmente no sofá. Os demais familiares espalharam-se por outras poltronas.

Antônio surpreendeu-se ao se deparar com o pai lendo e interpretando uma fábula infantil. Com um meio sorriso entre os lábios, encantou-se ao ver o interesse de Belinha, que permanecia com os olhos grudados no avô. Balançou levemente a cabeça e concluiu:

– Como pudemos ficar tanto tempo longe desse pequeno anjo?

Alice, sentada ao lado do filho, beijou-lhe a mão numa dupla cumplicidade. Os dois acompanhavam o rumo da história, que era interrompido a cada instante, por algum fato engraçado, quando Belinha disparava uma estrondosa risada.

– Impossível resistir a essa gargalhada! – sussurrou Antônio no ouvido da mãe.

Avô e neta riam alto como duas crianças faceiras.

Os olhos de Raquel cruzaram-se com os de Antônio, para apreciar a alegria contagiante da menina. Por um instante, um sincronismo mental os uniu em uma única expressão:

– Que joia rara... – e, pela primeira vez, suas almas tornaram-se receptivas, envolvidas no mesmo pensamento.

Mas alguém tinha que estragar a festa. Em um brusco abrir de porta, a vilã elegante, como uma noite escura, vestida de preto, chegou sem avisar. Ao escutar o avô lendo conto de fadas para Belinha, Lurdes estranhou. Aproximou-se e indignou-se ao presenciar uma reunião familiar harmoniosa da qual não fora convidada e com a participação de gente que ela detestava. O choque foi tão grande que ela não conseguiu disfarçar a raiva.

– Seu Ari! – gritou, chamando a atenção e, agressivamente, ironizou:

– Desde quando passou a ler historinhas? O senhor nunca foi disso. Essas coisas não são para macho. Não foi o que sempre disse? Para as minhas filhas jamais contou alguma história.

Todos emudeceram diante de tamanha grosseria. O velho homem ignorou o comentário maldoso e convidou Bárbara e Angélica para participarem da brincadeira.

– Venham cá. Sentem-se aqui ao lado de Belinha, para ouvir o que a malvada da madrasta vai fazer com a Cinderela – as meninas se aconchegaram, acomodando-se junto a eles. Ari prosseguiu com a leitura, ignorando Lurdes. Furiosa, não se deu por vencida. Pediu que Alice a acompanhasse até a cozinha. A avó lhe sorriu e, ciente de que ela estava a fim de arrumar confusão, desconversou:

– Vamos sim, mas primeiro preciso saber como a Cinderela se defenderá.

Lurdes nem deu importância à dissimulação e, revoltada, abandonou a sala. Dona Alice aguardou um pouco até que ela arrefecesse a sua animosidade, para então procurá-la. Quando a encontrou, recebeu nova carga de impropérios.

– Vocês perderam o juízo? – atacou Lurdes, aos berros.

– Por que, querida? – perguntou Alice, fingindo não entender.

– Foi só o cachorro morrer, os gatos tomaram conta da casa? – acusou com desdém.

– Você está se referindo a nós, seus avós?

A avó queria ignorar a agressividade da neta, mas Lurdes não esmorecia. Deu meia volta e, irritada, deixou claro que não gostava do jeito que Alice conduzia a conversa.

– Oh! Vó! – bradou estressada. – Não se faça de desentendida. Sabe muito bem de quem estou falando.

– Vamos ver. Se você se refere à sua irmã Belinha eu lhe digo que, quanto a mim e o Ari, faremos de tudo para recompensá-la pelos anos de abandono; e, com respeito à Raquel, nós a consideramos como pessoa da família.

– O quê?! Agora essa pobretona entrou para família? – esbravejou.

– Sim! O que seria de sua irmãzinha se não fosse ela?

– Que se danem elas! Nunca fui com a cara da ruiva e também não considero a menina como da família. Não sou hipócrita que nem vocês que viraram a casaca.

Antônio chegou a ouvir um pedaço da discussão e, assumindo o lugar da mãe, severamente retorquiu:

– Lurdes, Belinha é tanto minha filha quanto você.

– Pai, não seja falso, você nunca deu à mínima para essa "aí". Por que você não as deixou lá na Casa dos Fundos de onde não deveriam ter saído?

Controlando-se para não explodir, ele recobrou a calma e lhe deu uma resposta em forma de confissão:

– É pura verdade! Sempre fui um pai ausente, negligente, egoísta e irresponsável. O orgulho não me deixou aceitar alguém diferente, muito menos alguém parte de mim. Só me preocupava com que os outros iriam pensar. Hoje me arrependo de tudo e não pretendo errar mais. Aqui nesta casa, só peço amor e respeito. Se você quiser compartilhar conosco desse novo sentimento, será bem-vinda. Caso contrário, se afaste.

Aí, ela se descontrolou completamente.

– Você está me trocando por elas, pai?

– Você sabe que não. E sei que entendeu a mensagem – respondeu ele com aperto no coração.

Ela saiu da cozinha, entrou enfurecida na sala e arrancou as filhas do sofá. As meninas, desconhecendo o motivo de tanta brabeza, acompanharam a mãe, chorando. O avô quis dizer alguma coisa, mas concluiu que o momento não era apropriado e as deixou partir. Quando Antônio e Alice voltaram, encontraram todos calados. Então, Belinha se encarregou de quebrar o silêncio.

– A *buxa* malvada foi *emboa* levando as minhas amiguinhas – claro que ninguém conseguiu conter o riso.

Depois que todos acharam graça, Raquel levantou-se e se retirou com Belinha, alegando que já era tarde. Antônio e seus pais ainda permaneceram comentando sobre o atrevimento de Lurdes, no instante em que Inês apareceu de camisola, querendo saber o que aconteceu.

– Pai! Estava embalando Luisinho para dormir e me assustei quando ouvi Lurdes falar alto.

Ari descreveu o episódio em detalhes. Antônio, porém, antes que o clima esquentasse, com equilíbrio, acalmou-os, lembrando que Lurdes necessitava de um tempo maior. Todavia, Ari foi categórico ao afirmar:

– Devemos ficar atentos, pois não gosto do jeito hostil com que ela olha para Belinha.

Dona Alice, percebendo o interesse de Raquel pelo piano, prontificou-se a ensiná-la. A ex-babá, exultando de alegria, não conseguia esconder sua satisfação. Como boa aluna, assimilava com facilidade as lições que lhe eram repassadas. No entanto, havia um "porém": bastava Antônio se aproximar, para ela perder a concentração. Os dedos paralisavam, perdendo-se no encontro com as notas. Quando isso se repetia, ele, em tom brincalhão, caçoava:

– Raquel, você precisa se acostumar comigo por aqui, senão vai demorar para aprender.

E, assim, ela foi se soltando. Em pouco tempo, a presença dele já não a incomodava mais. Era comum ele voltar do trabalho no final da tarde, sentar-se com Belinha na sala de música, esperando que a feiticeira extraísse algum som do piano. Estar próximo a ela era prazeroso, acalmava o espírito e despertava nele o desejo de sonhar outra vez.

Ari e Alice falavam com alguns conhecidos em frente à Igreja, com a atenção presa em Belinha, que riscava a calçada com uma pedrinha. Eles acabaram de assistir à missa de um ano do falecimento de Ingrid. Ao contrário do restante da família, tristes e saudosos, a pequena se interessava apenas com o desenho que fazia no chão. Já quase na hora de ir embora, Antônio estendeu a mão para ajudá-la a se levantar, enquanto Raquel entregava Luisinho à Inês, pois ele já dormia tranquilamente. Dona Alice despediu-se dos amigos com quem conversava para se juntar a eles, acompanhada do esposo.

– Ari, você não viu Lurdes perto da porta de entrada?

– Não – disse ele. – Pensei que não tivesse comparecido.

– Estava com Laerte, elegante em um “tailleur” azul-marinho.

– Hum! – resmungou Ari, pisando em cima dos rabiscos que Belinha havia feito no chão.

– Que vô desastrado! – desculpou-se Alice.

– Não se preocupe, seu Ari – minimizou Raquel. – Belinha fará outros, lá em casa.

– Lice! – exclamou a menina, erguendo a cabeça para contemplar o rosto da avó. – A “moça bonita” tava lá na a *igueja*.

Incrédulos, todos a olharam, enquanto ela prosseguia detalhando o que vira:

– Com minha amiga fadinha.

– Hã! Aposto que elas estavam lindas – instigou Alice.

Belinha fez um curto silêncio, como estivesse tentando se lembrar.

– Tavam. A “moça bonita” tava de noiva. Com muitas *flozinhas coloidas* e um véu, muito, muito *compido*, que ia até lá longe – e como alguém que acabara de fazer uma descoberta, acrescentou:

– *Cindeela empestô* a *coloa pá* ela – a criança fez mais uma paradinha e...

– Tinha *outa* vó, junto. *Godinha* que nem *Lice*.

Alice impressionou-se com a exatidão da informação. Então, no intuito de obter mais detalhes para o que já vinha suspeitando, procurou investigar.

– Querida, como essa vovó estava vestida? – mas não recebeu resposta porque a pequena se distraiu ao ver um cachorrinho que atravessava a rua.

Alice se encheu de incertezas. Será que aquela conversa era verdade ou não passava de uma simples fantasia criada numa cabecinha engenhosa? No entanto, a precisão como Belinha detalhou o vestido de noiva da "moça bonita", deixou-a cismada. A montagem do quebra-cabeça a conduzia a algumas questões: se ela não tinha nascido quando Ingrid se casou, como descrevia minuciosamente a roupa de casamento da mãe? Nas inúmeras vezes em que ela falou da fadinha, nunca se contradisse quanto à forma de apresentar sua amiguinha? Realmente, tudo muito estranho.

Antônio também ficou intrigado, mas nada comentou.

Raquel se calou, porém observou que havia muita lógica na narração de Belinha.

De volta para casa, Alice dividiu com Raquel suas suspeitas e solicitou que ela obtivesse mais alguns dados sobre a mulher "godinha". Ainda naquele dia, Raquel conseguiu extrair da menina uma descrição bastante precisa da pessoa que estava com a fadinha e Ingrid: vestia uma saia rosa e tinha um enfeite preso nos cabelos. Ao saber disso, Alice assombrou-se:

– Oh! Deus! Foi o que imaginei. A tal mulher só pode ser Olga. E o traje era o mesmo que ela usou no casamento de Ingrid. Se vocês não quiserem acreditar, tudo bem. Mas, eu acredito. Ingrid e a mãe estavam com a fadinha.

Com a mão no queixo e expressão dedutiva no rosto, Alice seguiu sua linha de pensamento:

– Então, não há dúvida. Belinha viu a avó materna que jamais conhecera.

– Quer dizer que – interrompeu Raquel, colocando o dedo indicador na boca –, a dita fadinha poderia ser fantasiosa, mas Ingrid e a vó Olga são reais.

– Claro, minha filha – desabafou Alice. – São os tais amiguinhos imaginários que algumas crianças afirmam ver. Só que os dela não são tão imaginários assim.

O recomeço

Um feriado prolongado chegou e toda família, exceto Lurdes, foi para o Haras. Belinha e Raquel se identificaram com o lugar, como se dele já fizessem parte. Corriam pelos campos, decoravam a casa com flores silvestres, apanhavam frutas da época, colhiam cenouras para os coelhinhos e, às vezes, ajudavam os empregados a tirar leite das vacas. Em uma dessas caminhadas no entorno da sede do Haras, Antônio passou por elas em cima de um garboso cavalo, deixando Raquel impressionada pela desenvoltura com que cavalgava. Quase junto, vinha Ari, montando outro ginete da mesma linhagem, porém com dificuldade devido ao acidente sofrido. Raquel acompanhou Antônio com o olhar até vê-lo desaparecer atrás de um capão como se invejasse sua condição de cavaleiro. Ari, ao notá-la tão animada, puxou as rédeas, deu meia-volta e perguntou, curioso:

– Você sabe montar, Raquel?

– Não. Não sei – disse sem esconder a animação.

– Você não quer experimentar?

– Muito! Esses animais despertam na gente uma sensação de liberdade.

Ari enxergou nela uma possível amazona. Com satisfação, chamou um peão e ordenou que encilhasse um animal manso.

Embaraçada, ela apontou para seu traje:

– Mas minhas roupas não são apropriadas.

Ele a examinou de relance e concluiu que o conjunto, formado pela calça cigarrete, blusa de algodão e sapatilha, servia para a ocasião.

– Vai assim mesmo. O pior que pode acontecer é você cair – confirmou, soltando uma ruidosa risada.

– Eu *queo i* também – pediu Belinha.

– Leônidas! – chamou Ari. – Levante a menina aqui que nós vamos dar uma voltinha. Depois ela fica com Alice.

Antônio retornava da cavalgada, ao ver Raquel e o capataz, montados cada um em seu cavalo. Educadamente, dispensou o rapaz, dizendo que ele iria com ela.

– Será que consigo te acompanhar? – duvidou a moça, um pouco sem jeito, mostrando-se indecisa.

– Com certeza absoluta. Nós vamos devagar – assegurou confiante. Conhecia a determinação dela, deduzindo que aprenderia a cavalgar com facilidade. E, assim, seguiram lado a lado pela primeira vez:

... o Coração de Pedra e a Feiticeira de Olhos Verdes.

Galoparam alguns quilômetros, quando o pangaré empacou no meio do caminho, sem que Antônio conseguisse removê-lo do lugar. Após inúmeras tentativas, ele desistiu e desabafou:

– Temos que aposentar o velho Piá.

– Oh! Que pena! – resmungou ela, contemplando o azul do céu. – O dia está tão lindo e eu achei que poderia avistar o mar.

Antônio acercou-se para ajudá-la a descer. Ao pisar no solo, ela perdeu o equilíbrio. Ele agilmente estendeu os braços, evitando o tombo. Inesperadamente, entreolharam-se. Em fração de segundos, um rasgo talhou a cortina de cada coração e um forte sentimento os fez tremer, forçando-os a se afastarem assustados com o inusitado. Ele a soltou no chão e, com o olhar, procurou uma árvore, onde amarrou o pangaré, até que alguém viesse buscá-lo. Em seguida, apoiou o pé no estribo e, num giro rápido, pôs-se em cima do animal.

– Vamos!

Ela permaneceu imóvel sem entender como continuaria.

– Venha! Eu levo você na minha garupa – ele convidou.

Quando ela se acomodou, Antônio virou-se e gritou empolgado como um aventureiro prestes a fazer alguma proeza:

– Segure firme na minha cintura que você vai ver o mar.

Ao atravessarem o portão, ela avistou uma imensa colcha azulada, arrematada por um barrado de renda branca, contornando o globo terrestre. Fascinada, exclamou:

– Meu Deus! Isso é a visão do paraíso...

A expressão de encantamento da ruiva acordou o homem adormecido. Enlouquecido, bradou com veemência:

– Então, entraremos juntos nesse paraíso!

Com um urro contundente e um forte cutucão com as esporas na virilha do cavalo, expediu ordens de comando para dar início a uma corrida desenfreada. E, através de rápidos galopes, embrenharam-se nas praias virgens de areias brancas cercadas por um mar azul, ensolarado. Cavalgaram contra o horizonte distante, sem controle do tempo. Os respingos da água, causados pelo tropel do animal em contato com as ondas que morriam lentamente nas margens do oceano, salpicavam os rostos enrubescidos pelo vento cortante, encharcando as roupas e provocando uma sensação de felicidade. Calados, temendo que suas vozes perturbassem o bailado dos grãos de areia com os pingos d'água, apenas ouviam as pancadas ritmadas dos cascos do veloz corcel. Uma sinfonia capaz de tocar a sensibilidade de qualquer coração empedernido.

O sol já apagava seus faróis quando voltaram para casa, molhados, ensimesmados, com medo dos próprios pensamentos. Ari e Alice disfarçadamente acompanharam a chegada deles. Recolheram a malícia e encarregaram o destino de tecer, ao seu prazer, as armadilhas de uma nova paixão.

Enquanto Antônio se dirigia à estrebaria atrás do capataz, Raquel entrou às pressas no casarão, rumo ao quarto, esquivando-se das pessoas. Embaixo de uma ducha gelada, ela tentava reordenar seus sentimentos. Vestiu-se e desceu à procura de Belinha. Dona Alice, achou graça de sua preocupação e, no meio de um leve sorriso, respondeu:

– A nossa pequena está brincando com os coelhos lá fora e ninguém consegue tirá-la de lá.

Raquel pediu à caseira que fosse até lá para buscá-la. Abalada pelas emoções que balançaram suas estruturas emocionais, abraçou dona Alice, externando um carinhoso agradecimento.

– Obrigada pelo convite, e também por me deixar entrar na vida de vocês.

Antônio e Raquel não tiveram oportunidade de ficar a sós novamente. Entretanto se cruzaram por diversas vezes, principalmente quando participavam de alguma atividade organizada por Luís, como pescaria ou caminhada.

Enfim, um feriado dos mais divertidos, daqueles que há muito tempo não se via no Haras...

Sob uma natural previsão cósmica, o mundo girava dentro da velocidade determinada pelas leis do universo, enquanto os dias corriam calmos, sem apresentar nenhuma novidade na rotina dos Castro.

Devidamente acomodado na recente proposta de vida, Antônio reencontrou o prazer em se dedicar às suas orquídeas que, nos últimos anos, vinham recebendo os cuidados do jardineiro.

Certa tarde, encontrou Raquel no orquidário apreciando as flores junto com Belinha. Não deixou de reparar o quanto ela estava atraente naquele vestido verde-claro. Surpreendeu-se ao saber do interesse dela pelas plantas.

– Elas são maravilhosas! – comentou a moça, atenta a uma espécie de tonalidade amarela com manchas alaranjadas.

– Essa é uma "*Oncidium Divaricatum*" – elucidou Antônio.

– Que nome complicado para uma flor tão linda – mencionou ainda deslumbrada com a intensidade das cores estampadas em cada pétala.

– O nome das orquídeas é dado em latim ou grego clássico, línguas mortas, para que sejam os mesmos em todos os países e nenhuma língua viva prevaleça sobre a outra.

– Nossa! Estou impressionada com tanto zelo – admirou-se Raquel, enquanto observava uma conhecida popularmente no Brasil por "Olho de boneca". Mesmo com receio de receber uma resposta negativa, ela tomou coragem e fez um pedido:

– Posso ajudar a cuidar delas?

A demora da resposta sugeria um "não". Ela estava pronta para se desculpar, substituindo o semblante antes animado por um levemente tenso, quando ele começou a falar, um pouco atrapalhado, com certa dose de gagueira.

– Cla-Cla-claro! Eu adoraria. Não pense que eu tive dúvida em concordar. Mas você me apanhou de surpresa. Ingrid, que amava as flores, jamais se interessou por elas.

– Belinha também *qué ajudá*.

Antônio gargalhou ao receber tão inocente pedido. Ao rir, pendeu a cabeça para trás, ficando irresistível. Raquel, sem conhecer esse seu lado sedutor, ficou perplexa por se encantar com alguém de quem ela sempre discordou. Em seguida, ele levantou a menina e a colocou sentada em cima da bancada.

– Então teremos mais uma ajudante? – a pequena concordou e, com voz convincente, afirmou:

– Belinha ama a *natueza*! – ao ouvir a frase expressa com tanta naturalidade e de jeitinho tão encantador, os dois tornaram a rir.

Definido que Antônio contaria com novos colaboradores, ele apontou para um tablado e ordenou:

– Vamos ao trabalho! – uma rápida inspeção e três recipientes foram selecionados para a primeira aula.

– Observem essas duas plantas. Elas apresentam excesso de ramificação. Como não há mudas, faremos somente uma limpeza, eliminando raízes e folhas mortas. Das demais, extrairemos um broto e passaremos para outro vaso.

Raquel seguia atenta às explicações, enquanto Belinha, já distraída, brincava com pedrinhas no piso.

A partir desse dia, a tarefa tornou-se rotineira. Era comum encontrá-las na "Casinha das *Oquídeas*", como dizia a pequena. Quando Antônio voltava para casa e Belinha não estava escondida atrás da porta, em cima de uma banqueta, para se dependurar em seu pescoço, ele já sabia onde as procurar.

Certa ocasião, Raquel, com dificuldade, tentava desprender o torrão de terra que estava preso em uma "*Cymbidium*", para efetuar divisão dos bulbos. Antônio, vendo seu esforço, prontamente a socorreu. Quando os dois quiseram pegar uma ferramenta ao mesmo tempo, suas mãos se tocaram. Ela se sentiu envergonhada e, ao puxar rapidamente o braço, enroscou os dedos no vaso que se espatifou no chão. Cheia de justificativas, desculpou-se:

– Nossa! Como sou desastrada! – então, eles, simultaneamente, se abaixaram para apanhar o que restou da planta e, acidentalmente, a cabeça de um bateu na do outro. Acharam graça. Ele ainda espiou, no sorriso desconcertante dela, o rubor queimar-lhe as faces e a intensidade do verde daqueles olhos.

– Me perdoe, seu Antônio. Já vi que não levo jeito para cuidar de flores tão delicadas – gentilmente ele a ajudou a se levantar. Sem soltar as mãos dela, fitou-a com provocação para discordar:

– De forma alguma. Você é a mulher mais sensível que eu conheço. As minhas orquídeas terão o prazer da sua companhia.

Tais palavras, ditas com tanta doçura, abalaram as defesas de Raquel. Só não saiu em disparada, porque Belinha chegou choramingando com uma flor em pedaços.

– Pai! Ela tá *tiste* – ele a pegou no colo e, com a manga da camisa, enxugou a lágrima que escorria pelo tristonho rostinho.

– Calma, querida! – precisamos prestar socorro a essa plantinha tão doentinha. – Após recolocá-la no chão, Antônio prescreveu a receita:

– Hum! Ela precisa ficar no hospital por uns dias – a pequena ficou admirada.

– A *flozinha* também vai *pô* hospital que nem Belinha?

– Com certeza – esclareceu ele. E foram até um canto onde algumas plantas estavam separadas.

– Todas essas aqui estão doentes. Quando sararem, voltarão para junto das outras.

Durante o jantar, Belinha, animada, contou ao vô Ari que sua florzinha foi para o hospital.

São nos entremeios das dobras do tempo que, por vezes, o destino nos encurrala contra a parede, exigindo-nos soluções rápidas, para nos desviarmos da avalanche de emoções que desabam sobre nós. Para alguns, o perigo vem representado por elementos que influenciam nossa vida, como deterioração na saúde, danos financeiros ou simplesmente perdas – físicas ou afetivas... Para outros, é substituído por um ato emotivo: um olhar mais prolongado; um sorriso indicando uma promessa; ou quiçá um simplório " boa-noite".

Antônio, cansado de procurar o sono, levantou-se. Para ajudar a insônia, uma malvada azia o importunava. Devagar, desceu as escadas para não acordar os demais moradores da casa. Ao se aproximar da cozinha, notou que a luz estava acesa. Surpreso, encontrou Raquel, meditativa, sentada em uma cadeira, tomando água, sem pressa. Assim que ela o viu, cobriu as pernas com a ponta do roupão cor de mostarda que se amoldou a harmoniosas curvas, muito bem percebidas por ele. Ao vê-lo, ela arriscou uma pergunta:

– Ainda acordado, seu Antônio?

– Vim atrás de um remédio que me alivie essa queimação – explicou, apontando o dedo para o estômago.

– Ahn! – resmungou Raquel. Ela caminhou até um armário, de onde retirou uma caixa contendo medicamentos. Pegou um que julgava apropriado e lhe entregou.

– Oh! Finalmente – exclamou satisfeito. Enquanto abria a embalagem, ela apanhava um copo com água.

– Obrigado – ele agradeceu, despejando água sobre a pastilha efervescente. Em seguida, entusiasmou-se em puxar conversa:

– Perdeu o sono também, Raquel?

– Bem, eu fui acordada pela sede – justificou, sentando-se novamente. Ele arrastou uma cadeira e se abancou em sua frente, deixando-a nervosa.

– Alguma coisa a preocupa? – Antônio, interessado em bisbilhotar a vida da moça, não desviava seus olhos negros dos verdes dela.

– Nada me preocupa – ela sorveu mais um gole d’água e balançou suavemente a cabeça, exibindo um movimento fascinante. – Talvez tenha sido o sal da pipoca que eu e Belinha devoramos antes de subir para dormir.

Riram juntos, um riso de cumplicidade...

– Já era tarde quando comemos. Mas sabe como Belinha é. Na hora que ela vem com aquele sorriso travesso, é impossível a gente dizer não.

Ele se divertiu com o modo como ela enquadrou a filha e riu mais vez. Quando a graça foi embora, Antônio pôs em seu rosto uma expressão meiga, gerando em Raquel “um quê” de desconforto.

– Mas a verdade é que você a mima demais – acusou ele. Ela sorriu timidamente, como se tivesse sido apanhada em flagrante.

– Você se dedica de corpo e alma à Isabel. Desde que chegou aqui nunca tirou férias. Não gostaria de sair uns dias para ver seus parentes ou visitar algum amigo? – Raquel acentuou uma ruga entre as sobrancelhas e afirmou:

– Meus únicos parentes são dois irmãos que moram em Brasília. Perdi o contato com eles. Depois que partiram, nunca mais nos falamos.

Antônio confiscou o olhar de Raquel por uns instantes, deixando-a outra vez inibida.

– Não sente falta de alguém ... um novo amor? Afinal, você é jovem e bonita – galanteou, alongando-se na cadeira.

– Não! – refutou ela de imediato, com convicção. Talvez porque o diálogo tomou um rumo de intimidade, ela esclareceu secamente o porquê da sua decisão:

– Eu me decepcionei muito na minha primeira tentativa e não pretendo passar pelo que já passei.

– O que não deu certo no seu casamento?

Ela se calou e só tornou a se expressar depois que achou os termos adequados que definissem o seu desastre amoroso.

– Não sei o que foi – revelou, apertando os lábios. – Acho que apostei na pessoa errada. Idealizei o amor como um sentimento lindo, delicado... uma troca de afetividades. Todavia, o que vivi foi algo agressivo e sem carinho, onde eu era um objeto que depois de usado era colocado de lado – e, com um gesto de negação, como se estivesse intimando a si mesma, completou:

– Não quero que isso se repita. Prefiro viver só.

– Raquel – disse ele –, você teve uma má experiência, o que não significa que todos os homens se comportem assim.

– Não, não. Eu não tenho coragem de tentar de novo.

Talvez a conversa se alongou demais. Ela temia abordar o assunto. Era um tema que a assustava. Sentia-se à beira de um precipício e receava despedaçar-se ladeira abaixo. Então, quando o primeiro bocejo apareceu, alegou que o sono voltara, despedindo-se com um boa-noite isento de emoção, enquanto ele permanecia pensativo.

As idas à fazenda tornaram-se frequentes. Alice presenteou Raquel com roupas de montaria e ela aprendeu a dominar os cavalos com rapidez, impressionando pela desenvoltura como montava.

Ela, Antônio, Luís e Inês juntavam-se nos finais de semana, quando cavalgavam por horas a fio, percorrendo os mais variados cantos do Haras.

Em um sábado à tarde saíram os quatro juntos. No meio do caminho, Inês teve uma leve indisposição e decidiu voltar com o marido. Antônio e Raquel cavalgaram até uma praia deserta, pequena e mimosa, formada entre duas rochas, onde as areias macias eram enfeitadas por conchas rosadas.

– Veja, seu Antônio! – mostrou ela, apanhando uma conchinha inteira retorcida.

– Gostaria de levar algumas, Raquel?

Ela ajeitou o chapéu, encantada e indecisa.

– Mas como vamos carregar?

Ele remexeu a montaria e de lá tirou uma sacola de pano, balançando-a no ar.

– Que tal esta? – ela apenas sorriu, confirmando.

– Vou amarrar os cavalos naqueles coqueiros – ele disse.

Raquel, sem botas, corria em círculo, juntando conchinhas, até que esbarrou em Antônio. Ele a segurou com firmeza para que ela não caísse. Seus olhos se perderam um no outro e desta vez ele não resistiu. Buscou a boca de Raquel e beijou-a com ardor. Ela não só correspondeu como permitiu que a sensação provocada por aquele beijo despertasse desejos por longo tempo adormecidos. Mas, ao se dar conta do perigo, assustou-se com seu comportamento, empurrando-o com as mãos. Ruborizada, resmungou:

– Meu Deus, o que deu em mim?

Constrangida por ter perdido o controle, correu para o mar e entrou de roupa na água. Pretendia afogar o ímpeto que explodia dentro de si, como se fosse possível ocultá-lo.

Antônio, odiando o furor que o possuiu, chutou a areia com força, quando, de súbito, em uma atitude repentina e impensada, livrou-se de suas vestimentas e, apenas de cueca, partiu para um mergulho profundo e prolongado. Ao voltar à superfície, nadou exaustivamente, na tentativa de apagar o fogo que o consumia.

Raquel deixou o mar e sentou-se no chão, de frente para o sol. Ele veio em seguida e se acomodou ao seu lado. Demorados segundos se evaporaram, até ele girar o corpo e encontrar o rosto ardente de uma mulher apaixonada. Ela, com a resistência minada pela paixão, cedeu. Despojaram-se de todas as amarras sentimentais e se amaram como jamais haviam amado...

Após o amor, o silêncio cercou-se deles como testemunha de um momento inesquecível...

E, como homem e mulher, montaram em seus cavalos, rumo à sede da fazenda, enrolados em um emaranhado de dúvidas e temores. Ao chegar, Raquel recolheu-se em seu quarto, enquanto Antônio foi saber o que o capataz queria, pois, de longe, acenava com insistência. Durante o jantar quase não falaram, mas não puderam impedir que olhares confusos se cruzassem em um conluio de emoções. Alice, esperta, notou que houve alguma alteração de clima. Conhecia bem o seu rapaz e deduziu que estava enamorado. Observou a moça com cuidado e enxergou nela um brilho diferente em uma feição feita de felicidade e apreensão.

À noite, Alice conversou com Ari e comentou a respeito do jeito estranho do filho se comportar. Ele apenas ouviu e se absteve de fazer qualquer observação. Afinal, ele já não definia mais o que era certo ou errado. Outrora, o velho patriarca teria expulsado a babá de casa, uma vez que ela não tinha Pedigree para formar par com seu filho. Agora, avaliações sobre juízos e críticas assumiram outros significados. O sofrimento mental e físico obrigou-o a rever conceitos já há muito ultrapassados. Sabiamente, permitiria que o destino traçasse seu próprio caminho.

De volta à cidade, a vida prosseguia com suas artimanhas. O Coração de Pedra e a Feiticeira de Olhos Verdes evitavam se cruzar, com medo do desfecho do próximo encontro. Ela brigando consigo por ter sido tão fácil e ele por não ter se contido; ela por ter quebrado o juramento de não mais ser usada e ele por ter se deixado enfeitiçar; ela procurando se esquivar e ele receoso, mas com vontade de encontrá-la. E, assim, seguiam entre culpas e desejos, não percebendo que estavam enamorados.

Tarde acinzentada de sábado. O sol camuflou-se atrás de algumas nuvens e lá se acomodou.

Norma bateu à porta do escritório de Antônio, informando-lhe que algumas pessoas vieram visitá-lo. Ele fez uma cara de desconfiança, pois, desde o falecimento de Ingrid, perdera o hábito de receber visitas. Caminhou até o hall de entrada, imaginando quem poderia ser, quando se deparou com um casal, parceiro dos tempos das altas festas, acompanhado de uma charmosa mulher que se tornara viúva um pouco antes que ele. Aparentemente, eles apenas intencionavam reinseri-lo no convívio social a fim de que o velho companheiro retornasse às divertidas noites de boemia. No entanto, Antônio não teve dificuldade de antever que, nas entrelinhas, a pretensa reunião objetivava apresentar-lhe uma possível esposa.

Não era a primeira vez que ele era assediado por mulheres ou parentes de viúvas. Viúvo, rico e ainda em boa forma, tornava-se natural que as pretendentes surgissem. Ultimamente, em seu trabalho, recebia telefonemas de antigos amigos com sugestões no mesmo sentido e os convites para sair, sempre com segundas intenções, multiplicaram-se. Entretanto, ele deixou de ser o Antônio de antigamente. O que era divertido, não lhe cabia mais. Descobriu que a vida poderia lhe oferecer renovadas facetas, verdadeiras e intensas.

A doença de Ingrid além de o martirizar, aplicou-lhe uma lição, expondo a fragilidade do ser humano, mesmo sendo ele um Castro. Viu a inutilidade do dinheiro diante de uma desgraça tão cruel. Enfrentou uma situação tão dramática, onde rezar talvez fosse a única alternativa. Todavia, até a morte da esposa, ele só sabia mandar. Como rezar significa prece, então ele jamais rezaria, pois nunca aprendeu a pedir.

E agora, após longa data, estava recebendo os Moura, com o propósito de empurrar a irmã, descaradamente mexendo com sua privacidade. Por meio de um gesto imperceptível, pensou:

– É típico deles!

Raquel, ao descobrir o real motivo da visita, refugiou-se no orquidário com Belinha e de lá não saiu. Estava triste e enfurecida, por aquiescer que a imprudência levasse a sua imaginação a fantasiar. Sonhou com um castelo imaginário e ainda o pintou de cor-de-rosa. Sentia-se indignada por não ter visto qual era seu devido lugar: a babá da família. Era bastante adulta para saber que história de "Cinderela" acontece somente em conto de fadas. A mágoa que lhe atingia, sugeria uma fuga. A ideia de desistir de tudo avolumou-se em sua mente. Ir embora para sempre. Mas, ao pensar em Belinha, perdia as forças. Lembrava-se do sofrimento da pequena ao ser abandonada pelo casal de caseiros. Ela não podia passar por aquilo novamente. Bater em retirada era o rumo que a lucidez apontava, todavia, o amor por sua princesa a impedia de adotar uma atitude tão extrema. Uma encruzilhada que a arrastava ao desespero. Desejava trancar as lágrimas com uma porta de aço, pois certamente elas estariam prestes a despencar feito cascata.

Ari, cansado de escutar tanta lengalenga, ausentou-se da tediosa reunião para tomar seu remédio. Enquanto aguardava Custódia servir-lhe a água, perguntou por Belinha. A cozinheira baixou a cabeça com amargura, levando-o a perguntar novamente.

– Ela está lá no Orquidário com Raquel – murmurou a empregada, chateada. Afinal, ela também torcia pela felicidade da governanta.

Uma ruga de preocupação acentuou-se na testa do velho, ponderando para si mesmo:

– Pobre moça... Preferiu se esconder entre as flores.

A tarde findava e as visitas ainda estavam lá, bebendo cerveja e beliscando salgadinhos.

Belinha reclamou de fome e Raquel sugeriu que pedisse um lanche à Custódia. Nesse ínterim, os amigos se retiraram, com a promessa de um jantar em breve. Antônio, livre do compromisso enfadonho, foi até a cozinha, onde a filha devorava um sanduíche.

– Querida, onde está Raquel?

– *Quequel* tá na casinha das *floes*, muito *tiste*.

Sem pestanejar, Antônio enveredou-se pelos canteiros que o conduzia ao orquidário e, em poucas passadas, estava à frente de Raquel. Entristeceu-se ao encontrá-la sentada, cabisbaixa, visão perdida nos rabiscos que Belinha fizera no piso, chorando baixinho. Ela estava tão concentrada na própria desilusão que não o viu se aproximar. Assustou-se quando ele lhe tocou.

– Raquel, olhe para mim – implorou carinhosamente, mas ela seguia com o olhar abaixado, encabulada. Então, ele se ajoelhou e, com a mão prendendo seu queixo, levantou-lhe a cabeça.

– Essa linda feiticeira aceita este humilde escravo como seu esposo?

E antes que ela tivesse tempo de responder, o Coração de Pedra ergueu-a do chão, tomou-a em seus braços e a beijou apaixonadamente, rendendo-se por completo aos feitiços de tão formosa dama.

Belinha queria ir até Raquel, mas foi sutilmente impedida pelo avô, pois o experiente senhor imaginou que os dois tinham muito a conversar. Ao deixarem o canto das flores, eles já vinham de mãos dadas. Seu Ari e a menina foram os primeiros a vê-los. Antônio pediu que chamassem Julinha e dona Alice e que todos fossem ao escritório. A matriarca fazia-se de desentendida e, simulando desconhecer o porquê de juntá-los, fantasiava um quê de surpresa, enquanto Julinha descia de seu quarto, curiosa para saber a razão do encontro familiar.

Sem preâmbulos, Antônio comunicou que havia pedido Raquel em casamento. Alice, fingindo espanto, foi abraçar a nova nora.

– Seja bem-vinda à família Castro, querida.

Julinha, maluquinha como a maioria das adolescentes, pulou no pescoço de Antônio, gritando:

– Que bom, pai! Foi uma ótima escolha – e foi beijar Raquel.

Todos os olhares voltaram-se apreensivos para Ari, que até então não havia se manifestado. Sentindo-se cobrado, aproximou-se e, tomando as mãos de Raquel entre as suas, confessou:

– Minha filha! Você foi uma enviada de Deus que apareceu em nosso caminho, despertando em nós valores importantes; conseguiu que redimíssemos dos erros e provou para nós que é possível mudar. Receba este velho homem como seu pai.

Foi um momento mágico na história dos Castro, com direito a aplausos dos anjos. Antônio sentiu vontade de pegar Belinha no colo. Aconchegou-a nos braços, apertando-a afetuosamente. Afinal, foi por causa da pequena que Raquel entrou na vida deles. Ela ficou um pouco acanhada, mas se mostrou feliz por estar sendo prestigiada. Para compensá-lo, presenteou-lhe com um sorriso de felicidade.

Julinha correu ao telefone para contar à Inês e, sem demora, todos já estavam reunidos. Inês, ao cumprimentar Antônio, cochichou no seu ouvido:

– O senhor não poderia ter escolhido alguém melhor para colocar no lugar de mamãe.

Luís, depois de felicitar Raquel, elogiou o sogro, agradando-o com leves palmadinhas nas costas.

– Tem bom gosto, sogrão...

– É verdade, Luís. E foram vocês que a descobriram primeiro.

– E quanto à Lurdes?

– Sei que não aprovará. Paciência. Amanhã mesmo faço o comunicado a ela.

– Vá preparado, seu Antônio. Não vai ser fácil – ele simplesmente encolheu os ombros, como quem diz:

– Problema dela...

Dona Alice providenciou champanhe e todos brindaram à nova dona da casa.

Os noivos combinaram o casamento para dali três meses. Não havia motivo para esperar. Eram adultos e tinham consciência do passo que estavam dando.

O telefone no apartamento de Lurdes tocou. Era Antônio informando que iria se casar. Ao se inteirar da notícia, ela não o deixou continuar e, estabanadamente, tentou adivinhar:

– Com a irmã do Moura? Ah! Ah! Ah! Velho sortudo! Ela é uma mulher de classe!

Ele estava ansioso para cortar a conversa, mas ela não dava espaço.

– Sabia, pai, que ela é colecionadora de obra de artes e viaja pelo mundo inteiro, garimpando peças raras...

– Lurdes! Lurdes! Por favor!

Ao ter certeza de que ela não lhe daria chance para concluir, ele gritou:

– Você pode me escutar?!

– Está bem! O que é?

– Eu não vou me casar com essa colecionadora de artes e sim com Raquel.

– Que Raquel? Eu não conheço nenhuma Raquel. Ela é nova na cidade?

– Não se faça de desentendida, filha, porque você conhece muito bem. É a babá de Belinha.

Agora foi ela que gritou.

– Você não se rebaixaria a tanto. Não é, pai? Não teria coragem de lançar o nome dos Castro ao ridículo? O vô não permitiria! Aposto que ele não sabe e... – suas recriminações perderam-se no vácuo quando Antônio a interrompeu, afirmando que tomou uma decisão consciente, acompanhada da aprovação do seu Ari.

– Ele já sabe e está muito feliz. Aliás, todos estão.

– Eu não concordo com uma loucura dessas. O que a família de Laerte vai pensar? Que baixamos o nível?

– Isso não me importa – refutou ele. E para dar um basta nos delírios dela, desligou o telefone, deixando-a possessa.

Antônio imaginou que calara a boca da inconsequente, mas se enganou. Ela não se conteve, pegou o carro e, rapidamente, chegou à Mansão para lhe infernizar a vida. Ao ultrapassar a porta da entrada, deu de cara com a avó, sendo informada que ele saíra com Raquel. Então, uma saraivada de impropérios, preparada pelo caminho, foi despejada sobre dona Alice, na tentativa de reverter o que não havia mais reversão.

– Vovó, a senhora está de acordo com uma vergonha dessas? – questionou chorando.

– Venha, minha filha! Vamos até ali na sala.

A matriarca, com excesso de paciência, empenhou-se em explicar as qualidades de Raquel, salientando que ter nascido pobre não era defeito. Falou da boa índole da moça e do seu alto grau de cultura, embora tenha tido pouco estudo. Mas Lurdes sustou a explanação da avó. Com raiva e desprezo, rebateu:

– Ela é uma empregadinha e sempre será. Irá nos envergonhar, manchando a imagem da mamãe, linda, maravilhosa... uma pessoa muita culta.

– Discordo – retorquiu Alice. – Ela não fez nenhuma faculdade, mas também é muito culta. É inteligente, aprende tudo com facilidade e estuda por conta própria. É fina, educada, uma distinta dama. Logo a sociedade cairá aos seus pés.

Lurdes, por enquanto, usava a astúcia, mas ao perceber que se tratava de um fato irreversível, deixou a máscara cair e partiu para a agressão.

– O que houve com a senhora, dona Alice? A burrice está dominando seu juízo? Não consegue mais se impor? Como admitir que essa “babá” ignorante tome o lugar da minha mãe? Pois fique sabendo que eu jamais vou engolir essa ruiva de merda.

Dona Alice, até então, esforçava-se para que o diálogo corresse num bom nível, mas no instante em que a neta começou a desrespeitá-la, ela também ergueu a voz e gritou no mesmo tom:

– Epa, epa, mocinha! Isso é jeito de falar com alguém? Ainda mais com sua avó? Exijo respeito – e não parou por aí: – Você não tem direito de se meter na vida de seu pai. Cuide da sua que já é o bastante. E tem mais, não vou permitir que você maltrate Belinha ou Raquel.

Lurdes deu as costas, saiu porta afora e foi destilar seu veneno em casa. Quando Laerte chegou, cansado do futebol e chateado por ter perdido, ela tentou repassar as más notícias trazidas da Mansão. Mas antes que ela concluísse a primeira frase, ele levantou as mãos para cima, alegando que não estava disposto a escutar suas lamúrias:

– Agora não, mulher! Pelo amor de Deus, me deixe em paz. Estou com uma terrível dor de cabeça. Desejo tomar um banho e comer tranquilamente. Não quero saber dos problemas da tua família – ela ainda o alertou que o assunto era grave, porém ele, impaciente, trancou-se no banheiro. Sobrou para a empregada que, ao se aproximar com Angélica no colo, chorando, ouviu seus berros estressados:

– Vá para a cozinha e trate de calar a boca dessa menina. Eu não aguento mais, vocês vão acabar me matando.

Poucos dias depois, o senhor Moura ligou para confirmar o jantar. Antônio evitou que a conversa se alongasse e, de imediato, agradeceu o convite. Comunicou que ficara noivo e iria se casar em breve.

– Verdade, amigo?

– É bem isso mesmo, meu velho – assegurou Antônio. Alguns segundos evadiram-se, enquanto o cérebro do companheiro processava a informação. Frustrado em suas expectativas, quebrou o silêncio à cata de detalhes:

– Quem é ela, Antônio? Alguém que eu conheça?

– Não – negou com vontade desligar o aparelho. – Qualquer hora dessas eu lhe apresento – e despediu-se, com a tradicional desculpa do compromisso.

Embalados pelo amadurecimento que a vida lhes proporcionou, os noivos estavam seguros do que queriam. Na semana seguinte, foram ao cartório e oficializaram a união, tendo como testemunhas os pais e os avós de Luís. Optaram por uma cerimônia religiosa em casa, apenas para os familiares, que seria realizada no final daquele mês. Na antevéspera do evento, Lurdes simulou uma doença e o casamento religioso foi adiado para uma data futura.

Como viagem de lua de mel, dona Alice sugeriu alguns dias no Haras. Raquel demonstrava inquietação por se separar de Belinha, entretanto Ari garantiu que ela ficaria bem, aos cuidados deles.

Antes de partir, Antônio foi ver Lurdes no Hospital e ela o recebeu aos choramingos:

– Ah, paizinho! Estou doente...

Ele ouviu pacientemente suas queixas e hipocrisias.

– Pena que o senhor teve que adiar o casamento.

Ele persistiu calado e, quando a enfermeira chegou com a medicação, retirou-se. Partiu rápido para a Mansão em busca de Raquel e de lá zarpou para o Haras.

Ao se despedir de Belinha, algumas lágrimas mancharam a maquiagem de Raquel, porém a menina surpreendeu:

– Pode *i*, Quequel! Vó *Lice* cuida de Belinha! Mas não *demoe* e *taga pesente*.

Ao chegarem ao seu destino, encontraram um ambiente acolhedor, preparado para recebê-los. Depois de um delicioso jantar, caminharam até o jardim para conversar, sob um clima ameno de uma noite enluarada. Para comemorar, Antônio selecionou um “Cabernet Sauvignon” de “La Rioja” – um vinho produzido na maior região espanhola produtora de tintos. Ao tim-tim das taças, prosseguiram-se as confidências:

– Raquel! Vou contar um segredo que só descobri após a partida de Ingrid... – ela se virou e sorveu graciosamente um gole de vinho à espera da declaração.

– Eu já havia me apaixonado por você – ela o encarou com surpresa e, de jeito intrigado, deu um malicioso sorriso.

– Seu safado...

– Então, escute – revirando os olhos e fazendo uma cara poética, descreveu a cena que presenciara nos jardins da Mansão. Eram recordações inesquecíveis que, carinhosamente, guardava na memória.

– Era Noite de Natal... Uma encantadora babá entrou pela contramão da minha vida e impôs sua presença, contrariando as regras do palácio. Os convidados mostraram-se curiosos, enquanto os anfitriões demonstravam indiferença. Sua beleza estonteante, naquele vestido fascinante feito com tecido barato, causava inveja à nobreza. E para não mudar o rumo da história, antes das badaladas da meia-noite fugiu apressada, deixando cair... – ele, iniciando uma brincadeira, provocou: – Vamos, querida! Cair o quê? Adivinhe! Vamos!

– A echarpe! – tentou, ela.

– Não, não...

– A carteira...

– O sapato...

– Não, não... – ele respondeu. E, enfiando a mão no bolso, puxou o brinco de pedra falsa.

– Nossa! – exclamou Raquel. – Eu deixei a Mansão tão tensa que nem dei falta dele.

– Não me pergunte o motivo de tê-lo guardado por tanto tempo. Por que agi assim, também não sei – afirmou Antônio.

– Como você achou? – Quis saber Raquel.

– Desci à adega para buscar um "Malbec". Um vinho de uma safra especial que Ingrid queria oferecer ao pai. Ao pisar no último degrau, vi uma bijuteria caída no chão e imaginei que fosse sua, pois imediatamente meus olhos foram atraídos por uma arrebatadora visão que me enfeitiçou. Lá estava uma musa, ou melhor, uma deusa caminhando pelo jardim. Senti o seu perfume misturado com o das flores. Os cabelos ruivos esvoaçavam-se pelo ar, conduzidos por uma suave brisa, expondo um rosto belo e sereno.

Raquel riu do romantismo que ele exteriorizava. Jogou os cabelos para trás – agora cortados rente aos ombros –, movimento que a tornava mais sedutora. Ele não se conteve e a beijou. Após beijá-la, permaneceram abraçados, enquanto ele continuava com a descrição:

– Então fiquei ali, rendido aos encantos de tão misteriosa dama, até ouvir Ingrid me chamar. Assustado, recuei e, como moleque, menti, dizendo que não havia encontrado o tal vinho.

E tentando se desculpar, completou:

– Espero que não pense mal de mim, pois não tive nenhuma intenção de invadir sua privacidade. Foi por acaso – calou-se por segundos, enquanto procurava por argumentos que justificassem a razão de ter ficado refém daquela magia.

Ele acariciou o ombro nu de Raquel com ternura e trocou as palavras românticas por reflexões. Revelou os dias cruéis e perturbadores vividos com Ingrid.

– Você sabe que não fui um bom marido. Me arrependo de muitas de minhas atitudes. Sinto remorso por atos praticados. São lembranças que me abalam. Fui instável emocionalmente, vivendo um casamento cheio de atritos. Da minha parte, por querer a qualquer preço um filho homem e, da parte dela, por se esquivar de mim, com medo de engravidar, levando-me a buscar consolo fora de casa. Com certeza, hoje, não agiria assim.

Tomou mais um gole de vinho para seguir com sua confissão:

– Mas eu prometo, meu bem, que nosso relacionamento será diferente. Juro que não vou cometer os erros que cometi.

Pausa para outro beijo... E um sussurro no ouvido:

– Jamais te usarei e sim te amarei... – e, enfiando novamente a mão no bolso, trouxe a réplica perfeita do brinco achado no degrau da escada. Só que esse não era de vidro. Uma refinada peça, trabalhada em ouro e cravejada com diamantes, que pendurou com delicadeza nas orelhas de Raquel.

Ela se comoveu. Antônio aproveitou o clima e a convidou para entrar. Longe do convívio exterior, o casal desfrutou de momentos preciosos. As descobertas tornaram-se constantes, surpreendendo-os com uma faceta particular de cada um, por enquanto, desconhecida.

Foram feitos um para o outro... não havia como negar.

A lua de mel chegou ao fim. Hora de partir.

Abraçados, cismados com o imprevisível, apenas apreciavam o balançar de mansas ondas de um lago próximo, não ouvindo o capataz avisar que as malas já estavam no carro. Ao segundo chamado, dirigiram-se ao veículo com uma pitada de nostalgia. Para trás, somente ficaria o cenário de um sublime amor. Com expressão enigmática, Antônio convidou-a a entrar. Já antevia uma pontinha de saudade daqueles instantes tão intensos e maravilhosos. Com as mãos dela entre as suas, declarou:

– Não fique triste, minha feiticeira! Teremos uma vida inteira só para nós. Em breve, voltaremos para relembrar cada pedacinho do que vivemos aqui – dito isso, tomaram a estrada e partiram rumo a um destino auspicioso.

As luzes da cidade prenunciavam a noite, quando chegaram.

Os portões da Mansão abriram-se para dar passagem ao novo casal Castro. Tão logo o carro estacionou, Raquel saltou e correu para encontrar Belinha. Não aguentava mais de saudades. Ao ver a menina, agarrou-se a ela, como se fosse perdê-la. Desde o primeiro dia de emprego, elas nunca se separaram. Alice, com intuito de espantar a emoção, reclamou, perguntando com braços abertos:

– E a sogra não vai ganhar um abraço?

Raquel liberou o sorriso, limpou as lágrimas e buscou, no carinho de Alice, o conforto materno. No abraço, lembrou-se da mãe, perdida há tanto tempo.

Passados os cumprimentos calorosos, eles foram surpreendidos com uma suíte totalmente redecorada. Alice mandou derrubar uma parede para transformar dois quartos de hóspedes em um cômodo amplo e aconchegante.

Agora foi a vez de Antônio se emocionar com a delicadeza da mãe, acariciando-lhe as faces.

Belinha, irrequieta, puxava a mão de Ari, repetidamente, com jeito de quem iria aprontar.

– Ela quer dizer alguma coisa – alertou Raquel, vendo seu comportamento. – Eu conheço essa carinha.

– Belinha também tem *supesa* – disse, movendo a cabeça graciosamente, de cima para baixo, num gesto todo seu.

– Hum! – resmungou Antônio. – O que poderá ser?

– Talvez ela queira mostrar um brinquedo novo – arriscou Julinha.

– Não! – gritaram juntas, Belinha e Alice. Norma atravessava a sala, com uma pilha de toalhas em seus braços, ao ser interrompida por Antônio, com o punho fechado, imitando um microfone:

– Esta distinta senhora conhece o segredo dessa garotinha?

– Conheço! Mas estou proibida de contar – e saiu dali rindo com a ponta dos dedos tapando a boca.

Isabel se cansou da brincadeira e os divertiu quando falou:

– Belinha não *qué* mais *binca* – e movimentando o indicador para ambos os lados, dizendo "não", buscou a mão do avô:

– Vamos! Belinha *qué mostá* casinha que *Lice compô* – e correu em direção ao quarto que ela ocupava com Raquel e todos a seguiram.

Raquel pasmou-se. Estaqueada na porta, extasiou-se pelo bom-gosto da decoração do novo dormitório de Belinha. Móveis laqueados em branco, com delicados filetes rosa, faziam parceria com paredes da mesma cor. Três prateleiras acomodavam uma exagerada quantidade de bonecas dos mais variados estilos. Em um dos cantos, um castelo de princesa, suficiente para alojar três crianças, cercado de brinquedos.

Antônio, num exame detalhado, conferiu o layout da peça e aprovou. Ao notar várias bonecas espalhadas por ali, perguntou à Julinha:

– O que suas bonecas estão fazendo aqui?

– Ah, pai! É a minha antiga coleção. Passei para Belinha – e, com um trejeito divertido, gracejou:

– Já estou bem grandinha para brincar com elas, não é? – e ambos riram...

Raquel, ainda atordoada com tantas transformações, não sabia o que dizer para exprimir sua gratidão. Aproximou-se dos sogros e os abraçou. Antônio beijou a mãe e deu umas palmadinhas nas costas do pai para agradecê-los.

Por instantes, Raquel ficou calada e pensativa. Admirava a capacidade que o ser humano tem para mudar. E era mudança demais. Fingia acreditar. Temia despertar de um sonho. As lembranças levaram-na para os dias vividos na modesta Casa dos Fundos, remendando roupas de bonecas velhas. Um tempo difícil, onde cada pedido era bloqueado pela rejeição. Desde a sua chegada à Mansão, trilhou um longo caminho. Usou uma tática inteligente: reduzidas e constantes conquistas, procurando nunca bater de frente com os patrões, mas jamais se acovardar diante de um "não". E foi assim para conseguir material escolar, iniciar a alfabetização, solicitar autorização para a pequena brincar do outro lado do bambuzal, reformar o parquinho. É claro que Belinha também colaborou. De forma simples e com sorriso contagiante, ela cativou a simpatia de toda a família.

Na ocasião adequada, Antônio apresentou Raquel aos empregados, como a nova dona da casa. Nada de novidades, pois eles a conheciam e, como ela sempre foi camarada, prontamente a aceitaram com prazer.

A mansão sob nova direção

Após alguns meses sem dar as caras, Lurdes entrou triunfante na Mansão, com a notícia que estava outra vez grávida. Atravessou a sala, e, no caminho, cruzou com Raquel e Belinha, porém as ignorou por completo.

A menina encolheu-se e, amedrontada, segurou a mão de Raquel.

– Ui! Que medo, Quequel! Chegou a *buxa* malvada! – e já ouviram os gritos da petulante chamar a doméstica.

– Custódia! Custódia! – a pobre mulher, que tinha pavor dela, se apressou em atendê-la. Com impaciência costumeira, Lurdes a interrogou:

– Onde estão meus avós?

– Estão na varanda e seu Antônio foi caminhar com o Trovão – com grosseria e ar de desprezo, ela partiu para humilhação:

– Não perguntei por ele. Você é surda por acaso? – e subiu os degraus das escadas sem olhar para trás. Magoada, Custódia foi cuidar de suas panelas na cozinha.

Alice bordava um tapete para o quarto de Belinha e Ari se distraía lendo jornal. Ele, irado com o noticiário, estava pronto para fazer uma crítica ao governo, quando avistou Lurdes. Instintivamente, contraiu o maxilar e se pôs em sentido de alerta. Alice reagiu com mais rapidez. Deixou o trabalho de lado e foi ao encontro da neta.

– Olá, querida! Como você está? – e beijou-a no rosto.

– Ótima – respondeu, com aquele ar de superioridade, sua marca registrada.

Ao notar a ausência das bisnetas, o avô quis saber por que elas não vieram.

– Cadê as meninas? – ela fez um trejeito para informar que veio sozinha.

– Ficaram em casa. Saí apressada – Ari levantou-se, apanhou a bengala e aproximou-se para abraçá-la.

– Então, Lurdes! – exclamou a senhora. – Qual a razão de toda essa alegria?

– Estou grávida! – exultou, com pompa de rainha.

– Parabéns, querida! – e tornaram a cumprimentá-la.

– Finalmente, teremos nosso menino – exibiu-se Lurdes em voz alta, esquecendo-se do filho de Inês.

– Você já informou o seu pai? – interessou-se Alice.

– Não! – bradou secamente. – Só voltarei a tratá-lo como pai quando desistir dessa bobagem de se casar com a empregadinha.

A audácia da neta emudeceu os avós. Ari, como não gostou da chantagem descarada, decidiu encerrar aquele mal-entendido que começara a ficar embolorado.

– Lurdes! – falou firme e com calma. – Acontece que seu pai é maior de idade, viúvo e tem o direito de escolher a mulher com quem ele quer compartilhar seu futuro.

– Eu também estou de acordo, vô – assentiu. – Vamos arrumar alguém da Família Moura. Encontrei a pretendente na semana passada e ela continua interessada – quase sem paciência, Ari desferiu o tiro de misericórdia.

– Lamento desagradar, mas será impossível. Seu pai já se casou com Raquel e hoje ela é a dona desta casa e precisa ser respeitada.

– O quê?! – gritou ela, sem conseguir disfarçar o espanto. – Ele teve a coragem de se casar com essa mulherzinha, enquanto eu estava no hospital entre a vida e a morte?

Aí, dona Alice intrometeu-se na conversa para esclarecer.

– Não foi bem assim, Lurdes. Antes de você adoecer eles já haviam se casado no cartório. Somente a cerimônia religiosa foi adiada.

Até então, Lurdes vinha agindo com diplomacia e tomando cuidado na escolha das palavras, mas diante do fato consumado, não se preocupou mais em ocultar o ódio. Pôs as garras para fora, evidenciando as qualificações do seu perfil: invejosa, mesquinha e voluntariosa. Com raiva, esbravejou:

– Quem diria, hein?! Essa vigarista conseguiu puxar o tapete. Aplicou o golpe do baú na nossa cara. Entrou de babá e saiu de patroa – com os músculos contraídos e andando ao léu, olhou enraivecida para Ari e, em cima dele, descarregou toda a fúria que estava reprimida.

– Depois de velho, ficou fraco? Perdeu a autoridade? – falava aos berros, batendo vigorosamente com o sapato de salto alto no piso. – Não se lembra dos próprios princípios onde só os corajosos vencem. Como permitiu que uma empregadinha do subúrbio lhe passasse a perna?

Um vermelhão cobriu o rosto de Ari, exigindo dele o máximo de esforço para não reagir. Se fosse em outros tempos, calaria a boca da atrevida com uma bofetada. Entretanto, na atual proposta de vida, não cabia mais descontroles vexatórios e, sim, compreensão. Respirou fundo e, com categoria, rebateu a ofensa.

– Concordo com você. Acho que mudei. A mudança faz bem. Você também deveria mudar. Garanto que se sentirá melhor.

Esqueceu-se delas e capengou até a grade da sacada, acompanhado do som da bengala tocando o solo. Com a visão vagando pelo horizonte, procurava entender a complexa personalidade da neta. De retorno à realidade, caminhou até Lurdes, interrompeu o diálogo dela com a avó, e, sem demonstrar rancor, começou a filosofar:

– Posicionei-me como forte e me cerquei de outros tão fortes quanto eu, igualando-me a uma fortaleza intransponível – voltou a andar pelo reduzido espaço, e com sarcasmo, admitiu: – Que tolo engano! Bastou uma pequena cobra assustar meu cavalo, provocando uma queda, para que o grandioso Ari tombasse por terra e, por muito pouco, não atravessasse a fronteira do além, levando a prepotência como único bem.

Fez uma ligeira pausa e, com o olhar perdido no brilho dos sapatos pretos caprichosamente lustrados, prosseguiu:

– Após travar uma batalha dentro de mim, a humildade derrotou o orgulho e me mostrou como somos frágeis. A duras penas, aprendi que os excluídos podem ter mais a nos ensinar do que os poderosos e a arrogância morre junto com os arrogantes – por fim, apontando o dedo indicador para o alto como se estivesse em uma tribuna, concluiu:

– E depois de morto, somos todos iguais. Só resta o bagaço que não tem serventia para ninguém.

Enquanto discursava, Lurdes balançava a cabeça com cara de deboche. Então, gesticulou irritada, com pretensão de dar um basta naquele palavrório que classificou como patético.

– Chega desse sermão idiota, seu Ari. O senhor perdeu minha admiração. Posso afirmar com segurança que, em breve, estará engatinhando e miando aos pés dela – virou-se e saiu rapidamente sem lhe oferecer condições de resposta. Aturdido com o amontoado de agressões, o pobre homem questionou a companheira sobre sua conduta.

– Alice! Será que fiz a coisa certa contando a verdade para ela, assim grávida? – a mulher demorou em responder, mas, quando o fez, manifestou-se com confiança:

– Nada de mal vai acontecer a ela. Você sabe que Lurdes é calculista. Tudo o que faz é de caso pensado.

– Será?

– Tenho certeza absoluta – garantiu Alice, sentando-se em sua cadeira. Esticou o bordado e, antes de retomar o trabalho, arrematou:

– Nós a mimamos demais. Sempre teve tudo o que quis. Se as coisas não saem como quer, se revolta. Fica agressiva e malcriada.

Um silêncio absorveu-os inteiramente, até ser quebrado pela voz de Alice.

– A mim ela não engana mais. É minha neta e eu a amo, mas não posso me iludir com o seu mau caráter – levou a mão aos óculos e, enquanto os ajeitava melhor, demonstrou sua preocupação.

– Temos que permanecer atentos porque ela não vai digerir essa situação sem revidar. É capaz de cometer alguma bobagem.

– Com ela própria? – perguntou Ari, receoso.

– Claro que não! Com ela jamais, mas poderá atingir Belinha ou Raquel.

Ele se calou, apanhou a bengala e andou até a beira da sacada onde se recostou, recluso em seus pensamentos.

O aniversário de Raquel se aproximava e Antônio pretendia usar a data para se casar no religioso, na presença exclusiva dos familiares.

Um almoço foi organizado e dona Alice trouxe um velho amigo da família, padre Odilon, para realizar o casamento na Capela da Mansão. Antônio, depois que se reconciliou com o sacerdote, tornou a adotá-lo como conselheiro espiritual. O pai de Ingrid compareceu com esposa e filhos. Lurdes foi convidada, mas não apareceu.

Na hora marcada, a noiva se apresentou dentro de um elegante vestido de renda, cor marfim, com o corte um pouco abaixo dos joelhos. Um chapéu, enfeitado por delicadas flores do campo, dava simplicidade ao conjunto. Antônio presenteou Raquel com um gracioso colar de esmeraldas, da cor dos olhos dela, acompanhado de um anel de diamantes.

No auge da cerimônia, adivinha quem roubou a cena? Belinha havia pedido, e o casal concordou que ela colocaria a aliança na mão da Quequel. Ao tentar fazê-lo, os dedinhos trêmulos deixaram cair o símbolo matrimonial no chão que se alojou embaixo da batina do sacerdote.

Foi muitíssimo engraçado e todos riram.

Sem jeito, ela recuou até Inês, com uma carinha envergonhada.

O padre prosseguiu com a liturgia, enquanto Belinha abanava a mão para alguém. Inês percebeu e, desconfiada por não ver ninguém, perguntou baixinho para quem ela estava acenando.

– *Pá* fadinha que tá junto com a moça bonita – falou, com a atenção voltada para cima.

– Você quer dizer, com a mamãe Ingrid? – corrigiu Inês. Ela apenas sinalizou com a cabeça para confirmar.

“Será?”, pensou Inês e, tentando se inteirar dos detalhes, continuou investigando:

– O vestido da mamãe é lindo?

– Hum! Hum! – confirmou. – *Banco* com muitas *floes*. *Paece* um *jadim*.

– Ela está feliz? – mostrou-se curiosa Inês.

– Muito, muito. Ela tá *indo* (rindo) – explicou a pequena.

– *Neis, Neis*! Belinha *qué dá* beijo em *Neis* – Inês se abaixou para que ela a beijasse, sem saber o motivo.

– *Ponto*! – disse ela.

– Querida, por que você quis me dar um beijo?

– Não foi Belinha!

– Se não foi você, quem foi? – insistiu Inês, intrigada. Como resposta...

– Ha ha ha!

Confusa, Inês tentou outra abordagem:

– Conta, conta, conta, para Inês o seu segredinho. Prometo não contar a ninguém.

– *Pomete, Neis*?

– Sim – respondeu ela.

– Foi a moça bonita que mandou eu *beijá* você – e começou a brincar com o botão do seu vestido, distraindo-se completamente.

Inês sensibilizou-se, mas deduziu que tudo aquilo era fruto da imaginação de uma brilhante cabecinha. Procurou se concentrar na cerimônia e deixar a fantasia de lado. No entanto, uma saudade imensa da mãe lhe invadiu o peito. Jurou que o suave perfume espalhado pelo ar pertencia à fragrância preferida de Ingrid. Controlou o choro para que as lágrimas não manchassem a maquiagem. Ao notar a alteração sentimental da esposa, Luiz acariciou-lhe o queixo, julgando ser apenas emoção. Afinal, não é nenhuma raridade mulher se emocionar em casamento. Luisinho, que estava com ele, ergueu os bracinhos para pedir o colo da mãe, empurrando, assim, as lembranças para longe.

Antônio e Raquel viajaram para Campos do Jordão, no interior do Estado de São Paulo. Um lugar montanhoso, localizado na Serra da Mantiqueira, a mil e setecentos metros de altitude. A cidade é conhecida popularmente como "Suíça Brasileira" e famosa pelos chalés alpinos, pousadas e restaurantes.

Enquanto estavam fora, um jornal especializado em fofocas publicou a maliciosa manchete: "Antônio Castro, o viúvo mais cobiçado da nossa sociedade, casou-se com a babá de sua filha, uma menina portadora de Síndrome de Down."

Ari leu o anúncio e se indignou.

– Jornaleco de bosta! – exclamou. Revoltado, ligou imediatamente para o editor, a fim de saber quem havia fornecido a informação. O responsável pelo editorial afirmou que a fonte era segura e que o informante em questão preferia ficar anônimo.

Ele bateu o telefone na cara do homem e contou para Alice o que ouviu. Ela balançou a cabeça e confidenciou sua suspeita: a notícia tinha o dedinho de Lurdes.

– Tomara que Antônio não leia essa palhaçada – disse ela, profundamente aborrecida.

Mas Antônio leu. Não só leu como mostrou à Raquel.

– Querida! A mim não importa o que digam ou pensem. Danem-se eles. Eu estou aqui feliz, vivendo o meu momento. Nada vai me abalar – ela pousou a mão com suavidade na mão dele. Ele apreciou o toque e declarou carinhosamente: – Sua feiticeira! Você é a dona do meu coração.

Quando terminaram o café da manhã, Antônio abriu o folder que apanhara na caixinha de sugestões da pousada e consultou Raquel.

– O que minha mulherzinha quer conhecer hoje? Temos o Palácio da Boa Vista em estilo medieval; o Horto Florestal, primeiro e maior parque estadual do país; a Casa de Xilografia; o Mosteiro das Monjas Beneditinas e... Aonde vamos? Hein... – provocava Antônio.

– Seu bobo! – brincou Raquel, arrancando a propaganda das mãos dele. Ela percorreu as linhas rapidamente para então opinar:

– Eu sei que tudo isso é muito bacana. Mas eu sugiro fazermos o que todas nós mulheres mais gostamos: comprar – assegurou convicta. – E para não desmentir a nossa fama, iremos direto ao Centrinho Turístico da Vila Capivari.

Raquel adaptou-se naturalmente ao dia a dia de casada. Estava realizada, pois encontrou o homem com quem ela sempre sonhou: uma pessoa educada, gentil e preocupada em fazê-la feliz. Com ele, ela soube o que era sexo de verdade – troca mútua de prazer –, o que não acontecia com Maurício. Agora era respeitada e valorizada. Ela era a companheira, a amante e a conselheira. Ele não decidia, sem antes consultá-la. Raramente, quando o antigo Antônio, aquele arrogante e prepotente, ressurgia, ela habilmente lhe chamava a atenção. De imediato, ele entendia o recado e abraçava-a apaixonadamente, agradecendo por colaborar com recente modelo de vida que adotou. Aliás, ela foi extremamente explícita e repetitiva ao aceitar o pedido de casamento: jamais queria reviver as desilusões do primeiro relacionamento.

No presente cenário, Antônio trocou as antigas noitadas de festas por passeios ou curtas viagens. Era assim que a atual esposa gostava e ele a obedecia com satisfação. Realmente, ela reformulou sua rotina, seus hábitos, sua conduta. Por insistência dela, ele abandonou o cigarro e reduziu o consumo de bebida alcoólica. Só não abriu mão do vinho tinto que preferia tomar em casa, na tranquilidade da noite, em companhia da bem-amada. Desprendeu-se daquele grupo de amigos que se reunia após o trabalho para beber e, posteriormente, correr para algum bordel. Tornou-se caseiro. No lar que estava sua felicidade, sua paz... seu mundo.

Diferente da convivência de Dona Alice com Ingrid, que nem sempre foi das mais amistosas, Raquel e a sogra entendiam-se maravilhosamente bem. Se antes elas se tratavam com respeito e cordialidade, então, não podia dar errado agora. A velha matriarca fazia questão de deixar todas as decisões para a patroa. Desejava apenas ajudar, sem tirar a autoridade da nora.

Raquel trouxe, da Casa dos Fundos, lembranças de família. Algumas reportavam à juventude e outras da época do curso ginasial. Claro que não se esqueceu da imagem de Nossa Senhora Aparecida, que foi colocada em seu quarto, sobre o criado-mudo.

Dona Alice seguiu ensinando música à Raquel e constatou que tinha diante de si uma pianista promissora. A facilidade com que a aluna assimilava as lições era impressionante. Rapidamente, passou a tocar de tudo um pouco. Canções ouvidas no rádio já eram dedilhadas no teclado com graciosidade, embora ela ainda não se arriscasse no envolvente terreno da música clássica. Após o jantar, Antônio adorava sentar-se em sua cadeira reclinável na sala de estar, saboreando um “Carbernet Sauvignon” para prosear e ouvir as últimas novidades da artista Raquel. Julinha também se envolveu no clima musical e voltou a ter aulas de piano com sua antiga professora.

Belinha foi presenteada com um pianinho de brinquedo para que não ficasse fora da sinfonia. Quando a melodia alcançava os seus ouvidos, lá vinha ela com o pequeno instrumento, instalando-se ao lado de quem estava tocando. Batia os dedos curtinhos aleatoriamente sobre as teclas, levando o pianista a perder o tom. Mas, para alívio geral, ela logo se entediava e voltava a se distrair com os lápis de cor, seu passatempo favorito.

Julinha entrara na adolescência, mas ainda não tinha namorado. Nenhum garoto até então despertara sua atenção. Os possíveis pretendentes, normalmente despachados sem chance, eram taxados de chatos e tolos. Dedicava-se a estudar, aprender línguas e se preparava para o vestibular.

Lurdes desistiu de pôr os pés na Mansão. Intensificou sua participação nos “chás de fofocas”, onde o prato preferido era falar mal da madrasta. No início, as amigas interessavam-se pelo o assunto, porém, com o passar do tempo, nem elas suportavam mais os mesmos mexericos.

Na hora do parto, a sogra assumiu o papel de mãe, acompanhando-a à maternidade. Não deixou que a notícia chegasse à Mansão. A família de Antônio só ficou sabendo pela imprensa que ela teve um menino.

O novo herdeiro

Raquel há dois meses não menstruava. Comentou sua preocupação com a sogra, alegando sempre ter sido muito regulada. Dona Alice sugeriu uma visita ao ginecologista e se dispôs a acompanhá-la.

De início, doutor Cláudio suspeitou de gravidez, mas Raquel já o interrompeu dizendo ser impossível, pois era estéril. Estivera casada por cinco anos e jamais conseguira engravidar.

– Foi feita alguma avaliação nesse sentido? – interrogou o médico com um ar de dúvida ao enrugar a testa.

– Não, nunca fizemos nada.

– Por quê?

Ela o olhou com naturalidade e, de modo simples, revelou:

– Não tínhamos dinheiro para consulta e meu marido achava desnecessário.

– Hum! – resmungou Cláudio, enquanto alisava a barba.

– E ele, também não fez exames?

– Oh! Não. Ele se recusava a fazer qualquer tipo de exame, afirmando ser muito homem e que todos da sua família foram capazes de gerar filhos. Conforme ele mesmo dizia, eu era uma árvore seca que jamais daria frutos.

O doutor não respondeu, apenas demonstrou assombro, como se quisesse expressar seu pensamento: "Não acredito no que estou ouvindo!"

– Raquel, vamos começar com um teste de gravidez, que é de praxe. Descartada essa hipótese, seguiremos adiante – orientou, enquanto prescrevia um formulário de folha branca.

– Está bem assim?

Ela concordou, embora pensasse ser dispensável. Com a requisição na mão, elas deixaram o consultório e dirigiram-se ao laboratório, onde o material foi coletado.

Na volta, sentadas no banco traseiro do carro, Raquel perguntou à sogra se ela iria ver o filho de Lurdes.

– Não posso – lamentou-se dona Alice com tristeza. – Ela nem nos convidou.

Raquel lhe pressionou levemente o braço, como se fosse passar um pito.

– Desde quando uma bisavó precisa de convite para conhecer seu bisneto?

Sem resposta, Raquel prosseguiu:

– Dona Alice, vou lhe dar uma sugestão. Compre um lindo presente e vá até a casa de Lurdes. Sabe como é: cabe aos mais velhos tomar a iniciativa, porque já foram beneficiados com as experiências da vida – a indecisa matrona seguia calada, esperando que Raquel continuasse a incentivá-la:

– Vá, dona Alice! Não deixe o orgulho lhe tirar essa alegria – e completou:

– Ah! Se prepare que alguma alfinetada a senhora irá receber. Ela poderá até chegar ao cúmulo de bater a porta na sua cara. Mas não ligue, é o preço que vai pagar por um prazer que não tem preço.

Dona Alice alvoroçou-se com a ideia e não perdeu tempo. No dia seguinte, a matriarca dos Castro estava lá, apertando a campainha do apartamento de Lurdes. Quem atendeu foi Bárbara, juntamente com a babá. Assim que ela viu a bisavó, correu para abraçá-la. Em seguida, pegou-a pela mão e levou-a para mostrar o irmãozinho, que estava no colo da mãe, sendo amamentado.

Lurdes, ao se deparar com a avó, fez uma carranca e a cumprimentou com desdém:

– Olá, dona Alice. O que a traz aqui? – Alice não se intimidou, ignorou a indireta e puxou conversa.

– Foi tudo bem, minha querida?

– Sim – confirmou Lurdes, secamente.

– Qual é o nome desse principezinho?

– Afonso Neto.

Alice iniciou um monólogo com o pequeno:

– Como você é lindo, homenzinho! Aposto que seu avô ficou orgulhoso com a homenagem.

Fez-se um breve silêncio e Lurdes, alheia à presença da vó, levantou o bebê para que arrotasse.

– Posso segurá-lo? – pediu Alice.

Lurdes nem se deu o trabalho de responder. Quase jogou o filho nos braços da avó, retirando-se dali. Alice também notou que Angélica estava parada na entrada da sala, solitária e tristonha. Com um sorriso carinhoso, chamou-a:

– Vem cá, meu amor! – ela se aproximou e beijou a bisa timidamente. A seguir, dona Alice instruiu Bárbara a apanhar os pacotes de dentro da bolsa grande que trouxera consigo. Ela os retirou e, ansiosa, aguardou a autorização para desembalar os embrulhos.

– Pega aquele amarrado com fita rosa. Ele é seu e o lilás é de Angélica.

– Para mim?! – exclamou Bárbara com brilho nos olhos.

– Abra, abra logo – falou Alice impaciente. – Vamos ver o que tem aí.

As duas destruíram as embalagens em poucos segundos. Bárbara adorou a caixinha de música, decorada com uma linda bailarina e seu soldadinho de chumbo.

– Sabia, bisa, que os dois são namorados? – contou Bárbara com faceirice.

– É verdade – concordou Alice. – Eles se amam muito e um jamais abandonou o outro – enquanto elas conversavam, Angélica brincava com o carrossel, onde pôneis coloridos desfilavam ao som produzido pelo brinquedo.

Concentrada, Bárbara criou um diálogo entre o soldadinho e a bailarina, esquecendo que a bisa estava por ali. Alice aproveitou-se da distração das bisnetas e, cheia de corujice, focou a atenção no recém-nascido para descobrir com quem ele era parecido. Contudo, um "quê" de apreensão apareceu em seu rosto, ao observar que o garotinho trazia certos traços semelhantes ao de Belinha.

"Será possível, Jesus! Isso só pode ser engano meu!", chacoalhou a cabeça, com intenção de afugentar maus pensamentos. Não acreditava, não queria acreditar. Então, forçou um sorriso e procurou se entreter brincando com as crianças. Quando o pequeno adormeceu, acomodou-o no berço e despediu-se das meninas. Na sala, encontrou a babá e perguntou por Lurdes. A moça informou que a patroa havia saído sem comunicar o destino.

De volta à Mansão, Alice aguardou por Raquel e Belinha que não se encontravam em casa. Sem muita demora, retornaram carregadas de sacolas.

– Foram às compras, queridas? – indagou Alice. Elas confirmaram com um animado "sim", interessadas em abrir os pacotes.

A noite entrou e Inês com a família chegou para o jantar. Raquel se envolveu com eles, não tendo oportunidade de conversar com a sogra sobre Lurdes e o bisneto. Só na manhã seguinte, num momento em que ficaram a sós, isoladas em um canto do jardim com seus bordados, que Raquel soube detalhes da visita.

– Conseguiu conhecer o bisnetinho, dona Alice? – radiante, a sogra entusiasmou-se:

– Foi tudo bem, graças à sua sugestão.

– Deve ser uma gracinha – disse Raquel.

– É um belo garotão. Mas estou cismada com uma coisa. Ah, meu Jesus! Nem quero pensar nisso.

– Mas o que foi, dona Alice? – insistiu Raquel, apreensiva.

A velha matriarca se recolheu em seu próprio ceticismo e, interrogativa, questionava-se se tudo não era apenas fruto da imaginação. Mas como necessitava dividir sua angústia com alguém, externou suas inquietações à nora:

– Achei o jeito dele muito parecido com o de Belinha. Talvez seja impressão minha e é até difícil de comparar, porque eu e o Ari só vimos Belinha recém-nascida e, depois, quando ela já estava com seis anos.

– Escute, dona Alice. Devemos deixar as adversidades nas mãos de Deus. Ele sabe o que faz. De nada adianta a senhora ficar nervosa por uma simples suspeita. Afinal, o que vai acontecer não depende de nós, então curta seu bisneto sem preocupação.

Alice demorou-se um pouco para concordar:

– Tem razão, Raquel. Acho que estou inventando bobagem. É melhor esquecer.

– E Lurdes? Como se entendeu com ela?

– Ela me recebeu com indiferença e respondeu às minhas perguntas com frieza. Em compensação, conheci Afonsinho e fiquei um pouquinho com Bárbara e Angélica. Ah, Raquel – desabafou a senhora –, como isso me fez bem. Eu não tinha ideia do tamanho da saudade que estava das meninas! – explicava enquanto iniciava um ponto em seu bordado. Puxou novamente a linha e suspendeu-a momentaneamente no ar.

– Cada segundo, valeu o risco de ser expulsa. E sem falar nessa brecha que foi aberta. Agora, vou poder impor a minha presença naquela casa e só não irei mais lá se Lurdes me colocar para fora – emocionada, ajeitou os óculos para, então, olhar a nora com carinho:

– Obrigada por essa alegria. Se não fosse sua insistência, eu ainda não teria conhecido meu bisneto – e seguiram com os trabalhos manuais, papeando como velhas amigas.

Final de tarde. Antônio olhava, distraído, a movimentação dos transeuntes nas calçadas através da janela de vidro de seu escritório. Os ponteiros do gigantesco relógio da Igreja quase marcavam seis horas. Lá fora o corre-corre já havia tomado proporção desmesurada, levando as pessoas a andar em ritmo acelerado, dispostas a não perder a última condução que os levaria ao ninho acolhedor. Seduzido pelo frenesi da multidão, apanhou rapidamente seus pertences e embarcou no carro para se embrenhar em uma corrida desenfreada rumo à felicidade. E, para ele, o caminho da felicidade era a trilha que o conduzia à família. Adorava curtir cada minuto no convívio do lar.

E estava eufórico, sem saber de onde vinha tamanha empolgação. Pressentia que aquela noite seria especial...

Todos já haviam se recolhido aos seus aposentos. Raquel estava no banho e Antônio procurava pelo livro que vinha lendo. Ao puxar a gaveta, ele bateu sem querer na bolsa que ela deixou sobre o criado-mudo, esparramando o conteúdo pelo tapete. Recriminou-se ao mencionar: "Meu Deus, como sou desastrado!"

Ao repor os objetos no lugar, reparou em um envelope branco, impresso, com letras garrafais, o nome de um laboratório famoso na cidade.

– Que exame é esse, querida?

Ela respondeu de dentro do banheiro:

– É o resultado do exame que o médico pediu. Amanhã irei até lá e entrego para ele.

– Posso ver?

– Claro! Estou terminando de me secar e já vou para a cama.

Ele abriu o envelope devagar, sem entender um amontado de enunciados técnicos que perfaziam um conjunto de informações indecifráveis. Porém, não passou despercebida uma palavra mágica que dizia: "Positivo".

– Que pedido é este, Raquel? – ela saiu do banho, enrolada em um roupão rosa, ainda penteando os cabelos.

– Eu fui ao doutor Cláudio, em companhia de sua mãe, para consultar sobre o atraso da minha menstruação e ele teimou em fazer um teste de gravidez, apenas isso. Eu afirmei ser desnecessário, pois sou estéril. Mas ele... – ela não conseguiu concluir a frase porque Antônio a abraçou e tapou sua boca com um longo beijo. Em seguida, pegou-a no colo e começou a rodopiar pelo quarto. Ela olhou para o marido, espantada, tentando adivinhar a razão de toda aquela doidice:

– Amor! O que deu em você? – e achando graça da maluquice dele, falou entre risos:

– Você está me deixando tonta – delicadamente ele a recolocou no chão, ajudou a ajeitar a roupa dela, que se desarrumou e, com ternura, confidenciou emocionado:

– Minha querida! Você é uma surpresa a cada dia, provando que é realmente uma feiticeira. Você está grávida, gravidíssima!

Raquel se calou. Queria acreditar, mas ao mesmo tempo duvidava. Devia ser somente uma brincadeira... e de mau gosto. Após um prolongado silêncio, com lágrimas nos olhos, suplicou ao marido:

– Você não está brincando comigo, não é, querido?

– Eu jamais brincaria com isso. Você vai me dar um filho – enfatizou confiante e avisou: – Não importa se for menina ou menino.

Ela, sem se conter de tanta felicidade, se aconchegou nos braços dele e ali dormiu, ainda com dúvidas se, o que estava vivendo, era sonho ou realidade.

No dia seguinte, anunciaram a novidade aos familiares.

Raquel contou à Belinha sobre a vinda do irmãozinho. Ela não disse uma só palavra e não demonstrou nenhum sentimento. Saiu quieta, o que deixou Raquel apreensiva. Primeiramente, suspeitou que a pequena tivesse uma crise de ciúmes. Aflita, já planejava como contornaria o problema. Mas antes de tomar qualquer decisão, Belinha retornou com uma folha de papel, onde desenhou um casal de mãos dadas com um guri e a uma garota maior. Todos felizes e sorridentes. Raquel foi até Antônio para mostrar a criatividade da baixinha, admirada com a sensibilidade estampada em uma simples gravura. Depois de analisarem o que, a princípio, parecia ser apenas uma mera figuração infantil, ele comentou com Raquel:

– Será que ela está dizendo que é gurizinho por causa do Luisinho?

– Não sei. Achei estranho, só isso.

Raquel evidenciou sua incerteza, apertando de leve o maxilar. Quando sentiu o perfume de café fresco, não resistiu:

– Hum! Que delícia! Vamos, Antônio! Esse "pretinho" está me chamando – e abandonou suas desconfianças.

Na cozinha, encontraram Alice e Belinha lanchando.

– Podem vir – convidou a senhora. – Acabamos de chegar. – Os dois tomaram lugar à mesa e, antes que a menina os divertisse com seus gracejos, Antônio repassou à Dona Alice o desenho feito pela filha. Ela calmamente usou o guardanapo e, só então, apanhou o papel de suas mãos.

– Vejamos o que a nossa pequena fez para Raquel.

– Hum! Que legal! – expressou-se Alice, intrigada. E, interessando-se pelo porquê da escolha, especulou:

– Conte uma coisa para *Lice*. Por que você escolheu desenhar um menino?

Todos ficaram presos à resposta. Ela, alheia à curiosidade deles, dissimulava o riso, enquanto virava a cabeça para trás, levando os cabelos a se esvoaçarem.

– É *guli*, é *guli* que nem Luisinho.

– Quem te contou? – sondou Antônio. Ela se encolheu na cadeira e falou baixinho:

– Não posso *dizê*. É *seguedo* – depois puxou Raquel pela ponta da saia e cochichou em seu ouvido.

– Foi a fadinha – e, endireitando o corpo, colocou um pedaço de cuca na boca.

E todos pensaram sincronizadamente: “acredito ou não?”.

O destino estava sendo benevolente com Antônio, não só pelo fato de ser pai novamente, mas por outras boas notícias que invadiam a Mansão: Julinha passou no vestibular de Medicina e Inês engravidou pela segunda vez.

No meio da criançada, Ari continuava o herói. Toda a noite, com hora marcada, ele abria a cortina do teatro de histórias infantis, com sucesso garantido de um público especial.

Assim como o ciclo da lua trocava de fases, a barriga de Raquel aumentava assustadoramente. A gestação seguia tranquila, acompanhada de loucos desejos. Comia pepino com compota de pêssego, feijão preto com doce de leite, pimentão com abacate, enfim, as mais doidas misturas que alguém possa inventar.

Para Antônio, o mundo só não era perfeito porque ele carregava consigo uma mágoa chamada “Lurdes”. Ela se afastou de sua vida e lhe roubou o prazer de usufruir do convívio com as netas. Isso doía e doía muito.

Alice, no entanto, uma vez por semana, visitava Afonsinho e voltava sempre com o semblante angustiado. No retorno de uma dessas visitas, ela estava tão tensa que chamou a atenção de Raquel.

– Dona Alice! O que está acontecendo? A senhora anda agitada demais.

– Vamos até a cozinha. Preciso tomar um copo de água gelada – após saciar a sede, Norma surgiu de vassoura em punho, impedindo que Alice iniciasse suas confissões. Por sugestão da nora, foram conversar no jardim.

– Finalmente estamos a sós! – disse Raquel ao se sentar em um banco embaixo de uma amendoeira, enquanto acariciava suavemente o ventre.

– Ah, querida! A minha suspeita está se confirmando. Afonso tem o mesmo jeito de Belinha – Alice empurrou algumas folhas caídas da árvore com a mão a fim de limpar o assento para, só então, continuar o comentário:

– E tem mais uma coisa que está me deixando muito nervosa. As meninas estão jogadas aos cuidados da babá. É visível a carência afetiva de Bárbara. Soube também, pela empregada, que Lurdes e Laerte estão brigando demais e os motivos são variados: o descontrole financeiro dela, o abandono das filhas e os casos dele fora do casamento. Sem falar que ela só se preocupa com festas e reuniões sociais. É difícil encontrar aquela mulher em casa. Acho que ela puxou à Ingrid. É muito festeira.

Raquel prestava atenção no desabafo de Alice, imaginando o quanto essas informações iriam aborrecer o marido. Todavia, não querendo acreditar, procurava por alternativas. Será que tudo não passava de excesso de preocupação da sogra?

– Não pode ser – duvidou a nora criando justificativas. – Se Afonsinho tem algum problema, por que o pediatra não falou?

Alice também persistia repleta de incerteza:

– Não sei. Tomara que eu esteja errada, porque Antônio vai sofrer muito e Lurdes jamais se conformaria com uma criança portadora de uma doença dessa.

Raquel cruzou os braços enquanto olhava Alice rodar sua aliança com os dedos. As duas mantiveram-se ensimesmadas, presas às temíveis suposições que a bisavó tentava expulsar de si. Entretanto, o desassossego de Alice, mais uma vez, expôs seus temores:

– Não quero nem pensar como Lurdes reagirá. Isso seria um castigo mandado por Deus, não é?

A nora não respondeu de imediato, pois a conversa foi interrompida pelo barulho de um avião cruzando o céu. Quando o som se perdeu no ar, ela fitou Alice de forma serena para exprimir ideias seguras e convictas.

– Mas como alegar que as desgraças partem de Deus. Tal afirmação não faz sentido – contestou Raquel ao soltar as mãos da sogra. – Se Ele é infinitamente bom e generoso, e nós humanos o chamamos de Pai, talvez permita que o filho passe por algumas provações para lhe ensinar o que deixou de aprender. É educativo, doloroso, mas necessário.

– De que maneira isso aconteceria? – interpelou Alice. Raquel então se aprofundou em suas explicações.

– Quem sabe amando o filho como ele é... com todas as suas limitações. Nós devemos ter uma alma aberta para acolhermos qualquer criatura que Nosso Pai Celeste nos manda como uma dádiva e não como uma punição. A senhora não imagina o tanto que eu aprendo com Belinha no dia a dia. Pensa que cuidar dela é um castigo para mim? Jamais... conviver com ela é um prazer. Ela é um precioso presente que Deus introduziu em minha vida. Uma vida que, até conhecê-la, era vazia, sem significado. Ela me abriu novos horizontes, me trouxe outros desafios, me deu força para seguir em frente e preencheu meu mundo com alegria e felicidade. Então, dona Alice, se soubermos aproveitar os ensinamentos que vêm embutidos no convívio diário, essa criança, identificada por alguns como "problema" ou "castigo", nos fará seres mais completos.

– Mas não deixa de ser uma grande complicação para a família. E sofrimento também. Não acha? – Raquel voltou a divergir com firmeza:

– Não é bem assim. O sofrimento e a rejeição estão na nossa cabeça. Nós criamos nossos fantasmas mentais e passamos a nos atormentar com eles. Infortúnios, obstáculos e dificuldades, todos nós temos. A disposição para enfrentá-los é que varia de indivíduo para indivíduo. É importante nos readaptarmos mentalmente: modificar sonhos e alterar projetos. Feito isso, uma considerável etapa está superada para seguirmos nosso destino normalmente. É verdade que só aceitaremos tal situação, se tivermos sobra de amor em nosso coração. E esse amor, que se despenderá a essa criatura tão delicada e meiga que Deus nos confiou, será pago com amor também. É um caminho de duas mãos: amor vai e amor vem. Existe recompensa melhor do que essa? Dona Alice, a nossa passagem por essa Terra é muito curta para ficarmos gastando com contratempos criados dentro do nosso imaginário. Quando nos libertarmos dessas amarras construídas por nós mesmos, nos tornaremos leves e livres para viver, amar e sonhar. Acredite, minha cara, não é impossível, só depende de nós, é só querer... é só começar.

A velha matrona calou-se, a fim de absorver lentamente as palavras de Raquel em toda sua essência. Quanto mais conhecia a ex-babá, mais se encantava com a mente brilhante de quem apenas fez o curso ginasial.

Permaneceu por prolongados minutos apreciando o horizonte e somente se acordou de sua meditação quando Norma comunicou a chegada do professor de natação que Antônio contratara para Belinha.

– Estamos indo! – gritou Alice. E, por ora, pôs um ponto final nos seus questionamentos sobre Deus.

O que antes fora um total abandono, hoje era de suma importância: acelerar o desenvolvimento físico e mental de Belinha.

Atualmente, o seu dia era movimentadíssimo. Estava envolvida em aula de canto, natação, alfabetização e pintura. Também não podia ficar de lado as caminhadas com Antônio e Trovão. Por recomendação médica, devia praticar exercícios diários, já que se encontrava acima do peso ideal para a sua idade. Era disposta e desenvolvia as atividades físicas com entusiasmo e prazer.

No final de semana, quando Inês vinha visitá-los, ela se distraía com Luisinho. Brincavam por longo tempo de mãezinha e filhinho. Zangava-se porque ele tentava lhe arrancar os óculos. Há seis meses, o médico constatou que a deficiência visual estava expressiva, e armação e lentes se incluíram na moldura daquele rostinho encantador.

Com certeza, o mais belo espetáculo do universo é a criação. E ela acontece aos milhares em fração de segundos. Do menor ao maior ser, a natureza se reproduz a todo o instante; do ínfimo inseto ao agigantado mamífero, a renovação da espécie se processa ininterruptamente. Enfim, o "nascer" de uma nova vida, sem dúvida, é o melhor presente que Nosso Criador nos deixou.

Entre os humanos, o nascimento gera apreensões, motivadas por circunstâncias diversas.

Há casos em que o herdeiro foi planejado e desejado, o que resulta em comemoração dos familiares. Desde o conhecimento de sua existência, vem cercado pelo amor de seus progenitores, o que viabiliza e aumenta a probabilidade do evento atingir o sucesso.

Mas, infelizmente, rejeitar a própria cria talvez seja exclusividade do animal "homem". E, quando a rejeição ocorre, a recém-criatura deve lutar sozinha pela sobrevivência, sem o amparo daqueles que a geraram. Nessa circunstância, as possibilidades de êxito se reduzem, e o fracasso é presumível.

Como única opção, o novo habitante da Terra deverá ficar encastelado em um Palácio Sagrado, cuja edificação é padrão a toda mulher. Certo dia, esse alguém, que já não se sente mais confortável em seu habitat, espia pela vidraça e avalia a vida lá fora. Aí, um sentimento de insegurança mexe com seu emocional, deixa-o temeroso e leva-o a fechar a janela por muitas vezes, atrapalhando a dona da moradia. Mas, mesmo contra a sua vontade, a casa aos poucos se torna inapropriada para o inquilino, que é convidado a abandonar tão aconchegante lar. Dores agudas prenunciam o rompimento dos liames que o mantém preso à mãe. E, então, o corre-corre é inevitável, conduzindo o casal à exaustão, como se o nascimento não fizesse parte da natureza.

Antônio chegou à Maternidade, amedrontado, parecendo que seria pai pela primeira vez. Mostrava nervosismo e mantinha-se atento, como se quisesse escutar o que se passava dentro da sala de partos. A hora travou no tempo sem nenhuma pressa. A agonia desencadeou nele um enternecimento, mantendo-o inerte. Enfim, um forte choro de neném o arrancou do estado de letargia, levando-o às lágrimas. Seu Ari e dona Alice se aproximaram emocionados e, entre abraços apertados, sussurraram:

– Nasceu, nasceu...

Os minutos voltaram a se espichar em mais uma longa espera, até que a porta se abriu, não envolta em um marco de madeira, mas de expectativa...

– É macho! – bradou o velho Cláudio exuberando satisfação. E, com os olhos presos no estimado companheiro, aguardou por uma euforia que não aconteceu. Era o grito que em tantas outras oportunidades queria ter dado para alegrar o amigo. E por fim... agora deu. Estava ansioso por terminar o serviço e se reunir com Antônio. Certamente, sorveria um reservado “Cabernet Sauvignon” e fumaria um charuto cubano, para comemorar a continuidade da varonil cadeia hereditária dos Castro.

Porém, qual não foi a decepção do doutor quando notou que Antônio nem prestou a atenção no sexo da criança. Outrora, quando o desejo por um herdeiro homem era prioridade, a manifestação de vaidade e orgulho seria intensa e o felizardo papai esnobaria um vitorioso sorriso, comprovando que teria passado com louvor no teste de virilidade. No entanto, hoje, depois do amadurecimento, a família ateve-se a comedidos cumprimentos de sinceras e espontâneas felicitações.

– Ela está bem? – foi a única frase que Antônio conseguiu pronunciar.

– Eles já estão no quarto – avisou o médico, desapontado e extremamente sem jeito por não ter provocado a alegria que esperava.

– Vocês podem ir até lá.

A visão de Antônio foi atraída pela cabeleira vermelha de Raquel, espalhada pelo travesseiro, contornando um rosto feliz e sereno. Mais alguns passos, avistou, aninhado nos braços dela, um robusto bebê, enrolado em uma manta amarela. Parou indeciso, sem saber como agir, até Raquel chamá-lo para conhecer o filho. Acercou-se do recém-nascido e limitou-se a olhá-lo, com receio de tocar naquele toquinho de gente, tão belo e frágil.

Ari também não se comportou como antigamente. Permaneceu calmo, sem exprimir qualquer comentário. Ele estava alegre pelo nascimento, independentemente de agregar em sua casta mais um varão. O menino recebeu o nome de Antônio Joaquim, em dupla homenagem: ao pai e ao bisavô.

A partilha

Em uma tarde, daquelas predestinadas a não acontecer nada de especial, Antônio recebeu, em seu trabalho, a visita de um advogado contratado por Lurdes. Ao descrever o motivo pelo qual estava ali, o requintado e loquaz cavalheiro desenrolou um caprichado questionário, tendo como tema central a abertura do inventário pela morte de Ingrid. Pasmado, Antônio respondeu as indagações, sem ocultar surpresa. Informou que ele e sua falecida esposa não possuíam bens e que ela não trouxera nada quando se casaram.

– Como? Não têm bens? – riu o doutor. Um risinho de incredulidade e deboche. – Então de quem são os imóveis que compõem o patrimônio dos Castro? E os rendimentos de aluguéis? As polpudas comissões e receitas sobre vendas de apartamentos, casas e terrenos? Todo mundo sabe que é uma fortuna incalculável – inquiriu com cinismo, crente que estava sendo ludibriado. Antônio balançou novamente a cabeça em sinal de irritação.

– Os imóveis pertencem a uma empresa responsável pela administração dos bens e os cotistas são meus pais, Ari e Alice. Eu recebo salário e gratificações, como administrador – justificou Antônio.

– E as joias da senhora Ingrid, onde foram parar?

– Estão todas guardadas lá em casa. No momento certo, farei a distribuição entre minhas quatro filhas do primeiro casamento.

– O senhor quer dizer três – corrigiu o advogado, esticando-se na cadeira, sem desprender os olhos de seu interlocutor. A convicção e o tom arrogante com que ele se manifestou, provocaram forte repulsa em Antônio. Imediatamente pôs-se de pé, pronto para esmurrar o petulante causídico. Todavia, dominou seus instintos e tornou a se sentar.

– Por favor, doutor, eu acho que sei quantas filhas tenho. Se quiser, posso apresentar a certidão de nascimento de cada uma.

O impertinente visitante não se convenceu da resposta. Desconfiado, desviou a atenção, que até ali controlava Antônio, para consultar algumas anotações em uma diminuta agenda de capa preta. Alguns tique-taques foram entoados pelo relógio de parede, quando ele voltou a se pronunciar:

– A propósito, sugiro que o senhor contrate um advogado.

– Não há problema. A empresa tem mais de um – respondeu Antônio, agora com ironia. – Por favor, deseja mais alguma coisa?

O homem levantou-se de repente e afirmou que, por ora, os esclarecimentos que lhe foram prestados eram suficientes. Despediu-se e caminhou rumo à porta de saída em um passo cadenciado, ostentando excesso de confiança.

Antônio deixou o escritório, intrigado com o atrevimento de Lurdes. Insistia em se perguntar o "porquê" da visita. Se ela entendia que foi prejudicada em seus direitos e não estava satisfeita, por que não o procurou? Ou, em uma hipótese mais extrema, se não quisesse falar com ele, por que não entrou direto na justiça? Conhecendo a astúcia dela, ponderou que certamente queria amedrontá-lo para levar alguma vantagem. Como nunca aceitou qualquer tipo de intimidação, revoltou-se ao ser ameaçado, inclusive com a sugestão que buscasse alguém para defendê-lo.

À noite, ao conversar com Raquel, Antônio comentou sobre o encontro que teve com o mandatário de Lurdes.

– Querida – concluiu ele. – Estou pensando em distribuir, de uma vez, os pertences pessoais de Ingrid. Lurdes está reclamando que não recebeu nada. Ela não deixa de ter razão. É direito das filhas e não tem por que eu ficar protelando. Só tenho que achar um jeito para que nenhuma seja mais beneficiada do que a outra.

Raquel pôs a mão no queixo, refletindo enquanto fazia suas deduções, demorando-se em responder. Depois de algum tempo, sugeriu:

– Divida tudo por quatro, colocando cada parte em pequenos sacos de igual tamanho. Em seguida, peça que elas escolham, na ordem da mais velha a mais nova. A fim de que nenhum se sinta prejudicada, faça com que elas recebam valores semelhantes – ela caminhou até a ponta da sala e arrematou:

– Mas você deverá estabelecer uma regra: não será aceita devolução depois que a partilha estiver encerrada, embora possa haver troca entre elas, se assim quiserem. Agora, essa regra não deve valer para Belinha, pelo fato de ser criança.

Antônio cruzou os braços e gastou alguns instantes para analisar a proposta. A seguir, sinalizou para demonstrar que aprovava.

– E Belinha? O que faremos com o que couber a ela?

– Você poderá decidir no futuro o que fazer.

Antônio não necessitou esperar muito para deliberar. Ajeitou-se dentro da camisa, esboçou um sorriso e anuiu:

– É isso mesmo, amor! Muito justo. Amanhã ligarei para aquele sujeitinho que falou comigo a mando de Lurdes. Espero que concorde.

Um encontro na casa de Antônio foi agendado.

Raquel pôs a máquina de costura a funcionar e confeccionou quatro sacolas iguais que passaram a guardar os mais finos adornos que Ingrid usou durante sua vida.

No dia marcado, Lurdes não compareceu, mas autorizou o advogado a representá-la, através de procuração. Antônio relacionou, em duas vias datilografadas, o que deveria ser partilhado e entregou uma cópia rubricada ao preposto de Lurdes. Numeraram as sacolas, sendo que a de número três foi a escolhida pelo doutor, em nome de sua cliente. Antônio solicitou ainda que ele destinasse as três restantes às outras filhas.

O advogado comparou cada item recebido com a listagem e se mostrou satisfeito. Em seguida, pediu licença para usar a máquina de escrever, exposta na escrivaninha do escritório de Antônio, onde acontecia a indigesta reunião. Redigiu um documento, que, após assinado pelos envolvidos, seria registrado em cartório.

Ao conferir sua parte, Lurdes exultou de alegria ao ver que o finíssimo colar de diamantes e rubis – o maravilhoso presente que Antônio deu a Ingrid quando lhe proporcionou uma tarde de rainha ao saber que estava grávida de Isabel –, ficou com ela. Inês e Julinha reagiram de modo diferente. Emocionadas, lembraram-se da mãe sofisticadamente vestida, prazerosa em desfilar com as mais refinadas joias.

Meses depois, o advogado voltou a procurar Antônio. Desta vez era para postular a posse da decoração do quarto de solteira de Lurdes e alguns móveis e utensílios que pertenceram a Ingrid. A lista incluía também alguns artigos que vieram da avó materna. O rol das reivindicações contemplava: armário fabricado na China, em laca vermelha; cristaleira com xícaras antigas; mesa de jantar feito com castanheira; vestidos de festa; quadro de Di Cavalcanti; biombo japonês; enfeites de Natal; enfim, tudo de bom e valioso que permanecera guardado ainda sem destino.

À medida que o doutor lia a relação, um rubor intenso partia do pescoço de Antônio em direção às faces, queimando por onde passava. Aí ele não se conteve. Berrou tão forte e estridente que assustou as pessoas que ali por perto se encontravam:

– Que absurdo! Ela nunca deu importância a essas bugigangas. Chamava de "ultrapassadas". Sempre quis o que estava na moda e agora vem com essa cara de pau exigir tudo isso – sacudiu a cabeça com tanta raiva que desalinhou os cabelos. – Com certeza, é só para me encher o saco.

O advogado se recompôs do susto e, desta vez com cortesia, perguntou em tom mais ameno:

– Como o senhor deseja se pronunciar?

Antônio fez um seco ruído com a garganta, enquanto raciocinava, imaginando o que dizer.

– Tenho que pensar, mas buscarei uma solução o mais rápido possível. Me dê um tempo para que eu possa tentar fazer uma separação de todas as coisas que estão comigo. Vou ficar com a metade do que ela reclama, pois entendo ser meu direito. A outra metade será dividida entre as quatro mulheres. Telefonarei para informar quando a divisão estiver concluída – não esperou por resposta e já estendeu a mão para dar até-logo.

Antônio contou sobre a pretensão de Lurdes e seus pais se estarreceram com a petulância da neta. Raquel entrou na conversa e, com a tranquilidade de quem não estava envolvida na confusão, procurou acalmar o marido. Opinou que nada daquilo era importante para eles e estava de pleno acordo em dar à Lurdes o que ela pleiteava, claro que com a anuência das demais filhas. Para a Mansão, comprariam móveis mais funcionais, pois era a oportunidade de renovar a mobília, adequando cada aposento ao gosto dela.

Antônio chamou Inês e Júlia e, juntos, desenrolaram tão desagradável assunto. As duas irmãs não criaram nenhum tipo de obstáculo, no entanto, Inês, timidamente, demonstrou interesse nos arranjos de Natal e Julinha nos livros e na imagem de Nossa Senhora, presente da avó Olga.

Antônio deu à Lurdes o que foi requisitado, com exceção do Di Cavalcanti, que agora pertencia à Raquel. Os objetos remanescentes, que lembravam Ingrid e não peticionados, foram armazenados na Casa dos Fundos. Se, posteriormente, alguém da família requeresse alguma peça, ele faria a doação.

Cumpridas as exigências de Lurdes, a Mansão passou por uma mudança radical. A prataria, diariamente usada na época, foi trocada por louças não tão sofisticadas, porém práticas. A cozinha, planejada com armários retos e revestidos com laminados de fácil limpeza, substituiu a antiga. Esculturas de mulheres, moldadas no barro por artesões do Nordeste, surgiram entre bancadas e prateleiras. As tradicionais cortinas foram descartadas e outras, mais modernas, confeccionadas em tecidos com acabamento em renda portuguesa bege vieram cobrir as janelas de ferro com esquadrias repintadas em marfim.

O escritório, um local totalmente masculino, ganhou leveza com a nova decoração. Em cima do sofá de couro preto, foi jogada uma manta branca entremeada com listras estreitas de cinza-escuro. Na parede atrás da escrivaninha, Raquel selecionou alguns desenhos de Belinha, expostos em painel de vidro. Além de deixar o lugar aconchegante, a nova artista encontrou um espaço para mostrar sua criatividade. Os demais cômodos foram redecorados, para evitar de lembrar um passado que, em muitos aspectos, não valeria a pena ser lembrado.

Com outra roupagem, a Mansão definitivamente perdeu a antiga identidade, exibindo um ambiente mais condizente com o atual estado de espírito dos Castro.

Um novo personagem

O domingo amanheceu talhado para agradar, com céu sem nuvens e temperatura amena, embora os dias anteriores fossem obrigados a aturar as intempestivas mudanças de humor do clima, intercalados com períodos de chuvas torrentes e calor abrasador.

Pais e avós, abrigados sob a sombra de um frondoso ipê-roxo, acompanhavam o movimento da criançada no jardim.

– Ufa! – resmungou Antônio, sentado com as pernas esticadas e as mãos entrelaçadas atrás da cabeça. Raquel, curiosa pelo motivo de tanta alegria, interessou-se pela a razão do desabafo.

– Me conta: por que está tão risonho?

– Estou Feliz. Não sei por quê – e começou a cantar:

" Caminhando contra o vento.
Sem lenço e sem documento.
No sol de quase dezembro.
Eu vou... "

A gargalhada de Raquel ecoou no ar como uma melodia, desencadeada pelo canto desafinado do marido. Acalmado o riso, ela teceu um comentário sobre a letra:

– Esse Caetano Veloso, com sutileza de poeta, está pondo para fora tudo aquilo que está reprimido em nosso peito. Quem pode caminhar sem regras, livre ao vento, deve ser uma pessoa despreocupada, avesso a tabus e que vive a vida intensamente.

– Caetano, Chico Buarque e Gilberto Gil são bons mesmos. Garanto que eles vão exportar a nossa música pelo mundo afora – acrescentou Antônio.

Luís brincava na piscina, empurrando Luisinho em cima de uma boia azul, enfeitada com desenhos de baleias. Divertia-se com as maluquices de Belinha em mergulhos desengonçados que esparramavam água por todos os lados. Julinha e Inês tomavam sol em espreguiçadeiras, enquanto a copeira se esmerava em servir a família, com bebidas e salgadinhos.

A harmonia familiar, prazerosa e tranquila, foi quebrada com a chegada de Lurdes. Vestida de preto, vinha do sentido das garagens, empurrando um carrinho de bebê, onde estava acomodado o filho recém-nascido. Tão carrancuda quanto ela, a babá a seguia, cansada, talvez por carregar uma mala pesada demais para seu porte físico. Em uma rápida olhada, Lurdes buscou o pai e, posicionada diante dele, disse-lhe com desprezo:

– Toma! Ele é todo seu – após uma pausa, procurou, como um lobo atrás da caça, outro alvo de sua maldade e apontou para Belinha:

– Você aprendeu a cuidar de gente como aquela ali.

E, ainda dentro do silêncio que emudeceu todos, ela deu um empurrão no carrinho que parou de encontro aos joelhos de Antônio.

– Faça o que quiser com ele, contanto que não me devolva – bufando de raiva, ordenou rispidamente à acompanhante:

– Largue a mala aí e vamos embora.

Lurdes criou um cenário sinistro, composto de uma plateia estarrecida à espera do desfecho de tão detestável trama. Antônio permanecia inerte com um inocente garotinho à sua frente, alvejado por olhares incrédulos. Lurdes, exalando ódio pelos poros, bateu em retirada, com passos firmes e decididos. Para trás, deixou somente um filho e o forte ruído produzido pelo impacto do salto do sapato na calçada. Ninguém se atrevia a dar um pio.

Após alongados segundos, a primeira a reagir foi Raquel. Retirou o bebê do berço, enrolado em uma manta leve e macia, e o aconchegou em seus braços.

– E aí, garotão! – exprimiu-se com meiguice. – Seja bem-vindo a esta casa – e virando-se para o Antônio, incitou-o: – Olhe, querido, que belo rapaz!

Até então, Antônio se negava a ver o recém-chegado personagem, de tão chocado que estava. O convite de Raquel o atingiu como uma descarga elétrica e o forçou a retornar à realidade, ao mesmo tempo que lhe trazia o peso de recordações indigestas. Retesou-se inteiro e cerrou os punhos, disposto a socar o desespero que invadia o peito. Lembrou que ele também agiu assim. Ao se deparar com aquele rostinho ingênuo, que fora atirado a seus pés de maneira repugnante, sentiu uma autorrepulsa, culpando-se pelo exemplo que deu ao rejeitar Belinha. Ao recriminar o comportamento de Lurdes, envergonhava-se do seu passado indecoroso. Não sabia como suportar tamanha provação.

Inês aproximou-se do pai e simplesmente o abraçou, como se quisesse recuperá-lo emocionalmente.

Alice, que por enquanto não havia se manifestado, chegou até Raquel e pegou o pequeno no colo. Examinou-o demoradamente como se não entendesse o desafeto da neta. Jamais permitiria que fizessem com o bisneto o que fizeram com Belinha. Percebeu o amor se alastrar em cada partícula do corpo, num sentimento de proteção. Depois de andar de um lado para o outro, parou, encarando-os numa postura soberba e, embaixo de um semblante tenso, afirmou com segurança:

– Esse é o meu querido bisneto, filho de Lurdes, que apresento a vocês, com muito orgulho – caminhou em direção ao marido e o convidou a segurar o menino:

– Pegue, Ari! Veja como ele é lindo.

Ari levou um susto. Desajeitado, apanhou o garoto devagar, receando machucá-lo.

Um ator inesperado pisava no palco dos Castro ainda sem papel definido. Só então, Antônio notou que o elenco se ampliou. Teria que reorganizar as funções e encaixar na peça o mais recente figurante. Raquel, no entanto, consolava o esposo e diretor, com sentenças animadoras:

– Meu bem! Nós somos como uma grande família. Se Lurdes e Laerte não querem esta fofura, vamos criá-lo com Toninho, como irmãozinhos. Nós temos condições de ficar com ele.

Não foram necessárias mais palavras. A conduta de Raquel, expondo sua bondade e determinação, elevou mais ainda o apreço dos Castro por ela. Antônio apenas lhe beijou as mãos, sinceramente agradecido. Ela acabava de dar solução a um problema complexo, de forma simples e carinhosa.

Ari, ainda assombrado, reforçou sua admiração pela ex-babá, denominando-a de “Moça de fibra”, expressão que usava para qualificar alguém de forte personalidade. A atitude da nora também o induziu a acolher Afonsinho sem questionamentos. Aliás, graças a ela, ele estava deslumbrando um lado da vida que desconhecia. Sob os ensinamentos da antiga babá, aprendeu a respeitar os outros e nunca mais menosprezou os “Improdutivos”. Nas viagens que Antônio e Raquel empreendiam nos finais de semana, ele, um incansável companheiro, ajudava Alice a atender a criançada. Afinal, um Ari com nova roupagem.

Após várias tentativas frustradas em localizá-lo, Antônio conseguiu marcar uma conversa com o genro em um café. Ao se encontrarem, foi direto ao assunto, perguntando se ele estava de acordo com a decisão de Lurdes.

Laerte encarou o sogro com cara sarcástica, debochando grosseiramente:

– Se a sua filha que pariu aquela cria não quer, eu é que não tenho tempo para ele. Ele é igual a sua "mongolzinha", puxou a sua cepa ruim. Na minha família nunca... – não conseguiu terminar a frase porque o punho fechado de Antônio acertou-lhe violentamente a mandíbula. Com a pancada, ele perdeu o equilíbrio e caiu da cadeira. Levantou-se rapidamente, pronto para revidar, mas os garçons agiram com rapidez e os separaram. Retirou-se do local, aos gritos, ameaçando o sogro:

– Não cruze no meu caminho, senão eu te arrebento, seu velho infeliz.

Dona Alice foi informada pela babá de Lurdes que sua presença naquela casa estava proibida. Não poderia mais ver as bisnetas. A neta, vingativa, cortou definitivamente os laços com os Castro. Ao afastar as filhas do convívio com a bisavó, plantou sementes de discórdia nas cabecinhas de Bárbara e Angélica. E assim, Lurdes copiava o exemplo de Ingrid ao romper com o pai no passado.

Com a chegada de Afonso, a Mansão careceu de uma adaptação, e ajeitar o novo hóspede no quarto de Belinha até que Toninho deixasse os aposentos do casal foi a alternativa mais adequada.

A contratação de uma nova empregada tornou-se imprescindível. No entanto, a dificuldade em achar alguém disposta a tomar conta de um menino que exigia cuidados especiais era a mesma que Ingrid enfrentou quando necessitou arrumar uma babá para Belinha. Apareciam quantidades e quantidades de candidatas, mas ou não tinham condições ou se desinteressavam ao se inteirar do tipo de serviço. Após exaustiva procura, Janete, de trinta e cinco anos, aceitou o emprego. Na entrevista, Antônio não simpatizou com ela. No entanto, a escassez de pretendentes e o fato de ela ter algum parentesco com Custódia fizeram com que ele a admitisse, sem referência, contrariando seus instintos.

Antônio acompanhou Raquel na primeira consulta de Afonsinho ao pediatra – doutor Josué, aquele que atendia Belinha. Enquanto aguardavam na sala de espera, seus olhos passearam pelo ambiente. Dedicou alguns segundos contemplando um quadro que embelezava uma das paredes claras, onde estampava duas meninas – uma delas com Síndrome de Down – felizes, sentadas em um balanço. Raquel conhecia minuciosamente o local, ele não. Envergonhou-se por nunca ter pisado naquele consultório. Ele e Ingrid deveriam ter ido lá várias vezes, quando Belinha era levada às consultas, e jamais terem delegados a tarefa à babá.

O barulho da porta derrubou Antônio de suas divagações. Era a secretária convidando-os a entrar. Acomodaram-se em duas cadeiras e aguardaram o médico acalmar uma possível mãe aflita que se mostrava angustiada ao telefone.

Distraída, a visão de Raquel se perdeu em cima da mesa. Inspecionou cada detalhe, todos tão familiares: a escultura do Homem Vitruviano; o porta-retratos do doutor com a esposa, cheios de felicidade; o porta-canetas revestido em couro marrom. Enfim, tudo continuava igual, exatamente como era. Pegou a mão do marido com carinho e, depois de um longo suspiro, agradeceu a presença dele:

– Amo você por estar aqui comigo.

Ele não respondeu, apenas sorriu. O pequeno resmungou, atraindo atenção de Raquel. Ternamente, ela o retirou do carrinho e o aninhou nos braços, como se fosse seu. Antônio assistia calado. Ao vê-la atender o neto com tanto amor, considerou-se um sujeito de sorte. Deus o compensou pela morte de Ingrid. Devia toda a mudança à atual companheira. Aliás, todos deviam.

E como ele se transformou.

Nunca imaginou estar ali em circunstância como aquela. Na verdade, ele agiu como um crápula. Não poderia recriminar Lurdes, pois foi com ele que ela aprendeu todas as malvadezas que praticava. Seguia revendo seus erros quando viu o aparelho de telefone acoplar-se ao suporte.

– Vamos lá – disse o doutor. Após averiguar os dados da ficha aberta pela secretária, deixou Antônio sem jeito ao olhar bem em seus olhos e lhe perguntar: – Então, o senhor é o seu Antônio? – pareceu ridículo e engraçado, mas o responsável pela saúde de sua filha desde que nasceu tratou-o como um desconhecido. Provavelmente, não tinha intenção de ironizá-lo, mas Antônio entendeu a menção como uma indireta. Enrubescido, engoliu a saliva e apenas confirmou num gesto afirmativo.

Raquel percebeu a saia justa em que o marido se enfiou. Maneirosamente, procurou aliviar o clima através de um diálogo com o médico que ela tinha como amigo. Relatou pormenorizadamente tudo o que aconteceu até chegar àquela situação, concluindo que agora eram os pais adotivos do menino, sob a expressão incrédula do pediatra.

Os procedimentos adotados pelo doutor Josué foram idênticos ao de Belinha. No primeiro diagnóstico, ele constatou que o bebê respondia melhor aos estímulos do que outros pacientes com a mesma idade. Isso animou o casal.

Ao retornarem com os resultados dos exames, o clínico detectou uma reduzida lesão no coração, porém em menor tamanho se comparado com a de Belinha.

Na consulta seguinte, receberam a informação sobre uma recente especialidade, fonoaudiologia, que estava sendo oferecida por uma colega que regressara dos Estados Unidos. Conforme explanou doutor Josué, essa área da medicina traria um relevante auxílio aos portadores dessa síndrome no desenvolvimento da fala.

De posse do número do contato, marcaram uma avaliação para Belinha e Afonsinho. Duas semanas depois, eles visitavam a doutora Lise, uma mulher bonita, de uns trinta anos, que demonstrava inteligência. Examinou as crianças e marcou novos horários para elas.

Na saída do consultório, Antônio comentou:

– Querida, você notou que alguns exercícios feitos com o Afonsinho se parecem com os que são feitos com Belinha? – ela apenas balançou a cabeça, ocupada em tentar tirar a gola do vestido da boca do bebê.

– Quer arrancar minha roupa, safadinho? – brincou, forjando uma conversa com o menino. Antônio riu e Belinha deixou escapar uma daquelas gostosas gargalhadas.

Em uma manhã cinzenta com prenúncio de chuva, Antônio lia jornal no escritório, quando deu um pulo da cadeira para expressar sua indignação. A raiva foi tanta que o copo de suco de laranja se espatifou no piso ao ser atingido pelo gesto de revolta. Ari, que chegava com a inseparável bengala e uma caneca com café, assustou-se.

– Que bicho te mordeu, homem?

Antônio tremia visivelmente, sem ter como explicar os motivos que o desestabilizaram.

– O senhor não vai acreditar no que está escrito aqui – Ari aproximou-se, assustando-se ao ver o filho espancar o noticiário com a palma da outra mão. Estendeu ao pai as folhas amarrotadas e, aos berros, reclamava que aquilo fora longe demais. À medida que Ari se inteirava do conteúdo da leitura, o rosto perdia a cor e a mandíbula transformava-se em uma rocha.

– Isso fugiu do controle! – bramiu Ari, gesticulando e falando simultaneamente. Ao erguer o braço, enroscou o dedo nos óculos que voaram ao chão. Liberou um terrível palavrão, enquanto, com dificuldade, abaixava-se para apanhar armação e lentes separados pela queda.

– Onde buscaram coragem para armar essa infame farsa? – interpelou Ari, tão furioso que a saliva espumava no canto da boca. O jornal já estava virado num amontoado de papel de tanto ser arremessado contra a parede, única maneira que ele encontrara para extravasar sua fúria.

– Nós devíamos desmascarar esses pilantras – esbravejou Antônio, duvidando do que estava publicado.

Dona Alice e Raquel, atraídas pela gritaria, entraram na sala e tiveram a sensação de que foram lançadas no epicentro de um tufão. Nada tão assustador justificava o descontrole, retratado nas faces dos dois homens que pisavam sobre páginas fragmentadas, misturadas com restos de suco, e com postura de quem estava prestes a bater em alguém.

– O que está acontecendo, querido? Você está branco como uma cera – disse Raquel, assustada.

– A causa está aqui – e, agachado, procurava a razão de tanta ira no meio de papéis estraçalhados.

– Encontrei! – apontava Antônio.

– Aqui! – e exibia o que sobrara, batendo furiosamente com os dedos contra a folha que se dividiu em dois pedaços. Juntou uma parte à outra sobre a mesa e convidou Raquel a ler.

– Leia o que está escrito aí, em voz alta, para que mamãe também fique sabendo.

– "Com pesar, o casal Laerte Melo e Lurdes Castro Melo sepultou ontem, no cemitério da fazenda da família, seu filho Afonso, vítima de meningite."

Dona Alice, envergonhada com a atitude de Lurdes, deu um desfecho ao incidente, carregado de experiência e sabedoria.

– Infelizmente, meus queridos, nós três aqui fomos professores de nossa neta. Conosco ela aprendeu todas as coisas que hoje tentamos esquecer. Nós a marcamos com nossos exemplos mesquinhos e covardes. Agora nada mais nos resta senão rezar para que um dia ela se arrependa das aberrações praticadas – virou os olhos para o teto e invocou em tom solene: – Deus queira que em tempo...

Antônio perguntou ao pai:

– E agora, qual a saída?

– Vejam só! – conclamou Ari, quase recomposto do impacto da notícia. – Lurdes enterrou o filho para a sociedade, portanto ele deixou de existir. Precisamos dar a Afonso um novo registro para que oficialmente exista.

Raquel, que até então não se manifestara, sugeriu ao marido:

– Meu bem! O melhor é fazermos do jeito que todos os que tem seus filhos em casa com parteira fazem. Nós vamos a um cartório e registramos como se fosse nosso. É assim que é feito. Que eu saiba não há exigência nenhuma para se registrar alguém.

– Você faria isso, Raquel? – implorou ele, comovido e em dúvida.

– Por que não? Eu amo essa criança assim como amo Toninho e Belinha.

– E o nome – assuntou Alice. Raquel levou as mãos à cabeça, apertou o elástico que prendia os cabelos para então formar um rabo e, após checar se ficou bom, apresentou outra sugestão:

– Podemos alterar parte do nome, conservando Afonsinho, como ele é conhecido – um breve silêncio se fez para que apreciassem a proposta.

– Que tal, Afonso Ari – arriscou Alice. Todos assentiram e o velho Ari não escondeu sua satisfação por ter sido lembrado.

Um mês depois, sem maiores dificuldades, Afonsinho foi registrado em um cartório de um bairro do Rio de Janeiro, tendo como pais, Antônio e Raquel. Com a emissão do registro de nascimento, ele ressuscitava judicialmente e voltava a ser um cidadão brasileiro. Naquela época, o processo de adoção corria sem acompanhamento da justiça, não passava por listas de espera e os tabeliões não exigiam nenhum documento de paternidade, bastando apenas a declaração de uma pessoa da família.

Passado o tumulto, a rotina dos Castro tornou a ser prazerosa sob o comando do amor.

Raquel se dedicava integralmente aos três pequenos, dispensando igual atenção, sem diferenciar seu filho biológico dos demais. Com ou sem papel, com ou sem registro, ela amava Afonsinho e Belinha do mesmo jeito que amava Toninho.

Com três crianças para criar, ela congelou o retorno aos estudos, indefinidamente. Talvez quando eles estivessem maiores. Seguiria somente com o piano, que era o encontro entre a alma e a música. Para Alice, Raquel continuava uma caixinha de surpresas. O entrosamento com as notas dava-lhe a certeza de que nascera com o dom musical.

Toninho, ao completar um ano, já caminhava, enquanto Afonsinho apenas engatinhava. Os dois cresciam juntos como irmãos. Brincavam, brigavam e riam quase que simultaneamente. Afonso sentiu o carinho de Raquel que se emocionou ao ouvir dele a primeira palavra que aprendeu: *ma...ma.* O desenvolvimento do menino apresentava progresso, graças às novas ferramentas colocadas à disposição para o tratamento da doença. O bom resultado obtido também era fruto do temperamento calmo e amoroso do garoto.

Belinha não se continha de felicidade. Não sabia se agradava Luisinho, Afonsinho ou Toninho. Agora ela contava com três "*gulizinhos*" para brincar. Eles a tinham como líder e, inocentemente, acolhiam suas ordens ao início de qualquer brincadeira.

Alice e Raquel formavam uma parceria perfeita que ia da administração da casa à educação das crianças. E, desmentindo a má fama, a sogra, distante de ser um estorvo, era prestativa e orientava a nora com sábios conselhos. Aos poucos, a matrona passou a ser a amiga, mãe e confidente.

Durante a gravidez, Inês viajou nas férias de julho para Nova Iorque com Luís. O bebê Luisinho ficou aos cuidados dos sogros. A viagem foi presente do pai. Pretendia compensá-la pelo que ela não recebeu por ocasião do casamento. Tudo que dera à Lurdes estava dando a ela também.

Ao regressar, foi surpreendida por um convite de Antônio. Ela desistiria da profissão de professora e cursaria a Faculdade de Administração com objetivo de ajudá-lo a gerir os negócios dos Castro. Aliás, a proposta ia mais longe. Ele idealizava que, com o correr dos anos, ela assumisse o controle geral da empresa. Sempre observou que Inês tinha tino comercial. Era a pessoa certa, no lugar certo. Ele não abandonaria suas atividades em definitivo, mas exerceria a função de conselheiro. Queria dispor de tempo para curtir o caçula Toninho, o neto Afonsinho – novo filho, por adoção – e intensificar o convívio com Belinha. Outrossim, intencionava desfrutar um pouco mais do Haras ao lado de Raquel, além de se ausentar para as curtas viagens que o casal gostava de fazer. Essa oferta inesperada fez Inês perder o fôlego e, confusa, pediu um prazo para pensar. Mas não precisou esperar muito. Aceitou e, em breve, começou a trabalhar com o pai, conseguindo melhor remuneração financeira.

Alice, depois de ter aprendido com os erros do passado, tornou-se ponto de equilíbrio da família. Em não raras vezes, era assaltada por pensamentos sombrios, ligados à Lurdes, especialmente quando relembrava os atos praticados pela neta com extrema frieza. E isso a machucava profundamente, pois trazia à tona questionamentos pendentes de respostas que justificassem atitudes geradas gratuitamente. Com certeza, desde o momento em que o pequeno Afonso nasceu, Lurdes notou a semelhança de seus traços com Belinha, e, ao receber a confirmação do diagnóstico, ela o rejeitou. No início, adotava os mesmos argumentos de Ingrid, quando alguém demonstrava interesse em conhecer o recém-nascido: ou ele estava gripado, ou dormindo, etc., etc., mais adiante, consternada, lamentava o falecimento do filho.

Laerte, igualmente, seguiu a esposa pela trilha da rejeição. A hipótese de que seus amigos da Marinha soubessem que ele gerou um ser fora dos padrões levava-o ao pânico.

Um arrepio sacudiu brandamente o corpo de Alice, o suficiente para compreender que caíra nas armadilhas do cérebro. Cada vez que mexia nos arquivos da memória, cenas indesejáveis magoavam-na. Então, ajeitou a saia, massageou os ombros com suaves rotações, limpou as lentes dos óculos de grau com a barra da blusa e saiu em busca de seus afazeres. Com segurança, fechou a porta na cara da tristeza.

Após a publicação da suposta morte de Afonsinho, Laerte e Lurdes nunca mais se comunicaram com os moradores da Mansão. Antônio só recebia informações deles através das fofocas de jornais. Sabedor da natureza de suas prioridades como ninguém, Antônio concluiu que estar em evidência era o que os deixava felizes.

Em uma tarde de um domingo, quando acompanhava pelo jornal a posição do tricolor no campeonato carioca, Antônio, sem querer, derrubou um encarte no chão. Para seu espanto, a coluna social estampava fotografias das netas em um desfile de moda infantil. Um misto de saudade e expectativa invadiu o espaço das emoções, levando-o a analisar cada detalhe daqueles rostinhos tão queridos.

– Ah! – suspirou. Como se quisesse reviver o que ficou para trás, escorou o queixo com a mão esquerda e fixou a visão nas fotos para que as imagens não fossem embora.

– Como estão crescidas e lindas! – pensou em voz alta, com sentimento de orgulho e de dor. Um nó formou-se na garganta ao deduzir que seria impossível reverter quadro tão cruel. Como gostaria de tê-las novamente em casa, somente para responder perguntas ingênuas, feitas por gente inocente, com olhinhos cheios de curiosidade.

Soltou o jornal, espichou os braços e alongou-os completamente a fim de aliviar a tensão. Seguidamente, voltava ao mesmo tema: onde teria errado na educação de Lurdes? Ela sempre fora tratada como princesa e nada lhe fora negado. Divagou mais alguns minutos analisando prováveis falhas. De súbito, levantou-se com visível desalento e dirigiu-se à cozinha para tomar água. Saciada a sede, debruçou-se no peitoral da janela. Ao ver as crianças entretidas com a babá, desejou participar da brincadeira.

– Chega de pensamentos ruins. Chega de desânimo. Nada vai me tirar essa alegria – dizia ao descer as escadas que o conduziam ao jardim.

Confidências de Angélica

Geórgia tentava novamente assaltar o forno de Ramona quando o som dos "Bee Gees", vindo do celular, tocou.

– Angélica! – exclamou, com um sorriso nos lábios, enquanto, apressada, procurava retirar o aparelho do bolso traseiro do jeans.

– Olá, desaparecida! Lembrou-se da família – cobrou Geórgia.

– Querida, vocês ocupam um espaço no meu coração – brincou Angélica do outro lado da linha.

– E o Bond? Ainda faz parte do elenco? – sondou Geórgia.

– Hum! – resmungou a tia. – Digamos que ele está de férias provisoriamente – e deram risadinhas...

– Há possibilidade de ele retornar a representar um tema de romance?

Angélica suspendeu por um instante o diálogo a fim de selecionar palavras adequadas para definir o que ela nem sabia definir. Então, preferiu optar por um enigmático "Talvez". Foi o termo mais apropriado que achou para o momento.

A prosa seguiu divertida como sempre foi entre as duas. Mais risos do que papo. Depois de colocarem as fofocas em dia, a danada da Geórgia não deixou por menos. Recarregou as pilhas do seu tino investigativo e acionou a bateria responsável por rotineiros questionamentos.

– Posso pedir um favor que é de grande importância para mim?

– O que é? – perguntou Angélica, exprimindo apreensão.

– Veja se você pode me ajudar. Sei que é uma conversa desagradável, mas, como já lhe expliquei, faltam alguns fatos para completar a minha monografia.

Silêncio. Angélica sentiu a pressão. Conhecia a sobrinha jornalista, investigadora, enfim, uma menina que primava por passar tudo a limpo.

Pressentiu que Geórgia pisotearia um passado machucado, com fraturas expostas, exclusivamente com o intuito de buscar novas informações. Contudo, comportou-se educadamente, ouvindo o pedido calada, embora tensa:

– Você poderia me enviar um e-mail, contando como foi viver sob o mesmo teto de Lurdes e Laerte.

A resposta veio em tom de despedida.

– Tchau! Vou desligar. Beijos – a palavra "beijos" soou baixinho, quase um sussurro.

Geórgia deixou a sala, chateada. Percebeu que pegou fundo, cutucou demais. Questionou sua própria atitude. Fez mais uma vez o papel de bisbilhoteira, ignorando se a ocasião era apropriada para mexer em uma época não tão remota e ainda tão doída. "Isso não se faz", pensou arrependida. No entanto, sem um relato detalhado, extraído lá de dentro da casa de Lurdes, a biografia familiar ficaria capenga, faltaria uma perna. Porém, pelo que ela deduziu ali da tia, seria difícil arrancar alguma revelação que contribuísse para sua pesquisa.

Duas semanas diluíram-se no tempo, sem que Angélica desse sinal de vida. Geórgia já havia perdido as esperanças, quando encontrou, na caixa de mensagem, lá na linha do assunto, a frase:

– Você conseguiu, sua abelhuda!

Uma mão frenética avançou com o mouse sobre o indicativo "abrir". De posse dos depoimentos da tia, Geórgia encaixou peças importantes no quebra-cabeça biográfico dos Castro. Abriu o editor de texto e relatou exaustivamente uma triste história.

Lurdes e Laerte nunca foram modelos de pais amorosos. Estavam sempre envolvidos com algum tipo de atividade extrafamiliar. As noites pertenciam a eles e a mais ninguém. Quando não participavam juntos de uma festa qualquer, ele estava nos bares masculinos com os companheiros de farda, discutindo política, futebol, mulheres e o próprio quartel; ela só dispunha de espaço na agitada agenda para amigas que gostavam de carteado e de ir a teatros, cinemas e desfiles de moda.

Angélica e Bárbara viviam em um lar com ausência de amor. Eram simples bibelôs que apenas faziam parte da decoração. Na primeira infância, não notaram tanto a carência dos pais, visto que as empregadas eram carinhosas e supriam as necessidades básicas. Mas, com o decorrer dos anos, eles se tornaram insubstituíveis e elas se abatiam emocionalmente com o abandono.

Laerte saía cedo para o trabalho e retornava tarde da noite, almoçando no restaurante da Marinha. Era comum passar vários dias sem ver as filhas.

Lurdes comandava a casa com ameaças, berros e insultos que assustavam as meninas e impunha-lhes pavor, além de transmitir-lhes insegurança. Surras e castigos eram constantes e usados como forma de policiá-las. Mas elas, como qualquer criança, adoravam molecagens, o que não era admitido naquela residência. Perfeccionista, como sempre foi, Lurdes exigia que tudo estivesse impecável e que cada objeto permanecesse no seu devido lugar.

Certa vez, depois de participar de uma agitada reunião social, onde ingeriu elevadas doses de álcool, Lurdes chegou em casa bem alterada. Ao se deparar com restos de bebida e bolacha esparramadas sobre o tapete persa da sala, trazido em uma das viagens feitas pelo exterior, endoidou. Bárbara e Angélica conheciam as severas ordens que, por incontáveis vezes, lhes foram repassadas por meio de xingamentos: naquela obra de arte, jamais poderiam pôr os pés. Brincar, nem pensar. Mas as meninas só se deram conta da travessura que estavam praticando quando ouviram a chave rodar na fechadura da porta. Assustadas, correram para um dos quartos e, sentadas em cima da cama, com o rosto escondido entre as mãozinhas e sob o domínio do pânico, esperaram pelo pior. E Lurdes não aliviou. Saiu aos gritos pelos cômodos do apartamento, procurando-as. Quando as encontrou, arrancou um sapato do pé e, com o salto, bateu nas pequenas com tanta fúria que as marcas da ira foram espalhando-se pelo corpo. Só parou com a intervenção da babá que, horrorizada, tomou coragem e suplicou, em voz alta, pelo término daquela sessão de pancadaria. Então, o arsenal de ódio foi dirigido à empregada, qualificada como uma incompetente e irresponsável por não atender adequadamente às crianças.

Com frequência, Lurdes encarava as filhas estranhamente, sob um olhar misterioso e sinistro, ao mesmo tempo que se questionava:

– Por que meninas? – e se retirava deixando as coitadinhas com sentimento de culpa. Elas, perceptivas, notavam que os pais estavam descontentes. Então, tentavam agradá-los, mas não eram correspondidas. Sofriam por isso. Deveriam, pelo resto de suas vidas, penitenciar-se do pecado de não terem nascidas do sexo masculino. Aos poucos, foram se sentindo intrusas e carentes.

Bisa Alice estarreceu-se quando uma das babás descreveu, com melancolia, a rigorosa punição que Bárbara sofreu por uma traquinagem cometida.

– Foi na semana antes de começar as aulas – contava Neia, na esperança de que a bisa tomasse uma atitude – ela se trancou no banheiro com uma tesoura e picotou os cabelos. Bem feliz, foi até a mãe e perguntou: “Oh! Mamãe. Virei guri. Agora você vai gostar de mim?”

– Dona Lurdes, não perdoou – desabafou a moça, indignada. – Ela fumava um cigarro e se distraía com uma revista. Quando levantou a cabeça e viu Bárbara com os cabelos estraçalhados, horrorizou-se. Ficou possessa. Gritava feito uma louca, enquanto surrava minha pequenina.

Após um demorado gemido, prosseguiu:

– E o seu Laerte, quando voltou do trabalho, surrou a coitadinha de novo. E de cinta. Ela chegou a fazer xixi nas calcinhas – e, suspendendo o pranto, interrogou a bisavó que permanecia petrificada, de boca aberta: – Mas, dona Alice, qual foi o erro que ela cometeu? Ela só queria ser um menino para contentar seu Laerte e dona Lurdes.

A babá fez uma breve interrupção para limpar as lágrimas antes de continuar.

– Depois os dois brigaram sem parar. Ele dizia que ela era culpada porque não cuidava das filhas. Eles brigam todos os dias. As crianças se apavoram com as discussões deles.

E era verdade. As rixas entre o casal enveredavam-se por vocábulos extremamente agressivos, de baixo calão e sempre repetitivos. Soavam como velhos bordões, daqueles que ninguém tem mais paciência para ouvir. As acusações eram mútuas e de efeitos irreparáveis. No auge do confronto, as empregadas fugiam para a garagem do prédio e aguardavam a tempestade amainar. Bárbara refugiava-se debaixo da cama e, como um gatinho acuado por um cachorro brabo, externava sua tristeza por meio de intercalados soluços. Um soluço que mais parecia um miado. Angélica chorava desesperada, aumentando a irritação dos pais. Assustada, ela se escondia na lavanderia. Sozinha, cercada por azulejos brancos, sentava-se no chão entre a parede e a máquina de lavar roupa, tapando os ouvidos com as mãozinhas trêmulas para não escutar a gritaria das feras enraivecidas.

Após a confusão acalmar, a babá retornava e corria até o esconderijo de Angélica. Quando a porta se abria, a pequena se atirava nos braços da Neia e, encolhida como um coelhinho assustado, não queria mais sair dali. Sem muita demora, aparecia Bárbara, grudada em uma boneca despedaçada, com cabelos tosados e riscada com caneta esferográfica, para então jogá-las dentro da caixa da enceradeira que estava esquecida em um canto da despensa. Essa era a maneira que ela encontrava para demonstrar sua rebeldia.

Em consequência daqueles embates infernais, Laerte dormia fora de casa e Lurdes se isolava em seus aposentos com uma garrafa de bebida, onde se embriagava. Distante do marido, ela afundava a amargura na própria embriaguez. Então, com a patroa bêbada, a tranquilidade reinava temporariamente naquele lar.

Porém, ao acordar na tarde do dia seguinte, o clima de terror se reestabelecia. Com um grito estridente, ela chamava a doméstica:

– Das Dores.

Quando a ordem ecoava no ar, a pobre mulher apressava-se com a bandeja de café para servi-la, temerosa por ter que escutar uma pilha de desaforos ou ser atingida por um objeto qualquer.

– Ufa! ... – suspirava aliviada ao deixar o quarto da madame.

Só então, horas depois, Lurdes levantava-se e, após vestir-se elegantemente, decidia recuperar o humor. E a receita era a mesma utilizada por Ingrid: ir às compras.

Uma noite, quando a babá colocava as meninas para dormir, Lurdes as surpreendeu. Surgiu inesperadamente, assustando-as, pois a mãe, quando se dirigia a elas, era apenas para repreender. Mas, naquela ocasião, inexplicavelmente ela não repreendeu. Ao contrário, com alguma dose de doçura, contou que a cegonha traria um irmãozinho. A notícia trouxe alegria e Angélica e Bárbara sentiram-se amadas por receber uma atenção que desconheciam. E, assim, pela única vez em suas vidas, adormeceram felizes, como se fossem embaladas ao som de uma doce canção de ninar.

No entanto, na manhã seguinte, acordaram sobressaltadas com os berros da mãe xingando uma das empregadas por ainda não ter preparado o desjejum.

À medida que a gravidez avançava, Lurdes foi se tornando mais impaciente com as pessoas que a cercavam. Normalmente, as filhas transformavam-se em seu principal alvo, sendo alvejadas por frases aniquiladoras, como:

– Estou cansada!

– Não estão vendo que estou enjoada!

– Saiam daqui!

– Estão me irritando!

Tamanha falta de sensibilidade esmagava os sentimentos das pequenas que não entendiam o porquê daquele azedume. E aí, se retraíam.

Angélica passava as tardes brincando sozinha e, com ansiedade, aguardava Bárbara vir da escola para lhe fazer companhia.

Durante uma madrugada, as meninas foram acordadas por um animado alvoroço. A movimentação pelos corredores do apartamento assustou-as, mas a babá apressou-se em avisar que a mamãe ia à maternidade buscar o bebê. O medo rapidamente cedeu lugar à euforia e elas pularam contentes em cima das camas. Quando partiram para o exagero, Neia deu um basta na brincadeira e determinou que voltassem a dormir.

Dois dias depois, os novos papais chegaram jubilosos com um gurizinho. No decorrer de uma semana, Lurdes recebeu um considerável número de visitas. Parentes somente da família do sogro, vizinhos do condomínio, colegas de farda do marido e amigas: as de festas, as de carteados, donas de butiques e companheiras de viagens. Tanto o pai como a mãe mostravam o filho homem como uma taça conquistada em um campeonato.

Após voltar de uma das consultas que fez com o pediatra, Lurdes ajeitou o neném no bercinho e, sentada à beira da cama, chorou desesperadamente por horas a fio. A partir daí, as visitas misteriosamente cessaram, ela carregou mais o seu lado sarcástico e apimentou as grosserias.

As vindas da bisa Alice eram esperadas ardentemente pelas bisnetas e funcionavam como um bálsamo que aliviava a dor, dando forças para suportar uma vida atemorizadora, cercada por desamor.

Em uma manhã de domingo, Lurdes saiu com Afonso dentro do carrinho de passeio, acompanhada de Neia, que carregava uma mala muito pesada. Bárbara ingenuamente perguntou se elas também poderiam ir.

– Não – respondeu a mãe rudemente. – Só Afonsinho vai – Bárbara quis insistir, mas a porta do elevador se fechou e ela ficou sem resposta.

Coincidentemente, após aquele sinistro desaparecimento, a bisa deixou de visitá-las e Neia foi substituída por outra empregada. As crianças perderam o convívio da bisavó e da babá, as únicas pessoas que as amavam.

Anos mais tarde, as filhas souberam que a presença da bisa foi proibida naquela casa e Neia foi mandada embora porque sabia demais. Uma "queima de arquivos", sem morte.

Angélica e Bárbara sentiram sensivelmente a falta de Afonsinho. Persistentemente, cobravam a volta do irmão, porém a mãe meramente desdenhava, replicando com um grosseiro "não sei". Finalmente, aborrecida por ouvir tantas vezes a mesma pergunta, Lurdes decidiu encerrar o assunto. Com frieza, contou que ele havia morrido. Achou que, dessa forma, elas se desinteressariam pelo paradeiro do menino.

Mas não foi tão simples assim. As meninas eram profundamente apegadas ao guri. A infame mentira provocou um desastre emocional terrível. Angélica abateu-se e Bárbara escondeu-se no quarto – agora já não dividiam o mesmo aposento –, para estraçalhar mais uma boneca e, posteriormente, lançá-la na caixa da enceradeira. Crente de que o desespero delas não ia além de choradeira decorrente de excesso de mimos, Lurdes procurou acalmá-las dizendo que Afonso era um bebê de frágil saúde e não sobreviveu no hospital. Sem qualquer preocupação, esperou que o tempo passasse até que elas assimilassem o sumiço do irmão. Essa foi a cruel estratégia utilizada por Lurdes para extinguir Afonsinho da cabecinha das pequenas.

No colégio, as duas tinham um péssimo desempenho. As notas sequer atingiam o mínimo aceitável. A situação de Bárbara era pior. Com aproveitamento beirando a zero, Lurdes, frequentemente, era convocada a comparecer à direção. Quando a conversa chegava aos ouvidos de Laerte, ele virava uma fera, pois, no seu entender, o acompanhamento delas na escola era de responsabilidade da mãe. Aí, uma interminável saraivada de desaforos de ambas as partes era trocada.

Raramente e por exibicionismo, Lurdes promovia as filhas à categoria de "suas princesas", quando as apresentava em desfiles de modas. Assim, mostrava-se para as amigas, como uma mãe atenciosa e carinhosa.

Certa ocasião, ao escutarem fofocas das empregadas, as meninas souberam que o pai tinha uma "fixa". Bárbara foi de encontro a elas e, singelamente, indagou o que era "fixa". Surpresas por notarem que não estavam sozinhas, Das Dores colocou as mãos na cintura e censurou-as de cara zangada:

– Quer dizer que agora estão ouvindo atrás das portas?!

– Que feio! – arrematou a outra, em total desaprovação.

Mas tal expressão não saía da cabeça de Bárbara. Na primeira oportunidade em que as domésticas estavam distraídas, ela e a irmã desceram até o térreo e, ao avistar a babá do terceiro andar em frente ao elevador de serviço, resolveram esclarecer suas dúvidas.

– Judite! – chamou Bárbara. A jovem que vivia de segredinhos com o motorista de um senhor idoso, também morador do prédio, acolheu-as sorridente.

– Posso fazer uma pergunta? – curiosa, ela assentiu.

– O que é "fixa"? – a transfiguração da fisionomia da moça espelhava surpresa.

– Hum! – resmungou Judite, enquanto um sorriso malicioso formava-se em seus lábios. Ela ajeitou a touca ridícula sem desviar os olhos de Bárbara, em seguida girou o pescoço para ambos os lados para se certificar de que não havia ninguém as observando e, bem próxima, cochichou:

– É outra namorada do papai, além de sua mãe – e, antes de se retirar, franziu a testa e acrescentou em tom de ameaça: – Se contarem que souberam por mim, direi que é mentira – e deu às costas, farfalhando dentro de um uniforme engomado.

Descobrir que o pai tinha uma amante não foi nada bom. A insegurança das filhas ampliou-se em trezentos e sessenta graus. Angélica passou a ter pesadelos, onde ele entrava em casa de braços dados com uma mulher desconhecida, sorrindo e apontando a porta do apartamento para elas. Então, ela acordava apavorada e, encolhidinha, choramingava até reencontrar o sono. Bárbara achava que uma substituta assumiria o lugar da mãe que iria embora e, aí, mais bonecas eram estraçalhadas.

Com o passar do tempo, o relacionamento do casal se deteriorou de tal maneira que um não suportava mais a presença do outro. Para não se cruzarem, Lurdes viajava constantemente à Bahia em companhia de amigas, hospedando-se em hotéis luxuosos. Na ausência dela, o marido aproveitava para desfrutar de agradáveis momentos com a amante, enquanto as crianças ficavam aos cuidados dos avós paternos que não escondiam seu desgosto pelo completo descaso dos pais com as netas.

Periodicamente, Laerte recebia ligações telefônicas do gerente do banco, informando que a conta bancária da esposa estava estourada, devido à elevada quantidade de cheques por ela emitidos, destinados a pagamentos de passagens aéreas, hotéis, compras em butiques e mais uma extensa lista de futilidades. Como o soldo de militar era insuficiente para bancar tanta mordomia, ele se obrigava a pedir empréstimos ao pai sem a intenção e condição de pagar. Aí, nova rodada de mútuas acusações era gerada. Ela atirava na cara dele que ele não era homem para sustentá-la e ele revidava afirmando que ela era culpada, por ter "matado a galinha dos ovos de ouro", ao se afastar dos Castro.

A música de Roberto Carlos explodia nas ruas, mandando "... que tudo mais vá para o inferno". As emissoras de rádio e lojas de discos difundiam o som pelo ar, espalhando um misto de alegria e independência, incrementadas com uma pitada de contestação: a rebeldia da "Jovem Guarda".

E a rebeldia irradiava-se pelos lares do país. Roupas ousadas, bijuterias bizarras, penteados arrogantes. O lema era quebrar tabus. A juventude, embalada no desafio da "Jovem Guarda", não apenas sonhava, mas exigia um novo tempo. Um mundo deles. Não tão cafona, arcaico e tradicional como o que os seus antepassados estavam lhes deixando de herança. Claro que os desvios de conduta surgiam e jovens inocentes e desavisados eram conduzidos ao consumo de bebidas e drogas. Os pais, aflitos, ficavam indecisos: enfrentar os filhos e pôr ordem na casa ou aceitar passivamente a transformação que se evidenciava. Lógico que a interrupção do curso normal dos fatos incomodava os mais velhos.

Os Castro jamais se envolveram em assuntos políticos. Relacionavam-se bem com as autoridades, contribuíam com campanhas eleitorais e mantinham amizades com pessoas do alto escalão, de tal forma que as implicações nessa área não prejudicassem seus negócios. Ari, mais experiente, já passara por todo o tipo de oscilação que a política e a economia apresentaram nas últimas décadas. Acompanhou a participação do Brasil na Segunda Guerra Mundial; discordou, sem se manifestar, da ditadura Vargas; mas, agora, achava que o governo militar exagerou na dose com relação às últimas medidas tomadas, apesar de ser simpatizante do regime. O recente ato institucional, AI5, cortava expressivamente a liberdade, mexendo com os ideais dos cidadãos. Os estudantes, sempre uma classe aguerrida e descomprometida com a realidade, saíram às ruas desafiando os militares.

Ari e Antônio, em frente à televisão, assistiam ao noticiário. Viam com preocupação o plantão do Jornal Nacional discorrendo sobre a "Passeata dos Cem Mil" que ocupava uma das principais praças do Rio de Janeiro, quando avistaram um rosto familiar.

– Olhe lá, pai, ao lado daquela moça que carrega um cartaz – Ari apoiou as mãos sobre as pernas, esticando-se inteiro.

– Mas... aquela é Bárbara! – ainda pasmado com o que via, perguntou:

– Por que uma garota, adolescente, filha de um oficial da marinha, está se metendo numa encrenca dessas, meu Deus?

– Com certeza Laerte não está sabendo – opinou Antônio, atônito.

– O que vamos fazer, pai? – Ari se calou por um breve tempo, para então afirmar:

– Não faremos nada. Embora não entenda de política, ela já se incluiu nesse contingente que exige mudanças – e, meneando a cabeça com os lábios apertados, concluiu, embravecido. – Infelizmente, está seguindo o fluxo dos que pedem reformas. Nem fazem ideia de quais reformas o país precisa. Protestam, por protestar.

A partir daí a conversa girou sobre desatenção de Lurdes e do marido no atendimento às filhas, mas nunca souberam se Laerte tomara conhecimento da participação de Bárbara na passeata.

Se, na infância, a educação das meninas foi entregue às empregadas que também vinham de lares desajustados, não tendo nada a oferecer, na adolescência, elas foram largadas em total esquecimento. Bárbara entrou na juventude sem qualquer orientação moral ou psicológica. Revoltada, trilhou por caminhos tortuosos e envolveu-se com companheiros de procedência suspeita. Aderiu à onda de protestos pela qual a nação passava. Além da má formação recebida, a época indicava que desafiar os pais era moderno, portanto, mais um motivo para hostilizá-los, assim como Lurdes se insurgiu contra Antônio.

Quando completou quinze anos, ela recusou uma festa majestosa. Preferiu uma reunião informal, exclusiva para os amigos, no salão do prédio. Lurdes ficou inconformada, pois sonhava em fazer uma comemoração monumental para mostrar poder de fogo perante a sociedade. Imaginava um aniversário com selo de qualidade "Ingrid". Mas Bárbara, firmemente, rejeitou. Dizia que era o seu dia e não aceitava nada que não fosse do seu jeito. Após muito enfrentamento que culminou num efusivo bate-boca, ela conseguiu o que queria, entretanto, algumas regras lhe foram impostas. Ela acenou, em sinal de concordância, mas nem prestou atenção ao que lhe foi dito.

Antes do horário combinado, Laerte e Lurdes já estavam presentes, rigorosamente trajados como se fossem a um baile de gala. Ele vestia uma calça bem talhada que combinava com a camisa de seda e um fino blazer de linho, ambos importados da Itália; ela, elegantérrima, equilibrava-se em cima de sapatos de salto alto, exibindo um vestido longo, confeccionado por um costureiro parisiense. Angustiados, aguardavam os convidados, sem saber se a filha apareceria.

Os primeiros a chegarem foram os avós, tios, tias e primos, somente por parte de pai, que, depois de gentis felicitações e mútuos elogios, tomaram seus lugares. Os parentes maternos, por determinação de Lurdes, não receberam convites.

Por volta das dez horas da noite, o elevador, com o número de pessoas acima da capacidade permitida, começou a jogar gente para dentro do salão. Indiferentes aos anfitriões, os jovens foram entrando sem pedir licença e sem cumprimentar os que já se encontravam no recinto. Seguros de si, mascavam chicletes, fumavam, mais gritavam do que falavam e carregavam pandeiros, chocalhos e violões a tiracolo. Arrastaram mesas e cadeiras, provocando uma desorganização geral do layout. Enfim, geraram um terrível tumulto.

Alguém se levantou e desligou o aparelho de som que tocava uma música suave, sob o olhar incrédulo e repreensivo de Lurdes e Laerte. Os dois, pasmos, parados como estátuas decorativas, tentavam absorver o golpe.

Uma voz esganiçada ecoou para anunciar:

– "Os Incríveis"... – e todos cantaram uníssonos, com sobra de entusiasmo:

"Era um garoto, que como eu, amava os Beatles e os Rolling Stones..." O coro seguia firme e, quando alcançava o ápice no "rá-tá-tá", o barulho ensurdecedor de berros e uivos, acompanhado de pancadas na mesa com as palmas das mãos e das batidas no chão com os pés, eclodia contra as paredes, prestes a estourar os ouvidos daqueles que não estavam habituados com tanto ruído.

De repente, alguém apagou a luz e o bando se calou. Sob a claridade de lanternas artesanais, improvisadas de holofotes, e estridentes assobios, surgiu Bárbara, simples, humilde, parecendo envergonhada. A saia de algodão cobrindo as pernas um pouco abaixo dos joelhos, combinada com uma simplória blusinha estampada com flores e a sandália rasteirinha de lona e corda de sisal, feita pelos amigos, revelava o desprendimento da aniversariante. Os cabelos, soltos, jogados para frente e embaixo de duas singelas trancinhas caídas sobre os ombros, denunciavam que vaidade não era o pecado capital por ela praticado. Nenhuma joia, apenas adereços que compunham o minguado estoque de quinquilharias produzidos pelo grupo e que ela, por várias vezes, ajudou a vender em alguma esquina não tão distante da sua casa.

– Oi! Gente – gritou. A iluminação reacendeu e a galera voltou a bater com as mãos sobre as mesas, num ritmo frenético e cadenciado com o estampido retumbante do sapateado. Desatenciosa em relação aos próprios familiares, Bárbara se misturou aos estranhos companheiros, enquanto Lurdes olhava horrorizada para os trajes da filha, lamentando que ela tenha rejeitado a roupa maravilhosa que havia sido escolhido para a ocasião. Laerte, por sua vez, não entendia como ela se integrava com tanta naturalidade àqueles mal-encarados hippies, enfeitados com cabelos rastafári, dedos cheios de anéis baratos e fitinhas coloridas nos punhos e tornozelos. Além do esquisito vestuário que cada um usava, eles evaporavam um odor característico da falta de banho.

Um aniversário de Quinze Anos fora dos padrões conhecidos pelos Melo.

Algo espantoso!...

Pais, tios e avós, permaneciam paralisados... chocados. Não imaginavam como poderiam participar de uma muvuca daquela. Os garçons desfilavam em alinhadíssimos smokings, porém, confusos, não sabiam como atender aos convidados. A turma, sem a menor cerimônia, invadiu a cozinha e serviu-se de bebidas e salgadinhos, alheios a qualquer protocolo.

Laerte foi à loucura. Quis colocá-los para fora, porém, o pai o desestimulou, alertando-o que tal atitude não seria uma boa opção. Indignado, propôs se retirar, mas Lurdes o puxou pelo braço, alegando que, sozinha, não conseguiria controlar uma corja de maus elementos. E, como era de se esperar, à medida que o consumo de bebida alcoólica aumentava, os ânimos ameaçavam explodir. A bebedeira ultrapassou os limites e alguns, extremante exaltados, partiram para mútuas provocações. Laerte, ao notar o início de focos de briga e, temendo que a festa se transformasse em pancadaria, tomou a decisão: chamou os seguranças do prédio e pediu para pôr todos para fora. Bárbara, furiosa, abriu um escandaloso berreiro. Insultou-o grosseiramente, argumentando que o aniversário era dela e ele não tinha o direito de interferir.

E, assim, o que era para ser uma bela comemoração de Quinze Anos transformou-se em uma contenda doméstica. Laerte culpava Lurdes, Lurdes culpava Bárbara, Bárbara culpava Laerte. Os parentes escaparam de fininho, com receio de se envolver na confusão. Bárbara, aos prantos, trancou-se no quarto e o casal passou a noite inteira se xingando. Pela manhã, Laerte, com uma mala de roupa, deixou definitivamente o apartamento. Abandonou o lar, sob o pretexto de que ali não havia mais ambiente para morar. Era o que ele já premeditava fazer e o momento era aquele. Distante da família, nada o impediria de se encontrar com a amante.

Um triste adeus

Certa noite, dona Alice acordou no início da madrugada com uma irritante dor de cabeça. Acendeu a luz do abajur e abriu a gaveta do criado-mudo, à procura de um "melhoral". Revirou tudo, mas não encontrou nenhum analgésico que lhe abrandasse a dor. Teria que ir até a cozinha para buscar o remédio. Com cuidado, vestiu o robe e calçou os chinelos, preocupada em não despertar Ari. Desceu as escadas e, ao se aproximar do escritório, notou um clarão que atravessava a fresta da porta. Desconfiada, aproximou-se para apagar a luz, quando ouviu a conversa de alguém. Avançou mais alguns passos, sem deixar que um imperceptível tremor em seu lábio superior demonstrasse apreensão:

– Quem poderia estar ligando numa hora dessas? – intrigou-se. Ao entrar no recinto surpreendeu-se com Janete, tranquilamente acomodada em uma cadeira de encosto alto, num entusiasmado bate-papo.

– Para quem você está telefonando tão tarde?

Ao ser surpreendida, a babá se assustou. Pulou tão rápido do assento que o telefone caiu no chão. Toda atrapalhada, respondeu ser engano, enquanto acoplava o aparelho no gancho.

– Meu Deus! – balbuciou a senhora... – Então apague a luz e vá dormir.

Alice andou até a cozinha, não convencida da desculpa da empregada. Pelo caminho, elencou várias suposições que explicassem a razão de uma ligação telefônica naquele horário.

– Será que falava com algum namorado? Tenho certeza de que havia alguém do outro lado da linha. Por que se sentaria para atender se era engano? – questionou-se.

– Ela deve estar mentindo. Preciso ficar atenta.

Tomou o remédio e voltou resmungando:

– Aí tem coisa...

Alice perdeu o sono e, nos intercalados cochilos que deu, foi atormentada por pesadelos horríveis com envolvimento de Janete. Assim que amanheceu, desceu para o café e, ao encontrar Antônio, expôs suas suspeitas. Ele escutou com atenção e concordou que aquela história estava realmente estranha. Então, decidiu pesquisar na conta telefônica algum indício de anormalidade.

Ao conferir as últimas faturas, espantou-se com o número de telefonemas efetuados para a casa de Lurdes e sempre tarde da noite. Analisou os documentos e não descobriu nenhum motivo que justificasse a quantidade e o tempo das ligações. As chamadas noturnas repetiam-se e iniciaram-se logo após a contratação da babá de Afonsinho.

Antônio escorou os cotovelos sobre a mesa e, meditativo, entrelaçou os dedos como se fosse rezar, enquanto perguntas e respostas disputavam espaço naquela ardilosa trama.

– Quer dizer que Lurdes sabia de tudo o que se passava na Mansão – pensou alto.

– Mas por quê?

– Talvez para ter notícias do filho?

– Não, não.

Sacudiu a cabeça para ambos os lados e abandonou a hipótese. Ela nunca se importou com o menino. Ou, por acaso, ele não estaria subestimando a audácia da filha? Lembrou que admitiu a empregada a contragosto. A moça não lhe inspirava confiança. Mas a verdade é que vacilou e a contratou. Somente agora percebeu a fria em que entrara.

Rapidamente deixou o escritório em busca de Janete. Não precisou se distanciar muito, pois logo a encontrou tirando pó dos móveis da sala.

– Janete! Venha aqui comigo – ordenou sem titubear.

Ao encará-la, ele viu medo entranhado nas feições dela. Ela procurou adiar a conversa, alegando que já estava na hora de ir embora e que tinha compromisso, porém ele garantiu que era assunto rápido. A sós, Antônio lançou as faturas sobre a mesa e cobrou explicações:

– O que significam todas essas ligações para a casa da minha filha Lurdes? – ela encolheu os ombros e, com cara de desentendida, aparentou nada saber.

– Não sei do que o senhor está falando.

– Ora, não se faça de boba – atacou Antônio em tom agressivo. Apavorada e encurralada, ela tentou correr até a porta, mas ele foi mais ligeiro e bloqueou-lhe a passagem.

– Aonde pensa que vai? Não sairá daqui sem me explicar tudo – como predador controlando a presa, Antônio acompanhou a mudança no semblante dela, de assustada para sem intimidação. Mostrou que não estava sozinha e por essa razão se sentia segura.

– A dona Lurdes que pediu – respondeu debochada com os olhos virados para o teto.

– Isso eu já sei. Só me conte o que ela queria – rebateu ele.

Um enorme silêncio se fez. Cansado de esperar, ele foi incisivo:

– Estou aguardando. Não vai falar?

O jeito rude, como ele a interpelava, a fez corar. Mas, em poucos segundos, dissipou a fraqueza e voltou a sustentar o olhar do chefe numa voz desafiadora.

– O que o senhor quer que eu diga? – irritado com aquele ar zombeteiro, Antônio teve vontade de esbofeteá-la, porém conteve-se. A seguir, apoiou as palmas da mão em cima da mesa e inclinou o corpo ligeiramente para frente em uma postura totalmente ameaçadora:

– Estou perdendo a paciência, mocinha. Acho melhor você contar direitinho o que aconteceu.

– Dona Lurdes perguntava de tudo. Se o senhor dava presentes à dona Raquel, se todos gostavam da mon... da Belinha...

– Repita a palavra que você quis dizer – gritou ele sem se importar que outros pudessem ouvi-los. Ela não se intimidou e, com a resposta na ponta da língua, defendeu-se:

– Não fui eu quem inventou essa palavra “Mongolzinha” e sim sua filha Lurdes. Vá cobrar dela e não de mim – ele engoliu a raiva por não ter como revidar a franqueza da moça e continuou com os questionamentos.

– E Afonsinho? Ela não tinha interesse de saber sobre ele?

– Não. Um dia perguntei por ele, mas ela foi muito mal-educada. Disse que não conhecia nenhum Afonsinho e que seu filho havia morrido.

– Falsa! – vociferou Antônio que, com esforço, procurava manter o controle.

– O que mais?

– Ela queria que eu contasse sobre Toninho, se já andava e se o senhor e seu Ari estavam felizes; coisas assim...

– Como ela chegou até você?

– Certa vez, atendi uma ligação e uma mulher pediu para falar com a babá. Respondi que eu era uma das babás. Então, ela se identificou como sua filha e marcou um encontro comigo aqui perto, num barzinho. Mas ela já avisou que eu não poderia dizer nada a ninguém. É isso.

– E você recebia por repassar essas informações para ela? – prosseguiu ele com a investigação, sem ocultar o cinismo.

– Sim. Ela paga bem!

– Janete, você tem meia hora para reunir o que é seu e dar o fora. Aguardarei aqui para a gente acertar as contas.

Depois que ela deixou o escritório, ele permaneceu ali relendo os lançamentos das faturas, impressionado com o poder de articulação de Lurdes. Em seguida, retirou do cofre uma quantia de dinheiro e, logo que ela reapareceu, efetuou o pagamento. Afirmou que ali continha além do que ela merecia. Raivoso, escoltou-a até a porta, pois, afinal, ansiava vê-la longe dali, imediatamente.

Apreensivos e assustados pela gritaria que se espalhou pelos demais aposentos da Mansão, Raquel e os sogros esperavam por notícias na sala de estar. Ao tomarem conhecimento do atrevimento de Lurdes, o temor ocupou um cantinho particular na cabeça de cada um, sem data para desocupar.

Antônio aceitou o fato como uma lição. Deveria ser mais cauteloso e jamais colocar qualquer pessoa para dentro de casa. Jurou para si que não incorreria novamente nesse tipo de erro e, embora aborrecido pelo vacilo, tratou o assunto como página virada.

O sol já se aproximava do horizonte sem arrefecer o clima quente e abafado que tornava o verão um dos mais agressivos dos últimos tempos. Antônio chegou ao canil de boné e traje esportivo, quando encontrou Zeca terminando de dar banho no cachorro. Trovão se expressou de modo amistoso, feliz pela presença do dono.

– É, patrão, tem alguém pronto para desfilar pelas ruas do bairro – comentou o jardineiro, enquanto Antônio se recriminava:

– Poxa! Como pude esquecer?! Hoje é dia de dar uma volta com meu companheiro.

Duas vezes por semana, ele passeava com Belinha e Trovão. Sempre cumpriam o mesmo itinerário. Gostavam de sair pelo portão dos fundos por ser mais fácil. O cão, ciente do caminho a percorrer, forçava passagem por uma estreita fenda na cerca e, do lado de fora, aguardava pai e filha, externando sua felicidade por meio de inúmeras abanadas de rabo. Antônio queria fechar aquela abertura, mas a menina não deixava. Alegava que Trovão ficaria triste. Dali, andavam algumas quadras por uma avenida espaçosa, onde faziam uma parada obrigatória na sorveteria do seu Juvenal. O pai matava a sede com água de coco, enquanto os fregueses riam ao ver a filha oferecer sorvete ao cão.

Eram momentos de puro prazer.

O retorno seguia idêntico percurso.

Encerrada a toalete, Zeca colocou a coleira no cachorro e o entregou a Antônio.

– Oi, querida! Estamos saindo – gritou para Belinha com o dedo apontado para o cão.

Ela, envolvida em uma animada brincadeira, não lhe deu atenção. Ainda esperançoso em ter a companhia da sua pequena, permaneceu algum tempo olhando a bagunça da criançada. Afonsinho e Toninho, protegidos com coletes infláveis, decorados com patinhos amarelos, espancavam a água que transbordava em ondas pelas bordas, encharcando o deck até sumir pelos ralos. O som das gargalhadas de Belinha ecoava no ar, indicando que não estava disposta a deixar a piscina tão cedo. Antônio notou que as babás também participavam da diversão. Sentadas nas pontas das espreguiçadeiras, lançavam brinquedos de borracha na água para que as crianças juntassem e jogassem de volta. Depois de alguns minutos, concluiu que seria bem mais interessante para a filha ficar por ali. Trovão então se encarregou de tirá-lo de lá. Impaciente com a demora do dono, puxou a corrente, exigindo o início do passeio.

– Hum! – entendeu Antônio, enquanto coçava a cabeça do animal. – Você quer caminhar, amigão? – como resposta, outro balanço de rabo.

– Vamos lá! – convidou ele.

Antes de cruzar o portão, ainda parou indeciso, chateado por ter que sair sem Belinha. Estava a ponto de desistir, quando Trovão deu mais um solavanco, acompanhado de um grosso latido, informando que deveriam partir. Ele acatou a convocação do amigo, soltando-o para que atravessasse a fenda da cerca. Sem a parceira da rotineira caminhada, os dois se embrenharam avenida afora.

Custódia e Raquel preparavam lanches, quando ouviram o telefone da sala tocar. A cozinheira deslocou-se até lá, mas não conseguiu evitar que a ligação caísse. Irritada, retornou resmungando por ter deixado seus afazeres inutilmente. Raquel a consolou:

– Se for importante, ligam de novo.

– Esqueci que hoje é folga da Norma. É aniversário da afilhada dela e Julinha está lá em cima no quarto. Claro que ninguém vai atender – deduziu a empregada.

No entanto, o telefone tornou a tocar. Desta vez, Custódia se apressou e chegou a tempo.

– Alô! Quem é?

– Eu gostaria de falar com a dona Custódia. Ela se encontra?

– Eu mesma – respondeu prontamente.

– É do hospital. Tem uma senhora aqui que foi atropelada por um carro e nos forneceu esse número. Ela diz ser sua irmã. Pede urgentemente por sua ajuda.

– Oh! Minha Nossa Senhora! Ela está mal?

– Ela não está muito bem... Ah! A ligação está ruim. Não estou conseguindo ouvir – reclamou a pessoa do outro lado.

– Alô! Alô! – continuou Custódia, já apavorada. Incrédula, olhou para o telefone que, inexplicavelmente, emudeceu.

– Oh! Desligaram.

Repôs o aparelho no suporte e voltou à cozinha, aos prantos. Raquel, vendo o desconsolo da cozinheira, largou o serviço para atendê-la. Quando soube do telefonema, desamarrou o avental e decidiu rapidamente:

– Vamos até lá para ver o que aconteceu com sua irmã. Você anotou o endereço?

– Não, não. Mas sei onde fica – disse Custódia entre soluços.

– Então se mexa, mulher! Vá procurar o motorista enquanto aviso as babás que não demoramos.

Em questão de minutos, estavam a caminho do hospital.

Antônio seguia pela calçada, mas sem o mesmo entusiasmo de outros passeios. Ao lado de Belinha, tudo era bem mais divertido. Desde que deixou o portão, algo o incomodava, porém entendeu que o incômodo derivava do aborrecimento provocado pela ausência da filha. Gesticulou para dissipar os maus pensamentos e prosseguiu. Quando chegou à sorveteria, pediu a costumeira água de coco.

– E a menina? Não veio hoje? – perguntou o homem do bar. Antônio sorriu e justificou:

– Está muito quente. Ela preferiu aproveitar a piscina.

– É verdade – concordou Juvenal, enquanto secava o suor do rosto com um guardanapo de pano. Então, por falta de assunto, falou do clima.

– Essa onda de calor está judiando dos cariocas – conversava e limpava as mesas simultaneamente.

Ari e Alice estavam no Haras, ocupados com a pintura da casa. Um reparo que vinham adiando, porque não queriam ficar longe dos netos. Mas não havia mais como protelar. As velhas paredes cobertas de bolor apresentavam um aspecto feio. No entanto, prometeram à Belinha que voltariam dentro de cinco dias, no máximo.

Na Mansão, as babás se esmeravam no atendimento às crianças, quando foram surpreendidas pela presença de uma mulher que vinha lá da Casa dos Fundos. A babá de Afonsinho, Célia, estranhou, pois não a conhecia, mas a babá de Toninho, Regina, cumprimentou-a com empolgação:

– Olá, Janete! Como vai você? Nunca mais apareceu!

– É bom mudar – alegou a moça, querendo mostrar simpatia, enquanto ajeitava a saia.

– Está muito bonita. Cortou o cabelo, hein?! – observou Regina. – Veio falar com Custódia?

– Vim, sim! Estava passando pela rua detrás, então entrei pelo portão dos fundos.

– Você não levou sorte. Ela saiu agora mesmo com dona Raquel, mas acredito que não demorem. Sente aí e espere um pouco.

– Não tem importância – dissimulou Janete com um olhar falsamente amoroso. Em seguida, deu uns passos em direção à Célia, que secava Afonsinho e, com a atenção pregada no pequeno, comentou:

– Nossa! Como ele cresceu! – e se agachou para acariciar o queixo do menino. Ele, desconfiado, apenas retribuiu o gesto com um tímido sorriso.

– Veja, Regina! Ele ainda se lembra de mim – acentuou Janete.

Antônio tomou a bebida em demorados goles. Ao terminar, sentiu-se nauseado. "Estranho, como uma simples água de coco pode fazer mal?", pensou. Pagou a conta e despediu-se do sorveteiro. No caminho de volta, a indisposição aumentou. Em cada bar ou restaurante por onde passava, um cheiro repugnante de alho misturado com cebola frita infiltrava-se pelas narinas, incomodando-o. Com esforço, aspirou profundamente o ar fresco, segurou o que pôde, mas não aguentou. Então, enfiou-se em um beco e, em um canto, vomitou. O conhecido mal-estar, acompanhado de um suor intenso, soava como um alerta. Aqueles enjoos traziam-lhe pânico. As tristes e remotas lembranças da infância e da juventude teimavam em importuná-lo e, como uma ave de mau agouro, prenunciavam alguma catástrofe. À sua frente, delineavam-se as imagens do Guto, o amiguinho da escola que faleceu; da mãe contando que Tenente fora atingido por um raio; de um foguete estraçalhando as mãos do colega na festa de calouros. O presságio era sinistro. Tinha que se apressar. Andar mais rápido. Era urgente.

As babás conversavam amigavelmente. Então, Regina apresentou a visitante à Célia.

– Janete cuidou de Afonsinho por algum tempo.

– Eu gostava desse molequinho. Faz quase um ano que saí daqui. Sabe como é, me apareceu um emprego bom e eu tive que pegar – disse Janete, procurando disfarçar a mentira. E, olhando para Afonsinho, arrematou:

– Essa carinha é de fome. Conheço muito bem.

– É verdade – concordou Célia. – As crianças devem estar famintas. Esquecemos que Custódia saiu com a dona Raquel.

– Vá providenciar um lanche para eles, Regina – sugeriu Janete. – Eu ajudo Célia a cuidar deles.

Antônio estava no auge de sua aflição e o nome "Belinha" não saía do pensamento. Levou as mãos à testa. A dor de cabeça era intensa. Parecia que as têmporas explodiriam. O suor escorria em abundância e a moleza que se espalhava pelo corpo indicava sintoma de fraqueza. Pressentiu que a filha estava em perigo. Os sinais o avisavam. Os passos aceleraram-se de tal forma que os pés levemente tocavam ao solo. Remexeu-se várias vezes para se manter vigilante e a palavra "correr" agigantou-se em sua mente. Acionado o gatilho da lucidez, o cérebro retomou o comando e liberou uma carga extra de adrenalina para colocar energias sobressalentes à sua disposição. Ansioso, puxou a guia do cachorro e gritou:

– Vamos, Trovão. Depressa.

Regina foi à cozinha em busca de comida para os pequenos. Belinha, cantarolando pedaços de música, brincava na água com Toninho e Afonsinho. Clima tranquilo, tudo em paz, só alegria.

Raquel e Custódia chegaram ao hospital e não conseguiram informações sobre a pessoa atropelada. Insistiram, mas a recepcionista confirmou que nenhuma acidentada deu entrada nas últimas horas.

No alto, a ausência de nuvens embelezava o céu. O mormaço aquecia a atmosfera e a piscina tornava-se uma boa opção para quem quisesse relaxar. As folhas das árvores, desidratadas pelo fatigante calor, jaziam imóveis, implorando que o vento as soprasse.

Antônio corria aceleradamente. Com a respiração ofegante, esbarrava nas pessoas por onde passava. Ainda estava distante de casa, mas tinha certeza de que algo gravíssimo estaria prestes a acontecer. Não tinha mais dúvida: a desgraça rondava a Mansão dos Castro.

Janete caminhou até Célia, que estava sentada em uma espreguiçadeira. Com a aproximação, a moça pendeu a cabeça para o lado, para melhor observá-la.

– Que brinco diferente é esse? Onde você comprou? – elogiou Janete, com intenção de obter confiança. Célia agradeceu o elogio com um curto sorriso e desviou o olhar para Toninho que choramingava. As crianças estavam cansadas e aos poucos foram saindo d'água.

Raquel e Custódia cobravam da recepcionista uma resposta que ela não tinha. Por solicitação delas, a funcionária ligou para salas de emergência e de cirurgia, mas ninguém sabia de nada. A atendente levantou a hipótese de a ligação ter partido de outro hospital, mas a suspeita foi rejeitada por Custódia.

Antônio estava à beira de um colapso, pois temia não chegar a tempo. Fez uma parada súbita para retirar a guia da coleira do cão.

– Corre, Trovão! Belinha e Toninho estão em perigo. Talvez Afonsinho...

– Vai! Vai! – ordenou ele. O animal entendeu o recado e disparou em alta velocidade. Por pouco não foi atingido por um carro.

Depois de pesquisar em todos os setores, pacientemente, a recepcionista confirmou com segurança que ali não constava nenhum registro de atropelamento. Cientes de que receberam um trote de alguém desocupado, Raquel e Custódia decidiram voltar.

Trovão mostrou-se ágil e competente. O patrão, com dificuldade em acompanhá-lo, quase o perdia de vista. Eles se aproximavam da casa... Já avistavam o portão...

Toninho voltou a choramingar.

– Ele está com fome – afirmou Janete, tentando afastar Célia dali. – Vá ajudar Regina a preparar o lanche – diante da indecisão da moça, ela argumentou com responsabilidade:

– Pode ir sossegada, garota, eu cuido dos três. Fique fria, eu trabalhei aqui por muito tempo – contrariada, Célia saiu para auxiliar na cozinha.

Raquel e Custódia chamaram o motorista, desistindo de procurar por uma suposta acidentada. Dentro do carro, Raquel, desconfiada, perguntava-se: por que alguém faria uma brincadeira de tão mau gosto? Mas duvidava que fosse apenas um trote. Algo esquisito estaria acontecendo, mas não sabia o que era.

Janete estava pronta para pôr seu plano em prática. Pegou as mãozinhas de Afonsinho e, juntos, começaram a girar no ritmo de uma familiar ciranda, buscando a atenção de Belinha. Satisfeita por ter cativado o interesse da menina, formulou o convite:

– Vem até aqui brincar com a gente – faceira, Belinha uniu-se a eles, entrou na roda e fechou o círculo.

"Roda cutia, de noite e de dia...".

Janete pediu para Belinha e Afonsinho brincarem sozinhos, pois iria trazer Toninho para também se divertir. Os dois rodopiavam felizes, enquanto ela foi ao encontro do menino que se distraía com um brinquedo na borda da piscina.

"O galo cantou e casa caiu...".

Janete, com rapidez, chegou por trás e empurrou Toninho para a água. No entanto, Belinha, ao completar mais um giro, viu o malfeito da moça.

"Roda cutia...".

Não identificar qual desgraça se escondia nos entremeios daquelas premonições, levava Antônio à loucura. No meio da multidão, com aparência desfigurada, rosnava e falava sozinho, atraindo olhares dos transeuntes.

Raquel estava ansiosa. Tinha a impressão de que a volta estava mais demorada do que a ida. Parecia que alguém roubou o sinal verde das sinaleiras. Uma aguda dor no estômago, motivada pela preocupação, a irritava.

Janete afastou-se e deixou o garoto se afogando. Belinha ao ver Toninho debatendo-se n'água sem boia, assustou-se. Soltou as mãos de Afonsinho e, instintivamente, pulou na piscina para socorrer o irmão.

Trovão passou pelo vão da cerca.

Raquel impacientava-se a cada sinal vermelho. Aflita, gritou para o motorista se apressar.

Belinha visualizou Toninho submerso e, com extrema dificuldade, o puxou para cima.

As babás estavam descendo com os lanches.

Antônio aproximava-se do portão.

Belinha esforçava-se para manter Toninho na superfície, mas estava sendo vencida pelo cansaço. O fôlego esvaía-se. Tentava levá-lo até a borda. Talvez não conseguisse. Era uma tarefa desproporcional ao seu tamanho, além da sua capacidade, quase fora do seu controle. Como consequência, ingeria muito líquido.

Trovão saltou na piscina, permitindo que Belinha se apoiasse nele com uma mão e com a outra segurasse Toninho.

Célia foi a primeira a ver as crianças se afogando. Jogou a bandeja no chão e começou a gritar.

O motorista entrou na garagem. Raquel, agoniada, implorava: "mais rápido... por favor."

Antônio ultrapassou o portão. Uma mulher cruzou por ele, apressada. Estava tão zonzo que não viu quem era.

Regina, que sabia nadar, pulou n'água e retirou Toninho.

Antônio se atirou na piscina para salvar Belinha que se debatia desatinadamente e precisava de ajuda.

Raquel correu espavorida por cima de canteiros, gritando para Custódia: “Liga para o doutor Cláudio, pelo amor de Deus”.

O motorista pegou Belinha das mãos de Antônio e a pôs no chão.

Raquel já com Toninho no colo, avisou que ele estava fora de perigo.

Antônio, desconsolado, acercou-se da filha, sentou-se ao seu lado e apoiou a cabeça dela em seu braço. Ela, extenuada, balbuciou algumas palavras entrecortadas:

– Moça má *empuou*... Toninho *pá* água..., mas Belinha *megulhô*... e *puxô* ele *pá* cima...

Ele colocou a mão sobre lábios dela pedindo que se calasse. A cor da pele indicava que não estava bem.

– Não fale, querida – disse ele, transtornado pela angústia.

Por alguns minutos, o tempo congelou. O vento que até então estava adormecido se acordou, trazendo consigo uma luz brilhante que cortou o espaço celeste.

A valente heroína ia murchando tal como a flor-de-lis, em final de tarde, quando o dia vai se despedindo.

A respiração deixou de ser arfante para se tornar lenta... mais lenta. Uma inexplicável serenidade espalhou-se pelo seu semblante. Ainda assim, ela firmou o olhar no rosto do pai e sorriu um sorriso meigo para fazer sua última revelação:

– A moça bonita tá ali, junto com a fadinha. Tão chamando Belinha. *Quelem* que eu vá *po* castelo delas.

Os pulmões cansados e desfalecidos, sem forças para buscar novo ar, encerravam o expediente, dando a missão por cumprida.

Finalmente, então, só mais um suspiro...

O último...

A respiração cessou...

Antônio, desesperado, tentava conversar com ela, mas não obtinha resposta. Sacudiu-a, massageou-a, chamou-a... Tudo em vão. Ela não respondia mais aos estímulos provocados por ele.

Fechou os olhos...

Para sempre...

Um mosaico criado com fragmentos de ira, indignação, tristeza e frustração, delineou a fisionomia de Antônio, deixando à mostra a incapacidade de um ser aceitar o que não depende de nós.

Então, com um soco apontado para o infinito, extravasou sua revolta por meio de um insurgente e lamurioso urro:

– Nããããoooo!

O brado do pai desolado partiu como um foguete rumo aos céus para questionar o Todo-Poderoso.

– Por quê?... Por quê?... Por quê?

O som do lamento provocou um eco triste e doído que ricocheteou pelos muros da Mansão.

Era novamente Antônio na luta com o INESPERADO. As palavras do padre Odilon ocuparam sua mente de forma confusa, misturadas com trechos da vida de Belinha: a rejeição; o presídio atrás dos bambus; o primeiro beijo, aquele que lhe queimou a face; as corridas intercaladas com pequenos pulos para brincar com Trovão; as gargalhadas contagiantes; enfim, todo um processo de aproximação, lento e complicado, de alguém que queria recuperar um espaço que, por direito, lhe pertencia. E quando todos se renderam ao seu amor, ela se despediu com generosidade, ao salvar o irmão.

Ele não estava preparado para mais um infortúnio. Não entendia por que Deus colhia a flor mais bela e perfumada do seu jardim. Culpava-se por ter perdido o melhor pedaço da infância da filha. Não podia o Senhor lhe perdoar e presenteá-lo com mais alguns anos de convivência? Necessitava puni-lo tão cruelmente?

Raquel aconchegou-o em seus braços, impedindo-o de continuar despejando um rol de blasfêmia pelos ares. Ele encostou a cabeça no ombro dela e chorou desesperadamente.

Seu Ari e dona Alice, que voltavam do Haras, encontraram a família em meio a uma fatalidade. O motorista relatou os fatos e eles foram até o filho para ouvir seu desabafo:

– Pai, mãe, cheguei tarde. Sempre chego tarde. Eu vi que alguma desgraça estava para acontecer, mas não pude evitar. Outra vez, cheguei tarde.

Dona Alice, inconformada, entre soluços tentou amenizar o sofrimento de Antônio:

– Filho! A nossa pequena ainda conseguiu salvar Toninho. Se não fosse ela, estaríamos chorando por dois.

Doutor Cláudio, comprovando sua eficiência, apareceu rápido, seguido de uma ambulância. Nada pôde fazer a não ser confirmar a causa da morte. Belinha morreu por parada cardíaca. O esforço que despendeu foi extremamente severo para seu debilitado coraçãozinho.

E, assim...

O dia findou.
A hora chegou.
A fadinha chamou.

E o vento,
alheio ao tempo,
indiferente aos mortais,
com preguiça, soprava folhas
para os cantos dos quintais.

Os pássaros cessaram a cantoria.
Recolheram-se antes do fim do dia.
As pessoas se calavam.

Entristecidas, somente
Choravam... gemiam... soluçavam.

Sem líder, Toninho e Afonsinho ficaram.
Sem as incríveis brincadeiras da parceira.
Trovão, tristonho, não mais abanava o rabo,
sem os passeios com a amada companheira.

A balança, de balançar... parou.
A casa de bonecas, a dona abandonou.
O brilho mágico da Mansão fugiu.
A alegria, daquelas bandas, sumiu.

Os desenhos,
tão criativos,
tão belos,
jaziam pendurados
nas paredes, em folhinhas.

Os corredores do casarão,
tão quietos,
tão solenes,
não ouvirão mais...
o eco das gargalhadas de Belinha.

Caminhos distintos

Lurdes continuava atolada em sua arrogância. Desistiu de reconquistar o marido, deu a causa por perdida. A amante levou vantagem e ficou com ele. Isolou-se completamente das filhas, que foram largadas aos próprios destinos. Tratou de viver a vida. Festas, com bebidas e cigarro, passaram a ser seu cotidiano.

Em uma madrugada, quando voltava de um encontro de amigos, acidentou-se. Dirigia o carro em alta velocidade, sem se preocupar com a elevada dose de bebida alcoólica que ingeriu. Ao contornar uma das curvas próxima ao bairro de Botafogo, perdeu o controle do veículo, projetando-se contra um poste. Veio a falecer a caminho do hospital. Laerte informou a morte da mãe à Bárbara e Angélica. Elas ouviram assustadas e choraram um chorinho curto e triste. Ninguém sabia se o choro era de consternação ou de alívio. Antônio e seus pais foram ao enterro. Raquel pensou em acompanhar o marido, mas ele achou melhor que ela não fosse. Não faziam ideia de como Laerte reagiria à presença deles.

Órfãs de mãe, as meninas foram alojadas na casa dos avós paternos, junto com Alzira, porque a outra empregada pediu a conta e largou o emprego.

Laerte aproveitou a oportunidade e mudou de endereço. Deixou o quarto de hotel onde era um hóspede permanente e foi para o apartamento. Após um ano de luto, casou-se com a "fixa" e a levou para morar consigo.

A partir de então, uma brecha se abriu para que Alice pudesse retomar o convívio com as bisnetas. O início foi complicado, porque Bárbara e Angélica, traumatizadas, temiam qualquer pessoa que se aproximasse. Como bichinhos assustados, elas se recusavam ir até a Mansão. Tinham medo, pois carregavam um excesso de informações negativas sobre o avô, vindas por parte da mãe Lurdes. A convivência entre eles só foi alcançada graças à intermediação de Inês e Julinha. Elas conquistaram a confiança das sobrinhas, convencendo-as a visitar Antônio. Assim, a família Castro conseguiu reinseri-las em seu meio, claro que sem a aprovação de Laerte. No entanto, como ele não vivia com as filhas, de nada sabia. A timidez dos primeiros encontros foi, aos poucos, substituída por amor e respeito.

Aos domingos, Laerte aparecia na casa dos pais para almoçar, acompanhado da atual esposa. Nessas ocasiões, o clima tornava-se tenso. As meninas não se ajeitavam com ele e tampouco com a sua companheira.

Em um desses almoços, ocorreu um sério incidente. Bárbara reconheceu o colar de diamantes que a bisa Ingrid ganhou quando estava esperando Belinha, adornando o pescoço da madrasta. Não teve dúvidas. Inesperadamente, ela pulou na pretensa substituta da mãe e arrancou a joia com um violento puxão. Laerte, pego de surpresa, tentava entender o imprevisível e grosseiro gesto da filha. Mas mais atordoado ficou, ao ouvir os gritos de Bárbara:

– Era da nossa vó e da nossa mãe e você não tem o direito de deixar essa mulher usar.

Furioso, ele se levantou da mesa e a ameaçou:

– Se você não devolver o colar para Laura, vai levar uma surra da qual não se esquecerá tão cedo.

Mas ela não se intimidou. Ao mesmo tempo que berrava "não", escondia a joia atrás das costas. Ele não se conteve e avançou sobre a filha. No entanto, o avô foi mais rápido, colocou-se entre eles e falou com autoridade:

– Ninguém vai pôr as mãos em cima dela na minha presença nem em outro lugar. Você as despachou para cá, sem direito a devolução. Nem sequer se preocupou com casa, comida e educação.

Surpreso diante da inexplicável atitude, Laerte tentou se defender:

– O que é isso, pai? Eu sou seu filho, esqueceu?

– Lembro-me muito bem! E me lembro com tristeza de não ter enfiado valores que preste na sua cabeça. E tem mais uma coisa que é melhor a gente esclarecer agora: Bárbara não vai devolver nada e você me traga aqui tudo de valor que pertenceu à Lurdes. É delas. É delas – repetiu, apontando para as netas. – E não dessa mocinha aí – referindo-se à nova nora. – E já adianto que não vou aceitar trapaças. Tenho conhecimento de que os bens que Ingrid deixou foram relacionados em um documento. Portanto, se precisar, solicitarei uma cópia a Antônio.

– Meu Deus, que exagero! – reclamou Laerte. – Você está se achando o Rei de Ouro. Por que está dando tanta importância a isso? – visivelmente alterado, o pai assegurou:

– Porque pertence a elas, conforme costume de nossa família. Caso contrário, é considerado roubo. E desenrole esse inventário de uma vez. Não estou gostando da demora.

Demonstrando o quanto estava ressentido, Laerte convidou a esposa a se retirar.

– Vamos embora!

Contudo, as reprimendas recebidas não surtiram efeito. Laerte enrolou e não devolveu as demais joias reclamadas.

As estações se repetiam em uma rapidez sucessiva, como se fizessem uso de combustível. Angélica já cursava a faculdade e Bárbara ainda não terminara o ginasial. Enquanto uma se dedicava aos estudos, outra estava focada na diversão. Bárbara pendeu para o lado da revolta, o que era motivo de preocupação. Rebelada, não obedecia a ninguém. Juntou-se a um grupo de amigos, também frutos de lares desajustados que pareciam odiar a vida e aqueles que desejavam viver. Era comum sair para ir a uma festa e ficar vários dias sem dar notícias. Os avós, aflitos, inicialmente ligavam para Laerte, mas acabaram desistindo de pedir socorro, pois ele dava a entender que não queria ser incomodado. A rebeldia de Bárbara tornou-se progressiva e esgotou todas as forças daqueles que se responsabilizavam por ela.

Ao comunicar que iria estudar Inglês nos Estados Unidos, com vinte e dois anos, depois de ter abandonado o colégio, os avós levantaram as mãos para o céu e disseram “sim”. Esperavam que ela mudasse de conduta. Estavam exauridos com o comportamento da neta. Talvez em um país diferente, sozinha, adquirisse responsabilidade e voltasse aos estudos.

Com o falecimento do vô Ari, procedeu-se a abertura do inventário e todos os herdeiros foram agraciados com parte da fortuna. Inclusive Bárbara e Angélica. O velho patriarca foi acometido por enfermidades, comuns na idade avançada. Já havia reduzido as visitas ao Haras. Às vezes, pedia a Antônio que fosse até a fazenda para supervisionar o serviço do capataz. Estava cansado. Ele dizia que, quando estava em atividade, não tinha tempo para adoecer. O sedentarismo, que o mantinha preso àquela bengala, deixava-o deprimido e as doenças surgiram uma atrás da outra. Depressivo e debilitado, faleceu devido a problemas respiratórios. Dona Alice sentiu pesadamente a perda do companheiro de tantas décadas. Em questão de meses, envelheceu anos. A recuperação foi lenta e possível graças ao amparo daqueles que a cercavam e ao apoio de Raquel, mas mesmo assim nunca escondeu a tristeza que circundava uma penosa saudade, amargurada pelo resto de seus dias.

Os pais de Laerte foram nomeados tutores das netas e se encarregaram da administração dos bens recebidos na herança. Mas as duas meninas tomaram caminhos distintos. Bárbara iniciou vários cursos nos Estados Unidos, entretanto, não concluiu nenhum. Sem ânimo e andando com más companhias, abandonava as aulas antes de findar o semestre. Enquanto tinha dinheiro, pagava tudo para todos. Quando o dinheiro acabou, passou a viver igual aos demais: de insignificantes biscates e, em momentos desesperadores, chegou a catar lixo para sobreviver. Convivia com um grupo de amigos, descontentes, desequilibrados e sem perspectiva de um amanhã – se não promissor, pelo menos decente. Cabeças sem comando, onde toda a espécie de libertinagem era permitida. Pessoas que perderam a condição de ser humano ao perder o respeito por si. Estavam sempre dispostas a cometer qualquer desatino, pois se tornaram escravas dos mais variados tipos de vícios. Carregavam na mente um estoque de erros, como tijolos empilhados em depósitos, com todos os compartimentos lotados, sem espaço para diferentes conceitos. Essa era Bárbara, ou melhor, a vida que Bárbara levava. Ela não nasceu assim, porém aceitou que más influências redesenhassem seu perfil.

Enquanto a irmã mais velha dilapidava o seu patrimônio fora do Brasil, a mais nova mergulhava inteiramente nos estudos. Vislumbrou nos livros uma porta que lhe daria acesso a um futuro digno, capaz de superar os traumas de uma infância perdida.

O tempo andou e logo Angélica se formava na Faculdade de Arquitetura. Talvez atirar o canudo para o alto, sob o efeito de luzes coloridas, fosse a primeira sensação de felicidade que até então nunca teve. Alegre e triunfante, pretendia revolucionar o mundo com ideias brilhantes, característica perfeitamente normal de qualquer jovem recém-formado. Tentou convidar a irmã para formatura, mas não descobriu o endereço para enviar o convite. Ela não imaginava onde Bárbara estava escondida.

No dia seguinte à colação de grau, Antônio organizou um almoço na Mansão para comemorar a conquista da neta. Um encontro maravilhoso, com a família reunida ao compasso da alegria: churrasco, bebidas e diversão à beira da piscina. Um encontro familiar que Angélica não conhecia.

No meio da festa, adivinha quem apareceu para almoçar? Bárbara, quando todos pensavam que estava no exterior. Mal arrumada e vestida em estilo hippie, trazia a tiracolo uma criança com um pouco mais de um ano. Ao lado, um novo companheiro. Um sujeito esquisito, carrancudo, não falava português e não conseguiu angariar a confiança dos Castro. Ninguém sabia da existência da filha. Angélica se assustou com o aspecto da irmã. Alternou o estado de espírito entre ficar feliz em revê-la e triste pela sua aparência lastimável.

Bárbara e o namorado almoçaram com gosto, pois pareciam estar com muita fome. Após o almoço, ela pediu para conversar em particular com Antônio. Ao conduzi-la ao escritório, ele suspeitou de notícia ruim. A sós, alegou que não tinha condições de criar a filha. O pai biológico, outro americano que atualmente morava na Itália, desconhecia a existência da menina. O estado da criança era deplorável. O baixo peso mostrava a subnutrição e o corpo estava mapeado por alergias. No final da tarde, ela contou para Julinha que ganhou a filha, sozinha, em um hospital público, feito alguém sem eira nem beira. Preferiu omitir a gravidez para não ter que dar explicações aos parentes.

Refeito do susto, Antônio colocou a casa à disposição da neta e do acompanhante, ciente de que seria obrigado a ficar com a bisneta.

Na manhã seguinte, quando Antônio acordou, Bárbara já havia desaparecido com seu estranho parceiro, sem se despedir de ninguém. Apenas deixou um bilhete com o porteiro que dizia: “Tchau, gente! Um beijão para vocês.” Ao chegar à sala, ele encontrou Norma toda atrapalhada na improvisação de fraldas. Preocupado e indeciso, caminhava impaciente, expressando nervosismo. Tentava organizar o tumultuado redemoinho de episódios inesperados que se insurgiram contra ele. No atropelo dos fatos, não foi possível discutir o assunto com Raquel, mas, certamente, ela jamais permitiria a entrega da menina a uma pessoa desconhecida.

Simulava alternativas e arquitetava soluções, quando a porta se entreabriu. Era Júlia e o marido Vítor Hugo. Vieram buscar a criança. Eles a adotariam. Há algum tempo já pensavam em adotar um filho. Após passarem um pedaço de noite trocando ideias, tomaram a decisão. Antônio, ao perceber que o casal estava irredutível em seu propósito, apenas concordou e mandou Norma trazer o bebê.

O mais surpreendente foi a reação de Vitinho. Aproximou-se da pequena, pegou-a no colo e saiu com ela para o jardim como se sempre fosse sua. Julinha balançou a cabeça à procura de uma razão que justificasse tal ato. Satisfeita com a atitude do marido, comentou:

– Isso só pode ser "coisa do passado". Se essa teoria for verdadeira, como defendem os espíritas, eles já pertenceram um ao outro em uma vida passada.

Na mesma semana, Antônio foi com Julinha ao cartório e registrou a menina como filha dela e de Vitinho. No caminho, ainda encantado com o gesto, Antônio perguntou:

– Já escolheram o nome?

– Sim, já. É Geórgia.

– Por que Geórgia?

– Ela veio dos Estados Unidos. Geórgia é um nome muito usado lá e... e... e porque achamos bonito.

Meses depois, Angélica foi para Londres fazer especialização, sem a pretensão de retornar tão cedo. Julgava aquele lugar seguro. Lá, não precisaria se esconder na lavanderia, ao lado da máquina de lavar roupas.

Antes de mudar de país, vô Antônio e Raquel convidaram-na para o almoço de domingo na Mansão. Como estava para viajar, adorou o convite, pois era a oportunidade de se despedir. A casa estava cheia: tia Inês com a família; Julinha com o marido e a graciosa Geórgia; e dois rapazes, vindos do Sul a passeio, filhos do atual casamento do bisavô Antenor. Toninho comportava-se como um típico garoto adolescente em um bate-papo animado com uma amiga de escola. Já Afonsinho não interagia perfeitamente com o grupo. Preferia se divertir com o cachorro e, quando se comunicava, seus assuntos não condiziam com a idade e tamanho. Os traços de "Down" estavam bem acentuados.

Angélica estava emocionada. Antes de partir, já sentia saudades das crianças. Conversou muito com Afonsinho. Ele tinha tempo e paciência para responder o que ela lhe perguntava. Os outros apenas se limitavam a retorquir com breves monossílabos e já saíam para brincar. Ele não se assemelhava aos demais. Tão doce e inocente que inspirava proteção. Com constância, ele se aproximava de Raquel e a abraçava fortemente. Era lindo o carinho que existia entre eles.

Fim de tarde, Angélica preparava-se para sair, quando Antônio a convidou para acompanhá-lo até um canto do jardim. Sentaram-se em um banco, deslumbrando-se com um belo pôr do sol que lentamente se esmaecia. Ela estava pronta para receber conselhos do vô. Afinal, partia para um destino incerto, sem dúvida, uma aventura.

– Você reparou como Afonsinho é um rapaz querido? – indagou Antônio com intenção de puxar conversa. Ela não só concordou, como também não economizou elogios ao garoto. Ele a ouvia com fisionomia tensa, imaginando como encaixaria o assunto que desejava tratar. Ciente de que não havia como protelar, foi adiante:

– Posso lhe contar uma coisa? – ela deu uma risadinha insossa, ansiosa para adivinhar o que o vô tinha de tão importante para lhe confidenciar. Com simpatia, disse a meio sorriso:

– Adoro surpresas!...

Antônio prolongou a pausa e, enquanto admirava a natureza, buscava por inspiração. Já havia guardado aquele segredo além da conta. A hora era aquela. Precisava falar. Procurava o jeito menos traumático para fazer a revelação à neta. Como não encontrou as palavras adequadas, simplesmente afirmou:

– Afonsinho é seu irmão! – sem entender, ela o inquiriu:

– Como assim? Eu não tenho irmão. Nosso irmãozinho morreu.

– Lembra quando sua mãe saiu com Afonso e ele nunca mais voltou? Ele não morreu. Ela trouxe ele aqui para a Mansão, para que eu e Raquel cuidássemos dele.

Os olhos de Angélica se petrificaram. A frouxa expressão de felicidade se encolheu... murchou. Arrasada com aquela história macabra, escondeu o rosto entre as mãos e iniciou um choro baixinho. Antônio esperou que ela se recuperasse e, preocupado, levou-a para casa.

Depois de conhecer mais uma loucura dos pais, ela decidiu: iria embora do Brasil e jamais retornaria. Mudou-se para Londres e começou a trabalhar na profissão. Lá construiu uma nova vida, longe da terra natal. Enfim, só queria esquecer as tristes lembranças de um passado abarrotado de frustrações.

Isso mesmo. O objetivo era esquecer. Não havia bons motivos para voltar. Ou melhor, voltar para onde? Sua mãe já falecera e, na época em que viveram juntas, não houve entrosamento entre elas. Foi abandonada pelo pai, com quem deixou de se relacionar. Não fazia ideia onde estaria a irmã. As marcas na alma, presas a doloridas recordações, não se apagariam com facilidade. Ela e Bárbara, ainda na infância, foram largadas aos cuidados das babás e, quando essas se ausentavam, as empregadas da avó paterna, que também não lhes davam nenhuma atenção, as substituíam. Portanto, a rejeição estava viva e doída.

Mas mudou de ideia. Embora tivesse jurado que não pisaria mais em solo brasileiro, a saudade quebrou a jura. A vontade de conhecer melhor Afonsinho a trazia com frequência ao Brasil. Ela tinha uma paixão especial pelas crianças. Aliás, vinha por causa de todos. Do irmão, do Toninho – o tio mais jovem do que ela –, e de Geórgia – a adorável sobrinha.

Com o correr dos anos, Geórgia passou a confiar na tia. Trocavam correspondências, nas quais discutiam pontos de vista, idealizavam projetos, fofocavam dos namoricos. Ultimamente, os celulares das duas estavam cheios de mensagens, de uma para outra. Anualmente, Geórgia e a mãe Julinha atravessavam o oceano para visitar Angélica em Londres. Elas brincavam de conversar em inglês e a tia a alertava: "Jornalista deve saber falar inglês, hein!". E, graças ao estímulo de Angélica, Geórgia aprendeu. Aproveitava o apartamento da tia para se hospedar nas férias, enquanto fazia curso de língua inglesa. Não demorou muito para dominar o novo idioma.

A vida profissional de Angélica era destaque no meio londrino. Aos quarenta e três anos, ainda guardava os atributos de uma bela mulher. Bem resolvida emocional e profissionalmente, era vista como excelente arquiteta. Perfeccionista, capaz e criativa, trabalhava para as melhores construtoras do país. Sua agenda estava sempre repleta de convites para participar dos mais variados eventos, angariados por competência e beleza. Já havia encerrado dois relacionamentos. Continuava solteira, porém convivendo amistosamente com os ex-namorados. Achava que havia superado o trauma trazido da infância. Recentemente, apareceu no Brasil, mas não sozinha.

Julinha e Geórgia foram apanhá-la no Aeroporto do Galeão. Na porta de saída, uma mulher atraente, de calças largas e blusão colorido, arrastando uma diminuta malinha de mão. Próximo dela, um homem claro, bem-apessoado, com uma barba grisalha que o deixava especial. Empurrava um carrinho atopetado de bagagem. Antes que Julinha e Geórgia fizessem qualquer tipo de gracinha, as duas já estavam sendo asfixiadas pelos abraços da quase inglesa.

– Esse é James... – apresentou Angélica. – Mas não o "Bond"! – e todas riram...

Antes de cruzar os portões da Mansão, Antônio já a aguardava e não ocultou sua emoção ao revê-la. Ele sentia falta dela e de Bárbara. O contato entre eles sempre foi tolhido por Lurdes. Na verdade, somente conseguiu se relacionar com as netas após a morte da filha e o segundo casamento de Laerte, quando elas se mudaram de vez para a casa dos avós paternos. Com Bárbara, o convívio fora mais curto, porque ela logo foi embora para o exterior.

Uma semana era pouco tempo para o tamanho da programação que Angélica pretendia executar. Isso incluía conversar com a família, pegar uma praia e mostrar os atrativos da Cidade Maravilhosa ao acompanhante, já que ainda ninguém definiu qual o papel ocupado por ele: amigo ou namorado.

A primeira visita foi ao Cristo Redentor, com braços abertos, zelando pelo Rio de Janeiro a setecentos e seis metros de altitude. Dia seguinte, a escolha foi pela praia de Copacabana, apelidada carinhosamente como "Princesinha do Mar", onde o casal londrino refestelou-se na areia. À tarde, desbravaram a trilha da Urca para ver o sol se esconder em um canto qualquer do horizonte, enquanto milhares de brilhantes pingos de luz nasciam pela orla para pintar a paisagem, formando um chão de estrelas.

– Ai! – suspirou Angélica, comovida. – Essa combinação: chegada com despedida, sempre me surpreende e me emociona – o Inglês embevecido por aquela imensidão de encantos naturais, registradas nas lentes de sua máquina fotográfica, apenas sussurrava:

– It's beautiful!

Ao voltarem para casa, o churrasqueiro Toninho já os esperava com aperitivos na churrasqueira perto da piscina. James após a amizade que fez com a famosa caipirinha, acomodou-se em uma cadeira e de lá não saiu. Entre um gole e outro, exultava de contentamento, expressado através de um "very good", dito com entusiasmo. O excesso de sol e álcool provocou-lhe um vermelhão que se espalhou pelo rosto de pele excessivamente clara. Angélica conversava com Vitinho e Julinha, mas não despregava o olho de seu Inglês. Percebendo a preocupação da tia, Geórgia, com uma cara divertida, brincou:

– Parece que o senhor Bond não conhece a força da nossa brasileirinha – referindo-se à caipirinha. – Já perdi a conta de quantas ele tomou! – e todos riram.

Era madrugada quando Angélica conseguiu carregar James para o quarto, antes que desse vexame. Ao retornar, todos já haviam se retirado, restando apenas Julinha e Geórgia, que bebericavam chá na sala. Angélica aproximou-se da caixa de saquinhos, escolheu um com sabor de camomila e mordiscou um biscoitinho. Ali papearam até que o sono as dominasse.

Uma perda inestimável

Uma manhã acinzentada, feia, desajeitada, sem graça, tão abatida quanto Antônio, que caminhava pelo jardim, desconsolado. Fazia apenas uma semana que seu último grande amor partira. Provavelmente, fora fazer companhia à Ingrid e Belinha.

Um câncer terrível levou Raquel, em poucos meses. Antônio pensou em submetê-la a um tratamento no exterior, mas ela não aceitou e os melhores especialistas do país o alertaram que seria inútil. Na véspera de seu derradeiro suspiro, magérrima, mas ainda linda, pegou a mão do marido, fitou-o com aquele olhar esverdeado e lhe disse:

– Querido, viva para a sua família. Eles o amam. Os dias que passamos juntos valeram por uma eternidade. Vou me encontrar com Belinha e Ingrid. Aproveite o resto de sua vida que, em breve, nos veremos outra vez.

Ele sentiu vontade de gritar, uivar, esmurrar a parede como o arrogante Antônio outrora costumava fazer para externar sua revolta, mas conteve-se. Calmamente, soltou a mão de Raquel, beijou-lhe a face e deixou-a com os demais familiares. No corredor, encostou o braço em uma coluna onde apoiou a cabeça e, através do choro, extravasou sentimentos que estavam enroscados na garganta. Nunca mais mergulharia seus olhos naqueles olhos verdes. Somente voltou à realidade quando o filho Toninho se aproximou por trás e o abraçou num chorinho miúdo, tão doído quanto os soluços do pai.

A morte de Raquel foi a pazada de cal que soterrou definitivamente qualquer resquício de orgulho, se é que ainda existia, de um indivíduo que se julgava acima das leis divinas. O menino mimado, afortunado, cheio de grana. Segundo seu entendimento, do dinheiro emanava o poder e por isso era poderoso. Nascido em berço de ouro, nunca foi atingido por algum problema financeiro. Hábil negociante, dom herdado do avô Joaquim, multiplicou a fortuna dos Castro, tornando-o extremamente prepotente.

Mas a vida jamais deixa alguém impune. Se ela não o atinge materialmente, o faz emocionalmente. Apaixonou-se perdidamente por três mulheres. Seus inesquecíveis amores: Ingrid, a loira de cabelos cacheados, olhos azuis, magnetizantes. Sempre animada. Uma explosão, um furacão... um foguete em lançamento. Belinha, a filha querida. Aquela menininha que tinha resposta simples para tudo, inclusive para questões complicadas. A arrogância, acrescida da própria estupidez, fez com que ele perdesse os primeiros anos daquela garotinha tão especial. Raquel, a Feiticeira de Olhos Verdes. Aquela que, sem nunca ter alterado o tom de voz, reformulou seu padrão de conduta. Fez dele, outro Antônio.

E, o destino malvado não lhe perdoou. Roubou-lhe as três paixões. As responsáveis por momentos memoráveis de felicidades.

Na sua caminhada, por vezes, afundava a visão no infinito, tentando cobrar do Todo-Poderoso a razão de castigá-lo. Mas logo se recompunha. A morte de Raquel trouxe-lhe sofrimento, mas desacompanhado da rebeldia e do desespero sentidos nas perdas anteriores. A maturidade e os aconselhamentos dela apresentaram resultados profícuos. Ela lhe ensinou que o INESPERADO existe, machuca, deixa feridas, mas é parte integrante da nossa existência. Temos que aprender a conviver com ele. Somente depois de velho, os dizeres do conto do padre Odilon ganharam significado. Resignadamente, compreendia que passava por uma fase de readaptação, onde os desígnios divinos tornavam-se claros. Demorou a entender que as punições eram consequências de tudo que fez nesta encarnação. Evidente que colhia o que plantou. Então, sabia que as provações não deviam ser interpretadas como castigo, mas como um instrumento capaz de aperfeiçoá-lo como ser humano. Ele poderia ter sofrido a doença terminal no lugar de Raquel, mas ela não merecia ser penalizada, pois certamente não carecia mais de aprimoramento. Ele sim. Não tinha noção de quanto tempo seria seu aprendizado, mas estava ciente de que enfrentaria dias cruciantes sem a presença de uma das suas paixões. Contava com o amparo dos filhos, netos e bisnetos. Cada um ocupava um pedacinho do seu coração. Mas, no cantinho destinado aos seus amores, havia um vazio. Um buraco chamado “saudade” que jamais seria preenchido.

Entretanto, era imprescindível que ele seguisse seu caminho. Era isso que suas mulheres queriam. Um Antônio disposto, não combalido. Impulsivamente, deu o tradicional giro sobre os calcanhares, no instante em que as palavras de Raquel se avolumavam dentro de seus pensamentos, soando como uma determinação: "Viva para sua família. Eles o amam." De pronto, veio-lhe à mente um desafio instigante que insistentemente teimava em aguçar sua astúcia: dar um destino à Mansão. Há alguns anos que os Castro se mudaram para mais próximo do centro da cidade. O local, onde nasceu, cresceu e criou os filhos, estava abandonado. Toninho contratou um casal de caseiros para atender à propriedade. Antônio evitava aparecer por lá, pois o lugar lhe trazia muitas lembranças: algumas felizes, outras tão amargas que acabavam levando-o à depressão. Não tinha coragem de olhar para o bambuzal e lembrar que, atrás daqueles bambus, na Casa dos Fundos, ele covardemente reclusou duas das três mulheres de sua vida.

Por várias vezes, traçou planos para aproveitar aquele imóvel. Porém não gostou de nenhum projeto, descartando-os imediatamente. Então, resolveu reunir os familiares. Os filhos, genros e nora que decidissem. A idade avançada não permitia mais esse tipo de comprometimento. Os negócios eram conduzidos por Inês e ela, aos poucos, vinha transferindo o controle para o irmão Toninho. Antônio conversou com cada um e marcou um encontro para uma das semanas seguintes.

Em um final de tarde de domingo, todos compareceram curiosos e cheios de expectativas. Embora o pai tivesse explicado o motivo da convocação, alguns pontos de interrogação ainda pendiam no ar. Após se acomodarem em torno da gigantesca mesa de jantar, Antônio iniciou a reunião. Reafirmou a intenção de dar um destino à antiga Mansão e, para tanto, julgava indispensável tratar do assunto com eles.

Timidamente, cada um começou a expor seu ponto de vista. Julinha até pensou em montar uma clínica médica, mas o marido a desestimulou, alegando que eram bem-sucedidos financeiramente e já não tinham mais idade e disposição para lançarem-se em um empreendimento de tal envergadura. Toninho sugeriu a venda do imóvel, mas Inês e Julinha, saudosistas, discordaram. Lá, eles passaram a infância e adolescência. Preferiam manter a propriedade na posse da família.

No momento em que os ânimos se exaltavam, Antônio, apenas como observador, batia com o saca-rolha na taça com meia porção de "Cabernet

Sauvignon", vício que jamais abandonara –, pedindo que todos se acalmassem. Após duas horas de intensa discussão, o grupo não chegou a nenhuma conclusão. Então, Inês, para aliviar a tensão, brincou com Geórgia:

– E a nossa jornalista? Só olha e não fala nada? – a sobrinha, que até aquele momento a tudo assistia sem perder um detalhe sequer, virou-se para o lado da tia e, com uma carinha de surpresa, questionou:

– Sim, mas eu posso participar?

– Claro, querida – afirmou Inês com a concordância dos demais. Geórgia riu da própria timidez. Com o estímulo recebido, encheu-se de coragem e expôs o que sozinha imaginou:

– Eu tenho uma sugestão. É totalmente diferente do que foi dito até agora. Proponho que a Mansão se transforme em um centro de reabilitação e apoio a crianças deficientes. É uma forma de homenagearmos Belinha e Afonsinho. Penso que devemos isso a eles.

Mais uma longa rodada de debates foi travada com a finalidade de esmiuçar a inusitada proposta. Cada um achou um jeito de mostrar seu espanto, enquanto olhares descrentes se cruzavam entre eles, exprimindo o mesmo pensamento: "Ideia de uma jovem maluca, sem juízo". Toninho, de imediato, arguiu:

– Mas quem vai administrar isso? E de onde virão os recursos?

Antônio, que até então estava mais preocupado com sua taça de vinho do que com o bate-boca ao seu redor, reposicionou-se na cadeira e, abandonando a sua condição de mero assistente, opinou pela primeira vez:

– Querida – dirigindo-se à bisneta –, detalhe melhor essa sua conversa doida que eu gostei – empolgada com a aprovação do biso, Geórgia explicou:

– Criaríamos uma instituição. Uma fundação que seria responsável pela manutenção do Centro. Quantos meninos e meninas iguais a Afonsinho e Belinha estão perdidos por aí? A maioria deles, os pais não dispõem de recursos financeiros para tratá-los e muito menos para educá-los. Aqui nós teríamos educadores, médicos, psicólogos, fonoaudiólogos, enfim, todos os profissionais necessários para atendimento e desenvolvimento dessas crianças. Seria, além disso, um local de pesquisa da doença de "Down".

Ao terminar, suspirou. Não acreditava que tinha falado tão bonito. Conseguira colocar tudo para fora. Alguns, incrédulos, admiravam sua audácia, mas teimavam em resistir à proposta. Uma ideia fora de cogitação, embora uma esplêndida ideia. Geórgia, então, retomou suas elucidações e, demoradamente, prosseguiu em defesa de seu projeto com convicção, respondendo a perguntas e discutindo alternativas.

Antônio, que estava distante daquele falatório e ainda não tinha cochilado porque antes queria terminar a garrafa vinho, quando se inteirou das explanações da bisneta, entusiasmou-se:

– Filhos, de tudo o que eu ouvi aqui, a sugestão da Geórgia foi, no meu entender, a melhor de todas. Concordo que é algo ambicioso, quase um sonho, mas não é impossível realizá-lo. Nós temos meios de suprir as necessidades da Fundação. Tenho amigos empresários que também poderão contribuir. Não tem sentido deixarmos aquele patrimônio abandonado, tomado pelo mato. Do mesmo modo, não sou favorável à venda, pois seria apenas jogar mais alguns milhões nas contas de vocês. O que isso mudaria no dia a dia de cada um? Nada. Todos estão bem financeiramente. São formados, bons profissionais e, com Mansão ou sem Mansão, têm condições de tocar suas vidas tranquilamente. Não é esse imóvel que fará vocês mais felizes ou menos felizes – parou, respirou fundo, sorveu outro gole e continuou: – Agora realizar um empreendimento dessa natureza e dessa grandeza vai fazer a diferença. Estou convicto de que no futuro vocês terão um verdadeiro motivo para se orgulhar de pertencer à família Castro. Não quero ser impositivo. Meu tempo de "pai ditador" ficou no passado. Somente peço que pensem com carinho sobre o que Geórgia propôs.

Àquela altura da reunião, a incredulidade foi substituída pela curiosidade. O silêncio, que perdurou no ar por alguns segundos, foi suficiente para escutar Antônio estalar a boca como se quisesse degustar todo o sabor que o delicioso "Cabernet" lhe oferecia. Luís foi o primeiro a se manifestar:

– Posso garantir que a nossa construtora vai participar tanto nas reformas de adaptação quanto na manutenção.

Inês gritou em seguida:

– Se vocês me permitem eu sugiro um nome: Fundação Isabel Castro.

– Mas não nos esqueçamos de batizarmos uma ala com o nome do Afonsinho – clamou Julinha.

Toninho pediu a palavra e falou o que Antônio esperava ouvir:

– Acho que será desnecessário pôr em votação o que foi sugerido. Pelo que eu vi, chegamos à unanimidade. Pai, eu me coloco à disposição para levar essa proposta adiante, se todos concordarem.

– Eu também – confirmou Inês.

Ficou acordado que Inês, Toninho e Geórgia desenvolveriam o projeto. Periodicamente, prestariam conta aos familiares. Geórgia não se continha de felicidade. Jamais imaginaria que uma jovem, no meio de adultos experientes, conseguisse convencê-los a aceitar uma ideia fantasiosa que nem ela acreditava que um dia poderia se realizar.

Antônio tomou o último gole. Sorriu satisfeito. O sonho da bisneta passou a ser igualmente seu. Antes de se retirar, olhou para a garrafa, não quis ler os dizeres do rótulo, mas, sem dúvida, foi o "Cabernet Sauvignon" mais saboroso que bebera em sua vida.

As surpresas de Bárbara

Um pacote chegou da África para Geórgia. Uma encomenda imprevista, não anunciada. Ao ler o nome do remetente, o corpo se enrijeceu, as curvas que delineavam as feições do rosto se acentuaram. As mãos trêmulas tinham dificuldade em segurar qualquer objeto, muito menos o que se apresentava à sua frente. A primeira ação foi correr para se refugiar no quarto. Por alguns instantes, a confusão mental que se estabeleceu dentro do seu cérebro a desestruturou, sem que conseguisse assimilar o golpe. Então, amargurada, deixou a raiva explodir. Furiosamente, gritou, xingou, socou o travesseiro, espalhando penas de ganso pelo assoalho. Não satisfeita, escancarou as portas do armário para rasgar as roupas que encontrou, lançando-as ao chão para fazerem companhia com o que já havia sido estraçalhado. Completamente esgotada, não pôde impedir que o pranto, acumulado por anos, transbordasse. Cansada de chorar, adormeceu.

Sonhava com mãos vigorosas que a protegiam, quando uma música a despertou. Sem ainda definir de onde vinha a melodia e se estava inserida naquele devaneio, o som se silenciou para somente voltar a tocar minutos depois. Já em total consciência, procurou o celular em meio àquela bagunça. Era Bruno e ela sabia que ele ficava chateado se demorasse em atendê-lo.

– Alô! – disse com voz manhosa. Do outro lado da linha, um sujeito preocupado respondeu:

– O que está acontecendo com você, amor?

– Não é nada. Só estou um pouco aborrecida – despistou Geórgia, imaginando que seria capaz de ocultar sua tristeza. Então, com autoridade, ele determinou:

– Estou passando aí para te buscar – e desligou.

Geórgia arrastou-se para baixo do chuveiro, pois uma ducha quase fria talvez pudesse reanimá-la. Na saída do banho, deparou-se com Júlia sentada à beira da cama, impressionada, querendo entender o significado de tão louca desordem. Como alguém sem amparo, a filha jogou-se nos braços da mãe e abriu uma atemorizante choradeira. Pacientemente, Julinha esperou ela extravasar um turbilhão de lágrimas, enquanto alisava os cabelos da sua menina.

Quando o desespero abrandou, Geórgia apanhou o pacote responsável por aquela tragédia sentimental e o entregou à Júlia:

– Veja, mãe! Como que só agora ela tem a cara de pau de se comunicar comigo e por meio dessa porcaria.

Julinha tomou a caixa em suas mãos e girou-a mais de uma vez à procura do remetente. Leu e conferiu o endereço de quem a enviou e, por um breve intervalo, permaneceu contemplativa, cismada com o que Bárbara queria depois de tantos anos sem se manifestar.

– Meu Deus, onde essa mulher está enfiada? O que será que ela está fazendo tão longe daqui? E o que ela quer com essa encomenda? – foi pensando alto.

– Nunca me dirigiu uma palavra sequer. Nunca se dignou a ligar ou mandar uma carta. O que ela está querendo agora? Com certeza, dinheiro – falou Geórgia, ressentida. – Só pode ser, porque se fosse algum motivo nobre, certamente não caberia aí dentro.

Júlia direcionou o olhar para o pequeno intruso, pretendendo adivinhar o que continha ali, enquanto escolhia palavras de conforto.

– Meu bem! Seja lá o que for, nós enfrentaremos juntas. Não vou permitir que alguém magoe você.

Uma batida à porta que se entreabriu.

– Bruno está lá embaixo – avisou a empregada. Um tímido sorriso brilhou no rosto de Geórgia.

– Diga que já estou descendo.

Julinha levantou-se da cama, onde estava sentada e, com voz firme, apressou-a:

– Vamos, querida! Deixe que eu dou um jeito nas suas coisas. Vá passear com Bruno. Agora, esqueça isso. Só abra quando achar conveniente. Pode contar comigo. Não se assuste com o que vai encontrar aí.

Geórgia passou o feriadão com Bruno. Foram momentos de descontração e reflexão. Abriu o coração para seu bem-amado e, escorada na forte personalidade do rapaz, beneficiou-se de bons e proveitosos conselhos. Além dos pais, um novo ombro se apresentava para horas difíceis. Percebeu que ele era a sua cara metade, alguém que a completaria. Os poucos dias de folga foram suficientes para enchê-la de vigor, tornando-a mais disposta, com pique de sobra para ajudar Inês e Toninho nos preparativos finais da reforma da Mansão. A data da inauguração se aproximava, havia excesso de serviço e cada um era responsável por alguma tarefa.

Ao retornar ao quarto, foi impossível desviar a visão do intrigante pacote que, em cima da penteadeira, insistia em se exibir para ela.

– Ora! Ora! – exclamou, com o embrulho nas mãos. – Você ainda teima em se insinuar para mim – fez umas caretas e continuou com seu monólogo. – Não tenho mais medo de você. Bruno, com seu amor, me mostrou como te enfrentarei – rindo baixinho da própria conversa, rasgou, com raiva, o papel que envolvia a enigmática caixa e, com ele, o seu passado. Dentro encontrou um envelope e um pequeno saco de pano. Intrigada, averiguou os dois, sem definir qual abriria primeiro. Após alguns segundos de incertezas, se decidiu pelo misterioso invólucro.

Tamanha foi sua surpresa ao ver o colar de diamantes e rubis que sua mãe biológica havia arrancado do pescoço da madrasta. Sabia do fato, porque tia Angélica lhe contara. Um emaranhado de questões, geradoras de dúvidas, entupiram-lhe a mente, à espera de coerentes respostas. Então, apreensiva, iniciou a leitura da carta. Leu, leu e releu, e a cada leitura, enchia-se de emoção. Com certeza, foi a mais bela declaração de amor que já recebeu.

"Geórgia! Querida filha.

Sempre é tempo para nos desculparmos...

Ouvi essa frase de uma mãe que acabara de perder o filho para a fome.

Depois que a deixei com Julinha, lancei-me de volta aos braços da liberdade que você me obrigara a abandonar com o seu nascimento. Livre outra vez, eu me achei soberana, pois nenhum compromisso me prendia. Envolvi-me com pessoas de mal com a vida, porque era ali que eu me encaixava; era meu chão, onde me sentia à vontade.

Corri o mundo, tentando preencher o vazio que eu habitava. Porém sem entender que a minha reabilitação não dependia de lugares, mas apenas de mim, cada vez mais me atolava nos meus próprios erros.

Quando o dinheiro acabou, os parasitas, que se diziam meus amigos, me abandonaram. Saíram em busca de novos hospedeiros, largando-me em uma pensão de quinta categoria. Sem recursos para pagar as contas, trabalhei de faxineira por meses a fio. Como o que eu ganhava não era suficiente para a maconha, me prostitui.

Passei fome, fui presa por arruaça, levei surra de gigolô, mas jamais me desfiz do colar. Quando a saudade batia forte, eu o prendia em minhas mãos e me lembrava de você. Aí, os pensamentos divagavam e, percorrendo uma passarela imaginária, eu adentrava o paraíso que nos fora roubado na infância. E lá, eu encontrava a avó Ingrid, com ele reluzindo em seu pescoço e sorrindo para mim. Radiante, corria até a sala e sentava no colo do vô Antônio para ouvir o bisavô Ari contar histórias, repletas de fantasias, interrompidas frequentemente pelas gargalhadas de uma menina alegre e extrovertida, chamada Belinha. Protegida naquele aconchego, eu permitia que minha mente construísse sonhos que nunca se realizaram.

Depois de ter desistido de você, a joia ocupou o seu lugar e eu a carregava sempre escondida na cintura e não mostrava a ninguém.

Morreria por ela se fosse necessário.

Neste momento, você deve estar balançando a cabeça e dizendo:

– Que patético!

Eu entendo. E não lhe tiro a razão.

Cansada dessa vida, onde eu não tinha utilidade e apenas era usada, juntei-me a um velho rico. Fiquei com ele por cinco anos, até seu falecimento. Então, os filhos vieram, levaram todos os pertences do pai e fixaram um prazo para que eu desocupasse a casa.

Lá estava eu de novo acuada, perdida, sem ter meu refúgio e a minha confortável cama cor-de-rosa para me aninhar.

Contudo, de tanto apanhar, aprendi a me precaver. Há um tempo abri uma conta em um banco, onde guardava tudo o que sobrava. Não era uma fortuna, mas iria me ajudar. E assim, por certo tempo, sobrevivi.

Entretanto, perguntas insolúveis teimavam em me perseguir:

– Para onde ir? O que fazer? Por que continuar vivendo?

Desorientada, perambulava por ruelas e becos, sem rumo, sem objetivo. Em breve, voltei a me deprimir. Não tinha mais coragem para apostar em um renascimento e, no meu íntimo, era tomada por ideias suicidas. Nessas horas, instintivamente, eu me agarrava ao colar e pensava em você.

Todavia, em uma tarde fria de inverno, a crise de solidão suplantou o meu frágil desejo de viver. Início de fevereiro, quase escuro, com flocos de neve caindo sobre o meu gorro de lã, eu caminhava pelas ruas de Nova Iorque, ao acaso. Uma frenética multidão atravessava uma porta e eu segui o fluxo. Ao me dar conta, estava dentro da estação de metrô, olhando, fascinada, para os trilhos. Ouvia meus sentidos dizerem:

– É só se jogar. Será rápido... Não é difícil terminar com esse sofrimento.

O som do trem se aproximava e eu me preparava para o pulo que me libertaria de um passado recheado de frustrações. Ao fazer o primeiro movimento, uma mão pesada pegou-me pelo pescoço, com determinação, impedindo o salto que acabaria com minha desilusão. Virei-me e me defrontei com um homem negro, robusto e alto, encarando-me com fúria, pois ele se apercebeu da minha intenção. Pensei que ia me bater. Com a ponta do dedo quase em cima do meu nariz, xingou-me com voz firme:

– Você não tem esse direito. Como quer pôr fim à sua vida, quando muitos lutam desesperadamente para preservar as suas.

Um silêncio se interpôs entre nós. Trocamos olhares. Ele me examinava e eu a ele. A musculatura de seu rosto aos poucos foi relaxando, até transformar-se em uma fisionomia suave e simpática, enquanto a minha era de expectativa. Lentamente, um sorriso confiante brotou naquela face, já tranquila.

– Aceita tomar um chocolate quente? – perguntou, esfregando as mãos para espantar o frio. Senti veracidade no seu convite e achei amável a forma com que ele encerrou aquele momento constrangedor.

E lá fomos a uma deliciosa confeitaria.

Ele me falou que era médico, viúvo e sem filhos. Observei-o atentamente e notei que ele tinha uma linda história para contar, apesar de triste. Entre tantas confidências que dividiu comigo pretendendo angariar minha confiança e me levar a visualizar um ponto de luz na escuridão, disse que pertencia ao grupo "Médicos sem Fronteiras" e estava prestes a assumir um trabalho voluntário em um país pobre da África. Dito isso, novamente me invadiu com aquele olhar severo e também doce:

– Que tal seguirmos juntos nesse fim de mundo totalmente esquecido pela humanidade? – suspendeu a frase para melhor me avaliar. – Tenho certeza de que um real objetivo fará diferença. Você descobrirá um sentido para a sua vida. Garanto que valerá a pena. Não perderá nada em tentar.

Decorridos alguns dias, fui embora com ele e me apaixonei pela primeira vez. Só então entendi o que é amar. Logo, estávamos casados e passei a auxiliá-lo numa tarefa nobre e despretensiosa. Jamais imaginei que existiam pessoas assim como ele, onde o outro tinha a preferência sobre si. Entusiasmei-me pela sua missão e, unidos, abraçamos a mesma causa.

Aprendi o básico de enfermagem e me tornei sua parceira, no amor e no trabalho. Acompanhava-o em barracos onde tudo faltava, com exceção da miséria que era abundante. E, como nunca antes acontecera, ressuscitei, virei gente... me senti útil.

Às vezes, eu tinha a sensação de que ele me analisava, como se quisesse desvendar algum segredo que escondia. Mas eu ainda não estava pronta para expor minha intimidade e ele respeitava.

E assim, com o passar dos anos, a nossa parceria progredia, ao mesmo tempo que eu me recuperava.

Um domingo à tarde, estávamos sentados na varanda de nossa casa de madeira, apreciando o pôr do sol.

– Que fantástico! – exclamou ele e, como se estivesse em um estado de levitação mental, me confessou:

– Nesses momentos, liberto minha alma do cativeiro, para que ela admire as pinceladas de tinta na tela do Criador.

Contemplei-o com surpresa, por tão extasiante dedução. Mas ele não me via, de tão enlevado que estava. E eu me encantava pelo encanto dele ao apreciar o belo. A seguir, apontou para um lado do céu e comentou:

– Veja, Bárbara! O Pintor Celeste hoje carregou na púrpura.

Apenas acompanhei sua admiração.

– O mais impressionante – prosseguiu ele – é que nenhum traço se repete. É uma renovação constante – então, se virou para mim e completou:

– Nós deveríamos agir como Ele. Porém, forças interiores levam-nos a complicar uma existência simples que o Criador nos deu.

Tal afirmação encorajou-me a despir meu íntimo, sob a ótica compreensiva de alguém que me amou de verdade. À medida que eu abria meu coração e revelava meus sigilos, o fardo dissolvia-se dentro de mim, não pesava mais. Os pedaços de amargura transformavam-se em ínfimos fragmentos de paz que se alastravam pelo meu ser. Senti-me serena... renasci.

Então, cheia de esperança, estou aqui, através desta carta, apresentando minha nova casa a você: uma alma lavada, limpa e renovada.

Não adianta lamentar o passado e sim consertar o presente. Li isso não sei onde e achei inspirador. Além de inspirador, útil e prático.

Finalmente, concluo, com segurança, que a melhor herança que deixei a você foi a de não tê-la criado.

Você merece pessoas especiais, como sua mãe Julinha e seu pai Vítor Hugo.

Amo você...

Assinado: Bárbara, alguém que não se sente digna de ser sua mãe, mas gostaria de ser sua amiga.

Quem sabe... um dia, se você me perdoar."

Geórgia, ao tomar conhecimento da vida de sua mãe biológica, surpreendeu a si mesma. Ao invés de xingar, choramingar e destruir roupas e travesseiros, como fizera recentemente, sentou-se no chão, pensativa.

Ela se envergonhou por julgar a mãe, sem nunca ter se interessado por ela ou pelas causas que a levaram a se enveredar por um caminho tão tortuoso. Também percebeu que Bárbara soube colocar tão bem seus sentimentos, mostrando que era uma pessoa a ser respeitada. Segurou novamente o colar nas mãos e partiu para indagações: "Quanto valeria uma joia dessas?", "Por que não vendeu nos momentos de dificuldade?", "Como suportou tanta desgraça por falta de dinheiro, se estava de posse de uma fortuna?"

Só agora entendia a grandeza de Bárbara. Sofreu, passou pelas mais cruéis adversidades, mas não abriu mão do único objetivo: aquela preciosidade, símbolo de seu amor, um dia deveria chegar às mãos da filha.

Guardou a joia na caixinha de música em cima da cômoda, pois já sabia quando iria usá-la: na inauguração do Centro de Reabilitação "Fundação Isabel Castro".

Os meses corriam agitados e as palavras de Bárbara continuavam soando na cabeça de Geórgia. Apesar de enxergar a mãe biológica com outros olhos e ter noção de que aquelas declarações tão sinceras contribuíram para torná-la confiante e livre de temores, ainda não se encorajava a iniciar um diálogo. Por mais de uma vez, pensou em responder, mas não foi além de uns tímidos rabiscos. Então, rodeada de dúvidas, trocou ideias com Júlia que sugeriu esperar o tempo passar. Aguardar, até que estivesse totalmente segura para decidir, era a receita que a prudência prescrevia.

– Escute a voz do seu coração. Ele lhe dirá quando e o que fazer – aconselhou Júlia.

– Mas eu não consigo me ver como filha dela.

Realmente. Geórgia não conseguia estabelecer uma relação entre o indefinido sentimento que tinha com Bárbara e o amor intenso que tinha por Júlia. Essa, sim, era sua mãe de verdade. Lembrava-se, com carinho, da atenção que lhe era dispensada quando ficava doente ou enfrentava algum problema, particularmente, o da rejeição que a perseguiu a vida inteira; da mamãe ajudando nas tarefas da escolinha e do papai tomando a tabuada. Guardava, como gratas recordações de infância, as ocasiões em que se enfiou debaixo das cobertas dos pais por causa de um pesadelo qualquer, terminando a noite agarrada ora na mãe Júlia, ora no pai Vitinho. E lá, cercada pelos dois, julgava-se protegida, como se morasse dentro de uma fortaleza.

Júlia, então, aproximou-se, abraçou-a afetuosamente e, bem próximo de seu ouvido, ponderou:

– Mas Bárbara não está cobrando nada. Ela apenas pediu para ser sua amiga. Só isso. Espere que as coisas vão acontecer – e vendo que Geórgia esperava por mais uma palavra de conforto, acrescentou: – Querida, a amizade é como uma sementinha. Prepare um solo fértil e plante-a no coração. Diariamente, regue-a com ternura e permita que ela receba a luminosidade do sol com a moderação do respeito. Em breve, nascerá uma flor graciosa e saudável, chamada “amizade”. Ninguém vê ou conversa com alguém uma única vez e já pode se dizer seu amigo. Não! A distância entre o estranho e o amigo é representada por um longo caminho, pavimentado com tolerância, renúncia, aceitação e ladrilhado por quilômetros de emoções.

Geórgia concordou. Mesmo admirando-a e respeitando-a, Bárbara não deixava de ser uma desconhecida. Aquele cantinho do coração destinado a ela ainda estava adormecido. Então, seguiria o conselho da mãe Júlia: prepararia o terreno e plantaria uma sementinha, que, provavelmente, germinaria no futuro. Mais adiante, obedecendo o cronograma de seus sentimentos, talvez tomasse coragem para responder a carta; talvez, pudessem dialogar; talvez se tornassem companheiras ou até se envolvessem em um laço de afeição; talvez surgisse uma confidente como tia Angélica ou alguém especial como a madrinha Inês. Enfim, somente o tempo poderia desvendar todos esses “talvez”.

A contagem regressiva encolhia-se. Faltava menos de um mês para a inauguração do Centro. Toninho cobrava prazo de Luís, já que a construtora da família do cunhado era responsável pelas reformas. Geórgia, incumbida da parte social, distribuía convites, acertava o cardápio com o restaurante encarregado do coquetel, discutia detalhes com a decoradora e ainda preparava o discurso, pois foi decidido que ela seria a oradora oficial do evento. Quem não estava gostando de todas essas atividades era o namorado Bruno. Acabou caindo no esquecimento, diante de tanta correria. Percebendo o desgosto do moço, Geórgia destinava os finais de semana para sair com ele.

O interfone tocou. Vitinho atendeu e Alfredão informou-lhe que um senhor fazia questão de falar pessoalmente com ele e a esposa. Encontrava-se em uma missão especial e tinha ordens a cumprir. Vitinho, ainda com o aparelho na mão, contou a Julinha do que se tratava. Eles se entreolharam, estranhando aquele tipo de conversa. “Quem será? O que quer?”, pensaram juntos. Cismado, ele comprimiu os ombros e autorizou o porteiro a encaminhar a visita até o sobrado. Quando o misterioso mensageiro chegou, ele abriu a porta e o convidou a entrar.

– Olá! – disse um cidadão de cor negra, ao mesmo tempo que estendia a mão para cumprimentá-los. Vinha acompanhado de duas crianças mulatas que apresentavam certa timidez. Apesar de não entender do que se tratava, Vitinho pediu que se sentassem. Acomodados no sofá, o senhor explicou:

– Sou funcionário da Embaixada de Angola e fui incumbido de receber esse casal de gêmeos no aeroporto e trazê-los neste endereço.

Cada vez mais confusos, Júlia e Vítor não articularam nenhuma pergunta, mantendo-se apenas atentos às explanações.

– Eles são filhos de Bárbara Castro Melo Mariga e Atif Mariga. Os dois faleceram ao tentar socorrer uma família que foi arrastada por uma correnteza numa enchente avassaladora que atingiu Zâmbia, país vizinho ao nosso. Os Mariga eram muito benquistos na cidade onde eles prestavam ajuda. Como o pai não tinha parente, o povo, consternado com a tragédia, conseguiu autorização e apoio do governo local para que os filhos fossem enviados ao Brasil por intermédio da nossa Embaixada. Pessoas da comunidade informaram que eles são seus familiares. Minha missão termina aqui. As malas e os documentos serão entregues amanhã. Ah! Só para conhecimento dos senhores, eles já têm cidadania brasileira. Os pais tomaram essa providência quando vivos. Qualquer dúvida, vocês podem me ligar neste telefone.

Sem mais nada a dizer, o homem levantou-se, entregou um cartão de visita e se despediu. Enquanto caminhava em direção à saída, Vitor e Júlia permaneciam estáticos, perplexos e boquiabertos.

Um rolo inteiro de filme passou pela cabeça de Julinha nos segundos em que aquelas crianças, à sua frente, esperavam uma definição pelo futuro de suas vidas. Ao vê-las tão tenras, indefesas e apreensivas, angustiadas com o destino incerto, penalizou-se. Excetuando o cabelo e a cor da pele, a semelhança deles com Geórgia era impressionante.

Júlia foi a primeira a se manifestar. Sem saber direito como foi se meter nessa confusão, buscou na fisionomia assustada da menina que tremia levemente o lábio inferior, um início de conversa.

– Você fala português? – a garota sinalizou para afirmar que sim.

– Como você se chama?

– Júlia, mas mamãe me chamava de Julinha, às vezes de Ju – Julinha segurou o queixo para que não caísse. Ao notar que a mulher emudeceu, Vitinho resolveu continuar o diálogo. Com expressão interrogativa, voltou-se para o rapaz:

– E o teu nome?

Diferente da irmã que parecia estar com medo, ele sustentou o olhar de seu interlocutor e, demonstrando coragem e orgulho, confirmou o que Vitinho suspeitava:

– Vítor Hugo, mas me chamam de Vitinho. E mamãe sempre disse que vocês seriam os nossos anjos-da-guarda e que jamais nos abandonariam. Se um dia acontecesse alguma coisa com eles, era para procurar vocês aqui no Brasil.

Vitinho e Julinha entreolharam-se novamente. Cada um viu o sim no semblante do outro. Já tinham criado uma filha de Bárbara. Podiam criar um casal de gêmeos. Geórgia logo se casaria e iria embora. Os dois estavam aposentados, mas ainda se consideravam jovens e dispostos. Com certa regularidade, o tema "adoção" incluía-se nos bate-papos diários.

Júlia conduziu as crianças à cozinha e ordenou a empregada que preparasse um lanche para elas. Deviam estar com fome. Então, pediu que Vitinho a acompanhasse à biblioteca. Fechou a porta e o incitou:

– Já sabe o que eu estou pensando?

– Sei. Você quer ficar com eles. Lembro-me muito bem dessa cara, quando você quis adotar Geórgia.

– E você? O que acha? – inquiriu ela com aflição.

– Claro que eu também quero. Eles são irmãos da minha filha. Não podemos separá-los. Jamais.

Júlia não se conteve de felicidade. Pulou no pescoço do marido e o beijou com ternura.

Mas não estava tudo resolvido. Júlia, com os nervos à flor da pele, passou a caminhar ao redor de si. Havia Geórgia. Como ela reagiria ao saber da existência de dois meios-irmãos. Eles precisavam agir rápido. Ela saiu com Bruno e voltaria a qualquer instante.

– E Geórgia? Como ela irá receber uma informação dessa? – inquietou-se Vitinho.

– Estou preocupada. Vamos fazer o seguinte: você vai dar um passeio com eles. Mostra a cidade, compra algumas roupas para eles num shopping. Sei lá... Invente uma história. Me dê duas ou três horas que eu falo com Geórgia – sugeriu Júlia.

– Deixa comigo. Só eles terminarem de comer que já partiremos.

Vitinho convidou as visitas-mirins para saírem. Elas receberam o convite como uma ordem. Não tinham voz ativa para decidirem o que queriam. Ao baterem a porta da rua, Júlia ligou para Geórgia.

– Que foi, mãe? – indagou a filha.

– Querida, vai demorar para voltar para casa?

– Não. Por quê? O que aconteceu?

– Não. Não é nada de grande importância. É que eu gostaria de ver algumas coisinhas com você.

– Mas que coisinhas, mãe?

– Você disse que já está vindo. Eu espero. Tchau.

Júlia, inadvertidamente, deixou Geórgia confusa. A mãe era uma pessoa que ia direto ao assunto. Não circulava pela tangente, preferia atalhos, detestava subterfúgios. Então, o que ela estaria escondendo que não quis dizer ao telefone?

Vinte minutos se passaram. Júlia gastou o tempo escolhendo as palavras que usaria para relatar os recentes fatos à Geórgia. Criou diversas versões e, em todas, achou algum defeito. Temia pela reação da filha. Agora que ela estava com seus fantasmas dominados, surge um episódio repentino que poderia desmontar suas defesas. E isso era perigoso.

Júlia escutou um barulho de carro estacionando. Um calafrio se alastrou pelo seu corpo. Mais um desafio a ser enfrentado. Abriu a porta e viu uma Geórgia com cara de expectativa.

– O que foi, mãe? Diga de uma vez.

– Calma, meu bem. Não se assuste. Sente aí – disse, apontando para a poltrona da sala. – Só quero conversar um pouquinho.

– Pelo amor de Deus, mãe, fale logo. Você nunca foi de fazer rodeios. O que houve? – Geórgia parecia que ia à loucura. Júlia não desenrolava a notícia.

– Querida, me diga uma coisa. Você está para se casar, terá sua própria casa, conviverá com seu marido. Claro que não vai nos abandonar, mas eu e seu pai vamos ficar aqui sozinhos.

Geórgia apenas escutava, não entendendo onde a mãe pretendia chegar.

– Filha, já pensou na possibilidade de ter um irmão?

– Mas, mãe, você não pode, nem tem mais idade para engravidar. Está querendo adotar um?

– O que você acha? – sondou Julia, com os olhos presos nos de Geórgia. Estava aflita, pois a próxima resposta ditaria o rumo da conversa, o rumo da sua vida, o rumo da vida daquelas crianças que subitamente apareceram e ela já sonhava tê-los como seus filhos.

– Olha mãe, isso nunca me passou pela cabeça. Mas seria legal. Não posso ser tão egoísta de querer o amor de vocês só para mim.

Julinha sentiu-se aliviada. Andou um bom pedaço do caminho que ainda tinha a percorrer. Abraçou Geórgia, agradecida, e regozijou-se ao ouvir um carinhoso cochicho de sua garota:

– Mas vocês não pensem que eu não vou ter ciúmes, oras – falou entre risadinhas.

Júlia esperou a filha se acalmar para iniciar a segunda parte do diálogo.

– E tem mais... Tenho novidades para contar.

– Se for notícias boas, pode começar.

– Nem todas são tão boas assim – Júlia fez uma breve pausa e, em tom mais sério, continuou: – É sua mãe Bárbara.

– O que houve com ela?

– Faleceu. Ela e o marido. Num acidente.

Geórgia empalideceu. Entristeceu-se, mas não chorou. Não tinha lágrimas para uma mãe que não conhecera. Uma mãe imaginária, virtual. Permaneceu cabisbaixa, enquanto Júlia contava detalhes da tragédia.

– E tem mais... – prosseguiu Júlia. – Hoje pela manhã esteve aqui um funcionário de uma embaixada nos entregando um casal de gêmeos, filhos de Bárbara.

Somente aí Geórgia saiu do seu marasmo. Levantou a cabeça, arregalou os olhos e, num único pulo, saltou do sofá.

– O quê? Então eu tenho irmãos? Não acredito. Quando vou vê-los? Eles são parecidos comigo? Vocês vão adotar os dois, não é?

Antes que a mãe entabulasse uma resposta, Geórgia já formulava outra pergunta, deixando Júlia desnorteada, sem saber qual responder.

– Claro, querida. Vamos adotar, sim. Eles saíram com o pai, mas daqui a pouco estarão de volta.

Geórgia abraçou a mãe, pressionando o pescoço de Júlia e, ao mesmo tempo que saltitava de alegria, gritava eufórica. Jurou que eles não passariam os problemas pelos quais ela passou. Não enfrentariam os fantasmas que ela enfrentou. Os três, unidos, rechaçariam a rejeição que tanto a maltratou.

Ao ouvir o ronco do motor do carro, ela correu para fora. Veria os irmãos pela primeira vez. Encantou-se. Amou-os, como se convivesse com eles desde recém-nascidos. De mãos dadas, ela os apresentou ao resto da família, inclusive ao biso. Era felicidade demais. Em um passe de mágica, deixou de ser filha única e isso era maravilhoso.

E ali se iniciou um enlace sentimental que duraria para sempre. Era a vida seguindo seu caminho, criando e se recriando constantemente, sem olhar para trás.

Final

Geórgia, antes de viajar com Bruno para a França, com um simples toque, apagou a biografia dos Castro de seu computador e de sua vida, escolhendo ser feliz. Assim como a tia Angélica que, depois de ter jogado todo o lixo da sua história naquele e-mail, desprendeu-se das amarras que a aprisionavam. Soterrou as amargas recordações, encontrou a paz e casou-se com seu Inglês: James, não o "Bond", como ela jocosamente insistia em dizer. Agora era a sua vez de se libertar do passado, pensava Geórgia. Por fim, estaria de bem com a felicidade.

Os letreiros luminosos da aeronave informavam aos passageiros que poderiam reclinar suas poltronas. Geórgia espiou Bruno e viu que ele dormia. Ajeitou-se no assento, fechou os olhos, respirou com profusão. Necessitava de um tempo para pôr as ideias em ordem. A agitação das semanas anteriores deixou-a exausta: as revelações e a notícia da morte da mãe biológica, a descoberta dos irmãos, a reforma da Mansão, o livro que deletou, os preparativos da viagem. Era muita emoção para uma jovem da sua idade. Entretanto, ainda não estava livre de todos os compromissos. Faltava um, com certeza, o mais importante: o casamento religioso. Ela pediu, Bruno concordou e assim decidiram. A família não sabia. Mandariam para casa um vídeo de uma nova Geórgia vestida de noiva, com o colar que a mãe Bárbara lhe enviou, entrando deslumbrante na Igreja de Notre Dame. Na saída, caminhariam até a ponte conhecida como "Dos Cadeados". Ali, os noivos fixariam um cadeado enorme, onde estaria gravado em um coração a expressão "For Ever" (Para Sempre). Após chaveado, os dois virar-se-iam de costas para o peitoril da ponte e lançariam a chave nos braços do rio Sena. Aí, sim, estariam totalmente disponíveis para se dedicar um ao outro.

Com um sorriso enigmático, Geórgia imaginava a mãe, depois de ter assistido a alguns minutos do filme de seu casamento, levantar-se da poltrona de um salto e, exasperada, dizer:

– Não estou acreditando no que estou vendo...

Parecia que estava ouvindo o biso soltar uma tremenda gargalhada e, achando graça da filha e do genro que perderam o chão, justificar:

– São essas estranhas surpresas que fazem a nossa Geórgia tão especial...

Mas, notou que o cansaço não liberaria o sono facilmente. Ainda excitada, era atropelada por cenas da inauguração do Centro de Reabilitação que teimavam em rondar sua mente. Um trabalho perfeito, feito em conjunto com os tios. Não queria acreditar que uma minúscula ideia que surgiu do nada, um sonho quase impossível, tornara-se realidade. Além da nobreza da finalidade, a imponência e a magnitude da obra eram motivo de orgulho. Um arrepio a estremeceu quando se lembrou também da admiração do pai Vitinho e da mãe Julinha, enquanto discursava. Aliás, não era para se admirarem, ela sempre falou bem. Em toda a formatura de que participou, foi a oradora da turma. Engatilhou um leve cochilo, mas acordou com pedaços do discurso implodindo seu repouso:

...A esposa está à espera do bem-amado...

Ela ouve o barulho da porta e, com o coração acelerado, apressa-se para se sentar no sofá, onde finge se distrair com uma revista.

– Oi, amor! – ele a cumprimenta e se aproxima, beijando-a no rosto. Com cara de gatinha manhosa, ela ronrona, faz careta, insinua-se para o seu homem que a observa com cara de bobo, sem nada entender. Certa de que ele não será capaz de enxergar o óbvio, abaixa a cabeça e sussurra:

– Estou grávida...

Silêncio.

Percebendo que ele ainda não a ouviu, talvez ocupado em largar a pasta, ela aumenta um pouquinho a voz e, seguindo com o olhar dirigido ao chão, repete:

– Estou grávida...

Nenhum entusiasmo, nenhum alvoroço, nenhuma correria, afinal, tudo quieto.

(Risos da plateia...)

Quando ele liga a televisão e o som alcança seus ouvidos, ela perde a paciência. Levanta-se furiosa e grita:

– Está surdo? Não escutou nem que vai ser pai!...

Ele prontamente desliga o televisor. Emudece. Um indecifrável momento de contemplação é gasto para que a informação adentre seu cérebro. Repentinamente, o silêncio é quebrado. Então, acontece aquela explosão de felicidade. Abraços. Beijos. Ele a carrega no colo. A seguir, dedos movem-se rapidamente nos celulares para anunciar a boa nova aos pais, parentes e amigos; e milhares de projetos são arquitetados para preparar a vinda de um herdeiro ao trono familiar.

– Uau!

Exclamou Geórgia. Descontraído, o público sorriu.

A partir de então, esse alguém já possui dois súditos que preocupam com o seu bem-estar.

Mobília é escolhida, enxoval é comprado e muitos nomes irão compor uma vasta lista, simplesmente para decidir como se chamará o novo personagem.

E, tal qual gente importante, ele não se dá ao trabalho de informar seu advento. Irreverente, determina o dia e hora, a seu bel prazer, para dar as caras.

Geórgia encarou os espectadores com um sorriso, para aclamar:

– Nasceu!...

O anúncio causou burburinho entre os convidados.

Depois do corre-corre, flores chegam para simbolizar felicitações, alguém posta a notícia no jornal local, charutos são distribuídos e o herdeiro é apresentado a todos como um objeto de conquista.

Um final pomposo e feliz...

Passada a euforia e, ao observar o troféu com maior acuidade, constata-se que ele difere dos demais e que, por alguma razão ignorada, fugiu do padrão.

Geórgia criou um intervalo mais demorado para que as pessoas pudessem refletir.

Num primeiro momento, aquilo que fora sonho vira pesadelo, deixando pais aflitos por não saberem lidar com o desconhecido. Alguns têm receio de exibi-lo em público, achando que o seu troféu está arranhado.

Na verdade, eles não estão prevenidos para o INESPERADO. Não entendem. Assustam-se. Decepcionam-se. E, desorientados, lançam perguntas sem respostas:

– Por que nós?

– O que fizemos de errado?

– Merecemos isso?

Geórgia aguardou a manifestação dos presentes, mas ouviu apenas o silêncio, cercado de rostos apreensivos. Balançou a cabeça para ambos os lados, e, arqueando levemente a sobrancelha direita, interpelou a plateia:

Será por que teremos que aprender com ele e não ele conosco?

Quem sabe se essa família, no convívio diário com esse ser, não encontre a oportunidade de se doar intensamente? De se realizar? De ver o mundo com outros olhos?

Não adianta indagarmos se Deus está certo ou errado.

Pode ser que o certo para Ele seja o errado para nós.

É fácil amar, quando tudo e todos estão bem. Amar o belo. Aquele belo que a mídia nos vendeu. Amar o "Bebê Johnson".

Mas amar um ser diferente também não é difícil. Basta ter coragem de enfrentar um caminho inexplorado e começar.

E ela voltou a interrogar:

Onde o troféu riscado se adequaria?

Pausa...

A resposta seria em todos os lugares e momentos. Certamente ele não estará naquele curso que você idealizou. Provavelmente, você não o verá naquele bacharel, mestre ou doutor com que você sonhou.

Mas ele será tão somente ele. Imensamente feliz em estar ao seu lado; acariciando seu rosto; aninhando-se em seus braços e repetindo o quanto lhe ama.

Geórgia ainda tomou a liberdade de brincar com o auditório:

Ah! E ele vem com algumas vantagens. Não vai lhe causar problemas, como: pedir aumento de mesada, insistir na troca do celular, preocupar com as noitadas de festas ou bater o carro. Ele apenas o amará. Incondicionalmente. Sem chantagens. Sem cobranças.

E, para instigar, complementou com mais uma pergunta:

Vocês querem mais do que amor, muito amor?

Geórgia sorveu um gole de água, servida por Toninho. Agradeceu e se dirigiu novamente aos convidados.

Caros amigos!

Quando um pai e uma mãe se deparam com essa encruzilhada, eles têm dois caminhos a escolher:

Um que os levará a reclamar com Deus. Esbravejarão. Amaldiçoarão sua infame sorte. Questionarão o Senhor por lhes ter entregue tão pesada cruz para carregar... e serão infelizes para sempre.

O outro caminho os colocará em um jardim, onde encontrarão um girassol que, por alguma razão, perdeu parte de suas vestes, mas, mesmo incompleto, não deixou de ser belo. Com um pouco mais de atenção, eles poderão olhar detalhadamente as demais pétalas, intactas e formosas, e se surpreenderão com o quanto elas têm a lhes encantar, porque, desprovidas de vaidades, estão focadas na alma.

Com a emoção aflorada, porém ciente do que dizia, ela iniciou os arremates finais de seu discurso.

Mas os primeiros tempos serão terríveis para os pais, porque eles tenderão a fazer comparações com outras crianças que enxergam, ouvem, interagem, aprendem mais fácil, causando-lhes um atroz sofrimento.

Também não podemos apedrejá-los por qualquer atitude que tomem precipitadamente. As indecisões, os receios, o espanto, tudo é justificado. É direito de todo o pai e de toda mãe sonhar com um filho nascido dentro de padrões de normalidade por eles estabelecidos. Ninguém está preparado para arcar com tão imprevista situação.

Permitam-me, senhores, narrar um conto que o pároco da igreja próxima daqui, Padre Odilon, já falecido, contou ao meu bisavô Antônio. Entendo que a história seja compatível com que estamos vivenciando:

"Um homem buscava incansavelmente o SUCESSO.

Tinha seus objetivos e carregava consigo um velho conhecido:

VENCER NA VIDA.

Muniu-se de patuás, crente que a má sorte não o alcançaria.

Desde jovem, abarrotou os compartimentos do seu ser com sonhos e promessas, ornados com perfil de FELICIDADE.

Embrenhou-se na selva de peito aberto, com a palavra: OTIMISMO tatuada na testa. Analisou meticulosamente cada detalhe das trilhas a percorrer para que não faltassem os sabores da riqueza e do poder. Extirpou trechos perigosos de sua peregrinação, com receio de ser atingido pelas costas, sem ter como se desviar. Tomou distância da lama para que os respingos não lhe manchassem a imagem. Fugiu das pedras para que não danificassem os sapatos, retardando a caminhada. Esquivou-se dos espinhos para que não ferissem o corpo. Permaneceu em alerta para evitar que sofresse ataque de algum animal selvagem. Certificou-se de que todas as providências tivessem sido tomadas para não frustrar suas metas.

Enfim, moldou-se em um belo e valioso cristal.

Mas, infelizmente, ele não fez o principal: não solidificou a mente, privando-a de indispensáveis aprendizados que o sustentariam em momentos de turbulência.

Não incluiu na bagagem um ingrediente muito importante: o INESPERADO, que nos atinge feito bala perdida, sem que saibamos a origem nem o motivo, causando estragos irreparáveis em fortalezas antes intransponíveis. Esqueceu-se de que, por mais cuidados que tenhamos, ele surge do nada, sem explicação. As dificuldades despontam à nossa frente e devemos estar espiritualmente preparados para enfrentá-las.

E ele não estava.

Distraidamente, deixou a janela da alma aberta, e o vendaval do destino empurrou o cristal para o chão, quebrando-o em vários pedaços.

Como ele desconhecia o INESPERADO, não soube juntar os cacos."

Após uma curta pausa, concluiu:

Então, caberá ao Centro de Recuperação juntar os cacos. Colará pedaço por pedaço no seu devido lugar. Explicará aos pais que o troféu não está arranhado, ele apenas é DIFERENTE. Com passar do tempo, eles entenderão que o valor de um troféu não é mensurado pela sua beleza, mas pelo esforço da sua conquista. Assim, vê-lo-ão com mais brilho. Sentir-se-ão orgulhosos a cada etapa atingida no intuito de conquistá-lo e amarão cada pedacinho dele.

O Centro não será apenas um ponto de apoio financeiro e psicológico, mas também ajudará os pais a enxergar o girassol – mesmo com algumas pétalas a menos –, como um belo adorno que muito contribuirá para enfeitar nosso jardim. Mostrará que todos nós, indistintamente, somos flores plantadas pelo Jardineiro do Amor, na soleira da sua janela, para embelezar o céu.

Obrigada!

Enquanto Geórgia discursava, Antônio divagava por um mundo irreal. No interior daquele salão, ele via e sentia o cheiro de seus amores que estavam ali e só ele percebia. Com o pensamento distante, vislumbrava Belinha, feliz, de mãos dadas com Ingrid e Raquel. E todas adoráveis como sempre.

Belinha sorria para ele, irradiando felicidade. Ainda podia ouvir o eco de uma gostosa gargalhada ricochetear nas paredes daquele salão.

Ingrid de cacheados loiros como uma espiga de trigo, do jeitinho que a conheceu no primeiro encontro, lá na Exposição de Esteio.

Raquel com cabelos esfogueados, olhos de esmeralda, mais feiticeira do que nunca.

Ao rever as belezas estonteantes de Ingrid e Raquel, o coração encheu-se de paixão e o lado mulherengo, adormecido pela velhice, despertou. Por um instante, deixou escapar uma risadinha disfarçada ao se deliciar com uma maliciosa brincadeira:

– Meu Deus!... Não acredito que serei bígamo lá no céu.

Lamentavelmente, os aplausos o devolveram ao planeta Terra. O barulho as espantou. Mas ele sabia que ninguém tem vida longa aos noventa anos. Então, sem permitir que o sorriso esmorecesse nos lábios, concluiu:

– Em breve, estarei com elas.

– Com as mulheres... da minha vida.

– Com as mulheres... da minha eternidade.

Fim

Nota do Autor (Saulo)

"Além dos Bambus" não é uma história real. É uma ficção gerada inicialmente na cabeça engenhosa da autora Odete. No entanto, a discriminação a crianças especiais é real, ainda nos dias atuais. No período em que os fatos transcorreram, meados do século passado, pessoas com problemas semelhantes ao de Belinha e Afonsinho eram abandonadas como doentes mentais em manicômios, conventos, alcovas, fundo de fazendas, interior de casas. Eram tidas como fracasso dos pais, vergonha da família. Felizmente, graças ao trabalho de voluntários anônimos e de instituições sem fins lucrativos, amparados em uma legislação mais eficaz e atualizada, os preconceitos, aos poucos, são deixados para trás, embora ainda haja um longo caminho a trilhar.

Quando uma Força Maior deseja juntar duas sementes,
não há vendaval que as separe. (Odete)

Sempre é tempo para nos desculparmos. (Odete)

Não adianta lamentar o passado
e, sim, consertar o presente. (Odete)

A dor fortalece os músculos da alma. (Saulo)

A vida é um imbróglio de flores e espinhos. (Saulo)

Para ir para o céu, não precisa rezar,
basta não cometer pecado. (Saulo)